BASTEI
LÜBBE

JANNY WURTS

SCHATTEN TEMPEL

Roman

Aus dem Amerikanischen
von Frauke Meier

BASTEI
LÜBBE

BASTEI LÜBBE TASCHENBUCH
Band 20 397

1. Auflage: Oktober 2000

Vollständige Taschenbuchausgabe

Bastei Lübbe Taschenbücher
ist ein Imprint der
Verlagsgruppe Lübbe

Deutsche Erstveröffentlichung
Titel der amerikanischen Originalausgabe: Shadowfane

Lektorat: Christine Basmaji / Stefan Bauer
Titelillustration, Landkarte und Zeichnungen:
Janny Wurts / Agentur Schlück
Umschlaggestaltung: QuadroGrafik, Bensberg
Satz: QuadroPrintService, Bensberg
Druck und Verarbeitung:
Brodard & Taupin, La Flèche, Frankreich
Printed in France

ISBN 3-404-20397-6

Für Raymond E. Feist,
einen wahren Freund,
einen talentierten Autor und
(trotz meiner gegensätzlichen Meinung)
einen unverbesserlichen Anhänger
von Jazz und den Chargers.

DANKSAGUNG

Das Ende einer Trilogie erfordert tiefe Dankbarkeit gegenüber all den lieben Menschen, die der Autorin auf ihrem Weg geholfen haben.

Mein ganz besonderer Dank gilt den folgenden Menschen, deren Mühe alles verändert hat:

Terry Windling, für die Erkenntnis, daß sich zwischen den Zeilen zweier Bücher noch ein Drittes verbarg, und für die sanfte Bitte, dieses auch zu schreiben;

Virginia Kidd, für ihre Bemühungen und ihr unermüdliches Verhandlungsgeschick; und auch Jonathan Matson und Abner Stein, die in Übersee das gleiche für mich getan haben;

Soni Groß und Fern Edison, deren überaus großzügige Mitwirkung mir zu einem erfolgreichen Start verholfen hat;

Peter Schneider, der mich aus dem Stegreif bei der Promotion unterstützt hat;

meinen Eltern, die sich mit einer Menge unvernünftiger Träume abfinden mußten;

meinem Freund und früheren Hauswirt, Daniel P. Mannix, der mich elf Jahre lang angeleitet und mir ein Dach über dem Kopf gegeben hat, unter dem ich kreativ sein konnte;

Beth Fischer, meiner Redakteurin, die meine Leidenschaft für das Segeln und komplizierte Handlungsstränge geteilt hat;

Gene Mydlowski, künstlerischer Leiter, für seinen Glauben an eine Autorin, die zufällig auch gern malt;

Elaine Chubb, Lektorin, deren unerschöpfliche Hingabe an Details selbst schon ein Wunder ist.

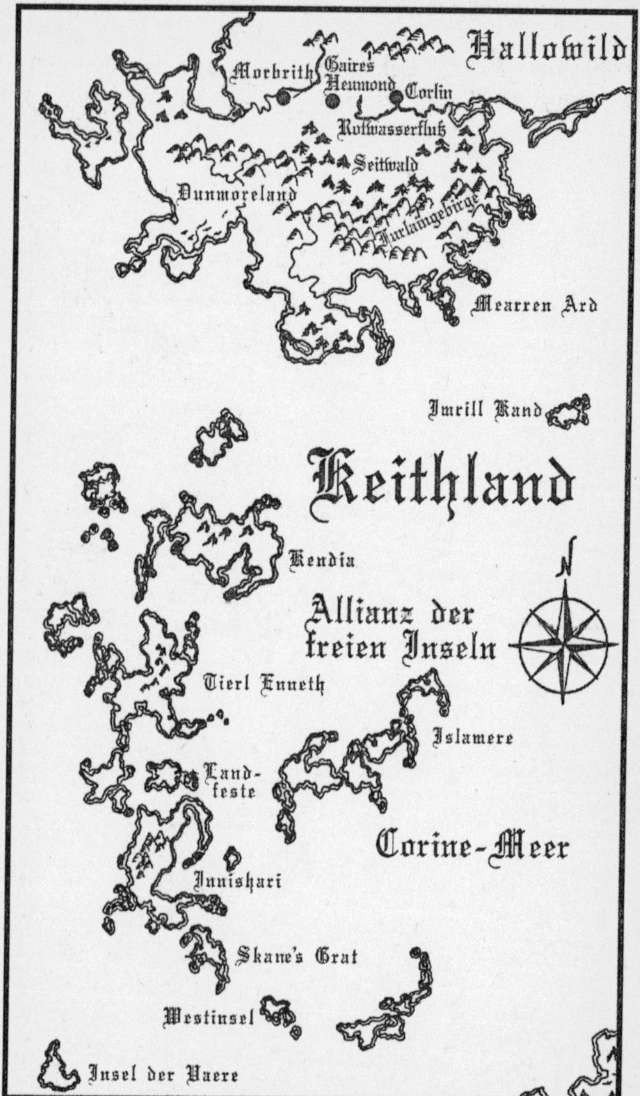

Hallowild
Morbrith
Gaires
Heumond
Corlin
Rotwasserfluß
Seitwald
Dunmoreland
Jurlanngebirge
Mearren Ard
Imrill Kand
Keithland
Kendia
Allianz der freien Inseln
N
Tierl Enneth
Islamere
Land-
feste
Corine-Meer
Innishari
Skane's Grat
Westinsel
Insel der Vaere

Nordmeer
Bucht des Verderbens
Covers Warren
Felwaithe
Murieton
Kisburn
Riffhafen
Kontinental Straße
Turm von Elrinfaer
Terin-Meer
Elrinfaer
Telshire
Mhored Kara
Deshwald

PROLOG

Die Priesterin der Quelle bei Gaires Heumond erwachte keuchend im Stroh der Ställe, in denen sie Unterschlupf gefunden hatte. Sie zitterte. Trübe schimmerten ihre blinden Augen im fahlen Licht des Mondes. Die Visionen, die ihr den Schlaf geraubt hatten, quälten sie noch immer, erfüllten sie mit einem wahrhaft unmenschlichen Entsetzen. Die Priesterin regte ihre alten Glieder und erhob sich. Gekleidet in Lederstreifen, die miteinander verknotet waren, tastete sie nach der schmutzigen Leiter und suchte sich einen Weg, an Ställen und Getreidevorräten vorbei, hinaus in die langsam zu Ende gehende Herbstnacht.

Jenseits der Scheune lag eine Straßenkreuzung, in deren Mitte sich ein von schlammigen Pfützen umgebener Trog befand. Die Bewohner von Gaires Heumond nutzten die geheiligte Quelle in diesen Tagen als Wasserversorgung für ihr Vieh und ihre Haushalte; für sie war die Priesterin nichts weiter als eine alte Bettlerin, die zu sonderbaren Ausbrüchen neigte und unentwegt vor sich hin murmelte. Doch in dieser Nacht hemmte keine geistige Verwirrung ihre Bewegungen. Sie kniete auf dem kalten Boden nieder und tastete so lange zwischen den Hinterlassenschaften der Schweine herum, bis sie den Stein gefunden hatte, der die Basis ihrer geheimnisvollen Macht darstellte.

Die Steinplatte war schwarz, durchzogen von goldenen Adern und von dem Wasser der Quelle reingewaschen. Tränen füllten die wimpernlosen Augen der Priesterin, als sie ihre Handflächen auf den Talisman legte. Energie wallte unter der Berührung auf. Mit einem Aufschrei großer Erleichterung übergab sie die Bürde ihrer Träume diesem magischen Strom …

Der Wind peitschte über einen Ozean, dessen Fluten noch von einem vergangenen Sturm aufgewühlt waren, als ein Boot mit zerfetzten Segeln in der Dünung beidrehte. Ein schwarzhaariger Mann, gekleidet in das Leinen eines Fischers, beugte sich über die Reling und streckte die Hand nach einem verwundeten Thienz-Dämonen aus, der an ein Stück Treibgut geklammert auf den Wogen trieb. Weder Freundlichkeit noch Erbarmen veranlaßten den Mann zu seiner Tat; sein Geist war nicht menschlich. Er war das Böse, das sich fühlbar in den Träumen einer Priesterin niederschlug.

Der gerettete Dämon sollte seine Befreiung aus dem Salzwasser nicht überleben. Als sich seine krötenartigen Finger um das Handgelenk des Mannes spannten, fühlte die Priesterin seinen Schmerz, fühlte das Brennen des Salzes in seinen Kiemen. Hoffnungslos verseucht, überlebte er gerade so lange, um seinen Todestraum zu spinnen und so die Reihe der Todesträume jener fortzusetzen, die vor ihm gestorben waren, vernichtet von den Auswirkungen einer Macht, die keiner natürlichen Quelle entstammte.

Diese Erinnerungen schickte der Thienz direkt in den Geist des Menschen im Boot, denn sie lieferten den Beweis, daß ein Artefakt, das für die Feinde der Menschheit von allergröflter Bedeutung war, noch immer existierte. In allen Einzelheiten brannte sich der Todestraum des Thienz wie glühendes Magma in das Bewußtsein des jungen Mannes. Als er schrie, schrie die Priesterin mit ihm, und der Quellstein in ihren Händen übertrug das Vermächtnis des sterbenden Dämonen an den ältesten Beschützer der Menschheit …

Auf einer Insel, weit entfernt von Gaires Heumond, durchschnitt die Botschaft der alten Frau den Frieden einer Lichtung in magischem Zwielicht wie der Schrei einer sterbenden Hirschkuh; dort empfing ein Wesen, das Vaere genannt wurde, ihre Bilder mit einem Verständnis, das weit über die Fähigkeiten Sterblicher hinausging. Der sterbende Thienz war über ein Geheimnis gestolpert, das schon seit Jahrhunderten sorgsam bewahrt wurde. Wenn sein Wissen den dämonischen Rat des Schattentempels erreichte, so würde seine wahre Bedeutung offenbar werden. Dann wäre selbst der Schutz durch die Vaere bedroht. Nun blieben als einziges Mittel die noch unausgebildeten Talente des Nachfahren eines Zauberers, der erst vor kurzem dieses Heiligtum betreten hatte. Sollte es Ivainson Jaric nicht gelingen, die Gaben seines Vaters unter Kontrolle zu bringen, sollte er den Zyklus des Feuers nicht bewältigen, während der Rat der Dämonen die Mysterien der Vaere entschlüsselte, dann würde die Menschheit von der Hand ihrer dämonischen Feinde ausgelöscht werden …

Die Priesterin löste mit einem lauten Seufzer den Kontakt; und Stille, bedrohlich wie die Ruhe vor einem zerstörerischen Sturm, senkte sich über die Lichtung der Vaere.

Kapitel 1

RÄTSEL

In den Ebenen jenseits von Felwaithe zog die Kälte schnell herauf; Frost säumte die Flechten und hinterließ ein Muster wie das Gemälde eines Wahnsinnigen auf den kahlen Felshängen der Berge. Hier, weit im Norden hinter den Grenzen Keithlands und der von Menschen bewohnten Gebiete, brannte eine einzelne Lampe in einer Halle, erbaut aus schwarzem Stein. Innerhalb des Lichtscheins hockte Scait, der dämonische Herrscher über den Schattentempel, auf einem Thron, gefertigt aus den Gebeinen und Häuten menschlicher Opfer. Mit einem Taschenmesser spitzte er seine Daumenkrallen, während ein noch unreifer, mit Perlen geschmückter Thienz zu seinen Füßen kauerte.

Scait dehnte die geschuppten Finger und unterbrach seine Arbeit. Seine Oberlippe gab den Blick auf Reihen haifischartiger Zähne frei, als er sich seinem Untergebenen widmete. »Was ist geschehen, daß die Alten der Thienz ein kaum geschlüpftes Balg schicken, um mich zu belästigen? Sprich, Kaulquappe, welche Kunde bringst du mir?«

Ängstlich duckte sich der Thienz auf den eiskalten Steinboden. Der Herrscher des Schattentempels hatte schon oft aus Wut gemordet, und dieser junge Dämon brachte schlechte Nachrichten von größter Bedeutung. Aufgeregt richtete er seine Kiemen auf. »Allererhabenster, ich bringe Kunde von den Booten, die ausgesandt worden sind, Ivainson-

Erbe-des-Feuergebieters-Jaric gefangenzunehmen. Eure Diener haben versagt. Jaric hat auf der Insel der Vaere Zuflucht gefunden.«

Scait stieß einen explosiven Zischlaut aus. »*Saat-seines-Vaters, verfluchte!* Wie konnte ein erbärmlicher Knabe fünf Dutzend alten Thienz entkommen?«

Perlen klimperten in der Stille; der Thienz kämpfte gegen den überwältigenden Drang zu fliehen an, doch das Aufblitzen des Zorns in den hitzigen Augen seines Herrn schuf sich nicht durch Prügel Luft. Den Kamm widerstrebend an den unförmigen Kopf angelegt, bereitete sich der Jüngling darauf vor, Bilder von Sturm, Tod und dem Untergang der Flotte zu übermitteln, die sich unfähig gezeigt hatte, den goldhaarigen Sohn des Feuergebieters Ivain einzufangen.

Doch der Herrscher über den Schattentempel verzichtete darauf, direkt an dem Geschehen teilzuhaben. Statt dessen stach er ungeduldig die Klinge seines Messers in die ausgestopfte Menschenhüfte, die die Armlehne seines Throns bildete. »Ich will die Einzelheiten von Jarics Flucht von einem Thienz erfahren, der alt und erfahren ist. Bring mir euren Ältesten, denn kein anderer wird mir genügen.«

Dienstbeflissen und voller Eile kam der junge Dämon ruckartig auf die Beine und hastete das Podest hinunter, während die Entladungen seiner Furcht und seiner Erleichterung sich als übler Gestank in der Luft niedeschlugen. Kaum hatte er die Stufen hinter sich gebracht, da wirbelte er um die eigene Achse und flüchtete an dem spiegelnden Pfuhl im Boden vorbei. Scait sah ihm mit zusammengekniffenen Augen nach, als er in der Finsternis jenseits der Tür verschwand. Vor Wut standen ihm die Haare zu Berge. Er hatte gehofft,

Jaric gefangennehmen zu können, ihn zu versklaven und sein Potential als Feuergebieter zum Leid der Menschen zu mißbrauchen. Nun hatte das jüngste Versagen der Thienz eine enorme Gefahr heraufbeschworen. Ivainson Jaric mochte den Zyklus des Feuers überleben; dann hätte die Menschheit einen weiteren, vaeregeschulten Zauberer gewonnen, einen, der mächtig genug wäre, Anskiere von Elrinfaer aus seinem Gefängnis von magischem Eis zu befreien. Die gemeinsame Bedrohung durch Sturmwächter und Feuergebieter konnte zu ernsthaften Unannehmlichkeiten führen, wenn nicht gar die Eroberungen vereiteln, die der dämonische Rat des Schattentempels vorbereitete.

Unruhig ging Scait auf und ab, das Messer mit seinen klauenbewehrten Fingern fest umklammert. Nervös knirschte er mit den Zähnen, bis der Älteste der Thienz, nach dem er hatte rufen lassen, sich am Fuße des Podests einfand.

Um zu vermeiden, daß ein unbedeutender Untergebener seines Unbehagens gewahr wurde, glättete er seine langen Nackenhaare und setzte sich. Als der Älteste ihm seine Ehrerbietung erwiesen hatte, kratzte er mit einer Kralle über die ungeschützte Schneide seines Messers und fragte: »Wie konnte es geschehen, daß Ivainson-Erbe-des-Feuergebieters-Jaric die Insel der Vaere erreicht hat?«

Der Thienz bediente sich für seine Antwort der Sprache. Nur ein kaum wahrnehmbares Aufrichten seines Kamms verriet seinen Trotz. »Ivain-Nachfahre-Jaric hat einen Wetterzauber Anskieres freigesetzt.« Im Angesicht des klaren, deutlichen Bildes von einem Sturmfalken und dem blauvioletten Schimmer der Magie, die jenen zerstörerischen Sturm in der südwestlichen See ausgelöst hatte, bleckte Scait die Zähne.

Hastig fuhr der Thienz fort. »Sturm-Tod ist nicht allen Thienzbrüdern zum Verhängnis geworden, die ausgesandt worden waren, zu jagen. Eine andere Gefahr verhinderte letztendlich, daß sie ihr Opfer ergreifen konnten.« Der Thienz schloß die winzigen Augen und sandte den Todestraum eines Dämonen, den Maelgrim, der Dunkle Träumer, bewahrt hatte, als er den Sterbenden dem Meer entrissen hatte. In präzisen, einfühlsamen Bildern teilte der Herrscher des Schattentempels die Erinnerungen dreier Thienz, die durchnäßt und zusammengekauert an Bord eines Bootes gewesen waren, viele Wegstunden im Süden.

Nur Augenblicke vor ihrem Tod wimmerten sie untereinander, teilten Gedanken, von Entsetzen erfüllt. Der Sturm, den der Erbe des Feuergebieters entfesselt hatte, hatte eine Flotte von sieben Schiffen versenkt und ihre Besatzungen dem Ertrinken preisgegeben. Die Thienz, die noch immer auf dem letzten Boot segelten, zitterten vor Furcht, ahnten sie doch, daß auch ihr Untergang nun folgen mußte.

Scait zischte. Vergessen hing der Dolch in seiner Hand, als die Visionen der verfluchten Kreaturen seine Sinne erfüllten. Vereint mit den Erinnerungen der Thienz, die sich furchtsam in das Boot-gesandt-Jaric-zu-ergreifen kauerten, wurde auch er der schaumgekrönten Wogen in der sturmgepeitschten See gewahr.

Plötzlich schien die Luft zu flimmern. Himmel und Meer verschwammen, bewegten sich, hüllten sich in Dunst; dann löste der Nebel sich auf. Das Schauspiel dauerte nur einen Augenblick, dann versengten Energiefelder die Leiber der Thienz. Sie fielen, fluchten, und ihre Todesqualen wurden begleitet von Dampf, der von den Balken aufstieg, und von den Flammen, die sich träge durch die Segel fraßen.

Der Traum endete. Scaits Lider öffneten sich schlagartig, gaben eine Regenbogenhaut preis, so hart wie Topasgestein. Zähne, spitz wie Nadeln blitzten auf, als er seine Worte mit Bedacht wählte. »Sag mir, du primitive Kröte, was kommt dir bei diesen Todesträumen in den Sinn?«

Im Besitz des eidetischen Gedächtnisses, das allen Dämonen zu eigen war, wand sich der Thienz voller Unbehagen am Boden. »Dieser Tod war wie der, den die Ahnen-in-den-Sternen geträumt haben, als sie sterben mußten, gefangen in dem sich ausdehnenden Feld einer Anomalie, als die Antriebssysteme eines Schiffes eine Fehlfunktion aufwiesen. Aber eine solche Interpretation ist fragwürdig. Die Menschen in Keithland haben jede Erinnerung an diese Technologie verloren.«

»Nicht ganz.« Klappernd schloß sich Scaits Mund, während er sacht mit der Klinge des Dolches über die Armlehne seines Throns strich. »Veriset-Nav«, murmelte er gedankenverloren, doch in triumphierendem Ton. »Die Träume sind der unwiderlegbare Beweis. Das Navigationsmodul muß den Absturz des Sternenschiffes-*Corinne-Dane*-Verfluchte überstanden haben. Wir müssen es nur finden und unversehrt bergen, und unser Exil, fern von unserem Heimatplaneten, wird beendet sein.«

Der Thienz wimmerte, den Kamm dicht an seinen ohrlosen Schädel gelegt. »Herr-Mächtigster, Ihr verlangt das Unmögliche. Wo sollten wir auch suchen? Die Notfallsystemkapsel der *Corinne Dane* ist in die See gestürzt, ist zerstört.« Der Thienz unterbrach sich, um einen seelenvollen Pfiff auszustoßen, einen Ton, der klagend an das verlorene Wissen gemahnte.

Doch Scait ignorierte seinen Protest. Gedankenverloren erhob er sich von seinem Thron. Armreifen aus Metall schlugen gegen seine Hände, als er auf dem Podest auf und ab zu gehen begann.

Der Thienz verdrehte seinen unförmigen Kopf, um die Schritte seines Herrn zu verfolgen. »Mächtigster, Set-Nav ist noch immer verloren.«

»Vielleicht nicht.« Ruckartig blieb Scait stehen und schielte mit anzüglichem Grinsen auf seinen Untergebenen herab. »Ich habe immer schon gesagt, daß sich Set-Nav hinter einer Wesenheit verbergen mag, die Vaere genannt wird.«

Bei diesen Worten zuckte der Thienz auf seinen von Schwimmhäuten durchzogenen Füßen zurück, schnaubte und brach in heiseres Gelächter aus. »Mächtigster, o Allmächtigster, gewiß müßt Ihr scherzen. Wir kennen die Vaere! Menschlicher Aberglaube, hervorgebracht von den Überresten der frühesten barbarischen Kulturen der alten Erde.« Jeder im dämonischen Rat wußte, daß Tamlins Ursprünge auf ein Märchen zurückgingen, wie es von einfachen Minnesängern vorgetragen wurde; dennoch erschien es in der Tat amüsant, sollte die Menschheit tatsächlich dumm genug gewesen sein, die am weitesten entwickelte Technologie, die je aus ihren Reihen hervorgegangen war, für etwas aus dem Reich der Legenden zu halten.

»Still!« Scaits kürzere Nackenhaare richteten sich drohend auf. »Schweig, du-der-vergißt.«

Der Dämon vor dem Podest erbebte, als er die beleidigenden Worte vernahm. Er verdrehte die Augen, als Scait sich vorbeugte und mit der Spitze seines Dolches auf das Kinn seines Untergebenen deutete. »Mythos oder nicht, die Fakten lauten: Tamlin von den Vaere hat dem Vernehmen nach unsere ärgsten Feinde geschult, Anskiere und auch Ivain, den Feuergebieter. Und, du-der-vergißt, bedenke, daß die Menschen keine Sinne besitzen, die es ihnen ermöglichen, zwischen Traumbildern und realen Erfahrungen zu unterscheiden! Erinnere dich: Das Navigationssystem der *Corinne Dane* war mit Geistvernetzungsmodulen ausgestattet.«

Derartige Geräte konnten einen Menschen über Jahre in einen künstlichen Traumzustand versetzen und ihre Körper dabei am Leben erhalten. Der Thienz blinzelte, mit einem Schlag zu nüchterner Betrachtung gezwungen. Das Zeitverschiebungsfeld des Antriebssystems war durchaus geeignet, eine widernatürliche Alterung herbeizuführen, wie sie jene Sterblichen befiel, die von den Vaere zu Zauberern ausgebildet wurden.

Scait sprang auf, und seine Augen leuchteten vor Aufregung. »Nun, du-der-vergißt, laß spöttisches Gelächter deine Zunge mit dem Geschmack und der Struktur von Exkrementen füllen. Denn ich glaube, die Menschen wissen nicht, daß ihre Zauberer durch eine Technologie zur Meisterschaft geführt werden, die ihre Vorfahren einst geschaffen haben.«

Leise pfiff der Thienz durch seine Kiemen, während Scait auf seinen Thron zurücksank. Seltsamerweise schien sich Wahrheit hinter der Argumentation des Dämonenherrschers zu verbergen. Die Menschen mochten ihr besiegtes Reich in den Sternen vergessen haben; doch ein elektronisches Navigationssystem, ausgestattet mit Intelligenz, mit der Fähigkeit, zur Selbstinstandsetzung und der Logik, die notwendig war, die verwirrende Mathematik interstellarer Navigation zu meistern, würde niemals seine Loyalität oder seine Mission vergessen. Als Mörder und Kerkermeister von Kreaturen mit paranormalen Fähigkeiten, mochten Sturmwächter und Feuergebieter durchaus den ursprünglichen Auftrag des Sternenforschungsschiffes *Corinne Dane* fortführen, Mittel zu finden, die Menschheit vor der psionischen Kriegsführung außerirdischer Angreifer zu schützen.

Wohlig auf seinem Stuhl aus menschlichen Überresten zusammengesunken, korrigierte Scait die Gedanken des Thienz. »Kröte, du irrst. Set-Nav mag sich mit Absicht hinter der Identität Tamlin verbergen, damit der dämonische Rat seiner nicht gewahr werden kann.«

Der Thienz verschränkte kläglich stöhnend seine winzigen Finger, als der dämonische Gebieter plötzlich aufgebracht seinen Dolch bis zum Heft in die Polsterung ausgestopfter Menschenglieder rammte. »O Kröte, der Todestraum deines Kameraden bringt uns ein Versprechen von Freude-und-Leid. Wir müssen das Rätsel um Tamlin entwirren, und die Zeit drängt. Ivainson-verfluchter-Erbe-des-Zauberers ist uns entkommen. So sicher, wie die Sterne ihre Bahnen ziehen, wird bald ein neuer Feuergebieter kommen, um sich uns in den Weg zu stellen. Wenn dies geschieht, so könnten wir der Brut der Morrigierj unvorbereitet gegenüberstehen.«

Der Thienz erstarrte. Er hob und senkte seinen Kamm, und ein Zittern ergriff von seinen Gliedern Besitz. Die Erinnerungen-der-Ahnen wußten um den Morrigierj, jene großmeisterliche Wesenheit, die alle dreitausend Jahre ins Leben trat, um die kollektive Macht aller Gierj zu einer einzigen, gewaltigen Kraft zu vereinen; von all den fühlenden Kreaturen, die dem dämonischen Rat des Schattentempels angehörten, verfügten die geistlosen Gierjlinge über ein latentes Zerstörungspotential, das selbst die mächtigsten Dämonen einzuschüchtern imstande war. Mit einem ahnungsvollen Kreischen flüchtete der Thienz aus dem Saal; schaurig scharrten seine Krallen, als er den Türpfosten passierte und die Treppe hinabhuschte.

Scait lachte über die Flucht. Seine Worte hatten eine Lüge geformt, die nur dazu gedacht war, den Dämon einzuschüchtern; würde der dumme Thienz innehalten, um nachzudenken, so würde er sich erinnern, daß keine Brut stattfinden konnte, solange es keinen reifen Morrigierj-Samen gab. Seit sein Vorgänger durch Anskieres Hand gestorben war, begegnete der Dämonenherrscher den Machenschaften seiner allzu ehrgeizigen Untergebenen mit Macht; im besten Fall gelang es ihm, seine Vormachtstellung im Schattentempel auf unsicheren Füßen zu verankern. Nun, da sein jüngster Plan, die Menschheit zu besiegen, einen Rückschlag erlitten hatte, mußte er seine Untergebenen bange machen, auf daß sie sich gegenseitig entmutigten; denn Herausforderer würde es genug geben, es sei denn, Scait fände einen Weg, der Gefahr zu begegnen, die ein neuer Feuergebieter darstellen würde. Die Entdeckung von Set-Nav war, trotz ihrer überwältigenden Bedeutung, für die Machtstrukturen und die Politik des dämonischen Rates nur zweitrangig.

Verbittert dachte Scait an Jaric. Einst hatte er einen Blick auf die Aura des Jungen erhascht; dämonische Sinne hatten deutlich die verschlungenen Muster der Energien wahrgenommen, die einen begabten Sterblichen kennzeichneten, der imstande war, die Macht einer Sathidbindung zu kontrollieren. Bis zu diesem Zeitpunkt hatte nie zuvor irgendein Dämon auch nur geahnt, daß es Menschen gab, wenn auch nur wenige, die ein derart ausgeprägtes Machtpotential besaßen. Ungeschult, konnten derartige Individuen problemlos versklavt und zur Vernichtung ihrer eigenen Art angeleitet werden; und der Verlust der Gabe Jarics schmerzte doppelt. Frustriert richtete Scait seine Nackenhaare auf. Die Menschen vermehrten sich wie Parasiten, wie Bazillen. Von den Zauberern abgesehen, die die Türme von Mhored Karas bewohnten, waren die meisten blind gegenüber den psychischen Energien ihres Geistes. Und möglicherweise waren im steten Durcheinander von Keithland noch andere Kinder übersehen worden, die über ähnliche Gaben verfügten.

Blinzelnd regte sich Scait auf seinem Thron. Sollte es solche Kinder geben, dann konnten sie eingefangen und genutzt werden. Die Mitglieder des dämonischen Rates aber konnten nicht über Keithlands Boden wandeln, um sie zu suchen, ohne dabei Aufmerksamkeit zu erregen. Eine List war vonnöten.

Plötzlich flackerte das Licht der Laterne. Scaits Zähne blitzten unter einem anzüglichen Grinsen wilder Erregung hell auf. Es gab einen, für den derartige Beschränkungen nicht galten. Die Gaben Maelgrims, des Dunklen Träumers, wurden bereits vom Rat der Dämonen kontrolliert; durch ihn würden sie einen Weg finden, unbemerkt Nachforschungen anzustellen. Aufgeregt griff Scait in Gedanken nach dem Geist des Thienz-Ältesten, der ihn gerade erst verlassen hatte.

›*Wo ist Maelgrim jetzt?*‹

Das Bild, das ihm antwortete, erschien sogleich, wurde jedoch von einem Groll überlagert, der vermutlich auf die List bezüglich des Morrigierj zurückzuführen war. In seinem Drang nach Information beschloß Scait, sich nachsichtig zu zeigen. Maelgrims ganze Mannschaft war dem Salzwasser zum Opfer gefallen; allein in einem Boot, das durch den von Jaric entfesselten Sturm arg in Mitleidenschaft gezogen worden war, mühte sich der Dunkle Träumer derzeit, die zerfetzten Segel zu flicken, um nach Norden und zurück zum Schattentempel zu segeln. Verärgert klapperte Scait mit seinen Krallen; sein neuer Plan mußte warten, bis der Knabe-Sklave-Menschling zurückkehrte, eine Verzögerung, die sich über viele Monate hinziehen konnte, während derer die unvermeidlichen Winterstürme ihn auf seiner Reise behindern würden. Zur Geduld gezwungen, brütete der Dämonenherrscher über die Möglichkeiten nach, die die Bergung des Veriset-Nav-Computers mit sich bringen würde. Stunden zogen dahin. Die Lampe flackerte und verlosch, und die Düsternis des frühen Morgens vor Einbruch der Dämmerung ergriff von dem beinahe verlassenen großen Saal des Schattentempels Besitz. Klauenbewehrte Finger strichen über das Heft des Dolches, dessen Klinge in gegerbter Menschenhaut steckte, während draußen der Wind wie die Totenklage bei einer Beerdigung über die Berghänge heulte.

Siebenundzwanzig Generationen nach dem Absturz des Forschungsschiffes *Corinne Dane* analysierte jener Navigationscomputer, der einst den Kurs zwischen den Sternen berechnet hatte, seine neueste Errungenschaft, den Sohn eines Zauberers, der danach trachtete, den Zyklus des Feuers zu meistern. Zierlich, schlank und von den Mühen in dem Sturm gezeichnet, der ihn zu der verwunschenen Insel geführt hatte, erinnerte Jaric auffällig an seinen Vater Ivain; nur hier und da gab es Hinweise auf Unterschiede, die über die reine Gestalt hinausgingen.

Das sonnengebleichte Haar und die Seefahrerbräune des Jungen schienen unter dem rötlichen Schimmer der Kontrolleuchten sonderbar deplaziert. Seine Kleider waren mit einer Segelnadel akribisch geflickt worden, ehe sie erneut zerrissen wurden. Das Tau, das ihm als Gürtel diente, war nicht ausgefranst, sondern an beiden Enden ordentlich gesplißt; nur die Verschnürung seiner Stiefel ließ auf Hast oder Ungeduld schließen, der eine war mit Seemannsknoten gesichert, der andere hingegen wies ein wirres Durcheinander auf, das zu lösen selbst den mechanischen Armen eines Roboters Schwierigkeiten bereitete. Der Körper unter der Kleidung war voller Schürfwunden und von Blutergüssen übersät, Vermächtnis seines mühevollen Überlebenskampfes auf See.

Der Vater hatte seinen Weg zur Meisterschaft mit weit weniger Leid und geistiger Zerrissenheit hinter sich gebracht; anders als sein Sohn, war er mit einem Kameraden an seiner Seite auf der Insel der Vaere gelandet, ohne daß seine Reise zuvor von jagenden Thienz behindert worden wäre. Aus Jarics Erfahrungen mochte viel Hoffnung hervorgehen, doch ebensogut konnten sie schlimme Rückschläge verursachen. Frei von Gefühlen untersuchte der Hüter menschlichen Überlebens den Kandidaten für den Zyklus des Feuers mit präziser, leidenschaftsloser Logik.

Der unter Beobachtung liegende Knabe war sich der Tatsache nicht bewußt, daß die Kreatur, die als Tamlin von den Vaere bekannt war, ein Ding war, eine Kombination, bestehend aus Maschinenteilen, die einer überragenden Technologie entstammten. Von der Lichtung, auf der er in drogenumnebelten Schlaf gefallen war, in den Schutz unter der Erde geholt und von Robotern in einen von

Metallwänden gesäumten Raum gebracht, ruhte Ivainson Jaric nunmehr im Inneren einer Überlebenskapsel, die einst zur Ausstattung eines Weltraumforschungsschiffes gehört hatte.

Servomechanismen kümmerten sich um seinen Körper, vervollständigten die Anschlüsse, die in einer fernen Vergangenheit menschliche Navigatoren mit dem komplexen Schaltsystem der Veriset-Nav-Einheit verbunden hatten. Wie jeder menschliche Besucher vor ihm würde auch Jaric während seines Aufenthalts auf der verwunschenen Insel nur Träume erleben.

Der Vaere hatte seine wahre Gestalt seit dem Absturz der *Corinne Dane* geheimgehalten. Unversehrt vom Mutterschiff abgestoßen, verfügte die Einheit über Generatoren und Triebwerke; doch nun, da *Sternenhoffnung* den Feinden zum Opfer gefallen war, würde ein Rettungssignal am ehesten einen Angriff zur Folge haben. Set-Nav fand sich als Beschützer von Flüchtlingen wieder, die nicht imstande waren, die Datenbänke der Einheit vor dem Zugriff jener Außerirdischen zu schützen, die das notwendige Wissen besaßen, sie zu ihren eigenen Zwecken neu zu programmieren. So wie Keime erdtypischer Flora und Fauna überlebt und das Antlitz Keithlands verändert hatten, so hatte sich auch der Navigationscomputer verändert, hatte sich angepaßt, entwickelt und durch einen Mythos getarnt. Trotz der vielen Zeit, die vergangen war, trotz der Abnutzungserscheinungen, diente er noch immer seiner primären Funktion. Selbst jetzt suchte Set-Nav weiter nach Mitteln, die Raubzüge psionisch begabter Außerirdischer zu beenden, die die Menschen nun Dämonen nannten.

Während seiner letzten und erfolgreichsten Offensive, hatte Veriset-Nav Psi-talentierte Menschen ausgebildet und angeleitet, eine zweifache Sathidbindung zu meistern und so direkte Kontrolle über die Elemente zu erlangen. Jaric war der jüngste Kandidat für diese Prozedur, die nicht ungefährlich war.

Von den zahllosen Menschen, die es versucht hatten, hatten nur Anskiere und Ivain überlebt und zweifache Meisterschaft errungen; doch ihr Erfolg reichte aus, den Tod ihrer Vorgänger zu rechtfertigen. Die Macht über zwei Kristalle hatte sie befähigt, einige Spezies unter den Dämonen auszulöschen und andere gefangenzunehmen. Die Mission, Keithland von der drohenden Gefahr zu befreien, hatte begonnen. Doch die Gabe, die notwendig war, eine derartige Großtat zu vollbringen, war überaus selten. Ivainson, dessen Leben schon jetzt von den Dämonen bedroht wurde, verfügte über ein Potential, daß ebenso selten wie kostbar war.

Grüne Lichter flackerten auf dem Schaltpult und tauchten Jaric in ihren Schein, während Programme, geschrieben für komplexe mathematische Operationen, sein Potential bis ins kleinste Detail speicherten. Der Vaere wog die hinderlichen Selbstzweifel aus der Kindheit dieses Knaben gegen seine Entschlossenheit ab, das Erbe des Feuergebieters anzutreten. Er maß Kraft, Schwäche und das noch rohe Potential und vervollständigte sein mathematisches Modell durch die direkten Beobachtungen der Traumweberin Taen. Informationen flossen durch Datenbänke, wurden umgewandelt, vermengt und schließlich zu einer Reihe komplizierter Wahrscheinlichkeitsberechnungen verarbeitet. Mit unbeugsamer Logik kalkulierte der Vaere Jarics Möglichkeiten, den Zyklus des Feuers zu überleben und so die zweifache Meisterschaft zu erringen.

Das Ergebnis war beunruhigend. Nie zuvor in

der Geschichte Keithlands hatte der Vaere im Geist eines Mannes ein so ausgeprägtes Potential vorgefunden; doch war die latente Gabe Jarics mit einer sensiblen Persönlichkeitsstruktur verknüpft, so zart, daß sie beinahe zu zerbrechlich schien, wurde sie doch von einem Selbstgefühl aufrechterhalten, das sich gerade erst vor kurzer Zeit entwickelt hatte. Wäre dies die einzig notwendige Überlegung gewesen, so hätte die Analyse reichen können, Jaric als Kandidaten zu disqualifizieren; nun aber, da die Dämonen auf die Herkunft des Vaere aufmerksam geworden waren, mußte auch die kleinste Chance genutzt werden.

Ein Schaltkreis wurde geschlossen. Neben der statistischen Auswertung Jarics zog der Vaere eine zusammengesetzte Analyse Keithlands und eine geschätzte Projektion der neuerworbenen Macht des Dunklen Träumers zu Rate. Das Ergebnis war trostlos. Maelgrims Meisterschaft entstammte der Verbindung mit einem Sathid, der bereits von Thienz-Dämonen beherrscht wurde; seine Gabe sollte der seiner Schwester entsprechen, wenngleich sie entgegengesetzten Zielen diente. Wenn Taen Träume wirkte, um zu heilen und zu behüten, würde ihr Bruder Visionen spinnen, um zu zerstören. Sie konnte Einfluß auf Individuen nehmen; doch Maelgrim, der auf die ganze Macht des Schattentempels zurückgreifen konnte, war imstande, einen Massenwahn herbeizuführen, ganze Regierungen zu korrumpieren oder Soldaten anzustiften, Krieg gegen die Städte zu führen, die zu schützen sie geschworen hatten. Einem derartigen Angriff mochten selbst die Verteidigungsanlagen von Landfeste nicht mehr gewachsen sein.

Tag und Nacht berechnete der Vaere ohne Unterlaß mögliche Gegenmaßnahmen. Am Ende aber blieb ihm nur eine Hoffnung. Der Invasion aus dem Schattentempel konnte nur dann Einhalt geboten werden, wenn der Sturmwächter, Anskiere von Elrinfaer, aus dem Eis befreit würde. Diese Aufgabe aber erforderte die Macht eines Feuergebieters. Die Zeit war zu knapp bemessen, einen anderen Kandidaten für den Zyklus des Feuers zu suchen, falls ein solcher unter der Bevölkerung Keithlands existiere.

Hätte der Vaere über menschliche Reaktionen verfügt, so hätte dieses Dilemma Kummer und Furcht hervorgerufen; als Maschine jedoch leidenschaftsloser Logik ergeben, traf er seine Entscheidungen innerhalb einer Millisekunde. Jaric mußte der Gefahr ausgesetzt werden; nach einer kurzen Zeit der Ausbildung mußte der Knabe die Erdherrschaft erwerben. Wenn er nach dieser ersten Bindung die Kontrolle wiedererlangt hatte, mußte er sich der Beherrschung einer zweiten Sathidmatrix widmen, die schwierigste Herausforderung, der sich ein Zauberer stellen konnte. Er mußte den Zyklus des Feuers erleiden und überstehen. Sollte er versagen, sollten die Sathidwesen, gegen die er im Kampf um die Vormachtstellung antreten mußte, seinen Willen unterwerfen, so würden beide, er und Anskiere, sterben müssen. Dann hinge die Verteidigung Keithlands allein von den zarten, unzulänglichen Gaben einer Traumweberin ab.

Lichter blinkten und verloschen, bis nur noch der amberfarbene Schein des Lebenserhaltungssystems das Schaltpult beleuchtete. Veriset-Nav initiierte eine Startsequenz, und der Status der Überlebenskapsel wechselte in den Zustand der Aktivität. Monitore flackerten auf, und ihr blaues Licht hüllte den Knaben in seinem Nest aus silbrigen Drähten ein. Der Erbe von Ivain, dem Feuergebieter, bewegte sich in tiefem Schlaf, als die Leitungssysteme der *Corinne Dane* die erste Traumserie starteten, die dazu geschaffen war, ihn auf die schweren Prüfungen vorzubereiten, mit denen er seine Meisterschaft als Zauberer erringen sollte.

Ohne zu ahnen, daß all seine Wahrnehmungen nur Illusion waren, dachte Jaric, er würde im stillen Zwielicht auf der Lichtung der Vaere erwachen. Er öffnete die Augen und glaubte sich inmitten von Gras und Blumen auf derselben Waldlichtung, auf der er zuvor eingeschlafen war. Ein kalter Schauer lief über seinen Rücken. Nichts schien sich verändert zu haben, und das beunruhigte ihn. Seine Hände waren wund von seinem Kampf gegen den Sturm am Ruder der *Callinde*. Sowohl seine Haut als auch seine Kleider waren von glitzernden Salzkristallen überzogen, die die Gischt auf seinem Körper hinterlassen hatte. Verwirrt blinzelnd, hatte er doch Anzeichen machtvoller Magie erwartet, stemmte er sich hoch. Die Erde unter seinen Handflächen fühlte sich kühl an. Über ihm streckten sich die Baumkronen dem silbrigen Zwielicht entgegen. Verärgert streckte sich der Knabe, als er erkannte, wie steif seine Muskeln nach dem Schlaf auf dem feuchten Untergrund geworden waren. Dann, den Arm noch halb erhoben, erstarrte er. Tamlin von den Vaere thronte auf einem niedrigen grauen Felsen in der Mitte der Lichtung.

Ein unbekümmertes Grinsen erhellte die runzligen Züge des kleinen Mannes. Sein Bart fiel wirr über die rehbraune Jacke. Perlen und federgeschmückte Glöckchen klimperten fröhlich im Rhythmus seines Fußes, der träge über den Blüten hin- und herbaumelte, und von seiner Pfeife stieg Rauch auf.

Jaric strich sein wirres Haar zurück, wobei ihm bewußt war, daß die lichtlosen schwarzen Augen jede seiner Bewegungen beobachteten. »Wie lange seid Ihr schon hier?«

»Stets und niemals.« Der Vaere machte keine Anstalten, seine sonderbare Aussage näher zu erläutern, sondern biß auf das Mundstück seiner Pfeife, sog an ihr und stieß einen perfekten Rauchkringel aus. »Wirst du mich nun fragen, warum?«

Jaric zog die Knie an, schlang die Arme um seine Beine und legte die Stirn in Falten. »Würdet Ihr denn antworten?«

Tamlin lachte. Federn tanzten an seinen Ärmeln, als er die Pfeife ablegte, doch sein Frohsinn schwand gemeinsam mit dem Rauchkringel. »Ich habe keine Antworten, nur Rätsel. Strebst du noch immer nach der Meisterschaft eines Feuergebieters?«

Sich der Tatsache bewußt, daß seine Integrität in Frage gestellt wurde, wählte Jaric seine Worte mit größter Sorgfalt. »Ich möchte Keithland vor den Dämonen schützen.« Er erhob sich, zu nervös, noch länger stillzusitzen.

»Das ist das gleiche, Sohn des Ivain.« Der Vaere sprang von seinem Thron herab und landete ohne das geringste Rascheln im Gras; zu ganzer Größe aufgerichtet, reichte er Jaric gerade bis zur Hüfte. »Um deine Leute zu schützen, mußt du all deine Schwächen überwinden und die Gaben meistern, die deines Vaters waren. Bist du darauf vorbereitet?«

»Nein.« Jaric wartete, gespannt vom Scheitel bis zur Sohle. Eingebettet in die unheimliche Stille der Lichtung, scheute er davor zurück, sich der Dämonen und des Schicksals zu erinnern, das sein Volk und die Frau, die er liebte, erwartete, sollte er versagen. »Ist irgendein Mensch darauf vorbereitet, wahnsinnig zu werden? Ich kann nicht mehr tun, als es zu versuchen.«

»Du sagst es!« Kurz läuteten die Glöckchen, als Tamlin einen Schritt nach vorne trat. »Du kannst den Zyklus des Feuers nicht überleben, wenn du nicht zuerst die Erde meisterst. Dafür muß deine Entscheidung unumstößlich feststehen. Tut sie das?«

Jaric schluckte. Mit Bitternis im Herzen stelle er sich das Lächeln Taens, der Traumweberin, vor, wundervoll wie der Gesang der Heidelerchen im Seitwald; er erinnerte sich der Banner, die über den Türmen von Landfeste im Wind flatterten, und des wilden Zorns, den der Kielmark gezeigt hatte, als Riffhafen von einem Heer mit dämonischer Unterstützung bedroht worden war. All dies war ihm wertvoll, und er sehnte sich danach, diese Kostbarkeiten zu beschützen. Doch es waren die wilden Sippschaften der Caelfälle und die neununddreißig geopferten Leben gewesen, die ihn vor dämonischer Gefangenschaft bewahrt hatten, was schließlich seine endgültige Entscheidung, sich dem Zyklus des Feuers hinzugeben, herbeigeführt hatte. Nichts außer dem Tod selbst konnte ihn noch von diesem Entschluß abbringen, obwohl die Qualen auf dem Weg zur Meisterschaft eines Feuergebieters Ivains Persönlichkeit vollständig ausgelöscht hatten, ihn in einen grausigen, unheilbaren Wahn getrieben hatten, der ganz Keithland dazu gebracht hatte, ihn zu fürchten. Noch Jahre nach dem Morgen, an dem er sein Leben mit einem Dolchstoß mitten ins Herz beendet hatte, gedachten die Menschen nur fluchend Ivain, dem Feuergebieter. Die Erwähnung seines Namens veranlaßte Menschen jedes Standes, die gekreuzten Arme zum

Zeichen der Abwehr des Bösen zu erheben, das die Zauberei mit sich brachte.

Tamlin winkte, und sogleich war die Pfeife verschwunden. Er sprach, als wäre er mit den düsteren Befürchtungen des Jungen wohlvertraut. »Sohn des Ivain, du wirst mehr als nur Entschlossenheit brauchen. Der Sathidkristall, den du besiegen mußt, um die Herrschaft über die Erde zu erringen, wird bereits ein Selbstbewußtsein entwickelt haben, wenn er mit deinem Bewußtsein in Verbindung tritt. Er wird dein innerstes Selbst, dein Leben bis hin zu deiner Geburt erforschen und nach Schwächen suchen, die er nutzen kann, um dich zu unterwerfen. Wie groß ist der Teil deiner Vergangenheit, dem du dich stellen kannst, ohne zurückzuschrecken?«

Obwohl er sich an einem Punkt in Bedrängnis befand, an dem er besonders verletzbar war, gab Jaric nicht auf. Von dem Augenblick an, als er die verwunschene Insel erreicht hatte, schien Tamlin darauf erpicht gewesen zu sein, ihn einzuschüchtern. Langsam kam ihm der Gedanke, daß die Worte des Vaere nicht dazu gedacht waren, ihn zu warnen, sondern ihn zu provozieren.

»So, so.« Tamlin sprang plötzlich auf den Stein und starrte ihn mit beängstigender Direktheit an. »Du besitzt einen flinken Geist. Aber auch Zorn wird dir nicht reichen, mit dem fertig zu werden, was vor dir liegt. Soll ich es dir beweisen?«

Ohne eine weitere Vorwarnung klatschte der Vaere in die Hände. Das dissonante Klimpern der Glöckchen vermischte sich mit Jarics Aufschrei, als der Boden unter seinen Füßen verschwand. Schwindel erfaßte seine Sinne, und er stürzte Hals über Kopf in eine Erinnerung aus seiner Vergangenheit.

Kapitel 2

ERDMEISTERSCHAFT

Die Obstbäume in den Gärten von Morbrith hatten ihr Laub verloren, und die Zweige knarrten wie Gebeine im unbarmherzigen Griff von Kälte und Wind. Doch die Gärten, an die sich Jaric aus seiner Kindheit erinnerte, waren niemals verlassen, nicht einmal im kältesten Winter. Die Fußabdrücke kleiner Jungen zierten den Schnee zwischen den Wegen, und Gelächter hallte durch die frostige Luft. Nur Jaric, zugewiesenes Mündel der Schmiedegilde, nahm nicht an den ausgelassenen Spielen seiner Altersgenossen teil. Am Morgen seines vierten Geburtstages hatte ihn ein großer Mann, der nach Pferden roch, vom Herd seiner letzten Pflegemutter fortgerissen. Von nun an, soviel hatte er begriffen, sollte er auf dem Dachboden über der Schmiede leben, gemeinsam mit den anderen Gildelehrjungen. Die anderen Knaben waren einige Jahre älter als Jaric; und mit kindlicher Grausamkeit ärgerten sie den Eindringling in ihrer Mitte.

»Der ist doch noch ein Baby!« hatte Garrey, der älteste der Jungen, gespottet, und der Rest war seiner Führung gefolgt wie ein Rudel dem Leithund.

Kalte Luft durchdrang Jarics Fausthandschuhe. Sehnsüchtig sah er zu, wie die anderen Lehrjungen herumrannten und dem Ball nachsprangen; doch Garrey hatte ihm zuvor erklärt, daß er bei ihrem Spiel nicht willkommen sei. Trotzdem faszinierte das Ballspiel den Jungen, dessen Pflegemutter ihn stets von ihren anderen Kindern ferngehalten und wieder und wieder, wann immer sie glaubte, er könnte sie nicht hören, geflüstert hatte, daß seine Gegenwart Unglück über ihr Haus bringen würde. Angelockt von dem Gelächter und dem ausgelassenen Spiel der Knaben, schlich Jaric näher heran und überquerte unwissentlich die Grenze ihres Spielfeldes.

Garrey verfehlte einen schwierigen Fang. Gedrungen, aber flink, wirbelte er herum und sprang hinter dem Ball her, nur um gleich darauf über Jaric zu stolpern, der ihm im Wege stand. Garrey versuchte anzuhalten, glitt aus und prallte hart gegen Jaric. Zu Boden geschleudert, mühte sich Jaric, wieder auf die Beine zu kommen, doch Garrey war schneller.

Mit finsterer Miene verzog der ältere Junge verächtlich die Lippen. »Hey! Milchgesicht!«

Er ließ auch nicht von Jaric ab, als der Ball von der hinter ihm liegenden Mauer abprallte. Geräuschlos fiel er in den Schnee, während Garreys Kameraden im Halbkreis auf den kleinen blonden Jungen zukamen, der ihnen mit seiner Ungeschicklichkeit ihr Spiel verdorben hatte. Jaric wich einen Schritt zurück, zwei Schritte, dann blieb er stehen, durch die dornigen Ranken eines Rosenstrauches in die Enge getrieben.

»Du bist hier nicht erwünscht«, sagte Garrey. Er zog seine Handschuhe aus und erhob die gekreuzten Fäuste zu dem traditionellen Zeichen gegen das Böse. »Deine eigene Mutter hat versucht, dich umzubringen, hast du das gewußt? Und danach ist der Vater, der dir das Leben gerettet hat, gehängt worden, durch grafschaftliches Recht für den Mord an deiner Mutter zum Tode verurteilt.«

»Nein«, flüsterte Jaric. »Du lügst doch bestimmt.«

»Tu ich das? Wer ist denn dann deine Mutter, du

Hurensohn? Und dein Vater?« Garrey grinste und entblößte eine Zahnlücke, die der Tritt eines Pferdes hinterlassen hatte. Sein Ton wurde immer überheblicher. »Ich habe gesehen, wie Kerain gestorben ist. Sein Gesicht ist purpurrot angelaufen, und seine Augen haben geblutet. Frag den Gildemeister.« Mit einem brutalen Hieb schlug der ältere Junge Jaric zu Boden. Andere Knaben mischten sich ein, prügelten ihn mit den Fäusten und traten mit ihren Stiefeln nach ihm.

Doch Kerainson, dessen Erziehung nun in Händen der Schmiedegilde lag, fühlte die Hiebe kaum, die auf seinen Körper niederprasselten. Die gedankenlose Grausamkeit eines anderen Kindes hatte ihm die Wahrheit offenbart, die sich hinter der Haltung der Städter verbarg, ihn zu meiden. Zum ersten Mal hatte er Worte für den Traum, der seinen Schlaf immer wieder störte. Ein Alptraum, der ihn vor Entsetzen jammernd mit der Erinnerung an ein silbernes Aufblitzen, an den harten Griff eines Mannes, den Geruch von Blut und ein schreckliches Gebrüll, vermengt mit dem Schmerzensschrei einer Frau, zurückließ.

Während Garrey und die anderen Lehrjungen ihn im Schnee herumstießen, fühlte Jaric, wie die Finsternis dieser Alpträume zurückkehrte. Er würgte, biß sich auf die Lippe, doch er konnte den Schrei nicht zurückhalten, der in seiner Kehle aufstieg. Und kaum war er heraus, da folgte ein weiterer und noch einer, bis ihm die Sinne schwanden.

An jenem Tag in der Vergangenheit, hatten die Lehrjungen von ihm abgelassen. Aufgeschreckt waren sie aus der Nähe des Jungen geflüchtet, der wie ein Wahnsinniger schreiend im Schnee gelegen hatte. Als er sich wieder erholt hatte, ignorierten sie ihn; und der Knabe, den ein Schrecken verfolgte, der nun nicht länger gestaltlos war, wurde immer öfter krank, während die anderen Jungen sich ihrem Spiel widmeten. Nun, als erwachsener Mann, fühlte Jaric, wie Erinnerung und Schnee gleichermaßen schmolzen. Sein letzter Schrei hallte ohne ein Echo über die Lichtung der Vaere. Doch selbst, als er imstande war, Vergangenheit und Gegenwart zu unterscheiden, preßte er noch immer die vom Ruder und den Tauen wunden Hände vor die Augen.

Glöckchen klimperten ganz in der Nähe. Jaric atmete zittrig ein und zwang sich, die schweißnassen Finger vom Gesicht zu lösen. Als er aufblickte, stand Tamlin vor ihm. Vage erkannte er seine bärtigen Züge im Zwielicht.

»Ivainson Jaric, um die Macht eines Zauberers zu erringen, mußt du erst dich selbst beherrschen. Die Ausbildung wird schwer für dich sein. Ich frage dich noch einmal, bist du darauf vorbereitet?«

Jaric schluckte. Mit tränenerstickter Stimme sagte er: »Ja.«

Tamlin ließ sich nicht erweichen. »Bist du bereit, zu der Erinnerung zurückzukehren, die du eben hinter dir gelassen hast, und Qualen zu leiden, die zehnmal so schlimm sind wie jene, die du damals erfahren hast?«

Blondes Haar leuchtete im Zwielicht, als Jaric den Kopf hob. Braune Augen blickten in schwarze, die ersteren voll zorniger Entschlossenheit, die letzteren unergründlich dunkel. Für einen Augenblick maßen Mensch und Vaere einander regungslos. Dann erhob sich Jaric. Er starrte auf die übersinnliche Gestalt seines Peinigers herab und imitierte, ohne es zu wissen, die Haltung Ivains.

»Ja«, sagte er leise. »Treibt mich zurück in meine Qual, wenn Ihr müßt. Nur schickt mich nicht mit leeren Händen davon. Solltet Ihr das tun, so wird alles vernichtet werden, was mir am Herzen liegt. Hilflos dabei zusehen zu müssen wäre schlimmer als jede Pein, die ein Sathid über mich bringen kann.«

»Nun gut.« Glöckchen klimperten leise, als Tamlin gestikulierte. »Du hast dir die Chance meiner Unterweisung verdient.« Er unterbrach sich, und ein warnender Schimmer trat in seine Augen. »Doch vergiß nicht: niemand wird dich schützen können, wenn du ohne eine Waffe in den Kampf ziehst.«

Tamlin winkte und verschwand. Allein im Wald zurückgelassen, begriff Jaric kaum, daß ihm die Möglichkeit geboten worden war, die Meisterschaft eines Zauberers zu erringen. Statt dessen fragte er sich verärgert, wie Tamlin von dem Schwert wissen konnte, das er zum wiederholten Ärger seiner Lehrer immer wieder vergaß zu tragen.

Lichter flackerten auf dem Schaltpult, als der Vaere die Daten auswertete, die er während der ersten Willensprüfung Jarics hatte sammeln können. Wenngleich dieses erste Muster Anlaß zur Hoffnung gab, offenbarte es doch ebenso die Notwendigkeit harter Arbeit. Wollte er den Zyklus des Feuers überleben, mußte Jaric seine Stärke als Erwachsener einsetzen, um die Unzulänglichkeit und die Qualen seiner Kindheit zu ertragen. Solchermaßen nicht durch Hoffnung, sondern durch die unbestechliche Realität der Zahlen motiviert, ging der Vaere die verschiedenen Möglichkeiten durch und bereitete sich auf die Zukunft vor.

Mechanische Greifarme fingen die kleinen, sich windenden Körperer zweier Erdwühler in der Erde unter dem Waldboden. Kaum eine Handspanne groß, mangelte es den Kreaturen sowohl an Augenlicht als auch an meßbarer Intelligenz; doch im Inneren ihrer lebendigen Körperer würde Set-Nav die Saat für die Macht eines Zauberers über die Elemente legen. Maschinen summten, und Motoren drehten sich in reibungsloser Stille. Die Erdwühler kreischten protestierend, als Nadeln ihre Haut durchbohrten und jedem von ihnen eine gelöste Sathidmatrix injizierten. Set-Nav sperrte die kreischenden Tiere in Käfige. Der erste von ihnen würde den Kristall so lange beherbergen, bis sein Fleisch im Kreislauf des Sathidlebens in Saatmatrix umgewandelt war; wenn dieser Kristall schließlich eine zweite Bindung an einen Menschen einging, so würden die Erinnerungen seiner vorherigen Existenz erweitert werden. Aus ihnen mußte Jaric die Macht eines Erdmagiers formen. War er erfolgreich, so würde der zweite Erdwühler verbrannt werden. Die in der Asche zurückbleibende Sathidmatrix würde Jaric in den Zyklus des Feuers geleiten, wenn ihn der Mut nicht vorher verließ. Denn auch bei der zurückhaltendsten Schätzung blieb Keithland nach den Berechnungen Set-Navs weniger als ein Jahr, um die Bedrohung durch Maelgrim abzuwehren. Allzu schnell würden die dunklen Träume der Dämonen die Menschheit in den Untergang treiben.

Die Tage in Keithland wurden kürzer. Feldfrüchte reiften zur Ernte heran, wurden eingeholt, ehe der Frost die Halme auf den Feldern welken ließ. Laub hüllte die Berghänge in warme Farben, bis der Winter sie mit Frost bedeckte; doch während landauf, landab Schnee die Dickichte und Wälder umhüllte, blieb die Jahreszeit auf der Insel der Vaere unverändert. Gräser und Blumen bedeckten zart wie junge Triebe im Frühjahr die Anlage, die Set-Nav beherbergte. Geschützt in seiner silbernen Kapsel träumend, vervollständigte der Knabe, der die Meisterschaft eines Feuergebieters anstrebte, langsam seine Ausbildung. Während der Monate sorgsamer Unterrichtung hatte Tamlin ihn gelehrt, die Alpträume seiner Kindheit umzugestalten. Die Unsicherheiten seiner Lehrzeit wurden mit größter Sorgfalt untersucht, frühere Ängste durch die Selbstsicherheit späterer Leistungen aufgefangen, bis die Erkenntnis seines eigenen Selbstwertes das Wesen des Knaben wie ein Grundstein stützte. Zum ersten Mal in seinem Leben konnte Jaric seine Vergangenheit erkunden, ohne sich von seiner eigenen Unzulänglichkeit verfolgt zu fühlen.

Doch diese Freiheit, die er seiner eigenen Leistungsfähigkeit dankte, sollte nicht fortdauern. In dem Augenblick, da die äußeren Umstände erfolgversprechend erschienen, holte Set-Nav den ersten Saatsathid hervor, der den Tod des Erdwühlers überstanden hatte, und löste ihn in einer salzhaltigen Lösung auf. Jaric fühlte keinen Schmerz, als die Nadel in seinen bewußtlosen Körper stach. Noch während das fremdartige Wesen in seine Vene eindrang, träumte er von einer Lichtung im Zwielicht; dort erteilte ihm ein kleiner, in mit Glöckchen verziertes Leder gekleideter Mann letzte Anweisungen.

»Vergiß nicht: Die Gefahr liegt in der Schwäche deiner selbst.« Glöckchen klingelten sacht, als der Vaere warnend den Zeigefinger vor dem Gesicht des Jungen erhob, der vor ihm im Gras hockte. Er war von Geburt an schmächtig und kränklich gewesen, der Sohn des Ivain; früh schon hatten

Zurückweisung und Unverständnis seine Entwicklung gehemmt, und doch war er nun zu einem erwachsenen Mann herangereift, und die Hoffnung für das Überleben Keithlands ruhte auf seinen Schultern. Eindringlich fuhr Tamlin fort:

»Jederzeit mußt du deine Angst kontrollieren, oder du wirst verloren sein, für alle Zeiten dem Willen des Sathid unterworfen. Wenn es dir gelingt, den ersten Versuch der Matrix, Herrschaft über dich zu erlangen, abzuwehren, so wird sie zurückschlagen und ihre jüngsten Erinnerungen an die Erde gegen dich wenden. In diesem Augenblick mußt du die Kontrolle an dich reißen und die Mysterien der Erde entschlüsseln. Solltest du versagen, so wirst du verloren sein.«

Auf den Knien betastete Jaric eine Blüte, die sich an sein Bein schmiegte. Die zarten Blütenblätter erinnerten ihn an Taens Haut; beim Gedanken an sie fühlte er ein Beben, tief in seinem Inneren. Er zwang sich, von der Erinnerung abzulassen, nur um gleich darauf das Gesicht Mathieson Keldrics in Gedanken vor sich zu sehen, jenes alten Fischers, dessen Boot ihn sicher durch Wogen und Stürme getragen hatte.

Und vor Keldric und der *Callinde* hatte es einen Waidmann gegeben, der ihn Unabhängigkeit gelehrt hatte, einen Schreiber, dem er die Fähigkeit zu lesen verdankte, und später neununddreißig Clanangehörige, die um seiner Sicherheit willen ihr Leben gelassen hatten.

Jaric gedachte der Opfer, die der Kielmark erbracht hatte, oder Brith oder der scharfzüngige Corley; und schließlich erinnerte er sich des Sturmwächters in seinem Gefängnis aus Eis. Von dem Bann, der ihn gerufen hatte, abgesehen, hatte Anskiere niemandem seinen Willen aufgezwungen, obwohl seine Rettung nur durch das Opfer eines anderen errungen werden konnte.

»Junge«, sagte Tamlin sanft.

Jaric zuckte zusammen, und der Blütenstengel brach zwischen seinen Fingern. Er blickte auf, bekümmert angesichts der Erkenntnis, daß er besser davonkäme als seine Freunde und Mitmenschen, sollte er dem Vermächtnis seines Vaters nicht genügen. War er erst einmal tot, so müßte er das Leid durch den Untergang Keithlands nicht mehr über sich ergehen lassen.

Tamlin verschränkte die Arme vor der Brust. Silbrig schimmerte sein Haar im Zwielicht über der Lichtung. »Junge, welchen Ruf dein Vater auch gehabt hat, bedenke dies: Ivain hat sich selbst für eine größere Sache geopfert. Er hat weit mehr gerettet, als er zerstört hat, während er Keithland als Feuergebieter diente.«

Doch während Ivain einst seinen Weg zur Erdenherrschaft achselzuckend und mit einem fröhlichen Lied auf den Lippen angetreten hatte, kniete Jaric schweigend im Gras. Er blickte nicht auf, als Tamlins Gestalt mit der Luft verschmolz. Schutzlos allein zurückgelassen, fühlte der Knabe, wie sich etwas in ihm rührte, das nicht Teil seiner Selbst war; schon keimte der Sathid in seinem Körper. Da die Matrix gerade erst den Körper eines Erdwühlers beherrscht hatte, tastete sie nicht blind herum, sondern suchte rasch den direkten Kontakt mit ihrem neuen Partner. Obgleich all seine Instinkte aufschrien, zwang sich Jaric, auch dann noch passiv zu bleiben, als die Lichtung seiner Wahrnehmung entrissen und durch Szenen seiner frühesten Kindheit ersetzt wurde.

Die Erinnerungen erschienen ihm weit lebhafter als ein Traum; und dann wurden sie zum Jetzt, und

Jaric ging zurück in die Zeit, in der er als Baby im Schoß seiner Mutter gelegen hatte. Durch die erweiterte Wahrnehmung der Sathidbindung erkannte er seine Umgebung mit einer Klarheit, wie sie kein Kind jemals erfahren konnte. Heftig schlug das Herz seiner Mutter neben seinem Ohr; sie hatte ihn in aller Eile in ein kleines, bewaldetes Tal gebracht, einen frostigen Ort, umgeben von totem Laub und wuchernden Ranken, weit außerhalb der Sichtweite jeglicher Behausungen. Die Hand, die an ihrer Brust lag, umklammerte das Heft eines scharfen Messers.

Fasziniert betrachtete Jaric den glänzenden Stahl. Zu jung, die Gefahr zu ahnen, sah er, wie die Fingerknöchel seiner Mutter weiß hervortraten. Sie murmelte ein Gebet, flehte um Vergebung und verfluchte den Feuergebieter; dann erhob sie den Dolch, um den Sohn auf ihren Knien zu ermorden.

Ein wilder Schrei durchschnitt die Stille. »Nein!«

Trockenes Laub raschelte unter den hastenden Füßen eines Mannes. Jaric fühlte, wie seine Mutter zurückzuckte, als wäre sie geschlagen worden. Verzweifelt stieß sie mit dem Messer zu und wurde aufgehalten, als die Finger von Smithson Kerain ihr zartgliedriges Handgelenk abfingen. Hin- und hergestoßen und gegen die Lederhose des Mannes gedrückt, wimmerte das Kind ängstlich.

Doch die Stimme des Mannes überlagerte sein Weinen. »Kors Gnade! Weib, bist du wahnsinnig? *Das ist dein Sohn. Warum willst du ihn umbringen?* Dein Vater hat zugestimmt, daß wir heiraten.«

Die Frau keuchte vor Anstrengung, als sie vergeblich versuchte, ihren Arm zu befreien. »Dieses Balg ist nicht von dir, Kerain. Bei den Feuern, warum mußtest du auch hierherkommen? Nichts, was ich sage, wird genügen, damit du verstehst.«

Mit einem Ruck, der Jaric auf den Bauch schleuderte, griff seine Mutter mit der Linken nach dem Messer. Ein zweites Mal stach sie nach ihrem Kind, zielbewußt und fest entschlossen.

Von ihrer Tat überrascht, brüllte Kerain, als die Klinge in weitem Bogen herabfuhr, und er zerrte an Jarics Kleidern. Er entriß das heulende Kind dem sicheren Tod, während die Frau üble Flüche ausstieß.

Feste Finger umfaßten Jarics Rippen und rissen ihn hoch. Er wimmerte weiter, während der Schmied wütend brüllte: »Bist du denn krank, Geliebte? Was hast du nur erwartet? Sollte ich dir den Rücken zukehren, während du unser Kind ermordest?«

Doch die Frau schien ihn nicht zu hören. Keuchend brach sie zusammen. Blut quoll zwischen ihren Fingern hervor. Erst in diesem Augenblick erkannte Kerain, daß seine Verlobte den Hieb vollendet und sich das Messer selbst ins Herz gestoßen hatte. Nun schrie auch er, und sein Kummer paarte sich mit dem jammervollen Klagen des Kindes. Fest an das verschwitzte Leinenhemd des Mannes gepreßt, nahm Jaric voller Furcht den Geruch von Blut und feuchter Erde wahr, doch erst viele Jahre später sollte er begreifen, daß die Frau sich das Leben genommen hatte.

Nun, da er sich in dem Muster von Jarics Geist festgesetzt hatte, verstärkte der Sathid seinen Zugriff. Hartnäckig und unersättlich fraß er sich durch weitere Erinnerungen und wurde des Aufstandes gewahr, als Kerain für den Mord an seiner Verlobten vor Gericht gestellt worden war. Jaric lebte in der Obhut einer boshaften Hebamme, stets von den Soldaten des Grafen von Morbrith bewacht. Die Frau war taub. Sie bemerkte nicht immer, wenn das Baby weinte; und die Soldaten vertrieben sich während langer Tage und Nächte die Zeit beim Würfelspiel.

Kerain wurde verurteilt und gehängt. Nachdem ihm die Hebamme einen Gifttrunk verabreicht hatte, schlief Jaric während der Vollstreckung. Er war zu klein, die letzte Bitte des Mannes zu verstehen, den Waisenjungen als seinen Sohn zu benennen und als Mündel der Schmiedegilde aufzuziehen. Für Jaric bestand das Ergebnis lediglich aus einer Abfolge liebloser Pflegefamilien und später einem Bett in der kalten Dachstube über der Schmiede. Angetrieben durch den Einfluß des Sathid, erlebte er noch einmal die Kränkungen durch seine Altersgenossen, die Kämpfe, die Demütigungen und die einsamen Nächte, in denen er sein Gesicht unter der Decke vergrub, um die anderen Knaben nicht zu wecken, wenn er schreiend aus seinen Alpträumen erwachte. Wieder erfuhr er den herabsetzenden Augenblick, als er, nunmehr zehn Jahre alt, noch immer zu schwach war, Roheisenblöcke von den Wagen der Händler in die Schmiede zu schleppen. Verärgert schickten die Schmiede ihn fort, seine Arbeit am Blasebalg zu tun. Doch der Rauch des Kohlenfeuers brachte ihn zum Husten; Arbeit, die die anderen Jungen ohne Schwierigkeiten erledigten, zehrte an Jarics Gesundheit. Auch die Zeit erbrachte keine Besserung. Als zarter Zwölfjähriger erwies er sich als zu zaghaft, die Stuten zu bändigen, die von den Weiden hergeführt worden waren, um beschlagen zu werden.

»Bei allen Feuern, du taugst einfach nichts!« brüllte der Schmiedemeister. Wütend warf er seinen Hammer zu Boden, wo er mit dumpfem Klirren landete, und starrte finsteren Blickes den Burschen an, der in die dunkelste Ecke der

Schmiede zurückwich. »Was kann ich schon anderes tun, als den Grafen selbst um Abhilfe zu bitten? Die Gilde kann es sich nicht leisten, ihr Silber an die Ernährung eines Trottels zu vergeuden. Kor, wir alle haben Frauen und Töchter, die wir kleiden und ernähren müssen.«

Den ganzen nächsten Tag verbrachte Jaric zusammengekauert in seinem Bett; der Sathid analysierte seinen Kummer begierig wie ein hungriges Raubtier, während im Hof unter dem Dachfenster Männer mit lauten Stimmen eine Delegation zusammenstellten, um einen Appell an den Grafen zu richten. Sie riefen Jaric vom Dachboden herab und rissen Zoten über seine mädchenhaften Bewegungen, als sie ihn durch die Stadt zur Ratshalle hetzten. In einem düsteren Raum, angefüllt mit harten Stühlen und allerlei Würdenträgern, lauschte Jaric schweigsam, während die Schmiede ihr Anliegen vortrugen. Die Worte ›*seid der Geburt verflucht*‹ und ›*nicht Kerains Sohn*‹ tauchten immer wieder auf. Der Knabe, von dem sie sprachen, faltete die zarten Hände im Schoß. Verzweifelt bemühte er sich, nicht zu weinen, während der Graf, prachtvoll anzusehen mit den Smaragden an Ärmelstulpen und Kragen, sich die Klagen anhörte und die Stirn in Falten legte.

Der Sathid kostete erfreut Jarics Unbehagen, als die Bittsteller sich immer mehr ereiferten. Doch noch ehe der Graf ein Urteil fällen konnte, ergriff der gebückte alte Schreiber, der die Archive hütete, Partei für den Jungen.

Meister Iveg sprach mit leiser Stimme. Ein Augenblick zog dahin, ehe irgend jemand von seinem Angebot Notiz nahm. Dann verstummte der allgemeine Lärm plötzlich, und die Worte des alten Gelehrten hallten durch den gobelingeschmückten

Raum. »Wenn Jaric eine Last für die Schmiede ist, so laßt ihn die Schreiberei lernen. Ich brauche Hilfe in den Archiven. Wenn der Knabe sich ein wenig Mühe gibt, dann wird sein Lohn reichen, für Kost und Unterbringung in der Schmiede zu zahlen.«

»Einverstanden«, meinte der Graf, der ungeduldig darauf wartete, sich endlich seinen Falken widmen zu können.

Seine Entscheidung veränderte das Leben von Kerainson Jaric. Tagsüber studierte der Knabe Buchstaben und Bücher. Die Stille in den Archiven wurde zu einem sicheren Hafen für ihn; doch an jedem Abend fürchtete er die Rückkehr auf den Dachboden und die Sticheleien der Schmiedelehrjungen. Im Lauf der Jahre wurden seine Zimmergenossen immer ungestümer, rauher und kräftiger, und ihre Haut erwarb einen braunen Schimmer, während er noch immer zart und blaß war. Als er fünfzehn war, erscholl die Prahlerei der älteren Jungen in den Tavernen. Sie maßen sich im Armdrücken, um als stolze Sieger dem Barmädchen einen Kuß zu entreißen; und die Maid, drall und schamlos, ließ sie stehen, um Jaric wegen seiner Zartheit zu necken. Sie verhätschelte ihn, brachte ihm Krüge mit heißer Milch gegen seinen Husten. Einmal ertappte sie ihn, wie er in ihren Ausschnitt starrte, und sie zwickte ihn in die Wange wie ein Kleinkind; die Ohrfeige, die er verdient gehabt hätte, hätte ihn gewiß weniger verletzt.

Zwei Jahre später hatte sich an Jarics Gestalt noch immer nichts verändert, doch er hatte sich als hervorragender Schüler des Gelehrten erwiesen. Dann, ohne jede Vorwarnung, entriß Anskieres Bann ihn dem Leben, das er in der Festung von Morbrith gekannt hatte. Der Sathid war von dem Geschehen überrumpelt. Er sah, wie sein potentielles Opfer den entwürdigenden Unsicherheiten seiner Kindheit entwuchs. Unter Anleitung des Waidmanns, Telemark, entwickelte Jaric Selbstvertrauen, und er wurde immer stärker, als er den vernachlässigten Rumpf der *Callinde* reparierte. Durch diese Erfahrungen und die des folgenden Jahres erkannte die Matrix mit zunehmender Enttäuschung, daß Jaric sich all seinen früheren Schwächen gestellt und sie überwunden hatte. Nur ein Schwachpunkt zeichnete noch seinen Charakter, nachdem Tamlin ihn unterrichtet hatte: Jaric fürchtete noch immer den Wahnsinn seines Vaters und das ehrfurchtgebietende Zerstörungspotential, das der Macht eines Zauberers zu eigen war. Diesen Makel konnte ein Sathidparasit ausnutzen, um seinen Anspruch auf permanente Vorherrschaft zu sichern. Dominanz schon aus seiner Existenz in dem Erdwühler gewohnt, errichtete er seine Falle mit großer List.

Die Bindung zwischen Kristall und Mensch näherte sich der Vervollkommnung. Wie ein Süchtiger, der aus drogenumnebeltem Schlaf erwacht, rührte sich Jaric in der Stille auf der Lichtung. Sofort fühlte er die enorm verstärkte Wahrnehmungsfähigkeit, die mit der Sathidverbindung einherging. Seine Gedanken schienen fremdartig und von energetischer Resonanz erfüllt; intuitive Ahnungen und eine latente Begabung hatten sich zu einer greifbaren Macht entwickelt. Jaric probierte sie aus und stellte fest, daß er diese Kraft nach Gutdünken lenken konnte. Das Kristallwesen verstärkte seine Neugier, drängte den jungen Magier, seine neuerworbenen Fähigkeiten zu erkunden.

Jaric stand im Gras, vor Verwunderung wie erstarrt. Sich der Pflanzen und der Erde unter seinen Füßen auf übernatürliche Art bewußt, blinzelte er und stellte fest, daß er die Bäume nun mit anderen Augen sah. Er nahm die Lebenskraft in den hochaufragenden Stämmen wahr; jedes Blatt war von einem schwachen Lichtschimmer umgeben. Wenn er still war, konnte der Knabe die Flora um sich herum hören, hörte ihr Wachstum und ihre Blüte wie ein tiefes, unterschwelliges Summen. Diese Veränderung überwältigte ihn, und er übersah zunächst, daß alles Leben auf der Lichtung ebenfalls seinem Willen gehorchte.

Einen Augenblick später lehnte sich ein Baum zur Seite, *einfach nur, weil* er *sehen wollte, was hinter ihm war*. Die Erkenntnis traf ihn so plötzlich, daß seine Sinne schwinden wollten. Abrupt setzte er sich, als ihm bewußt wurde, daß er Macht über den lebendigen Wald hatte. *Wie sollte er eine derartige Macht beherrschen?* Von Selbstzweifeln geplagt, lieferte ihm seine Vorstellungsgabe Bilder von morschen Zweigen und Stämmen, die zu leeren Hülsen ausgetrocknet waren. Beunruhigt rieb der Knabe seine Handflächen an den Unterarmen, bis eine Präsenz in seinem Geist ihm die Erkenntnis aufdrängte, daß er mit derselben Leichtigkeit zu schützen und zu bewahren imstande war. Banne konnten die Auswirkungen von Alterung und Witterung umkehren und sogar die Verwüstung durch eine Axt abwehren.

Nunmehr besänftigt bemerkte Jaric nicht, daß diese Beruhigung einem Wesen entstammte, das nicht Teil seiner selbst war. Ohne zu ahnen, daß der Sathid ihn manipulierte, stellte er sich scheinbar unwillkürlich vor, wie er das Schicksal bezwingen, möglicherweise gar die Traumweberin, die er liebte, vor dem Bruder schützen konnte, der ihr Leben bedrohte. Doch noch während er vor sich hin sinnierte, wurde er von seinen Ängsten verraten. Jaric erinnerte sich der Ruinen von Tierl Enneth mit lebendiger, erschreckender Deutlichkeit. Umgeben von zerfallenen Mauern stand er hilflos inmitten der nicht bestatteten Skelette, deren Schädel ihn aus leeren, flehenden Augenhöhlen anklagten. Münder ohne Lippen schienen aufzuheulen und erinnerten daran, daß Anskiere von Elrinfaer geschworen hatte, sie zu beschützen, dann aber Zerstörung über sie gebracht hatte, als eine von den Dämonen versklavte Hexe sich seiner Magie bemächtigt hatte.

Jaric senkte den Kopf. Bleich lagen die Hände in seinem Schoß, als er sich bemühte, diese Bilder abzuwehren. Doch der Sathid verstärkte das Netz der Schrecken über seinem Geist noch. Jeder von den Vaere geschulte Zauberer stellte eine Bedrohung dar, einen Anziehungspunkt für Katastrophen und ein stetes Ziel für dämonische Übergriffe. Der Sathid lieferte ihm die gräßlichen Details: Jaric sah, wie seine Gabe gegen die Heiligtümer von Landfeste eingesetzt wurde, sah, wie seine eigenen Hände von dem Blut unschuldiger Opfer getränkt wurden. Voller Verzweiflung schrie er auf, ohne sich des Feindes bewußt zu sein, der seine innerlichen Schutzwälle untergraben hatte.

Der Sathid fühlte, daß sein Gegner schwächer wurde; in dem Bemühen, einen schnellen und endgültigen Sieg zu erlangen, griff der Sathid auf etwas zurück, die Jaric über alles wertschätzte, und umgab es mit einer Vision der Gefahr. Jaric sah zu, wie die Banne, die er geformt hatte, um Taen zu beschützen, seiner Kontrolle entglitten. Macht explodierte mit der geballten zornigen Kraft eines Orkans und zerschmetterte ihre Gebeine unter den Fetzen aufgerissenen Fleisches.

»Nein!« Jaric ballte die Hände zu Fäusten. Wieder und wieder hallte es verführerisch durch seinen Geist, daß er ein derartiges Unheil abwenden konnte, wenn er die Kontrolle aufgab; Taen wäre in Sicherheit, wenn er der Weisheit den Vorrang vor der Meisterschaft einräumen würde. Doch etwas an der Idee schien nicht richtig zu sein. Aufmerksam geworden, ordnete Jaric seinen Verstand und korrigierte das Mißverständnis des Sathid durch jene überaus menschliche Tatsache, die er beinahe vergessen hätte: *Keine Macht in ganz Keithland oder über die Grenzen des Landes hinaus konnte ihn dazu bringen, die Traumweberin von Imrill Kand zu verraten,* denn er liebte Taen mehr als sein eigenes Leben.

Verunsichert zog sich der Sathid zurück; er wußte nur wenig über Liebe. Es gab kaum Hinweise, die ihm die Natur seines Irrtums hätten näherbringen können, denn Jarics Vergangenheit war von grausamer Einsamkeit geprägt gewesen. Für einen winzigen Augenblick zögerte die Matrix in ihrem Vorstoß.

Dieser Moment reichte dem Knaben, um zu erkennen, daß die qualvollen Bilder nicht seinem eigenen Geist entsprangen. Nun, da er wußte, daß die Matrix ihn um der Vorherrschaft willen angegriffen hatte, schlug Jaric wütend zurück.

Der Kristall wehrte sich, traf ihn mit der Erinnerung, daß Ivains gute Absichten schließlich auch in ungezügelter Bösartigkeit geendet hatten. Wie vor ihm der Vater, mochte auch der Sohn plündern und betrügen. Jaric verzweifelte an der eigenen Abwehr. Durch die Visionen von Elrinfaer – Bilder von Menschen, zerstört durch die Raubzüge der Mharg – auf die Knie gezwungen, kämpfte er darum, standzuhalten. Doch der Sathid fühlte seine Verunsicherung; immer dichter trieb er ihn an den Rand der Verzweiflung. Geschlagen und zum Rückzug gedrängt, stützte der Knabe seinen

Widerstand mit dem Rat, den Telemark, der Waidmann, ihm erteilt hatte, als er inmitten eines Wintersturmes mit einem Problem konfrontiert gewesen war, das zu meistern ihm unmöglich erschienen war.

›*Du mußt immer daran denken, daß niemand mehr als einen Schritt auf einmal tun kann. Die größten Probleme müssen in kleine Einzelteile aufgebrochen werden, von denen ein jedes leicht zu bewältigen ist.*‹ In jener Nacht, in der diese Worte gefallen waren, hatte Jaric seine früheren Grenzen hinter sich gelassen. Er hatte das Leben seines Freundes gerettet. Später würde er vielleicht nicht imstande sein, seine Macht stets unfehlbar zu beherrschen, doch solange er über einen bewußten Willen verfügte, konnte er immer dafür sorgen, den Seinen kein Leid zuzufügen, auch wenn ihm dazu keine andere Möglichkeit blieb, als sein eigenes Leben hinzugeben.

Der Sathid zweifelte an der Ernsthaftigkeit der Vorsätze seines Opfers und fand sich plötzlich selbst in die Enge getrieben wieder. Jaric jüngste Vergangenheit war der Beleg für einen Vorfall, bei dem der Knabe um des Prinzips willen seinen Kopf vor dem Schwert der Kielmark riskiert hatte. Es gab eine Grenze, über die hinaus er niemals getrieben werden konnte, und das Kristallwesen hatte jene Grenze unwissentlich überschritten, als es ihm Gefahr für Taen vorgegaukelt hatte. Nun blieb ihm nur noch eine Möglichkeit; um den Willen seines Wirtes zu unterwerfen, mußte der Sathid die Furcht wiederaufleben lassen, die er dem Erdwühler entrissen hatte, den er zuvor besiegt hatte, um aus ihr eine Waffe für den Angriff auf den Geist dieses Menschen zu formen.

Diese Veränderung der Taktik traf Jaric unvorbereitet. Ohne jede Vorwarnung stürzte er in Feuchtigkeit und Dunkelheit. Der Geruch von Wurzeln und Erde füllte seine Nase. Plötzlich rasselten Kieselsteine und lockere Erdkrumen über seine Schultern; herabfallender Schmutz besudelte seine Füße, dann die Beine, die Hände. Jaric versuchte vergeblich, sich zu befreien. Anders als der Erdwühler verfügte er nicht über Klauen, sich einfach wieder freizugraben. Erde legte sich schwer über seine Brust, umhüllte dann als erstickende Masse sein Gesicht, als der Sathid mit zermürbender Genauigkeit die Erinnerung des Erdwühlers an einen eingestürzten Tunnel herbeirief.

Jaric unterdrückte das Gefühl der Panik. Tamlin hatte ihn vor diesem letzten, verzweifelten Trick des Sathid gewarnt. Nur sein Verstand und die übersinnliche Wahrnehmung der Bindung konnten ihm nun noch helfen. Jarics Überleben hing von seiner Fähigkeit ab, die Mysterien der Erde zu enträtseln, ehe er erstickte.

Ivainson ignorierte sein körperliches Bedürfnis zu atmen. Er richtete seine neue Wahrnehmung auf die Erde, die seinen Körper gefangenhielt; Humus, Kieselsteine, Lehm und Feuchtigkeit, so veranschlagte er die Beschaffenheit des umgebenden Erdreiches. Doch während er ein Mittel suchte, um diese Last zu bewegen, leitete der Sathid seine Nerven. Furcht zerstörte seine Ruhe. *Er konnte nicht atmen! Er würde sterben müssen, hier, eingeschlossen in ein feuchtes Grab*. Schweiß überzog Jarics Haut. Er vergeudete wertvolle Augenblicke dabei, sein Gleichgewicht wiederherzustellen, ehe er seine Wahrnehmung erneut auf die Erde konzentrierte. Dieses Mal suchte er Energie, eine Lebenskraft wie die Aura der Bäume, eine Macht, die ihm helfen konnte, sich zu befreien.

Doch die Erde erwies sich als hartnäckig leblos.

Sand und Steine hatten nie Leben besessen; und von den gelegentlichen Regungen der Insekten und Würmer abgesehen, bestanden die Partikel der Erde größtenteils aus toten Teilchen oder Organismen, die zu klein waren, um seinen Zwecken zu dienen. Bestürzt zog Jaric sich zurück. Unsicher, wo er nun noch suchen sollte, kämpfte er gegen den zunehmenden Schmerz in seiner Brust. Er durfte nicht aufgeben, denn sonst wäre sein freier Wille für immer verloren. *Irgendwie hatte Ivain, der Feuergebieter, die Geheimnisse der Erde entwirrt und sich befreit, bevor der Tod ihn überwältigen konnte.*

Benommenheit zerrte an Jarics Sinnen. Erneut suchte er Trost in den Worten Telemarks; auf diese Weise gestärkt, machte er sich mit verzweifelter Konzentration erneut ans Werk und untersuchte jeden einzelnen Partikel. Steine schienen ihm kaum dienlich sein zu können; doch Ivain, der Feuergebieter, war dafür bekannt gewesen, daß er aufs Geratewohl durch Granitgestein gegangen war. Von einer Woge der Schwäche erfaßt, ging Jaric das Problem an. Er schlug auf die finstere, unnachgiebige Materie ein, bis sein Kopf vor Anstrengung schmerzte.

›*Du verlierst*‹, warf der Sathid ein. ›*Schon bald wird dein Körper unter dem Mangel an Luft zusammenbrechen, und noch bevor du sterben kannst, wird mein Sieg vollkommen sein.*‹

»Nein.« Jaric widerstand dem starken Drang zu fluchen. In seinem Kopf drehte sich alles, und sein Gleichgewichtssinn war ohne jede Orientierung. Ihm blieben nur noch Sekunden, seinen freien Willen zu retten.

›*Du kämpfst um nichts*‹, stichelte der Sathid.

Jaric antwortete nicht. Schwankend, am Rande eines Deliriums, kämpfte er darum, die Macht der

Erde zu entschlüsseln. In einem Augenblick rang er mit den Partikeln, aus denen die Erde bestand; im nächsten überwältigte Benommenheit seine Kontrolle. Der Vorstoß seiner Gedanken schlug hart gegen die Oberfläche eines Kieselsteins. Jaric blieben keine Reflexe mehr, den Aufprall abzufangen. Doch der Stein gab nach. Seine staunende Wahrnehmung verschmolz einfach mit dem Stein, beinahe so, als wäre er in ein Wasserbecken gesprungen. Hier nun fand er Energie genug, selbst Berge zu versetzen, eingewoben in symmetrische, glitzernde Stränge, deren Schönheit seinen Geist mit Ehrfurcht erfüllte. In jedem Sandkorn, jedem Stein, jedem Felsen erkannte er die Kraft der Erde. Wie der Sturmwächter sich stets auf Wetter und Wogen verlassen konnte, waren auch die Energien, auf die ein Erdenherrscher zurückzugreifen fähig war, unerschöpflich. Jaric mußte lediglich seinen Willen bemühen, um die Bande zu lösen, die die Struktur des Kieselsteines definierten. Die Macht freigewordener Energien war mehr als genug, ihn aus seinem Gefängnis aus Erde zu befreien.

Der Prozeß hätte so glatt verlaufen sollen wie der Gedanke selbst. Doch halb erstickt und am Rande der Bewußtlosigkeit mußte Jaric um jeden klaren Gedanken mühsam kämpfen. Seine Lungen brannten. Die Kontrolle entglitt ihm; die Energiestränge des Steins entzogen sich seinem Griff wie Perlen von einer zerrissenen Schnur gleiten mochten. Und während er noch kämpfte und versagte, jagten furchtbare Schmerzen durch seinen Körper. Seine Lungen fühlten sich an, als wären sie mit glühendem Draht umwickelt. Und der wartende Sathid drang vor, bereit, die Kontrolle an sich zu reißen, sobald der Mensch zusammenbrach.

Jaric schrak zurück. Nunmehr zornig, schlug er

zu, ohne noch an die geistige Kraft zu denken, die ihn mit der Struktur des Steins verband. Materiegitter splitterten; Energie entlud sich dröhnend, umgeben von der funkelnden Macht einer Explosion. Von einem gleißendhellen Lichtblitz geblendet, schrie Jaric auf. Er taumelte, fiel auf grünen Rasen und weinte, als ein süßer Strom frischer Luft seine Lungen füllte.

Gepeinigt und keuchend lag Keithlands jüngster Zauberer bäuchlings im Zwielicht der Waldlichtung. Er wartete darauf, daß die Matrix sich im Inneren seines Geistes rühren würde. Doch nichts geschah. Er hatte den Sathid geschlagen, hatte ihn unterworfen. Aber die Stille sollte nicht fortdauern; während Jaric sich über seinen Sieg freute, starb ein kleiner Erdwühler einen schmerzhaften Flammentod. Der Vaere aber zog den Saatsathid aus der Asche. An dem Tag, an dem der junge Meister sich dem Zyklus des Feuers unterwerfen würde, würde auch jener Kristall, den er gerade unterjocht hatte, sich wieder erheben und mit dem zweiten verbinden. Das Sathidpaar würde dann mit exponentiell verstärkter Kraft versuchen, die Macht an sich zu reißen. Nicht einmal Set-Nav konnte den Erben des Ivain wirklich auf diese schwere Aufgabe vorbereiten. Bei dem Versuch, eine Doppelbindung zu meistern, hatte Tamlin schon die stärksten und vielversprechendsten Anwärter sterben sehen.

Kapitel 3

WIEDERKEHR

Der Winter fegte über die öde Landschaft nördlich von Felwaithe; der Wind sang ein Klagelied über den kahlen Felsen und verwirbelte den Schnee, bis der sich als sonderbare Skulpturen in Verwehungen sammelte. Dieses Land bildete eine trostlose Einöde, doch nirgends war der Winter so trist wie auf der Klippe, auf der sich die Festung des Schattentempels erhob. Der Schnee blieb dort niemals liegen, sondern wurde von Böen erfaßt und in grauen Wolken davongetrieben, die im fahlen Licht der Wintersonne schimmerten. An einem solchen bitterkalten Tag ging ein Mann in zerlumptem Segeltuch die vereiste Klippe hinauf. Er bewegte sich vorsichtig, denn der Untergrund war tückisch und die Sohlen seiner Stiefel abgetragen.

Thienzwachen entdeckten ihn lange, bevor er sich auf dem letzten Aufstieg zu den Toren der Festung befand. Aufgeregt schnatternd schickten sie einen Untergebenen, ihren Ältesten zu informieren. Doch dieses eine Mal erregte die Anwesenheit eines Menschen, so weit von den bewohnten Gebieten jenseits der Grenze zu Keithland entfernt, keine Bestürzung, denn die Ankunft eben dieses Mannes wurde sehnsüchtig erwartet.

Der Älteste der Thienz wies den Boten an, zu seinem Posten bei den Wachen zurückzukehren. Dann, mit einem leisen Pfiff seiner Kiemenlappen, huschte er eilends davon, um Lord Scait mitzuteilen, daß Maelgrim, der Dunkle Träumer, aus dem Süden Keithlands zurückgekehrt war.

Der Herrscher des Schattentempels empfing den Thienz-Ältesten in seinem Badekessel. Seine Augen schimmerten erwartungsvoll, leuchteten gelb wie Funken in dem Dampf, der seinen geschuppten Kopf umhüllte. Da gute Nachrichten üblicherweise eine beruhigende Wirkung auf den Dämonherrscher ausübten, streckte sich der Thienz einmal kräftig und kauerte sich zusammen, zufrieden damit, sich ein wenig in der Wärme und der Feuchtigkeit zu aalen; dieses Mal aber irrte er.

Scait scheuchte die stacheligen, sechsbeinigen Diener davon, die geschäftig durch den Raum eilten und Torf in das Feuer warfen, das sein Badewasser zum Kochen brachte. Zu dem perlengeschmückten Thienz-Ältesten sagte er: »Schick den Dunklen Träumer sofort in den großen Saal. Er soll dort auf mich warten.«

Der Thienz zögerte, wenig gewillt, die Behaglichkeit aufzugeben.

»*Geh jetzt!*« schnappte Scait, und eine Drohung schwang in seinem Befehl mit. Als der Thienz erschreckt aufsprang und davonlief, seinen Auftrag zu erfüllen, tauchte der Herrscher des Schattentempels ein letztes Mal seinen schmalen Kopf ins Wasser und glitt rasch aus der Wanne. Wasser tropfte von seinen Schuppen und verdampfte sogleich zischend auf den erhitzten Steinen der Feuergrube. Unempfindlich gegen Hitze, schüttelte der Dämonenherrscher die Nässe ab, ehe er dem davoneilenden Thienz noch einen weiteren Befehl erteilte: ›*Versorge den Menschen mit allem, was er braucht. Ich wäre gewiß nicht erfreut, wenn er in meiner Gegenwart vor Hunger oder Kälte zusammenbricht.*‹

Die Räume im Schattentempel waren durch ein Gewirr aus Korridoren miteinander verbunden. Gewundene Treppen verbanden die einzelnen Ebenen scheinbar so zufällig wie die Schlaufen in einem Stück Bindfaden. Menschliche Logik war außerstande, ein Muster zu erkennen, das es dem Gehirn ermöglicht hätte, sich an die einzelnen Gänge und Stufen zu erinnern, doch das eidetische Gedächtnis der Dämonen meisterte derartige Schwierigkeiten mühelos. Scait eilte aus seinem Badezimmer in den großen Saal im Obergeschoß. Nur einmal hielt er inne, um die schwarzen Gestalten der Gierjlinge zu ohrfeigen, die ihm, schlafend und ineinander verschlungen, den Weg versperrten. Da es ihnen an einem Anführer mangelte, der ihrem Dasein einen Sinn hätte geben können, waren die Kreaturen so geistlos wie Pflanzen. Sie blinzelten mit Augen, so lichtlos und grau wie der Nebel über einem Totenacker, und huschten zwitschernd davon. Scait versetzte den trägeren unter ihnen einen Tritt. Anders als andere Dämonen waren die Gierj ausgesprochen reproduktiv; Keithlands Klima stand der Fruchtbarkeit ihrer Weibchen nicht im Wege. In jüngster Zeit schienen mehr von ihnen herumzuliegen als üblich. Scait vermerkte im Geiste, daß er den Wächter-der-Gierj befragen mußte, ob sich ihre Zahl tatsächlich vergrößert hatte. Dann, begeistert von der Aussicht, schon bald seinen großen Plan durchführen zu können und besorgt, einer seiner Rivalen könnte vor ihm mit dem Dunklen Träumer sprechen, hastete der Oberherrscher des Schattentempels mit leise scharrenden Klauen unter dem Sturz hindurch, hinter dem sich der große Saal ausdehnte.

Der, der einst Marlson Emien gewesen war, der Bruder Taens, der Traumweberin, saß auf einem

Stein neben dem Spiegelpfuhl und nagte an einem Stück geräucherten Fisches. Sein Geburtsname hatte für ihn längst keine Bedeutung mehr, falls er sich überhaupt noch des Lebens in einer Menschenfamilie erinnerte. Seit dem Tag, an dem er von den Dämonen einen neuen Namen erhalten hatte, war der Geist Maelgrims, des Dunklen Träumers, zu einem Durcheinander aus Haß und Zorn geworden, kontrolliert von einer Sathidbindung unter der Herrschaft der Thienz. Er mochte die Gestalt eines Mannes haben, doch seine Gedanken, sein Trachten und Streben gehörte dem Schattentempel.

Nach seiner Rückkehr waren seine Kleider aus stümperhaft genähtem Segeltuch durch eine Tunika aus gewebter Wolle ersetzt worden. Weitere Annehmlichkeiten hatte der Thienz, der ihn begleitet hatte, ihm nicht vergönnt. Der edle Stoff klebte an seiner ungewaschenen Haut, die noch immer von den Malen verheerender Kälte fleckig war. Maelgrims schwarzes Haar hing wirr und strähnig herab, und ein drei Monate alter Bart umhüllte sein Kinn. Doch sosehr sein Körper ausgehungert und von den Unbilden des Wetters gezeichnet war, hatte doch seine Aufmerksamkeit nicht gelitten.

Maelgrim blickte auf, als Scait eintrat, und seine eisblauen Augen leuchteten wie die eines Wahnsinnigen. Schweigend warf er sich vor seinem Herrscher zu Boden.

Scait bemerkte die Ernsthaftigkeit seiner Huldigung mit äußerster Zufriedenheit. Da war endlich eine Schachfigur, die ihn nie um ihre Loyalität betrügen würde. Der Dämonenherrscher knurrte innerlich bei dem Gedanken an all die anderen, die dazu wohl imstande waren und sprang auf das Podest. Mit der Grazie eines Raubtieres nahm er auf seinem Thron Platz, und da es in diesem Fall nicht notwendig war, seine Vorherrschaft durch Einschüchterung zu festigen, gestattete er seinem Diener, sich zu erheben.

Maelgrim richtete sich auf und blieb halb auf dem Absatz hocken. Er hob eine ausgezehrte Hand und fuhr fort, seine Mahlzeit zu zerkauen. Den Fischkopf spuckte er in den Pfuhl, eine Missetat, die Scait zu vergeben bereit war. Der Dunkle Träumer war mehr als nur ein nettes Spielzeug. Er war eine treffsichere Waffe, nur dazu geschaffen, Rache an den menschlichen Bewohnern Keithlands zu üben.

Scait begann die Konversation mit Worten, um seine feineren Sinne für die Erforschung der innersten Gedanken Maelgrims bereitzuhalten. »Du warst lange fort.«

Der Dunkle Träumer antwortete mit vollem Mund: »Der Winter in den nördlichen Breiten erleichtert die Reise nicht gerade, um so weniger die mit einem Boot, dessen Segel in Fetzen gerissen wurden.«

Scaits mentale Erkundung unterstrich die Ehrlichkeit seiner Worte, und Maelgrim erstarrte und schwieg, so sehr war er sich des prüfenden Blickes seines Herrschers bewußt. Er wartete, die Augen starr auf den Fischhappen in seinen Fingern gerichtet, während sein Herr die Untersuchung fortsetzte; das Wetter war furchtbar gewesen, Sturm auf Sturm hatte auf die so oder so schon leckende Schaluppe niedergeschlagen. Nur seine Kindheit unter Fischern hatte es ihm ermöglicht, das Boot überhaupt sicher wieder an die Küste zu bringen. Maelgrim hatte wohl getan, als er am Nordmeer an Land gegangen war, doch aus ganz eigenen Gründen hatte er sich nicht sonderlich beeilt, nachdem er die Küste erreicht hatte.

Während Scait noch in seinen Gedanken wühlte, um den Grund dafür herauszufinden, sandte der Dunkle Träumer eine Botschaft durch die Geistesverbindung. ›*Die Thienz hätten ihn zu Elrinfaer töten können, aber sie haben es nicht getan. Warum nicht?*‹

Sein Bewußtsein war mit dem des Menschen verschmolzen, und so mußte Scait nicht erst nach Worten suchen, um ihm zu antworten. »Der Erbe des Feuergebieters besitzt eine seltene Gabe, ein Talent, das wir zum Vorteil des Schattentempels hätten ausnutzen können.«

»Aber jetzt ist er frei!« Maelgrims Finger schlossen sich voller Zorn und zerquetschten den toten Fisch in seiner Hand. »Wie meine Schwester, die getäuscht worden ist, und wie sein Vater vor ihm, hat er die Insel der Vaere aufgesucht, um sich schulen zu lassen.«

Scaits zorniges Zischen erstickte Maelgrims Protest sogleich wieder. »Lebend hätten wir Ivainson Jaric zwingen können, Keithland zu verraten. Nun, da seine Gabe als Feuergebieter für uns verloren ist, ist deine Fähigkeit als Dunkler Träumer von überragender Wichtigkeit.« Der Herrscher der Dämonen unterbrach sich und rieb sich die geschuppten Hände. Der Plan, den er ersonnen hatte, würde ihm gewiß die Bewunderung selbst seiner ärgsten Rivalen einbringen. Alle Mitglieder des Rates wußten, daß die Zauberer von Mhored Kara hochbegabte Kinder einzogen, um sie auszubilden. Daß sie ihre Schüler in den Familien der Städte und Dörfer der südlichen Königreiche und der Freien Inseln fanden, war ebenfalls bekannt, doch was wurde aus dem Norden? Auch dort mochten Eltern eine ganz ähnliche Anzahl außergewöhnlicher Nachkommen hervorbringen; vielleicht blieben diese Kinder unbemerkt. Mit äußerst frohgemuter Erwartung wollte der derzeitige Herrscher über den dämonischen Rat diesen Mangel korrigieren.

Scait streckte eine krallenbewehrte Hand nach dem Menschen aus, der am Fuß des Podestes kauerte. »Maelgrim, auf meinen Befehl wirst du deine Macht als Dunkler Träumer rufen. Suche unter den Menschen und unter ihren Kindern nach solchen, die mit einem Talent geboren wurden, wie es jene besitzen, die von den Vaere ausgebildet werden. Finde jene besonderen Menschen und bring sie hierher in den Schattentempel. Ich werde sie alle großzügig belohnen und dafür sorgen, daß sie unterwiesen werden, wie es ihrer Gabe angemessen ist.«

Maelgrim schluckte einen Bissen zerkauten Fisch und leckte sich das Öl von den Fingern. Schwarzes Haar fiel über seine Augen, als er die Stirn an den Stein vor dem Podest legte. »Wie Ihr befehlt, mächtigster Herrscher, doch muß ich Euch demütigst warnen. Euer Plan ist nicht ohne Fehl.«

Verärgert stützte Scait das Kinn auf die eisenharten Klauen. »So nenne mir den Makel.«

»Menschliche Eltern unterscheiden sich von dämonischen.« Nun ließ Maelgrim von der Sprache ab und nutzte seine Fähigkeiten als Dunkler Träumer, um seine Bedenken zu übermitteln. Menschen waren nicht mit dem Reichtum eines eidetischen Gedächtnisses gesegnet. Für sie kam die Vergangenheit und die Geschichte der Toten, die für die Dämonen von so überragender Bedeutung war, erst an zweiter Stelle nach der Jugend, deren Zukunft sich erst noch ereignen mußte.

»Meine Art wird um ihre Kinder kämpfen, großer Lord. Sie werden Armeen schicken, um ihren Nachwuchs zurückzuholen.« Haßerfüllte Berechnung schärfte Maelgrims Tonfall. »Nach dem ersten Schrecken, werden die Menschen sich organisieren. Sie werden die Kinder von Keithland schützen und von meinem Zugriff und meinen Verlockungen fernhalten, denn die vaeregeschulte Traumweberin, die meine Schwester war, ist fähig, diesen großen Plan aufzudecken. Sie ist verpflichtet, Keithland vor den Machenschaften der Dämonen zu bewahren. Anderenfalls würde sie ihren Diensteid gegenüber den Vaere brechen.«

Ein tiefes Knurren entstieg Scaits Kehle, denn Maelgrim wußte mehr über die menschlichen Eigenarten als irgendein Dämon im Schattentempel. Als kluger Regent mußte er den Rat dieses Menschen achten und weiterdenken, um Wege zu finden, diese Problematik zu seinem Vorteil zu nutzen. Scait überlegte einen Augenblick, dann befahl er Maelgrim: »Du wirst die Wege der Macht studieren. Dann soll dir Kontrolle über eine Bewußtseinsverschmelzung mit den Thienz gewährt werden, damit du deine Gabe durch ihre Energie verstärken kannst. Wenn du diese Verbindung zu meistern gelernt hast, dann komm zurück zu mir, und wir werden gemeinsam einen Plan ausarbeiten. Denn ich glaube, wir können die Menschen von den wenigen Kindern ablenken, die wir zu uns rufen werden. Die Traumweberin ist doch nur ein Mädchen. Auch sie mag geködert und gefangengenommen werden, und vielleicht können wir sie ebenfalls durch eine Sathidbindung beherrschen.«

Jener, der als ihr Bruder das Licht der Welt erblickt hatte, leckte sich die ölglänzenden Lippen. Lächelnd buckelte er dankbar vor seinem Herrn. Verdreht auf eine Art, die sich kein Mensch vorstellen konnte, erfreute ihn die Aussicht, den Niedergang seiner Schwester herbeiführen zu können. Die Befriedigung angesichts der Zerstörung Taens wäre um so süßer, würde der Sturmwächter von Keithlands neuem Feuergebieter gerettet, nur um sogleich zu erfahren, daß sein anderer Schützling der Knechtschaft der Dämonen zum Opfer gefallen war.

»Wie Ihr befehlt, großer Lord.« Mit freudiger, überwältigender Bösartigkeit erhob sich Maelgrim und warf die Überreste seiner Mahlzeit in den Spiegelpfuhl. Als er den Raum verließ, erhaschte Scait einen letzten kurzen Blick in seine Augen: frostigblau leuchteten sie vor Haß wie die geschliffene Klinge eines Schwertes. Der Knabe Emien war auf überaus zufriedenstellende Weise zu einem untertänigen Werkzeug geformt worden, nur seine Eßmanieren waren ausgesprochen unerfreulich.

Angewidert betrachtete Scait, der Dämonenherrscher, den halb zerkauten Fischschwanz, von dem aus sich ein Ölfilm auf der Wasseroberfläche ausbreitete. Der nächste Rivale, der ihm in die Quere käme, würde sich bald im Wasser watend wiederfinden, wo er den Müll würde aufsammeln dürfen. Soweit besänftigt, schweiften seine Gedanken bald ab, konzentrierten sich auf die Zukunft und aus kalter Berechnung wurde Verlangen, ungezügelt und voller Habgier. Das Auffinden und Versklaven begabter Menschenkinder mußte ohne Rückschläge vonstatten gehen. Verfügte der Schattentempel erst über eine Reihe von Wechselbälgern, so konnten diese ausgesandt werden, die Menschheit endgültig zu vernichten. Dann wäre Scaits Herrschaft für alle Zeiten gesichert, und nichts stünde den Mitgliedern des Rates mehr im Wege, um Veriset-Nav vom Grund des Meeres zu bergen und als siegreiche Überlebende Hilfe aus den Heimatwelten herbeizurufen.

An dem Tag, an dem der Frieden in Keithland gestört wurde, war der Winter beinahe vorüber. Hoch oben auf den felsigen Hängen von Imrill Kand saß die Schwester, die Maelgrim, der Dunkle Träumer, zu vernichten plante, auf dem abgefressenen Gras einer Ziegenweide, den feuchten Stoff ihres Rockes eng um die Knie geschlungen. Ihr Mantel war bis zum Hals geschlossen; Haar, so schwarz wie das ihres Bruders, fiel in feuchten Locken über ihre Schultern, und ihre schmalen Frauenhände bewegten sich ruhelos in ihrem Schoß. Wenn auch der Schneeregen, der seit der Morgendämmerung niederging, nachgelassen hatte, blieb der Vormittag doch weiterhin trostlos. Nebelschwaden hingen über Verwehungen schmutzigen Schnees, und das Gras des Vorjahres lag kraftlos und braun auf der Erde, die noch immer vom Eis zerfurcht war. Taen, die Traumweberin, zitterte. Krank vor Entsetzen, bedeckte sie ihre Augen und bemühte sich, den Kummer in ihrem Herzen zu bändigen. Sie hatte immer gewußt, daß dieser Augenblick eines Tages kommen mußte, doch nie hatte sie geahnt, daß er sie so schmerzlich tief treffen würde.

Ivainson Jaric hätte ihr Trost spenden können, doch er befand sich außerhalb ihrer Reichweite auf der Insel der Vaere, wo er auf seine letzte große Zerreißprobe vorbereitet wurde, den Zyklus des Feuers, der seinen Vater in den Wahnsinn getrieben hatte. Sollte er überleben, so wäre er für immer verändert, und er würde niemandem jemals wieder Beistand schulden. Taen ließ die Hände sinken. Sie schob die geröteten Finger in die Ärmel ihres Hemdes, ein viel zu großes Kleidungsstück aus ungebleichtem Leinen mit silbergefaßten Schnürbändern, das sie bei einer Wette mit einem Piratenkapitän gewonnen hatte. Das Gewebe war trocken, doch es vermochte sie nicht zu wärmen. An diesem Tag hatte der Bruder, den sie an den Schattentempel verloren hatte, begonnen, seine von den Dämonen genährte Bösartigkeit gegen Keithland zu richten, und obgleich Jarics Opfer derartigen Greueln eines Tages vielleicht Einhalt gebieten konnte, litt sie in diesem Augenblick sehr unter seiner Abwesenheit. Die kahlen, mit Eis überzogenen Hänge waren für sie mehr als nur eine vom Winter ausgezehrte Landschaft; ein Teil dieses trübseligen Anblicks drang direkt in Taens Seele.

Müde von den vielen Stunden, während derer sie ihre Macht geleitet hatte, zwang sie sich, die Sorgen zu vergessen. Die Grübelei würde nichts Gutes hervorbringen. Nicht weniger abgehärtet als die Fischer, unter denen sie aufgewachsen war, rief die junge Frau noch einmal ihre Gabe als Traumweberin herbei. Bald eilte ihre übersinnliche Wahrnehmung, gen Südosten zu den Meerengen und der Insel Riffhafen.

Das Ziel ihrer Suche war ein Mann gewesen, der selbst dann nicht schwer aufzufinden war, wenn er sich in einer Menschenmenge aufhielt. Die prägnante Kraft seiner Gedanken hob sich problemlos von den störenden Mustern ab, die von anderen in seiner Nähe hinterlassen wurden. Es lag in der Natur des Herrschers der Piraten, Veränderungen schnell zu bemerken und noch schneller zu reagieren. Von dem Augenblick an, in dem die Traumweberin den Kontakt zu ihm hergestellt hatte, ignorierte er die Anwesenheit der zwei Kapitäne, die er zu einer Konferenz in seinen Kartenraum berufen hatte. Mitten im Satz überrascht, verfiel er in Schweigen, die Karten und Nadeln, die er benutzt hatte, Strategien zu erläutern, vergessen unter seinen gewaltigen Pranken. Kaum einen Herzschlag später stieß er seinen Stuhl zurück.

Seine Offiziere waren klug genug, ihn nicht zu stören, wenn er sich plötzlich einer seiner Launen ergab. Sorgsam darauf bedacht, sich nicht zu rühren, blieben sie sitzen, während ihr Herrscher aufsprang und sich einen Umhang aus kastanienbrauner Wolle über den muskulösen Körper warf. Dann, ohne noch ein weiteres Wort zu verlieren oder sich auch nur umzudrehen, trat er hinaus in die Seebrise, die über die Befestigungsanlagen oberhalb des Hafens fegte.

Taens Traumsinn folgte jenem Mann, stämmig und schnell wie ein Wolf, dessen dunkles Haar vom Wind zerzaust wurde und dessen Hände sich an seiner Seite zu Fäusten geballt hatten. Als die Traumweberin sich seiner Aufmerksamkeit versichert hatte, reagierte er so gewandt wie ein wildes Tier.

»Taen?« Der Herrscher über Riffhafen blickte über seine Schulter zurück auf die Festung, die verlassen unter grauen Wolken und einer dicken Eisschicht lag. Es war kein Kind in Gestalt einer Frau das über die Befestigungsanlagen schritt, um ihn aufzusuchen, mit Augen, die schon viel zu viel gesehen hatten, und Kleidern, die stets zu groß für ihre schlanke Gestalt erschienen. Der Kielmark unterdrückte mit Bedacht seine allgegenwärtige Vorsicht. Nunmehr gewiß, daß der Ruf in seinem Inneren erschollen war, wartete er mit wachsender Ungeduld darauf, die Botschaft der Traumweberin in Empfang zu nehmen.

›*Es gibt Probleme, und sie haben sich früher als erwartet eingestellt*‹, teilte ihm Taen mit. Das Klimpern der Ziegenglocken auf den Hängen verklang, als sie ihre Aufmerksamkeit ganz auf den Herrscher von Riffhafen konzentrierte.

Der Kielmark spannte sich. »Was für Probleme?« Noch während er sprach, fühlte Taen, wie er sich unwillkürlich einen Überblick über Soldaten, Kriegsschiffe und die derzeitigen Offensivkräfte seiner Inselfestung verschaffte.

›*Maelgrim hat begonnen, seine Macht zu erproben.*‹ Die Traumweberin belegte ihre Worte mit Bildern, die sie an diesem Morgen an den nördlichen Grenzen von Hallowild gesammelt hatte, und noch während sie die Erinnerungen in Form eines Traumes spann, wußte sie, daß diese Visionen die stete Ruhelosigkeit des Kielmark zu sofortigem Handeln antreiben würden.

Der Herrscher von Riffhafen zuckte ein wenig zusammen, als die Traumverbindung sein Bewußtsein überlagerte. Starke Finger umklammerten die Zinnen, als der Anblick des Ozeans verschwamm und dem Bild eines aus rohen Brettern gefertigten Siedlerhauses wich. Schafe grasten vor der Tür. Eine verfilzte Dornenhecke begrenzte einen schneebedeckten Garten, doch damit endete alles auch nur annähernd Normale. Eine Blutlache umgab den Baumstumpf, den der Siedler üblicherweise dazu nutzte, Feuerholz zu schlagen. Auf der einen Seite stapelten sich Bündel feuchter Kleidungsstücke, und der Kielmark erkannte mit einem Gefühl der Übelkeit, daß die Masse unterhalb des Stoffes einst menschlich gewesen war. Etwas hatte einen ehrbaren Mann dazu getrieben, seine Frau und seine Kinder mit einer Axt zu zerstückeln und ihre auf dem eisigen Boden dampfenden Überreste den Aasfressern zu überlassen.

Dem Kielmark standen die Haare zu Berge. »Bei den Feuern Kordanes, warum?« Das Entsetzen, das sich hinter seiner Anspannung verbarg, schmerzte wie ein Peitschenhieb.

Instinktiv verstärkte Taen ihren schützenden Bann. ›*Träume, dunkle Träume, herbeigerufen von Maelgrim.*‹ Sie verdeutlichte ihre Worte durch eine Erinnerung des Kesselflickers, den sie verwirrt vor sich hin murmelnd im Erdkeller seiner Hütte entdeckt hatte.

Taen schickte nur ein Fragment, doch dieser Augenblick genügte vollkommen, einen Mann erschauern zu lassen wie ein Insekt. Voller Schrecken zuckte der Kielmark zurück. Eine Gänsehaut überzog seinen Körper, während sein Bewußtsein unter den Auswirkungen des Wahnsinns taumelte. Selbst aus dritter Hand, drohte das schaurige, giftige Netz, das Maelgrim über den Geist seines Opfers gesponnen hatte, um sein Bewußtsein vor Verzweiflung erstarren zu lassen.

Taen bannte den Alptraum. Der Kielmark stemmte sich reglos wie ein Felsen gegen den Wind, seine blauen Augen starrten in die Ferne, und seine Gedanken kreisten morbide in seinem Inneren; sie weckte ihn mit den Fakten. ›*Als der Kesselflicker aus dem Haus kam und die Leichen entdeckte, rannte er in die Scheune und öffnete seine Pulsadern mit einer Sense.*‹ Sie unterbrach sich, wartete, während der Piratenkönig auf der Wehranlage einer Festung, viele Meilen entfernt, darum kämpfte, seine aufgepeitschten Nerven zu beruhigen. ›*Herr, ich habe Euch nur einen Bruchteil jener Macht gezeigt, derer Maelgrim sich nun bedienen kann. Gegen dieses Böse kann ich nicht aus der Entfernung antreten. Ich muß nach Hallowild reisen, und zwar schnell.*‹

Der Kielmark sah auf. Seine Art, unwillkürlich in Zorn zu geraten, jene Eigenschaft, die seine Offiziere allzu oft eingeschüchtert hatte, trieb ihn nun zu einer raschen Entscheidung. »Ihr werdet Schiffe bekommen. Ich werde Deison Corley das

Kommando übertragen. Aber Ihr werdet mit der Abreise warten, bis er Euch eine Eskorte zur Seite stellt, ist das klar?«

Taen protestierte. ›*Menschen werden sterben, wenn ich zaudere.*‹

Eisiger Zorn antwortete ihr. »Dann zeigt mir den Siedler, der Euch mit Euren Gaben ersetzen kann, Mädchen. Ihr werdet warten. Corley wird mit der Flut auslaufen. Ich verspreche Euch, kein Kapitän in ganz Keithland kann dem Wind eine schnellere Fahrt abringen als er.«

Die Vorsichtsmaßnahme war wohlüberlegt; Keithlands Verteidigungsmöglichkeiten waren erbärmlich, nun, da der Sturmwächter im Eis gefangen war. Taen fügte sich dem Willen des Kielmark; sie würde die Ankunft der Flotte Deison Corleys abwarten, obwohl diese erzwungene Verzögerung sie mit Bitternis erfüllte.

Die Traumweberin löste den Kontakt und fühlte, noch während sie sich zurückzog, wie der Kielmark mit lauter Stimme einen vertrauten Kapitän mit haselnußbraunem Haar aus der Wärme des Kartenraums herausscheuchte. Jener empfing die Anweisungen seines Herrschers, während auf einer anderen Insel im Norden langsam wieder die nebelverhangenen Hänge ihren Platz in der Wahrnehmung der Traumweberin einnahmen.

Nach der explosiven Lebhaftigkeit des Kielmark erklang das Klingeln der Ziegenglöckchen sonderbar dünn und unwirklich. Taen schniefte, als ein Wassertropfen sie auf der Nasenspitze kitzelte. Feuchtigkeit drang durch ihre Kleider; während ihrer Trance hatte der Himmel erneut seine Schleusen geöffnet und Schneeregen herabgeschickt. Doch nicht einmal das unwirtliche Wetter konnte sie dazu bewegen, Zuflucht in dem Dorf an der Küste zu nehmen. Statt dessen konzentrierte sie sich erneut und sandte ihre Wahrnehmung nach Südwesten. Tamlin von den Vaere mußte über die schlimmen Neuigkeiten aus Felwaithe informiert werden.

Taen war nicht überrascht, als sie bei ihrem ersten Versuch lediglich gischtschäumender See gewahr wurde. Die verwunschene Insel zu lokalisieren, war nicht einfach, nicht einmal an den Tagen, an denen sie nicht vor Anstrengung und Kälte erschöpft war. Tamlin nannte sich selbst den Meister der Rätsel. Seine Macht umfaßte Raum und Zeit, und oft schien es, als würde er die Lage seiner Insel ganz nach Laune dann und wann ein wenig verändern. Nur wenn er Kontakt zu den wenigen aufnahm, denen er als Lehrmeister zu dienen beschlossen hatte, befand er sich voll und ganz in der Gegenwart.

Taen korrigierte den Strom der Energien unter ihrem Einfluß und vervollständigte erfolgreich den Übergang in ein schattenhaftes, abgeändertes Traumbild der Vergangenheit. Nun erblickte sie eine Insel, ein halbmondförmiges Stück Land, umgeben von donnernder Brandung. Die Küstenlinie war zerklüftet und sturmgepeitscht, bedeckt von verkrüppelten Bäumen, die der Witterung nicht hatten standhalten können. Taen wob ihre Macht in die physische Präsenz des Landes und formte ein Bild, das allein ihrer Traumgabe entsprang. Aufgewühlter Sand und zerklüftete Felsen fügten sich zu einer cremeweißen, seichten Bucht zusammen. Gras bedeckte die sanften Dünen. Aus mickrigen Gehölzen entwickelte sich ein Wald stattlicher Zedern, hochgewachsen, grün und unversehrt von Wind und Wetter. Taen schuf Veränderung, bis das unansehnliche Stück Land sich zu einem Ort der

Perfektion gewandelt hatte, der sich wie ein Juwel im Antlitz der See ausmachte; denn der Vaere hatte aus eben dieser Insel vor langer Zeit, länger, als die Erinnerungen der Menschheit dauerten, jenes Schmuckstück geformt, indem er sie dem Strom der Jahreszeiten entrückt hatte.

Taen bemühte ihren Traumsinn, bis Erde, Felsen und Küstenlinie im Einklang mit ihrem Bild der Insel von Tamlin standen. Dann, mit größter Sorgfalt, richtete sie ihre Wahrnehmung in die Zukunft, bis Land und Traum zu einer soliden Wirklichkeit verschmolzen. Der würzige Zederndurft drang in ihre Nase. Sie fühlte Sonnenwärme, so sanft wie im Frühjahr, und eine schwache Brise, die seufzend über das Dünengras strich, über dem der Ruf kreisender Schwalben erklang. Doch obwohl sie nun die wahre Insel der Vaere gefunden hatte, wußte Taen sofort, daß etwas Wichtiges fehlte. Dieses Etwas entzog sich ihrem Zugriff, so daß sie sich gezwungen sah, die Lichtung im Wald aufzusuchen, die das Netzwerk der Energien barg, welche die Existenz Tamlins umgaben. Doch keine Resonanz der Macht antwortete ihrem Traumsinn. Nur Dunkelheit begegnete ihr dort und Leere, die geräuschlose Leere endlosen Raumes. Die verwunschene Lichtung war vom Antlitz Keithlands verschwunden, als hätte sie nie existiert.

Obwohl sie bestürzt war, ergab sich Taen, die Traumweberin, nicht ihrer Furcht. Die Mysterien der Vaere bestanden aus Rätseln über Rätseln und einem Wissen, das die Grenzen menschlichen Begreifens weit hinter sich ließ. Wenn auch kein kleiner Mann mit Federn und Glöckchen erschien, sie aufzuklären, fiel Taen doch nur eine Erklärung für die Leere ein, die sie im Zentrum der Insel vorgefunden hatte. Ivainson Jaric hatte sich seiner letzten großen Prüfung auf dem Weg zur Meisterschaft gestellt, dem Zyklus des Feuers selbst. Tamlin von den Vaere hatte sich zurückgezogen, um sein Martyrium zu verfolgen, und während der Zeit dieser Prüfung würde keine Macht, die ein Sterblicher zu kontrollieren imstande war, ihn zurückrufen können. Es nützte nichts, zu klagen, daß der Zeitpunkt nicht schlechter hätte sein können, daß der Hüter der Menschheit sich gerade dann nicht zeigte, wenn seine Führung bitter nötig gewesen wäre.

Besorgt löste sich Taen aus der Verbindung. Die verwunschene Insel verblaßte vor ihrem Traumsinn und gab ihre Wahrnehmung der schneidenden Kälte und den Schreien der Brachvögel zurück. Die Traumweberin von Imrill Kand vertrieb die letzten Fetzen ihrer Trance und starrte hinaus auf den Hafen unterhalb des Hanges. Nun, da die Fischerflotte hinausgefahren war, um ihre Netze auszubringen, erstreckte sich das Hafenbecken in grauer Leere vor ihren Augen, abgesehen von einem heruntergekommenen Boot, das am Anleger vor Anker lag, und dem mastlosen Rumpf einer Schaluppe. Schon in vierzehn Tagen würde die Bucht von dem Knarren der Spieren und Segel widerhallen; schwarze Zweimaster, bemannt von kampfgeschulten Mannschaften würden vor der Insel kreuzen, und das rote Wolfbanner des Kielmark würde an ihren Masten flattern. Erfüllt von schmerzlicher Sorge um Jaric und der drängenden Not, abzureisen, konnte Taen doch weiter nichts tun, als die Minuten zu zählen, bis sie an Bord gehen und sich gen Felwaithe einschiffen würde. Denn nun, da sich Jaric unwiderruflich dem Zyklus des Feuers unterworfen hatte und der Sturmwächter von Elrinfaer noch immer im Eis gefangen war, bis ein Feuergebieter ihn befreien würde, blieb nur Taen allein, um Maelgrim, dem Dunklen Träumer und der Vorhut der dämonischen Streitmacht Einhalt zu gebieten.

Die Wärme kehrte ungewöhnlich spät in die Breiten Keithlands zurück, und die aufgewühlte See hüllte sich in aufspritzende Gischt. Corley und die fünf Begleitschiffe der *Neumond* segelten rasch, angetrieben von den Stürmen, die den Ozean stets vor der Tagundnachtgleiche peitschten. Als die kleine Flotte vor Imrill Kand in Sicht kam, waren die Hügel auf der Insel noch immer von Eis bedeckt.

Ein jüngerer Cousin rannte vom Fischerkai zu der Hütte abseits der Rattengasse, um die Neuigkeit zu verbreiten. Als er aber eintraf, verabschiedete sich die Traumweberin bereits von ihrer Mutter. Ihr dürftiges Kleiderbündel wartete schon neben der Tür. Taen war den Zweimastern des Kielmark mit ihrer Magie gefolgt, und der Zeitpunkt ihrer Ankunft war ihr bereits bekannt gewesen, lange bevor die Masten am Horizont erschienen waren. Obwohl die Zauberin ihm ihren Dank ausgesprochen und Marls Witwe warmes Brot als Lohn für seine Mühe angeboten hatte, schlug der Knabe ihre Gastfreundschaft aus und ging davon. Bevor die Tür ins Schloß fiel, sah Taen, wie er die gekreuzten Unterarme als althergebrachtes Zeichen zur Abwehr allen Übels erhob.

Mit einem schiefen Grinsen wandte sie sich zu ihrer Mutter um. »Tja, du wirst bestimmt froh sein, wenn dieser Unsinn endlich ein Ende findet. Glaubst du, die Nichte des Wollhändlers wird aufhören, dir Stränge mit Knoten zu schicken, um meinen Zauber zu verwirren?«

Grunzend schob Marls Witwe einen frischen Holzscheit in den Ofen. »Macht dann auch nicht mehr viel aus. Nicht, wenn du wieder auf See bist und keine guten Mäntel mehr an den Dornenranken zerreißen kannst. Jetzt bleiben mir nur noch deines Onkels Socken zum Stopfen. Glaube kaum, daß er die Knoten bemerken würde. Seine Fußsohlen sind so schwielig, daß man mit der Haut Stiefel besohlen könnte. Aber, bei Kor, es wäre gewiß ein Segen, wenn er seine Füße öfter als nur einmal in vierzehn Tagen waschen würde. Seine Wollsocken würden bestimmt nicht mehr so schnell verrotten.«

Trotz des Geplappers fühlte Taen die Anspannung ihrer Mutter. Wohlweislich unausgesprochen hing zwischen ihnen der Name Marlson Emiens in der Luft, jenes Sohnes, dem sich entgegenzustellen Taen gen Norden segeln mußte. Den Augenblick des Abschieds hinauszuzögern würde kaum helfen, den Schmerz zu lindern. Die Traumweberin zog ihren Mantel von der Bank und streckte die Hand aus, um nach ihrem Kleiderbündel zu greifen.

Ihre Finger stießen gegen den stämmigen Körper ihrer Mutter, und im nächsten Moment fand sie sich in einer erstickenden Umarmung wieder. »Daß du mir nicht wieder die Matrosen der Piratenschiffe dazu verführtst, dir Geschenke zu machen«, sagte die Witwe in einem seltsamen Tonfall.

Taens Protest wurde durch den Stoff einer Schürze gedämpft, der nach Holzrauch und ein wenig nach Fisch roch. Gekränkt wich sie vor ihrer Mutter zurück. »Corley ist kein Matrose, sondern ein Kapitän und Offizier in Diensten des Kielmark. Daß ich bei einer Wette eines seiner Hemden gewonnen habe, heißt nicht, daß er in mich verliebt ist. Soweit ich von seiner Mannschaft gehört habe, hat er eine ganze Sammlung attraktiver Damen, die er in bestimmten Abständen besucht. Sie alle nehmen Geld für ihre Gunst, und keine von ihnen riecht am ganzen Körper nach Fisch!«

Doch an diesem Tag begegnete Marls Witwe ihren Worten nicht mit der strengen, bissigen Gewitztheit, die Taen noch aus ihrer Kindheit vertraut war. Statt dessen erhob sie eine von den Jahren gezeichnete Hand und strich eine Strähne schwarzen Haares zurück, die sich aus dem Zopf ihrer Tochter gelöst hatte. »Einen Ehemann solltest du suchen, nicht ein gefährliches Abenteuer im Kampf gegen die Verdammten Kors, das dich umbringen könnte, wenn nicht gar Schlimmeres geschieht.«

Stille senkte sich über die winzige Küche, schwer und drückend und seltsam unberührt von dem alltäglichen Gezänk der Kinder in der Rattengasse. Taen seufzte, ergriff ihr Bündel und hielt an der Tür noch einmal inne.

Ihre Mutter hatte ihr den Rücken zugekehrt, und das Bedauern über ihre eigenen Worte schlug sich ebenso deutlich in ihrer Haltung nieder wie ihre schwindende Courage. Taen blinzelte gegen die Tränen an, die plötzlich in ihre Augen traten. »Ich werde zurückkehren und heiraten, wenn Kinder in Keithland das Licht der Welt erblicken dürfen, ohne von Alpträumen erwartet zu werden, deren einziges Ziel es ist, sie zu töten.«

Marls Witwe nickte, griff nach einem Topf und knallte ihn wütend auf den Herd. »Komm nur zurück, Mädchen«, wisperte sie. Doch Taen war schon fort und hatte die Tür leise hinter sich ins Schloß gezogen.

Feucht hing die winterliche Kälte in der Luft, und der Wind kam böig von der See. Nachdem sie die geschützte Rattengasse hinter sich gelassen hatte, rannte Taen, stetig gegen das wilde Flattern ihres Mantels ankämpfend; schmerzhaft schlug ihr Bündel auf Knie, die noch immer von den Kratzern der Dornenranken gezeichnet waren, durch die sie sich auf ihren Ausflügen auf die Berge gequält hatte. Vor ihr breiteten sich auf dem Marktplatz die zeltförmig zum Trocknen aufgehängten graubraunen Fischnetze aus. Hinter ihnen erkannte sie die Masten und Segel der Zweimaster; braun hoben sie sich vor dem von silbrigen Wolken verhangenen Himmel ab. Schon sah sie winzige Gestalten in die Takelage ausschwärmen, um die Segel einzuholen. Als sie den Hafen erreicht hatte, drehte das führende Schiff mit mechanischer Präzision und gerefften Segeln bei, und der Anker fiel mit einem leisen Plätschern in das aufspritzende Wasser. Gerade, als sich der Anker in den Meeresgrund bohrte, wurde ein Beiboot zu Wasser gelassen. Ruderer kletterten an Bord, kaum daß der Rumpf die Meeresoberfläche berührt hatte, und schon stachen die Riemen mit der geübten, tödlichen Präzision ins Wasser, für die die Männer des Kielmark berühmt waren. Doch keine andere Mannschaft wies eine bessere Disziplin auf als die unter dem Kommando Deison Corleys, so stellte Taen fest. Das Beiboot hielt mit beinahe schon unheimlicher Geschwindigkeit auf die Kaimauer zu.

Taen sprang in dem Augenblick an Bord, in dem das Boot den Anleger erreicht hatte. Die starken Hände des Bootsführers fingen ihr Bündel auf, und seinem Befehl, weiterzupullen, wurde derart schnell Folge geleistet, daß Taen das Gleichgewicht verlor und auf die Sitzbank im Bug stürzte.

»Kor, Mann, ganz ruhig, sonst leidet die Ware.« Der vorderste der Ruderer an Steuerbord krönte seine Beanstandung mit einem Grinsen, das seine lückenhaften Zahnreihen offenbarte. Ohne aus dem Rhythmus zu geraten, fügte er hinzu: »Willkommen zurück, Mädchen. Wir haben Karten auf dem Vorderdeck, die noch nicht allzu naß geworden sind. Nach dem Wachwechsel soll ein Spiel stattfinden.«

Taen griff nach ihrer Kapuze, ehe der Wind sie von ihrem Kopf wehen konnte. »Ich werde da sein, aber nur, wenn ich dem Koch ein paar Bohnen abbetteln kann.«

»Keine Sorge«, sagte der Ruderer mit einem Blinzeln. »Irgendein netter Kerl hat Euren Gewinn für Euch aufbewahrt.«

»Du?« Taen errötete auf eine Weise, die selbst dem übelsten Schurken Anerkennung abgewinnen dürfte. »Wenn du Bohnen aufbewahrt hast, dann doch nur, um den Wind in den Segeln zu behalten.«

»Ein bißchen flotter«, schnappte der Bootsführer, als der Matrose Luft holte, um seine Würde zu verteidigen. »Kümmert euch um die Ruder, ihr Fischköpfe, der Kapitän beobachtet uns.«

Tropfend glitten die Ruderblätter aus dem Wasser, und das Beiboot trieb sacht auf die Leeseite des Zweimasters *Neumond*. Taen streckte die Hand aus, um nach dem wartenden Seil zu greifen, nur um es sogleich an den Ruderer zu verlieren, den zu necken sie gerade erst aufgehört hatte. Ein zweiter Mann packte sie von hinten. »Die Ware scheint unversehrt zu sein«, stellte er fest.

Taen wollte sich mit einem Hieb rächen, verlor aber jegliche Möglichkeit dazu, als sie von starken Händen hochgehoben wurde. Solchermaßen gezwungen, auf ihre Vergeltung zu verzichten und nach der Reling zu greifen oder einen Sturz in die Wogen zu riskieren, konzentrierte sie sich darauf, an Bord zu klettern. Im nächsten Augenblick segelte das Bündel mit ihrer Habe fröhlich über ihre Schulter hinweg, und das bärtige, wettergegerbte Gesicht von Deison Corley erschien über der Reling.

Der große Mann, in dessen haselnußbraunem Haar sich langsam die ersten grauen Strähnen zeigten, fing ihr Kleiderbündel geschickt auf. Mit den Reflexen eines geübten Schwertkämpfers schleuderte er es sogleich seitwärts in die Hände eines Matrosen. »Behalt das Pech an deinen Flossen, schmier es nicht auf die Kleider«, warnte er, ehe er den Arm ausstreckte, Taens Hand ergriff und sie halb über die Reling zog, als sie versuchte, an Bord zu klettern. Taen erschien ihm noch leichter, als er sie in Erinnerung hatte, und ihre Augen wirkten unter dem gemusterten Saum ihrer Kapuze riesengroß. Doch weder das Warten noch die steten Sorgen hatten ihr Gemüt verändern können.

»Du siehst aus, als hättest du dir an einem Eimer saurer Äpfel den Magen verdorben«, stellte das Mädchen fest. »Oder trägst du diese dumpfe Miene zur Schau, weil dein Wetzstein über Bord gegangen ist?«

Corley riß die Traumweberin von ihren Füßen an seine Brust, und seine von der Seefahrt rauhen Hände waren alles andere als plump, als er ihr die Kapuze von der Stirn fegte und sie in seine Arme zog. »Ich habe stets einen Ersatzstein dabei.« Seine bartumwucherten Lippen öffneten sich zu einem Grinsen. »Und das ist auch gut so, denn wie es scheint, werde ich meine Wetzsteine brauchen, um deine spitze Zunge zu entschärfen.«

Taen zwickte ihn blind in den Arm und befreite sich aus seinem Griff. Sie wehrte sich nicht, als der Kammerdiener auf der *Neumond* sie in die Sternkabine scheuchte, um trockene Kleidung anzuziehen. Jenseits des ruppigen Humors des Kapitäns hatte sie eine Frage gefühlt, die zu stellen er taktvoll unterlassen hatte; dennoch schmerzte sie die Empfindung, denn wenn es um Ivainson Jaric ging, wußte sie nichts Beruhigendes zu sagen.

Kapitel 4

LICHTFALKE

Die *Neumond* holte die Anker ein. Gefolgt von ihren Begleitschiffen jagte sie an der Landspitze von Imrill Kand vorbei, ohne den Gezeitenwechsel abzuwarten. Die Überfahrt zur Küste von Hallowild war stürmisch. Ungünstige Winde verzögerten die Reise. Kapitän Corley hielt sich, außer in den kurzen Zeiträumen, während derer er sich ein wenig Ruhe gönnte, ständig auf dem Achterdeck auf. Von einigen wilden Kartenrunden mit den Matrosen abgesehen, blieb Taen allein. Tag für Tag zog sie sich in die Heckkabine zurück und nutzte ihre Gabe, um die Taten des Dunklen Träumers zu verfolgen. Ihre Erkenntnisse waren immer wieder niederschmetternd, eine systematische Zerstörung von Leben und geistiger Gesundheit suchte die Landbevölkerung im Norden von Morbrith heim. Die Einzelheiten behielt Taen für sich, ebenso wie die Tatsache, daß sich der Einfluß Maelgrims immer weiter gen Süden ausdehnte. Corley konnte die Flotte nicht zu schnellerer Fahrt antreiben, und schlechte Nachrichten würden nichts Gutes bewirken, sondern nur zusätzlich auf der Seele der hart arbeitenden Mannschaft lasten.

Endlich, kurz vor der Ausbringung der Frühjahrssaat, erreichte die sechs Schiffe zählende Flotte des Kielmark die Küste. Taen stand an der Reling, während die Zweimaster in dem Gewässer abseits des Handelshafens vor Anker gingen, dessen Kaimauern die Ufer flußaufwärts von der Stadt Corlin säumten. Die Mündung des Rotwasserflusses war frei von Eis, doch ein verrücktes letztes Schneetreiben rötete die Gesichter der Matrosen, als sie die Segel von den Spieren lösten. Da außer einer Notbesatzung alle Männer den Marsch gen Norden als Eskorte der Traumweberin antreten würden, würde die kleine Flotte durchaus einige Wochen in dem Hafen zubringen müssen.

Während einer seiner Inspektionsrunden erblickte Corley Taen, deren blauer Umhang einen farbenfrohen Kontrast zu den grauen Wogen bildete, die sie während der letzten Wochen begleitet hatten. »Warum gehst du nicht mit der Vorhut an Land?« brüllte er über das Deck. »Ein Spaziergang würde dir guttun, und du kannst meinen Männern beim Handeln helfen.«

»Handel? Um Pferde? Ich kenne mich besser mit dem Säubern von Fischen aus.« Doch sein Mangel an Feingefühl vermochte nicht, Taens Lächeln zu ersticken. Ihre Traumweberwahrnehmung hatte ihr das wahre Motiv des Kapitäns verraten: er wollte eine Frau in Begleitung seiner Männer sehen, um das Mißtrauen zu lindern, das Schiffe unter der Flagge des Kielmark unweigerlich hervorbringen mußten. Sie stimmte seinem Plan aus ganz eigenen Gründen zu. Für kurze Zeit mochten die Geräusche und der Anblick einer fremden Stadt sie ein wenig ablenken, sie in die Lage versetzen, nicht länger über das Schicksal Ivainson Jarics nachzudenken oder über die Grausamkeit des Bruders, der nun ein Diener der Dämonen war.

Das Beiboot, das nach Corlin entsandt wurde, fuhr ohne Flagge, und die Ruderer an Bord hatten ihre Waffen unter ihren Mänteln versteckt, so daß man sie nicht sehen konnte. Dennoch bemerkte

Taen, wie Hafenarbeiter ihre Aufgaben vernachlässigten, um zu ihnen herüberzustarren, als das Boot an den Anlegestellen und Lagerhäusern des Handelshafens vorbeiglitt. Die Tüchtigkeit der Ruderer wies sie bar jeden Zweifels als gut ausgebildete Söldner zur See aus, und sechs schwarze Zweimaster mit dem Wolfsbanner an den Masten, die in der Flußmündung ankerten, waren der Aufmerksamkeit der Städter gewiß nicht entgangen. Der herzogliche Hafenmeister befragte sie vorsichtig, als sie anlegten. Er trug viele Goldketten und einen Mantel, gesäumt mit Pfauenfedern; unter dem Gewicht all seiner Pracht schwitzte er weit mehr, als der Situation angemessen war.

»Wir sind nur hier, um Pferde zu kaufen«, sagte Corleys Bootsmann. Ohne Hut in der Kälte, betonte seine einzelne Creole noch die Tatsache, daß er einst den halben Skalp unter einem Schwerthieb verloren hatte, als er mit dem Ellbogen auf Taen deutete. »Würde ich in Gegenwart einer Dame lügen, Herr?«

»Ihr würdet sogar in Gegenwart Eurer Mutter lügen«, knurrte der Bedienstete, doch er gestattete ihnen, festzumachen und das Boot zu verlassen.

Als der Landungstrupp des Kielmark sich in das Gedränge vor den Toren stürzte, grinste der Bootsmann die Traumweberin an und raunte ihr vertraulich zu: »Ich glaube, der Mann wußte genau, daß wir ihm sein Vogelhirn aus dem Schädel geprügelt hätten, wenn er versucht hätte, uns aufzuhalten.« Die Stimme des Piratenoffiziers troff vor selbstgerechtem Frohsinn.

Doch Taen war zu sehr an der Stadt interessiert, um der Prahlerei des Seemanns zu lauschen. Corlin lag am Rande des Seitwaldes und bildete die Grenze zum Hinterland im Norden. Befestigt durch solide Ziegelmauern, blühte der Handel in dieser Stadt trotz der wegelagernden Räuberbanden, die die durchreisenden Wagenzüge zu überfallen pflegten; auf dem öffentlichen Marktplatz wimmelte es von Händlern, Handwerksständen, Bettlern und einer großen Zahl wachsamer Soldaten, denn der Herzog von Corlin legte großen Wert auf Sicherheit. Da die Straßen sicher waren, hatte Corley Taen ermuntert, sich umzusehen und den Gerüchten aus dem fernen Grenzgebiet zu Hallowild zu lauschen.

Ein Mädchen, das in der ärmlichen Umgebung von Imrill Kand aufgewachsen war, brauchte kaum eine Entschuldigung, eine solche Stadt zu erkunden. Bei Tag war der zentrale Marktplatz ein Labyrinth aus Marktständen. Die Traumweberin wandelte zwischen ihnen hindurch, beobachtete wie gefesselt die Händler, die Brot und Schmuck und Kleider verkauften. Dann und wann blieb sie stehen, um einem Minnesänger zu lauschen oder einem Tänzer mit einem Affen zuzuschauen, der umhersprang, um die Münzen der Zuschauer einzusammeln. Am Ende der Handwerksgasse entdeckte Taen Vögel in Weidenkäfigen und frisch geschmiedete Werkzeuge. Von einem Hausierer, der versuchte, seinen Wein an den Mann zu bringen, zur Seite gestoßen, stolperte sie halb über einen Zugschlitten, auf dem ein Berg aus Pelzen aufgeschichtet war. Die Hand, die sie ausgestreckt hatte, um ihr Gleichgewicht zu bewahren, versank bis zum Handgelenk in dem kostbaren Fell. Schwarz-silber-gestreift würde der Mantel aus Eisotterfell ebenso teuer sein wie die Juwelen einer Herzogin.

Taen umklammerte das seidige Haar mit den Fingern, als sie sich erinnerte, wie Jaric einst Fallen für diese Tiere gebaut hatte, in dem Jahr, in dem er im Seitwald Zuflucht gefunden hatte.

»Das ist gewiß kein perfektes Exemplar«, sagte eine sanfte Stimme. »Möchte die Dame vielleicht ein besser geratenes Stück sehen?«

Taen blickte auf. Neben ihr stand ein ledergewandeter Waidmann, dessen graumeliertes Haar ihm in Wellen über die Schultern fiel. Sein Gesicht war von Furchen durchzogen, doch seine Augen leuchteten intensiv und stechend wie die eines Falken.

Von der Erkenntnis überwältigt, fühlte Taen, wie ihr die Worte im Halse steckenblieben. Vor ihr stand der Waidmann, der Jaric zu Selbstvertrauen verholfen hatte, ein Prozeß, an dem die Traumweberin während eines Winters aufs engste teilgehabt hatte. Der Schock, Telemark in Fleisch und Blut zu begegnen, raubte ihr den Atem. Verzweifelt sehnte sie sich danach, über Jaric zu sprechen, ihre Sorge dem standhaften Mitgefühl des Waidmannes anzuvertrauen. Doch diesem Mann zu offenbaren, welcher Aufgabe sich Ivainson auf der Lichtung der Vaere gestellt hatte, würde seinen Seelenfrieden so unbarmherzig zerstören, daß jede Erwähnung einer Grausamkeit gleichzusetzen war. Kummervoll schwieg Taen.

»Gnädige Frau?« Starke Hände stützten ihre Schulter. »Seid Ihr krank? Braucht Ihr Hilfe?«

Die Berührung war fest und vertraut, so sehr, daß es ihr das Herz zerbrechen wollte; denn auf genau diese Weise hatte Telemark Jaric während der Zeit schmerzhafter Gesundung gestützt. Mühsam unterdrückte Taen das Bedürfnis zu weinen, nur um dann doch von ihren Tränen überwältigt zu werden. In einem Taumel unkontrollierbaren Sehnens jagte ihr Geist auf der Suche nach Jaric davon.

Macht durchströmte sie, Macht, zu gewaltig, um

sie zu zügeln. Ohne Vorwarnung explodierte ihre Wahrnehmung über Raum und Zeit hinaus. Nach Monaten endloser Stille bekam Taen endlich Kontakt zu Jarics Bewußtsein.

Flammen wüteten durch die Verbindung, verbrannten das Fleisch unter Schmerzen, für die es keine Stimme und kein Entrinnen geben konnte; sich nährend an Nerven und Muskeln, verzehrte sathidgeborener Haß den lebendigen Körper des Mannes, der sich dem Zyklus des Feuers hingegeben hatte. Unter Qualen hielt Jaric stand. Pein zerriß seine Menschlichkeit, ließ ihm nichts außer seinem Instinkt, um zu überleben. Er wurde keiner Präsenz außerhalb des Feindes gewahr, und die Vehemenz seiner Abwehr schleuderte die Traumweberin aus dem Kontakt hinaus in Finsternis.

Plötzlich kehrte die Realität zurück. Im hektischen Treiben auf dem Markt von Corlin wieder erwacht, fand sich die Traumweberin weinend in den kräftigen Armen des Waidmanns wieder.

Telemark bewegte seine Hand, warm strichen die vernarbten Finger über den Stoff ihres Mantels. »Junge Dame, seid Ihr krank?«

»Nein.« Sein Hemd roch nach Springkraut und Holzrauch, genau wie in Jarics Erinnerungen. Tapfer rang Taen um ihre Fassung. »Es tut mir leid. Wie der Zufall wollte, habt Ihr mich an jemanden erinnert, den ich kenne und liebe.«

Sie löste sich aus Telemarks Armen und flüchtete, ehe er ihr noch weitere Fragen stellen konnte. Bald verbarg die Menschenmenge sie vor seinen Blicken, doch Taen konnte fühlen, daß er noch lange mit gerunzelter Stirn und ebenso verwirrter wie besorgter Miene hinter ihr her starrte.

Am frühen Nachmittag hatten der Bootsmann und seine drei Handlanger eine Herde Pferde vom Markt von Corlin getrieben. Sie trafen sich mit Corley und dem größten Teil der Schiffsbesatzungen vor den Toren der Stadt. In all dem Geschrei der Männer, die sich ein passendes Pferd aussuchten, bemerkte niemand, wie still Taen war; wie betäubt von dem Wissen über Jarics mißliche Lage, stieg sie ohne das Zittern, das der Gedanke an Reiten ihr üblicherweise bescherte, auf ihr Pferd. Neben ihr erstattete der Bootsmann seinem Kapitän Bericht.

Das Geschwätz in der Stadt berichtete nichts über die verfluchten Träume Maelgrims, doch der Mangel an Neuigkeiten war kein Grund zur Beruhigung. Auf Straßen, die noch immer von der Schneeschmelze in Mitleidenschaft gezogen wurden, reisten auch Gerüchte nur langsam, solange die Händler ihre Reisen gen Norden noch nicht wieder aufgenommen hatten.

»Der Graf ist wegen Ketzerei in den Kerker geworfen worden.« Der Bootsmann hievte seinen schweren Körper mit erstaunlicher Grazie in den Sattel eines großen, aber schmächtigen Braunen.

»So?« Corley wählte ein graues Tier, das nach seinem Hosenboden schnappte, als er sich umwandte, um in den Sattel zu steigen. Unbeeindruckt versetzte er ihm einen Klaps auf die Nüstern und sprang auf seinen Rücken. »Wann ist das passiert?«

»Im vorletzten Sommer.« Der Bootsmann spuckte aus. »Kors Bruderschaft hat an seiner Stelle die Herrschaft über Morbrith übernommen. Die Bauern nörgeln über die hohen Steuern. Sie sagen, die einfältigen Priesteranwärter würden die Überreste der Getreidekörner im Schafsmist zählen, um die Steuern hochzutreiben.«

Corley grinste hocherhoben im Sattel, während das Tier unter seinem Gewicht tänzelte. »Bei allen Feuern, unter diesen Umständen möchte ich nicht der Mann sein, der die Getreidesteuern erhebt.«

Der Bootsmann brach in johlendes Gelächter aus. »Die Bauern hätten ihnen bestimmt gern den Schafsmist eingepackt, aber das tun sie nicht, weil sie ihren Grafen vor dem Feuer bewahren wollen.«

Für einen Augenblick sah Corley nachdenklich aus. Dann faßte er seine Ansichten über die Priesterschaft in einer wüsten Beschimpfung zusammen und winkte seinen Männern, sich auf den Weg zu machen. Der letzte Matrose stieg auf sein Pferd, und schon teilten sich Rosse und Reiter mit erstaunlicher Geschwindigkeit in stampfende, schnaubende, aber ordentliche Reihen auf. Taen zügelte ihre Stute hinter der bewaffneten Vorhut. Sie stimmte nicht in das Gelächter mit ein, als sich die Geringschätzung der Seeleute für die Reiterei in einer Flut derber Witze Luft machte. Während Jaric litt, um den Zyklus des Feuers zu meistern, konnte sie nichts weiter tun als vorangehen und die Grenzen verteidigen; und wenn er nicht sehr bald siegreich war und nach Norden reiste, um Anskiere zu befreien, so würde auch diese Mühe vergebens sein.

Der Schnee ging in eiskalten Regen über, als die Truppen des Kielmark die Straße verließen und in das bergige Land im Norden von Corlin eindrangen. Die Gegend war felsig, von dichten Wäldern bewachsen, in denen weder Herbergen noch Poststationen die Reise erleichterten; die einzigen Bewohner dieser Wildnis waren einsame Bauern und umherziehende Clans. Bei Nacht befestigten die Männer die Hängematten aus den Schiffen in den Bäumen oder schliefen auf der morastigen Erde. Die Jagd auf Rehe übte ihre Treffsicherheit, und Corleys Wachsamkeit sorgte dafür, daß ihre Rüstungen stets glänzten und die Klingen ihrer Schwerter nie ihre tödliche Schärfe verloren. Daß sechs Kompanien ausgeschickt worden waren, um eine einzige Zauberin zu beschützen, war eine Notwendigkeit, die keiner der Männer in Frage stellte. Den Befehlen des Kielmark wurde niemals widersprochen. Die Vorgehensweise der Dämonen konnte so unglaublich grausam und wüst sein wie ein Frühjahrssturm.

Doch Maelgrim war einst ein Mensch gewesen, und seinen Taten haftete durchaus etwas wie ein Muster an. Er zog es vor, bei Nacht zuzuschlagen. Taen versuchte nicht sofort, sich ihm entgegenzustellen, sondern beobachtete, gut abgeschirmt, bis Corley und seine Männer nahe genug waren, daß sie ihre Kräfte mit maximaler Wirkung einsetzen konnte.

Im Lampenschein in der Enge ihres Zeltes zusammengekauert, wischte sie sich die feuchten Handflächen an der Leinenrobe ab, die sie als Tagesgewand über dem Reitleder trug und versetzte ihren Geist in Trance. Vorsichtig schickte sie ihre Wahrnehmung über das Land. Der Norden von Morbrith war ein Flickwerk aus Wildnis, durchbrochen von den vereinzelten gepflügten Feldern und Obstgärten der Siedler. Die Äste der Apfelbäume rasselten im Wind, der noch immer winterliche Kälte mit sich trug. Die Knospen von Blumen und Bäumen waren noch fest verschlossen. Taen verstärkte ihr Netz. Die Disziplin, die Tamlin sie gelehrt hatte, befähigte sie, die Lebenskraft im Inneren der Erde zu fühlen und an jedem natürlichen Rhythmus teilzuhaben, sei es der eines Tieres im Winterschlaf oder der der schlafenden Familien der Siedler. Sie verschmolz mit der Essenz ihrer Träume und wartete mit endloser Geduld auf die erste, zerstörerische Disharmonie, die einen Angriff Maelgrims verraten mußte.

Diese Nacht erwählte er ein Kind, einen kleinen Jungen mit kastanienbraunem Haar, der unter einer Decke schlief, die seine Schwester und seine Großmutter für ihn genäht hatten. Taen konzentrierte ihre Wahrnehmung, von dem Zucken des Opfers am Rande des Alptraums vorgewarnt. Er träumte, daß seine Bettwäsche zum Leben erwachte und seine kleinen Glieder unbarmherzig auf die Matratze drückte.

Nur das Feingefühl einer Traumweberin war imstande, das widernatürliche Netz der Energien über der Gestalt des Knaben zu erkennen. Taen bereitete ihre eigene Kraft vor. Ehe seine Ruhe durch Bilder von Blut und Gewalt und all den schaurigen Einfällen, die Maelgrim spann, den Geist zu zerrütten, zerstört werden konnte, jagte die Traumweberin einen Lichtstrahl durch das Bewußtsein des Kindes, ein Schild, um den Eindringling abzuwehren.

Pulsierende Energie beantwortete ihren Vorstoß, und ihre Intensität war niederschmetternd. Schon beim ersten Kontakt erwiesen sich Maelgrims Kräfte als weit größer, als sie angenommen hatte. Furchtsam angesichts der Erkenntnis, wie hart sie nun auf die Probe gestellt werden würde, hielt Taen, die Traumweberin, stand. Doch seltsamerweise trat der Gegenschlag, mit dem sie gerechnet hatte, nicht ein. Maelgrim hielt in seinem Tun inne, sein Gespinst der Zerstörung trieb unvollständig über den Bannen, die sie geformt hatte, um den kleinen Jungen zu schützen. Statt ihre Schutzbanne zu zerschlagen, um sich sein Opfer zurückzuholen, sandte der Dunkle Träumer Worte durch die Verbindung. ›*Schwester! Haben die Vaere ein zaghaftes Mädchen aus dir gemacht? Ich hatte erwartet, dir viel früher zu begegnen.*‹

In den Worten klang eine unterschwellige Herausforderung an, die überschwenglich fröhliche Erwartung auf einen Kampf, die Taen eine Gänsehaut über den Rücken jagte. Sie verstärkte ihre Schutzbanne über dem Knaben. Dann, die eigenen Schilde sorgsam aufgerichtet, sandte sie eine zweifelnde Frage in den Geist ihres Bruders, in dem Bemühen, seine Motive auszukundschaften. Maelgrim fühlte ihre Berührung. Er antwortete mit einem knisternden Aufblitzen von Macht, das sie zurückschleuderte, aber erst, nachdem sie von seinen Absichten Kenntnis nehmen konnte. Der menschliche Günstling des Schattentempels wollte sie nach Norden locken, sie schwächen und schließlich seine Schwester mit all ihrer Macht der Ausbeutung durch die Dämonen ausliefern.

Die Erkenntnis dieses Verrats erfüllte sie mit Kummer; doch Taen hielt noch immer ihre Balance aufrecht. Dieser Augenblick war seit der Rückeroberung der Schlüssel von Elrinfaer unausweichlich gewesen. An jenem Tag hatte sie den Mann, den sie einmal als ihren Bruder gekannt hatte, auf ewig verloren. Die Traumweberin vergewisserte sich, daß die Schutzbanne über dem Geist des Knaben auch nach dieser vorübergehenden Ablenkung noch intakt waren. Dann, entsetzt angesichts der Macht der Abwehr ihres Feindes, vergab sie dem Kielmark seine tyrannische Sorge um ihr Wohlergehen. Die Eskorte, die er ihr in seiner Besessenheit aufgedrängt hatte, war weiter nichts als eine pure Notwendigkeit. Ohne die Soldaten, die während der Stunden, in denen sie in ihrer Traumtrance schwebte, über sie wachten, wäre die Traumweberin gezwungen gewesen, von der weiteren Verteidigung des Nordens abzulassen.

Das Echo eines Lachens drang in ihre Gedanken. ›*Glaubst du etwa, Menschen mit stählernen Waffen könnten dich beschützen?*‹

Zitternd atmete Taen ein. Der Spott, der den Worten des Dunklen Träumers anhaftete, traf sie wie ein Stich ins Herz. Und doch verstärkte die Natur seiner Grausamkeiten auf der anderen Seite ihre Entschlossenheit nur um so mehr. Einige Aspekte im Charakter ihres Bruders waren unverändert. Hinter Maelgrims Bösartigkeit erkannte sie ungeduldigen, bitteren Zorn. Die Bewaffneten stellten eine unerwartete Komplikation dar. Bevor Maelgrim sie schnappen konnte, mußte er sich erst gegen Schwerter in Händen der besten Kämpfer von ganz Keithland behaupten.

Der Dunkle Träumer begegnete ihrer Einschätzung mit Hohn. ›*Und du denkst, es würde mir schwerfallen, die paar Soldaten des Kielmark zu töten?*‹

Taen erschrak, schockiert wegen der Tatsache, daß er so einfach in ihr Bewußtsein hatte eindringen können.

Maelgrim erging sich für einen Moment in giftigem Amüsement. ›*Es gibt noch andere Möglichkeiten, Stahl abzuwehren.*‹ Dann, ohne jede Vorwarnung, ohne auch nur das geringste Anzeichen für einen Angriff, riß er die Banne der Traumweberin fort und preßte das Leben aus dem Kind.

›*Nein!*‹ Entsetzt zog sich Taen zurück, erschrocken, daß er sie so einfach, so schnell und mit so entsetzlicher Endgültigkeit hatte schlagen können. Die Finger des kleinen Jungen lagen verkrampft auf dem Kissen. Sein Haar fiel in wirren Strähnen über seine Stirn, ganz so, als schliefe er noch immer, doch seine Augen würden sich nie mehr öffnen, um den Sonnenaufgang zu sehen.

›*Ebenso leicht könnte ich die Soldaten des Kielmark vernichten*‹, warnte sie der Dunkle Träumer, und Taen wußte, daß er die Macht dazu besaß. Die ganze Zeit über hatte er sie getäuscht, während er mit dem Leben der Siedler und Clanangehörigen gespielt hatte. Bis zu diesem Augenblick hatte er noch nie seine ganze Macht offenbart.

Doch diese Arroganz, die ihn antrieb, mit seiner überragenden Macht zu protzen, war gleichzeitig auch seine größte Schwäche.

»Du kannst es ja versuchen.« Wohlwissend, daß er ihre Worte hören konnte, nutzte Taen ihren Vorteil. Sie schlug zu, während seine Selbstzufriedenheit seine Wachsamkeit untergrub, und mit einem einzigen, kräftigen Schlag legte sie die Verbindung ihres Gegners zu den Thienz-Dämonen bloß. Ihr kollektiver Geist gehorchte Maelgrims Willen und gewährte ihm die Mittel, ihre Banne zu überwinden und zu töten.

Der Verlust des Kindes war bitter. Taen gestattete sich zu weinen, ließ sich aber nicht von Verzweiflung übermannen. Der Dunkle Träumer mochte dieses erste Mal ihre Banne aus der Distanz gebrochen haben. Doch nun, da sie von den Dämonen wußte, konnte sie ihre Taktik ändern, um der Gefahr zu begegnen; der Greuel der Thienz mochte abgewehrt werden können. Innerhalb der Grenzen ihrer Lagerstätte konnte sie den Geist der Männer Corleys schützen. Zumindest solange die Ergebnisse der raschen Ausbildung Maelgrims noch reiften, würde sie bis an die Grenzen ihrer vaeregeschulten Gabe kämpfen.

›*Tu das*‹, forderte der Dunkle Träumer sie auf. Haß sprach aus seinen Worten. ›*Hart oder leicht, langsam oder nicht, am Ende wird der Sieg mein sein.*‹

Taen antwortete ihm nicht. So ungemein stur wie ihr Vater, wartete sie reglos, bis das ätzende Böse der Präsenz ihres Bruders verblaßte und schwand.

Die Traumweberin erwachte benommen aus ihrer Trance. Schweißüberströmt keuchte sie unter den Nachwirkungen ihrer Tränen und des emotionalen Stresses und fühlte schmerzhaft den Schock, als sie sich wieder in ihrer Umgebung orientierte.

Die Luft im Zelt war stickig, angefüllt mit dem säuerlichen Geruch modernden Segeltuches. Unangenehm feucht klebte ihre Robe an ihrer Haut. Sie schälte sich aus dem Stoff heraus und blieb zitternd sitzen.

In dieser Nacht war ein Kind gestorben, das unter ihrem Schutz gestanden hatte. Der Verlust war unerträglich. Die Traumweberin löste eine klebrige Haarsträhne von ihrer Stirn, schlug mit der Faust auf ihre Hüfte und murmelte eine Obszönität, die sich unter den übellaunigsten Weibern von Imrill Kand größter Beliebtheit erfreute. Dann, ohne sich auch nur einen Hauch besser zu fühlen, glitt sie zurück in Trance und wob ein Netzwerk aus Bannen über der Hütte, in der das ermordete Kind lag. Für den Jungen konnte sie nichts mehr tun. Doch er hatte Eltern und eine jüngere Schwester und eine Großmutter, die gemeinsam seine Decke genäht hatten. Wenn Taen Wache hielt, so konnte sie wenigstens dafür sorgen, daß die Familie des Knaben überlebte und um ihn trauern konnte.

Doch die Nacht verlief ohne weitere Zwischenfälle. Nicht die Spur der Präsenz Maelgrims erschien, um sie erneut auf die Probe zu stellen. Als endlich die Morgensonne ihre ersten Strahlen durch die Bäume sandte und helle Flecken auf das Segeltuch des Zeltes zeichnete, löste Taen ihre Banne. Sie rieb sich die müden Augen und legte sich neben die Decke, die noch zusammengefaltet und unbenutzt neben ihren Beinen lag. Wenig begeistert erwog sie, in ihre Reitkleidung zu schlüpfen, sich das Haar zu kämmen und sich der täglichen Mühe des Aufstehens und des Waschens in einem kleinen Wasserlauf zu widmen, umgeben von Rüpeln, die sich allerlei einfallsreiche Ausreden einfallen ließen, um sie zu stören. Wiewohl sie den Männern freundschaftlich verbunden war, erschien ihre Beharrlichkeit ihr plötzlich unerträglich. Taen preßte die Augen zu. Müdigkeit überwältigte sie, und sie glitt in den Schlaf, ausgestreckt über ihrer zerknitterten Robe.

Der Friede sollte nicht von Dauer sein. Eine halbe Stunde später wurde die Traumweberin bereits von einem heiseren Pfiff geweckt, gefolgt von dem Erschlaffen einer Spannschnur. Der Pfosten, der die Firststange ihres Zeltes stützte, prallte unsanft auf ihre Knie.

»Sollen wir Euch zusammen mit den Kochtöpfen einpacken?« spöttelte die fröhliche Stimme eines Matrosen.

Taen kämpfte gegen das Segeltuch auf ihrem Gesicht und konterte mit einer wüsten Beschimpfung.

»Ho, sie lebt also doch noch«, stellte ihr Peiniger fest, verstummte aber sehr schnell, als Deison Corley ihn verärgert maßregelte.

Im nächsten Augenblick zog der Kapitän persönlich das Segeltuch hoch und starrte in die Düsternis im Inneren des Zeltes. »Taen? Es ist Tag. Wir müssen weiterziehen.« Erst als sich seine Augen an die Dunkelheit gewöhnt hatten, bemerkte er den beißenden Schmerz in ihren Augen und den entschlossenen, hartnäckigen Zug um ihren Mund. Ohne weitere Umschweife fragte er: »Was ist passiert?«

Das Segeltuch ungeschickt über Kopf und Schultern drapiert, erzählte Taen ihm alles, einschließlich der Drohung, die Maelgrim gegenüber den sechs Kompanien unter dem Kommando des Kapitäns ausgesprochen hatte.

Corley betrachtete sie nachdenklich. »Du hast beschlossen zu kämpfen, richtig?«

Taen nickte. Abrupt erinnerte sie sich der Tatsache, daß sie ihre Robe abgelegt hatte. Mit glühenden Wangen tastete sie unter der Firststange nach ihrem Reitleder.

Der vertrauenswürdigste Kapitän im Dienst des Kielmark ließ das Segeltuch mit einer Entschuldigung für sein Eindringen fallen. »Wir werden dich uneingeschränkt unterstützen«, sagte er schroff. Taen beschloß, nicht länger zu trödeln, als er seinen Matrosen eine Reihe rascher Anordnungen erteilte, und wühlte sich mit panischer Eile durch das erschlaffte Segeltuch auf der Suche nach Tunika und Stiefeln. Ihre Hast erwies sich als unnötig. Niemand kam, sie zu stören oder ihr Zelt einzupacken, bis sie voll bekleidet herausgekrochen war.

Der Wind war stürmisch, als die Reiter nordwärts zogen. Niedrige Wolken lösten sich allmählich auf, und bald taute die Wärme eines überfälligen Frühjahres den gefrorenen Boden. Doch während die Männer von der Sonne gebräunt neue Energie gewannen, wurde Taen immer blasser, zerfressen von Kummer und Anstrengung.

Bei Tag wob sie Traumbanne, komplizierte Energiemuster, eingebunden in Banne, die die Männer schützen sollten, deren Wachsamkeit sie vor Angriffen der Dämonen bewahrte. Des Nachts versank sie in tiefer Trance. Überaus sorgsam beobachtete sie die einzelnen Bewohner in der nördlichen Wildnis Keithlands, von neugeborenen Babys im Kreise ungezähmter Sippschaften bis hin zu den von der Arbeit ermatteten Geistern der Siedler. Die Raubzüge von Maelgrim, dem Dunklen Träumer, hielten weiter an. Nach einigen Mißerfolgen erkannte die Traumweberin, die sich ihm entgegenstellte, allmählich die Tricks, die der Verschlagenheit der Thienz-Dämonen entsprangen: Fallen, die zuschnappten und sie mit Blindheit schlugen, falsche Fährten, die an ihrer Kraft zehrten. Offensichtlich beabsichtigte Maelgrim, sie zu erschöpfen, um dann ihre Banne niederzureißen und die Macht zu ergreifen. Doch die wenigen, die die Vaere zur Ausbildung erwählten, waren keine furchtsamen Geister. Solange ihr noch die Kraft blieb, kämpfte Taen. Sie gewann an Erfahrung, errang einige wenige Siege, und sie erholte sich bei kurzen Schläfchen, während die Männer das Lager errichteten und Feuerholz schlugen.

An jedem Abend weckte Corley sie eine Stunde nach Sonnenuntergang mit einer Mahlzeit aus warmem Gerstenbrot, Wurst und Suppe, und er blieb bei ihr, bis sie ihr Mahl beendet hatte.

»Du kannst so nicht weitermachen«, erklärte er, als sie bereits zum zweiten Mal ihre Suppenschale kaum angetastet fortschob.

Taen sah ihn an. Nur die Augen schienen in dem elfenhaften Gesicht zu leben. »Ich muß. Niemand in Keithland kann diesen Menschen helfen. Wenn ich aufhöre, wird sich die Gefahr ausweiten.«

Corley unterdrückte den Wunsch, ihr zu widersprechen; die Tatsache, daß das Mädchen recht hatte, trug wenig dazu bei, seine Sorgen zu lindern. Plötzlich verlor er die Lust an dem Wettstreit im Bogenschießen, der unter den Männern am Lagerfeuer ausgebrochen war. Statt dessen stapfte er davon, um die Pferdekoppel zu kontrollieren, während die Traumweberin sich erneut in Trance versenkte und ihre Gabe durch die Nacht sandte.

Maelgrim und seine Dämonen griffen sie nie direkt an. Wie Katzen zogen sie es vor, mit ihr zu spielen und ihre Kraft durch Fallen und falsche Spuren zu erschöpfen. Dann, in tiefster Nacht, wenn ihre Konzentration vor Ermattung nachließ, wählten sie irgendein isoliertes Lager oder Bauernhaus und zerschmetterten die Schutzbanne, die sie in jeder Nacht so mühevoll errichtete.

Taen fühlte die Zerstörung ihrer Banne jedesmal. In den Fängen ihrer Trance schwitzend, empfand sie das Aufflammen des Schmerzes, wenn ihre Energien im Chaos versanken. Dann pflegte sie ihre verbliebenen Kräfte zu sammeln und sich zu mühen, die bösen Träume Maelgrims von den Geistern seiner Opfer abzuwenden. Macht kam und ging, war bei Ebbe und Flut zwischen den beiden gegnerischen Fronten. Manchmal formte Maelgrim einen Alptraum für die kollektive Präsenz einer ganzen Familie; in anderen Nächten attackierte er ein Kind oder eine geliebte Großmutter, und er brach ihren Geist wie einen dürren Zweig unter einer Lawine des Entsetzens.

Taen war nicht stark genug, derartige Alpträume auf direktem Wege aufzulösen. Maelgrim konnte immer wieder auf die gewaltigen Reserven seiner Thienz zurückgreifen; mit ihrer Hilfe konnte er in Ruhe abwarten, bis ihre Ausdauer erschöpft, ihr

Bemühen der Verzweiflung anheimgefallen war. Taen blieb nur, ihm Steine in den Weg zu legen, sie konnte ihn allenfalls ein wenig aufhalten, seine Konzentration vernebeln und die Macht seiner Bilder ablenken; manchmal reichte ihre Einmischung, damit die stärkeren unter seinen Opfern überleben konnten. Viel öfter aber endete die Auseinandersetzung mit dem Verlust eines weiteren Lebens. Mochten auch die Weinstöcke in der milden Frühlingsluft sprießen, mochte die Sonne jeden Morgen wiederkehren, das Hinterland im nördlichen Hallowild blieb doch verflucht, gepeinigt von Grauen und Wahnsinn.

Vor Sonnenaufgang kehrte Corley zu Taen zurück. Wie es nicht anders möglich war, fand er sie vor unsäglicher Erschöpfung zitternd vor. Dennoch wollte er nicht, daß sie das Ausmaß seiner Sorge erkannte. Jeden Morgen nährte er ihren Glauben an das Leben mit sorgsam berechneten Neckereien. Als es auf die vierte Woche zuging und das Lachen immer weniger Erleichterung brachte, zog er sie an sich und barg sie in seinen Armen, bis sie wie ein Kind an seiner Schulter schlief. Dann wickelte er ihren schlaffen Körper in eine Decke, legte sie auf eine Trage und befahl, das Lager abzubauen. So nahe an der Grenze zu den Sumpfgebieten nahm die Gefahr noch weiter zu, und ihre beste Verteidigungsstrategie bestand darin, in Bewegung zu bleiben, damit die Dämonen keine Gelegenheit bekamen, einen Überfall auf ihr Lager zu verüben.

Während sie also wieder und wieder ihre Position änderten, passierten sie langsam die Obstgärten in den nördlichen Ländereien Morbriths. Taens Erschöpfung nahm zu. Der Tag kam, da sie erst erwachte, als die Truppen zur Mittagszeit rasteten. Mit ärgerlich gerunzelter Stirn schob sie ihre

Decke zur Seite und tadelte Corley gereizt, weil er sie nicht früher geweckt hatte.

Der Kapitän, der abgestiegen war, um den Sattelgurt seines Wallachs zu lockern, vergaß leichtsinnigerweise, seine Kehrseite zu decken. »Bei allen Feuern, Hexe, du hast nicht das geringste verpaßt.«

»Der Bootsmann sagt aber etwas anderes«, schimpfte die Traumweberin.

Corley verdrehte die Augen. »Der Mann gibt sogar vor seiner Suppenschüssel mit seinen Lügen an. Kannst du es nicht einfach dabei belassen? Wir haben nichts weiter gesehen als einen Priester, der sich beschwert hat, der Mob aus Riffhafen würde ein Territorium zertrampeln, das zu den Besitztümern Morbriths gehört.«

Taens Ärger wich gesunder Neugier. »Was hast du mit ihm angestellt?«

Der Wallach schnappte zu. Zu spät verpaßte ihm Corley einen unsanften Klaps auf die Nüstern. »Hab' ihn im Galopp mit ein paar Pfeilen in der Mönchskutte zurück zu seiner Bruderschaft gejagt. Jetzt geh essen. Ich habe keine Lust, mich vor dem Kielmark dafür zu rechtfertigen, daß du bis auf die Knochen abgemagert bist.«

Taen gehorchte, und der Kapitän blieb fluchend bei dem Pferd zurück, das taktlos genug gewesen war, seine letzte Hose zu zerreißen; plötzlich schien die Erschöpfung der Traumweberin ein guter Grund zu sein, schon früh das Lager aufzuschlagen. Aufgebracht bis zum Äußersten zog sich Corley bis auf die Haut und die Messerscheiden aus und wühlte in seinem Gepäck nach einer Nähahle und Garn. Bewaffnete Matrosen versammelten sich um ihn. Hitzig spekulierten sie über die Anzahl und anatomische Lage der Insektenbisse, die sich ihr Kapitän zweifellos zuziehen würde, und bald wich die Debatte einem lebhaften Wettbetrieb. Doch die Einsätze verloren ihre Bedeutung, als der Mann, der Summen und Prognosen notierte, die Anweisung erhielt, Bogensehnen zu wachsen. Murrend bereiteten sich die Männer des Kielmark auf die Nacht vor.

Taen vervollständigte ihre Schutzbanne und rollte sich in eine Decke, um ein Nickerchen zu machen. Obwohl ihr ganzer Körper vor Müdigkeit schmerzte, blieb ihr der Schlaf doch versagt. Ihr Traumwebersinn blieb wach und aufmerksam; selbst das Tschilpen der Vögel verstärkte nun ihre Unruhe. Sie warf sich auf ihrem Lager hin und her, die Augen in dem Zwielicht, das durch die Zeltbahnen hereindrang, weit aufgerissen. In der Nacht würde Maelgrim, der Dunkle Träumer, ein neues Opfer wählen und zuschlagen. Seine Macht wuchs im Laufe der Zeit, während ihre eigene Kraft schwand, erschöpft durch die stete Überanstrengung. Schon bald würde sie ihm nicht mehr gewachsen sein. Der Tag würde kommen, an dem ihr nichts weiter blieb, als den treuen Offizieren des Kielmark zu sagen, sie sollten den Rückzug nach Süden befehlen.

Auf Jaric und den Zyklus des Feuers zu hoffen, nährte nur ihre Verzweiflung. Gewiß konnte ein Mann von derartiger Empfindsamkeit den Qualen nicht standhalten, die sie auf dem Markt von Corlin gefühlt hatte; für einen bitteren Augenblick hatte Taen eine Ahnung von dem Wahnsinn Ivains erhalten. Daß das Überleben Keithlands so viel Leid über seinen Sohn bringen mußte, bereitete ihr schrecklichen Kummer. Müde bis auf die Knochen, empfand die Traumweberin das Opfer Jarics als ein Unglück, das schlimmer als der Tod selbst war.

Das Tageslicht versiegte. Das Innere des Zeltes wurde nachtschwarz, undurchbrochen vom Licht der Sterne. Schlaflos lauschte Taen dem Wind. Jeden Augenblick mußte der Dunkle Träumer ihre Banne zu Fall bringen.

Doch dieses Mal erfolgte die Attacke ohne die üblichen Vorboten. Energie durchschlug Taens Gedanken mit der Gewalt eines Lichtblitzes und schleuderte sie in den Dreck, als sie von ihrem Lager aufsprang. Das Mädchen zuckte zurück, um sich zu schützen. Barrieren schossen reflexartig in ihrem Geist hoch, noch bevor sie erkannte, daß diesem Eindringen nichts von der Bosheit Maelgrims anhaftete. Ungebändigte Energien kitzelten ihre Haut. Verwirrt nutzte Taen ihre Gabe zur Erkundung.

Licht blendete ihre Augen. Beinahe blind blinzelte Taen. Umgeben von schmerzhaft hellem Licht erblickte sie einen Raubvogel, eingehüllt in einen Ring aus Feuer. Das Bild erinnerte sie an Anskieres Sturmfalken, und die Erkenntnis raubte ihr den Atem.

»Jaric!«

Ihr Aufschrei stellte den Kontakt her. Von der donnernden Strömung der Macht mitgerissen, schrie Taen aus Körpereskräften. Ihr Geist wurde über einen Abgrund von Zeit und Raum gezerrt, um sich mit einem anderen zu vereinen, der in Höllenqualen gefangen war. Von Schmerzen gepeinigt, wurden Taen die endlos verzweigten Möglichkeiten bewußt, mit denen Jaric derzeit auf der Insel der Vaere konfrontiert wurde.

Ein Pfad führte in Finsternis und Vergessenheit; doch der Tod am Ende war nur Illusion. Die Sathid würden ihn überwältigen, ehe sein Leben ausgelöscht werden konnte. Obgleich die Qualen Jarics Gedanken in unvorstellbarer Pein zerfaserten, war er nicht bereit, sich selbst zu opfern. Ebensowenig aber glichen seine Überlegungen denen eines Sterblichen; während Taen ihn begleitete, erfuhr sie von der Strategie, die zu erwägen ihn das hoffnungslose Leiden getrieben hatte. Wie Ivain vor ihm, hatte Jaric erkannt, daß er sein Leben retten konnte, wenn er sich von allen Gefühlen Sterblicher befreite. Feuer konnte erduldet, Schmerz überwunden, das Unfaßbare ignoriert werden, wenn er sich selbst zwang, absolut nichts zu fühlen, keine Freude, kein Mitgefühl, keine Liebe. Er würde seine Menschlichkeit verlieren. Doch im Gegenzug bliebe den Sathid keine Verwundbarkeit mehr, die sie ausnutzen konnten; sie mußten sich seinem Willen unterwerfen und ihn mit einer unermeßlichen Macht belohnen.

So hatte Ivain den Zyklus des Feuers überstanden; bis an die Grenze des Erträglichen getrieben, kämpfte Jaric und fand doch keinen Ausweg. Allen Stolzes beraubt, wandte er sich schließlich an seinesgleichen, an jene Frau, die ihm so viel bedeutete, um sie um Vergebung zu bitten, denn der Wahnsinn, den er erben mußte, wenn er überleben wollte, würde ihr nur noch mehr Kummer bereiten.

Taens verlor die Kontrolle, und die graziöse Gestalt des Lichtfalken verschwamm hinter einer Linse aus Tränen.

»Jaric, nein!« Der Protest war vergebens. Sie fühlte, wie Ivainsons gepeinigte Präsenz begann, sich zurückzuziehen, noch während sie sprach. Kummer bestimmte ihr Handeln.

Einst, als Anskieres Bann Jaric ein unerträgliches Leid aufgezwungen hatte, hatte Taen ihren Traumsinn benutzt, ihm eine Zuflucht zu schaffen; nun war sie dank der Erfahrungen, die sie im Kampf gegen Maelgrim gewonnen hatte, Expertin in der Disziplin, Alpträume und Leid zu vertreiben.

Rasch und sicher schuf die Traumweberin einen schützenden Hafen für Jarics heimgesuchten Geist. Sie formte Frieden, wo die Sathid ihn nicht erreichen konnten, und betäubte den Schmerz gequälter Nerven. Ihre Arbeit zeigte umgehende Wirkung. Dankbar gab sich Jaric seiner Erschöpfung hin. Völlig zermürbt, sank er in tiefen Schlaf, während die Sathid in ihrem Kampf um die Vorherrschaft vergeblich an Taens Bastion aus Bannen rüttelten.

Die Traumweberin erkannte nun, daß Jarics Menschlichkeit nicht verloren sein mußte. Mit ihrer Hilfe konnte er sein Gleichgewicht wiederherstellen und dem Wahnsinn entrinnen, der dem Zyklus des Feuers eigen war. Voller neuerwachter Hoffnung vergaß Taen die Gefahr. Für einen gedankenverlorenen Augenblick ließ ihre Disziplin nach; und die beiden Kristalle in Jaric sammelten ihre Kräfte und wandten sich voller giftiger Energie gegen die Quelle der Störung.

Der Angriff erwischte Taen jämmerlich unvorbereitet. Ihre Gabe als Traumweberin vibrierte in kongenialer Reaktion; schon im nächsten Augenblick konnte ihr eigener Kristall eine Querverbindung herstellen und sich an dem schwelenden Kampf gegen Jaric beteiligen. Taen empfand Furcht, als würde ein Messer auf sie niederstürzen. Sollte eine solche Verschmelzung stattfinden, so würde die gemeinsame Macht der Sathid exponentiell verstärkt werden; bedrängt von der neunfachen Energie, würden die Geister der Traumweberin und des Erben des Feuergebieters ausgelöscht werden wie die Flamme einer Kerze.

Taen kämpfte, um den Abstand und das Gleichgewicht zu wahren, doch sie spürte sogleich, daß sie versagen würde. Ivainson konnte ihr nicht helfen; solange seine matrixgebundene Macht noch hart umkämpft war, fehlte ihm die Kontrolle, sie zu nutzen. Und da die Traumverbindung, die Taen zu ihm hergestellt hatte, sowohl Zeit als auch Raum überwunden hatte, waren die Energien nur zart ausgebildet und schwer aufrechtzuerhalten. Keine Zauberin, die Herrschaft über die Macht eines einzigen Kristalls besaß, durfte hoffen, einen Angriff wilder Sathid unter solchen Voraussetzungen zurückschlagen zu können. Macht bohrte sich in Taens Schutzbarrieren. Sie konterte gerade noch rechtzeitig, und ihr Kristall erbebte.

Eine Katastrophe erwartete sie, sollte sie sich einem zweiten derartigen Schock aussetzen. Ihr blieb keine andere Wahl, als den Kontakt zu Jaric zu lösen, die Verbindung sauber und auf der Stelle zu trennen. Doch die Härte dieser Notwendigkeit trübte ihr Urteilsvermögen. Taen zögerte, und die ungezähmten Sathid schlugen erneut zu.

Energien warfen sie aus dem Gleichgewicht. Gepeitscht von einem Wirbel, so heftig wie ein Zyklon, schrie die Traumweberin. In ihrer Verzweiflung löste sie die schützenden Banne über Jarics Geist. Feuer riß ihn aus dem Schlaf, und er erwachte mit einem herzzerreißenden Schmerzensschrei. Beinahe hätte er sein Leben verloren, als die verschmolzene Wahrnehmung ihm das Ausmaß der Gefahr offenbarte, in der Taen schwebte. Von der Furcht um sie überwältigt, bediente er sich seiner einzig verbliebenen Möglichkeit. Nur der Wahnsinn Ivains würde ihn befähigen, seine Sathid zu bändigen, ehe der Traumweberin, die er liebte, ein Leid geschah.

»Jaric, nein! Du mußt standhalten. Ich werde die Verbindung lösen. Wenn ich zur Insel der Vaere reise, dann glaube ich, dir helfen zu können. Warte auf mich … Fischkopf, bitte, warte …«

Kapitel 5

ERLÖSUNG

Der Kontakt wurde schwächer und brach schließlich ganz ab. Zitternd richtete Taen sich auf und brach in Tränen aus. Zurück in der Dunkelheit und ihren Decken im Norden Hallowilds, blinzelte sie, während ihre Augen noch immer vom Anblick des Lichtfalken brannten. Es gab keine Möglichkeit herauszufinden, ob Jaric ihrer Bitte Folge leisten würde. In ihrem Traumsinn wogte es wie eine von der Flut aufgewühlte Strömung, und sie brauchte jeden Fetzen ihrer Konzentration, um ihren halberweckten Sathid zu besänftigen. Nur langsam legte sich der Aufruhr in ihrem Inneren. Kaum hatte sie ihr emotionales Gleichgewicht wiederhergestellt, da erschrak Taen, als plötzlich Kettenhemden direkt vor ihrem Zelt rasselten. Eine Klinge schnitt die Verschnürung des Zelteingangs auf. Segeltuch klaffte auf und gab den Blick auf die Bewaffneten frei, die, angeführt von Corley in Rüstung und Helm, im hellen Licht der Fackeln vor ihr standen.

»Was ist passiert?« Die Stimme des Kapitäns klang vollkommen gefühllos und nüchtern, benahe so, als würde er mit Mord und Totschlag rechnen. Entsetzt erkannte Taen, daß der wacheschiebende Matrose ihren Aufschrei gehört hatte und in Erwartung eines Angriffs losgezogen war, das Lager zu wecken.

Schnell antwortete sie, um die Spannung zu lösen. »Ich hatte eine Vision, aber nicht vom

Schattentempel. Jaric kämpft darum, den Zyklus des Feuers zu meistern. Wenn ich sofort zur Insel der Vaere reise, dann ist es gut möglich, daß ich ihn vor dem Wahnsinn bewahren kann, der Ivain zerstört hat.«

Corley gab seine Laterne an den nächststehenden seiner Männer weiter. Seine Augen glänzten dunkel und hart wie die Beschläge seines Schilds, als er sein Schwert zurück in die Scheide schob. »Wenn wir aufbrechen, wird der Norden dem Dunklen Träumer schutzlos ausgeliefert sein.«

Taen hielt seinem Blick stand, doch Mitgefühl überzog ihre Züge mit Blässe. Sie wußte sehr wohl um die Konsequenzen ihres Vorhabens, und es schmerzte zu sehen, wie ehrlich sie sich den Dingen stellte. »Ich kann Maelgrim nicht standhalten, wenn er seine thienzgebundene Macht erst einmal beherrscht.«

Schatten flackerten über das Zelt, als der Wind die Flamme der Laterne erfaßte. Der Mann, der die Lampe hielt, trat unbehaglich von einem Bein aufs andere.

Nur Corley blieb standhaft, selbst die Lichtreflexionen auf seinem Helm waren so reglos, als wären sie an Ort und Stelle festgenagelt. »Ich nehme an, wir haben keine Wahl. Ob du recht hast oder nicht, wir riskieren in jedem Fall Morbrith. Aber wenn Jaric versagt, dann gibt es für ganz Keithland keine Hoffnung mehr.«

Erleichterung durchbrach Taens gefaßte Haltung. Sie barg das Gesicht in den Händen und wirkte plötzlich furchtbar zerbrechlich. Aufgerüttelt von der Erinnerung, daß ihr tatsächliches Alter nicht ihrer körperlichen Reife entsprach, entließ Corley seine Soldaten mit dem Befehl, das Lager abzubrechen. Eile und Schutz, das war die einzige

Unterstützung, die er der Traumweberin in seiner Obhut bieten konnte; doch dem heimgesuchten Morbrith, das von den Priestern und ihren Gebeten abhängig war, wollte er eine letzte tapfere Geste gönnen.

Corley streckte die Hand aus und hob Taens Kinn sanft an. Tränen befeuchteten seine Finger, schmerzten in seinem Herzen, dennoch brachte er ein schiefes Grinsen zustande. »Mach dich reisebereit, kleine Hexe. Wir haben noch etwas zu erledigen, bevor die *Neumond* Segel setzen kann, um Ivainson, den neuen Feuergebieter, zu unterstützen.«

Zaumzeug klirrte in der Dunkelheit, begleitet von dem Rasseln der Waffen und Rüstungen. Die Seeleute des Kielmark stiegen ohne das übliche Murren in die Sättel und setzten sich südwärts durch die Ländereien von Morbrith in Bewegung. Für Taen, die direkt hinter Corley ritt, schien die frische Schönheit des Frühjahres einem Übel gewichen zu sein, das sie an einem anderen Ort gefühlt hatte. Hier mochte der Mondschein die Apfelblüten unter dem strahlenden Sternenhimmel mit silbrigem Licht überfluten; doch im Norden zog ungehindert der Dunkle Träumer umher, um die Geister von Kindern nach Lust und Laune zu verwirren, und der einzige Mann, der über das notwendige Potential verfügte, sich ihm entgegenzustellen, wand sich unter den Schmerzen der Flammen des Zyklus des Feuers auf der Insel der Vaere im fernen Süden. War sie auch von frischem, jungem Leben umgeben, konnte die Traumweberin doch nicht ihrer sorgenvollen Bürde entgehen.

Die Männer schienen ihre Stimmung widerzuspiegeln. Alarmbereit ritten Kundschafter aus, als fürchteten sie ein feindliches Territorium, und unter dem raschen Tempo der Vorhut vermengte sich bald der Geruch des Pferdeschweißes mit dem Duft der Obstgärten. Taen bewegte sich unbehaglich im Rhythmus der Schritte ihrer Stute. Von Sorge bedrückt, bemerkte sie zunächst nicht, daß der stellvertretende Kommandeur, der Kapitän der *Schwertfisch*, sein Roß gezügelt hatte und nun den Weg der Truppen blockierte.

Mit schmalen Augen und hochgewachsen, strotzte der Mann sogar bei bester Laune vor Streitsucht. Gewöhnlich hatte er sein Temperament weit genug im Griff, seinen Kommandanten nicht direkt herauszufordern, doch in dieser Nacht schien die Anspannung sein Urteilsvermögen außer Kraft gesetzt zu haben. »Ihr reitet auf der Straße nach Corlin. Mann, seid Ihr denn wahnsinnig?«

Corley betrachtete seinen Untergebenen mit ausdrucksloser Miene. »Die Straße ist der schnellste Weg zum Hafen. Also, wenn dein Pferd nicht lahm ist, dann setzt du es besser in Bewegung.«

Doch der Offizier schenkte seinen Worten keine Beachtung. »Bei den Feuern, Ihr wollt durch Morbrith reiten? Die Priester werden wie die Wespen auf Euch losgehen.«

»Ich weiß.« Eine kaum wahrnehmbare Veränderung in der Haltung des Kapitäns jagte Taen kalte Schauer über den Rücken.

Auch der Offizier hatte es bemerkt; er fluchte und gab seinem Pferd die Sporen, bis es im Gleichschritt neben Corleys Roß trabte. »Die Priester hassen den Kielmark, und das wißt Ihr.« Herumgeworfen durch die rasche Bewegung, mit der sein Pferd den Zähnen des Grauen auswich, fuhr der Mann, ohne sich um den Ärger seines

Befehlshabers zu kümmern, fort: »Wenn Ihr die Festung von Morbrith passiert, riskiert Ihr eine Schlacht. Dann wird uns die Straße nirgends schnell hinführen können.«

»So, so«, entgegnete Corley gleichmütig. Er tat scheinbar nichts, außer kurz die Zügel schnappen zu lassen. Trotzdem tat sein Grauer einen heftigen Seitwärtsschritt, der das Pferd des aufsässigen Offiziers geradewegs gegen einen Baum trieb. Taen sah Metall im Mondschein aufblitzen. Dann folgte ein leises Klirren. Der Offizier riß sein Pferd zurück. Zitternd ragte das Heft von Corleys Gürtelmesser aus der Baumrinde direkt unter seinem Kinn hervor.

Für einen Augenblick starrten die beiden Männer einander schweratmend an. Dann spuckte Corley aus. »Seit wann nimmt ein Kapitän im Dienste des Kielmark Befehle von der Bruderschaft Kordanes entgegen? Und nun zurück auf deinen Posten.«

Erst jetzt sah Taen, daß ein zweites Messer wartete, in einer Hand, die bereit war, es zu werfen. Die Lippen des Offiziers glitten in einem animalischen Ausdruck des Zorns von seinen Zähnen zurück; doch er wendete sein Pferd und ritt brüsk zu seinen Männern zurück.

Am Kopf des Zuges drehte sich Corley im Sattel. Als er seine Klinge aus dem Baumstamm befreite, erhaschte Taen einen Blick auf seine Miene; der Anblick dieser machtvollen Persönlichkeit, die sich in seinen Zügen Ausdruck schuf und ohne die er nicht fähig gewesen wäre, die Disziplin in einem Haufen Renegaten aufrechtzuerhalten, schlug ihr auf den Magen. Gewiß hätte sie Mitgefühl für die Priester empfunden, hätte nicht die außergewöhnliche Wachsamkeit des Mannes an ihrer Seite ihr eine Vorahnung drohender Gefahr vermittelt.

Vermutlich waren die Vorwürfe des Offiziers gerechtfertigt. Trotzdem setzte der vertrauenswürdigste Kapitän des Kielmark unbeirrt seinen Weg gen Südosten zur Festung von Morbrith fort.

Die Truppen zogen ohne Zwischenfälle durch die Nacht. Mondlicht wich einer perlenden Morgendämmerung, und die Obstgärten machten Ackerland Platz, das unter einer Nebeldecke begraben lag. Taen hielt die Zügel ihrer Stute locker. Sie sprach nicht von den Bannen, die Maelgrim gebrochen hatte oder über die Familie der Bergbewohner, die ihres menschlichen Verstandes beraubt in ihrer Abwesenheit niedergemetzelt worden war. Blaß und des Reitens müde, bemerkte die Traumweberin kaum, als Corley abrupt sein Pferd vor ihr zügelte.

»Warte, Taen.« Der Kapitän packte die Zügel ihres Rosses und hielt es ruckartig an. »Ein Kundschafter kommt zurück.«

Gedankenverloren hatte Taen den Reiter nicht gesehen, der im Galopp auf sie zukam, und zu schreien begann, kaum daß er in Rufweite war.

»Morbrith' Heer hat Aufstellung genommen. Drei Kompanien marschieren keine zwei Meilen vor uns.« Schmutz wirbelte über dem nassen Gras auf, als der Kundschafter sein ausgelaugtes Pferd zügelte. »Sie reiten in voller Rüstung, vielleicht zweihundert berittene Lanzenreiter, ebenso viele Bogenschützen und zwei Divisionen Landsknechte.«

Corley saß still im Sattel, die Augen zu Schlitzen zusammengezogen. Dann spannte sich seine Faust. Der Graue schüttelte mit dissonant klimperndem Zaumzeug den Kopf. »Dann sind sie schon gestern aufgebrochen, aber sie werden dennoch nicht damit rechnen, uns so weit im Süden anzutreffen. Sag mir, welche Banner sie tragen.«

»Sterne und Feuersbrunst der Priesterschaft. Die

Standarte des Grafen hängt gleich darunter.« Der Kundschafter zögerte, ehe er hinzufügte: »Dafür, daß sie nicht damit rechnen, hier auf uns zu stoßen, sehen sie aber erstaunlich kampfeslustig aus.«

»So, so.« Corley klang wenig beeindruckt. Ein verwegenes Glitzern trat in seine Augen, und er wandte sich zu Taen um. »Taen, würdest du einem Heer mit deinem Traumsinn eine Botschaft übermitteln, wenn ich dich darum bitte?«

Von Mißtrauen erfüllt, bedachte sie den Kapitän des Kielmark mit einem finsteren Blick. »Du hast das geplant, oder nicht?«

Corley grinste.

»Sagen wir, provoziert. Ich kann einen Herrschaftssitz, der von Dämonen bedroht wird, nicht unter einer inkompetenten Führung verrotten lassen. Wenn die Priester Morbrith die Macht hätten übernehmen wollen, dann hätten sie den Grafen verbrennen sollen, als sie noch die Möglichkeit dazu hatten.«

»Nette Ausrede, du blutdurstiger Irrer.« Doch der lebhafte Wagemut des Kapitäns munterte auch Taen auf, und sie stimmte zu, seinen Plan durch ihre Gabe zu unterstützen.

Dannach erteilte Corley eine ganze Anzahl von Befehlen. Die Truppen formierten sich mit einer Leichtigkeit, die kennzeichnend für jeden Vorstoß unter Riffhafens Kommando war. Männer zogen Waffen aus den Scheiden und hielten ihre Schilde bereit. Sie fluchten nicht, sondern bewegten sich mit der Perfektion eines Uhrwerks; selbst dann noch, als das Klirren von Rüstungen und Waffen in einem anderen Geräusch unterging. Als der Flaggenträger das rote Wolfsbanner des Kielmark entrollte, ertönte ein Pfiff wie der Schrei einer Möwe als Zeichen zum Vorrücken, und die Männer bewegten sich still durch die dünner werdenden Nebelschwaden.

Die Luft roch nach Gras, Tau und aufgewühlter Erde; Vogelgesänge ertönten aus den Baumkronen. Während sie durch eine Welt ritt, im goldenen Glanz frühmorgendlichen Sonnenscheins, fühlte sich Taen belebt und verunsichert gleichermaßen. Sie mochte von den besten Kriegern Keithlands umgeben sein, doch das änderte nichts an den Fakten: ein Heer, viermal so groß wie die Streitmacht aus Riffhafen, versperrte ihr den Weg zur Insel der Vaere.

Unbeeindruckt setzte Corley seine Arbeit fort, positionierte seine Männer im Unterholz neben der staubigen Straße. Dann stellten er, der Flaggenträger und ein handverlesener Trupp der Männer von der *Neumond* sich auf der Straße auf. Taen konnte sie von ihrem Platz am Waldrand gut erkennen, doch die Bogenschützen, die kaum zwanzig Schritte entfernt waren, verschmolzen unsichtbar mit den Bäumen.

Die Straße nach Süden war leer, ein Band verdichteter Erde inmitten ausgedehnter Felder, die gerade erst gepflügt worden waren. Die aufgewühlte Erde war feucht, unwegsam und unvorstellbar friedlich für einen Ort, an dem schon bald eine Schlacht stattfinden mochte. Vorsichtig sandte Taen ihren Traumsinn aus. Sofort traf ihre empfindsame Gabe auf eine überwältigende Anzahl Männer: berittene Lanzenreiter, deren Körper mit einem gewaltigen Gewicht aus Stahl beladen waren; Garnisonssoldaten, wohlausgebildet an der Waffe, doch schlecht zu Fuß, ihre Fußsohlen waren wund von dem Marsch, den die Priester ihnen aufgezwungen hatten; hinter ihnen kamen die Bogenschützen, von denen viele noch gegen den

Schlaf anblinzeln mußten. Taen ertastete die Stimmung der Männer aus Morbrith und fand sie hungrig, mürrisch und zornig angesichts der Tatsache vor, daß ihre eigene Standarte unter dem Sternenbanner der Bruderschaft Kordanes hing. Corleys Einschätzung der Streitmacht, die gegen sie ausgeschickt worden war, traf mit tödlicher Präzision zu. Vorsichtig machte sich Taen bereit, den Ruf auszusenden, um den er sie gebeten hatte, als die Truppen langsam in Sichtweite ritten.

Lanzenspitzen glitzerten in der Morgensonne. Sogleich wurde der Grund für die Aufstellung, die Corley befohlen hatte, offenbar. Die Vorhut der Reiter aus Morbrith drängte sich auf der schmalen Straße, um ihre Pferde vor Fehltritten in der weichen Erde der Felder zu bewahren. Streitrösser tänzelten hin und her und stießen sich die gepanzerten Beine aneinander wund, prallten schmerzhaft gegen die leichteren Reitpferde der befehlshabenden Priester. Sie drängten sich vor, um ihre zerschlagenen Knie zu schützen.

Im Schatten der Bäume am Wegesrand sah Taen Corleys Zähne aufblitzen. Dann fiel ein Blatt ganz in der Nähe herab; einer der Bogenschützen des Kielmark legte einen Pfeil an. Mit absoluter Ruhe spannte er die Sehne und ließ los; die morgendliche Stille wurde von einem Jaulen zerstört, als der Pfeil in hohem Bogen davonflog.

Die Streitrösser der Lanzenreiter waren auf den Kampf trainiert, und nicht eines von ihnen bewegte auch nur ein Ohr angesichts des Spektakels. Doch die Zelter aus dem Stall des Grafen scheuten und gingen durch. Zwei Priester flogen mit flatternden blauen Roben in das frisch gepflügte Erdreich.

»Schaut, der Große Untergang«, brüllte Corley auf der Straße. Die Priester, die noch im Sattel saßen, blickten auf. Voller Zorn erkannten sie die kleine Streitmacht, die sie unter dem Wolfsbanner des Kielmark erwartete. Dann bohrte sich der sirrende Pfeil in die Erde, und der Aufprall erschien wie eine Erinnerung an die spöttische Ruchlosigkeit des Kapitäns in der Stille ringsum.

Vom Rücken ihrer Pferde gestikulierten die Priester, während jene, die gestürzt waren, ihre Pferde einfingen und wieder aufsaßen. Jemand brüllte einen Befehl. Die Sternenstandarte schwankte und richtete sich auf. Lanzenspitzen, Piken und Helme wogten, als die Soldaten sich zum Angriff sammelten. Irgendwie erschien der Augenblick der Bedrohung unwirklich. Taen schluckte. Ihre zusammengepreßten Lippen waren beinahe so blaß wie ihre Wangen. Sie schloß die Augen, zwang ihren Geist zur Konzentration und jagte ihre Traumwebergabe mit aller Macht geradewegs in die versammelte Streitmacht hinein.

›*All ihr Männer, die ihr treu zu Morbrith steht, haltet ein! Nehmt Abstand von einem Angriff am Rande des Unterholzes, und laßt Riffhafen über jene siegen, die sich der Regentschaft eures Grafen bemächtigt haben.*‹

Der Ruf berührte die Männer in dem Augenblick, da sie ihren Pferden die Sporen gaben. Hufe wühlten den Boden auf und sammelten sich zu donnerndem Galopp. Doch der Angriff stockte, die näherrückenden Linien brachen auf, waren sie doch gezwungen, den im Wege stehenden Priestern auszuweichen. Die Männer an den Flanken mühten sich langsam voran, als ihre Pferde von der Straße abkamen und sich durch die unwegsame aufgewühlte Erde arbeiteten. Taen fühlte Bewegung um sich herum. Die Bogenschützen des Kielmark legten ihre Pfeile an, während die Streitmacht sich auf sie zuschob. Wie Köder mitten auf der Straße, preßte Corley seine Oberschenkel an den Sattel und zog die Klinge, um seinen verborgenen Männern den Befehl zu Töten zu erteilen.

Voller Entsetzen rief Taen die Soldaten erneut. *›Um der Liebe eures Grafen willen, haltet ein!‹*

Für einen Augenblick geschah nichts. Dann jauchzte einer der Männer in der Vorhut Morbrith' wie ein Knabe und zügelte sein Pferd. Rund um ihn herum erbebten die kampfbereiten Lanzen, wurden schließlich gehoben, und ein lautstarkes Frohlocken brach unter den Männern aus. Schlachtrösser glitten auf dem Boden aus, und plötzlich galoppierten sechs Priester in blauen Roben ungeschützt auf das Gehölz zu.

»Schießt!« brüllte Corley.

Die Bogenschützen auf den Bäumen ließen die Sehnen los. Ein Sturm aus Pfeilen verdunkelte den Himmel und bohrte sich mit einem übelkeiterregenden Geräusch in lebendes Fleisch. Gespickt wie Nadelkissen stolperten die Pferde der Priester, ehe sie mit schmerzerfüllten Wiehern zu Boden stürzten. Kors Eingeweihte verteilten sich wie Lumpen über die Straße. Hastig bemühten sie sich, aufzustehen, während Corleys Männer in disziplinierter Stille ausschwärmten, um sich ihrer Beute zu bemächtigen.

Als sie näherkamen, war der Anführer der Priester gerade wieder auf den Beinen. Schlammbedeckt und aus einer Kratzwunde an der Wange blutend, ordnete er seinen silbergesäumten Wappenrock, starrte finsteren Blickes auf die Klingen, die auf ihn gerichtet waren und hob schließlich das bärtige Kinn, um den Kapitän des Kielmark anzusehen. Die anderen aus seinem Orden wurden zusammengetrieben, während zwei narbengesichtige Seemänner einen mißhandelten, der nicht schnell genug auf den Beinen war. Der Mann schrie auf, war möglicherweise verwundet, doch seine Peiniger kannten kein Erbarmen.

»Ihr macht Euch einer Greueltat schuldig«, klagte der Hohe Priester. Hager, beinahe ausgedörrt von seinen Jahren, trug seine Stimme nur schwach in dem Tumult. Doch der ausgelassene Lärm unter den Männern aus Morbrith verstummte, als er das Wort ergriff. »Seit wann überqueren bewaffnete Verbrecherhorden die gesetzestreuen Gebiete Keithlands? Landfeste wird Euch für Eure Dreistigkeit strafen.«

»Bei allen Feuern!« Corley grinste, als der Priester angesichts der Blasphemie zusammenzuckte, und sein Ton war gefährlich sanft, als er sprach: »Seit wann vergeuden Kapitäne des Kielmark ihre Zeit damit, sich mit Religion herumzuschlagen?«

Von ihrem Aussichtspunkt zwischen den Bäumen erkannte Taen, wie zwei der Begleiter des Hohen Priesters sich streckten. Einer rückte näher an seinen Herrn heran. Nervös zuckten die Hände an seiner Hüfte.

»Keine Bewegung!« schnappte Corley. »Glaubt ihr, der Herrscher von Riffhafen gäbe auch nur ein verbogenes Kupferstück für Eure Leben?«

Der Hohe Priester wurde bei der Erwähnung des Kielmark bleich; plötzlich verlor er jedes Interesse an weiteren Worten. Zu diesem Zeitpunkt passierten die Schiffe, die das Tempelgold von Kisburn nach Landfeste transportierten, die Kontinentalstraße, und bisher waren sie, von den üblichen Tributzahlungen abgesehen, unbehelligt geblieben. Doch ein Wort des Piratenherrschers würde reichen, damit die Schiffe geentert, geplündert und versenkt würden. Reichhaltige Einnahmen wären verloren.

Corley hatte die Zügel auf dem Sattelknauf unter seinen verschränkten Händen festgeklemmt. »Und nun erfahrt Ihr, was Ihr für den Kielmark tun werdet«, begann er. »Fürs erste ...« Und plötzlich, ohne Vorwarnung, richtete er sich ruckartig auf.

Stahl blitzte zwischen seinen Fingern auf. Eine Klinge zeichnete einen Bogen im Sonnenschein, und Taen sah, wie der vorderste der Priester schreiend zusammenbrach. Er stürzte zu Boden, Blut strömte unter seinen Händen hervor, die er auf seinen Unterkörper gepreßt hielt. Die Traumweberin erschauderte voller Entsetzen. Corley wußte stets mit einer Klinge umzugehen. Ohne erkennbare Provokation hatte er einen Mann niedergestreckt, doch nicht um zu töten, sondern um ihn zu quälen.

Taen fühlte kaum die Arme, die sie auf dem Rücken ihres Pferdes stützten. »Seht nicht hin«, flüsterte der Steward der *Neumond* direkt neben ihrem Ohr.

Doch, auch wenn sie die Augen verschloß, so konnte sie sich nicht vor den Schreien schützen, die durch das Gehölz hallten. Corleys Stimme erklang laut wie ein Peitschenhieb in all dem Lärm. »Ich sagte, Ihr sollt ihn nicht berühren, oder wollt Ihr alle eine stählerne Verzierung in Euren Eingeweiden?«

Taen zitterte, weinte. Ihr Traumruf hatte Leid über einen unbewaffneten Mann gebracht. Wie betäubt saß sie im Sattel, während die schrillen Schmerzensschreie einem erstickten Wimmern wichen, das nicht im mindesten leichter zu ertragen war. Corley ließ sich jedoch nicht irritieren, und seine eisigen Worte führten seine Kapitäne und das Heer von Morbrith zur Vervollständigung seines Planes.

»Du! Laß die Männer von der *Ballade*, der *Sense*

und der *Seelanze* Aufstellung nehmen. Ihr werdet diese Priester vor der Spitze eurer Schwerter zum heiligen Turm treiben. Befreit den Grafen und begleitet ihn nach Hause, um seine Festung zu verteidigen. Macht der Bruderschaft klar, daß Riffhafen den Tempel dem Erdboden gleichmachen wird, sollte auch nur einer der Priester versuchen, sich einzumischen. Die anderen beiden Schiffsbesatzungen werden das Heer von Morbrith zurück zur Festung eskortieren. Der Rest der Bruderschaft wird als Geiseln mit ihnen gehen. Es ist mir egal, ob ihr ihre heilige Haut aufschlitzen müßt, um euer Ziel zu erreichen, aber sorgt dafür, daß die Tempelgarnison in der Festung die Tore öffnet. Von da an werden die Dienste der Bruderschaft nicht mehr benötigt. Ihr werdet alle dort bleiben und den Grafen bei der Verteidigung von Morbrith unterstützen.«

Männer scharrten mit den Füßen, und plötzlich wurde es still, als der verwundete Mann zu schreien aufhörte.

»Mörder!« kreischte der Hohe Priester. »Mögen die Feuer Euer verderbtes Fleisch verzehren.«

Sein Gefühlsausbruch erweckte Taens Aufmerksamkeit. Obwohl der Diener sie zu hindern suchte, sah sie gerade noch zur rechten Zeit hin, um zu beobachten, wie der Vorstoß des Hohen Priesters von der geballten Faust eines Seemannes brutal aufgehalten wurde. Dann lag der verwundete Priester still am Boden, ein zweites Messer hatte seine Kehle durchbohrt. Corley trieb sein Pferd über den Leichnam. »Besatzung der *Neumond,* zu mir! Wir haben noch einen langen Weg vor uns und nicht viel Zeit.«

Zweige brachen, als der angesehenste Kapitän des Kielmark sein Pferd durch das Durcheinander bewaffneter Männer dirigierte. Er erreichte das

Gehölz gerade in dem Augenblick, als sich Taen aus den Armen des Dieners befreite, das Gesicht leichenblaß vor Entsetzen.

Verblüfft starrte er sie an. Dann leuchteten seine Augen vor Zorn. »Bei allen Feuern, sorg dafür, daß sie sich in Bewegung setzt«, schnappte er dann an seinen Diener gewandt, ehe er dem Maat der *Neumond* mit einem Kopfnicken ein Zeichen gab. Sofort formierte sich der Rest der Mannschaft, und die Truppe begann ihren unmenschlichen Ritt durch Morbrith.

Innerhalb von nur einer Stunde waren die Pferde schweißüberströmt; stoßweise erfolgten ihre Atemzüge, und Schaum spritzte von den Beißstangen. Trotzdem trieb Corley sie immer weiter. Taen klammerte sich an ihre Stute, bis sich ihr Geist vor Erschöpfung umnebelte. Heiß schien die Sonne auf ihren Kopf, und Schwindel gesellte sich zu ihrer Ermattung. Ihre Knie waren wund vom Sattel, und selbst die Haut an ihren Fingern schlug Blasen. Nur wenig von den ausgedehnten Feldern und der grauen Steinfestung von Morbrith blieb ihr in Erinnerung; nur die Veränderung des Bodens zeigte ihr noch den Fortschritt ihrer Reise, als der Hufschlag sich von dem dumpfen Donnern auf der Schmutztrasse zu dem mißtönenden Klappern von Metall auf einer befestigten Straße wandelte. An einer Poststation rastete die Truppe, um die Pferde zu wechseln. Bald darauf sah einer der Matrosen, wie die Traumweberin im Sattel schwankte. Er sagte kein Wort zu seinem Kapitän, sondern beobachtete sie, ohne seine Reitgeschwindigkeit zu vermindern. Als sich schließlich ihre Hände von den Zügeln lösten, griff er zu und fing sie auf, bevor sie vom Pferd fallen konnte. Taen beendete den Ritt halb bewußtlos in seinen Armen.

Zur Mittagsstunde kamen die Reiter nach Gaires Heumond. Einst war der Ort den Bergsippen heilig gewesen, doch die Quelle, an der sich die Clans zu ihren Ritualen versammelt hatten, füllte nun eine steinerne Viehtränke. Verschlafene, strohgedeckte Steinhäuschen säumten die Hauptstraße. Hühner huschten gackernd durch den Staub, als die Reiter ihre Pferde auf dem Platz in der Mitte des Dorfes zügelten; Türen wurden zugeschlagen, Fensterläden verriegelt, und die Dorfbewohner in der Straße jenseits des Platzes flüchteten eilends in ihre Häuser. Corley verzog verärgert das Gesicht angesichts ihrer Furcht; die Pferde stolperten auf unsicheren Beinen umher, und die Männer, die sie ritten, waren müde, hungrig und durstig genug, schon auf die kleinste Kränkung übertrieben zu reagieren.

Der Kapitän zügelte sein graues Roß vor einer verwinkelten, zweigeschossigen Taverne. Er gab seinen Männern ein Zeichen, abzusitzen, und trat mit drei steifen Schritten an die Tür des Gasthauses. Sie war verriegelt. Wutentbrannt wirbelte Corley herum und packte das Schild, das knarrend am Giebel hing. Mit einem Ruck zerfetzte er die verrostete Kette, ehe der Schwung seiner Hand auch den Fensterladen erfaßte und das Schließband zerstörte. Krachend wurde ein Fenster aufgestoßen. Eine Bratpfanne flog heraus und wurde klirrend von Corleys gepanzerter Faust abgewehrt.

Er sprang vor und stieß den Fensterladen mit dem Heft seines Schwertes auf. »Bei Kors Feuer, Weib! Ich bin nicht hier, um eure Jungfrauen zu vergewaltigen. Meine Männer zahlen in Silbermünzen für Kost und Logis. Aber, verflucht, wenn Ihr sie abweist, dann werden sie Euer Haus zu ihrem Vergnügen niederreißen.«

Eine Kette rasselte. Die Tür knarrte, wurde geöffnet, und eine hagere Blondine in einem schlampigen Rock trat heraus, die Hände auf die Hüften gestemmt. Mißtrauisch betrachtete sie die Männer und Pferde, die sich in wildem Durcheinander auf dem Dorfplatz versammelt hatten.

Dann wanderte ihr berechnender Blick zu dem stämmigen Kapitän, der ihre beste Pfanne verbeult hatte. »Dann sollt Ihr mir willkommen sein, aber ich werde Euch jeden Schaden berechnen, angefangen bei meinem kaputten Schild und dem Fensterladen.«

Corley ließ sich nicht auf eine Diskussion ein. Nachdem er den Matrosen entdeckt hatte, der noch immer auf seinem Pferd saß und Taen in den Armen hielt, machte er auf dem Absatz kehrt und stapfte durch den Schlamm neben dem Brunnen. Die Tavernenwirtin beobachtete mit steinernem Blick, wie er einige leise Worte mit dem Seemann wechselte. Dann nahm er ihm ohne weitere Umschweife das Mädchen ab.

Schwarzes Haar löste sich aus der Kapuze der Traumweberin, als Corley zurück zu der Taverne ging. »Öffnet die Tür«, verlangte er brüsk.

Die beängstigende Blässe des Mädchens veranlaßte die Wirtin, auf jegliche Widerworte zu verzichten. Sie schüttelte ihre Schürze aus, trat über die Schwelle und brüllte nach ihrer Tochter, sie möge eine Flasche Schnaps aus dem Keller holen. Dann, als der alte Stallmeister und sein einziger Stallbursche aus ihrem Versteck in der Vorratskammer hervorgekrochen waren, winkte sie Corley und sein Gefolge in den Schankraum.

Minuten später erwachte Taen unter dem beißenden Geschmack des Pflaumenschnapses. Müde, schmerzgeplagt und desorientiert öffnete sie ihre brennenden Augen und erkannte, daß sie zusammengerollt auf einem Sessel unter niedrigen Deckenbalken in einem Raum lag, in dem dichtes Gedränge herrschte. Jemand kniete mit einer Flasche neben ihr. Waffen klirrten, als er sich niederbeugte. Wie unter Schock erinnerte sie sich und erkannte Corley, der noch immer für den Kampf gerüstet in Kettenhemd und Helm gekleidet war. Die gleiche Hand, die den Priester niedergestochen hatte, streckte sich nun ihr entgegen, um ihr beim Aufrichten zu helfen. Reflexartig zuckte sie zurück.

»Kor!« Corley sprang auf, und der Branntwein spritzte wie Blutstropfen über sein Handgelenk.

Taen rang um Worte, doch kein Ton kam über ihre Lippen, und während sie noch zögerte, kehrte ihr der Kapitän den Rücken zu. Für einen Augenblick stand er noch da, als wollte er etwas sagen, doch dann schritt er abrupt von dannen.

Bald darauf erschien der Steward der *Neumond* an Taens Seite. Eifrig drückte er die Schnapsflasche an seine Brust, doch ein einziger Blick reichte ihm, um zu erkennen, daß Alkohol nicht helfen würde, die Unruhe des Mädchens zu lindern. Der Diener ließ den Schnaps auf dem nächsten Tisch stehen und warf einen raschen Blick über die Schulter. Corley war nirgends zu sehen.

»Geht für einen Augenblick mit mir hinaus. Die frische Luft wird Euch gewiß guttun.« Der Diener packte Taen an der Schulter und zog sie mit festem Griff auf die Beine. Sie zitterte unter seinen Fingern, als er sie am Kamin vorbeiführte und zwischen Tischen hindurch, an denen Männer Eintopf hinunterschlangen, zur Tür hinaus dirigierte.

Warm schien die Mittagssonne auf den Platz; Wasser aus einer Quelle rann über den Rand der Tränke. Ganz in der Nähe liefen ein alter Stallmeister und sein sommersprossiger Stallbursche hin und her, um die Pferde zu tränken. Der Diener sah sich nach einem ruhigen Plätzchen um und entdeckte schließlich eine Bank aus Holzbohlen, die an der Mauer eines Flügels der Taverne stand. Er führte Taen zu der Bank und setzte sich zu ihren Füßen ins Gras.

An Bord des Schiffes war er als grauhaariger, unauffälliger Mann bekannt, bewundert für seine Tüchtigkeit, manchmal verwünscht wegen seines Sinns für Anstand und Schicklichkeit. Doch an diesem Tag zupften seine Finger nervös an den Grashalmen, und er sprach nur zögernd. »Gnädige Frau, ich werde Euch nun etwas erzählen, was mein Kapitän verschweigen wird. Er ist stolz wie der Teufel selbst, stolz genug, mich an ein Lukengitter binden und prügeln zu lassen, würde er wissen, daß ich mich eingemischt habe.«

»Bitte nicht.« Die Erwähnung neuerlicher Gewalttaten verursachte Taen eine peinigende Anspannung.

Der Diener streckte die Hand aus und ergriff ihre Finger. »Ich muß es tun.«

Taen schauderte. Abwehrend befreite sie sich aus seinem Griff, wandte sich jedoch nicht ab, als der Diener fortfuhr.

»Ihr konntet es aus dem Gehölz nicht sehen, doch dieser Priester wurde erstochen, weil er die Warnung des Kapitäns mißachtet hat. Die Bruderschaft kommuniziert häufig durch Gesten. Corley hat den Burschen erwischt, als er versuchte, mit seinen Gefährten ein Komplott zu schmieden. Hätte niemand sie aufgehalten, sofort und notfalls mit Gewalt, so hätten diese paar Priester sogar Landfeste gegen uns aufwiegeln können.«

»Aber warum? Corley hat den Mann gequält, ehe

er ihn ermordet hat. Was sollte eine solche Grausamkeit rechtfertigen können?« Taen kaute an einem abgebrochenen Daumennagel und erschrak, als sie ihn bis auf das Nagelbett abgerissen hatte.

Der Diener antwortete ihr freundlich. »Den Disput zu beenden, kann das rechtfertigen. Er hat ein Leben für das Leben vieler geopfert. Die Straße war die schnellste Reisemöglichkeit für uns, und jede Verzögerung bringt Jaric zusätzlich in Gefahr, habt Ihr das vergessen?«

»Nein.« Taen preßte den schmerzenden Daumen gegen ihr Reitleder und wartete, da sie fühlte, daß der Diener noch mehr zu sagen hatte.

»Corleys Mutter war die Magd einer hochwohlgeborenen Dame aus Morbrith. Als er noch ein Knabe war, hat ein Clanchef sie während eines Sommerfestes in die Berge entführt. Sein Vater hat sich verbittert dem Alkohol ergeben. Der Graf hat dafür gesorgt, daß der Knabe von seinem eigenen Tisch zu essen bekam, damit er nicht hungern mußte. Jahre später kehrte die Mutter mit dem Balg des Clankriegers zurück, einem Mädchen, das nur den Clandialekt beherrschte und niemals eine zivilisierte Sprache erlernte. Corley hat bis aufs Blut gekämpft, um seine Schwester vor Mißhandlungen zu schützen. Eines Tages aber erwischte er drei Knaben, die sie vergewaltigten. In dem anschließenden Handgemenge wurde der Sohn des Grafen schwer verletzt. Um seinen Gönner nicht vor Gericht zu beschämen, heuerte Corley auf einem Handelsschiff an und endete schließlich in Diensten des Kielmark.«

Hier unterbrach sich der Diener, um sich zu vergewissern, daß Taen seinen Worten noch immer lauschte. »Corley sagte einmal, daß der Graf ein harter, aber gerechter Mann sei. Indem er seine Freiheit arrangiert hat, hat unser Kapitän, so glaube ich, beglichen, was er als eine Schuld angesehen hat.«

Taen starrte zu Boden. Trotz ihrer Traumwebergabe hatte sie während all der Zeit an Bord der *Neumond* nie versucht, Corleys Gedanken zu ergründen. Was sie an diesem Morgen am meisten schockiert hatte, war die kalte Berechnung gewesen, die sich hinter der Grausamkeit des Mannes gezeigt hatte; Corleys Temperament führte ihn, anders als das des Kielmark, nicht so nahe an die Grenzen des Wahnsinns heran.

»Ich nehme an, ich schulde ihm Abbitte.« Sie sah auf und stellte fest, daß der Diener sie alleingelassen hatte. Vermutlich hoffte er, sie würde nachdenken und seinem Kapitän aus eigenem Antrieb vergeben; seine höfliche Zurückhaltung erfüllte sie mit Erleichterung. Zumindest stand sie nun nicht unter dem Druck, sich der Angelegenheit zu stellen, während sie bis zum äußersten erschöpft war.

Taen seufzte. Zu matt, sich zu rühren, rollte sie sich an der sonnenerwärmten Wand der Taverne zusammen und schlief ein. Der Nachmittag zog vorüber; langsam wurden die Schatten länger, und die Bäume hinterließen schattige Flecken auf den grauen Balken des Gebäudes. Zur üblichen Stunde krabbelte die blinde, senile alte Frau, die Priesterin der Quelle war, aus ihrem Schlupfwinkel auf dem Heuboden. Obwohl schon Jahrzehnte vergangen waren, seit die Sippschaften zum letzten Mal ihre Rituale an ihrer Quelle zelebriert hatten, trug sie noch immer die geknotete Lederkleidung ihres Clans. Ihr schlurfender Schritt trug sie an der Bank vorüber, auf der die Traumweberin in tiefem Schlaf lag. Für einen Augenblick wanderten die milchigen Augen der alten Frau zur Seite. Ein warnendes Prickeln rührte sich in ihrem Inneren; sie bemühte sich, es zu deuten, verlor jedoch den Faden dieser Vision in der vagen Wahrnehmung ihres hohen Alters. Leise murmelnd schüttelte die Priesterin ihr strohbedecktes Haupt und schlich zu der Küchentür, an der die Tochter der Wirtin sie bereits mit ihrem täglichen Krug Milch erwartete.

Taen schlief, bis Corleys Maat sie bei Sonnenuntergang weckte. Ihr blieb kaum Zeit für eine Mahlzeit, ehe die Männer die Pferde im Stall wieder sattelten. Nur von kurzen Pausen zum Wechsel der Pferde unterbrochen, ging die Reise nach Corlin während der Nacht weiter, und die ganze Zeit über hielt Corley sich von Taen fern.

In der Morgendämmerung erreichten die Reiter die Fähre über den Rotwasserfluß. Mit der geringstmöglichen Verzögerung ließ der Kapitän die Pferde in der Obhut eines Viehtreibers zurück und bestach den Fährmeister, seinen Dienst anzutreten. Am Ufer zurückgebliebene Händler und Wagenführer brüllten ihnen üble Verwünschungen nach, als die Männer ihre Habe samt einer Traumweberin verstauten, die in eine Decke gewickelt in tiefen Schlaf gefallen war; auf schwankenden Balken beendeten sie ihre Reise zur Mündung des Flusses, und die *Neumond* stach in See, noch bevor Taen erwachte. Als sie schließlich die Augen aufschlug, war die Küste von Hallowild bereits nicht mehr zu sehen. Mit dem Wind machte der Zweimaster gute Fahrt auf seinem Weg zu Jaric und der Insel der Vaere.

Kapitel 6

DÄMONISCHER RAT

Laternen aus scharlachrotem Glas warfen ein unheimliches, blutrotes Licht über die Felsenhalle des Schattentempels. Dämonen aller Art, Gestalten, wie sie nur einem Alptraum entspringen konnten, warteten voller Unruhe auf ihren Plätzen, während ein gerade erst geborener Karas Gestaltwandler eine schleimige Pfütze neben dem Spiegelpfuhl bildete. Den Vorsitz über die Versammlung führte Lord Scait, der auf dem Podest auf seinem Thron aus menschlichen Trophäen hockte, die spinnenartigen Hände auf ausgestopften Kniegelenken abgelegt. Niemand in dem Raum gab einen Laut von sich, obwohl die Verbündeten innerhalb des Schattentempels ständig wechselten; Sehende und Blinde konzentrierten sich gleichermaßen auf den Menschling, der zu Scaits Füßen kniete.

»Erhebe dich.« Der Herrscher des Schattentempels blinzelte, geschuppte Lider schoben sich für einen kurzen Augenblick über seine bösartigen gelben Augen. »Berichte mir die Neuigkeiten, die abzuliefern du gekommen bist.«

Jener, der Maelgrim genannt wurde, berührte den Boden mit der Stirn. »Zu Befehl, erhabenster Gebieter.« Armreifen klimperten an seinen Handgelenken, als er sich aufrichtete. Der lange Zeitraum, den er in geistiger Verbindung mit den Thienz verbracht hatte, hatte ihn schmerzlich dürr zurückgelassen. Wirr fiel das schwarze Haar über seine Schultern, und sein drahtiger Körper steckte in einer Tunika aus gefärbtem Leinen, die über den Hüften von einer Schärpe aus gesponnenem Gold gehalten wurde.

Ein Raunen ging durch die Versammlung, schaurig wie der Wind in trockenem Laub. Maelgrim blickte zum Thron auf. Seine Augen leuchteten fahl wie Eis in dem knochigen Gesicht. Als er sprach, vermengte er Bilder mit Worten, die kein Mensch zu verstehen imstande war. »Sie ist fort, die Traumweberin, die die Vaere geschickt haben. Die Macht des Schattentempels hätte sie problemlos töten können. Auf Euren Befehl ist dies nicht geschehen. Nun ist sie mit dem Schiff *Neumond* und dem rothaarigen Kapitän des Kielmark unterwegs zur Insel der Vaere.« Die Kreatur, die einst ein Mensch gewesen war, unterbrach sich. Mißmut zeichnete sich auf ihren Zügen ab. »Herr, durch Euren Befehl wurde zwei unserer ärgsten Feinde gestattet, dem Netz zu entgehen, das ich gesponnen habe. Warum mußte das geschehen?«

Diese Neuigkeit löste Bestürzung unter den Anwesenden aus. Gemurmel wurde laut, oberflächlich mürrisch, unterschwellig bitter klagend. Scaits Favoriten tauschten unbehagliche Blicke aus, während die ungezählten Kader seiner Rivalen sich erwartungsvoll die spitzen Zähne leckten.

Scait beantwortete die Unruhe mit einem Rasseln seiner Krallen, und seine langen Nackenborsten reckten sich zitternd in die Höhe. »Ruhe!« Bösartig rot glühten seine Augen im Laternenschein, als sein Blick durch den Raum schweifte. Erst, als wieder Stille in der Versammlung eingekehrt war, wandte er sich erneut Maelgrim zu. »Deine Vermessenheit ist unangebracht, Saat-eines-wimmernden-Menschleins. Weit wichtigere Dinge stehen auf dem Spiel als der Tod deiner verfluchten Schwester. Hör gut zu: Lerne Geduld, denn die Traumweberin und ihr Kapitän durften nur entkommen, um einem größeren Vorhaben zu dienen. Sei gewiß, Dunkler Träumer, du wirst bekommen, wonach es dich verlangt, und schneller, als du derzeit glauben magst.«

Krächzend spie der Herrscher des Schattentempels das dämonische Äquivalent eines Lachens aus, ehe er sich von seinem Thron aus menschlichen Überresten erhob. Er sprach laut, damit alle ihn hören konnten. »O meine Familie, meine Brüder, der Kapitän des Kielmark hat seine Streitmacht aufgeteilt. Die Hälfte der Männer begleitet die Traumweberin, die meinen Plan hätte enträtseln können, zu Ivains Sohn, zu Jaric. Der Rest blieb zurück, seinem Schicksal in den Ländereien Morbrith' überlassen. Diese und alle, die geblieben sind, das Land zu schützen, sind nun verwundbar, bereit, von uns benutzt zu werden. Hört und wißt! Maelgrims Suche hat menschliche Kinder hervorgebracht, die über Gaben verfügen, wie wir sie benötigen. Diese werden wir lebendig gefangennehmen und in den Schattentempel bringen. Sind sie erst von einem thienzbeherrschten Sathid versklavt, so werden ihre Gaben der Zerstörung der Menschheit gewidmet sein. Dann werden die Nachfahren der Mannschaft der *Corinne Dane* die Vergeltung für unser Jahrhunderte währendes Exil erleiden!«

Vor dem Podest nickten sich die Favoriten Scaits gegenseitig zu. Ein Beben schlich über die gallertartige Oberfläche des Karas, und die geistig verschmolzenen Thienz summten leise vor sich hin. Hier und da zuckten die pelzigen Körper der Gierjlinge im gemeinsamen Schlaf.

Doch die kühnsten unter Scaits Rivalen waren noch nicht zufrieden.

Der erste stürzte mit einem gutturalen Grollen des Mißfallens voran. Schnell wie ein Peitschenhieb kam Scait ihm zuvor, noch ehe er einen Ton sagen konnte. »*Sei still oder du wirst Blutvergießen ernten, denn ich habe die Set-Nav-Einheit der verfluchten* Corinne Dane *nicht vergessen.*«

Der Rivale sträubte sein kurzes Nackenhaar. Er war noch immer bereit, einen Vorstoß zu wagen, doch die Kameraden an seiner Seite waren offenbar nicht geneigt, seine Herausforderung zu unterstützen. Sie wollten von Scaits Plan erfahren, und allein war er kein ernstzunehmender Gegner für den Herrscher auf seinem Thron auf dem Podest. Bar jeglichen Beistandes gab er auf, als stille Erwartung sich über die Versammlung senkte.

Als hätte der Zwischenfall gar nicht stattgefunden, umriß Scait in groben Zügen den Rest seines Vorhabens. Als er fertig war, sahen sich auch die blutrünstigsten unter seinen Rivalen gezwungen, ihm widerstrebend ihre Bewunderung zu zollen; der Plan, Keithland zu stürmen und den verlorenen Veriset-Nav-Computer zu bergen, war ein Meisterwerk. Unwissentlich hatte Corley dem Dunklen Träumer direkt in die Hände gespielt; und selbst die herausragende Disziplin unter den Männern des Kielmark wurde nun zu einem Werkzeug für die Machenschaften des Schattentempels.

Stimmen wurden in den dichtgedrängten Reihen der Versammlung laut. Junge Thienz umringten ihre Ältesten, um an ihren spitzfindigen Spekulationen teilzuhaben. Gierjlinge fühlten die zunehmende Aufregung und erwachten aus ihrem Schlaf; violett glühten ihre geistlosen Augen im Schatten. Nun konnten nur noch die lasterhaftesten Rivalen anderer Meinung sein, denn der Plan zur Zerstörung der Menschheit schien das Ergebnis brillanter Überlegung zu sein.

Tatsächlich mochten die Zweimaster, die in Corlin zurückgeblieben waren, gestohlen werden. Sie konnten eingesetzt werden, um Kurs gen Süden zu setzen und Set-Nav ohne menschliche Gegenwehr zu bergen, denn war es nicht so, daß Schiffe unter dem Banner des Kielmark die Meere von Keithland ganz nach Lust und Laune befahren konnten? Kein König, kein Ratsherr der Allianz und kein Priester der Bruderschaft Kordanes stellte sich den Kapitänen entgegen, deren Masten das rote Wolfsbanner zierte. Den Unmut des Piratenkapitäns herauszufordern war gleichbedeutend damit, den Handel in Ketten zu legen, und Menschen brachten niemals ihr Gold in Gefahr, soviel war jedem Dämon klar.

Dennoch mußten sie mit Schwierigkeiten rechnen. Die Offiziere des Kielmark duldeten keine Eindringlinge. Ihre Loyalität war so standhaft wie das Wurzelwerk eines alten Baumes, unmöglich zu beugen oder gar zu brechen. Erinnerungen-der-Ahnen bestätigten das ganz ohne Zweifel: Dämonen waren zu Riffhafen unter Schmerzensschreien gestorben. Sich mit dem König-der-Wolfspiraten anzulegen, stellte ein großes Risiko dar, so entschieden die Rivalen. Einige von ihnen knirschten mit den Zähnen. Eine Dämonin, Scait-Schwester, wagte sich weiter vor und erhob Einspruch. »Herr, Eure Absicht ist gefährlich, ein Plan, den zu verschmähen weise wäre. Der Kielmark-möge-er-verflucht-sein hat Geschmack an Rache-Wahn, und sein Haselnuß-Haar-Kapitän ist genauso wie er.«

Scait empfand es als unter seiner Würde, gegenüber seiner Schwester die Nackenhaare aufzurichten. Mit einem leisen Zischen deutete er auf den neugeborenen Gestaltwandler, der glitzernd wie Gel zu seinen Füßen lag. »Aber wir haben einen Karas, um seinen Kapitän zu ersetzen«, hielt er ihr entgegen. »Durch die Mannschaften, die angreifbar in Morbrith zurückgeblieben sind, werden wir Zugang zur *Neumond* erhalten, und durch ihren Kapitän, durch den Gestaltwandler, der aussehen wird wie Deison-Corley-Mörder-unserer-Brüder, wird der Kielmark den Tod finden. So wird mein großer Plan uns zum Sieg führen.«

Der Herrscher des Schattentempels winkte mit einem stachelbewehrten Unterarm. In der am weitesten von dem Podest entfernten Ecke des Saales kam Bewegung in ein schwarzes Durcheinander aus Körpern, die sich schließlich zu einem Kreis erwachsener Gierjlinge formierten. Sechs Augenpaare glommen wie Funken in der Finsternis.

Scait richtete Augen von der güldenen Farbe dickflüssigen Öls auf den Knaben aus Imrill Kand. »Maelgrim, Dunkler Träumer, endlich darfst du über diese größte Gabe verfügen, die zu deinem Erbe gehört. Nimm diese Gierjlinge und lerne, mit ihren Geistern zu verschmelzen. Wenn du fähig bist, ihre Macht voll und ganz zu beherrschen, wirst du den Bann des Schattentempels über die Seelen von Morbrith und mit ihnen über die Männer des Kielmark bringen. So lautet mein Befehl.«

In tiefster Nacht, vier Tage nach der Abreise der *Neumond*, verließen die vier Kapitäne des Kielmark, die in Hallowild zurückgeblieben waren, ihre Betten, obgleich nichts geschehen war, was sie dazu hätte veranlassen können. Jeder für sich und doch in gleichförmigen Bewegungen, zogen sie sich an, bewaffneten sich und rissen ihre Schiffsbesatzungen grob aus dem Schlaf, um die Festung von Morbrith zu verlassen. Die Männer gehorchten mit leidenschaftsloser Dienstbeflissenheit. Im Fackelschein sattelten sie ihre Pferde und saßen auf. Ein verwunderter Hauptmann aus der Garde des Grafen sah zu, wie sie in freudloser Stille hinausritten. Kaum hatten sie die Tore passiert, gaben sie ihren Rössern die Sporen und schlugen den Weg gen Süden Richtung Corlin ein.

In den frühen Stunden vor Tagesanbruch erreichten sie die Straßenkreuzung in der Siedlung Gaires Heumond. Dort legten sie eine Pause ein, um ihre ermatteten Pferde zu tränken, während die Bewohner des Ortes sich hinter verschlossenen Türen versteckten.

Aufgeschreckt von metallenem Klirren, rührte sich die alte Priesterin auf dem Heuboden über den Ställen. Das sonderbare, prickelnde Gefühl, das ihre Hellsichtigkeit begleitete, brachte sie sogleich zu vollem Bewußtsein. Steifgliedrig, aber hellwach erhob sie sich aus dem Stroh und kroch zu der Falltür. Nachtwinde trugen den Geruch von Pferden und Männerschweiß herbei; doch die Gestalten, die sich zwischen den Tieren bewegten, waren nicht, wie sie hätten sein sollen. Die Priesterin blinzelte mit ihren blinden Augen. Als Jungfrau hatte sie sich einer harten Schule und einer schmerzhaften Initiation unterzogen, um die erweiterte Wahrnehmung einer Clanpriesterin zu erringen. Ihr veränderter Geist fühlte, daß etwas an den Reitern, die unter ihr durch den Stall stolzierten, nicht in Ordnung war.

Besorgt kratzte sich die alte Clanfrau durch einen Riß in den Häuten, die sie kleideten, am Bauch. Langsam, ständig vor sich hin murmelnd, näherte sie sich der Leiter und schlich hinab in die schattenhafte Finsternis des Stalles. Niemand bemerkte sie, als sie zu der Tür neben den Kornkisten schlurfte.

In der Nähe der Männer wurde das Gefühl, daß etwas verkehrt war, überwältigend stark. Pferde stampften, Männer fluchten; die Fremden saßen schon wieder im Sattel, bereit, ihre Reise fortzusetzen. Doch in dem Klirren von Waffen, Steigbügeln und Rüstungen fühlte die Priesterin einen schaurigen Unterton, der beinahe schmerzhaft in ihre Wahrnehmung drang. Nie zuvor hatte sie eine derartige Präsenz des Bösen erlebt. Ihre Pflicht war offenkundig. Zitternd trat die alte Vettel auf den Platz hinaus, die Fremden anzurufen.

Mädchenhaft klar erklang ihre Stimme. »Sieh da! Eindringlinge betreten Keithlands Boden. Sie reiten als Menschen, doch sie sind nur Hüllen, ihres Geistes entleert und von Dämonen besessen. Ehrbare Menschen, laßt euch nicht täuschen. Wisset, diese stehen in Diensten der Verdammten Kors.«

»Bei allen Feuern!« Corleys stellvertretender Kommandant versetzte seinem Pferd einen Tritt mit den Fersen und riß es herum, um die Alte anzusehen. »Weib, wenn dir dein Leben etwas wert ist, so schweig.«

»Dämon.« Die Priesterin deutete mit einem knochigen Finger in seine Richtung. »Tod kann die Wahrheit nicht ändern.«

Der Kapitän griff nach seinem Schwert. »Seit wann nehmen die Offiziere des Kielmark Befehle von alten Weibern entgegen?« Ein eisiges Lächeln spielte um seine Lippen; und noch immer lächelnd zog er seine Waffe und stach die blinde Priesterin nieder.

Mit einem erstickten Aufschrei stürzte sie gegen den Wassertrog. Blut strömte über ihre Hände, doch ihre Bestimmung hieß sie kämpfen. Noch als sie auf die Knie sank, tasteten ihr Hände im Schlamm und den Wasserpfützen neben dem Brunnen, bis ihre Handflächen die geheiligte Oberfläche des Quellsteines berührten. Energie strömte durch den Kontakt. Während sie starb, verschmolz die Priesterin mit dem Mysterium des Steines und schickte eine Warnung.

Im Süden, in der unterirdischen Anlage auf der Insel der Vaere, flammte eine Signalleuchte an den Kommunikationsinstrumenten auf. Die Schaltsysteme arbeiteten und empfingen ein Signal, das durch Zeit und Raum gereist war; die Botschaft stammte von einer sterbenden Priesterin in Gaires Heumond. Obgleich die Kultur der Bergsippschaften einem Muster primitiver, ritueller Magie folgte, verbarg sich hinter der Hellsichtigkeit ihrer Priesterinnen ein Netzwerk der Kommunikationssysteme Set-Navs; auf diese Weise wurden auch die abgelegensten Gebiete von Keithland ununterbrochen überwacht und auf Eindringlinge kontrolliert, und jede Botschaft wurde über steinerne Talismane übermittelt, die gewiß kein Dämon auf technologische Artefakte untersuchen würde.

Noch während die Clanpriesterin ihren letzten Atemzug tat, verglich Set-Nav ihre fragmentarische Warnung mit den Daten in seinen Datenspeichern. Zahlen blitzten auf, während der Computer Wahrscheinlichkeitsberechnungen anstellte, und die Monitore leuchteten in trübem Licht. Keithlands Verteidigungsmöglichkeiten waren im Angesicht der jüngsten Offensive aus dem Schattentempel äußerst unzulänglich. Jarics Feuermeisterschaft war noch längst nicht gewonnen, und wenn er sich auch hartnäckig an seine geistige Gesundheit klammerte, so verebbte seine Kraft doch mit jedem neuen Tag ein wenig mehr; selbst wenn er sich nun sofort für den Weg Ivains entscheiden würde, war doch seine Widerstandskraft bis zu einem Punkt erschöpft, an dem das Sathidpaar seinen Willen dennoch unterwerfen konnte. Vielleicht konnte die Traumweberin ihn retten. Doch Set-Nav sichtete die Fakten und extrapolierte die für Taen drohende Gefahr.

Macht strömte hinaus, um die Warnung der Priesterin weiterzuleiten. Weit im Norden, phasenverschoben um eineinviertel Jahrhunderte, erwachte Taen, die Traumweberin, erschrocken in ihrer Koje an Bord der *Neumond*.

Von der Gewalt der Wogen an die Planken zu Lee geschleudert, lag das Mädchen in der Finsternis und lauschte angestrengt auf das silbrige Klimpern kleiner Glocken. Doch sie hörte nur das Donnern der Wellen, die sich am Rumpf des Schiffes brachen, und den Wind, der durch die Takelage pfiff. Von Tamlin von den Vaere war keine Spur geblieben außer der Warnung, die in ihrem Geist widerhallte.

Zitternd setzte sich Taen auf. Plötzlich erschien ihr die Kabine unheimlich, bedrohlich. Die Dunkelheit legte sich bedrückend über sie. In der Lampe, die an einem Balken hing, war kein Öl mehr. Der Tank war bereits am Vorabend ausgetrocknet, doch während die *Neumond* in der aufgepeitschten See herumgeworfen wurde, war Taen lieber in ihrer Kabine geblieben, als sich durch das Spritzwasser auf Deck zu kämpfen, um den Diener zu suchen.

Aber tief in ihrem Herzen wußte Taen, daß das Wetter ihr lediglich als Ausrede diente; sie war dem freundlichen alten Diener aus dem Weg gegangen, seit sie Gaires Heumond verlassen hatten. Ihre Befangenheit entstammte der Tatsache, daß sie noch nicht die Nerven aufgebracht hatte, Frieden mit dem Kapitän der *Neumond* zu schließen. Während Mannschaft und Zweimaster unter fest gespannten Segeln gen Süden reisten, war Corley stets auf dem Achterdeck geblieben. Stürme drückten die Stimmung des Kapitäns, und er reagierte überempfindlich auf Störungen. Nun aber blieb der Traumweberin keine andere Wahl. Tamlins Warnung zwang sie, sofort zu ihm zu gehen.

Taen glitt unter ihrer Decke hervor in die feuchtkalte Luft. Doch nicht nur Kälte verursachte die Gänsehaut auf ihrem Körper, als sie ein Leinenhemd über ihren Kopf streifte. Zu gehetzt, sich gegen das Schwanken des Schiffes zu stemmen, um feste Kleidung hervorzuholen, öffnete sie die Tür und kämpfte sich gegen die Elemente zum Achterdeck vor.

Vor der Weite der tiefdunklen See, umgeben von einem Vorhang aus aufspritzender Gischt, wirkte der Zweimaster so zerbrechlich wie ein Holzsplitter. Wellenkronen schäumten über das Mitteldeck, von den Tauen zu Fontänen aufgefächert; und nach jeder einzelnen Überschwemmung spritzte Wasser von dem gespannten Leinen der Segel zurück auf die Planken. In dem matten Dämmerlicht des Kompaßhauses mühten sich zwei Männer, den Zweimaster auf Kurs zu halten. Laternenlicht färbte ihre Finger orangerot, während sie an dem Steuerrad zerrten. Der näherstehende der Männer arbeitete mit ungeschütztem Haupt, und Taen erkannte ihn als den Kapitän der *Neumond*. Sie rief ihn an und mühte sich über die schlüpfrigen Planken weiter auf ihn zu.

Corley hob den Kopf. Erschrocken über die Tatsache, daß Taen auf Deck weilte, paßte er nicht auf, und das Steuerrad entglitt ihm. Er verlor eine

Speiche, fluchte und warf sich mit dem ganzen Gewicht gegen das Ruder, als das Fockmastsegel sich donnernd mit Luft füllte. Die *Neumond* legte sich auf die Seite. Zu viele Segel waren gesetzt, und das Schiff zeigte sich unter der Last des mörderischen Windes unversöhnlich. Zwei starke Männer konnten es kaum mehr auf Kurs halten.

Corley brüllte dem wachhabenden Offizier zu: »Ruf den Bootsmann von den Pumpen her. Er wird auf Deck gebraucht. Sag ihm, er soll den zweiten Maat rausschmeißen, damit der ihn unter Deck ersetzt.«

Irgendwo in der Dunkelheit antwortete ihm der Seemann. Nach nicht einmal einer Minute erschien der Bootsmann keuchend auf Deck, um seinen Kapitän am Ruder abzulösen.

Corley trat zur Seite, kaum mehr als ein massiger, windgepeitschter Schatten, von dessen wirrem Bart silbrige Wassertropfen troffen. Kurz beugte er sich über den Kompaß. Nachdem er sich überzeugt hatte, daß die *Neumond* noch immer auf Kurs lag, wandte er sich um und blickte die Traumweberin aus Augen, so strahlend, neugierig und wachsam wie die eines Raubtieres, an.

Mörderaugen, dachte Taen mit einem unwillkürlichen Schaudern.

Corley deutete ihr Zittern falsch. »Du frierst.« Rasch streifte er seinen Mantel ab. Noch ehe die Traumweberin ablehnen konnte, wickelten seine Hände sie schon in die salzwassergetränkte Wolle, deren Feuchtigkeit durch ihre eigenen Kleider bis auf ihre Haut drang. Lieber aber wollte sie die Nässe erdulden, als noch einmal der Berührung des Kapitäns ausgesetzt zu sein.

Die *Neumond* wurde herumgeworfen. Corley, der sein Gleichgewicht mit katzenhafter Leichtigkeit hielt, ersparte ihr, zuerst sprechen zu müssen. »Was treibt dich an Deck? Bestimmt nicht die stoppelige Fresse meines Steuermanns, richtig?«

Sein Scherz konnte ihr kein Lächeln entlocken. »Ich habe Nachricht von den Vaere«, sagte Taen. »Wir werden aus Hallowild verfolgt. Ich wurde angewiesen, dich zu warnen. Hüte dich vor den Besessenen.«

Corley legte die Stirn in Falten. Er rührte sich nicht, nicht einmal dann, als windgetriebene Gischt ihm das Hemd an den Rücken klebte. Plötzlich winkte er entschlossen. »Komm mit runter, dann reden wir.«

Hätte Taen eine Chance gehabt, sie hätte abgelehnt. Doch schmerzhafte Gefühle vermochten nicht, ihren gesunden Menschenverstand zu ersticken; sie wußte, daß sich die Aufforderung des Kapitäns auf die Männer bezog, die in Morbrith zurückgeblieben waren. Um ihretwillen ließ sie es zu, daß Corley sie durch die Tür in die trockene Wärme seiner Kabine drängte.

Eine Laterne brannte über der Truhe zu Steuerbord. Im wild flackernden Licht erkannte Taen, daß die Decke auf Corleys Koje zurückgeschlagen war. Offensichtlich nährte der Diener die Hoffnung, sein Kapitän würde sich ein wenig Zeit gönnen, seine Kleider abzulegen und zu schlafen. Doch wie stets erwiesen sich seine Bemühungen als fruchtlos. Corley riß sich die durchnäßte Tunika vom Körper und warf sie achtlos auf das saubere Linnen. Dann bedeutete er Taen, sich auf die Truhe neben dem Kohleofen zu setzen.

Die Traumweberin legte den tropfnassen Mantel nicht ab. Obgleich die mangelnde Ordnungsliebe in der Kapitänskajüte stets eine beruhigende Wirkung auf sie gehabt hatte, war sie nicht gewillt, ihre

Zurückhaltung aufzugeben. »Die Vaere haben mir keine Einzelheiten genannt. Ich weiß nur, was ich dir auf Deck berichtet habe.«

Die Stimmen in der Kabine lockten den Diener herbei, der seinen Kopf unter dem Türsturz hindurchschob. Corley schickte ihn fort, Glühwein zu holen, ehe er sich vor die dunklen Scheiben des Heckfensters setzte. Er rieb sich mit den Fingern das Salz aus der Braue und blickte die Traumweberin erneut an. »Ich brauche deine Hilfe, um Kontakt zu meinen Offizieren in Hallowild aufzunehmen. Vielleicht wissen sie mehr über die Gefahr, die auf uns lauert. Falls nicht, verdienen sie es doch zumindest, gewarnt zu werden. Was uns bedroht, kann auch für sie gefährlich werden.«

Taen senkte den Kopf, so daß ihr Gesichtsausdruck hinter dem Schleier aus Haaren nicht zu erkennen war. Sie saß so reglos, daß Corley für einen Augenblick fürchtete, sie hätte sich seiner Bitte verweigert.

Sanft versuchte er, sie zu überreden. »Wenn du es nicht für meine Männer tun kannst, so tu es für die Sicherheit der Bevölkerung von Morbrith.«

Doch Taen hörte ihn nicht. Längst hatte sie ihre physische Wahrnehmung blockiert und sich in tiefe Trance versenkt. Sie sandte ihre Gabe über unzählige Meilen windgepeitschten Ozeans zu der fernen Küste von Hallowild. Ihrem Traumsinn zeigte sich die Stadt Corlin als ein Durcheinander von Lichtpunkten, von denen ein jeder schimmernd wie ein Juwel auf dunklem Samt einen Menschen repräsentierte. Andere Lichter verteilten sich über das weite Land jenseits der Stadt: Poststationen, Bauernhöfe und Waidmänner, die ihren Lebensunterhalt in der Einsamkeit verdienten. Taen verfeinerte ihren Vorstoß, konzentrierte sich auf die Mündung des

Rotwasserflusses, an der fünf Zweimaster vor Anker lagen, kommandiert von dem Kapitän des Schiffes *Ballade*.

Zwar war der Fluß mit Handelsschiffen überfüllt, doch kein Funkeln entsprach der schroffen Persönlichkeit des Kapitäns der *Ballade*. Verwundert zögerte Taen. Für den Fall, daß der Mann an Land gegangen war, um sich an einem Bier oder einer Hure in einer der drei Tavernen Corlins zu erfreuen, durchsuchte sie den Hafen erneut in der Hoffnung, den Bootsmann der *Ballade* zu entdecken. Auch diese Suche war vergeblich. Von Sorge und Furcht ergriffen, wandte sich Taen gen Norden nach Morbrith, wo die anderen Männer des Kielmark verblieben waren, um die Festung zu verteidigen.

In den Bergen im Hinterland traf sie auf die nach den Himmelsrichtungen ausgelegten Kreise, die die Lagerstätten der Sippschaften kennzeichneten; der Nordwesten jedoch lag in tiefer Finsternis. Verwirrt zögerte Taen erneut. Jenseits des funkelnden Kreuzes, das die Siedlung Gaires Heumond darstellte, hätte die lebendige Bevölkerung von Morbrith schimmern müssen wie der Sternenhimmel. Doch da war kein Licht. Schatten schienen über Festung, Gehöfte und Brachland gefallen zu sein. Voller Angst intensivierte die Traumweberin ihre Suche. Während die Tage im Frühjahr länger geworden waren, hatte sie über zehntausend Menschen vor den räuberischen Übergriffen des Dunklen Träumers geschützt; der Schattentempel konnte einfach nicht innerhalb einer so kurzen Zeit so viele Leben ausgelöscht haben.

Und doch hüllten sich die Ländereien von Morbrith in Finsternis, als hätte sich ein Trauerschleier über das Land gelegt. Nicht der Graf in seinem großen Saal, nicht der cholerische Stellvertreter Corleys, nicht ein einziger Mann aus der Verteidigungsstreitmacht Riffhafens war geblieben. Vor lauter Ungläubigkeit leichtsinnig, forschte Taen weiter. Bis an die Grenzen ihres Leistungsvermögens suchte sie nach Leben, doch vergebens. Nichts: Schwärze schluckte ihre Mühen. Ihre Sinne versanken in endloser, betäubender Kälte. Entsetzen und Kummer trieben sie dazu, diesen Brunnen der Vergessenheit weiter zu erkunden; doch als sie ihre Sinne ausschickte, rührte sich das Böse in seinem Kern. Aufgeschreckt zuckte sie zurück. Auf sie aufmerksam geworden, trat die Präsenz, die die Festung von Morbrith eingenommen hatte, an, auch sie anzugreifen. Obgleich ihre Essenz ein erkennbarer Teil von Maelgrim, dem Dunklen Träumer, war, durchflutete eine andere, weit fremdartigere Resonanz das Muster seines Seins. Dieser Unterton war anders, er war beängstigend in einer Weise, die Worte nicht beschreiben konnten. Die Traumweberin wagte nicht, aus der Ferne tiefer einzudringen. Wenn die Bevölkerung dieser ganzen Ländereien dem sonderbar verstärkten Einfluß des Dunklen Träumers zum Opfer fallen konnten, ruhte nun alle Hoffnung für Keithland auf der *Neumond* und Ivainson Jaric.

Taen brach den Kontakt ab, kehrte zurück zu der wogenden See und den klimpernden Bechern, als der Diener Glühwein in der Kabine auf dem Achterschiff servierte. Mit blutleeren Fingern krallte sie sich in den Wollstoff über ihren Schultern. Sie fühlte sich hilflos, verzweifelt und allein, während sie nach Worten suchte, einen Schrecken zu benennen, der jeder Beschreibung spottete. Der Schattentempel hatte zugeschlagen. Morbrith war nicht mehr; jeder der kompetenten, ungehobelten Seemänner, die zurückgeblieben waren, den Grafen zu schützen, war nun für die Lebenden verloren. Taen versuchte zu sprechen, doch Schmerz und Ungläubigkeit schnürten ihr die Kehle zu.

»Taen?« Corley ahnte, daß etwas Schreckliches geschehen war. Er entließ seinen Diener und sagte: »Mädchen, du siehst furchtbar aus. Was ist passiert?«

Der Traumweberin blieb nur, um die schlimmen Neuigkeiten zu überbringen. »Morbrith ist den Verdammten Kors zum Opfer gefallen. Nicht ein Mann, eine Frau oder ein Kind ist entkommen.« Zitternd zwang sie sich, fortzufahren, obwohl ihre Stimme ihr den Dienst versagen wollte. »Ich weiß nicht, wie das geschehen konnte! Aber deine Männer sind fort, sogar der Kapitän der *Schwertfisch* samt seiner Mannschaft. Ich habe keine Spur von den Truppen entdecken können, die du dort stationiert hast, um den Grafen zu schützen.«

Eine Weile antwortete nur das Donnern der Wogen und das Knarren der Planken ihren beängstigenden Worten. Die einzige Bewegung in der Kabine entstammte dem Dampf, der von dem einen Becher aufstieg, den einzuschenken der Diener Zeit gehabt hatte. Durch das hartnäckige Schweigen des Kapitäns bestürzt, blickte Taen schließlich auf. Mit zitternden Fingern hielt sie den Wollstoff umklammert, doch wo sie mit Flüchen und Gewaltausbrüchen gerechnet hatte, hatte der Kapitän nichts weiter getan, als ruckartig aufzuspringen.

Seine Miene war so offen, wie nur wenige Menschen sie je zu sehen bekommen hatten. Blankes Entsetzen, Schmerz und Unglaube spiegelte sich in seinen Zügen. Während Taen ihn beobachtete, spannten sich die Fältchen um seine Augen. Der Kummer, der ihn erschütterte, war ein tiefer, sehr persönlicher Schmerz. Diese Unvereinbarkeit traf sie wie ein Peitschenschlag. Daß ein kaltblütiger Mörder so tiefes Mitgefühl empfinden konnte, erschien ihr unfaßbar.

Unfähig, ihre Gefühle gegenüber dem Mann in Einklang zu bringen, schluchzte Taen. »Corley, sie sind fort, alle fort. Sogar der schreckliche Koch der *Schwertfisch*, der immer so viel Pfeffer an die Bohnen getan hat.«

Die Lähmung fiel von dem Kapitän ab. Mit einem Schritt hatte er sie erreicht. Er packte ihre bebenden Schultern und strich ihr sacht über das Haar. »Ruhig, ganz ruhig.«

Er schien die Kontrolle wiedererlangt zu haben, Schock und Trauer verbargen sich hinter einer Fassade, die es ihm ermöglichte, den Notwendigkeiten des Augenblicks gerecht zu werden. Doch niemand, der über das Feingefühl eines Traumwebers verfügte, konnte die Wahrheit ignorieren: der Mann trauerte in seinem Innern noch immer um den Tod der Männer unter seinem Befehl, ebenso wie um die Mutter, die er vor vielen Jahren in Morbrith zurückgelassen hatte. Taen fühlte, wie die Härte in ihrem Inneren nachließ. Der Argwohn, der seit dem Vorfall mit den Priestern in ihr geschwärt hatte, löste sich in haltlosem Schluchzen. Die Traumweberin begrub ihren Kummer in trockenem Leinen, das nach Seife und den Kräutern roch, die der Diener benutzte, um die Seetruhen mit einem angenehmen Duft zu erfüllen. Doch das Entsetzen wollte nicht nachlassen. Mochten Deison Corley seine Grausamkeiten auch vergeben sein, mochte das ruhige Spiel seiner Muskeln an ihrer Wange sie auch beruhigen, so war doch kein Mensch imstande, ihr die Last von ihren Schultern zu nehmen.

Nicht einmal um Ivainson Jarics willen, konnte Taen sich verzeihen, die Festung von Morbrith der

Gnade des Dunklen Träumers überlassen zu haben.

Corley schüttelte sie sanft. »Beruhige dich, kleine Hexe. Du hast dich allein gegen einen Feind gestellt, der für uns alle zu mächtig ist. Du mußt dich nicht für feige halten, weil du zurückgewichen bist.« Leise Ironie schlich sich in seinen Tonfall. »Wenn Jaric erst die Meisterschaft errungen hat, dann werden wir die Mittel haben, zu kämpfen.«

Doch die Zuversicht des Kapitäns war nur aufgesetzt. Morbrith war gefallen, schnell, unerklärlich und endgültig, und hatte das Leben der einzigen Verwandten mit sich genommen, die ihn noch wiedererkannt hätte, ebenso wie fünf Kompanien der besten Männer des Kielmark. Wütend fragte sich Corley, wann die Verfolger, vor denen Tamlin gewarnt hatte, sein letztes Schiff einholen würden; und selbst wenn er sich eine List überlegen würde, um dem Schicksal des Grafen zu entgehen, wie lange würde es dauern, bis Ivainson Jaric unter den Qualen zerbrach, die zu erdulden kein menschlicher Geist gewappnet war?

Die Antwort auf diese Frage würde er gewiß nicht in der Finsternis auf hoher See finden. Sobald Taen sich ein wenig beruhigt hatte, setzte er sie neben den Ofen und bot ihr Glühwein an. Um ihre Selbstkontrolle kämpfend und bleich wie der Tod, konnte sie eine Stärkung gut gebrauchen. Doch obgleich sie den Becher entgegennahm, trank sie nicht.

Statt dessen umklammerte sie den Becher mit den Fingern, als wollte sie ihre Hände wärmen. »Wir müssen den Kielmark informieren.«

Corley stieß einen unhörbaren Seufzer der Erleichterung aus. Er hatte stets gewußt, daß das Mädchen Schneid hatte, nun erkannte er zum ersten Mal, wie verläßlich ihr gesunder Menschenverstand war. »Vielleicht möchtest du zuerst deinen Wein austrinken?«

Taen schüttelte den Kopf. »Nein.« Eine Spur des Humors schlich sich in ihren Tonfall. »Sollte der Kielmark nicht auf wundersame Weise gelernt haben, sich zu mäßigen, so werde ich den Wein danach dringender brauchen.«

Sie stellte ihren Becher in einen Halter, um ihn auf dem Ofen warmzuhalten, ehe sie den Kopf neigte und erneut in Traumtrance versank. Zögerlich reagierte ihre Energie. Auf eine Weise ermüdet, die wenig mit der späten Stunde zu tun hatte, sammelte sie ihre Konzentration. Der Geruch des süßen Weines, der Gewürze und des salzwassergetränkten Wollstoffes entglitt langsam ihrer Wahrnehmung, als sie ihren Ruf über Meilen sturmgepeitschter See hinaus zu der Festung des Kielmark in Riffhafen sandte.

Corley verzichtete darauf, sich selbst auch Wein einzuschenken, er ging unruhig auf und ab, während er darauf wartete, daß Taen aus ihrer Trance erwachte. Mühelos glich er das Schwanken des Decks aus, als die *Neumond* durch die Wogen drosch. Winde trieben Regen in wilden Böen gegen das Fenster. Gülden hoben sich die Wasserrinnsale auf dem Glas vor der Finsternis der offenen See ab. Corley starrte hinaus in den Sturm und nahm kaum etwas wahr, bis der Diener im Kajütgang auftauchte und sich leise nach Taen erkundigte. Nun erst bemerkte der Kapitän, daß Taen schon viel zu lange in ihrer Trance verweilte.

Aus Sorge entwickelte sich Bestürzung. Reglos lag das Mädchen neben dem Ofen, schwarzes Haar fiel ihr in unordentlichen Strähnen über die Schultern. Der geborgte Mantel war verrutscht, und die Hand, die unter dem Stoff zum Vorschein gekommen war, lag so still wie die einer Toten. Hastig trat Corley zu der Traumweberin und sank neben ihr auf die Knie.

Beinahe sofort rührte sich Taen wieder. Noch bevor sie sich wieder in der Kabine auf dem Achterschiff der *Neumond* orientiert hatte, fühlte Taen deutlich die Präsenz des Kapitäns. Mit einem Ausdruck des Entsetzens schlug sie die Augen auf. »Ich bin nicht durchgekommen.«

Corley zügelte seinen starken Drang, sie zu befragen; seine Ungeduld würde die Bestürzung des Mädchens nur noch verstärken. All seinen Instinkten zum Trotz wartete er, bis Taen bereit war, sich ihm zu erklären. Sie berührte seinen Geist mit ihrem Traumsinn, und Corley erlebte aus erster Hand die beinahe erstickende Finsternis, die sich ihren Bemühungen, zum Kielmark vorzustoßen, entgegengestellt hatte.

In dem Augenblick, da sie seinen Geist entließ, ergriff er das Wort. »Glaubst du, das hat etwas mit der anderen Sache zu tun?«

Taen wußte, daß er auf das Verschwinden seiner Männer und die sonderbare Dunkelheit über Morbrith anspielte. »Davon müssen wir ausgehen.« Unentwegt wühlten ihre Hände in dem feuchten Gewebe des Mantels, während Corley die Folgen einzuschätzen suchte, die es nach sich ziehen mochte, wenn der Kielmark nicht informiert wurde.

Doch Taen hatte in dieser Frage bereits weiter gedacht. »Riffhafen muß unterrichtet werden, und da Tamlin von den Vaere nicht mit Rat und Tat bereitstehen kann, bleibt mir nur, den Weg über die Zauberer von Mhored Kara einzuschlagen.«

Die Kraft des Mädchens war verblüffend. Noch immer auf den Knien, zuckte Corley zurück, die Hand aus alter Gewohnheit am Heft seines besten

Messers. »Du riskierst viel«, sagte er ungläubig. »Es herrscht keine Freundschaft zwischen dieser Akademie der Zauberer und dem Kielmark.«

»Was bedeutet, daß sie kämpfen wie Ratten.« Taen ließ sich nicht einschüchtern, als Corley seine Waffe zog und die Schärfe der Klinge mit dem Finger prüfte.

»Einer der Zauberer, die Anskiere in Riffhafen besiegt haben, war ein mächtiger Zauberer aus der Schule von Mhored Kara.« Der Kapitän deutete mit seiner Klinge eine Stoßbewegung in der Luft an. »Was denkst du denn, warum der Kielmark so reizbar ist, wenn es um Zauberei geht? Abgesehen von dem Ärger, den die Hexe Tathagres provoziert hat, haben wir beinahe ein Jahr lang mit irgendeiner geheimnisvollen Vergeltungsmaßnahme gerechnet.«

»Dennoch kann dein Herrscher die Kontinentalstraße nicht vor einer Gefahr schützen, von der er nichts weiß.« Taen streckte die Hand aus und hielt Corleys Messerarm mit sanftem Druck in der Luft fest. »Manche Probleme können nicht mit Stahl beigelegt werden. Du wirst meinem Urteilsvermögen vertrauen müssen.«

Der Kapitän befreite sich und gönnte ihr ein freudloses Lächeln. »Mein Bootsmann sagt, du hättest eine geschickte Hand beim Kartenspiel. Das ist ein wahrer Segen, Mädchen. Denn gegen die Zauberer von Mhored Kara wirst du jeden Trick einsetzen müssen, den du kennst, und noch ein Dutzend anderer, die nur der Teufel selbst anwenden kann.« Das Messer blitzte noch einmal auf, als Corley es drehte und in die Scheide an seinem Handgelenk rammte. Brüsk verbarg er seine Sorge und fügte hinzu: »Viel Glück, kleine Hexe. Wenn du durchkommst und der Kielmark vergessen sollte, dir angemessen für deine Dienste zu danken, dann werde ich ihn höchstpersönlich beim Stabkampf verprügeln, sobald wir das nächste Mal in Riffhafen anlegen.«

Taen grinste. »Du wirst es zumindest versuchen.« Dann duckte sie sich, als der Kapitän nach ihr zu greifen versuchte. »Erwarte nur nicht von mir, daß ich zusehe, wenn du dir weh tust.«

»Welch ein Vertrauen.« Der Kapitän setzte eine säuerliche Miene auf und stürzte fast, als er sich genau in dem Augenblick erhob, da die *Neumond* in ein Wellental glitt. Der Wind hatte aufgefrischt, und das Kreischen der Böen in der Takelage drang bis in die Kabinen unter Deck. Inzwischen war der Wachwechsel fällig. Erpicht darauf, auf seinen Posten zurückzukehren, brüllte Corley dem Diener zu, er möge ihm einen Ersatzmantel bringen. Dann, viel zu ungeduldig, um zu warten, trampelte er über die Kajütstreppe hinaus in den Sturm, so daß der Diener gezwungen war, ihm auf das Achterdeck zu folgen. Der angesehenste Kapitän des Kielmark besaß eine Menge Courage, doch nicht genug, um zu bleiben und zuzusehen, wie eine Traumweberin, die zu jung für die Bürde war, die auf ihren Schultern lastete, ihre verbliebene Kraft sammelte, um sich erneut in Trance zu versetzen.

Kapitel 7

ZYKLUS DES FEUERS

Die Siedlung Mhored Kara lag an der Küste im Osten von Elrinfaer, südlich der Handelsstadt nach Telshire. Taen hatte diese Küsten nie bereist, doch die Matrosen unter Corleys Kommando hatten ihr während ihrer Freizeit von ihnen erzählt. Die Türme der Zauberer thronten am äußersten Ende der Landspitze, schwarz und zinnenbewehrt oder auch schwarz und spitz wie aufgerichtete Speere. Die Bauten hatten nur wenige Fenster. In dunklen Nächten brannten sonderbare Lichter in Scharten in den seewärts gerichteten Mauern, manchmal grün, manchmal auch rot. Das Phänomen war keineswegs einzigartig, denn die Magie der Vaere brachte üblicherweise Leuchterscheinungen mit sich; doch nach der Beschreibung der Seemänner waren die Banne von Mhored Kara von einer gleißenden Helligkeit gezeichnet, die das Auge schmerzte.

Furchtlos überlegte sich Taen ihre Vorgehensweise. Seit Jahrhunderten stellte diese Konklave die Zauberer an den hochherrschaftlichen Höfen von Felwaithe und Kisburn. Nur einmal war die Traumweberin mit ihrer Arbeit in Berührung gekommen. Als sie noch ein Kind gewesen war, hatte sie gesehen, wie drei dieser Zauberer Anskieres Macht über Wogen und Wetter blockiert hatten. Der stärkste unter ihnen, jener, der als Erster Zauberer dem König von Kisburn gedient hatte, hatte den Sturmwächter seiner Schutzbanne beraubt, indem er seine Vögel, Kreaturen, geschaffen aus Wettermagie, getötet hatte. Taen dachte zurück an die Hände dieses Zauberers, wie sie blutüberströmt immer wieder mit dem Messer zustießen, und schon die Erinnerung verursachte ihr Übelkeit.

Damals war sie noch unausgebildet gewesen und hatte absolut nichts über ihre Traumgabe gewußt. Nunmehr in den Wegen der Macht geschult, verstand sie doch nicht, wie ein vaeregeschulter Zauberer im vollen Besitz seiner Kräfte von den unterlegenen Zauberern aus dem Süden überwältigt werden konnte. Vielleicht hatte Anskiere sich nicht gegen drei von ihnen wehren können; viel wahrscheinlicher aber war, daß er sich aus Gründen, die nur er selbst kannte, freiwillig ergeben hatte. Was auch immer dahinterstecken mochte, die Zauberer Kisburns hatten seine Macht gebändigt, und das war beängstigend. Taen sammelte ihre Energien in der Trance, wohlwissend, daß sie sich in Gefahr begab.

Vorsicht war vonnöten, auch, weil sie die Gegend um Mhored Kara nicht kannte; um die Türme der Zauberer zu finden, mußte sie sich der Himmelsrichtungen bedienen, die sie den Karten Corleys entnommen hatte, und den unzulänglichen Bildern aus den Erinnerungen der Matrosen. Rasch machte sie sich ans Werk, wollte sie doch vermeiden, von Unsicherheiten eingeschüchtert zu werden.

Das Donnern der Wogen und die Arbeitsgeräusche an Bord der *Neumond* verhallten in den Ohren der Traumweberin, als sie ihre Wahrnehmung nach Elrinfaer aussandte. Sie überquerte weite Flächen Ödland, verwüstet von den Mhargdämonen, die während der Zeit einer Generation geflogen waren, die gelebt hatte, bevor sie geboren wurde. Meilen um Meilen erstreckte sich das unwirtliche Land, auf dem sich das Leben noch nicht wieder eingestellt hatte. Ihr Geist reiste durch eine Landschaft aus unbewachsenen Felsen, einer Erde, die vom Wind versandet und zu Sandstürmen aufgepeitscht wurde. An den Mauern verlassener Gehöfte hatten sich Berge aus Erde und kleinen Steinen angehäuft und die Backsteine eingestürzter Kamine unter sich begraben. Auf den Weiden, auf denen einst das Vieh gegrast hatte, wuchs nun kein Futter mehr auf der ausgedörrten, aufgebrochenen Erde, der wie einer Wüste jeder Schatten verwehrt blieb. Nicht einmal Knochen jener Menschen waren geblieben, die einmal diese Felder bestellt und ertragreiche Obstplantagen gehegt hatten. Keine Wolke und kein Vogel zeigte sich am Himmel; und unter dem güldenen Schein des Sonnenaufgangs schien Trauer in die kahlen Rücken der Berge geprägt zu sein.

Taen drängte nach Süden, dann Osten, auf die andere Seite der Berge von Telshire. Die tote Erde wich langsam dem ersten verkrüppelten Unkraut, gefolgt von Gräsern, die vor Samen nur so strotzten. In diesen niederen Breiten war der Frühling schon weit fortgeschritten. An wilden Apfelbäumen hingen schon jetzt harte kleine Früchte. Hinter ihnen erhoben sich die dunklen Pinien des Deshwaldes, ein Durcheinander aus Schatten, durchwoben von Ästen und erfüllt von dem Geruch frischen Harzes. Hier lebte niemand außer den umherziehenden Sippschaften und dem einen oder anderen einsamen Trapper. Später fiel auch die Wildnis des Waldes hinter ihr zurück. Taen überquerte eine Einöde fahler Sträucher und Riedgräser und miteinander verketteter Tümpel, von denen der Geruch von Algen aufstieg. Als sie sich dem Meer näherte, veränderte sich die Vegetation erneut. Hier stieß sie auf harte Gräser und strauchartige Pflaumengewächse, die sich über die hohen Dünen der südlichen Halbinsel verteilten. Dort endlich entdeckte sie die Türme von Mhored Kara, die sich in dumpfem Schwarz so schmal wie Schwertklingen vor dem morgendlichen Himmel abhoben; Schieferdächer reflektierten das Licht wie versilbertes Blei, und keine der kreisenden Möwen, welche die Küste nach Nahrung absuchten, näherte sich den Bauten oder wagte gar auf ihnen zu rasten.

Taen dämpfte ihre Energien zu einem schwachen Funkeln und verbarg ihre Anwesenheit durch einen schützenden Bann. Die Zauberer mochten blind gegenüber der Magie der Vaere sein, doch nur ein Narr würde sich auf eine derartige Annahme verlassen. Vorsichtig und von nicht unerheblichen Zweifeln geplagt, konzentrierte sie ihre Wahrnehmung auf den größten der schmalen Türme und suchte in dem salzverkrusteten Gestein nach einer Öffnung.

Durch ein von Runen umgebenes Rundbogenfenster unter der Dachtraufe schlich sie hinein. Der Raum hinter dem Fenster erwies sich als staubig und düster. Ihr forschender Traumsinn erkannte Tische, auf denen ein Durcheinander aus Büchern und niedergebrannten Kerzenstummeln herrschte. Fremdartige Utensilien der Zauberei füllten die Regale mit Phiolen, Mixturen und einer Unzahl verkorkter Glasgefäße mit verblaßten Etiketten. Die Knochen kleiner Tiere moderten in ihrem Inneren, während andere in Salzwasser konservierte Vögel enthielten. Taen, die sich unangenehm an die toten Bannvögel Anskieres erinnert fühlte, ging weiter. Ihre Aufmerksamkeit senkte sich über eine Wendeltreppe, die von dunklen Spiegeln gesäumt wurde, welche ihre Umgebung nicht reflektierten.

Sie fühlte eine Falle hinter den Spiegeln und verzichtete darauf, sie näher zu erkunden; ihr Traumsinn warnte sie vor einem wirren Labyrinth, geschaffen, den Geist einzufangen. Zum ersten Mal ließ die Furcht sie zögern. Welche Art von Eindringlingen mochten die Zauberer von Mhored Kara erwarten, wenn sie so grausame Fallen errichteten?

Doch die Neuigkeiten über die Zerstörung Morbrith' duldeten keine Zaghaftigkeit. Taen zwang sich, weiterzumachen. Eine Etage tiefer entdeckte sie Lagerräume, angefüllt mit Fässern und Kisten, die mit Draht verschlossen waren. Modergeruch, wie von Fellen, die zu lange in alten Truhen gelagert wurden, erfüllte die Luft. Inzwischen war ihr klar, daß sie durch den ungenutzten Dachboden eingedrungen war. Langsam glitt sie weiter hinab. Nach drei weiteren Stockwerken traf sie auf kahlgeschorene Knaben in grauen Roben, die in stillen, dunklen Nischen meditierten. Ein kleiner Augenblick reichte ihr, festzustellen, daß es sich um Novizen handelte, nicht aber um die Männer, die sie suchte. Taen drang weiter vor, passierte eine langgestreckte, kahle Halle, in der der Wind heulte, der durch die Scharten im Mauerwerk drang. Von dort aus erreichte sie eine weitere Wendeltreppe, und plötzlich hörte sie den Klang von Stimmen.

In einem Raum, der mit weinroten Teppichen ausgelegt war, saßen fünf Zauberer im Kreis beieinander und diskutierten die Leistungen eines Anwärters, der erst vor kurzer Zeit aus Telshire zu ihnen gekommen war. Zwei der Männer waren schwarzgekleidet, zwei rot, und der letzte, ein drahtiger alter Mann mit scharfgezeichneten Brauen und freudlosen Augen, trug eine schwere purpurgoldene Robe. Auf seine Wangen waren Siegel der Macht tätowiert, und an jedem seiner Finger, sogar an den schaufelartigen Daumen, blitzte ein schwerer Silberring. Taen näherte sich mit ihrem Traumsinn. Nach einer Überprüfung wußte sie, daß der Alte über große Macht verfügte. Disziplin hatte sich in seine Aura gegraben wie ein Wasserlauf in einen Felsen, und seine Titel lauteten Lordmagier der Konklave und Herr über Mhored Kara.

Er fühlte die Anwesenheit der Traumweberin sofort. Seine kalten Augen blickten auf, und er versteifte sich ein wenig auf seinem Sitzkissen. Seine Bewegung veranlaßte den schwarzgekleideten Zauberer zu seiner Linken zu einer neugierigen Frage, doch auf das ungeduldige Winken der Hand des alten Mannes verstummte er sogleich. Silberne Ringe blitzten kurz im Kerzenschein auf. Die folgende Geste hatte etwas Geheimnisvolles, und Taen fühlte, wie Energien gegen die äußere Barriere ihrer Banne prallten.

Ohne Schwierigkeiten wehrte sie den Vorstoß ab, obgleich die Energie anders war als alles, was ihr bisher begegnet war. Ob der Vorstoß der Abwehr galt oder eine Herausforderung darstellte, beschloß Taen, nicht zu ergründen. Statt auf einen zweiten Angriff zu warten, manifestierte sie eine detailgetreue Illusion ihrer selbst in dem Zimmer in Mhored Kara.

Zwischen einem Atemzug und dem nächsten erschien ihr Bild in der schimmernden, blaugrauen Robe, wie sie nur ein vaeregeschulter Traumweber tragen durfte. Ihr schwarzes Haar war hochgesteckt, und ihr Körper strahlte eine fühlbare, lebendige Wärme aus. Ihre Augen, blau und offen wie der Himmel, richteten sich ausschließlich auf den Lordmagier der Enklave. »Begrüßt Ihr Besucher immer mit feindseliger Magie, Eure Eminenz?«

»Nur jene, die ungebeten und durch Zauberei hier auftauchen.« Die Stimme des alten Mannes klang wie trockener Wind in totem Laub. Er sprach, als würde er sich mit der Luft unterhalten, und zu Taens Erstaunen zuckten die anderen Zauberer in dem Raum auf ihren Sitzkissen zusammen, als hätten sie sich erschrocken. Einer der Rotgewandeten hob die Hände. Ein Lichtfaden erblühte zwischen seinen Handflächen, verlosch jedoch sofort, als sein Herr ihn mit einem Fingerschnippsen aufforderte, von seinem Tun abzulassen. Der Zauberer fügte sich mit mürrischer Miene, während sein Lordmagier sich sogleich Taens Verwunderung widmete.

»Meine Gefährten können Euch weder hören noch sehen.« Erbitterter Groll machte sich in seinem Ton bemerkbar. »Meine Zauberer sehen nur das, was wirklich ist, gnädige Frau. Innerhalb dieser Mauern existiert Ihr nicht.«

Taen nahm die Information mit hektischen Überlegungen auf und gewann einen ersten Einblick in die Mächte der Enklave von Mhored Kara. Diese Zauberer waren zweifellos begabt, doch die Lehre, die sie geformt hatte, war gänzlich anders als die der Vaere. Da, wo die Energien einer Sathidbindung eine angeborene Gabe durch ihre Resonanz zu größerer Macht führten, hatten die Zauberer von Mhored Kara gelernt, Inneres zu erfassen und die Realität dem Diktat menschlichen Willens zu unterwerfen. Taen studierte den Alten und seine vier Bundesgenossen eingehender und kam zu dem Schluß, daß eine solche Manipulation der natürlichen Ordnung sträfliche Folgen nach sich ziehen mochte. Jahrzehnte gnadenlosen Unterrichts hatten die Zauberer ausgelaugt, sie waren so humorlos und bösartig wie Krähen. Ihre unermüdliche und genaue Analyse der Realität mochte sathidgebundene Magie als Traum enttarnen; im schlimmsten Falle mochten sie in den Geist eindringen und die Verbindung zwischen dem Sathidmeister und seinem Kristall zerstören. Doch der direkte Einfluß von Magie der Vaere war ihnen so fern wie der Himmel der Erde. Taen begriff die Struktur, die Anskieres Gaben hatte lähmen können; was sie jedoch wohl nie verstehen würde, war, warum der Sturmwächter Kisburns Zauberern eine Öffnung geschaffen hatte, durch die sie ihn hatten gefangennehmen können.

Plötzlich veränderte sich die Haltung des Lordmagiers. Möglicherweise hatte er an ihrem Schweigen bemerkt, daß Taen die Geheimnisse der Enklave durch ihre Traumgabe zu enträtseln suchte, denn er faltete die Hände mit einem dissonanten Klirren seiner Ringe. »Warum wendet Ihr Euch an jenen einen Ort in Keithland, an dem Illusionen wie die Eure nicht willkommen sind?«

Taen erfaßte die Bedrohung hinter seinen Worten. Obwohl ihr die Magie des Lordmagiers theoretisch nicht gefährlich werden konnte, beschloß sie, ihr Glück nicht herauszufordern. Der Herr über Mhored Kara war gewiß nicht zu unterschätzen, grausam, wie er im Inneren war, erfüllt von Voreingenommenheit und Groll gegenüber allem, das sich seinem Einfluß entzog.

»Ich bringe eine Botschaft«, sagte Taen ohne Umschweife. »Keithland ist in Gefahr.« Ohne weitere Worte übermittelte sie ihm das Bild von Morbrith mit all dem Furchtbaren, was sich in der Dunkelheit verbarg.

Der Lordmagier stieß ein Zischen aus, die Augen vor Empörung geweitet. Lichtstrahlen lösten sich von den Handflächen all seiner Untergebenen, der rot- wie der schwarzgewandeten. Taen fühlte, wie etwas gegen ihre Schilde prallte. Das Bild, das sie in dem Raum von sich geschaffen hatte, zersprang. Widerstandslos ließ sie es fallen und formte den Kern ihrer Energien um zu einem Gebilde aus Klängen, dessen Existenz nicht einmal die untergeordneten Zauberer würden abstreiten können. ›*Für Keithland und die Wirklichkeit, die Euch teuer ist, bitte ich Euch, dem Kielmark zu Riffhafen Nachricht vom Untergang Morbrith' zu geben.*‹

Der Lordmagier reagierte verärgert. »Die Konklave hat keinen Treueeid gegenüber den Vaere geleistet! Und der Kielmark verdient unser Wohlwollen nicht. Vergeßt nicht, daß er einst einem Mann Zuflucht gewährt hat, der später zwei der unseren getötet hat.«

Die sonderbare Scheu des Alten, den Namen des Sturmwächters auszusprechen, entging Taens Aufmerksamkeit nicht. Impulsiv forschte sie nach und stieß auf eine Besorgnis, die Furcht sehr nahe kam. Die Vorstellung, Anskiere könnte Rache an den Zauberern üben, die sich gegen ihn gestellt hatten, war für die Enklave Mhored Kara nicht sehr erfreulich. Zwar war der Gedanke, ein von den Vaere geschulter Zauberer könnte sich rächen, absurd, dennoch verstärkte Taen diesen Irrglauben, um den Widerstand des Lordmagiers zu brechen. ›*Wollt Ihr Euch vor Anskiere von Elrinfaer für die Befreiung der Frostwargs verantworten? Wenn Ihr ihn wegen des Todes der Zauberer Kisburns anklagen wollt, so müßt Ihr Euren Teil der Schuld an ihren Verbrechen tragen.*‹

Der Lordmagier starrte in die Luft. Seine beringten Finger bewegten sich, als sehnte er sich danach, zuzugreifen und die Stimme, zu ersticken. »Und was ist mit den Eisklippen?« krächzte er. »Euer Sturmwächter ist noch immer ein Gefangener.«

Als Antwort schickte Taen ihm ein Bild von Jaric, dessen Ähnlichkeit mit seinem Vater Ivain manchmal beinahe unheimlich war. ›*Der Feuergebieter hat einen Sohn hinterlassen, Eminenz. Gerade jetzt beendet er seinen Kampf um die Meisterschaft auf der Insel der Vaere.*‹

Zwar würde der Herr von Mhored Kara niemals zugeben, daß er sich geschlagen geben mußte, doch der Zorn in seinen Augen sagte Taen deutlicher als alle Worte, daß sie seine Zustimmung errungen hatte. Die Konklave würde Riffhafen informieren. Und der Kielmark, launisch und bissig wie ein Wolf, würde gewiß nicht ruhen, ehe nicht jeder Herrscher jeder zänkischen Regierung in Keithland informiert und zur Tat geschritten war.

Später kehrte Corley noch einmal in seine Kabine zurück, wo er Taen tief schlafend in der Obhut seines Dieners vorfand. Nachdem der Diener ihm berichtet hatte, daß Taens Besuch in der Enklave von Mhored Kara erfolgreich gewesen war, ging Corley sogleich wieder auf das Achterdeck. Obwohl der Wind aufgefrischt hatte, gab er keine Anweisung, die Segel einzuholen. Statt dessen postierte er einen zweiten Ausguck auf den Querbalken und verdoppelte die Wachen auf Deck. Die ganze Nacht blieb er bei seinem Steuermann und hielt voller Anspannung Ausschau nach einer Gefahr, die zu benennen ihm die Worte fehlten. Als die Dämmerung schließlich über der aufgewühlten See heraufzog, rief er all seine Männer herbei und überbrachte ihnen die Neuigkeiten von dem bösen Schicksal, das ihre Kameraden im Norden ereilt hatte.

Nach diesem Bericht ihres Kapitäns machte sich

Unsicherheit unter den Matrosen breit. Die Seemänner blickten wieder und wieder über ihre Schultern, wenn sie sich ihrer Arbeit widmeten; das geringste ungewöhnliche Geräusch versetzte sie in Angst und Schrecken. Das Scherzen und Fluchen fand ein abruptes Ende an Bord der *Neumond*. Und als der Sturm nachließ, arbeiteten die Männer in der Takelage, ohne auch nur eine warme Mahlzeit, um sich zu stärken, weil Corley kein Feuer in der Kombüse duldete, wollte er doch nicht das Risiko eingehen, möglichen Feinden die Position des Schiffes durch den aufsteigenden Rauch zu verraten.

Die *Neumond* machte unter den frischen Frühlingswinden schnelle Fahrt. Doch auch die Tatsache, daß das Wetter günstig war und der Horizont Tag um Tag vollends verlassen, vermochte die Stimmung in der Mannschaft nicht zu heben. Ausgemergelt und argwöhnisch, angetrieben von einem Kapitän mit gehetztem Blick, drehten sie schließlich in der Einsamkeit des Ozeans im Südwesten der Allianz der Freien Inseln bei.

»Ich werde allein weitersegeln«, sagte Taen dem Kapitän des Kielmark. Gekleidet in die silbergraue Robe einer Traumweberin stand sie neben dem Großmast, die gefalteten Finger angespannt, als rechnete sie mit Widerstand. »Ich möchte mir die Jolle ausleihen.«

Corley verschränkte die Arme vor der Brust. Die Riemen seiner Messerscheiden schnitten sich an beiden Unterarmen kreuzweise in die gebräunte Haut. »Nur du allein weißt, wohin dein Weg führt, kleine Hexe. Wenn du dich nicht zur Insel der Vaere eskortieren lassen willst, so wisse, daß die *Neumond* diese Gewässer nicht verlassen wird, ehe du und Jaric nicht zurückgekehrt seid.«

Taen tat einen hastigen Atemzug. »Aber hier lauert Gefahr.«

»Wo nicht?« Corley grinste, als wäre die Bedrohung durch den Schattentempel und die Mysterien der Vaere vollkommen bedeutungslos. »Außerdem will ich meine Jolle wiederhaben. In einem Stück und unbeschädigt, vergiß das nicht.«

»Einverstanden.« Tapfer versuchte Taen zu lächeln, doch sie wirkte dadurch nur um so verletzbarer und kindlicher. »Und? Muß ich den Kahn selbst zu Wasser lassen?«

»Vielleicht.« Der Kapitän rief zwei Seemänner, die mit dem Splissen einer Ersatzstag beschäftigt waren, und betrachtete Taen eingehend. »Du weißt, daß sich mein Maat unsterblich in dich verliebt hat. Ich wette meinen besten Dolch, daß er lieber die Jolle nehmen und die Muscheln vom Ruder der *Neumond* kratzen würde, als zuzusehen, wie du ohne ihn davonsegelst.«

»Ich bin geschmeichelt.« Die Traumweberin setzte eine spöttische Miene auf, ruinierte jedoch die Wirkung, als sie errötete. »Du könntest ihn so oder so anweisen, das Ruder zu reinigen. Wenn ihr auf mich wartet, so müssen wir alle möglicherweise in höchster Eile aufbrechen.«

Corley wurde sofort wieder ernst. »Darauf lasse ich es ankommen.« Dann, als würde ihr Anblick ihm Schmerz bereiten, wirbelte er auf dem Absatz herum und brüllte seinen Matrosen zu: »Geht auf das Achterdeck und laßt die Jolle zu Wasser. Los, an die Arbeit.«

Die Männer beeilten sich, ihm zu gehorchen. Sie hatten kaum die Flaschenzüge besetzt, als Corley schon einen von ihnen zur Seite schob und sich eingehend mit den Leinen beschäftigte. Seine Zunge war scharf wie ein Rasiermesser, und innerhalb der kürzest denkbaren Zeit schlug das Boot auf der Wasseroberfläche auf. Bevor noch die kleinen Wellen, die der Aufprall ausgelöst hatte, verebbten, fand sich Taen schon allein und mit gekappten Haltetauen auf dem Boot wieder. Flott setzte sie sich auf die Ruderbank, legte die Riemen an und blickte sich noch ein letztes Mal zum Achterdeck der *Neumond* um.

Corley hatte ihr den Rücken zugekehrt, die Hände auf den Kompaß gestützt. Er weigerte sich, ihr nachzuschauen. Würde er sich auch nur einmal umblicken, so würde er sehen, wie zerbrechlich sie aussah, allein auf der offenen See; dann könnte er es nicht mehr über sich bringen, sie ziehen zu lassen.

»Haltung, Kapitän!« rief Taen. Dann legte sie die Hände an die Ruder und fragte sich, warum Corley beim Klang ihrer Stimme zusammenzuckte. Nie zuvor hatte sie ihn verunsichert erlebt; beinahe schien es ihr besser, zuzusehen, wie er Priester ermordete.

Wie Kristallsplitter reflektierten die Wogen das schräg einfallende Licht der Nachmittagssonne. Fliegende Fische beschrieben schimmernde Bögen vor dem Bug der Jolle der *Neumond*. Taen zog die Ruder ein und rieb sich die wunde Handfläche auf dem Knie. Als Tochter eines Fischers im Rudern geübt, war sie mit dem leichten Boot rasch vorangekommen. Hinter ihr war der Zweimaster beinahe am Horizont verschwunden, und die rindenbraunen Segel wirkten wie dunkle Flecken vor dem ebenmäßigen Blau der See; vor ihr regte sich nichts außer den im Tiefflug dahingleitenden Sturmtauchern. Doch die Ruhe war trügerisch. Taen wußte durch ihren Traumsinn, daß sie sich der Insel der Vaere näherte.

Sie weitete ihre Wahrnehmung aus, und wieder

einmal berührten die Vibrationen, die körperlich nicht fühlbar waren, ihren Traumsinn. Die verwunschene Insel war ganz in der Nähe. Ohne auf die Blasen an ihren Handflächen zu achten, ergriff Taen erneut die Ruder. Sie zog sie durch das Wasser, einmal, zweimal, dreimal: eine Woge hob den Bug des Bootes und schob es voran. Tief stieß Taen die Ruder in das Wasser. Spritzwasser stob auf, als die Woge unter dem Kiel hinwegrollte. Ehe die Strömung sie von ihrer Position forttreiben konnte, formte sie einen Traumruf, um Tamlin über ihre Anwesenheit zu unterrichten.

Himmel, Sonnenschein und Sturmtaucher verschwanden übergangslos in dichtem Nebel. Wind peitschte das Wasser, und Gischt spritzte von den Wellenkronen. Taen zog die Ruder der Jolle ein. Durch ihre windgepeitschten Haare sah sie ein Flackern, das die Luft erschütterte. Ein heftiges Donnern folgte, doch Taen konnte es nicht hören. Rund um die Jolle veränderte sich die See abrupt. Der stürmische Wind erstarb zu einer sanften Brise, und sie trieb über eine Fläche aufgewühlten Meeres, während die Wasseroberfläche sich außerhalb dieses beschränkten Bereiches unnatürlich ruhig zeigte. Schiefergraue Wolken dehnten sich bis zu dem leeren Horizont; die Segel der *Neumond* waren nun nicht mehr zu sehen. Doch vor dem Bug der Jolle erstreckte sich eine sandige Bucht, unberührt von Treibgut. Kein Sturm war je auf die dahinterliegenden Dünen oder den Zedernwald, der sich in majestätischer Schönheit im Landesinneren erhob, niedergegangen. Taen war schon früher auf der Insel der Vaere gewesen, dennoch raubte ihr der Anblick dieses Wunders erneut den Atem. Die unberührte Pracht dieses Ortes verzauberte auch die abgestumpftesten Augen.

Dann erkannte die Traumweberin mit freudiger Erregung etwas auf der verwunschenen Küste, das nicht perfekt war. Auf dem Sand gleich oberhalb des Wassers ruhte ein plumpes Fischerboot, auf dessen Rumpf der Name *Callinde* eingeschnitzt war. Besorgt um Jaric und begierig, ihn wiederzusehen, rammte Taen die Ruder in die Dollen und pullte kraftvoll auf die Küste zu.

Glocken klingelten in dem Augenblick, da die Jolle auf Grund lief. Taen drehte sich gerade rechtzeitig um, zu sehen, wie Tamlin eine Düne herunterschritt. Seine Mütze saß schief, und der weiße Bart, der ihm fransig bis über die Schultern wehte, hatte sich in der Eile in Federn und Perlen verfangen.

»Du willst nicht hören. Das ist übel.« Die winzige Kreatur stampfte zornig mit dem Fuß auf. Taen erkannte wenig überrascht, daß sein Stiefel keinen Abdruck im Sand hinterließ. »Du hast versprochen, Jaric zu helfen. Hast du damit gemeint, daß du dein Leben aufs Spiel setzen willst und seines ebenso?«

Taen legte die Ruder nacheinander unter der Ruderbank der Jolle ab und trat barfuß in das seichte Wasser. Abfließendes Wasser umspülte leise gluckernd ihre Waden und saugte den Sand unter ihren Fußsohlen fort. »Ich mußte kommen.«

»So, so.« Tamlin legte den Kopf auf die Seite und runzelte die Stirn. Seine schwarzen Augen schienen Löcher in ihren Körper bohren zu wollen; in seinen Zügen zeigte sich nicht die Spur der Billigung. »So, so«, sagte er noch einmal, ehe er sich, von einer neuen Erkenntnis überrascht, auf die Schenkel klopfte. »Du liebst ihn, richtig?«

Taen hielt die Luft an, stieß sie dann mit einem Keuchen wieder aus. Sie blinzelte, setzte sich auf das Dollbord der Jolle und starrte auf ihre sandbedeckten Zehen. »Ich habe nie auf diese Art an ihn gedacht.« Doch in dem Augenblick, in dem Tamlin das Thema aufgebracht hatte, hatte sie erkannt, daß es so sein mußte.

Von Gefühlen bedrängt, denen sie sich kaum zu stellen wagte, wandte Taen ihre Traumwebergabe nach innen, um die Vergangenheit noch einmal genau zu betrachten. Während die Jolle unter ihr von einer heranrollenden Welle erschüttert wurde, erinnerte sie sich an den Tag, an dem sie Jaric das erste Mal gesehen hatte, wie er Ausrüstungsgegenstände auf einem Zugschlitten im Schnee vor der Hütte eines Waidmanns vertäut hatte. Damals war er jünger gewesen, unsicher und voller Angst vor der Zukunft. Taen hatte zu diesem Zeitpunkt Mitgefühl empfunden, doch keine Liebe. Später hatte sie ihm die Erinnerung zurückgegeben, die er verloren hatte, und sie hatte ihre Gabe benutzt, um sein Schicksal zu lenken; das alles hatte sie auf Anweisung der Vaere für Keithland und den Bruder, der durch die Verdammten Kors in Gefahr geraten war, getan. Taen runzelte die Stirn. Sie fühlte den Sonnenschein nicht, der durch die Wolken brach und ihren Rücken wärmte. Sie erinnerte sich, Jaric den erbarmungslosen Auswirkungen von Anskieres Bann ausgeliefert zu haben. Liebe konnte kaum einen derartigen Verrat bewirken.

Und Liebe überließ einen Mann auch nicht einer einsamen Überfahrt auf offener See. Taen schluckte, kämpfte gegen den irrationalen Drang zu weinen. Plötzlich erwachte eine weitere Erinnerung in ihrem Bewußtsein. Einst hatte sie auf dem kalten Steinboden im Kerker des Kielmark gestanden und gewartet, während Jaric sich die Handgelenke rieb, die von stählernen Fesseln zerkratzt worden waren. Damals war Tamlins Anordnung eindeutig gewesen: zwinge Ivainson, Anskieres Fluch zu erfüllen. Dennoch hatte Taen ihn nicht bedrängt. Statt dessen hatte sie Jaric die Entscheidung überlassen. Sie war ihm näher als jedem anderen Menschen gewesen, und sie hatte gewußt, daß er stark genug war, nicht zu flüchten. Sie hatte genug Achtung vor seiner Integrität besessen, um ihn zu befreien; und später hatte sie sich den Vaere verweigert und Riffhafen vor dem Angriff der Dämonen geschützt, alles nur für die Sicherheit Ivainson Jarics.

Unsicher sog Taen Luft in ihre Lungen. Sie versuchte, sich einen anderen Mann an Jarics Stelle vorzustellen, und fühlte sich elend. Sie versuchte, sich eine Zukunft ohne ihn vorzustellen, und konnte es nicht; und plötzlich erkannte sie, daß sie während all der Zeit wie ein Kind gedacht hatte, nicht wie eine vaeregeschulte Zauberin, die nun eine erwachsene Frau war.

»Ja.« In Taens Stimme schlug sich ihre eigene Verwunderung über diese neue Erkenntnis nieder. »Ich liebe ihn.« Und noch während sie sprach, kam ihr der Gedanke, daß Jaric diese Tatsache durchaus als störend betrachten mochte, und so fluchte sie herzhaft und erging sich in all den Lästerlichkeiten, die sie von den Matrosen Corleys und den Fischweibern von Imrill Kand gelernt hatte. Als die Traumweberin sich dann wieder nach Tamlin umschaute, starrte er stur auf die See hinaus.

Die Jolle scharrte über den Sand. Aus Gewohnheit trat Taen das Boot in etwas tieferes Gewässer. In unbequemer Haltung auf dem Dollbord wartete sie taktvoll, bis der Vaere erneut das Wort ergriff.

Wenn er auch kein Sterblicher war, verstand Tamlin die menschliche Natur doch außerordentlich gut. »Für Keithlands Wohl mußt du erfolgreich sein.«

Taen erhob sich. Voller Unbehagen in Erwartung dessen, was ihr Mentor hinzufügen könnte, zog sie die Jolle über den knirschenden Sand an den Strand. »Dann gestattet mir, sofort anzufangen.«

Glöckchen klingelten. Der Vaere verschwand und kam auf dem Bug wieder zum Vorschein, den Kopf nun auf gleicher Höhe mit dem ihren. Noch immer wehte die Brise von See herüber, doch seine Federn hingen reglos herab. In seinen verhutzelten Zügen spiegelten sich Wehmut, Trauer und Hoffnung gleichermaßen. »Möge das Glück dir hold sein, Kind. Sei tapfer und führe zu Ende, was du begonnen hast.«

Taen schauderte. Sie wünschte, sie könnte seinem starren Blick entgehen, als der Vaere mit scharfem Ton fortfuhr: »Hör mir zu. Du wirst hierbleiben. Geh nicht auf die Lichtung. Nutze deine Traumwebergabe, um Ivainson Jaric zu helfen, und dann sei standhaft. Wenn dein Mann überlebt und die Meisterschaft erringt, so wird er zur *Callinde* zurückkehren und dich finden.«

Die Luft vibrierte, als würde sie von Hitzewellen erschüttert. Dann läuteten noch einmal leise die Glöckchen, und der Vaere verschwand.

Taen betrachtete die sonnenbeschienenen Planken, auf denen Tamlin gestanden hatte, als könnte das Holz ihr das Rätsel seiner Existenz offenbaren. Das Wesen würde nicht zu ihr zurückkehren; mit wachsender Besorgnis überlegte die Traumweberin, wie viele Dinge unausgesprochen geblieben waren. Ihr Risiko wurde nicht kleiner durch Tamlins Schweigen.

Furcht überschattete Taens Entschlossenheit. Ihr Sathid konnte sich ohne weiteres erheben und mit der gepaarten Matrix verbinden, die zu unterjochen Jaric kämpfte. Sollte dies geschehen, so würden sie beide getötet werden. Vielleicht würden sie schnell, ja, sogar schmerzlos unter der gnädigen Hand der Vaere sterben, doch der Tod wäre ihnen sicher, denn Tamlin hatte ihr einst offenbart, daß kein Mensch, der je versucht hatte, Herrschaft über drei Kristalle zu erlangen, der Unterjochung durch die Sathid hatte entgehen können. Die wenigen, die es versucht hatten, waren zu Monstern geworden, Wesen, so grauenhaft verändert, daß die Vaere sie um der Sicherheit Keithlands willen hatten töten müssen.

Schwer lastete die Entscheidung auf der Traumweberin. Überhaupt zur Tat zu schreiten, hieß, die Verantwortung für das Leben eines geliebten Menschen auf sich zu laden. Doch jeder Augenblick des Nachdenkens verlängerte nur Jarics Qualen; und daß diese Pein ihn irgendwann in den Wahnsinn treiben mußte, war ihr unerträglich. Taen konnte ein solches Ende niemals hinnehmen. Zuzusehen, wie er lebte und atmete, doch unfähig war, Gefühle zu erleben, zu teilen, das bedeutete, ihn auf eine Weise zu verlieren, die noch endgültiger als der Tod selbst war. Taen grub ihre Zehen in den heißen Sand, doch am Ende war sie nicht länger imstande, still zu sitzen. Sie verließ das Boot und ging über die Bucht zur *Callinde*.

Das Schiff war unordentlich hinterlassen worden. Jaric hatte zwar das Großsegel sauber an dem Querbalken vertäut, doch Klüver und Besansegel lagen in wildem Durcheinander auf einem Haufen, eine Nachlässigkeit, die ihm ohne Not niemals unterlaufen wäre. Ein Fall baumelte ungesichert in der Brise. Ein Ende war nur halb gesplißt; Taen legte eine Hand auf den Bug und fragte sich, welch ein Unglück ein so starkes Tau zerreißen konnte. Das Boot erinnerte sie schmerzlich an Jaric, lachend und stark, das Haar vom Wind zerzaust; gemeinsam waren sie auf eben diesem Boot mit den Schlüsseln von Elrinfaer nach Riffhafen gesegelt. Taen erstickte das Verlangen, seinen Namen laut hinauszuschreien. Doch ihr Mut kehrte zurück. Lebendig oder tot, plötzlich wußte sie, daß ihr keine Wahl blieb, als seinen Weg zur Meisterschaft mit ihm zu gehen. Keithland und ihr eigenes Herz würden ohne ihn zu einem Ödland verkommen.

Taen hob das Knie über die Ruderbank der *Callinde* und kletterte an Bord. Sand von ihren Füßen zeichnete ein Muster auf die von Schwalbenkot übersäten Planken. Der Schmutz hätte den alten Mathieson gewiß erzürnt; mit einem Grinsen angesichts der Flüche, die der alte Mann wohl von sich gegeben hätte, setzte sich Taen auf das zerknitterte Besansegel und starrte über den Mast hinweg. Blauer Himmel schimmerte wie Email zwischen zerrissenen Wolkenstreifen hindurch. Für einen Augenblick bildete sie sich ein, sie dürfte eine solche Schönheit nie wieder erblicken. Dann, erfüllt von dem sturen Selbstvertrauen ihrer Fischerfamilie, schloß das Mädchen die Augen und sammelte ihre Gabe.

Hitze und Schmerz, sengende Helligkeit; Taen fühlte sich, als versänke sie im Feuer. Mit Körper und Seele teilte sie das Leid, das Jarics Körper durchsetzte, doch sein Wille schien fort zu sein. Im bodenlosen Abgrund der Qualen suchte sie ihn und fand doch nur die Echos der Zufriedenheit, die die Sathid zurückgelassen hatten, als sie überzeugt gewesen waren, daß sie die Schlacht gewonnen hätten. Aber der Kampf war noch nicht zu Ende. Irgendwo, irgendwie leistete Jaric noch immer Widerstand, denn Schmerz flammte durch seine Nerven, peinigte ihn mit einer Gewalt, die jeden klaren Gedanken ausschalten mußte.

Taen kämpfte verzweifelt, um standzuhalten und ihren Vorsätzen treu zu bleiben. Zwar war sie imstande, den Schmerz in einem einzigen Augenblick auszuschalten, doch sie wagte nicht, Jaric noch einmal die Erleichterung zu gönnen, die sie ihm zuvor verschafft hatte; sollte sie das versuchen, so würden seine Sathid den Eindringling bemerken und angreifen. Dieses Mal blieb ihr nur die Möglichkeit, zu dem heimgesuchten Bewußtsein des Opfers selbst durchzudringen. Obgleich der Schmerz, der ein Teil des Zyklus des Feuers war, ihre Sinne beinahe bis zum Delirium vernebelte, formte Taen aus ihrer Präsenz einen Ruf des Mitgefühls, ehe sie langsam, qualvoll, oft zögerlich und mit vielen Fehltritten begann, sich durch das Netzwerk der Energien zu tasten, das den Geist Ivainson Jarics umschloß.

Während dieses Prozesses lernte sie ihn noch besser kennen. Jenseits der siegesgewissen Litanei der Sathid erfuhr sie die Verzweiflung eines Kindes, das seiner Mutter und seines Vaters beraubt war. Der Hohn der Lehrjungen seiner Kindheit wurde auch für sie zur Kränkung; und später, auf den windgepeitschten Planken eines Fischerbootes, teilte sie das Gefühl, verraten worden zu sein, ein Verrat, den zu begehen sie selbst geholfen hatte, als die Last des Erbes eines Zauberers ungemildert auf die Schultern eines Knaben fiel, der ihr nichts entgegenzusetzen hatte. Gepeinigt von seinem Leiden setzte Taen ihre Suche fort, erlebte tiefe Gram, Not und seltene Augenblicke des Glücks. Sie erkundete den ganzen Weg Jarics bis zum Erwachsenenalter und fand doch keinen Funken des Geistes, der den Mann ausmachte.

Als sie schließlich nicht mehr ein noch aus wußte, zog sie sich zurück; ausgelaugt, beinahe geschlagen, kämpfte sie darum, ihre Hoffnung am Leben zu erhalten, selbst dann noch, als die räuberische Litanei der Sathid ihren Traumsinn zu zerschlagen drohte. Jeden Augenblick mochten die Kristalle ihn bezwingen, den Menschen, der unter widrigsten Umständen den Mut gefunden hatte, um eine Macht zu ringen, die er nie gewollt hatte. Verzweifelt darum bemüht, das scheinbar Unausweichliche abzuwehren, plünderte Taen Erinnerungen wie ein heimlicher Lauscher. Nur durch Zufall stolperte sie über einen Erinnerungsfetzen, der so gut verborgen war, daß sie ihn bis zu diesem Zeitpunkt vollkommen übersehen hatte. Jaric war wegen Keithland zur Insel der Vaere gesegelt; *und aus Liebe zu der schwarzhaarigen Tochter eines Fischers aus Imrill Kand.*

Taen fühlte Schmerz, schlimmer als die physischen Qualen des Feuers. Nie könnte sie die Vernichtung dieses Mannes ertragen, den sie mehr als das Leben selbst wertschätzte. Ohne auf ihre eigene Pein Rücksicht zu nehmen, raste sie mitten hinein in das Herz der Feuersbrunst. Dort fand sie Jaric. Er klammerte sich an die wertvollste Erinnerung, die das Leben ihm geschenkt hatte. Einst hatte er in der Heckkabine der *Neumond* gestanden, wie betäubt vor Erkenntnis und Verlust; nun, in dem unerträglichen Schmerz des Zyklus des Feuers, sah Taen, daß er den Rest seiner Integrität durch die Erinnerung an sie schützte, ruhend in tiefer Trance auf dem feingemaserten Holz von Corleys Kartentisch.

Diese Entdeckung hätte ihr beinahe das Gleichgewicht geraubt. Die Sathid bereiteten ihren letzten Angriff vor. Für Fehler blieb nun kein Spielraum mehr. Mit größter Sorgfalt formte Taen ihre Macht als Traumweberin. Sie erzwang nichts, übte keinerlei Gewalt; sanft veränderte sie die Erinnerung, die er vor seinem geistigen Auge sah. Sie fügte ein Traumbild hinzu, veranlaßte das Mädchen auf dem Tisch, den Kopf zu heben und zu lächeln; und zusammen mit der Offenbarung ihrer Anwesenheit schenkte sie ihm Hoffnung, Mitgefühl und Licht. In dem träumenden Geist des Mannes begegnete sie dem Blick des Knaben; nun folgte ein Augenblick der Erkenntnis, so tief wie der Ozean, endlos wie der Nachthimmel.

Die Sathid fühlten, wie neues Leben Jaric erfüllte. Mit gieriger Kraft verdoppelten sie ihre Bemühungen. Doch in dem Moment, da die Feuer aufflammten und unerträgliche Qual verbreiteten, reagierte Taen. Sie drang durch das Netzwerk um Jarics Bewußtsein und hielt alle Gefühle des Schmerzes von ihm fern.

Seine Erleichterung war sofort spürbar, doch die Erschöpfung lähmte ihn. Er war zu müde, um zu reagieren. Taen weinte bestürzt. Auch die Sathid fühlten, daß Jaric stockte. Mit grimmiger Gewalt rüttelten sie an seinen Schutzwällen. Die Traumweberin wußte, daß sie in dem Augenblick, da sie brachen, entdeckt werden mußte. Dann würden die Matrizen ihren eigenen Kristall miteinbeziehen, und ihrer beider Untergang wäre besiegelt. Aufgebracht angesichts des drohenden Verlusts, konnte Taen es doch nicht über sich bringen, sich zurückzuziehen.

Plötzlich drang eine Stimme durch ihr Entsetzen. ›*Fischweib. Wirst du jemals lernen, geduldig zu sein?*‹

Taen erstickte die auflodernde Hoffnung. Vielleicht war Jarics Passivität nur eine Finte, eine List, um die Sathid zur Unachtsamkeit zu verleiten, während er die Kraft für den letzten Schritt zur Meisterschaft sammelte. Besorgt, aber standhaft beobachtete Taen, wie Jaric seine Wahrnehmung in das wütende Herz der Feuersbrunst sinken ließ. Gegen den Schmerz geschützt konnte er nun mit der lebendigen Flamme verschmelzen und ihre Struktur ergründen, wie er die des Steins enträtselt hatte, der ihn zur Erdenmeisterschaft geführt hatte. Taen fühlte einen Stich der Feindseligkeit; Jaric und seine feindlich gesonnenen Sathid vereinten sich zu einem einzigen Wesen. Dann, nach einem Übergangsstadium, das kaum einen Sekundenbruchteil dauerte, forderte er sein Zaubererbe ein und bediente sich selbst der Macht des Feuers.

Energien wüteten gewaltsam durch die Verbindung. Taen fühlte sich einem Licht ausgesetzt, das immer heller wurde, sengender, größer, unmöglich zu ertragen. Jaric war für sie verloren, umgeben von einer klingenden Mauer gewaltiger Macht. Kein menschlicher Geist konnte diese Präsenz erfassen. Taen fühlte, wie ihr Traumsinn langsam nachgab. Ivainson, der Mann, brannte, loderte auf und explodierte in einer Brillanz, strahlender und schrecklicher als die Sonne über Keithland. Die Sathid zogen sich voller Schrecken zurück, doch Jaric folgte ihnen. Rachedurstig schlug er zu. Sengendes Licht zerstörte das Netz der Verbindung, das Taen um ihn gesponnen hatte. Und als Keithlands jüngster Zauberer den Zyklus des Feuers vollendete, verblaßte ihr eigenes Bewußtsein wie ein verlöschender Funke, und Finsternis senkte sich über sie.

Kapitel 8

DER KREIS DER GIERJ

Allein in der saphirblauen Weite von Himmel und Ozean kreuzte der Zweimaster *Neumond* präzise nach Plan. Der Steuermann legte das Steuer hart nach Lee. Als der Schatten des Besansegels über das Achterdeck huschte, hielt Corley inne; die Hände um die Reling geklammert, blickte er zurück zu der Insel der Vaere. Die See war ruhig, der Wind frisch. Segel spannten sich donnernd an ihren Tauen. Als die Matrosen das Stag festzurrten, legte sich der Zweimaster auf die Seite, und der Schaum seines Kielwassers verteilte sich wie weiße Spitze auf der saphirblauen See; die Sicht war so klar, daß es schien, als wäre der Horizont mit einem Rasiermesser gezeichnet.

»Nord, Nordost, Kurs ist stabil«, rief der Steuermann. Die *Neumond* spaltete die Wogen wie eine Axt unter den Händen der Matrosen, die am Rande ihrer Leistungsfähigkeit arbeiteten.

Doch der Kapitän starrte hinaus auf das Meer. Noch immer waren keine Verfolger aus dem Schattentempel aufgetaucht; doch schon der kleinste Navigationsfehler würde das Schiff zu weit nach Süden führen und in den Einflußbereich der unheimlichen Launen der Vaere treiben. Obgleich sie nun schon fünf Tage ihren Kurs ohne Schwierigkeiten hielten, nagte die Art von Taens Verschwinden an Corleys Nerven. Durch sein Fernglas hatte er gesehen, wie die Jolle der *Neumond* von einem Nebel verschlungen worden war, der aus dem Nichts gekommen war. Dann hatte sich ein Schimmer wie von einem Wetterleuchten über die See gelegt, gefolgt von einem gedämpften Donnern; danach war der Nebel verschwunden, zerrissen wie zerfetzte Gaze, und nur das endlose Blau der See war zurückgeblieben. Ein kalter Schauer lief Corley bei der Erinnerung über den Rücken. Die Traumweberin und ihr kleines Boot waren verschwunden, als hätten sie nie existiert.

Obwohl auf dem Ozean derzeit keine Spur der unheimlichen Insel der Vaere zu sehen war, konnte keiner der Matrosen über die Heckreling blicken, ohne zu erschauern. Die Anspannung durch die drohende Gefahr hatte alteingeführte Muster in der Routine an Bord der *Neumond* verändert. Die Seeleute fluchten nicht mehr über die Unzulänglichkeiten des Kochs; der Maat nahm seine Sonnensichtung zur Mittagszeit vor und kaute schweigsam seine Fingernägel bis auf das Nagelbett ab. Selbst der Diener machte sich rar. Und während der ganzen Zeit schritt Corley auf dem Achterdeck auf und ab; seine raschen Schritte glichen denen eines Tigers, und seine Stimmung war überaus gereizt.

»Segel!« Der Ruf des Ausgucks auf dem Querbalken riß Corley an der Reling aus seinen Gedanken. »Schiffe an Luv!«

»Wie viele?« Instinktiv griff Corley nach Dolch und Wetzstein, während der Bootsmann einen Matrosen mit einem Fernglas auf den Mast jagte.

»Zwei, Herr.« Der Ausguck unterbrach sich, beugte sich vor und nahm dem Seemann in der Takelage das Fernglas ab. »Möglicherweise mehr. Aber außer den Masten ist am Horizont noch nichts zu sehen.«

»Welche Farben?« Corley schob den Dolch in die Scheide. Den Wetzstein noch immer in Händen, wippte er ungeduldig auf den Fußballen hin und her, als könnte seine Unruhe ihn jeden Augenblick persönlich auf den Mast treiben.

Der Ausguck schlang einen gebräunten Ellbogen um die Wanten und stemmte sich gegen das Schlingern des Schiffes. Sonnenlicht spiegelte sich in den Messingfassungen, als er das Fernglas ansetzte. Dann, mit einem Jubelschrei, antwortete er. »Der rote Wolf des Kielmark, Käpt'n. Ich will verdammt sein, wenn die *Schwertfisch* nicht das ganze Rudel anführt.«

Angespannt blickte Corley auf den Kompaß. Dann fluchte er mit einer Leidenschaft, die er üblicherweise nur vor einer Schlacht zeigte, ohne auch nur zu bemerken, daß die Männer auf dem Mitteldeck ihre Näharbeit vernachlässigten und ihn verwundert anstarrten. »Und das Wetter ist auf ihrer Seite. Ich wette Silber gegen Hundeflöhe, daß die anderen vier hinter ihr sind.«

Donnernd spannte sich das Fockmastsegel. Zornig wandte sich Corley dem Steuermann zu, der seine Arbeit vernachlässigt hatte. »Achte auf den Kurs, verdammt! Oder willst du uns den Tücken der Vaere ausliefern?« Ohne auch nur Atem zu holen, brüllte der Kapitän dem Bootsmann zu: »Alle Mann an Deck!«

Sein Befehl vermischte sich mit einer weiteren Meldung des Ausgucks. »Fünf Schiffe, Herr, alle unter dem Banner von Riffhafen. Die Traumweberin hat sich geirrt, so sicher die Feuer der Gerechtigkeit brennen. Sieht aus, als wären alle Schiffe, die wir in Hallowild zurückgelassen haben, davongekommen.«

Jubelschreie ertönten aus den Kehlen der Männer auf dem Mitteldeck, voller Leidenschaft wiederholt von jenen, die gerade vom Vorderdeck kamen.

Jedermann grinste in freudiger Erwartung des Wiedersehens und der anschließenden Feier, nur Corley nicht. Er wandte sich mit einem zornigen Knurren vom Ruder ab.

»Haltet die Klappe!« Als die Rufe an Begeisterung verloren und schließlich verstummten, senkte der Kapitän die Stimme, doch sein Tonfall reichte, den Männer unter seinem Kommando die Haare zu Berge stehen zu lassen. »Ich will, daß dieses Schiff kampfbereit ist, sofort. Bewegt euch! Dies könnte die letzte Schlacht sein, die die *Neumond* je schlagen wird. Es steht eins gegen fünf, gegen den Wind, und wir haben eine verwunschene Insel voller Fallgruben leeseits.«

Schlurfend mühten sich die Matrosen auf ihre schwieligen Füße. Einer unter ihnen murmelte einen verblüfften Protest. Corley hörte es und bedeutete dem Bootsmann, den Missetäter von den übrigen Männer zu trennen. Aufrührerisches Schweigen machte sich breit, als der Offizier seinen Befehl ausführte.

»Glaubt ihr, ich scherze?« Mit steifen Fingern strich Corley durch sein Haar. Plötzlich wirkte er furchtbar müde. »Diese Schiffe mögen uns gehören, aber nicht die Männer. Habt ihr mich verstanden? Im besten Fall sind die Matrosen an Bord der *Schwertfisch* und der anderen Schiffe Verräter, denn kein Mann, der loyal zum Kielmark steht, würde seinen Posten verlassen. Morbrith ist den Dämonen zum Opfer gefallen. *Jeder der unseren hätte sein Leben an der Seite des Grafen gegeben.*«

Unbehaglich unter den angespannt wachsamen Augen seiner Matrosen, schüttelte sich Corley, als würde er von Stechmücken heimgesucht werden. »Mir gefällt es auch nicht, die Waffen gegen unsere eigenen Schiffe zu erheben. Aber wenn wir nicht noch vor Sonnenuntergang in den Kampf unseres Lebens verwickelt werden, dann lasse ich mich anstelle des Mannes auspeitschen, um den sich zur Zeit der Bootsmann kümmert. Und jetzt bewaffnet das Schiff! Bemannt die Pumpen und befeuchtet alle Segel und Taue!«

Die Matrosen schwärmten aus, und rege Geschäftigkeit hielt Einzug an Bord des Schiffes. Während die erste Wache Seewasser vom Bug bis zum Heck auf die Planken schüttete und Sand auf den Decks verteilte, rollte die zweite Wache Ölfässer zum Mitteldeck und verkeilte sie an der Reling. Armbrüste wurden hervorgeholt und aus ihren schützenden Ummantelungen aus Ölhaut befreit, ehe sie an den Schießscharten auf Deck festgezurrt wurden. Andere Männer beschafften Leinentücher aus dem Frachtraum. Der Bootsmann verteilte Bogen, Feuerpfeile und andere Waffen, während Corley die Vorgänge vom Achterdeck aus überwachte. Der Ausguck machte von seiner Position auf dem Mast regelmäßig Meldung über die fünf Schiffe unter dem roten Wolfsbanner von Riffhafen, die, vom Wind begünstigt, mit hoher Geschwindigkeit auf die *Neumond* zuhielten.

Masten, dann Rahspieren, dann Schiffskörper kamen von Deck aus in Sicht. Corley steckte seinen Wetzstein in die Tasche und nahm das Fernglas von seinem Diener entgegen. Wie festgeleimt an der Heckreling starrte er auf der Suche nach Ungereimtheiten, die auf eine feindliche Gesinnung der Schiffe deuten ließen, durch das Glas. Doch seine Bemühungen förderten nichts Außergewöhnliches zutage. Von der führenden *Schwertfisch* bis hin zu dem letzten Schiff, der *Ballade,* entdeckte er nichts außer der herausragenden Arbeit der Seeleute, die kennzeichnend für die Männer aus Riffhafen war. Selbst der Signalcode war korrekt. Schwitzend, frustriert und wohlwissend um die Unzufriedenheit der Männer, die auf dem Mitteldeck Bogen bespannten und Waffen ölten, wäre Corley die Besonderheit beinahe entgangen, als sie seinem Blick begegnete: die *Ballade* segelte ohne Anker.

Ein Kälteschauer lief durch seinen Körper. »Ausguck! Sieh dir die *Ballade* an, und sag mir, ob dir irgend etwas Besonderes auffällt.«

Corley wartete, die Nerven bis zum Äußersten gespannt. Unter seinen Füßen schlingerte die *Neumond*, tollte wie eine fesche Maid durch das aufspritzende Wasser, während die Flotte immer näherkam.

Die Antwort des Ausgucks begann mit einer Blasphemie: »Kor! Die Beschläge an den Masten fehlen, und ich will verdammt sein, wenn die Klüverbaumketten nicht aus geschwärztem Messing bestehen. Ich kann es an den Kratzern erkennen.«

Corleys Besorgnis wich aufsteigender Panik. Nur einmal hatte er ein Schiff gesehen, das auf diese Weise verändert worden war; und dieses Schiff hatte den Angriff auf Riffhafen ein Jahr zuvor angeführt. Auf ihm waren die Hexe Tathagres und ihre Verbündeten, eine Sechsergruppe Gierj-Dämonen, gereist, deren zerstörerische Macht allein durch die Nähe von Stahl aufgehalten werden konnte.

»Beim Arsch meiner Großmutter, jetzt stecken wir in Schwierigkeiten.« Corley fluchte und bereitete sich darauf vor, seine Mannschaft zu informieren.

Kein Wort drang über seine Lippen. Eine Macht schnitt durch seinen Geist, überrannte seine Absichten mit der niederschmetternden Gewalt einer Lawine. Die Luft verdichtete sich in seiner Lunge. Er konnte nicht sprechen. Auch konnte er sich nicht rühren, bis etwas anderes, etwas Fremdes seinen Körper lenkte. Benommenheit legte sich über seinen Geist, und seine Augen verloren die Fähigkeit zu sehen. Verzweifelt versuchte Corley, sich zu wehren. Für eine Sekunde fühlte er, wie sich die Reling hart gegen seine Rippen preßte. Er keuchte, zwang ein Flüstern über seine Zunge. Doch die Präsenz in seinem Inneren trieb ihn zurück, hilflos wie ein Käfer in einem Ölfaß. Innerlich schlug er um sich, doch ohne Erfolg. Gefangen in seinem eigenen Geist hörte Corley jemanden sprechen. Voller Angst und Entsetzen erkannte er die Stimme als seine eigene, die seinen Männern befahl, die Decks der *Neumond* zu entwaffnen, Sand und Leintücher zu entfernen und die Flotte Riffhafens willkommen zu heißen.

Der Kapitän kämpfte verzweifelt. Hilflos wünschte er sich, wenigstens ein loyaler Mann würde die Bedeutung der fehlenden Anker der *Ballade* erkennen und ihm einen Dolch in den Rücken stoßen. Doch die diabolische Disziplin unter den Männern des Kielmark verhinderte jede Meuterei; oder die Matrosen waren ebenfalls längst besessen. Corley wütete innerlich, bis der Feind sein Bewußtsein mit Dunkelheit umhüllte. Dann wußte der Kapitän nichts mehr; und Maelgrim, der Dunkle Träumer, nutzte die geborgte Macht der Gierj und eroberte die *Neumond* unversehrt für den Schattentempel.

Taen erwachte, und ihr war warm, als läge sie unter den Strahlen der Mittagssonne. Eine Hand ruhte auf ihrer Schulter. Sie rührte sich, schob einen Arm vor das Gesicht und fühlte, wie die Finger sich von ihrem Körper zurückzogen. Noch immer desorientiert nach ihrer Traumtrance, öffnete sie die Augen und stellte fest, daß die Sonne bereits untergegangen war. Silbrige Tautröpfchen glitzerten auf dem zerknitterten Segel, auf dem sie lag. Über der Ruderbank der *Callinde* funkelten die Sterne am Himmel, und sowohl die Wärme als auch ein Licht wie von einer Kerzenflamme strahlten von einem Punkt direkt hinter ihrem Kopf aus. Taen runzelte die Stirn. Der Seewind war kräftig genug, alles außer einer geschützten Laterne verlöschen zu lassen.

Noch während die Traumweberin sich auf einen Ellbogen stützte, um sich umzusehen, verblaßte das Licht. Ehe es endgültig verlosch, erhaschte sie noch einen Blick auf einen Mann, dessen Haar die Farbe des Weizens im Hochsommer hatte. Er trug eine rote, goldgesäumte Tunika, und seine Augen, dunkel wie Haselnüsse, schienen fremdartig und so alt wie die Zeit selbst.

»Du hast gefroren«, sagte Jaric in der Finsternis.

Taen stemmte sich auf die Knie und erschrak, als Stoff über ihre Beine fiel. Sie berührte ihn und fühlte Samt und Seide; der Umhang eines Feuergebieters war über sie geworfen worden, als sie geschlafen hatte. Der Mann, dem das Kleidungsstück gehörte, saß still hinter ihr, eine Präsenz, so unergründlich wie der Himmel.

Taen biß sich auf die Lippe. Der Ivainson, der auf der Segeltruhe im Heck der *Callinde* hockte, war und war auch nicht der Knabe, den sie zum letzten Mal an Bord der *Neumond* gesehen hatte. Plötzlich von Ungewißheit geplagt, atmete Taen langsam und kontrolliert ein. »Ich dachte, du würdest mich verbrennen wie ein Köhler Holz.« Wieder atmete sie ein, dieses Mal jedoch weit weniger kontrolliert. »Beim Großen Untergang, weißt du, was wir getan haben?«

In unbehaglicher Stille schlugen die Taue gegen den Mast der *Callinde*. Jaric antwortete nicht. Von Sorge erfüllt, sandte sie tastend ihren Traumsinn aus und erkannte, daß er sich fürchtete, sie würde verschwinden wie der Vaere und ihn an der verlassenen Küste allein zurücklassen, wenn er sie berühren würde.

Ihre Unsicherheit wich herzhaftem Gelächter. »Fischkopf! Du bist der erste Feuergebieter Keithlands, der nicht wahnsinnig ist, und trotzdem hast du nicht eine Spur gesunden Menschenverstands.« Mit diesen Worten sprang die Traumweberin auf und schlang die Arme um Ivainsons Hals. Halb grinsend, halb weinend zerrte sie ihn hinab in das Nest aus feuchtem Segeltuch.

Überrascht erstarrte Jaric. Dann, als ihre Wange an seiner Schulter ruhte und ihre Tränen heiß über seine Kehle rannen, zog er sie dicht an sich. »Wirst du stets früh genug da sein, um mich in letzter Sekunde aus Schwierigkeiten zu retten?« Doch er erwartete gar keine Antwort; statt dessen schob er beide Hände in ihr schwarzes Haar, beugte den Kopf vor und verschloß ihr die Lippen mit einem Kuß.

Unbeachtet fiel der Umhang des Feuergebieters auf die Planken. Taens Finger wanderten sacht über Jarics Schultern. Sie war erst zehn Jahre alt gewesen, als sie zu den Vaere gegangen war. Nie zuvor war sie mit einem Mann zusammen gewesen. Von der frühzeitigen Entwicklung abgesehen, die sie durch ihre Meisterschaft errungen hatte, war sie in Jahren und Erfahrungen doch noch immer einem Kind nahe; doch der Umgang mit den

Erwachsenen in Imrill Kand hatte ihr Empfindungsvermögen, aus dem später ihre Macht als Traumweberin hervorgegangen war, beeinflußt. In mancher Hinsicht verfügte das Mädchen über ein Verständnis, das ihrem tatsächlichen Alter keineswegs entsprach. Taen schnappte sich die güldenen Kordeln und begann mit geschickten Fingern, sie zu lösen. »Habe ich richtig gehört? Du meinst, ich hätte gefroren? Das ist eine Lüge.«

Jaric lachte. »Streitbares Weib! Du hast einfach keinen Sinn für Anstand und Schicklichkeit. Wirst du mich auf Imrill Kand heiraten?«

Taen löste den Rest der Verschnürung und krümmte sich, um nach seinem Gürtel zu greifen. »Nein.« Und während ihre Finger solchermaßen rege beschäftigt waren, küßte sie sein Kinn. »So lange werde ich nicht warten. Corley kann uns auf See trauen.« Ruckartig zerrte sie an der Gürtelschnalle.

Jaric drehte sich ein wenig und packte ihre Handgelenke. »Warte.« Er hob sie hoch und hielt sie sanft in seinen Armen. »Von mir aus darfst du aus unserer Hochzeit eine Hetzerei machen, aber nicht aus dieser Sache. Ich liebe dich. Keithland kann warten, wenn ich dir das sage.«

Sanft berührte er ihr Gesicht, ihren Hals, ihre Schultern. Dann küßte er sie, so sacht wie Nebel, der über eine Blüte streicht. Seine Hände bewegten sich, und er küßte sie noch einmal. Taen fühlte die Hitze in seinem Blut. In seiner Zurückhaltung erkannte sie etwas, daß feiner, zarter war, als die freudlose Gier der Männer aus Imrill Kand. Anspannung, Nervosität und all die Furcht in ihrem Inneren schwand. Jaric war hier, jetzt, bei ihr, und sie würde ihn niemals verlieren. Warme Finger streiften die Kleidung von ihren Schultern. Und während die Sterne ihre Bahnen über der Insel der Vaere beschrieben, gesellte sich eine silbergraue Traumweberrobe zu einer Tunika und dem Umhang eines Feuergebieters auf den Planken. Im Morgengrauen lagen zwei Liebende ineinander verschlungen auf dem zerknitterten Segel, erhitzt von der zarten Glut des Glücks.

Taen erwachte, und dieses Mal war der Sonnenschein, den sie fühlte, Wirklichkeit. Sie lag mit dem Kopf in Jarics Schoß. Durch die Bewegung seiner Muskeln spürte sie, daß er bereits vor ihr erwacht war und sich irgendeiner Arbeit widmete. Sie öffnete die Augen und sah, daß er mit einer Nadel bewaffnet ein Tau spliß. Prompt zwickte sie ihn in die Seite. »Hast du nichts Besseres zu tun?«

»Ich wollte dich nicht aufwecken.« Jaric rammte die Nadel zwischen die einzelnen Stränge des Taus und packte ihre neckenden Finger.

Doch Taens andere Hand blieb frei, und mit ihr untersuchte sie seine Gestalt mit provokativem Entzücken. Sie stellte fest, daß er bar jeglicher Kleidung war. Als sie sich aufsetzte, um den Anblick gebührend zu würdigen, erkannte sie, daß seine Haut während seines Aufenthaltes auf der Lichtung der Vaere so fahl wie Elfenbein geworden war. »Möge Kor dir gnädig sein. Wenn du noch länger in der Sonne sitzt, dann bist du bald so rot wie eine reife Tomate.«

»So, so.« Jaric grinste. »Aber du hast recht.« Er ließ das Fall sinken, an dem er gearbeitet hatte, zog sie lachend in seine Arme und hob sie mit kraftvollen Bewegungen hoch.

»Jaric!«

Doch Taen schrie zu spät. Ihr Mann sprang einfach über die Reling und lief zusammen mit ihr durch das seichte Wasser. Dort blieben sie während des größten Teils des Vormittags, einander umarmend, umspült von den sanften, heranrollenden Wellen. Erst als sie sich bis zur Erschöpfung geliebt hatten, erinnerte sich Jaric des unfertigen Falls. Die *Callinde* konnte nicht ohne Focksegel gegen den Wind segeln; zurück an Bord in der Hitze des Tages, den Kopf voller Pflichten, wollte Jaric seinen Körper mit einem Leinenhemd vor der Sonne schützen. Doch, gekleidet wie eine Meerjungfrau in nichts als eine nasse und verschwenderische Flut schwarzer Haare, saß Taen schon wie ein körperhaft gewordener Protest auf der Truhe, in der er seine Kleidung verwahrte.

»Du verdirbst uns den ganzen Spaß«, beschwerte sie sich.

Jaric lachte. Selbst naß und bis zu den Schienbeinen sandverkrustet, setzte er zu einer Widerrede an. »Ich rieche wie ein Fisch.«

»Nicht für einen anderen Fisch.« Taen glitt von ihrem Thron herab und warf sich mit Schwung gegen seinen Körper. Beide verloren das Gleichgewicht und landeten in einem wirren Durcheinander aus Segeltuch.

Bei Sonnenuntergang lagen sie zusammengerollt unter dem geflickten Stoff des Fockmastsegels in tiefem Schlaf. Sanft schlugen die Taue der *Callinde* gegen den Mast, repariert und bereit, gespannt zu werden. Doch Keithland mußte noch eine weitere Nacht auf den Feuergebieter warten, während Jaric seiner Traumweberin gestand, daß er sie liebte.

Wenn er allein sein wollte, zog sich Maelgrim, der Dunkle Träumer, am liebsten in das Höhlensystem zurück, das sich durch den Felsen unter dem Schattentempel zog. Dort, umgeben von dem Plätschern unterirdischer Quellen, konnte er eine Öllampe entzünden oder in der Dunkelheit sitzen, wie es ihm beliebte, die Dämonen betraten diese Höhlen nur ungern; ihre Macht konnte massives Felsgestein nicht durchdringen. Unterirdische Räume vermittelten ihnen das Gefühl der Verwundbarkeit, doch Maelgrim teilte dieses Unbehagen nicht. Über ihm erhob sich die Klippe des Schattentempels, dessen Mauern und Befestigungsanlagen ausreichen sollten, seine Sicherheit zu gewährleisten. Solange der Durchgang zum Kerker offen war, konnte er sich in die Einsamkeit zurückziehen und hatte doch einen Kanal, durch den er seine Gabe nutzen konnte.

Gekleidet in eine lockere Tunika über einer bequemen Kniehose und geschmückt mit Geschmeide aus Draht, saß Maelgrim zwischen zwei erloschenen Lampen. Die Dunkelheit half ihm, sich der Wahrnehmung der Gierj-Dämonen anzupassen, die Scait ihm überlassen hatte. Zwar besaßen die Kreaturen weder Intelligenz noch ein Selbstbewußtsein, doch die Verschmelzung ihrer Geister vermochte eine Macht hervorzubringen, die weit größer war als alles, was ein vaeregeschulter Zauberer zu vollbringen imstande war. Durch die Manipulation eines Kreises von sechs Gierj hatte Maelgrim Macht über fünf Kompanien aus dem Heer des Kielmark errungen und die Bewohner von Morbrith ausgelöscht; mit zwölf, so prahlte er, könnte er selbst Landfeste unterjochen. Doch Scaits Befehle lauteten anders. Zuerst sollte Riffhafen geschlagen werden, und aus diesem Grund hatten sechs Gierj auf dem Zweimaster *Ballade* die Segel gesetzt.

Aus seinem Schlupfwinkel in den Höhlen unter dem Schattentempel dirigierte Maelgrim ihren Gesang der Macht. Nach und nach vernichtete er das Leben der Matrosen, die sie im Süden der Corinsee gefangengenommen hatten. An Bord der *Neumond* lebten ihre Körper weiter, doch waren sie nur Marionetten, geleitet von Maelgrims Willen, der sich durch die Gierj an Bord manifestierte. Der Dunkle Träumer lächelte in der Finsternis. Dann ruhte er, träumte grausame und blutrünstige Szenen, in denen er selbst der oberste Herrscher von Keithland war.

Als er erwachte, glitt er erneut in Trance. Weit im Süden, in der kalten Stunde vor dem Sonnenaufgang, rührten sich auch die Gierj auf den Decks der *Ballade* in ihrem Schlaf. Als die Kreaturen die Augen öffneten, überschwemmten sechs Bilder Maelgrims Geist; blaugraue Wogen, Stütztaue und Takelage und ein Himmel, übersät mit verblassenden Sternen zeigten sich ihm aus verschiedenen Blickwinkeln. Noch immer wurde ihm schwindelig unter dem Einfluß dieser sich überlagernden Bilder der Gierjlinge. Doch seine dämonischen Herren hatten ihm versprochen, daß sein Körper sich schon bald diesen Anforderungen anpassen würde; im Laufe der Zeit würde er aufhören, sich durch die Eindrücke jener fernen Augen und die Wahrnehmung, die mehr sah als die eines Menschen, desorientiert zu fühlen.

Ein Schatten bewegte sich auf dem Mitteldeck der Ballade. Sicher in seiner Höhle entschlüsselte der Dunkle Träumer die Bilder und erkannte jenen Matrosen, der einst der erste Maat gewesen war. Sein Körper mochte gehen, sprechen und handeln wie ein Mann, und doch war er nun nur noch eine leblose Puppe, die einem Herrn aus dem Schattentempel gehorchte.

Maelgrim formte in Gedanken einen Befehl. Macht flammte durch die Gierj-Verbindung wie Feuer, das aus einem einzigen Funken aufloderte, und der Maat rief einen Matrosen an der Reling an. »Du da! Bring Kapitän Corley auf Deck! Notfalls mit Gewalt.«

Der Matrose schien nicht überrascht über den Befehl, einen Vorgesetzten derart zu behandeln. Seines Geistes ebenso beraubt wie die Offiziere an Bord der *Ballade,* eilte er die Treppe zur Kajüte hinab, um den angesehensten Kapitän in Diensten des Kielmark auf Deck zu zerren.

Maelgrim wartete. Seinem Gemüt verbunden, übertrug sich seine gespannte Erwartung, seine Ruhelosigkeit auf die Gierjlinge. Klauen scharrten über die Planken des Achterdecks, und selbst der Mann am Ruder pochte mit den Fingern auf das Eichenholz des Steuerrades.

Gierj-Bilder zeigten kaleidoskopartig die Rückkehr des Matrosen. Er stieß einen Mann vor sich her, der sich langsam und wie unter Drogen bewegte. Dämonische Wahrnehmung offenbarte einen grünlichen Lichtschimmer, der seinen Körper umgab; diese Aura war die einzige Möglichkeit, die Lebenden von den Toten unter der Knechtschaft der Gierj-Verbindung zu unterscheiden.

In der Höhle klirrten Schmuckstücke, begleitet von dem unermüdlichen Plätschern des Quellwassers; Maelgrim schlang die Arme um die Knie und studierte seinen Gefangenen in jedem Detail. Der Kapitän der *Neumond* trug dieselbe Kleidung wie zum Zeitpunkt seiner Gefangennahme. Doch das edle Leinen lag zerknittert über seinen Schultern, und seine Tunika zierten Wasserflecken aus der Bilge. Eingefangen durch den Einfluß des Dunklen Träumers, blieben seine braunen Augen starr. Maelgrim lächelte in der Finsternis in seiner Höhle. Schaurig, unheimlich, spiegelten Corleys Lippen den Ausdruck seines Gebieters, noch während die toten Hände des Matrosen ihn über den Kajütgang zum Achterdeck stießen.

Neben dem Besanmast blieb der Kapitän stehen. Nebelhaft veränderte sich der Blickwinkel Maelgrims, als die Gierjlinge ihren Gefangenen umringten. Die Verbindung stabilisierte sich wieder und zeigte nun verschiedene Bilder von Corley, umgeben von dem silbrigen Horizont vor Sonnenaufgang, von hinten angeleuchtet von dem rötlichen Schein der Kompaßhauslaterne und als einen großen Schatten vor den Wanten des Besanmasts. Maelgrim kostete den Anblick genüßlich aus. Hier endlich stand der Kapitän, der einst die falsche Flagge der Kapitulation getragen und Tathagres und acht dämonische Verbündete in eine verzwickte Falle gelockt hatte, die den Angriff des Rates auf Riffhafen zum Scheitern gebracht hatte. Aus diesem Grund hatte Scait befohlen, daß ein Gestaltwandler den Kapitän der *Neumond* imitieren und später den Kielmark meucheln sollte. Bei diesem Prozeß würde der echte Gefangene zerstört werden. Hämisch wie eine Spinne vor ihrer Beute, gelobte Maelgrim, der Dunkle Träumer, daß Corley schreiend sterben würde.

Der noch formlose Gestaltwandler aus dem Schattentempel witterte sein Opfer sogleich. Schleimig wie eine Schnecke glitt er aus seinem Kübel in der Kombüse und schlängelte sich über das Deck. Am Kopf der Kajütstreppe sank er in sich zusammen, verteilte sich als graue Pfütze zwischen aufgerollten Tauen. Alles war bereit. Triumphierend, doch vorsichtig löste Maelgrim, der Dunkle Träumer, den Bann über Corleys Geist; zum ersten Mal seit der Niederlage der *Neumond* kehrte das Bewußtsein des Mannes zurück.

Der Kapitän blinzelte, schüttelte einmal den Kopf und legte die Stirn in Falten, denn der Steuermann gehörte nicht zu seiner Mannschaft. Dann bemerkte er die Dämonen, die seine Beine umkreisten: Gierj, mager und verstohlen wie Wiesel mit Augen, deren flackernde Glut an die Laternen eines Geisterschiffes erinnerte; in diesem Augenblick kehrte Corleys Erinnerung zurück. Er stand nicht auf seinem eigenen Zweimaster, der *Neumond*, sondern auf dem Achterdeck der *Ballade*. Beide Schiffe segelten nun unter dem Kommando des Schattentempels. Pein verzerrte plötzlich die Züge des Kapitäns.

›Du lebst allein durch meine Gnade‹, flüsterte Maelgrim durch die Gierj-Verbindung.

Corley warf seinen Kopf herum. Wild blickte er sich um, konnte jedoch den Sprecher nicht entdecken. Er griff nach dem Messer an seinem Handgelenk, fand jedoch nur eine leere Scheide. Verspätet erinnerte er sich, daß in der Nähe der Gierj kein Stahl verbleiben durfte; dann lähmte der Dunkle Träumer seine Glieder. Corley kämpfte, spannte sich, bis die Adern an seinem Hals hervortraten. In seinem glühenden Zorn bemerkte er gar nicht, daß sein Feind mit ihm spielte wie mit einem Fisch am Angelhaken. Während er sich zur Wehr setzte, erzitterte die gallertartige Masse des Gestaltwandlers und kroch langsam hinter einem aufgerollten Tau hervor.

Durch die Gierj-Verbindung beobachtete Maelgrim, wie sich Schweißflecken auf dem Hemd seines Opfers bildeten. Die Hand des Kapitäns verkrampfte sich krallenförmig, und der Atem entstieg mit schwerem Keuchen seiner Kehle. Das Ding zwischen den Tauen entwickelte zwei Nasenlöcher, und bald strömte seufzend Luft im Gleichklang durch sie hindurch. Corley hörte es. Er versuchte, den Kopf zu drehen, und der Dunkle Träumer gewährte seinem Gefangenen mit verächtlichem Schnauben diese Freiheit. Maelgrims Lippen öffneten sich zu einem häßlichen Gelächter, als der Kapitän entsetzt zurückzuckte.

Der Karas Gestaltwandler erinnerte nun an einen Klumpen weichen Wachses, weißgrau mit Ausnahme zweier Augäpfel von lebhaftem Zimtbraun. Und als Corley zusammenzuckte, spornte seine Reaktion weiteres Wachstum an. Eine unebenmäßige Linie bildete sich unter den Nasenlöchern der Kreatur. Falten erschienen und formten ein Lippenpaar. Zahnlos und ohne Zunge war der Mund doch ein Spiegelbild von Corleys Lippen.

›*Wie du siehst*‹, höhnte Maelgrim durch die Verbindung, ›*existierst du in diesem Augenblick nur, um dem Schattentempel zu dienen.*‹

Corley verzog das Gesicht. »Niemals!« Doch noch während sein Protest erklang, kräuselte sich das Ding zu seinen Füßen und veränderte sich erneut. Gewebe, schleimig wie rohes Eiweiß, überzog die Oberfläche, und Haarbalge schossen aus ihm hervor. Innerhalb weniger Augenblicke wuchs ein Bart, grau und haselnußbraun, jedes Haar das Ebenbild von Corleys eigener Gesichtsbehaarung. Die Lippen füllten sich mit Fleisch und begannen zu arbeiten; sie ahmten das Original mit erschreckender Perfektion nach.

›*Du solltest die Vorstellung genießen*‹, sagte der Dunkle Träumer. ›*Nur wenige Menschen durften je der Metamorphose eines Gestaltwandlers beiwohnen.*‹

Von dem Gefühl geplagt, seine eigene Abwehr könnte der Schlüssel zur Veränderung dieser Kreatur sein, zwang sich Corley, zu entspannen. Möglicherweise kam die Entwicklung dieses widerlichen Wesens zum Stillstand, wenn er sich passiv verhielt. Vermutlich aber war die Hoffnung vergebens. Dennoch schloß der Kapitän die Augen. Er dachte nicht nach, sondern konzentrierte sich auf seine Sinneswahrnehmungen, auf das Auf und Ab des Decks der *Ballade* unter seinen Füßen und den reinen Duft der See und des feuchten Holzes, der von dem säuerlichen Geruch geteerter Taue überlagert wurde. Zu achtern klapperte ein Topf in der Kombüse; als wäre dies ein ganz gewöhnlicher Tag, entzündete der Koch ein Feuer und schnitt Wurst in Scheiben für die Matrosen, deren Dienst nun bald zu Ende ging. Das ungebrochene Fortdauern dieser Routine jagte Corley einen Schauer über den Rücken, der noch verschlimmert wurde durch die Schritte des Steuermanns, der gekommen war, um die nächtliche Ruderwache abzulösen. Die aufgehende Sonne zierte die Wellenkronen mit goldenen Reflexionen; doch der Kapitän und Stellvertreter des Kielmark fühlte nur Kälte, die bis in sein Herz drang.

Er stand reglos da, lauschte dem Wind, während sich die Gierj um seine Füße schlängelten. Ihre Glieder verschlangen sich ineinander, bis sie an einen Ring geflochtenen Garns erinnerten; die Punkte darauf waren Augen, die grünlich glühten wie Funken von einer Kerze.

Corley konzentrierte sich auf den Augenblick. Die *Ballade* segelte mit dem Wind. Ein ungeölter Flaschenzug kreischte bei jeder Umdrehung der Rolle, und eines der Fockmastsegel flatterte leicht in der Brise. Auf der *Neumond* hätten derartige

Nachlässigkeiten dem diensthabenden Maat einen scharfen Verweis eingebracht.

›*Das ist der Unterschied zwischen den Kapitänen des Kielmark und ihren Untergebenen*‹, unterbrach Maelgrim seinen Gedankengang, als wollte er ihn durch die Gierj-Verbindung zu einem freundlichen Gespräch verleiten.

Corley ignorierte die Störung und lauschte dem Plätschern der Wogen unter dem Bug. Er litt; ruhig zu bleiben, erforderte eine erschreckende Muskelanspannung. Während er seine Aufmerksamkeit dem schäumenden Kielwasser widmete, unterdrückte der Kapitän den makabren Drang, nachzusehen, ob der Gestaltwandler sich weiterentwickelt hatte. Doch keine noch so große Mühe konnte ihn davor schützen, Geräusche zu hören, die nicht auf ein Schiff gehörten. Etwas zappelte auf Deck, gleich neben einem Haltetau, beinahe wie ein Fisch und doch wieder anders.

Corley fühlte, wie eine Gänsehaut sich über seinem Körper ausbreitete. Schwitzend stand er da, bis der Dunkle Träumer ihn durch die Gierj-Verbindung zwang, hinzuschauen.

Der Kapitän öffnete seine Augen vor einem unerträglichen Grauen.

Ein halbfertiges Replikat seiner selbst lag jenseits des Kreises der Gierj. Hände, Füße, Gesicht und Unterarme glichen den seinen bis ins kleinste Detail, einschließlich der Narben vergangener Schlachten und der Wundmale des alltäglichen Lebens. Doch jenseits der Handgelenke, des Nackens und der Fußgelenke, wo Kleidung seinen Körper bedeckte, bestand das Ding nur aus formloser Gallertmasse. Eine Hand zuckte, berührte ein Haltetau. Zwei Finger drehten sich grotesk, knochenlos wie Würmer, denn bis zu diesem Zeitpunkt stützten weder Knochen noch Muskeln die Struktur von innen.

Corleys Magen rebellierte; und selbst seine Abscheu brachte neues Wachstum hervor. Der Greuel zitterte und festigte sich, und etwas Ähnliches wie ein Brustkorb bildete sich in dem Oberkörper. Schweiß lief an Corleys Rückgrat herab. Das Gefühl der Nässe auf seinem Körper löste die Bildung von Vertiefungen auf der Rückseite des Gestaltwandlers aus, die in Sicht kamen, als er über die Planken zuckte. Gepeinigt vom Anblick seines feindlichen Spiegelbildes wandte Corley das Gesicht ab.

Maelgrims Gelächter hallte durch die Verbindung. ›*Ach, Kapitän, nun fängst du also an, die Natur der Mysterien des Schattentempels zu begreifen.*‹ Von der passiven Beobachtung gelangweilt, nutzte er die Gierj für weitere Taten. Er zwang sein Opfer zu beobachten, wie der unfertige Gestaltwandler sich unbeholfen aufrichtete und sich schließlich schwankend auf die Füße stellte. Er überquerte den Kreis der Dämonen und stellte sich neben den Kapitän.

Zorn und Hilflosigkeit trieben ihm die Tränen in die Augen, als Corley Augen, ja ein ganzes Gesicht schaute, das mit dem seinen identisch war. »Warum?« keuchte er und mußte voller Widerwillen erleben, wie das Ding in dem Versuch zu sprechen ein undeutliches Echo seiner Worte wiedergab.

Der Dunkle Träumer ergötzte sich an Corleys Pein. Als Antwort hieß er den Steuermann, sich vom Ruder abzuwenden und die Worte seiner Wahl zu sprechen: »Könnt Ihr Euch das denn nicht denken, mein Kapitän? Der Gestaltwandler wird an Eure Stelle treten und die *Neumond* nach Riffhafen zurückbringen. Der Kielmark wird nicht einmal ahnen, daß sein getreuer Kapitän ein getarnter

Dämon ist, bis es zu spät sein wird. Euer Replikat wird ihm ein Messer ins Herz stoßen.«

Die Worte trafen Corley wie die todbringende Klinge eines Schwertes. Weil er seinem engsten Freund vertraute, würde der Kielmark verraten werden. Unter Qualen flüsterte der Kapitän: »Nein! Die Feuer sollen euch verzehren, solange ich noch am Leben bin.«

Maelgrim lachte durch den Mund der Matrosen an Bord der *Ballade*, ehe er sie in schaurigem Gleichklang singen ließ. »Aber Ihr werdet nicht leben, mein flaggentragender Renegat. Karas Gestaltwandler verschlingen ihre Opfer nach der Metamorphose, um ihre endgültige Form zu fixieren. Und durch die Macht der Gierj werde ich Euch am Leben erhalten, während sich der Karas Bissen um Bissen durch Eure Eingeweide frißt.«

Corley sagte nichts. Bleich und zitternd vor Verzweiflung starrte er hinaus auf die See, während der Gestaltwandler ihm mit ungeschickten, scharrenden Bewegungen die Kleidung abnahm. Seine Berührung erwies sich als ätzend; jedes Tasten seiner Finger hinterließ Striemen, schmerzhaft wie Hornissenstiche. Sosehr er sich auch bemühte, konnte der Kapitän doch seine unwillkürliche Reaktion nicht unterdrücken. Seine Muskeln zuckten, zitterten unter Qualen, und jede einzelne Sehne zeichnete sich unter seiner Haut ab. Während er litt, registrierte der Karas sorgsam seine Struktur bis zu der kleinsten pulsierenden Vene und der letzten Schweißperle auf seiner Haut.

Hose, Hemd und Messerscheiden lagen in wirrem Haufen auf dem Deck, als der Dunkle Träumer Corley zu tanzen zwang. Auf und nieder, hin und her sprang er herum und wand sich, was die seinem Körper äußerste Anstrengung abverlangte.

Der Karas folgte seinem Beispiel, und seine Konturen wurden denen des braungebrannten Kapitäns noch ähnlicher. Keuchend, ausgezehrt, krank vor Erschöpfung und verletzter Würde, wußte Corley, daß nun nicht einmal seine Mutter noch imstande wäre, ihn von seinem dämonischen Ebenbild zu unterscheiden. Er wünschte, er wäre tot; hätte der Dunkle Träumer des Schattentempels die Kontrolle über ihn auch nur für einen Augenblick vernachlässigt, der Kapitän hätte sofort nach einer Möglichkeit gesucht, seinem Leben ein Ende zu setzen.

Der Karas bückte sich mit Bewegungen, die identisch mit denen Corleys waren, und nahm Messerscheiden, Hose und Hemd an sich. Schließlich bekleidet, strich er mit den Fingern durch das haselnußbraune Haar, korrigierte den Sitz der Armscheide und lachte.

›*Wenn er erst dein Fleisch gekostet hat, wird seine Form stabil sein.*‹ Maelgrim ließ seine Zufriedenheit durch die Verbindung in Corleys Bewußtsein fließen. ›*Deine Fähigkeiten, deine Erinnerungen, sogar deine gehütetsten Geheimnisse werden alle unversehrt auf ihn übergehen.*‹

Mit einer Miene boshafter Belustigung, griff der Karas nach dem Handgelenk seines Originals. Doch kurz bevor er ihn berührte, erschütterte ein Lichtblitz die Luft am Horizont. Die Gierj schraken auf. Ihre Augen leuchteten wie Flammen, als die Sonne im Nebel verschwand. Maelgrims Lächeln verblaßte, und selbst der Karas hielt inne. Ein Schimmern wie von einem Wetterleuchten zerriß den Himmel. Donner folgte, ließ die Planken des Schiffes erbeben, und Winde heulten aus dem Nichts auf, jagten mit solcher Gewalt in die Segel der Ballade, daß ein Stag riß.

Der Kapitän der *Ballade* sprang halb bekleidet auf das Achterschiff. »Steuermann, beidrehen! Alle Mann an Deck, die Segel einholen!«

Doch das sonderbare Wetter beruhigte sich, noch ehe die Männer vom Vorderdeck herbeieilen konnten. Nebel löste sich auf, und ein milder Wind blies wieder stetig von Westen. Im Süden, wo die ruhige See am Horizont den Himmel berührt hatte, erhob sich eine Insel aus dem Meer. Die Küste glitzerte weiß im Sonnenschein, Sand, fein wie Mehl, bedeckte den Strand, hinter dem sich die königlichen Kronen mächtiger Zedern erhoben.

Die Gierj zwitscherten nervös, und die Verbindung fiel aufgrund ihrer mangelnden Aufmerksamkeit in sich zusammen. Erzürnt verstärkte Maelgrim sein Band um die Dämonen, und durch ihre Augen schaute er die so schwer faßbare Insel der Vaere, auf der seine Schwester verschwunden war, nachdem Anskiere ihre Loyalität erschlichen hatte.

Auch der Karas starrte wie gebannt. Seine Haltung imitierte Corleys mühelos, doch seine Treue galt Scait und dem Schattentempel, als er, aufgeregt angesichts der Entdeckung, murmelte: »Set-Nav. Veriset-Nav, ganz gewiß.«

Plötzlich entfaltete sich ein Quadrat von trübroter Farbe über der Bucht. Maelgrim erzitterte und richtete den Blick der Gierj auf das Geschehen. Vielfache Bilder zeigten ihm die Silhouette eines Fischerbootes, dessen Mannschaft damit beschäftigt war, die Segel zu setzen. Die Höhlen unter dem Schattentempel hallten von rauhem Gelächter wider, denn dort segelte die *Callinde* mit der Jolle der *Neumond* im Schlepptau; Jaric stand nicht an ihrem Ruder. Durch die Wahrnehmung der Gierj entdeckte der Dunkle Träumer schutzlos am

Steuerruder des kleinen Bootes die Schwester, die zu ermorden es ihn dürstete.

Mit der brüsken Aura der Autorität, die Corley stets zu eigen gewesen war, wirbelte der Karas herum. »Ruf Scait«, kommandierte er. »Wir müssen Set-Nav bergen. Durch seine Macht der Kommunikation können wir Hilfe von den Sternen herbeirufen. Von dort wird der Rat Waffen und Maschinen erhalten, die ausreichen werden, ganz Keithland auszulöschen. Dann, wenn unsere Rache vollbracht ist, mag unser Exil auf diesem verfluchten Planeten ein Ende finden.«

Doch Maelgrim reagierte nicht, besessen wie er war von dem Anblick des schwarzen Haares vor dem weiß schäumenden Kielwasser der *Callinde*. Pflichtgefühl und eigenes Streben kämpften in seinem Inneren; und die grausamen Bedingungen seiner Meisterschaft trugen schließlich den Sieg über alles andere davon. »Erst werde ich die Traumweberin vernichten.« Durch die Verbindung trieb er die Gierj auf die Beine, um einen Kreis zu bilden, der nicht von Gestaltwandlern oder Menschen gestört wurde. Die Dämonen verschmolzen wie Tinte miteinander und begannen mit dem schrillen Pfeifen, durch das sie ihre ganze Macht entfalten konnten.

»Nein!« Die Muskeln des Karas spannten sich. Er griff sich den nächststehenden Dämon, riß ihn aus dem Kreis und wandte sich knurrend an den Gierjmeister, der seine Untergebenen aus dem Schattentempel leitete: »Hör auf! Das Mädchen ist vielleicht nicht ohne Schutz. Du mußt Scait rufen.«

Doch Maelgrim wollte keine Unterbrechung dulden. Taen war allein, davon hatte er sich bereits überzeugt; sie war stark geworden, sonderbar stark, doch gegenüber seiner Macht war sie hilflos.

Mit den Gierj unter seinem Kommando konnte er sie ohne Schwierigkeiten niedermetzeln. Der Dunkle Träumer formte seinen Willen. An Bord der *Ballade* zischten die Gierj. Fangzähne schlitzten den Unterarm des Karas auf und zwangen ihn zum Rückzug. Erst in diesem Augenblick bemerkte er, daß, nun da Maelgrim abgelenkt war, der Stellvertreter des Kielmark es geschafft hatte, sich halb über die Reling zu stürzen.

»Achte auf deinen Gefangenen!« brüllte der Gestaltwandler.

Doch der Dunkle Träumer ignorierte seinen drängenden Ruf. Schon im nächsten Augenblick mußte der Kreis seiner dämonischen Handlanger genug Macht hervorgebracht haben, um seine Schwester niederzustrecken. Aufgebracht über die Einmischung des Karas, lachte Maelgrim, während der Gesang der Gierj weiter anschwoll. Er gestattete Kapitän Corley seinen Sprung in die See, wohlwissend, daß der Karas ihm folgen mußte, wollte er nicht das Muster seiner Veränderung einbüßen.

Kapitel 9

GEGENSCHLAG

Der pfeifende Singsang der Gierj wurde schriller und kraftvoller, bis der ganze Himmel unter den Harmonien zu erbeben schien.

Taens Hände spannten sich um das Ruder der *Callinde*. Die Geräusche dröhnten in ihren Ohren, scharf und tödlich wie Rasierklingen; nun konnte der dämonische Kreis in jeder Sekunde seinen Höhepunkt erreichen. In dem Augenblick, da der höchste Ton erklingen würde, konnte Maelgrim, der Dunkle Träumer, ihre Schutzbarrieren genauso einfach zerschmettern, wie ein Kind imstande war eine Ameise zu zertreten.

Wind zerrte an den Segeln der *Callinde*. Ihr Rumpf neigte sich und jagte geduckt durch ein Wellental. Gischt stob über dem Bug auf wie ein Regen glitzernder Diamanten, doch Taen blieb keine Möglichkeit, diese Schönheit zu würdigen. Sie segelte nach Gefühl, die Augen fest geschlossen, während der Gesang der Gierj sich wie eine Lanze in ihren Traumsinn bohrte. Plötzlich steigerte sich der Singsang. Das Steuerruder entglitt Taens Griff, und die *Callinde* legte sich mit donnernden Segeln in den Wind. Ungeschützt präsentierte sie die Planken ihrer Breitseite der dämonischen Flotte.

Taen warf den Kopf zurück und atmete rasselnd ein. »Jetzt!« schrie sie. Und bevor Maelgrim ihren Geist brechen konnte, löste sie den Schleier der Tarnung, den sie über Ivainson Jaric gebreitet hatte.

Feuer schoß aus dem Bug der *Callinde*. Flammen

breiteten sich mit solcher Kraft aus, daß selbst die Wogen zu brennen schienen. Ein brodelndes, krachendes Inferno bedeckte das Antlitz des Meeres. In einem einzigen Augenblick zerfielen sechs Zweimaster des Kielmark zu Asche. Der Gierjgesang verstummte abrupt. Maelgrims Angriff scheiterte mit ihm. Taen sackte erschöpft an die Ruderbank der *Callinde,* während die Gedanken ihres Bruders durch die ersterbende Verbindung nachhallten, die die Gierj mit ihrem Herrn im Schattentempel verband. *Er hatte seinen Kreis der Gierj verloren, hatte die Chance vertan, Set-Nav zu bergen; nun würde er Scait mit schlechten Nachrichten gegenübertreten müssen. Keithland hatte einen neuen Feuergebieter gewonnen …*

Der Kontakt verfiel in Zorn und löste sich schließlich ganz. Taen richtete sich unter dem Donnern der im Wind flatternden Segel und einem hin und her schwingenden Wirrwarr lockerer Taue auf. Zitternd hob sie die Arme, packte das Steuerruder und zwang die *Callinde* wieder auf Kurs, fort von der Insel der Vaere. Vor ihnen versank der Horizont unter dichtem Rauch. Wo noch vor wenigen Augenblicken rindenbraune Segel sich im Wind gebläht hatten, trieben nun verkohlte Balken über die von Asche bedeckten Wogen.

»Sie sind weg.« Taen blickte zum Bug, wo der Feuergebieter kniete, den Blick starr auf die krampfhaft vor der Brust verschränkten Hände gerichtet.

Jaric zuckte zusammen, als er ihre Stimme hörte. Gequält sah er auf und sagte leise: »Es hat schon angefangen.«

Taen wußte, daß er von dem Töten sprach und von der Tatsache, daß sein erstes Werk der Meisterschaft ein Akt der Vernichtung war. Sie biß sich auf die Lippe, selbst erschüttert von der schnellen und verheerenden Zerstörung, die über die Flotte gekommen war, zu der auch Corleys Schiff gehört hatte. »Sie waren alle tot, nur noch Marionetten der Dämonen.« Gepeinigt von dem Echo des Schmerzes, den Jaric erlitt, klang ihre Stimme forscher als beabsichtigt. »Diese Männer am Leben zu lassen wäre zweifellos grausamer gewesen.«

Jaric erhob sich. Sein Haar leuchtete wie Feuer im Sonnenschein, als er nach achtern ging, die Taue löste und Taen das Ruder abnahm. Sie zitterte unkontrolliert.

Selbst mitgenommen, zog der Sohn des Ivain sie an sich. »Ich weiß, daß das Feuer notwendig war«, murmelte er in ihr Haar. Dann hielt er einen Augenblick inne, während die *Callinde* sanft über die Wellen schaukelte. »Trotzdem muß ich diese Gewalt nicht mögen. Anderenfalls könnte ich eines Tages genau wie mein Vater zu viel Freude an dieser rohen Macht bekommen.«

Taen drängte sich an ihn, genoß den Schutz seines schlanken, kräftigen Körperes. Ihre Augen brannten unter Tränen, die nicht allein von dem Rauch hervorgetrieben wurden. Nach einer Weile beugte sich Jaric über sie, spannte die Taue und zerrte das Ruder herum, um die *Callinde* wieder auf Kurs zu bringen. Seine freie Hand verkrampfte sich für kurze Zeit in Taens Haaren.

»Kleine Hexe, ich brauche noch einmal deine Hilfe.« Ivainsons Stimme klang müde, beinahe schien es, als widerstrebte es ihm, ihren Beistand zu erbitten. »Vergewissere dich, daß kein Besessener überlebt hat. Der Schattentempel darf den Weg zur Insel der Vaere niemals finden.«

Taen zog die Knie an und schmiegte sich auf der Sitzbank im Heck an ihn. Ihr Ohr lag an seiner Seite, und sein Herzschlag verriet ihr, daß er ebenso schockiert wie sie gewesen war, aus dem Schutz der

Vaere hinauszutreten und feststellen zu müssen, daß alle sechs Schiffe Riffhafens Maelgrim zum Opfer gefallen waren. Keiner von ihnen konnte es ertragen, Namen zu nennen oder die Freunde zu zählen, deren Körperer sie den Flammen übergeben hatten.

Die *Callinde* fuhr ruhig und sicher gen Norden, hinein in ein Gewässer, dessen Oberfläche von verkohlten Holzsplittern und verbrannten Tauen gezeichnet war. Von Kummer und Schmerz gepeinigt, konzentrierte Taen ihre innere Wahrnehmung und suchte die See nach Lebenszeichen ab. Zuerst stieß ihr Traumsinn lediglich auf ein geistloses Flackern, aasfressende Fische, die in Schwärmen herbeischwammen, um sich an den Überresten gütlich zu tun. Dann erhaschte sie etwas anderes, so schwach, daß sie es beinahe übersehen hätte; die Erinnerung an eine Klinge, die im Sternenlicht aufblitzte.

Keuchend ruckte die Traumweberin hoch. »Corley!« Aus hoffnungsvoll geweiteten Augen starrte sie Jaric an, ehe sie einen Schrei der Erleichterung ausstieß. »Dort drüben!« Sie deutete auf die Wellen. »Deison Corley ist am Leben.«

Der Feuergebieter benötigte keine Aufforderung. Er sprang auf, korrigierte die Segel und stemmte sich mit dem ganzen Gewicht gegen das Steuerruder. Entsetzlich langsam bewegte sich die Kompaßnadel, Nord, Nordosten, Osten. Endlich drehte sich die *Callinde,* legte sich auf die Seite und segelte schließlich auf ihrem neuen Kurs. Die Jolle in ihrem Schlepptau stieß gegen das Heck wie ein Welpe, der gerade erst an die Leine gewöhnt wurde.

»Hol das Fernglas aus der Truhe an Backbord. Hat der Kapitän Schmerzen?« Als Taen nickte, fuhr

Jaric eifrig fort. »Dann werden wir das Ersatztau brauchen. Vielleicht auch das Sturmsegel, es sei denn, du glaubst, wir können ihn über das Dollbord der Jolle ziehen, ohne ihm zusätzliches Leid zuzufügen.«

Taens Rock glitt über ihre Knie, als sie die Verschlüsse löste und in der Truhe nach dem Seil und dem Segeltuch suchte. Das Fernglas brauchte sie nicht; ihr Traumsinn konnte einen Schwimmer schneller lokalisieren als jedes Auge, und Zeit war von entscheidender Bedeutung. Das Muster der Energie, in dem sie den Kapitän des Kielmark erkannt hatte, war nur gedämpft, und es wurde stetig schwächer. Doch die *Callinde* näherte sich ihm rasch; zweifellos war Corley am Leben und ganz in ihrer Nähe.

»Dort!« Jaric korrigierte den Kurs und deutete auf die See hinaus. Vor ihnen hob sich der Kopf eines Mannes dunkel von der Gischt der Wogen ab. Taen konnte ihn deutlich erkennen, bis eine vorbeiziehende Rauchwolke ihr die Sicht raubte.

»Übernimm das Ruder.« Von neuer Hoffnung erfüllt, riß Jaric Taen das Seil und das Segeltuch aus den Händen. Als sie das Ruder ergriff, packte er das Tau, an dem die Jolle hing, und zerrte das kleine Boot mit eiligen Bewegungen herbei. »Steuere gegen den Wind und dreh bei, kannst du das? Wenn wir vorbeifahren, lege ich ab und sammele ihn auf.«

Taen nickte. Als sie noch näher herankamen konnte sie Corley sehen. Kraftvoll schwamm er auf einer Woge. Er hatte die *Callinde* entdeckt, und seine Lippen öffneten sich zu einem Lächeln, das nicht zu dem Muster paßte, das sie mit ihrem Traumsinn berührt hatte. Taen runzelte die Stirn. Der Kapitän, der mit sicheren Zügen durch die Fluten schwamm, schien zu kräftig für einen Mann, dessen Körper von schmerzhaften Wunden übersät war, dessen Lungen schwer atmen und sich unter dem Mangel an Luft verkrampfen mußten.

Die *Callinde* neigte sich in der Brise.

»Halt das Ruder ruhig!« brüllte Jaric. Er sprang in die Jolle und riß das Haltetau aus der Klampe. Von plötzlicher Sorge um ihn erfaßt, rief Taen: »Sei vorsichtig!«

Doch Jaric, dessen Gedanken allein dem Freund im Wasser galten, schien sie nicht zu hören. Er fädelte die Ruder ein und pullte das Boot mit dem Heck voran in die Wogen. Die Jolle erinnerte an ein Spielzeug, das einen verrückten Tanz auf der Dünung aufführte; noch winziger erschien der Mann in den Fluten wie ein Insekt im Antlitz der Schöpfung. Als Jaric ihn erreichte und die Ruder einzog, hörte Taen ihn aufmunternd rufen.

»Bei Kors Gnade, Mann, beeil dich. Messer rosten im Wasser, weißt du nicht mehr, wie oft du mir das gesagt hast?«

Corleys Lachen dröhnte beruhigend über die Fluten. »Nur keine Hektik. Ich habe die Waffen weggeworfen. Ich mußte es tun, sonst wäre ich unter dem Ballast ertrunken.« Mit nassen Fingern packte er die Planken der Jolle, und in diesem Augenblick erkannte die Traumweberin die schattenhaften Makel, die seinen Körper überzogen.

Eine böse Vorahnung jagte ihr kalte Schauer über den Körper. Sie hatte ein derartiges Phänomen erst einmal zuvor gesehen. Es war ein dämonischer Gestaltwandler gewesen, der am Hofe König Kisburns für Zwietracht hatte sorgen sollen.

Wild brüllte sie: »Jaric!« Doch im Wind war ihr Rufen nicht zu hören. Das Wesen, das aussah wie der Kapitän, ergriff die Hand seines Retters und zog sich hoch. Seewasser tropfte von seiner Gestalt. *Seine Unterarme, seine Hände, seine ganze Haut war unversehrt, während das Muster, das Taens Traumsinn als Corley erkannt hatte, von schmerzhaften Wunden überzogen gewesen war.* »Jaric, er gehört zum Schattentempel.«

Doch noch während die Traumweberin versuchte, ihn zu warnen, schoß die Faust des Karas vor, und der Gestaltwandler legte seine Finger um Jarics Kehle. In Notwehr schlug Jaric zurück. Feuer flammte auf und fraß sich mit schaurigem Knistern in die Arme der Kreatur.

Der Karas schrie mit Corleys Stimme. Beinahe wahnsinnig vor Kummer setzte Jaric nach. Eine Flamme schoß zum Himmel hinauf. Licht ergoß sich wie flüssiges Metall über die Fluten, und die Gestalt des Kapitäns glühte auf und zerfiel innerhalb eines winzigen Augenblicks zu Asche. Die Flamme aber loderte noch immer und versengte die Luft mit einem Zischen wie von erhitztem Stahl in einem Wasserbecken.

Jaric brüllte, und seine Worte waren eine Anklage gegen Kors Barmherzigkeit. Dann, als würden seine Knie ihm den Dienst versagen, brach er an der Ruderbank der Jolle zusammen. Das Feuer erstarb, während er weinte. Für einen Augenblick wagte Taen nicht, ihn mit ihrem Geist zu berühren, zu weit hatten sich seine Gedanken von jeglicher Vernunft entfernt. Zitternd und selbst den Tränen nahe, konzentrierte sie ihren Traumsinn. Kaum hatte sie ihre Gabe ausgesandt, da entdeckte sie Corley erneut, eingefallen bis auf ein schwaches Flackern, ein Echo, das in den Wogen zu versinken drohte. Nun blieb ihr keine Zeit zur Vorsicht. Taen formte einen Traumruf und jagte ihre Erkenntnisse direkt in Jarics Geist.

Dann raubten ihr die Tränen endgültig die Sicht. Sie hörte, sah jedoch nicht, wie Ivainson in die Fluten tauchte. Als sich ihr Blick wieder klärte, trieb die Jolle verlassen dahin, ein Ruder schief an der Sitzbank im Bug verkeilt. Wind kräuselte die Wogen, und die Segel der *Callinde* flatterten unstet am Mast. Taen korrigierte den Kurs und wartete scheinbar endlos, bis Jaric die Wasseroberfläche durchbrach, beladen mit einem reglosen, schweren Etwas. Mit ungeschickten Schwimmbewegungen arbeitete er sich durch die See und packte schließlich das Tau der Jolle.

Taen erhaschte einen Blick auf haselnußbraunes Haar; dieses Mal war jeder Irrtum ausgeschlossen. Jaric hatte den echten Corley aus den Fluten geborgen, denn dieser Mann entsprach dem Wesen, das sie mit ihrem Traumsinn erfaßt hatte. Die Gefangenschaft in Händen der Dämonen hatte schlimme Spuren hinterlassen. Der Kapitän war verwundet und wäre beinahe ertrunken. Jaric legte das Seil um Corleys Schultern und befestigte es an der Ruderbank der Jolle. Als er schließlich zurückgerudert war und sich an Bord der *Callinde* hievte, rannte Taen los, um ein Ersatzfall zu holen.

Mit großer Eile zogen Traumweberin und Feuergebieter den hilflosen Mann an Bord. Weiß hoben sich die gekreuzten Spuren seiner Messerscheide von der gebräunten Haut ab; kein Fetzen Kleidung war ihm geblieben, um die Haut zu verbergen, die von Abschürfungen und Brandmalen übersät war. Etwas hatte ihm einen Finger abgebissen. Blut tropfte aus dem Stumpf, rann über die Planken und vermengte sich mit den Wasserpfützen auf Deck.

»Karas«, sagte Taen schwach. »Gestaltwandler essen Stücke ihrer Opfer, um ihre neue Form zu festigen.«

Jaric zügelte den Zorn, den ihre Worte in ihm auslösten. Er sprach mit tonloser Stimme und klammerte sich an die Notwendigkeiten des Augenblicks. »In der Truhe an Steuerbord liegt ein Tiegel mit Heilsalbe, und wir können eines meiner trockenen Hemden zerreißen, um ihn zu verbinden.«

Doch das wahre Ausmaß des Schadens wurde erst offensichtlich, als Corleys Wunden versorgt waren und er in Decken gewickelt neben dem Großmast lag.

Taen kniete an der Seite des Kapitäns, als sich seine braunen Augen flackernd öffneten. »Wir bringen dich zurück nach Riffhafen«, sagte sie, doch ihre Worte vermochten ihn nicht zu trösten. Alles, was von der *Neumond* und ihrer Flotte aus fünf weiteren Zweimastern geblieben war, war ein Mann und eine Jolle im Schlepptau der *Callinde*. Gequält wandte Corley das Gesicht ab. Für ihn bedeutete Überleben keine Erleichterung, sondern eine Last, die er kaum zu ertragen imstande war.

Taen berührte die Schulter des Kapitäns und zwang seinen Geist sanft in den Schlaf. Corley war in seinem Inneren verletzt, und er litt auf eine Weise, die auch die Traumweberin nicht lindern konnte.

Er war stets stolz auf seine Loyalität gewesen; das jugendliche Ehrgefühl, das ihn einst getrieben hatte, Morbrith zu verlassen, um den Sohn des Grafen nicht zu beschämen, war zu einer aufrechten, freundschaftlichen Haltung gereift, die nun dem Kielmark zu Diensten stand. Doch auf den Decks der *Ballade* hatten der Dunkle Träumer und der Karas ihm bewiesen, daß auch die größte Redlichkeit zu einer Waffe verwandelt werden konnte, die allein zum Töten geschaffen war. Weder Schwertstahl noch Integrität, noch der Tod selbst besaß die Macht einen Verrat an allem, was Corley lieb und teuer war, zu verhindern.

Entmutigt und traurig erhob sich Taen und gesellte sich zu Jaric ans Ruder. Die Hoffnung, die erwacht war, als Ivainson die Feuermeisterschaft errungen hatte, schwand plötzlich, zerfiel zu Staub wie Samenkörner, die von einer Dürre dahingerafft werden. Der Arm des Schattentempels reichte weiter und war weit mächtiger, als sie es sich jemals hätte vorstellen können; Maelgrims Sieg über Morbrith und die nachfolgende Eroberung von Deison Corleys Kommando erforderte eine unfaßbare Macht. Wenn sein Gierj-Kreis ersetzt werden sollte, welches Leid mochte er dann über Keithland bringen, ehe die *Callinde* Riffhafen erreichte und Anskiere befreit werden konnte?

Durch Taens Schweigsamkeit beunruhigt, legte Jaric ihr einen Arm um den Körper und zog sie an sich. »Sei nicht traurig, kleine Hexe. Du hast mehr als genug getan.«

Taen schüttelte den Kopf. Aufgeschreckt durch die Erinnerung an Maelgrims letzte Gedanken während der Verbindung, sprach sie unwillkürlich laut aus, was ihr durch den Kopf ging. »Was kann Maelgrim bloß mit Set-Nav gemeint haben?«

Eine Woge brachte die *Callinde* vom Kurs ab. Jaric streckte die Hand aus, um das Ruder fester zu packen, und schlug sich die Knöchel am Schaft des Steuerruders wund. »Wo hast du dieses Wort gehört?« Er wandte sich um und blickte sie an. Plötzlich war er ein Fremder, umgeben von der schrecklichen Aura eines vaeregeschulten Feuergebieters.

Solchermaßen ihres inneren Gleichgewichts beraubt, zuckte Taen zurück. »Als du die Gierj verbrannt hast, hat Maelgrim den Verlust von etwas, das er Set-Nav genannt hat, verwünscht. Auf irgendeine Weise hatten seine Gedanken etwas mit der Insel der Vaere zu tun. Was glaubst du, was er gemeint hat?«

Jaric regte sich nicht. Durch ihren Traumsinn erkannte Taen, daß die Bezeichnung ›Set-Nav‹ ihm vertraut war und im Zusammenhang mit einer sonderbaren Information stand, auf die er in den Archiven von Landfeste gestoßen war. Dann wurde Jarics Miene hart, und sein Geist verschloß sich vor ihr. Er setzte an, etwas zu sagen, unterbrach sich jedoch und machte sich statt dessen auf, das Fall des Großsegels zu spannen.

»Jaric!« Taen ergriff das vernachlässigte Ruder und zerrte die *Callinde* zurück auf ihren Kurs. »Was kann Maelgrim damit gemeint haben?«

Ohne seine Aufmerksamkeit vom Klüver abzuwenden, antwortete Ivainson: »Ich weiß es nicht.«

Er sagte die Wahrheit. Doch obgleich Taen ihn bedrängte, ihr den Grund für seine Unruhe zu nennen, verweigerte Jaric ihr eine Erklärung. Ein Teil seines Geistes würde keinerlei Einmischung dulden; wie der Sturmwächter hütete auch Ivainson, der Feuergebieter, Mysterien, die nicht einmal eine vaeregeschulte Traumweberin erfassen konnte.

Die Passage in Richtung Norden nach Riffhafen dauerte sechs Wochen. Taen fand bald heraus, daß mit dem Tod der Gierj unter Maelgrims Kommando auch die Blockade gefallen war, die ihr den Kontakt zu Riffhafen bisher verwehrt hatte. Sie nutzte ihren Traumsinn nur einmal, um sich zu vergewissern, daß die Enklave Mhored Kara ihre Bitte erfüllt und die Neuigkeiten über die Zerstörung von Morbrith weitergeleitet hatte. Offenbar war das der Fall, denn der Kielmark war überaus düster gestimmt und viel zu wütend, ein Eindringen zu dulden. Statt sich selbst mit dem nutzlosen Bemühen zu erschöpfen, den König der Renegaten zu besänftigen, holte sich Taen die gewünschte Information von Kapitän Tamic, dem Stellvertreter des Kielmark in Abwesenheit von Corley.

Der zweite Stellvertreter war ein stämmiger Mann mit derben Umgangsformen, der gern große Reden schwang. Taen behandelte er mit Respekt, vor allem, weil sie seine Zunge mit einem Bann belegt hatte, als er zum ersten Mal versucht hatte, sie zu beleidigen. Erzwungenes Schweigen vertrug sich gar nicht mit Kapitän Tamics Charakter. Er begrüßte die Nachricht der Traumweberin aus dem Süden mit einem Fluch und von den Vorgängen in Riffhafen.

»Oh, aye, Euer Pack gezähmter Zauberer hat uns eine Botschaft geschickt. Ist in Form einer winzigen, runenbeschrifteten Kiste angekommen, zusammen mit dem Tribut eines Handelsschiffes aus Telshire.«

›*Eine Kiste?*‹ fragte Taen nach.

Sie fühlte, wie Tamics Augenbrauen mißbilligend nach oben wanderten. »Aye, eine Kiste, Mädchen. Wie Zauberer so sind, sind die Burschen aus der Enklave nicht dumm. Wenn der Lordmagier oder einer seiner Untergebenen sich auf die Kontinentalstraße gewagt hätte, dann hätte ihn der Kielmark zu Gulasch verarbeitet. Für das, was seine Zauberer Anskiere angetan haben, versteht Ihr? Und ein bißchen aus Prinzip, nehme ich an. Er haßt jede Form von Zauberei, der Piratenkönig, seit sie durch eine Macht, über die er keine Kontrolle hat, Unruhe über sein Reich gebracht hat.«

›*Und die Kiste?*‹ erkundigte sich Taen noch einmal.

»Kor.« Tamic unterbrach sich. Sorgsam befreite er

seine Antwort von all den Obszönitäten, die ihm den Tadel der Traumweberin hätten einbringen können. »In dieser Kiste war eine Botschaft, gewirkt aus Zauberei. Schlechte Nachrichten, nehme ich an, denn der Kielmark hat mit seinem Schwert auf einen Tisch eingeschlagen, bis er beinahe in seine Einzelteile zerfallen wäre. Und jetzt herrscht im Hafen reges Treiben, so, als würde man in einem Bienenstock herumstochern.«

›*Morbrith ist dem Schattentempel zum Opfer gefallen*‹, entgegnete Taen. ›*Deshalb ist dein Herrscher so beunruhigt. Wenn er aufhört, zu brüllen, dann sag ihm, daß ich auf der* Callinde *unterwegs nach Norden bin, gemeinsam mit dem neuen Feuergebieter von Keithland. Corley ist auch bei uns.*‹ Sie faßte ihre Botschaft in knappe Worte, vor allem, weil sie den Kontakt so schnell wie möglich beenden wollte. Nicht einmal eine Katastrophe hätte ihr Urteilsvermögen so sehr trüben können, daß sie die Kunde vom Verlust der Flotte durch die Gierj weitergegeben hätte, solange der Kielmark sich in tödlichem Zorn erging. Als sie die Traumverbindung löste, wich Tamics heimliche Besorgnis der Verwunderung darüber, daß der zierliche, schüchterne Knabe, den er einst in einem Sturm von der Nordküste gezerrt hatte, nun tatsächlich den Zyklus des Feuers gemeistert haben sollte.

Die *Callinde* passierte die freien Inseln. Zweimal, an der Westinsel und Skanes Grat, legte Jaric an, um die Vorräte aufzufüllen. Corley half ihm beim Beladen, weigerte sich aber, sein Gesicht in der Stadt zu zeigen. Damit niemand in ihm den Kapitän des Kielmark erkennen konnte, hatte er sich trotz der hochsommerlichen Wärme in einen Sturmmantel von Jaric gewickelt, und nur Taen verstand, warum er das tat.

»Er fürchtet, als Werkzeug gegen Riffhafen mißbraucht zu werden«, vertraute sie Jaric an, der seiner Sorge, der Kapitän könnte in der Hitze zusammenbrechen, mit einem wütenden Fluch Ausdruck schuf. Es half wenig, daß der Zorn des Feuergebieters in dem Gefühl des Kummers wurzelte, schien sich doch mit jedem Tag mehr zu bestätigen, daß Maelgrim und der Schattentempel den Geist eines Freundes gebrochen hatten.

Zurück auf See riß Jaric die Truhe neben dem Steuerruder auf, zog das letzte Takelmesser der *Callinde* samt Wetzstein hervor und übergab beides dem Kapitän. »Du könntest dir aus dem Leder, das ich gekauft habe, um Sandalen zu machen, eine Scheide nähen«, bot er ihm an. »Aber bitte hör auf, Trübsal zu blasen wie ein Priester, der in einem Prozeß wegen Ketzerei seinen Glauben verloren hat.«

Corley nahm das Geschenk an, schärfte die Klinge aber nicht. Stunde um Stunde lagen seine Hände reglos in seinem Schoß, es sei denn, die Segel der *Callinde* verlangten nach einer Korrektur, seine Navigationskunst wurde gebraucht oder ausgefranste Taue harrten der Reparatur. Der Wind wehte zunächst aus westlicher Richtung, dann aus dem Norden, ehe er langsam wieder aus Süden blies. Nachdem sie zu Innishari Wasser und Proviant aufgenommen hatten, wechselte sich das schöne Wetter mit zwei Stürmen und einem besonders windigen Tag ab. In der Nacht kühlte sich die Luft merklich ab. Kurz vor Herbstanfang näherte sich das robuste kleine Schiff dem Breitengrad von Riffhafen.

Zwölf Meilen vor der Küste, noch bevor der

Wachturm am Horizont in Sicht kam, versenkte sich Taen in Traumtrance und nahm ein letztes Mal Kontakt zum Kielmark auf, ehe die *Callinde* den Hafen erreichte. Inzwischen hatte sie ihn längst über den Untergang von Morbrith und den Verlust der Flotte an den Schattentempel informiert; doch bisher hatte sie es nicht über sich gebracht, ihm von der verheerenden Veränderung Corleys zu berichten.

In seiner Bibliothek nahm der Herrscher über Riffhafen ihre Botschaft mit merkwürdiger Gelassenheit auf. Taen vermutete, daß er hinter seiner äußeren Gleichmut eine weitaus aufbrausendere Stimmung verbarg; doch da er den Kontakt noch schneller als gewöhnlich abbrach, blieb ihr keine Gelegenheit, sein Inneres zu erkunden. Obwohl die *Callinde* mit einem Feuergebieter und neuer Hoffnung für Anskiere zurückkehrte, fühlte sich Taen mehr und mehr entmutigt.

Sie zog sich in den Bug zurück, um Jaric nicht zu stören, der sich um das Steuerruder der *Callinde* kümmerte und mit seinen sorgenvollen Gedanken bereits bei den Eisklippen und der Tatsache weilte, daß er schon bald gezwungen sein würde, Banne durch die gleiche Macht zu lösen, die sein Vater genutzt hatte, den inneren Frieden des Sturmwächters zu zerstören.

Corley lehnte mit offenem Kragen am Großmast. Er schien zu schlafen; Taen aber wußte durch ihren Traumsinn, daß er wach war. Von ihren eigenen Zweifeln geplagt, kauerte sie sich im Bug zusammen. Wie würde Anskiere über ihren Bruder urteilen, wenn er erwachte und feststellen mußte, daß Morbrith verloren und Marlson Emien der Übeltäter war? Die Traumweberin verlor sich in ihren düsteren Gedanken, während der Bug die Gischt zerteilte und es allmählich Nachmittag wurde.

Jarics Aufschrei riß sie aus ihren Gedanken. »Corley, nein!«

Aufgeschreckt wirbelte Taen herum, als Ivainson eben vom Ruder herbeieilte. Heftig prallte er gegen den Kapitän. Die *Callinde* drehte sich ruckartig in den Wind; der Schatten des Großsegels wanderte nach achtern, und die Traumweberin sah das Aufblitzen von Stahl im Sonnenschein. Corley rang erbittert darum, sich das Messer in die Brust zu rammen. Nur die überanstrengten Hände von Ivainson, dem Feuergebieter, hinderten die Klinge, ihr Ziel zu erreichen.

»Taen, hilf mir«, keuchte Jaric. Durch Corleys Schweiß wurde seine Handflächen glitschig, und er drohte, seinem Griff zu entgleiten. Die Klinge sank tiefer, zitterte und bohrte sich in die Haut des Kapitäns.

Die Traumweberin sammelte ihre Kraft und drang direkt in den Geist des Kapitäns vor. Sofort sackte er wie paralysiert zusammen, und das Messer fiel klirrend zu Boden. Jaric fing den bewußtlosen Mann auf und legte ihn mit unbeholfenen Bewegungen auf die Planken.

»Möge Kor ihm gnädig sein!« Taen näherte sich dem Kapitän. Corley amtete, als würde er tief schlafen, doch auf seinem Hemd bildete sich ein scharlachroter Fleck. Taen bückte sich und zupfte das Leinen von seinen Schultern. Erst, als sie sich vergewissert hatte, daß er sich lediglich einen Kratzer beigebracht hatte, begann sie selbst im Schock zu zittern. »Was kann ihn nur nach all diesen Wochen so sehr zur Verzweiflung getrieben haben?«

Jaric antwortete nicht. Statt dessen wühlte er in einer Truhe nach einem Fernglas, stemmte sich gegen das Schlingern des Schiffes und ließ seinen Blick über den östlichen Horizont wandern.

Bald sah Taen, wie er die Lippen zu einem dünnen Strich zusammenpreßte. »Da ist der Grund.« Ivainson senkte das Fernglas mit einem Ausdruck des Ärgers. »Dort draußen fährt eine Schaluppe mit nur einem Mann an Bord. Corley wußte es schon vor mir. Der Kielmark segelt die *Troessa*, um uns zu treffen.«

Die Segel der frei dahintreibenden *Callinde* schlugen donnernd um. Jaric beeilte sich, die Leinen zu lösen. Erst als er fertig war, erkannte Taen, daß Kummer der Grund für seine schroffe Haltung war. Corley lag auf Deck, alle viere von sich gestreckt, die Hände entspannt und leer und das Gesicht im Schlaf bar aller Sorgen. Beinahe schien es, als würde er nur ein Nickerchen machen; doch seine Freunde wußten nur allzu gut, daß er selbst im Schlaf niemals völlig entspannt war.

»Das hast du gut gemacht, kleine Hexe.« Jaric ging in die Knie, hob das Messer auf und verbarg es hinter einem Wasserfaß außerhalb von Corleys Blickfeld. »Er wird doch nicht aufwachen, wenn wir ihn bewegen? Gut, dann bringen wir ihn nach vorn.«

Leicht und schmal, gebaut, um Botengänge zu verrichten, jagte die *Troessa* mit scheinbar unheimlicher Geschwindigkeit auf die plumpe *Callinde* zu. Taen hatte Corley gerade bequem in den Bug gebettet, als die kleine Schaluppe auch schon neben ihnen beidrehte. Mit locker in der Brise flatternden Segeln trieb sie an der Luvseite der *Callinde*. Jaric sprang herbei und fing die Leine auf, die ihr Steuermann ihm zuwarf.

Ungeduldig ging der Kielmark auf und ab, während sein Boot an einer Klampe gesichert wurde. Schwarzes Haar flatterte vor dem Himmel, als der Herrscher von Riffhafen mit einer erstaunlichen Agilität für einen Mann mit Schwert, schweren Stiefeln und überkreuzten Messergurten, die Lücke zwischen den Booten mit einem raschen Sprung überquerte. Sicheren Fußes landete er auf der Ruderbank. Die *Callinde* schlingerte heftig, und die Segel schlugen erneut um. Gezwungen, sich unter dem herumschwingenden Großsegel zu ducken, konnte Taen nicht sehen, was der Kielmark tat. Dennoch fühlte sie den prüfenden Blick seiner fahlen Augen, der starr auf dem blutigen Hemd Corleys ruhte.

»Bei Kors Feuer, was ist mit ihm geschehen?« In der Enge auf Deck des kleinen Schiffes sah er wie ein Riese aus, als er nach seiner Klinge griff.

»Das ist nur ein Kratzer«, erklärte Taen rasch. »Corley lebt und ist wohlauf, aber er ist nicht stabil. Er hat versucht, sich das Leben zu nehmen, als die *Troessa* am Horizont auftauchte.« Sie nutzte ihren Traumsinn und versuchte vergebens, die traurige Wirkung dieser Neuigkeiten zu mildern.

Der Kielmark spannte sich unter ihrer Berührung. Seine rubinbesetzte Amtskette blitzte auf, als er herumwirbelte, die Hand noch immer um das Heft seines Schwertes gespannt. Sollte er nicht in der Bewegung innehalten, so würde er das Stag spalten und den Mast fällen; so aufgewühlt wie er war, mochte er zuschlagen, ohne sich um die Konsequenzen zu kümmern. Statt dessen aber sagte er: »Nehmt die *Troessa* und kümmert Euch um Euren Sturmwächter, Zauberin. Ich werde mich um meinen Kapitän kümmern.«

Der Kielmark machte auf dem Absatz kehrt. Bedrohlich näherte er sich Corley im Bug. Ganz offensichtlich beabsichtigte er, ihn von dort fortzubringen, doch als Jaric sich beeilte, zu helfen, hielt Taen ihn durch ihren Traumsinn auf.

›*Nicht. Seine Lordschaft ist ziemlich aufgebracht.*‹ Sie packte Jarics Handgelenk und hielt ihn fest, als der Kielmark Corley auf seine starken Arme hob. Die Berührung schien ihn zu beruhigen; der aufflackernde Wahn verschwand aus seinem Gemüt, als er seinen Kapitän nach achtern trug.

Der König der Renegaten legte Corley auf die Bank im Heck, ehe er selbst seine Position am Ruder einnahm. »Wie lange wird er schlafen?« erkundigte er sich bei Taen.

»Bis in die Nacht, es sei denn, Ihr habt andere Wünsche.« Als die Stimmung des Kielmark sich besserte, fühlte die Traumweberin, daß seine Gereiztheit nicht allein auf Corleys schlimme Lage zurückzuführen war. Vermutlich lag die Wurzel seiner Anspannung in der Botschaft der Zauberer über den Untergang von Morbrith, doch dies war nicht der rechte Augenblick, dieses Problem zu klären. Während sie Jaric erneut zur Zurückhaltung drängte, wartete Taen neben dem Mast.

Der Kielmark schleuderte seine Waffengürtel von sich. Bis auf Stiefel und Hose entkleidet, ergriff er das Wort, ohne den Blick von Corleys erschlafften Zügen abzuwenden. »Jaric, Ihr müßt Anskiere sofort befreien. Wenn der Wind nicht dreht, kann die *Troessa* die Eisklippen noch vor Sonnenuntergang erreichen.« Er hielt inne, strich sich das schweißnasse Haar aus der Stirn und blickte auf. »Jeder Herrscher aus Keithland und die Ratsmitglieder der Allianz erwarten Euch in Riffhafen. Kehrt in die Festung zurück, so schnell Ihr könnt.«

»Die Ratsherren der Allianz!« unterbrach Jaric. »Wie um alles in der Welt habt Ihr sie aus Landfeste herauslocken können?«

Die Zähne des Kielmark blitzten auf, als sein Gesicht sich zu etwas verzog, das nur annähernd ein Lächeln darstellte. »Ich habe Schiffe und Soldaten geschickt, um die ersten beiden einzusammeln. Einen Tag später haben ihre Zauberer ihnen erzählt, daß die Bewohner von Morbrith tot umgefallen sind. Danach sind die Herren Eminenzen herbeigeeilt.« Er vermied es, die Traumweberin anzusehen, als er sich vorbeugte, das lockere Ende der Klüverleine packte und das Segel spannte. »Jetzt verschwindet. Die Zeit drängt.«

Segel füllten sich mit Wind, und die *Callinde* nahm die Fahrt auf. Jaric drückte Taens Hand, ließ sie wieder los und trat um den Mast herum. Dann löste er das Tau der *Troessa* aus der Klampe. Von der Seefahrt gebräunt, gekleidet in schlichte Seemannskleidung, wirkte er kaum wie ein Magier, der über die Macht eines Feuergebieters verfügte, als er sich vorbeugte und leichtfüßig auf das Dollbord sprang. Doch als die Traumweberin sich beeilte, ihm zu folgen, wirbelte er mit den Bewegungen einer Katze um die eigene Achse. »Du bleibst an Bord der *Callinde*.«

Taen versteifte sich protestierend. »Wohin du gehst, dahin gehe auch ich!«

»Nein«, sagte Jaric. »Nicht, solange die Frostwargs nicht sicher verwahrt sind.« Er sprach leise, doch in seiner Stimme lag eine Schärfe, die selbst den Kielmark am Ruder aufschrecken ließ. Ivainson war nun kein Knabe mehr. An der Reling der *Callinde* stand ein Zauberer, erfüllt von einem vibrierenden Netz der Macht. Sein Haar mochte von der Sonne gebleicht sein, seine Hände von der Seefahrt gezeichnet, doch auf sein Kommando loderten Feuer, und in dem gewöhnlichen Braun seiner Augen spiegelten sich Mysterien, so vielschichtig wie die Erde selbst.

»Bleib dort«, sagte Ivainson Jaric zu Taen. Dann

fügte er in sanfterem Ton hinzu. »Ich werde mit Anskiere zurückkehren und dich in der Festung wiedersehen.«

Er sprang in die Troessa und legte ab. Taen versuchte nicht, ihm zu folgen, sondern sah ihm über das Dollbord nach, als die Schaluppe Fahrt aufnahm und in Richtung Nordosten davonsegelte.

Der Kielmark spannte die Leinen. Als die *Callinde* sicher auf dem Kurs zum Hafen lag, blickte er auf und bemerkte die trübe Miene der Traumweberin. »Zauberin«, rief er grimmig vom Ruder, »hört auf, Euch zu grämen. Ich werde eine Patrouille mit Pferden zur Nordküste schicken. Ihr könnt mit ihnen reiten und Euren Mann dort treffen. Aber zuerst werdet Ihr mir helfen, diesen Kübel zur Küste zu segeln, sind wir uns einig?«

»Pferde!« schnaubte Taen, schenkte ihm jedoch ein tapferes Lächeln. »Ohne Frage kann ich ein Boot sicherer steuern als ein Pferd reiten.«

Jaric erreichte sein Ziel mit der *Troessa* bei Sonnenuntergang. Schräg einfallendes Licht tauchte die Spitze der Eisklippen in Rosa und Gold; unter ihnen donnerten die Brecher unter einer Wolke aufsteigender Gischt heran und hüllten das Eis in blaue Schatten. Wie stets überwältigte Anskieres Gefängnis das Auge mit seiner Schönheit. Doch der Feuergebieter, dem die Befreiung des Sturmwächters oblag, war wenig zuversichtlich, als er die kleine Schaluppe auf den Strand zog. Er hatte keine Erfahrung im Kampf gegen Dämonen und wußte nur wenig über die Frostwargs, die er nun überwältigen mußte, doch von seinem Erfolg hing weit mehr als das Überleben eines Zauberers ab.

Kalt fegte der Wind von der Höhe herab. Jaric zitterte in seiner dünnen Tunika, als er sich zum Aufstieg bereitmachte. Eis und Felsen hatten die Frostwargs gefangengehalten, seit Tathagres' Zauberer ihre Flucht herausgefordert hatten; vermutlich konnte auch Feuer sie unter Kontrolle halten. Ivainson legte seine Hände an den Felsen. Der Kontakt mit dem festen Land glich nach den langen Wochen auf See einer Offenbarung; Steine und Erde schienen zu leben und seiner Erdenmeisterschaft zu gehorchen. Anders als bei seinen früheren Klettereien, schien die Klippe seine Anwesenheit nun zu begrüßen. Spalten und Absätze im Felsgestein zeigten sich deutlich vor seiner inneren Wahrnehmung. Die Erkenntnis entlockte Jaric ein Lächeln; ganz nach Laune konnte er die Oberfläche der Felsen schmelzen und in Form einer Treppe wieder erstarren lassen, um sich den Aufstieg zu erleichtern. Doch Vorsicht und seine Abneigung, sich dieser Macht zu bedienen, veranlaßten ihn, ohne Magie zu klettern. Später, im Kampf gegen die Frostwargs, würde er möglicherweise all seine Zauberkraft brauchen.

Zwielicht färbte die See indigoblau unter dem violetten Himmelsrund. Wie ein Zwerg im Antlitz der eisigen Kaskaden, setzte Jaric seinen Fuß auf den obersten Felsvorsprung. Mit geschlossenen Augen sandte er seine Sinne aus und kontrollierte das Tunnelsystem, das Ivain geschaffen hatte, um die Frostwargs einzusperren. Von Kälte versiegelt hing der Eingang zu der Höhle in steilem Winkel unterhalb der Felskante. Passagen, in massiven Fels getrieben, verbunden durch eine Kette aus Höhlen, getragen von Pfeilern aus scharf geschnittenem Gestein. Den oberen Teil der Höhle füllte magisch gefestigtes Eis; weiter unten, eingeschlossen in stinkende Finsternis, lauerten die Frostwargs. Zwar bevorzugten die Kreaturen lebendige Beute, doch sie konnten sich ebensogut von Erde und Felsen ernähren. Sie atmeten nicht; Wasser konnte sie nicht ertränken, und Flammen vermochten ihre Panzer nicht zu sprengen. Nur extreme Hitze konnte sie dazu zwingen, vorübergehend ihre Form zu verändern.

Umgeben von dem Geruch der See und des Strandgutes faltete Jaric unter den klagenden Rufen der Möwen die Hände. Er stählte seinen Willen, bis er einer Lanze der Macht glich und sank direkt in den Felsen hinein. Der Stein umwogte ihn, dicht und drückend wie Treibsand. Obgleich seine Augen mit vollkommener Blindheit geschlagen waren, offenbarte ihm seine Erdenmeisterschaft ganze Landschaften: Quarz, der an zerklüftete Eiskanäle erinnerte, Kristalle und rostfarbene Erze und tausend andere Mineralstrukturen. Immer tiefer sank Jaric herab, passierte Lage um Lage der Banne Anskieres. Sein Herz klopfte vor Anspannung, als er schließlich wieder aus dem Gestein heraus auf einem Sims direkt unter der Decke der Höhle trat, in der die Frostwargs eingesperrt waren.

Er hörte ein scharfes Flüstern, und eine Gänsehaut überzog seinen Körper. Die Rufe der Frostwargs kamen näher, begleitet von dem Kratzen und Rascheln ihrer Klauen. Dann rochen die Kreaturen die Nähe der Beute und brachen in ein lautstarkes Geheul aus.

Schwitzend zauberte Jaric eine Flamme aus der Luft herbei. Sie flackerte schwach rötlich in der sauerstoffarmen Luft der Höhle auf seinen Fingerspitzen. In dem unheilvollen, blutroten Licht suchte der Feuergebieter seine Feinde. Ivain hatte den Boden der Höhle mit scharfkantigen Kristallen überzogen; viele verschiedene Reflexionen schmerzten in Jarics Augen. Kreaturen bewegten sich zwischen ihnen auf vielgliedrigen Beinen. Ihre Rückenschilde bestanden ähnlich der Panzerung von Insekten aus miteinander verbundenen Platten, die in einem gekrümmten, stachelbewehrten Schwanz endeten. Augen glühten violett in der Dunkelheit, leuchteten über schaurigen, gebogenen Kiefern und rasiermesserscharfen Fangzähnen. Voller Furcht beobachtete Jaric, wie die Frostwargs durch die Höhle huschten, ehe sie ihren Weg fortsetzten, *geradewegs die Felswände hinauf zu seinen Füßen.*

Ihm blieb nicht ein Augenblick zum Nachdenken. Die Dämonen bewegten sich mit erschreckender Geschwindigkeit. Klauen schlugen kaum eine Handbreit von seinem Fuß entfernt Kerben in das Gestein, als er gerade die Hände an die Felsen legte und die Erdenenergie in Feuer umwandelte. Licht und unerträgliche Hitze explodierten in der Höhle. Rückenschilde klapperten, und das Flüstern vermengte sich zu einem Chaos. An den Fels gedrückt, schlug Jaric wieder und wieder zu. Funken blitzten in seinen Haaren und Kleidern; glühende Asche verbrannte seine Haut, doch er nahm den Schmerz kaum wahr. Immer wieder sandte er seine Energie aus, bis das Flüstern leiser wurde und schließlich in der Feuersbrunst verstummte.

Endlich, erschöpft und mit weichen Knien, gestattete Jaric den Flammen zu erlöschen. Die Höhle unter ihm lag in goldenem Licht, doch die Einzelheiten verbargen sich unter dem Wasserdampf, der von dem Eis auf der anderen Seite herübertrieb. Jaric sah sich sorgfältig um, konnte jedoch nicht die Spur einer Bewegung entdecken. Verstreut inmitten der funkelnden Topaskristalle erkannte er schwarze, stachelige Kugeln, jede einzelne ein schlafender Frostwarg. Kaum hatte der Feuergebieter die Gestalten identifiziert, als sich die, die ihm am nächsten waren, auch schon wieder zu verwandeln begannen. Rauchfarbene Schilde veränderten ihre Struktur, überzogen sich mit einem Muster aus schwarzen und senffarbenen Punkten.

Entsetzt, wie schnell dieser Schrecken imstande war, sich zu erholen, handelte Jaric ohne zu zögern. Seine Wahrnehmung als Erdenmeister zeigte ihm die Tiefe des Schaftes, in der sie schließlich auf eine kreisrunde Grube traf. *Ivain hatte nicht tief genug gegraben*. Mit der Macht der Feuer und der Felsen zerschmetterte Keithlands neuer Feuergebieter die Decke der Höhle, entzündete das Geröll und schwemmte die Frostwargs in glühendem Magma hinfort. Die Luft flimmerte in der Hitze. Rauch stieg auf, brannte in den Augen. Jaric hob die Hände und schlug erneut zu. Energien erschütterten das Felsgestein. Ein Abgrund öffnete sich im Boden, aus dem Lava wie Blut aus einer Wunde hervorschoß. Jaric konzentrierte sich und setzte nach. Ivains Kristalle schmolzen, zerflossen, während der Boden der Höhle sich glättete. Dann glitt das geschmolzene Gestein über den Rand des Abgrundes und riß die Frostwargs mit sich, tief hinein in das Innere der Erde. Die Lava würde schließlich wieder aushärten und die Dämonen in das Gestein einschließen, bis die Zeit den Berg selbst abtragen würde.

Kapitel 10

EISBANNE

In der Höhle der Frostwargs schwelte es wie in der Hölle selbst. In rötlichem Licht kauerte Jaric sich zusammen, den Kopf in den Händen geborgen, während seine Augen unter der Einwir-kung des Rauches brannten, der von dem Magma aufstieg. Hustend in der giftigen Luft und ausgezehrt vor Erschöpfung stemmte er sich unsicher auf die Beine. Obwohl er genug Hitze geschaffen hatte, selbst Steine verdampfen zu lassen, verbarg sich das Eis, in dem Anskiere gefangen war, noch immer hinter einer undurchdringlichen Dunstschicht. Ohne den Felsensims zu verlassen, fühlte Jaric, daß die Wetterbanne, die diese Barriere bewahrten, standhielten. Der Sturmwächter war noch immer ein Gefangener.

Obgleich die Konfrontation mit den Frostwargs ihn zitternd und erschöpft zurückgelassen hatte, machte sich Jaric an den Abstieg in die Höhle. Die Macht seiner Banne hatte den ganzen Boden in ein aufgerissenes Labyrinth aus Geröll verwandelt; Lava sammelte sich in Pfützen und rann durch Felsspalten und verströmte schwefelartiges Licht über Zinnen und Bögen verschlackten Gesteins. Jaric suchte sich zwischen ihnen vorsichtig einen Weg. Seine Haut war von den Feuern seiner Kunst gerötet. Hitze verbrannte die Sohlen seiner Stiefel auf seinem Weg; gezwungen, innezuhalten und seine Gabe zu nutzen, um sich vor Verbrennungen zu schützen, sehnte er sich nach jenen Tagen, die er gemeinsam mit einem Waidmann in der schneebedeckten Stille des Seitwaldes verbracht hatte. Doch die Bedürfnisse Keithlands konnten nicht warten, während er in Tagträumen schwelgte. Jaric ging weiter. Das Zischen des Vulkankraters und das Krachen und Donnern der sich setzenden Gesteinsbrocken dröhnte schmerzhaft in Jarics Ohren. Das Ächzen der mißbrauchten Erde entflammte seine innere Wahrnehmung. Nicht imstande, sich dem Beweis zu verschließen, daß er den zerstörerischen Schlag seines Vaters geerbt hatte, erreichte der Feuergebieter endlich den Nebel, der die Eiswand verhüllte. Traurig und zu müde, lange nachzudenken, trat er ohne jede Vorsichtsmaßnahme in den Dunst hinein.

Ein Kälteschauer lief über seinen Rücken. Gefangen von Anskieres Bannen, keuchte Jaric. Er rief sein Feuer, um sich zu schützen, doch selbst als die Wärme seinem Willen gehorchte, machte ein erstarrter Lichtpuls seine Anstrengung zunichte. Wettermagie umschloß ihn wie eine winterharte Faust und erstickte die Flamme mit Finsternis. Reif bildete sich auf seinem Haar und seiner Tunika. Seine Hände waren taub, und die Finger gehorchten ihm nicht. Ivainson rieb sich die kalten Glieder. Als die Blutzirkulation wieder einsetzte, untersuchte er noch immer zitternd die Banne und erschrak vor Ehrfurcht.

Nie hätte er gedacht, daß die Barrieren des Sturmwächters so stark sein würden.

Entschlossen rief Jaric eine Flammenranke herbei. Ohne den Nebel zu berühren, zupfte er vorsichtig an den weniger starken Bannen, bis ihre Struktur Licht ausstrahlte; glitzernde Energieströme schossen durch die quarzblaue Bastion aus Eis. Die vollendete Handwerkskunst ihres Schöpfers erfüllte Jaric mit größter Bewunderung, denn Anskiere hatte die unglaublich starken Schutzbanne auf der komplizierten geometrischen Struktur von Schneeflocken errichtet; das neue Gefängnis der Frostwargs schien im Vergleich dazu stümperhaft und roh.

Verzweifelt suchte Jaric nach einer Schwachstelle. Beinahe wollte er aufgeben, als er einen Abschnitt des Musters entdeckte, der trüber erschien, so als hätten Zeit und Abnutzung den ursprünglichen Bann geschwächt. Ivainson konzentrierte sich, rief Macht herbei und rammte einen krachenden Strom reiner Energien in die Lücke.

Funken stoben auf. Feurige Linien schlugen auf das Eis. Sprünge breiteten sich mit einem Klang wie von einer gerissenen Harfensaite aus dem Inneren aus. Dann blendete ein gleißender Blitz seine Augen. Jaric senkte die Lider und stemmte sich mit aller Kraft gegen den Rückstoß, als die Energie, die von den Bannen ausströmte, um ihn herumtobte. Doch die Zerreißprobe seiner Meisterschaft über das Feuer war nicht minder schrecklich gewesen; er hielt stand, bis auch der letzte Rest seiner Kraft erschöpft war.

Feuer flammte noch einmal auf und erstarb. Beinahe blind vor Tränen, müde und unsicher auf den Beinen, prüfte Jaric das Ergebnis seiner Bemühungen. In dem gestörten Glimmen der Banne entdeckte er eine sachte Einbuchtung, umgeben von Eisklumpen und wogendem Dunst. Vorsichtig streckte der Feuergebieter die Hand aus. Kälte umgab sein Fleisch wie ein Handschuh, doch ohne die frühere todbringende Tiefenwirkung. Anskieres Barriere war aufgebrochen. Aber noch lag eine lange mühselige Arbeit vor ihm, ehe er den Zauberer selbst erreichen konnte. Am Rande des

Zusammenbruchs lehnte sich Jaric mit der Schulter an einen warmen Felsvorsprung. Zu Tode erschöpft, die Hände schmerzenden Brandwunden übersät, wollte er ruhen und sich dann wieder ans Werk machen.

Die Wirkung des Traumbannes über Deison Corley hielt bis in die Nacht des Tages an, an dem die *Callinde* in den Hafen einlief. Hände und Füße mit einem Seil gefesselt, erwachte er, ausgebreitet auf einem weichen Teppich im Mondschein. An dem Geruch von Pergament, Öl und Leder und der schärferen Ausdünstung der Zügel, die unordentlich über der Rücklehne eines brokatgepolsterten Sessels hingen, erkannte er das Durcheinander in den persönlichen Räumen des Kielmark. Der König der Piraten war nicht zu sehen; doch die Fesseln lagen fest an. Der einstige Kapitän der *Neumond* schloß die Augen, beschämt seines Versagens. Er hatte nicht nach Riffhafen zurückkehren wollen.

Eine Stunde verging elendig, und der Mond wanderte langsam über den Himmel. Das helle Rechteck auf dem Teppich verjüngte sich zu einem schmalen Strich. Hufe klapperten im Innenhof; Rufe und das Klirren von Waffen begleiteten den mitternächtlichen Wachwechsel. Doch nun empfand er die stets gleichbleibende Routine in der Festung von Riffhafen nicht länger als beruhigend. Im Lärm der Wachen hörte Corley das Geräusch, das er am meisten gefürchtet hatte. Die Türklinke wurde gedrückt, und leise Schritte überquerten den Teppich.

Wie stets bewegte sich der Kielmark mit erstaunlicher Grazie für einen Mann von seiner Gestalt. Er entzündete keine Lampe. Auch blieb er nicht so stehen, daß Corley ihn sehen konnte, sondern ergriff hinter ihm das Wort, und seine Stimme klang tief und zürnend. »Wenn ein Kapitän unter meinem Regiment sechs meiner Schiffe und sämtliche Besatzungsmitglieder an Bord verliert, dann erwarte ich, daß er zurückkehrt und mir Bericht erstattet. *Was in Keithland hat dich auf den Gedanken gebracht, du könntest dich drücken?*«

Corley sagte nichts. Auf dem Teppich verjüngte sich der silbrige Lichtstreifen zu einem nadeldünnen Strich und verschwand schließlich ganz, als der Fenstersturz sich vor den Mond schob. Der Raum versank in Finsternis. Apathisch und innerlich wie tot, hörte der Kapitän die beißenden Verwünschungen, die der Kielmark gegen ihn ausstieß, ohne auf seine Worte zu reagieren.

»Bei Kor, du hörst mir nicht zu«, sagte der Herrscher der Piraten. Er stieß mit dem Fuß zu, und der Körper seines Kapitäns rollte über den Teppich. »Ich habe Männer für weniger getötet.«

Corley blinzelte. Reglos lag er am Boden, während der Kielmark ihn mit peinigenden Anklagen und schließlich mit Hieben überhäufte. Nicht einmal Schmerz vermochte den Kapitän aus seiner Lethargie zu wecken; doch schließlich erkannte er, daß aus den harten, gefühllosen Phrasen langsam persönliche Beleidigungen geworden waren.

»Was ist mit der Schwester, die du verloren hast? Deren Ehre du in Morbrith verteidigt hast?« Der Kielmark spuckte in den Kamin. »Vielleicht hat sie verdient, was sie bekommen hat, oder warst du selbst derjenige, dessen Vergnügen in den dunklen Straßen unterbrochen worden ist?«

Corley zerrte an seinen Fesseln.

Der Kielmark lachte tief. »Sag mir, war es dein Balg, das das Mädchen bei den Bergsippen verstecken wollte? Was sonst kann ich schon von einem Mann erwarten, der sein Kommando an die Dämonen verliert, *und dann einfach davonlaufen will!*«

Wut kam in Corleys Seele auf. Wild darauf erpicht, seine Hände zu befreien, zappelte er am Boden. Die Beleidigungen waren noch nicht vorüber. Der Kapitän vergaß, daß sein Peiniger sowohl sein Freund als auch sein Herrscher war. Angetrieben zu wahnsinnigem Zorn, reagierte er auf die körperlose Stimme in der Dunkelheit, auf leise Schritte, die kamen und gingen, und auf Hände, die ihn bösartigem Schmerz aussetzten. Dann plötzlich fühlte Corley Stahl an seinem Fußgelenk. Das Seil löste sich. Wild vor Zorn rollte er herum und sprang auf die Füße, als ein weiteres Zerren ihn von seinen Handfesseln befreite.

»Komm und kämpfe«, lud ihn ein Flüstern in der Finsternis ein. »Wir haben eine Rechnung zu begleichen, eine Rechnung über die *Neumond* und sechs Kompanien meiner Soldaten.«

Stahl schimmerte im Schatten und verschwand. Luft strich über Corleys Wange, als ein Messer an seiner Haut vorbeifuhr. Die Waffe prallte auf das Polster, doch der Kapitän hatte sich bereits bewegt. Grimmig war er vorangestürmt, um sich in der nachtschwarzen Enge des Raumes auf seinen Gegner zu stürzen.

Seine Hände schlugen durch die Luft, dann auf die harte Tischkante. Eine Faust donnerte in seinen Körper, ehe Corley seine Balance wiedergefunden hatte. Er stolperte gegen einen Stuhl. Zaumzeug rasselte. Als der Angreifer vorpreschte, packte der Kapitän das Zaumzeug. Lederriemen beschrieben einen weiten Bogen in der Luft und trafen; Zügel peitschten lebendiges Fleisch, schlangen sich um den Körper des Gegners und spannten sich. Corley schlug zu. Ein Grunzen antwortete ihm, als er mit voller Wucht in fremdes Muskelfleisch stieß. Zaumzeug und Beschläge klimperten, als er nach einem Halt tastete, daneben griff und einen zweiten Schlag in die Rippen kassierte. Dann packte eine Hand seinen Unterarm und riß ihn in einen Ringergriff.

Corley konterte mit einem äußerst schmerzhaften Gegenschlag. Ein Keuchen belohnte seine Anstrengung. Er nutzte seinen Vorteil, befreite seine Hand und versuchte, seinen Gegner über die Schulter zu werfen. Doch ein Fuß trat von unten gegen sein Schienbein. Metall klirrte leise, als der Kapitän sich drehte, das Leder des Zaumzeugs samt einem Fetzen Stoff mit beiden Händen umfaßte und seinen Gegner mit sich zu Boden zerrte.

Die kämpfenden Männer stürzten mit einer Wucht zu Boden, die ihnen die Atemluft aus den Lungen trieb. Ineinander verschlungen schien keiner von ihnen bereit, nachzugeben. Als sie miteinander rangen, verrutschte der schwere Teppich. Kreuz und quer rollten sie durch den Raum, während allerlei Möbelstücke kippten und hinter ihnen umfielen und gläserne Verzierungen und Perlmuttbeschichtungen auf dem Boden zerschellten.

Corley keuchte. Aus einem Dutzend kleinerer Wunden blutend, schloß er seine Finger um die Kehle des Feindes und versuchte, ihm die Luft abzuschnüren. Doch eine animalische Muskelanspannung schleuderte ihn zurück. Sein Schienbein prallte gegen einen Schürhaken, und ein Knie donnerte in seinen Bauch. Atemlos und benommen erinnerte er sich an den Sessel und das Messer, das auf dem Polster zurückgeblieben war. Er warf sich zur Seite, hörte, wie eine Faust auf die Stelle der

Herdsohle einhämmerte, an der sein Kopf noch einen Augenblick zuvor gelegen hatte. Dann umklammerten zwei starke Beine seine Hüften und zerrten ihn nieder. Corley streckte sich und zog einen Holzscheit aus dem Kamin. Er schlug zu, bis die Beine sich von ihm lösten. Sein Gegner packte seinen behelfsmäßigen Knüppel und entriß ihm die Waffe gewaltsam, doch nicht, bevor der Kapitän seine Hand um den Schaft des Messers schließen konnte.

Ein Fluch ertönte in der Finsternis; sein Feind hatte erkannt, daß er nun bewaffnet war. Corley verzog die Lippen zu einem zähnefletschenden Lächeln zornigen Triumphes; und plötzlich ging es um weit mehr als eine Prügelei. Tische wurden zertrümmert, Truhen umgeworfen. Zerbrochene Möbelstücke dienten als Schilde, den mörderischen Stahl abzuwehren. Bald fühlte sich Corley von demselben Zaumzeug behindert, das er zuvor zu seiner Verteidigung genutzt hatte. Mit Hilfe der Klinge befreite er sich und preschte vor. Dunkelheit und Glück unterstützten seinen Vorstoß. Die Faust des Kapitäns schloß sich um einen Schopf lockigen Haares. In einer blitzartigen Reaktion setzte er mit dem Messer nach. Angetrieben von irrsinniger Mordlust, preßte Corley seine Finger mit der Klinge an die Kehle seines Opfers.

Doch als er gerade zustoßen wollte, kratzte die rubinbesetzte Amtskette des Kielmark an seiner Hand, und Deison Corley erinnerte sich: *Er kämpfte gegen einen Freund, der ihm soviel bedeutete wie ein Bruder*. Entsetzen senkte sich mit Eiseskälte über sein Herz. Von einem schrillen, heiseren Aufschrei erschüttert, riß der Kapitän die Hand zurück. Er schleuderte das Messer in den Kamin und bereitete sich physisch auf einen Vergeltungsschlag vor. Der

Mann unter seinen Händen atmete flach und stoßweise vor Anstrengung; doch weder Schläge noch Worte folgten seiner Tat.

Unter Qualen zog Corley sich zurück, bis er seinen Herrscher vor dem Kamin nicht mehr berührte. Von Schweiß und dem Blut aus unbedeutenden Wunden benetzt, setzte sich der Kapitän auf und begann stockend, von dem Verlust der fünf Zweimaster und des Flaggschiffes unter seinem Kommando zu berichten. Je länger er sprach, desto ruhiger wurde seine Stimme. Unterstützt durch die Dunkelheit und die Tatsache, daß der Kielmark keinerlei Anstalten machte, ihn zu unterbrechen, beendete Corley schließlich verbittert seinen Bericht.

»Herr, wäre der Plan des Schattentempels erfolgreich gewesen, so wäre ich ...« er unterbrach sich, zwang sich dann, weiterzusprechen, »... der Grund für Eure Ermordung gewesen. Nur Glück hat uns beide vor diesem Schicksal bewahrt. Keine Macht in Keithland kann es mit der des Dunklen Träumers aufnehmen. Die Verdammten Kors könnten zu jeder Zeit meinen Körper als Waffe mißbrauchen. Denkt Ihr, ich hätte mit diesem Wissen zurückkehren und so Riffhafen aufs Spiel setzen können?«

Zaumzeug rasselte im Schatten. Der Kielmark rührte sich; leise seufzte er unter einer Mischung aus Erschöpfung und Amüsement, ehe er aufrichtig sagte: »Ja. Weil Riffhafen dein Zuhause ist. Und anders als bei allen anderen in dieser Räuberhöhle steht deine Loyalität vollkommen außer Frage.« Der König der Piraten stemmte sich auf die Beine. »Bei der Gnade Kors! Mußte ich wirklich zweimal meine Kehle unter deine Klinge halten, um dich zu überzeugen? Bei klarem Verstand oder nicht, zornig oder nicht, hast du doch gerade bewiesen, daß du mich nicht umbringen kannst.« Mit einem arrogant ironischen Schnauben fügte der Kielmark hinzu: »Und sollte der Schattentempel deine leere Hülse oder irgendeinen Gestaltwandler als Attentäter schicken, so tut er das auf eigene Gefahr. Hast du das vergessen? *Meine Offiziere werden immer gerächt.*«

In der Dunkelheit leuchtete eine Flamme auf einem Kerzenstummel in einem Halter an der Wand auf. Blutverschmiert und mit freiem Oberkörper, gekleidet in eine zerfetzte Hose, wandte sich der Herrscher über Riffhafen von der Kerze ab und streckte die Hand aus. »Jetzt steh auf. Wir haben eine Menge zu tun.«

Corley entgingen die Male seines Werks auf dem Körper seines Gebieters nicht. Peinlich berührt blickte er sich in den zertrümmerten Überresten des Raumes um. »Ihr habt das geplant.«

Ein Grunzen beantwortete seinen Vorwurf. Mit steifen Gliedern bückte sich der Kielmark, öffnete eine Truhe und zog beschlagene Waffengurte und einige wunderbar gearbeitete Wurfmesser aus ihr hervor. »Nimm das. Dann such dir einen Wetzstein. Im großen Saal warten sämtliche gekrönten Häupter Keithlands und das ganze Pack der Ratsherren der Allianz auf uns. Das bedeutet, wir haben es mit einem Rudel Philister und einem ausufernden Kriegsrat zu tun. Bist du bereit?«

Corley erhob sich und nahm das Geschenk seines Herrn entgegen. Er zog einen der Dolche und prüfte die Klinge mit dem Finger der rechten Hand, der ihm an der Linken von dem Karas abgenagt worden war. »Stumpf«, sagte er nachdenklich, ehe er die geschwollenen Lippen schürzte. »Beim nächsten Mal sollte ich daran denken, daß meine Schwester die Tochter eines Sippenführers ist. Sie begleicht ihre Rechnungen selbst, zweifellos mit beschlagenen Lederarmschienen und Waffen, deren Stahl in Pferdepisse gehärtet wurde.«

Der Kielmark lachte aus voller Kehle. »Eine gute Frau. Wenn du noch einmal versuchst, dich aus dem Staub zu machen, dann werde ich sie bitten, dich zu verprügeln.« Mit einem breiten Lächeln auf den Lippen schob er Corley zur Tür.

Anskiere träumte erst von den schönen Städten Elrinfaers, dann von den Stürmen, den Alpträumen und der schrecklichen Zerstörung, die die Mharg über das Land gebracht hatten. Ivains irrsinniges Gelächter hallte über zerstörte Türme hinweg; dann zerriß ein magischer Feuertanz die Finsternis. Der Schlaf des Sturmwächters wurde leichter und leichter. Ihm blieb keine Chance, langsam zu erwachen. Aufgeschreckt von dem Wasser, das von den Wänden tropfte, ahnte er eine Disharmonie, die sich schmerzhaft in seinen Geist grub. Jemand war eingedrungen und hatte seine Banne aufgebrochen. Flammen hatten das Muster versengt und klaffende Löcher in die Struktur gerissen, die er errichtet hatte, um die Frostwargs einzusperren. Nur ein Zauberer in ganz Keithland war zu einer solchen Meisterleistung fähig.

»Ivain!« Anskieres gequältes Flüstern löste sich in einem Muster vielfältiger Echos vor dem Hintergrund träge tropfenden Wassers auf. Von altem Schmerz gepeinigt, schüttelte der Sturmwächter das schmelzende Eis aus seinem Haar und griff nach seinem Stab, fest entschlossen, den Schaden an seinen Schutzbannen zu reparieren. Wenn die Frostwargs entkommen waren, so gelobte er, würde er das Gelächter des Mannes, der Elrinfaer verraten hatte, für immer zum Schweigen bringen.

Die nach unten führenden Tunnel waren noch immer blockiert, doch die Barriere hatte ihre glasartige Härte verloren. Anskiere berührte das von Tauwasser bedeckte und durch die Hitze brüchig gewordene Eis. Ohne sich um die Gelenke und Muskeln zu kümmern, die von der langen Ruhephase steif geworden waren, machte sich Anskiere an die Arbeit. Feucht klebte das Haar an seinen Schultern. Eiszapfen brachen unter seinen Schritten, als er den Durchgang freimachte. Sosehr er aber lauschte, konnte er doch das Flüstern der Frostwargs nicht hören; lediglich das Wispern seines Atems und das Ächzen der frostumlagerten Felsen drang an seine Ohren. Nur eine dünne Eisschicht versiegelte noch den Eingang zu den unteren Höhlen. Sich der Gefahr bewußt, löste Anskiere mit größter Vorsicht die letzte Barriere und blickte hinab in die Tiefe.

Gleißendhelles Licht strömte durch den Tunnel. In den vorbeiziehenden Nebelschwaden erkannte der Sturmwächter eine Landschaft geschmolzener Felsen. Er ging weiter, und seine Schritte führten ihn über Tauwasserpfützen und dahintreibende Eisschollen hinweg. Selbst in der winterlichen Umgebung dieses Schachtes rötete die Hitze sein Antlitz. Kein Frostwarg stürzte sich gierig auf ihn, doch auch ihr Fortbleiben konnte ihn nicht beruhigen. Voller Angst, die Kreaturen könnten bereits frei sein, hastete Anskiere weiter und blieb erst stehen, als er der Gestalt gewahr wurde, die ihm kniend den Weg versperrte.

Die Tunika des Mannes bestand nur mehr aus verkohlten Fetzen. Versengtes Haar fiel über die Spitzen der Finger, die sein Gesicht verdeckten; doch seine Identität stand völlig außer Frage, denn die Haut an beiden Händen war von Verbrennungen gezeichnet, die die Macht eines Feuergebieters unausweichlich begleiteten.

Unter einem Aufflammen feindlicher Gesinnung in seinem Inneren versteifte sich Anskiere. Eine Aura der Macht leuchtete um den Stab in seinen Händen auf, und der Schlamm unter seinen Füßen vereiste mit einem Klirren wie von splitterndem Kristall.

Licht berührte den knienden Feuergebieter. Mit einem überraschten Keuchen blickte er auf und entdeckte die Gestalt des Sturmwächters, die über ihm in dem Durchgang stand und einer Vogelscheuche ähnelte. »Eure Hoheit!« Erschrocken und mit allen Anzeichen größter Erschöpfung entbot er dem Zauberer doch die Höflichkeit, die einem Prinzen gebührte. »Ich habe Euch die Schlüssel von Elrinfaer gebracht.«

Mit zwiespältigen Gefühlen starrte Anskiere in Augen von tiefem Braun, die doch leuchteten. Die strahlende Aura seines Stabes schimmerte auf dem Haar, das nicht rot war, sondern blond wie Weizen im Hochsommer. Die Erinnerung kehrte zurück. Keuchend erschrak der Sturmwächter, als es ihm endlich gelang, Vergangenheit und Gegenwart zu unterscheiden. »Jaric?«

Der, der einst der Schüler eines Schreibers gewesen war, erhob sich, nunmehr zu einem erwachsenen Mann und Zauberer herangereift. Er schwankte auf unsicheren Beinen. Doch seine durch die Sathidbindung geschärfte Wahrnehmung hatte bereits den Anfall von Argwohn gefühlt, der in der Stimme des Sturmwächters anklang. »Ihr haltet mich für ebenso verrückt wie Ivain«, klagte Jaric.

Anskiere verweigerte die Antwort. »Was ist aus den Frostwargs geworden?«

Ivainson deutete auf das schwefelige Licht hinter

seinem Rücken. »Sie sind in Feuer und Felsen gefangen. Mit Eurer Hilfe könnten sie dauerhaft eingesperrt werden, denke ich.«

Wieder antwortete der Sturmwächter nicht. Von diesem Schweigen gekränkt, dessen Ursache ihn selbst mit Furcht erfüllte, hob Jaric eine Hand an seinen Hals, zerriß das Lederband mit einem heftigen Ruck und streckte Anskiere einen kleinen Lederbeutel entgegen. »Es wird keinen weiteren Verrat wie damals zu Elrinfaer geben.«

»Das kannst du nicht versprechen. Zeit wird in Zeitaltern gemessen, und Blut mag eines Tages entscheiden.« Anskiere nahm den Beutel entgegen und stellte fest, daß er unerwartet schwer war. Er löste das Schnürband. Im Inneren fand er den Basaltstein, der die Banne über den Mharg-Dämonen von Elrinfaer sicherte, und noch etwas anderes. Mit vorsichtigen Bewegungen zog der Sturmwächter zwei schwere, rauchfarbene Juwelen hervor, die sich unter seiner Berührung arktisch kalt anfühlten. Er wußte sofort, was er in Händen hielt. Jaric hatte ihm die Sathidkristalle anvertraut, die die Basis seiner Macht bildeten, vermutlich als Zeichen seines Vertrauens.

Anskiere schloß die Hand um die Steine, die wie Würfel leise klapperten, als er Wassertropfen von seinem Ärmel schüttelte. »Warum?«

Ein seltener Ausdruck des Zorns huschte über Jarics Züge. »Weil ich nicht wie mein Vater bin.« Dann wurde seine Stimme leiser, bis kaum mehr als ein Flüstern zu hören war. »Ich weiß keinen anderen Weg, Euch zu überzeugen. Wenn Ihr aber meine Macht unter Kontrolle habt, so mögt Ihr vielleicht Frieden finden.«

Anskiere dämpfte das Licht seines Stabes. In Schatten gehüllt studierte er Ivainsons Profil im blutroten Lichtschein der Höhle. Obgleich die Ähnlichkeit mit seinem Vater nicht zu übersehen war, gab es doch Unterschiede: seine Nase war weniger gekrümmt, die Lippen weniger voll. Außerdem war Jaric drei Finger breit kleiner als sein Vorfahre. Diese Abweichungen linderten die Antipathie ein wenig, die Anskiere bei der Begegnung mit einem neuen Feuergebieter empfand. Dennoch war er nicht bereit, das ganze Ausmaß der Unsicherheit zu offenbaren, die Ivain in ihm gesät hatte, ebensowenig wie er die Kristalle erwähnte, die er gemeinsam mit den Schlüsseln von Elrinfaer erhalten hatte. »Du bist noch stärker als dein Vater«, stellte der Sturmwächter schließlich fest.

»Daran zweifle ich.« Jaric rieb sich die verbrannten Hände und verzog das Gesicht. »Eure Eisbanne waren zu stark für mich.«

»Nein.« Anskiere drehte seinen Stab. »Dir mangelt es lediglich an Erfahrung. Macht durchströmt dich stetig wie ein Fluß. Wenn du es wünschst, so kannst du deine Kunst weiterentwickeln und alle Energien, die du nicht ständig nutzt, an einen Gegenstand binden. Solche Reserven kannst du bei Bedarf freisetzen, um einen besonders machtvollen Bann zu wirken.« Die Schroffheit schwand aus Anskieres Stimme. »Doch die Besonderheiten der Zauberei können warten. Ivains Schuld ist getilgt. Endlich bist du von deiner Verpflichtung befreit.«

Jaric bewegte sich kaum merklich in der Düsternis. »Befreit? Keiner von uns ist frei, Eure Hoheit. Die Verdammten Kors sind in Eurer Abwesenheit stärker geworden. Taens Bruder, Emien, ist den Weg Merya Tathagres' gegangen. Er ist nun ein Diener der Dämonen. Gemeinsam mit einem Kreis Gierj-Dämonen haben seine dunklen Träume Morbrith besiegt.«

Anskiere senkte den Kopf. Silbriges Haar fiel über die Finger, die seinen Stab umfaßten. Schmerz begleitete Jarics Worte, eine Bitterkeit, die seinen eigenen kummervollen Erinnerungen an Elrinfaer sehr ähnlich war; traurig erinnerte sich Anskiere: Die Festung von Morbrith war einst Jarics Zuhause gewesen.

Die Oberfläche der Wasserpfütze kräuselte sich, als der Feuergebieter seine Position änderte. »Der Kielmark erwartet uns in seiner Festung. Er hat jedes gekrönte Haupt in Keithland und auch die Ratsherren der Allianz zu einem Kriegsrat herbeigerufen.«

»Dann gehen wir wohl besser.« Prüfend betrachtete der Sturmwächter den Sohn seines früheren Gegners und fand nichts als tiefempfundene Aufrichtigkeit. »Dein Gefängnis für die Frostwargs muß vorübergehend halten, eine Bruchstelle an der Grenze Keithlands wird das sicher nicht.«

Anskiere hob seinen Stab. Die blauviolette Strahlung seiner Wettermagie flammte durch den Tunnel, der zur Oberfläche führte, als er sich, hochaufgerichtet und in ein Gewand aus zerschlissenem Samt und Goldfäden gehüllt, an den Aufstieg begab. Jaric folgte ihm. Keiner der Zauberer sprach darüber, daß der Sturmwächter die Sathidkristalle, welche die Macht des Feuergebieters begründeten, behalten hatten, zum Zeichen eines mühsam erworbenen Vertrauens.

Fackelschein und die winzigen Flammen von Wachskerzen erhellten die große Halle von Riffhafen, obwohl Mitternacht längst vorüber war. In ihrer formellen Robe und dem Myrtenkranz thronte Taen, die Traumweberin, zur Linken des Kielmark auf dem Podest, während unter ihr eine Menschenmasse in Brokat und Samt ständig in Bewegung war.Königliche Häupter, die gewählten Vertreter der Allianz und eine Reihe Statthalter samt ihrer Diener und weiterem Gefolge zankten sich über die Sitzordnung der Ratsversammlung, die der Kielmark einberufen hatte. Der unzumutbare Zeitpunkt, den er für diesen Kriegsrat gewählt hatte, hatte die Anwesenden sowohl um ihren Schlaf als auch um ihre Geduld gebracht. Mehr als nur ein Delegierter betrachtete außerordentlich verärgert das Mobiliar, in dem er wertvolle Stücke fand, die der Kielmark als Tribut eingefordert hatte oder die von jenen Schiffen geraubt worden waren, welche den Versuch gewagt hatten, die Kontinentalstraße zu passieren, ohne die Oberherrschaft des Kielmark anzuerkennen.

Taen lächelte, als der gewählte Statthalter von Telshire sich in einen Polstersessel zwängte, der für seinen Leibesumfang viel zu klein war. Ganz in der Nähe verschwand der jüngste Amtsträger von Keithland zwischen zwei Pagen, einen Sekretär stets dicht auf den Fersen: König Kisburns frühzeitiger und unerwarteter Tod hatte seinen achtjährigen Erben zum König gemacht, und die königlichen Berater hatten nun alle Hände voll zu tun, sich als Kindermädchen zu verdingen. Fünfzehn Ratsmitglieder der Allianz steckten neben einer Tür, die von den Wachen des Kielmark flankiert wurde, steif und ablehnend die Köpfe zusammen. Neben den bewaffneten Wachen erschienen die Würdenträger grau und zittrig. Nie zuvor war die Verwundbarkeit Keithlands so offensichtlich gewesen wie in der Mannigfaltigkeit der Herrscher, die gerufen worden waren, eine Verteidigungsstrategie zu entwerfen. Das unorganisierte Gezänk der hohen Herren mochte durchaus bis zum Morgengrauen vorhalten.

Der Herrscher von Riffhafen betrat den Raum ohne Hemd und doch beeindruckend mit seiner weißen Hose, den Seemannsstiefeln und dem gewaltigen Schwert mit dem silbernen Heft. Rubine funkelten auf seiner gebräunten, muskulösen Brust, als er mit seinem vollbekleideten Stellvertreter an der Seite zu dem Podest schritt.

Stimmen erstarben, lebten dann mit einem trotzigen Unterton wieder auf, als der Kielmark seinen mit Leopardenfell bespannten Sessel erreichte. Er legte die überkreuzten Arme auf die Rückenlehne, und seine Stimme donnerte, als würde er auf Deck eines Schiffes Befehle erteilen.

»Bei Kors Gnade, ich gebe ja zu, daß einige der Möbelstücke interessant, ja, sogar vertraut für den einen oder anderen sein mögen, trotzdem solltet Ihr Euch setzen, *sofort*!«

Als wären seine Worte ein Signal, griffen die Wachen an der Tür zu ihren Waffen. Das scharfe metallische Klirren brachte die Menschenmenge zum Schweigen, und grollende Mienen richteten sich auf das Podest.

Der Kielmark betrachtete die Würdenträger und Könige, die sich in seiner Halle versammelt hatten. »So ist es besser.« Mit leidenschaftslosem Interesse nahm auch er Platz; und die Wachen schoben in eisiger Stille ihre Waffen zurück in die Scheiden.

Corley setzte sich auf den Stuhl zur Rechten des Kielmark. Blaue Flecken von einem gerade erst überstandenen Kampf bedeckten die Haut über seinem Kragen. Doch die Todessehnsucht, die zuvor auf ihm gelastet hatte, schien nun vollkommen verschwunden zu sein; als der Kielmark die Ratsversammlung eröffnete, ergriff sein Kapitän Messer und Wetzstein, und die Traumweberin schloß erleichtert die Augen.

»Ich habe Euch mit dem Ziel hergerufen, Keithland gegen die Verdammten Kors zu verteidigen.« Der Herrscher von Riffhafen unterbrach sich und betastete sein Schwert; und sofort störte der Repräsentant der Allianz aus Skanes Grat die Ordnung. Kahl, in mittleren Jahren und übertrieben in eine mit Bändern geschmückte Robe gekleidet, sprang der Mann auf.

»Pirat! Wie könnt Ihr Euch anmaßen, den Vorsitz über ehrbare Männer führen zu wollen? Ist es wahr, daß ein Feuergebieter auf den Boden von Keithland zurückgekehrt ist? Euer Küchenjunge sagte, ein Sohn des Ivain habe erst gestern Zuflucht in Riffhafen gesucht.«

Unruhe erfüllte den Raum. Ivains grausamer Taten wurde allenthalben mit Groll und Furcht gedacht, und die Nachricht, ein Erbe für den Zyklus des Feuers sei aufgetaucht, erstickte sogleich jeden Sinn für Anstand unter den Anwesenden.

Doch der Kielmark herrschte über ein Gefolge Gesetzloser. Innerhalb seines Reiches ging er streng, brutal oder mit Klugheit gegen anmaßendes Verhalten vor, je nachdem, welche Methode der Situation angemessen war. Weder für Könige noch für den erhabenen Vertreter der Freien Inseln machte er eine Ausnahme. Bevor die Debatte in offene Rebellion ausarten konnte, zog der König der Piraten sein Schwert und legte die Klinge mit der flachen Seite über seinen Stuhl.

»Ruhe!« Der Effekt seiner Handlung erwies sich als einschüchternd genug. Der Ratsherr beeilte sich, wieder Platz zu nehmen, und der Lärm verhallte. Der Kielmark stellte das Schwert mit der Spitze auf den Boden und wandte sich mit erzürntem Ton an den Unruhestifter. »Richtet Ihr Euch in Eurem Amt nach dem Gerede der Dienerschaft, *Eminenz*? Der Küchenjunge, den Ihr bestochen habt, hat für seine Indiskretion die Peitsche zu spüren bekommen.« Sich des verdrießlichen Gemurmels durchaus bewußt, deutete der Herrscher von Riffhafen mit einem Kopfnicken auf den Kapitän, der zu seiner Rechten saß. »Corley, erstatte uns Bericht.«

Der einstige Kapitän der *Neumond* erhob sich und erzählte mit einer Haltung, die noch vor einer Stunde undenkbar gewesen wäre, von dem Verlust seiner Flotte aus sechs Schiffen. Als er von seiner Erfahrung mit dem Karas, dem Gestaltwandler, berichtete, saßen die Ratsherren aufgeschreckt stocksteif auf ihren Plätzen. Schließlich schloß Corley seinen Bericht in drückender Stille.

Nun hatte der Kielmark ihre volle Aufmerksamkeit errungen. Er schob sein gewaltiges Schwert in die Scheide zurück und forderte die hohen Herren einen nach dem anderen auf, die Verhältnisse in ihren Reichen darzulegen. Außer von umherstreifenden Thienz hatten die meisten wenig zu berichten; erneut machten sich skeptische Mienen breit, bis die Königin von Hallowild verkündete, daß das nördliche Territorium um Morbrith dem Einfluß des Dunklen Träumers zum Opfer gefallen war. Mit einer Stimme, die vor Kummer bebte, erzählte sie von Feldern und Städten, übersät von Leichen, und von Wagenzügen, die sich auf die Straße durch Gaires Heumond gewagt hatten und nie zurückgekehrt waren. Eindringlich erklärte der Kielmark, daß der Zeitpunkt der Todesfälle mit dem der Zerstörung der Gierj durch Jaric übereinstimmte.

Corley hielt den Wetzstein fest umspannt; und Taen weinte, denn die Menschen, die sie einst beschützt hatte, verwesten nun unter der nördlichen

Sonne. Selbst der jähzornige König von Felwaithe saß still auf seinem Stuhl; seine Ländereien lagen dem Schattentempel am nächsten, und nur die unvorhersagbaren Launen der Verdammten Kors schienen seine Untertanen vor der Vernichtung gerettet zu haben.

Der Kielmark regte sich. Seine Augen schimmerten so kalt. »Die Dämonen haben gewiß nicht den letzten Angriff gegen unsere Grenzen geführt. Sogar Landfeste könnte in Gefahr sein. Jeder, der glaubt, unser Überleben sei nicht bedroht, möge seinem Amt entsagen. Keithland hat nun keinen Raum mehr für Streitigkeiten.«

Ein unheilverkündendes Murmeln ging durch den Saal. Obgleich jeder der anwesenden Regenten an der Vormachtstellung des Kielmark Anstoß nahm, wagte doch keiner, sich zu beschweren. Durch die gemeinsamen Interessen zur Zusammenarbeit gezwungen, berechnete der Rat von Keithland seine Schlagkraft und diskutierte Angriffs- und Verteidigungsstrategien bis weit nach Anbruch der Dämmerung. Taen lauschte in stiller Trauer. Ihre Traumwebergabe offenbarte ihr die Wahrheit: weder Waffen noch Bollwerke, noch die Richtlinien Kors konnten sich mit dem Dunklen Träumer und seinem Kreis der Gierj messen.

Mit kaltem, grauem Licht zog der Tag jenseits der Rundbogenfenster herauf, als das Klappern von Hufen aus dem Innenhof erklang. Corley hielt in der Bewegung von Wetzstein und Klinge inne. Der Kielmark hob das Kinn von seiner Faust, die Augen zu einem berechnenden Blick zusammengezogen, als bald darauf die große Doppeltür aufgestoßen wurde.

Zwei Männer betraten den Raum, und beide waren zerlumpt. Der Größere trug die Überreste einer blauen Samttunika; wirres, silbernes Haar fiel über den Wollstoff des Mantels, den ihm ein Wachmann geliehen hatte. Seine ausgezehrten Züge hatten sich zu einer düsteren Miene verzogen, und er trug den Stab eines Zauberers, dessen oberes Ende von einer Messingschlaufe geziert wurde. Als er die Wachen passierte, kehrte Stille im Rat ein. Die fahlen Augen, der sichere Schritt und der gestrenge Gesichtsausdruck Anskieres von Elrinfaer waren überall in Keithland bekannt.

Anspannung gesellte sich zu dem Schweigen, als der Begleiter des Sturmwächters erschien, ein zierlicher blonder Mann in versengter Leinenkleidung, dessen Blick niemand ohne Unbehagen über sich ergehen lassen konnte. Doch für die Frau in der Traumweberrobe, die auf dem Podest saß, war der Anblick Ivainsons, des Feuergebieters, die reine Freude.

»Jaric!« Taen sprang auf und rannte los. Ihr Myrtenkranz flog zu Boden, als sie quer durch die große Halle in seine Arme stürzte.

Keithlands jüngster Zauberer wirbelte sie im Kreis herum. Ohne sich um Schicklichkeit oder die Anwesenheit all der königlichen Häupter zu kümmern, küßte er sie; und sein Überschwang zerschmetterte die Ordnung im Rat. Könige und Ratsherren erhoben sich, manche ehrfürchtig, andere mit üblen Flüchen auf den Lippen. Doch lauter als der größte Lärm erklang das herzhafte Gelächter des Kielmark und die Stimme des Königs von Felwaithe.

»Gelobt sei der Sturmwächter, gelobt der Erbe des Feuergebieters! Möge der Schattentempel die Stunde verwünschen, und möge Keithland frohlocken. Der Sieg wird unser sein!«

»Der Sieg wird unser sein!« wiederholte die alte

Königin von Hallowild, während der Kielmark den Sturmwächter und den Feuergebieter mit einem diebischen Grinsen zu sich auf das Podest winkte. Zur Rechten des Leopardenthrons lächelte auch Corley grimmig. Nun konnten ernsthafte Pläne geschmiedet werden, dem Dunklen Träumer Morbrith abzuringen.

Kapitel 11

KRISE

Im Schattentempel hörte man das Geräusch von Perlen, die aneinanderrieben, als der Thienz sich unterwürfig verbeugte und die Vorderläufe vor der Brust verschränkte. ›*Mächtigster Herrscher, ich bringe Euch Nachricht.*‹

Scait betrachtete die Kreatur. Schon jetzt waren seine Augen aus Zorn zu Schlitzen zusammengezogen; zuvor hatte er erfahren, daß zwei der gefangenen Menschenkinder ihre Ausbildung nicht überlebt hatten. Ein Drittes war bereits so schwach, daß es ebenfalls sterben würde, und seine Berater hatten ihn gebeten, es zum Zweck der Analyse sezieren zu dürfen. Scait hatte sie abgewiesen, obwohl sie davon wenig erbaut waren; nun, da nur noch fünf Menschenjunge am Leben waren und durch eine Querverbindung mit einem Sathid versklavt werden konnten, winkte der dämonische Herrscher dem Thienz unwirsch fortzufahren.

Der Thienz war jung, ein noch unreifer Erwachsener. Er krümmte sich vor innerlicher Abwehr, was nichts anderes bedeuten konnte, als daß seine Neuigkeiten wenig erfreulich waren. ›*Erhabener, der Wächter schickt Euch die Botschaft seiner Entdeckung*‹, brach es schließlich aus ihm hervor. ›*Gierjlinge haben sich versammelt. Sie haben sich in eine Höhle in dem Tunnelsystem unter dem Schattentempel zurückgezogen. Eine Keimzelle für einen Morrigierj ist gelegt, und sie wächst schnell heran.*‹

Scait bohrte die krallenbewehrten Daumen tief in

das Polster seines Thrones, während der Thienz zitternd zu seinen Füßen kauerte. Keine Neuigkeit hätte schlimmer sein können.

Dieser Rückschlag ließ all die anderen Schwierigkeiten unbedeutend erscheinen. Der Erfolg des Planes zum Sieg über Keithland hing davon ab, Menschen zu opfern, um die tödliche Macht der Gierjlinge zu nutzen; doch ein Morrigierj war der rechtmäßige Herrscher dieser Kreaturen. Das Erscheinen der Saat kam um Jahrhunderte zu früh und stellte einen gefährlichen Umsturz dar, denn die ihrer Natur entsprechend gebundenen Kräfte der Gierj waren weit mächtiger als die gemeinsamen Energien des Rates. Der Schattentempel selbst konnte in Gefahr geraten. Scait knurrte: ›*Bist du dessen gewiß?*‹

Der Bote nickte ruckartig und sonderte stinkenden Angstschweiß ab. ›*Erhabener, der Wächter-der-Gierj persönlich hat mich geschickt.*‹

›*Ich komme sofort.*‹ Menschenhaut riß unter Scaits Klauen, als er sich abrupt auf die Beine hievte.

Der Thienz beeilte sich, seine Verbeugung zu vervollständigen, ehe er wie ein geschlagener Hund davoneilte. Normalerweise schickte der Dämonenherrscher Untergebene an seiner Stelle in die Katakomben unter dem Schattentempel. Doch nun, da all ihre Hoffnung, möglicherweise sogar ihr Überleben, allein von dem Sieg über Keithland abhing, wurde die Entwicklung eines Morrigierj zu einer Angelegenheit höchster Priorität. Innerlich nicht minder aufgeregt als der Thienz, ging Scait aus der Halle hinaus, ohne nach einem Lakaien zu verlangen, der den zerfetzten Arm seiner Thronlehne erneuern sollte. Während der Thienz sich beeilte, seinem Herrn nicht im Wege zu stehen, stieg der dämonische Herrscher die Wendeltreppe hinab, an deren Fuß der Zugang zu den unteren Stockwerken der Festung lag. Von dort aus durchquerte er ein Labyrinth unzähliger Gänge, zunächst durch Pfeiler gestützt und aus Ziegelsteinen erbaut, die in den unterirdischen Ebenen durch die unebenmäßigen Konturen einer Höhle abgelöst wurden. Feuchtigkeit färbte die Wände und ihre Mineraladern rostrot. Die umgebenden Felsen schienen ihn ersticken zu wollen, stellten sie doch eine Barriere dar, die die hochentwickelten, feinen psychischen Sensoren der Dämonen nicht zu durchdringen imstande waren. Scait stieß ein unbehagliches Zischen aus. In der Finsternis blinzelte er mit glühenden Augen, ehe er sorgsam seinen Weg wählte. Schließlich, dem Thienz direkt auf dem Fuße, erreichte er die Kammer, die die Gierjlinge zu ihrem Bau auserkoren hatten.

Der Untertan huschte eilends zur Seite und floh. Der dämonische Herrscher, den er begleitet hatte, duckte sich unter einem Torbogen hindurch in die Finsternis der Höhle, die nur durch den gelbgrünen Schimmer glühender Augen durchbrochen wurde. Gierj bevölkerten den Bau, Hunderte, vielleicht gar Tausende lagen in wirrem Durcheinander am Boden.

Von den drahtigen, pelzigen Körpern herumgestoßen, knirschte Scait verärgert mit den Zähnen. Mit klappernden Klauen und dem einen oder anderen Protestgeheul wichen die Kreaturen vor ihm zurück. Bald erhielt der dämonische Herrscher einen freien Blick auf die Spore, eine steinartige Kugel, gebettet in eine Mulde im Boden, schwarz und trübe, geschützt durch einen Panzer von ungeheurer Härte. Scait wußte, daß keine Macht, über die der Rat gebieten konnte, imstande wäre, die Spore zu zerstören; die Erinnerungen-der-Ahnen bestätigten diese Tatsache zweifelsfrei. Die einzige Möglichkeit, die Spore eines Morrigierj zu töten, war, sie in den Kern eines Sterns zu katapultieren. Ohne Schiffe jedoch blieb ihnen diese Möglichkeit verwehrt; aber vielleicht war die Kommunikation mit den Sternen und der Rücktransport bald in greifbarer Nähe, sollte es ihnen gelingen, das Navigationsmodul der *Corinne Dane* zu bergen.

Scait blinzelte und riß die Augen weit auf, bis seine schlitzförmige Pupille beinahe kreisrund erschien. Normalerweise sollte die Reifung einer Spore eine Dekade dauern, doch das Wissen aus der Vergangenheit bot keine Sicherheit. Keithlands Magnetfelder mußten sich von denen auf dem Heimatstern der Gierj unterscheiden. Offensichtlich war der Rhythmus ihres natürlichen Reifezyklus durcheinandergeraten. Die Spore, die Scait betrachtete, hätte sich erst in zweitausend Jahren entwickeln dürfen.

›*Nicht die Natur veranlaßt die Gierj zur Saat.*‹ Die Botschaft stammte von einer riesigen Gestalt, die durch den Gang jenseits der Gierjhöhle schlurfte.

Scait blinzelte, verärgert wegen des überraschenden Eindringens in seinen Geist. Nur ein Wesen im ganzen Schattentempel würde es wagen, seinen Zorn herauszufordern; und dieses Wesen war sehr alt und viel zu klug, ihn sorglos anzugreifen.

Der Wächter-der-Gierj schickte eine weitere Botschaft. ›*Eure Gegner werden sagen, daß der Mißbrauch der Gierjlinge, die Ihr Maelgrim zur Verfügung gestellt habt, den Brutzyklus beschleunigt hat. Was auch immer der Grund sein mag, erhabener Herrscher, diese Spore wird auf jeden Fall zu früh reifen.*‹

Scait brauchte keine Belehrung über die bevorstehende Entwicklung des Morrigierj. Seine Augen hatten sich inzwischen vollständig der düsteren

Umgebung angepaßt. Nun, da sich seine Sensoren ebenfalls der ungewohnten Beschränkung durch die Felswände angeglichen hatten, fühlte auch er das Aufflackern erster Bewußtheit unter der Oberfläche der Spore. Spinnenbeinige Gierjlinge huschten ruhelos in der Finsternis umher. Ihre untoten Augen glühten unheilverkündend, während der dämonische Herrscher die Konsequenzen dieser Entwicklung überdachte.

»Dem Rat sind nun die Hände gebunden.« Die schlurfenden Schritte kamen näher. Bald erklang die nasale Stimme des Wächters im Türrahmen direkt hinter seinem Herrscher. »Der Morrigierj wird alle Pläne zunichte machen.«

Scait wirbelte herum, als die rundlichen Massen der Kreatur sich durch den Torbogen schoben. Zusammengekauert und gepanzert, nagte er an dem Kadaver eines Fisches. Knorpel knackten leise, als er den Bissen zerkaute und fortfuhr: »Selbst vollständig gebunden-an-Sathid werden Eure begabten Menschenjungen die Oberherrschaft des Morrigierj nicht bestreiten können. Mißgünstigster-aller-Herren, wird seine Rache gewiß blutig sein.«

Scait schürzte die Lippen und entblößte Reihen spitzer Zähne. »Was macht das schon? Wir brauchen nur Set-Nav, und wir können von diesem Planeten entkommen. Dann möge der Morrigierj seine Vergeltung bekommen und Tod und Verderben über die Menschheit bringen.«

Der Wächter zermalmte einen letzten Bissen seines Fisches. »Aber die Position von Set-Nav ist uns nicht bekannt. Ohne Zweifel liegt der Schlüssel in den heiligen Türmen von Landfeste. Leider werden sie von Priestern bewacht und von der sichersten aller magischen Barrieren geschützt. Und die gefangenen Menschlinge werden niemals schnell genug heranreifen, Euren Angriff auf Keithland anzuführen.«

Der dämonische Herrscher zuckte mit einem Ausdruck böswilligen Mißfallens die Schultern. Der Wächter war der letzte seiner Art; er hatte kein Interesse an der Macht. Würde Scait ihn in einem Wutanfall niedermetzeln, so könnten seine Fähigkeiten nicht mehr ersetzt werden. »Ich werde Maelgrim, dem Dunklen Träumer, einen Kreis von sechzig Gierj zur Verfügung stellen und ihm gestatten, alle Menschen zu versklaven.«

»Gierj-Macht von solchem Ausmaß wird die Gesundheit des Knaben schnell ruinieren«, spottete der Wächter. »Daß er tot sein wird, ehe die Sicherheitseinrichtungen von Landfeste auch nur angekratzt werden können, steht außer Zweifel.« Der Wächter blinzelte mit seinen kleinen, klugen Augen und wartete. Doch sein Gebieter wirbelte um die eigene Achse und verließ den Raum, nicht ohne die Gierj, die ihm im Weg waren, mit auffälliger Brutalität zu treten. Mit einem resignierten Seufzen wischte er sich geduldig Fischöl vom Kinn, während sich die Gierj wie ein lebender Teppich um den schwarzen Sphäroiden der Spore scharten.

Keithland bereitete sich auf den Krieg vor. In Riffhafen, wo Waffenkammern und Lagerhäuser mit Waffen aller Art und Güte vollgestopft waren, befahl der Kielmark seinen Schmieden, jene Reiche zu unterstützen, die weniger gut ausgerüstet waren. Das Donnern der Schmiedehämmer dröhnte Tag und Nacht durch die Festung, während Schiffe in den Hafen einliefen und wieder ablegten, um Waren, Männer und Botschaften zu befördern. Stets fuhren die Schiffe unter vollen Segeln und günstigem Wind. Aus seinem eisigen Gefängnis befreit, diente Anskiere von Elrinfaer nun als Wetterwart, und wann immer ihm die Zeit dazu blieb, unterwies er den Feuergebieter in der Kunst seiner magischen Meisterschaft. Der Kielmark verfolgte Jarics Fortschritte mit zusammengekniffenen Augen, ehe er sich in die Planung seiner Strategie vertiefte. Selbst die Schutzmaßnahmen vaeregeschulter Zauberer waren nicht unbegrenzt. Die Waffengewalt durfte bei der Vorbereitung des Krieges gegen den Schattentempel nicht vernachlässigt werden.

Die Königreiche der Südküste und die Inselgruppe der Allianz erwiesen sich als jämmerlich schlecht gerüstet; Kisburns Truppen hatten sich noch immer nicht von dem verhängnisvollen Bündnis mit Tathagres erholt, womit nur die Nordküstengarnisonen von Hallowild und Felwaithe blieben. Der Kielmark schickte seine Offiziere aus, sie zu beurteilen; dann, noch immer in dieselbe weiße Hose gekleidet, die zu wechseln er sich seit der Ratsversammlung zwei Tage zuvor keine Zeit genommen hatte, ließ er nach Deison Corley schicken.

Spät erschien der Kapitän und Stellvertreter in den Gemächern des Kielmark. Seine schmierigen Hände und die verdreckte Tunika ließen darauf schließen, daß er direkt vom Hafen gekommen war, wo er mit den Hafenarbeitern an der Takelage des Zweimasters gearbeitet hatte, den er von nun an kommandieren sollte. Beide Ärmel waren mit Gerberöl beschmutzt, das dazu gedient hatte, das Leder einer Reihe neuer Scheiden geschmeidig zu halten.

Der Kielmark bemerkte all diese Details auf den ersten Blick; nachdem er sich so überzeugen konnte, daß sich der Kapitän von dem Zwischenfall mit dem Karas erholt hatte, fällte er eine Entscheidung und sprach: »Die Zauberer und die Traumweberin werden mit der Flut nach Morbrith auslaufen.«

Corley überquerte den Teppich, setzte sich und starrte auf seine Stiefelstulpen, als würde das Leder dringend einer Reparatur bedürfen. Keinerlei Überraschung spiegelte sich in seinen Zügen. »Soll ich dann auf Euer Geheiß gen Norden reisen, um die Kriegsflotte aufzustellen und Felwaithe zu schützen?«

»Nein, darum wird sich Tamic kümmern.« Die Muskeln angespannt, beobachtete der Kielmark, wie sein Kapitän aufsprang. Kreischend rutschten die Stuhlbeine über den Boden. Für einen Moment traf sich der starre Blick blauer Augen mit dem der braunen seines Stellvertreters.

Dann fragte Corley: »Warum?« Kein Fremder hätte den Schmerz darüber bemerkt, daß sein Herrscher einen anderen, vielleicht einen verläßlicheren Mann mit einer Aufgabe betraut hatte, die sonst ihm übertragen worden wäre.

»Weil ich Tamlin nicht zutraue, die Ordnung in dieser Verbrecherhöhle aufrechtzuhalten.« Die geballte Faust des Kielmark ruhte auf der Tischplatte. Rubine funkelten blutrot an seinem Hals, als er sich vorbeugte. »Hier würde Mord und Totschlag herrschen, schon in der Stunde, in der die *Wolfsbraut* in See sticht.«

Corley blinzelte und wurde langsam bleich, als ihm bewußt wurde, was der Name bedeutete. Die *Wolfsbraut* stand unter dem persönlichen Kommando des Kielmark. »Dann werdet Ihr selbst Taen und die anderen begleiten?« Seine Brauen ruckten ungläubig in die Höhe. In den fünfzehn Jahren, die er dem Kielmark nun schon diente, hatte der Herrscher von Riffhafen seine Inselfestung niemals verlassen.

»Wer sonst sollte unter den Ratsherren der Allianz, den Priestern Kors und einem flatterhaften Rudel königlicher Hoheiten für genug Einigkeit sorgen, eine Armee ins Feld zu führen?« Der Kielmark machte eine zornige Geste. »Ich muß gehen. Ich bin der einzige, der sowohl ihrem Handel als auch ihren Reichtümern gefährlich werden kann, oder kennst du eine bessere Möglichkeit, Einstimmigkeit unter diesen Menschen zu schaffen?«

Corley grinste. Ein wenig Farbe kehrte in sein Antlitz zurück. »Gewiß habt Ihr gute Chancen, einen wahrhaft anständigen Bürger Keithlands abzugeben.«

»Bei allen Feuern«, schnappte der Kielmark, ausnahmsweise wenig geneigt, den Sarkasmus seines Stellvertreters zu tolerieren. »Laß die Disziplin schleifen, wenn ich fort bin, und ich werde dir bei lebendigem Körper die Haut abziehen, und zwar von den Füßen aufwärts.« Als widerstrebte es ihm, fortzufahren, hielt er inne, richtete sich auf und zog sich die juwelenbesetzte Amtskette über den Kopf. Er legte die Kette auf den Tisch, und das Gold klimperte dumpf zwischen seiner Faust und den Händen seines Kapitäns. »Wenn irgend jemand deinen Herrschaftsanspruch in Frage stellen sollte, so nimm dies zum Beweis.«

Corley schluckt sprachlos. Licht spiegelte sich im Inneren der Rubine, als der Kielmark sich zum Fenster hinüberbeugte. Er zog seinen Waffengurt von den Marmorarmen der Engelstatue und warf sich das gewaltige Schwert über die Schulter. Keiner der Männer sprach, als er den Raum durchquerte; doch beide wußten, daß der Herrscher der Renegaten durch die Amtskette auf dem Tisch der Benennung eines Nachfolger so nahe gekommen war, wie es ihm nur möglich war.

»Paß auf dich auf, alter Freund«, flüsterte Corley schließlich.

Der Kielmark blieb an der Tür stehen, argwöhnisch wie immer, doch mit einem Lächeln auf den Lippen. »Du führst wohl Selbstgespräche«, konterte er dann vage, ehe er ohne ein Wort des Abschieds in der Finsternis des Korridors verschwand.

Noch in derselben Stunde lichtete die *Wolfsbraut* die Anker. Jaric stand an der Reling, die Hände über dem Heft seines Schwertes verschränkt, das er aus der Waffenkammer von Riffhafen bekommen hatte, in der es verwahrt worden war, seit Corley zum letzten Mal mit der *Neumond* dort vor Anker gelegen hatte. Taen, die neben ihm stand, konnte ihre Bestürzung angesichts der Waffe nicht leugnen. Traditionell war es unter der Würde eines vaeregeschulten Zauberers, stählerne Waffen zu tragen; doch als Anskiere begonnen hatte, den Feuergebieter in die Feinheiten seiner Macht einzuweihen, hatte Ivainson darauf bestanden, die Klinge in den Mittelpunkt seiner Bemühungen zu stellen. Weder Vernunft noch Anstand hatten ihn dazu bewegen können, sich mit dem üblichen Stab zu begnügen. Jener Zauberer, der als letzter seinen Treueeid gegenüber den Vaere abgelegt hatte, war so eigensinnig, daß selbst die Traumweberin, die ihn liebte, dagegen machtlos war.

Niemand wurde auf Taens nachdenkliches Schweigen aufmerksam, als der Kielmark seinem Bootsmann Befehle erteilte; Füße donnerten über die Planken, und die Matrosen kletterten auf die Masten, um die Segel zu setzen. Für sich betrachtet, war Jarics Eigenmächtigkeit lediglich ein Verstoß gegen die Etikette; doch der Traumweberin war nicht entgangen, daß, wenn Sturmwächter und Feuergebieter zusammen waren, beide ihre Gedanken abschirmten. Diese Abgrenzung erfüllte sie mit Sorge; um gegen die Dämonen des Schattentempels zu kämpfen, mußten die beiden Zauberer miteinander harmonieren und einander so sehr vertrauen, daß sie ihren Geist verschmelzen konnten.

Der Bootsmann brüllte. Donnernd fiel das Segeltuch von den Querbalken herab, begleitet von dem Kreischen der Taue in den Seilwinden. Bereit, seine Magie auf dem Vorderdeck zu wirken, hob der Sturmwächter von Elrinfaer den Kopf. Seine Augen waren so grau wie Regen vor einem wolkenverhangenen Himmel, und er trug eine Tunika aus schlichtem, gebleichtem Leinen, die er mit einer golddurchwirkten Schärpe gegürtet hatte. Doch die Einfachheit seiner Kleider vermochte den großartigen Eindruck seiner Macht nicht zu schmälern. Scheinbar mühelos lenkte er den Wind mit der Geschicklichkeit jahrzehntelanger Erfahrung.

Jaric sah zu, wie sich die Segel in der Höhe sanft zu wölben begannen, und in seinen Zügen spiegelte sich eine Sehnsucht, die Taen als Bewunderung erkannte. Als sich die *Wolfsbraut* mit sanftem Beben auf die Seite legte, lächelte er, während die Winde aus den Fockmastsegeln sein Haar zerzausten. »Anskieres Kontrolle ist einzigartig. Wenn ich etwas Vergleichbares versuchen würde, vielleicht das Feuer in der Kombüse durch meine Magie zu entfachen, dann würde vermutlich alles bis auf den Rumpf niederbrennen.«

»Du wirst besser werden.« Taen lehnte sich an die Schulter ihres Mannes, aufgemuntert durch seine Begeisterung für seine neue Gabe. Doch ihr Wohlgefühl schwand sogleich, als der Sturmwächter sich umblickte und bemerkte, daß der Feuergebieter ihn beobachtete. Dunkle Brauen zogen sich zusammen, bis der Blick aus den darunterliegenden Augen beinahe finster wirkte; dann, ohne einen Gruß oder aufmunternde Worte, ging Anskiere zum Achterschiff.

Ivainsons gute Stimmung verlor sich, und Taen fühlte, wie sich die Muskeln seines Unterarms spannten. »Was ist auf den Eisklippen geschehen?« fragte sie impulsiv. »Warum könnte der Prinz von Elrinfaer dir mißtrauen?«

Jaric betrachtete sein Schwert, als könnte der leblose Corlinstahl die Frage an seiner Stelle beantworten. Sein Blick war so intensiv wie unergründlich, und in seiner Stimme lag Verbitterung. »Anskiere glaubt, daß ich meine Art eines Tages ebenso verraten werde, wie mein Vater es getan hat.« Von plötzlicher Unruhe getrieben, zog er sich zurück, als könnte die Luft selbst ihn verbrennen. Taen umklammerte die Reling. Als Jaric davonging, folgte sie ihm nicht. Aus der Art seines Schweigens erkannte sie, daß der Feuergebieter sein Bestes getan, ja, sogar seinen eigenen Stolz unterdrückt hatte; und doch war es ihm nicht gelungen, Anskiere von Elrinfaer davon zu überzeugen, daß sein Erbe gänzlich frei von dem Wahn seines Vaters war.

Wolkenverhangen und mit Windböen senkte sich die Nacht über die Corinsee. Trotz des vorherrschenden Wetters blieb der Himmel über der *Wolfsbraut* sternenklar, und ihre Segel blähten sich unter der steten Brise. Auf die Reling gestützt, stand der Kielmark noch lange, nachdem der Lichtschimmer des Leuchtturms von Riffhafen hinter ihnen verschwunden war, auf Deck. Sein Zweimaster kreuzte allein auf hoher See. Der Großteil der Flotte war zurückgeblieben, um die Kontinentalstraße zu sichern; von einer Kompanie handverlesener Männer an Bord abgesehen, hing der Feldzug zur Rückeroberung von Morbrith von den Garnisonstruppen ab, die in Corlin aufgestellt werden sollten. Zumindest hielt der Herzog die Disziplin unter seinen Leuten aufrecht, wenngleich ihr Können weit hinter dem anspruchsvollen Niveau Riffhafens zurückblieb. Der Herrscher der Renegaten starrte mit finsterer Miene auf den phosphoreszierenden Schimmer des Kielwassers. Nun, da er nichts tun konnte, bis das Schiff die Küste erreicht hatte, geriet er ins Grübeln; die stabilen Wetterbedingungen gestatteten es den Seeleuten zu faulenzen und ließen ihm mehr Zeit zum nachdenken, als ihm recht sein konnte.

Ein schöner Tag folgte dem anderen. Meile um Meile legte die *Wolfsbraut* mit stets gleichbleibenden zwölf Knoten zurück. Doch für Jaric mangelte es während dieser Überfahrt nicht an Herausforderungen. Im Kampf um die Beherrschung der Feinheiten seiner magischen Kunst, schloß er sich von morgens bis abends mit dem Schwert auf seinen Knien im Kartenhaus ein. Die Waffe war ein Geschenk Telemarks. Der Waidmann hatte sie ihm an jenem Abend überreicht, an dem er den Seitwald verlassen hatte, um sich seinem Schicksal als Erbe des Feuergebieters zu stellen. Mehr als nur einmal hatte die Klinge Blut gekostet; nie hatte sie getötet, doch der Waffenschmied, der eine sehr gute Arbeit geliefert hatte, verstand viel von seinem Handwerk. Von der scharfen Schneide bis zu dem schwarzblauen Schimmern gehärteten Stahls, war diese Waffe eigens dazu geschaffen, zu verwunden. Jaric gab sich alle Mühe, ihre Natur zu verändern, und doch blieb ihm Tag um Tag der Erfolg seiner Anstrengungen verwehrt. Während eines Zeitraums von vierzehn Tagen hatte er keinerlei Fortschritte erzielt.

Der Feuergebieter lehnte sich an den Kartenschrank und seufzte frustriert. Längst war es dunkel geworden. Licht von der Decklaterne färbte die salzverkrusteten Fensterscheiben golden, und Schatten kauerten in den Ecken. Das Ächzen des Holzes auf hoher See hörte sich ungewöhnlich laut an, bis Jaric sich erinnerte, daß die Matrosen sich zu dieser Stunde in der Kombüse drängen mußten. Er hätte ebenfalls hungrig sein müssen, doch er war an Nahrung nicht interessiert. Obgleich die schwere Klinge Abdrücke in seinen Oberschenkeln hinterließ, kam es ihm nicht einmal in den Sinn, aufzugeben. Er hatte diese Waffe nicht wegen ihrer tödlichen Klinge gewählt, wie Anskiere glauben mochte. Macht mit einer Klinge, die zum Töten geschaffen worden war, zu vereinen, sollte ihn vielmehr stets daran erinnern, daß das Erbe eines Feuergebieters ein Potential grausamer Zerstörung barg. Jaric legte die Hände an das Schwert. Entschlossen, zu vollenden, was er begonnen hatte, schloß er die Augen und konzentrierte sich.

Er paßte seine Wahrnehmung als Erdenmeister der Klinge an. Wie Stein oder Erde oder die symmetrischen Kristalle der Mineralien, zeigte sich ihm auch das Metall als ein Gebilde aus Licht; winzige Energiewirbel, die ineinander verschlungen und sorgsam ausbalanciert waren. Jaric umfaßte das Muster mit seinem Geist. Dann entnahm er seiner Sathidbindung eine winzige Flamme. Mit der Sorgfalt eines Mannes, der versuchte, ein Spinnennetz in seine einzelnen Fäden aufzulösen, bemühte er sich, diese Energie mit der Struktur des Stahls zu verknüpfen. Schweiß verklebte das Haar an seinen Schläfen. Der Versuch, andersartige Energien durch eine Struktur von solcher Feinheit zu weben, kostete ihn all seine Kraft. Seit dem Morgengrauen hatten seine Bemühungen stets das gleiche Ende gefunden. Die lang andauernden Strapazen beeinträchtigten seine Kontrolle. Bestürzt schrie Jaric auf, als die Energien zerfaserten und die Symmetrie des Metalls zu zerstören drohten. Die Klinge auf seinem Schoß glühte rot, dann weiß, durchsetzt von dem Feuer, das lodernd herauszubrechen suchte.

Der Feuergebieter besänftigte seinen Geist. Hitze rann unangenehm über seinen Körper. Der Druck eingesperrter Energien zerrte wie körperliche Schmerzen an seinen Nerven. Er leckte sich die trockenen Lippen und bemühte sich, die Furcht zurückzutreiben, die in seinen Eingeweiden wütete. Dieses Mal war der Zauber zu weit fortgeschritten, um den Versuch noch abzubrechen. Müde und von dem Wissen entmutigt, daß Anskiere ganze Stürme innerhalb eines Augenblicks in einer Feder binden konnte, zwang er sich, auszuhalten. Ihm blieb keine andere Möglichkeit, als seinen Fehler zu korrigieren.

»Du hast es beinahe geschafft«, sagte eine Stimme hinter ihm. Kühle Finger glitten über Jarics heiße Hände, und eine Präsenz erfüllte seinen Geist wie winzige Wellen, die langsam im Sand versickerten. »Versuch es so.« Gleich darauf wurde sein Feuerfaden in eine andere Richtung geleitet.

Jaric nahm die Hilfe an; seine Magie entfaltete sich und fädelte scharlachrote Bande der Energie durch den Stahl. Der ganze Vorgang erschien vollkommen natürlich. Ivainson wunderte sich, warum er nicht schon früher in Harmonie mit dem Muster gearbeitet hatte, das dem Metall eigen war. Aufgeregt bearbeitete er die Struktur weiter, bis die Klinge des Schwertes auf ihrer ganzen Länge unter dem Einfluß der gespeicherten Energie vibrierte; Jaric fügte die letzten losen Enden der Energiestränge zusammen und öffnete die Augen im Lampenschein und der Anwesenheit Anskieres von Elrinfaer. Die Augen des Zauberers waren grau, klar und freundlich, und er lächelte.

»Ich denke, ich verstehe es jetzt.« Der Zauberer hob die Waffe von seinem Schoß; ihre rötliche Glut berührte seine aufwärtsgerichteten Züge, zeichnete sein Kinn kantiger nach, als es war, und verlieh seinen Augenbrauen eine ausdrucksstarke Krümmung. Sein goldenes Haar glänzte kupferfarben in dem magischen Licht. Durch die Berührung, die noch immer in seinem Geist wirkte, teilte Jaric den Blickwinkel des Sturmwächters; für den Bruchteil einer Sekunde schaute er sich selbst als das Spiegelbild seines Vaters Ivain.

Anskiere zuckte zurück. Magie erhob sich reflexartig, und blaue Funken stiegen von seinen halberhobenen Händen auf. Ein Wirbelwind entstand aus dem Nichts, begleitet von beißendem Ozondunst. Karten flatterten wild über den Tisch, und die Flamme der Laterne, die heftig an ihrem Haken an der Decke schwankte, erlosch in der Zugluft.

»Nein!« Rücklings gegen das Schott geschleudert, ließ Jaric das Schwert fallen. »Ivain ist *tot*!« Sein Schrei vermischte sich mit dem scheppernden Klang des Stahls, der auf die Planken zu seinen Füßen prallte.

Die Gewalt in Anskieres Reaktion erstarb. Noch einmal wirbelte der Wind auf, ehe er sich legte.

Raschelnd kamen die Karten zur Ruhe. Unfähig, etwas zu sagen, sank Anskiere auf einen Stuhl und legte den Kopf auf die makellos weißen Ärmel.

»Ich verstehe es wirklich.« Mühsam und unbeholfen erhob sich Jaric. »Durch die Bilder der Llondelei habe ich Euren Kummer über den Untergang Elrinfaers geteilt.« Schmerz schlug sich in seiner Stimme nieder. »Aber wie sollen wir jemals die Dämonen bekämpfen? Ihr könnt nicht vertrauen, und ich kann kein anderer sein als ich selbst.«

Anskiere blickte auf, und der Hauch eines matten Lächelns zeigte sich in seinen Zügen. »Wir werden es schaffen, denke ich. Schau.« Und er deutete auf das Schwert, das vergessen in der Dunkelheit lag.

Dort lag kein gewöhnlicher Stahl aus einer Waffenschmiede in Corlin mehr, sondern ein Instrument, eingehüllt in die orangerote Aura, die kennzeichnend für den Stab eines Feuergebieters war. Zwei weitere Auren würden diesen Grundstock schon bald begleiten, eine von untergeordneter Macht und eine dritte zum Schutz vor dem Mißbrauch durch Fremde. Stück für Stück durchschaute Jaric das Konzept; und schließlich wußte er intuitiv, daß er die verbleibenden Banne viel einfacher würde wirken können als den ersten.

Doch als er die Waffe erhob, dämpfte er das Licht seiner Gabe, als fühlte er sich schuldig. »Was nützt mir all mein Können, wenn Ihr nicht an mich glauben könnt?«

Stoff raschelte. Anskiere berührte leise seufzend Ivainsons Schulter in der Finsternis. »Ich muß lernen, die Vergangenheit zu vergessen. Denn in jeder Weise, die wahrhaft von Bedeutung ist, bist du der Sohn eines Freundes, den ich wie einen Bruder geliebt habe, ehe der Zyklus des Feuers ihn seiner Menschlichkeit beraubt hat.«

Ivainson vervollständigte die Schutzbanne über seinem Schwert in der stillen Hitze des Altweibersommers. Die Corinsee breitete sich bleiern und ruhig um das Schiff aus, doch Anskieres Winde hielten an; die *Wolfsbraut* näherte sich der Küste von Hallowild spät am nächsten Tag, und die Probleme gingen los, noch bevor das Land am Horizont in Sicht kam.

Wie eine trübe Goldscheibe glühte die Sonne hinter wogenden Rauchschwaden. Seeleute versammelte sich an der Reling, während der König der Piraten persönlich auf den Mast kletterte, um sich einen genauen Überblick zu verschaffen.

In der Hitze schwitzend und mit kaum mehr als seinem Schwertgurt und einem Paar Unterarmriemen bekleidet, schwang sich der Kielmark über die Taue zurück auf Deck. Dort überreichte er Anskiere das Fernglas und sagte kurz angebunden: »Der Richtung nach, nehme ich an, der Seitwald steht in Flammen. Die entscheidende Frage lautet: warum?«

Anskiere nahm das Glas entgegen, machte aber keine Anstalten, es an die Augen zu heben. »Kein Blitzschlag«, sagte er bald. »Das nächste Gewitter braut sich dreihundert Meilen nördlich von hier zusammen. Auch kann kein Herdfeuer den Wald durch windgetriebenen Funkenflug entzündet haben. In dieser Gegend ist es vollkommen windstill. Vielleicht kann Taen dich genauer informieren.«

Die Traumweberin hatte sich offenbar zum Schlafen unter Deck begeben; der Kielmark wies seinen Diener an, sie zu wecken und auch Jaric aus dem Kartenhaus herbeizurufen. Dann richtete er den Blick seiner kalten Augen auf den Sturmwächter. »Gib uns eine steife Brise und treibe dieses Schiff nach Corlin. Vielleicht werden ihre Segel dann in Fetzen herunterhängen, aber die verdammten Planken werden schon halten.«

Doch Taen, die Traumweberin, schlief nicht. Als der Diener des Kielmark ihre Kabine erreichte, fand er das Bett leer vor. Die Zauberin hockte auf einer Seetruhe, die Beine gekreuzt, die Augen weit geöffnet und doch blind in ihrer Trance. Der Zauberei gegenüber nicht minder argwöhnisch als sein Herr und Meister, zögerte der Mann auf dem Kajütgang, bis das Knarren einer Türangel seine Anwesenheit verriet. Taen erschrak ein wenig. Zitternd blinzelte sie. Als wäre sie benommen, brauchte sie Zeit, um den Diener klar erkennen zu können, der dabei war, ihre Kabine zu betreten.

Im nächsten Augenblick aber sprang sie aufgeregt auf. »Wo ist der Kielmark?« fragte sie hastig. »Schick ihn her, zusammen mit den beiden Zauberern. Gefahr ist über Hallowild hereingebrochen.«

Der Diener wirbelte auf dem Absatz herum und wäre beinahe mit seinem Herrn kollidiert, der sich, über die Verzögerung verärgert, ungestüm selbst auf die Suche nach Taen begeben hatte. Der Diener zuckte zurück und bewies die Geistesgegenwart, schnell genug auszuweichen, um nicht gewaltsam aus dem Weg gestoßen zu werden.

»Der Seitwald brennt«, schnappte der Herrscher von Riffhafen übergangslos. »Könnt Ihr mir verraten, warum, Zauberin?«

Taen begegnete der gereizten Ungeduld des Kielmark mit der Haltung gehärteten Stahls. »Der Dunkle Träumer bringt uns einen Krieg, wie ihn noch nie ein Mensch in Keithland ausgefochten hat.« Sie ließ von der Sprache ab; das Unaussprechliche konnte sie durch ihre Gabe genauer darlegen. Traumbilder drängten sich in den Geist des

Kielmark. Mit einem erstickten Fluch zuckte er zusammen, als er durch den Einfluß der Zauberei einen Eindruck von dem neuen Heer des Schattentempels erhielt, einen Eindruck, dessen Schrecken menschliches Vorstellungsvermögen weit überstieg.

Wütend brüllte der Kielmark bereits Befehle, bevor die Vision ganz verklungen war. Obwohl er sich unter Deck aufhielt, hörten ihn die Matrosen, und sie gehorchten eifrig seinen Anweisungen. Lebhaftes Treiben kehrte ein, als die Männer in größter Eile in die Takelage sprangen. Segeltuch donnerte herab und blähte sich in dem Wind, der aus Magie geboren war. Die *Wolfsbraut* neigte sich heftig, und Taen flog Hals über Kopf von ihrer Truhe. Die gewaltige Hand des Kielmark fing sie auf, ehe sie gegen seinen Körper stürzen konnte. Mit einer Grobheit, die keinen Raum für Rechtfertigungen ließ, riß er sie wieder hoch. »Holt den Feuergebieter. Wir werden die Küste noch vor Einbruch der Nacht erreichen, und dann müßt Ihr beide bereit sein, an Land zu gehen.«

Am Abend verdeckte eine Rauchwolke die Sonne. Obwohl die See überall ruhig war, raste die *Wolfsbraut* mit zerfetzten Klüvern durch die Fluten. Dann legte sich Anskieres Wind, und Segel und Taue hingen schlaff herab. Während die Matrosen den Anker zu Wasser ließen, näherte sich von der Küste eine Barkasse mit Soldaten und dem Oberkommandanten des Herzogs. Als das Boot längsseits glitt, bestätigte der Offizier Taens Traumbilder mit angsterfüllter Stimme.

Die Toten von Morbrith hatten sich erhoben. Halb verrottete Leichen von den Feldern und aus den Städten hatten sich mit Schwertern bewaffnet und waren dann als grausige Formation losmarschiert, um zu plündern, zu schänden und Rache an den Ländern im Süden zu nehmen. Feuer konnte sie aufhalten. Aus diesem Grund hatten verängstigte Bauern unter der Führung eines Priesters den Seitwald in Brand gesteckt und dann vergeblich gebetet, Wind möge aufleben und ihre Felder verschonen.

Ihr Glaube hatte niemandem geholfen, wie der Offizier schließlich trocken feststellte. Göttliche Feuer kümmerten sich nicht um Bauern, und der Wind wehte während der Trockenzeiten niemals aus südlicher Richtung. Das Heer der Toten aber marschierte weiter und tötete ungehindert Flüchtlinge, bis die Soldaten des Herzogs einen Widerstand organisiert hatten.

Der Kielmark verlangte gerade, die Einzelheiten zu erfahren, als sich Feuergebieter, Sturmwächter und Traumweberin neben ihm an der Reling einfanden.

Das Wetter war mild und der Jahreszeit entsprechend trocken geblieben; der Seitwald brannte rettungslos. Er wäre sogar verloren gewesen, hätte die Verteidigung der Grenzgebiete nicht den Einsatz jedes verfügbaren Mannes erfordert. Um den Waidmann besorgt, der ihn, als er ein Knabe gewesen, aufgenommen hatte, unterbrach Jaric: »Wie groß ist das Waldgebiet, das in Flammen steht?«

Der Oberkommandant zuckte mit den Schultern. Schweißflecken verunzierten seine Tunika. »Wer weiß? Die letzten Berichte beliefen sich auf sieben Quadratmeilen, aber auch das waren nur Vermutungen, und sie sind schon einige Stunden alt.«

Der Kielmark quetschte grimmig eine Frage zwischen den Zähnen hervor. »Wie viele Männer kämpfen, und wie viele sind in Corlin geblieben?«

»Der Herzog ist mit drei Kompanien ins Feld gezogen.« Gekränkt durch die mißbilligende Miene seines Gegenübers, erklärte er dann gereizt: »Würdet Ihr denn eine Stadt, der Belagerung droht, schutzlos lassen? Das Heer des Dunklen Träumers marschiert bereits südlich von Gaires Heumond. Schon im Morgengrauen könnte Corlin angegriffen werden.«

»Mach das fest!« Der Kielmark befahl einem Matrosen, die Fangleine der Barkasse zu lösen. Ohne dem hochrangigen Offizier aus Corlin den nötigen Respekt zu erweisen, gab er Anweisungen. »Nehmt die Zauberer mit zur Küste und besorgt ihnen Pferde. Meine Männer werden in den Beibooten folgen und die verbliebenen Truppen Aufstellung nehmen lassen. Es wäre gut, wenn Ihr irgendwo in der Stadt Pferde auftreibt, denn ich habe die Absicht, jeden verfügbaren Schwertkämpfer unverzüglich gegen Maelgrim aufmarschieren zu lassen.«

Auf einen Wink des Bootsmanns begann Taen, über Bord zu klettern, während ein Oberkommandant mit starrem Blick und einem ungläubigen, hysterischen Tonfall protestierte: »Was? Ihr gebt mir zwei Magier und eine Zauberin und schlagt dann vor, Corlin schutzlos zurückzulassen? Wir kämpfen gegen ein Heer aus Leichen, Mann! Waffen können nicht töten, was bereits tot ist!«

Der Kielmark verschränkte seine massigen Unterarme vor der Brust. Sein kalter, zorniger Blick beobachtete, wie Jaric über die Reling kletterte, ehe er zu dem Offizier in der Barkasse zurückwanderte. »Ihr kämpft gegen eine menschliche Mißgeburt und einen Kreis der Gierj. Schließt die Tore für den Fall der Belagerung, und ich sage Euch, daß jeder, der sich dann noch in der Stadt befindet, sterben und in die Legionen des Dunklen Träumers eintreten wird.«

Ein Augenblick der Spannung zog dahin, während Anskiere den anderen in die Barkasse folgte. In dem Augenblick, da der Sturmwächter den Fuß auf die Ruderbank gesetzt hatte, brüllte der König der Piraten einen Befehl. Der Seemann, der auf die Fangleine achtete, löste sie ohne das geringste Zögern. Die Strömung packte das Boot und trug es davon; von der plötzlichen Bewegung im Stehen überrascht, verlor der Offizier das Gleichgewicht. Mit rudernden Armen stürzte er rückwärts, stolperte über die Füße seines Bootsführers und fiel seinen Ruderern direkt in den Schoß. Als endlich die Ruder durch die Dollen geführt werden konnten, um das plumpe Gefährt zu stabilisieren, war es für Argumente ebenso zu spät wie für Anstandsformen.

Durch eine zunehmend größer werdende Wasserfläche von seinem Widersacher getrennt, wütete der Oberkommandant hilflos auf der Barkasse, als der Kielmark seine Männer anwies, die Beiboote zu Wasser zu lassen. Riffhafens Matrosen gehorchten mit beeindruckender Geschwindigkeit. Das erste Boot landete bereits nach eineinhalb Minuten im Wasser, und die Ruderer kletterten an Bord. Irgendwie hatten sie es geschafft, sich in der Zwischenzeit für den Kampf zu bewaffnen. Der Gleichklang, mit dem sie ihre Ruder durch die Dollen schoben und gegen die Strömung zu pullen begannen, war verblüffend. Sie alle würden die Hafenanlagen der Stadt erreichen, bevor die plumpe Barkasse überhaupt Fahrt aufgenommen hätte.

Der Oberkommandant von Corlin schlug frustriert mit der Faust gegen die Bank im Heck, während seine eigenen Ruderer sich ungeschickt auf ihren Plätzen abmühten. Ein Offizier, ganz gleich wie hochrangig, durfte sich nicht gegen seinen Herzog stellen; aber die Königin persönlich hatte diesem Piraten und seinem Pack gut ausgebildeter Halsabschneider die Befehlsgewalt übertragen. Da ihm keine elegante Ausweichmöglichkeit blieb, brachte der verstimmte Oberkommandant die drei Zauberer an den südlichen Anlegesteg und sorgte dafür, daß sie in den Sattel stiegen.

Obwohl die Pferde ausgeruht waren, litten sie in der windstillen Luft. Schweißnaß schimmerte ihr Fell auf dem von Fackeln beleuchteten Platz am Fährhafen. Das Klirren von Zaumzeug, Schwertern und Rüstungen ängstigte sie, und sie tänzelten nervös, als die Soldaten, die als Eskorte ausersehen waren, sich auf ihren Ritt vorbereiteten.

»Wohin werdet Ihr reiten?« verlangte der Oberkommandant zu erfahren. Er sprach durch die Nase, als läge ein Geruch in der Luft, der ihm nicht behagte.

Anskiere gab sich bei seiner Antwort nicht viel höflicher als zuvor der Kielmark. »In den Seitwald und danach zum Schlachtfeld.«

Zürnend gab der Offizier zurück: »Bei Kors Gnade, Zauberer, sind Bäume und Eichhörnchen von größerer Bedeutung als die lebende Bevölkerung von Hallowild?« Doch seine Frage ging in dem Staub und dem Lärm unter, als der Sturmwächter und seine Begleiter donnernd von den Docks fortritten. Taen blieb keine Möglichkeit, dem Mann zu versichern, daß Jaric und Anskiere einen Plan geschmiedet hatten; ihr eigenes Pferd ging beinahe durch, um mit seinen Artgenossen Schritt zu halten. Von dem hastigen Aufbruch überrascht, kletterten die Soldaten, die als Eskorte abkommandiert worden waren, verspätet in ihre Sättel und nahmen die Verfolgung auf.

Kapitel 12

HALLOWILD

Die Nacht brach an; verborgen in der Dunkelheit war der Boden auf der Straße zur Fähre von Corlin aufgeweicht, und in den Furchen, die Vieh und Wagen hinterlassen hatten, hatten sich Pfützen gebildet, die nur langsam austrockneten. Die Pferde galoppierten durch eine Luft, die angefüllt war vom Geruch zertrampelten Klees, vermengt mit einem Hauch von Schlamm und Schilfgras. Im Südwesten, jenseits der flackernden Flammen der Fackeln der Vorhut, erhob sich der Seitwald unter einer Decke aus Feuer und Rauch. Das Wasser des Rotwasserflusses, das den Flammen den Weg nach Norden abschnitt, stob auf, wann immer die Strömung über verborgene Felsen hinwegjagte.

Taen klammerte sich an ihren Wallach; ihr Mißtrauen gegenüber Pferden war durch ihre Traumtrance ausgeschaltet. Eingebunden in ein Netz der Macht, jagte ihr Geist durch den Wald auf der Suche nach einem Mann, der im Herbst in weicher Lederkleidung unterwegs sein sollte, um seine Fallen auszulegen. Während jedoch der Seitwald brannte, blieben ihr keine Anzeichen jahreszeitlicher Veränderungen, um ihre Suche zu leiten. Die Wege, die der Waidmann üblicherweise zu beschreiten pflegte, waren von Tieren auf ihrer wilden Flucht zertrampelt worden. Lodernde Dickichte und rauchverhangene Täler lieferten ihr keine Spur eines menschlichen Bewußtseins. Endlich, beinahe schon bereit, aufzugeben, erprobte Taen den Geist eines Sperlings; durch seine Ohren vernahm sie den klirrenden Schlag einer Axt. Sie lokalisierte den Ursprung des Geräusches und traf sogleich auf eine Präsenz, so gespannt und aufmerksam wie die eines Falken. Mit einem Aufschrei der Erleichterung brach die Traumweberin ihre Trance und gab ihrem Pferd die Sporen.

Protestierend warf der braune Wallach den Kopf zurück, ehe er mit ausholenden Schritten zu dem Roß des Feuergebieters aufschloß. Mit lauter Stimme besänftigte Taen Jarics Sorgen. »Telemark ist unversehrt. Er versucht, eine Schneise zu schlagen, um das Feuer aufzuhalten.« Ein Traumbild zeigte Ivainson einen von Laternen erhellten, rauchverhangenen Weg, über dem der Geruch zerdrückten Farns hing; dort arbeitete der Waidmann mit Schaufel und Axt ganz allein, um eine Katastrophe abzuwenden.

Ivainson kannte diesen Ort. Und er sah, daß die Feuersbrunst kaum eine halbe Meile entfernt wütete. Bäume explodierten förmlich und spien todbringende Funken aus. Keine menschliche Kraft war noch imstande, den Seitwald vor der Zerstörung zu bewahren. Telemark arbeitete aus reiner Sturheit weiter, denn der Fallenstellerei und seiner Hütte galt all seine Liebe. Sie waren sein Leben. Durch die Freundschaft und ein tiefempfundenes Schuldgefühl zum Handeln verpflichtet, zögerte Jaric keinen Augenblick. Im Vertrauen darauf, daß Taen Anskiere informieren würde, gab er seinem Pferd die Sporen und jagte im Galopp in den Wald hinein.

Ein Vorreiter machte Anstalten, ihm zu folgen. »Bleib hier!« kommandierte der Sturmwächter. »Du wirst ihm nur in die Quere kommen.«

Der diensthabende Offizier protestierte, doch Anskiere machte sich nicht die Mühe, ihm zu antworten. Statt dessen rief er das Licht seines Stabes herbei.

Jedes Pferd in der Kompanie scheute. Die Reiter hatten Mühe, im Sattel zu bleiben, während sich die Nacht um sie herum mit der Spannung eines aufkommenden Sturmes auflud. Regenschwere Winde strichen durch das Gras und drückten die Halme zu Boden. Stetig heller strahlten die Wetterbanne, bis Anskieres hochgewachsene Gestalt von einem violetten Schimmer umgeben war. Um ihn herum begann eine ganze Kompanie hartgesottener Männer vor Furcht zu zittern, während die Wolken über die Baumkronen zogen und die Stille in der heißen Luft unter dem Einfluß der Zauberei zerbrach.

Während andere Männer in Hallowild kämpften, um die Horde wiederbelebter menschlicher Überreste unter dem Befehl des Dunklen Träumers zu vertreiben, versenkte Telemark, der Waidmann, seine Axt mit lautem Krachen im Stamm einer Silberbuche. Das frische Holz hielt stand; mit roher Gewalt schnellte der Stahl zurück, und nur winzige Splitter lösten sich aus dem Stamm. Telemark blinzelte, denn seine Augen tränten. Durch den Rauch und den Schmerz aufgeplatzter Blasen behindert, hob er die Axt zum nächsten Schlag, hielt dann aber inne, als ein Rascheln in dem Unterholz jenseits der Schneise erklang, die er mit seiner Arbeit geschaffen hatte.

Ein Mann erschien zwischen den Bäumen, gut gebaut und für den Sattel gekleidet. Als er näherkam, offenbarte der Lampenschein goldenes Haar, eine Tunika von fremdländischer Musterung, die in den Dornenbüschen gelitten hatte, und ein überaus vertrautes Gesicht. Überrascht richtete Telemark sich auf.

»Leg die Axt nieder, alter Freund«, sagte Jaric. Er lächelte über das erstaunte Gesicht des Waidmannes, ehe er die weite Fläche gerodeter Erde im Laufschritt hinter sich brachte.

Zwar stärker und breitschultriger als der Knabe, der einst den Winter im Seitwald verbracht hatte, bewegte sich Jaric doch noch immer mit großer Vorsicht, so, als könnte jeden Augenblick die Erde aufreißen und ihn zu Fall bringen; doch ein einziger Blick in seine Augen bewies deutlich, daß er dieses mangelnde Selbstvertrauen längst hinter sich gelassen hatte. Der Mann, der zurückgekehrt war, um seinen früheren Mentor zu umarmen, besaß genug Macht, die Steine am Boden so zu formen, daß er bequem über sie hinwegschreiten konnte.

Telemark erwiderte den Gruß und trat zur Seite. Die Axt ruhte mit dem Stiel nach unten im Moos. Schweiß glänzte golden im Fackelschein auf seinen Unterarmen, und sein schwarzes, graumeliertes Haar war mit Asche bedeckt. »Die Llondelei hat die Wahrheit vorausgesagt«, stellte er fest, und der Kummer über die zerstörte Wildnis erstickte seine Wiedersehensfreude. »Der Seitwald brennt.«

Jaric betrachtete die aufgewühlte Erde und die Narbe im Grün, die nur Liebe und Verzweiflung hatten hervorbringen können. »Ich glaube, ich kann helfen.«

Als könne eine Waffe das Unmögliche vollbringen, trat er zurück und zog sein Schwert. Telemark erkannte die Klinge. Doch was einst gewöhnlicher Stahl gewesen war, strahlte nun unter dem dreifachen Lichthof der Schutzbanne eines Feuergebieters.

Verblüfft starrte ihn der Waidmann an. »Bei allen Feuern! *Du* bist der Nachfolger Ivains?«

Jaric antwortete nicht. Die Augen geschlossen, das Schwert erhoben, rief er seine Gabe herbei. Feuer tobte durch den Streitwald, und Baumwipfel brachen donnernd ab – Opfer des Feuers. Telemark stützte sich an einen Birkenstamm, als, angepeitscht von schrecklichen Energien, die Finsternis über seinem Kopf aufbrach, umgewandelt in den rotgoldenen Schein eines Infernos. In einem prachtvollen Spiel der Macht verschmolz die Feuersbrunst, die viele Meilen trockenen Waldgebietes vernichtet hatte, auf die Bitte des Feuergebieters zu einem einzigen Wirbel. In der Luft flimmerte es.

Und noch immer sammelten sich die Feuer. Flammen vereinigten sich mit Flammen, bis Jaric von hellem Licht überströmt war. Telemark schützte sein Gesicht, tief beeindruckt von einer Realität, die er zwei Jahre zuvor schon in einer llondischen Vision geschaut hatte. Stolz, gepaart mit einem unentwirrbaren Durcheinander verschiedenster Emotionen, ließ ihm den Atem stocken. Hätte er zu jener Zeit gewußt, wen er vor den räuberischen Waldbanditen gerettet hatte, er hätte vielleicht niemals den Mut aufgebracht, die Zuflucht zu gewähren, die er dem Erben des Ivain geboten hatte.

Doch nicht einmal diese überwältigende Erkenntnis konnte ihn von der Not des Seitwaldes ablenken. Blinzelnd bückte sich Telemark und tastete nach seiner Axt. Ein Blick in den Himmel aber zeigte ihm das Ausmaß des Wunders. Die Dürre war vorüber; Wolken bedeckten einen Himmel, der nur wenige Augenblicke zuvor allein vom Rauch des Feuers verhüllt gewesen war. Erleichtert rief der Waidmann: »Sohn des Ivain!«

»Geh nach Hause und ruh dich aus.« Im donnernden Getöse der Flammen erklang wie aus weiter Ferne Jarics Stimme. »Der Sturmwächter von Elrinfaer wird die letzte Glut ersticken und dafür sorgen, daß dein Wald gerettet wird.«

Plötzlich wurde sich Telemark seines vor Erschöpfung schmerzenden Körpers bewußt, und er richtete sich in der Hitze der Präsenz des Feuergebieters auf. »Was werdet Ihr tun?«

Das Gesicht in der Feuersbrunst lächelte. »Diese Flammen werden der Verteidigung Corlins noch dienlich sein können.« Und seine Wahrnehmung fand einen ausgetrockneten unterirdischen Wasserlauf, der sich in sanften Windungen zum Fluß schlängelte, und Jaric trat in die Erde ein und verschwand.

Die unerträgliche Helligkeit des Feuers ging mit ihm. Im gewöhnlichen Lampenlicht nahm Telemark blinzelnd seine Axt an sich. Der Schmerz seiner wunden Handflächen weckte ihn wie aus einem Traum. Dankbar für die Einsamkeit, weinte er hemmungslos, während um ihn herum der Regen stetig zum Heil der grünen Bäume und Sträucher und ausgedehnter Flächen versengter Erde vom Himmel strömte.

Auf Anskieres Wunsch gewann der Sturm an Stärke. Sintflutartige Regenfälle ergossen sich über die verbrannten Gebiete des Seitwaldes, und glühende Holzscheite erloschen unter zischenden Wolken aus Asche und Dampf; doch südlich des Flusses fiel kein Tropfen Regen. Taen, der Sturmwächter und Corlins Truppe nervöser Kavalleristen setzten ihren Ritt auf trockenem Boden fort. Die Pferde nahmen die Veränderung gelassen hin. Nach den ersten tänzelnden Schritten trotteten sie willig dahin, und ihre Hufe hinterließen Spuren in dem kreidehaltigen Staub der Straße. Die Soldaten aber, die als Eskorte abkommandiert worden waren, murrten und hielten sich von dem Sturmwächter fern.

»Jaric wartet schon auf uns«, informierte Taen Anskiere. Von der Notwendigkeit erschöpft, gleichzeitig zu reiten und ihre Gabe zu nutzen, umklammerte sie die Zügel wie eine Rettungsleine auf hoher See. »Corlins Hauptstreitmacht wurde zum Rückzug gezwungen. Der Kielmark weiß Bescheid. Er hat das Kommando über die Reservegarnison übernommen. Wir werden ihn bei der Nachhut treffen, etwa eine halbe Meile vom Rotwasserfluß entfernt.«

»So nahe sind die feindlichen Linien?« Besorgt trieb der Sturmwächter sein Pferd zu kurzem Galopp.

Plötzlich flammte ein Licht vor ihnen auf. Lodernd warf es Schatten jenseits von Strauchwerk und Reiterschar. Nach der nächsten Wegesbiegung versperrte eine Gestalt, umrahmt von gleißender Helligkeit, den Weg. Der Feuergebieter saß im Sattel seiner zitternden, sich aufbäumenden Stute, das Schwert hoch über den Kopf erhoben; über der Klinge stand eine sechzig Fuß hohe Flammenmauer, dem Seitwald entrissen und durch Zauberei in einen Nexus gehorsamer Macht gebunden. Strahlendes Licht flutete den Boden, bis er über mehrere Meter in jeder Richtung an gehämmerte Metallplatten erinnerte, und die Bäume zu beiden Seiten des Weges erzitterten unter dem Hitzeflimmern in der Luft.

Als Anskiere und Taen ihre Pferde zügelten, holte ihre nachhinkende Eskorte schließlich wieder auf.

»Kor!« Der befehlshabende Sergeant überspielte seine Furcht durch sein nervöses Gestammel. »Wie schade, daß der Fluß zu tief ist, um hindurchzuwaten. Auf der anderen Seite könnte das Feuer Leben retten.«

Voll und ganz damit beschäftigt, sein Pferd zu beruhigen, zerrte der Sturmwächter an den schweißgetränkten Zügeln. Als das Tier aufhörte, zu tänzeln, und keinen Versuch mehr machte, durchzugehen, sagte er: »Das ist genau das, was Jaric beabsichtigt.« Dann preßte er noch einige Silben zwischen den Zähnen hervor, und der Stab über seinem Kopf flammte purpurrot auf. Ein schauriger Laut der Energie dröhnte in der Luft, gefolgt von einem Krachen wie von berstendem Steingut. Jeder Soldat auf Corlin schrie auf, als der Rotwasserfluß auf seiner ganzen Breite zu Eis erstarrte.

»Reitet!« rief der Sturmwächter. Er trieb sein Roß mit einem kräftigen Tritt zum Galopp und raste Hals über Kopf das Ufer hinunter. Als das Tier landete, flogen Eissplitter unter seinen Hufen auf, es glitt aus und rang torkelnd um sein Gleichgewicht.

Eher an Ziegen als an Pferde gewöhnt, verkrallte sich Taen mit beiden Händen in der Mähne und klammerte sich fest, während ihr Brauner hinterhereilte. Das Tier stolperte. Das Gesicht an seinen Hals gepreßt, hielt sich Taen fluchend fest und schaffte es irgendwie, im Sattel zu bleiben. Ihr Roß rutschte heftig unter ihr. Taen ließ die Zügel los und klammerte sich am Leder des Sattels fest. Die Schultern des Pferdes klemmten ihr bei jeder Bewegung die Finger ein. Dann hatte das Tier es geschafft und galoppierte das Ufer hinauf zu der Straße auf der anderen Seite. Ihr Körper hatte viele Prellungen erlitten, über die sie nicht nachdenken wollte, als sie nach den Zügeln tastete. Atemlos wagte sie einen Blick über die Schulter. Jaric folgte mit der finsteren Miene seines Vaters, und seine Schwertspitze verströmte Licht wie ein Leuchtturm.

Die Reiter, die zu ihrer Eskorte bestellt worden waren, irrten verwirrt auf der anderen Seite des Flusses über das Ufer, doch keiner der drei Zauberer schenkte ihnen irgendwelche Beachtung. Dankbar für diese Nachlässigkeit vergaßen die Männer ihre Pflicht und gestatteten ihren Pferden, in Panik nach Corlin zurückzulaufen.

Eine Meile weiter verlangsamte der Sturmwächter das Tempo, um sein Pferd wieder zu Atem kommen zu lassen. Hufe klapperten auf dem von Wagenrädern gezeichneten Schiefergestein der Straße; vermengt mit dem Röhren der Flammen machte dieses Geräusch jeden Versuch zu sprechen zunichte. Taen nutzte die Pause, sich einen Überblick über den Verlauf der Schlacht zu verschaffen.

Das Ergebnis war niederschmetternd. Corlins Truppen waren in Bedrängnis, und der Herzog war gezwungen, erneut einen Befehl zum Rückzug zu erteilen. Bestürzt angesichts dieser Entwicklung, lenkten Sturmwächter und Feuergebieter ihre Pferde von der Straße herunter.

Im Galopp überquerten sie gepflügte Felder und Weideland, bis ihnen die Steinmauern eines Schafpferchs den Weg versperrten. Anskiere trieb sein Pferd an und setzte über die Mauer. Aber Jaric war nicht als Prinz aufgewachsen, dem stets die besten Pferde zur Verfügung gestanden hatten; er rief seine Erdenmeisterschaft und sprengte die Barriere in einem Funkenregen auf. Dankbar angesichts ihrer wunden Knie, folgte Taen ihm durch die Lücke im Mauerwerk, und ihr Wallach fiel in Schrittempo zurück.

Die Verteidigungslinien des Heeres von Corlin waren nun erschreckend nahe, und sie verloren beständig an Boden. Direkt hinter der nächsten Anhöhe erklangen Rufe, und das Klirren der Waffen vermengte sich mit den Schreien verstümmelter Soldaten. Ganz in der Nähe wurde ein Horn geblasen. Ein Pfeifton signalisierte den Rückzug, beanwortet von dem Donnern der Hufe, als Kavalleristen einen Vorstoß wagten, um den auseinandergefallenen Linien der Infanterie Gelegenheit zu geben, sich neu zu formieren.

»Wenn sie vor dem Fluß in die Enge getrieben werden, sind sie verloren«, brüllte Jaric.

Anskiere vollführte eine Geste trostloser Zustimmung. Auf der Hügelkuppe zügelte er sein Pferd und starrte sprachlos auf die Szenerie vor seinen Augen.

Taen und Jaric hielten, nicht minder entsetzt, an seiner Seite inne. Der Anblick unter ihnen war ein Schlag gegen die Menschenwürde. Wie rote Wunden brannten Feuer im Tal. Von dem teuflischen Licht eingerahmt, bekämpften einander zwei Streitmächte, die eine bestehend aus einer Horde verängstigter Männer, die andere aus den Gebeinen der Toten, die von vertrockneten Sehnen klappernd zusammengehalten wurden. Männer, Frauen, Kinder, niemand war von der Versklavung zum Diener des Schattentempels verschont geblieben. Sie kämpften ohne eigenen Willen, nur Skelette, aus grausiger Absicht zum Leben erweckt. Organe und weiches Gewebe war längst von Aasfressern von ihren Knochen genagt worden, und die vertrocknete Haut über ihren Gesichtern legte Wangenknochen, Gebisse und Augenhöhlen, in denen Käfer genistet hatten, frei; und doch schwangen die knochigen Hände Tausender todbringende Waffen.

Ihre Hiebe richteten ein unermüdliches Massaker unter den Lebenden an. Taen sah einen hübschen jungen Schwertkämpfer, dessen Schädel von einer Axt beinahe vollständig gespalten wurde. Blut sprudelte hervor, als er stürzte; doch er brach nur bis auf die Knie zusammen. Voller Entsetzen beobachtete die Traumweberin, wie er sich erhob, sich umwandte und mit einem einzigen Hieb den Kameraden ermordete, der gerade noch an seiner Seite gekämpft hatte. Der Soldat starb mit einer Miene qualvoller Verblüffung.

Die Männer, die auf dem Feld niedergemetzelt wurden, starben nur, um die Greuel Maelgrims zu unterstützen. Taen glitt aus dem Sattel. Niedergeschmettert, daß eine derartige Bösartigkeit von dem ausging, den sie einst als ihren Bruder gekannt hatte, stolperte sie gegen Jarics Knie.

Ivainson beugte sich über den Widerrist seines Rosses, um sie zu trösten. Die Hitze seiner Feuer umschlang sie. Taen klammerte sich fest, als drohte sie, in Ohnmacht zu fallen, doch ihr blieb keine Zeit für Schwäche. Als Anskiere sich ungeduldig nach ihr erkundigte, berührte Jaric zögernd ihr Haar. »Kleine Hexe?«

Taen richtete sich mit einem Nicken erzwungener Tapferkeit wieder auf; innerlich wollte sie nur weinen. Doch ihre Gabe war unverzichtbar. Wortlos übergab sie Jaric die Zügel ihres Wallachs. Dann setzte sie sich in das feuchte Gras und versenkte ihr Bewußtsein in Trance, um die Macht des Dunklen Träumers zu erkunden, dessen Einfluß sie brechen mußten, wollten sie das Königreich Hallowild nicht an Lord Scait und den Schattentempel verlieren.

Vor ihrem inneren Auge stellte sich das Schlachtfeld anders dar. Für ihren Traumsinn überlagerte die geistige Glut lebendiger Menschen das

Aufblitzen der Schwerter und der stählernen Lanzenspitzen. An den Flanken zeigte ihr das Flackern und Funkeln von Bannen, wo der Hofzauberer des Herzogs von Corlin die Offensive durch seine Magie zu unterstützen suchte.

Doch wenn auch das Heer der Verteidiger sich als Licht zu erkennen gab, waren die Feinde, gegen die sie kämpften und unter deren Hieben sie starben, nichts als Finsternis, schwarz und formlos wie das Chaos vor Anbeginn der Schöpfung. Der Schatten, der die Toten leitete, erhob sich in der Festung von Morbrith. Wie eine Flutwelle ergoß er sich gen Süden, stark genug, abwechselnd über die Ländereien von Corlin und Dunmoreland hereinzubrechen. Vorsichtig sandte Taen ihre Gabe aus. Sie näherte sich den Grenzen der Macht des Dunklen Träumers und begegnete dem Gesang der Gierj.

Weit außerhalb der Grenzen menschlichen Hörvermögens zerrte der Ton, der die Dämonen befähigte, zu verschmelzen und ihre gewaltigen Energien hervorzubringen, an der Wahrnehmung der Traumweberin. Die Resonanz bohrte sich in Taens Schutzbarrieren und riß Löcher in ihre Konzentration, die groß genug waren, sie zurückzuschlagen.

Mit einem Schmerzensschrei zuckte sie zurück. Ihre Trance zerriß, und ihr Bewußtsein fand sich übergangslos in tiefer Nacht wieder, umgeben von Schreien und dem Klirren von Tausenden von Waffen. Keuchend und verwirrt fühlte sie, wie sich Arme von hinten um ihren Körper schlangen, als Jaric sie umsorgte, und das Licht seiner Feuer zauberte wilde Muster über ihren Schoß.

Widerwillig blickte Taen auf. Die Kampfhandlungen waren nun gefährlich nahe. Inzwischen hatte der Kielmark sich von der Nachhut gelöst. Seine laute Stimme erhob sich über den Lärm und ermahnte die verängstigten Männer, ihre Mauer aus Schilden aufrechtzuerhalten. »Ihr kriecherischen Echsen, bleibt standhaft! Wenn noch einer von euch flüchtet, dann reiße ich ihm die Eingeweide heraus und spieße ihn auf die Lanzen der Hilfstruppen auf.«

Seine Beschimpfungen verhallten, überlagert vom Klang der Waffen, als Maelgrims Schreckensheer einen weiteren Vorstoß verübte.

Vor dem Rauch, der Glut der Flammen und dem nächtlichen Himmel saß Anskiere steif wie eine Statue im Sattel, die Hände krampfhaft um die Zügel gespannt. »Wenn sie standhalten, werden sie nur um so schneller sterben.« Gepeinigt vom Anblick des Tötens, des Mordens und des allumfassenden Wahnsinns, der ohne Unterlaß ehrbare Männer vernichtete, wandte er sich von dem Schlachtfeld ab und sah, daß Taen aus ihrer Trance erwacht war. Die Starrheit ihrer Züge veranlaßte ihn, eine etwas sanftere Haltung einzunehmen. »Kannst du uns sagen, womit wir es zu tun haben, kleine Hexe?«

Taen schüttelte das Unbehagen ab, das von ihrer Suche zurückgeblieben war. Als Jaric sie aus seiner Umarmung entließ, richtete sie sich auf und erstattete mühsam Bericht. »Maelgrim führt den Angriff aus der Festung von Morbrith. Seine Macht, die Toten aufzuwecken, entstammt den Gierjlingen. Ich weiß nicht, wie viele es sind, ich weiß nur, daß es dieses Mal zu viele sind. Ich kann die dämonische Bindung nicht lösen, und ich kann die Kontrolle des Dunklen Träumers nicht aufbrechen, solange sein Gierjkreis noch intakt ist.«

Sosehr es sie quälte, mußte sie doch ihr Wissen

klar und deutlich übermitteln, also sandte sie den Rest ihrer Botschaft in Form eines Bildes. Durch ihre Traumberührung erfuhren der Sturmwächter und der Feuergebieter, daß Maelgrims Dämonen Harmonien geschaffen hatten, die so stark waren, daß sie ihnen schutzlos ausgeliefert wäre. Wurde die Verschmelzung der Gierjlinge nicht zerstört, so konnte sie nichts ausrichten; und offensichtlich beabsichtigte Maelgrim nicht, sich zurückzuziehen, ehe nicht auch der letzte Bewohner von Corlin geschlagen war.

Anskiere sprang von seinem Pferd. Ganz in seinen grimmigen Gedanken versunken, warf er die Zügel über den Kopf des Tieres, ehe er Jaric bedauernd anblickte. »Ich hatte gehofft, wir könnten auf den Einsatz magischer Gewalt verzichten, doch nun können wir die Augen nicht länger vor dieser Notwendigkeit verschließen.«

Ivainson, der Feuergebieter, zuckte zusammen. Nie hatte er nach der Macht eines Zauberers gestrebt. Seit dem Tag, an dem er seine Meisterschaft errungen hatte, hatte er stets gebetet, seine Kräfte niemals um eines Krieges willen einsetzen zu müssen. Allzuleicht konnten der Schmerz und der Haß, die den Wahnsinn seines Vaters genährt hatten, in ihm einen neuen Wirt finden.

Taen fühlte Jarics Konflikt. Doch obwohl sie ihm näher stand als jeder andere, konnte nicht einmal sie ihm Trost spenden. Wie stets versuchte Ivainson vergeblich, dem Wind selbst seinen Willen aufzuzwingen; sein Schicksal aber war zu machtvoll, von einem Sterblichen beeinflußt zu werden.

Vor Mitgefühl krank, kam die Traumweberin auf die Beine. Der Mann, den sie liebte, erhob sich hinter ihr und sammelte all seinen Mut. Nun so unergründlich wie sein Vater ergriff Jaric die Zügel seines eigenen Rosses, die des Braunen und schließlich die von Anskieres Wallach. Sacht legte er das Leder in Taens Hände, während der Sturmwächter Instruktionen erteilte.

»Die Pferde müssen fort von hier. Wir haben keine Zeit, uns um sie zu kümmern, und die Wirkung roher Mächte wird sie nur ängstigen.«

Seine Entscheidung war in keiner Weise übereilt. Die Schreckensarmee des Schattentempels rückte unermüdlich vor. Die Schreie der Verwundeten und die Hörner der Offiziere klangen so nahe, als wäre die Schlacht schon bis zum Fuß des Hügels vorgedrungen, auf dessen Kuppe die Vaereschüler ihren Gegenschlag vorbereiteten. Kämpfe überzogen das Land wie ein wilder Strom. Die vordersten Linien der Verteidiger wurden noch immer vom Kielmark und der Sense, die er ein Schwert nannte, angeführt. Ständig sprudelten laute Beschimpfungen über seine Lippen; und als hätten sie eine geheimnisvolle Eingebung erfahren, sammelten sich die stärksten Männer zu seiner Unterstützung.

Doch dieses Mal führte der ergrimmte Hang des Herrschers von Riffhafen, Befehle zu erteilen, zu einer Katastrophe. Als die Linien zu beiden Seiten zusammenbrachen und die Männer ihr Heil in der Flucht suchten, blieben er und sein Kader allein zurück. Schon drohte die Vorhut der Leichen unter dem Kommando des Schattentempels, ihre Flanken zu unterwandern.

Anskiere trat neben Jaric. »Handle rasch. Noch eine einzige Minute, und wir werden nicht mehr umhin können, unsere eigenen Leute gemeinsam mit dem Feind niederzumetzeln.«

Taen hörte seine Worte. Zügel knarrten in ihren schweißnassen Händen, als sie ihre Konzentration rief, um die tapfersten Verteidiger vor der Gefahr zu warnen. Sie fand den Kielmark und seine Männer vollends verloren im Klirren und Kreischen stählerner Waffen. Ihre Traumberührung selbst wurde so zum Risiko; nur ein sorgloser Gedanke, und sie würde die Konzentration der Kämpfer brechen oder sie zu einem kritischen Zeitpunkt stören. Doch in dieser Krise war es ihr unmöglich, sich vollkommen auf ihr Vorhaben zu konzentrieren. Jeder Versuch präzisen Handelns scheiterte an dem schrecklichen Heulen der Gierj. Die Nähe der Macht, die durch Maelgrim strömte, untergrub Taens Gabe, bis das Schlachtfeld in der Tiefe zu einem bewegten Bild ohne jegliche Bedeutung verkam, zu dem Alptraum eines Geistes, der nicht der ihre zu sein schien.

Zu abgelenkt durch diesen Einfluß, blieb ihr keine andere Wahl, als von ihrem Vorhaben abzulassen. Würde sie weitermachen, so mochte ihre Einmischung den gefährdeten Soldaten nur ein schnelleres Ende unter den Klingen der Gespenster Maelgrims bereiten. Ihr war die Aufgabe zugefallen, sich um die Pferde zu kümmern. Kraftvoll umfaßte Taen die Zügel, um die Tiere von dem Tumult fortzuführen, ehe die Energien des Sturmwächters und des Feuergebieters sich im Kampf vereinen konnten. Sie schaffte gerade ein knappes Dutzend Schritte, bevor Anskieres Stab auf der Anhöhe zu flammendem Leben erwachte.

Lichter bohrten sich mitten in das Chaos. Banne wogten knisternd empor, und ein dreifacher Purpurschimmer zauberte geisterhafte Lichtpunkte auf die Tautropfen im Gras. Sturmwinde folgten, peitschten Wassertropfen wie Funken durch die Finsternis.

Die Pferde scheuten. Eingeschüchtert durch ihre Größe und Stärke, streichelte Taen die schweißglänzenden Nacken und versuchte vergeblich, sie zu beruhigen. In diesem Augenblick rief auch der Feuergebieter seine Macht. Höher und heißer ließ er die Feuersbrunst, die er dem Seitwald entrissen hatte, auflodern, bis die Flammen mit betäubendem Dröhnen in den Himmel jagten.

Der große Wallach bäumte sich auf. Von den Füßen gerissen, schrie Taen und konnte das Tier doch nicht wieder zu Boden bringen. Ihr eigenes Pferd und Jarics Tier prallten aneinander. Taen ließ die Zügel brennend durch ihre Handflächen gleiten, und die Knoten an den Enden rissen ihren Griff ruckartig auf. Als die scheuenden Pferde mit donnernden Hufen in die Nacht entschwanden, vereinten Jaric und Anskiere ihre Macht. Die kombinierte Kraft ihrer Energien erhellte den Himmel und sandte ein unheilverkündendes, grimmiges Leuchten über das Schlachtfeld am Boden.

Taen bemerkte es kaum. Zusammengesunken im feuchten Gras fluchte sie und sog an ihren aufgerissenen Fingern. Über ihr verschmolzen die Energien zweier Zauberer. Ein lauter Wirbelsturm hüllte sich in Feuer und raste hinab, um die auferstandenen Toten zu vernichten.

Mit der Gewalt eines Blitzes schlugen die Energien zu. Pferde rannten in Panik davon. Lebende Männer brachen die Linien auf und flüchteten vor der Feuersbrunst; das Gefolge des Kielmark wurde mit ihnen fortgezerrt. Doch die dämonischen Leichen marschierten noch immer blind ergeben ihrer Vernichtung entgegen. Feuer überwältigte sie mit dem Donnern einer stürmischen Brandung.

Für einen Augenblick waren die Silhouetten tanzender Gebeine zu sehen; dann, herumgewirbelt wie Reisig, fingen Tausende Tote Feuer und brannten. Knochige Fäuste umklammerten Waffen, die weiß erglühten und schließlich geschmolzen zu Boden fielen. Bäume verwandelten sich explosionsartig in riesige Fackeln. Schädel fielen herab und rollten über den Boden, und Rauchschwaden stiegen aus den leeren Augenhöhlen auf.

Das Feuer wütete weiter und vernichtete ohne Unterschied alles, was in seine Bahn kam. Verwundete Menschen und lahme Pferde schrien und starben unter Qualen. Und die Flammen wüteten, knisterten, prasselten und leckten über den Boden, bis das ganze Tal westlich des Rotwasserflusses in einem orangeroten Leuchten erglühte.

Nun erst ließ der Ansturm nach; zwischen einem Atemzug und dem nächsten erstarb der wilde Zauber.

Flammen erloschen flackernd, als hätte die Dunkelheit selbst sie erstickt. Der Boden, über den Maelgrims Schrecken gewandelt waren, lag unter einem schwarzen Leichentuch begraben. Verkohlte Gräser und von glühender Asche bedeckte Sträucher umrahmten ein Feld unter einem dichten Schleier aus Rauch; Aschewolken sanken langsam zu Boden. Nun blieben keine Gebeine mehr, die sich erheben konnten, um Zerstörung zu bringen. Der Gesang der Gierj, der die Armee des Schattentempels zum Leben erweckt hatte, war endlich zu einer rauhen und wirkungslosen Disharmonie zerfallen.

Oben auf der Kuppe des Hügels löschte Anskiere die Magie seines Stabes und blickte über seine Schulter. »Jetzt, Taen!«

Unter ihm jubelten die überlebenden Soldaten vor hysterischer Erleichterung. Manche trommelten mit den Schwertern auf ihre Schilde, doch die Traumweberin konnte ihren Siegestaumel nicht teilen. Aufgerufen, die Verbindung des Dunklen Träumers zu seinen Gierj zu durchtrennen, versank sie in tiefer Trance.

Ihr Traumsinn offenbarte Taen einen Ort, umgeben von feuchten, kalten Steinen, der ihr das Gefühl schwindelnder Höhe vermittelte. Schauder befielen sie, als ihre Wahrnehmung Maelgrims Lager im Wachturm von Morbrith erfaßte. Das Gefühl des Bösen im Inneren ängstigte sie. Fackeln in gußeisernen Haltern tauchten die Mauern in orangerotes Licht, und jenseits der dissonanten Pfiffe der Gierj ertönte das Klirren von Metall; dieses leise Geräusch wurde zu ihrem Orientierungspunkt.

Der Dunkle Träumer des Schattentempels stand neben einem Südfenster und spielte mit dem Daumen an seinen silbernen Armreifen herum. Nächtlicher Himmel umrahmte ein Gesicht, das viel feiner gezeichnet war, als Taen es gekannt hatte. Unter ebenmäßigen Brauen leuchteten seine riesigen Augen, sie waren all ihrer Menschlichkeit beraubt.

»Gut gemacht, Schwester.« Maelgrim verbeugte sich in dem weltmännischen Stil, den er sich am Hofe Kisburns angeeignet hatte. »Obwohl ich der Ansicht bin, daß ihr bei der Rettung Corlins ziemlich übertrieben habt.«

Taen ignorierte seinen Spott. Der vorsichtige Versuch, den Geist zu lesen, der den Körper ihres Bruders beherrschte, brachte eine Unzahl unterschiedlicher Perspektiven zutage, so, als würde er seine Umgebung durch eine Vielzahl von Augenpaaren wahrnehmen. Die Erfahrung verursachte ihr Übelkeit und raubte ihr die Orientierung. Die Aufgabe, die Geister der Dämonen von ihrem Wirt zu trennen, überstieg ihre Fähigkeiten; Maelgrims Geist war anders, von dem Kontakt zu den Gierj so sehr verändert, daß selbst seine Gedanken fremdartig erschienen. Doch Sturmwächter und Feuergebieter hatten verzweifelte Maßnahmen ergriffen, um ihr behilflich zu sein. Um ihretwillen, für Corlin und angesichts der Tatsache, daß dieser Schrecken aus dem Schattentempel einst ihr Bruder gewesen war, mußte Taen es versuchen.

»Der Knabe, den du Emien genannt hast, war jämmerlich. Er fürchtete alles und jeden, vor allem sich selbst.« Maelgrim lächelte, und die Vertrautheit dieser Miene zerriß Taen fast das Herz.

»Ich habe keinen Bruder.« Argwöhnisch wegen seiner Bösartigkeit suchte Taen nach einer Schwachstelle. Maelgrim ließ sie gewähren. Das allein sollte ihr Warnung genug sein. Ihre Macht war hier nicht von Nutzen; würde sie verweilen, so setzte sie mehr als nur ihr Leben aufs Spiel.

»Du kämpfst auf der falschen Seite, meine Schwester.« Maelgrim ließ die Arme sinken. Schmuck klimperte an jedem seiner Handgelenke, und als wäre die Geste das Signal zum Angriff gewesen, steigerte sich der Gesang der Gierj in ungeahnten Höhen.

Der Traumweberin blieb kaum die Zeit, das neuerliche Aufwallen dunkler Kräfte zu registrieren. Zu schnell, ihr zu folgen, erreichte die dämonische Energie eine Macht, die an ihren Sinnen zerrte und ihre Identität mit Chaos bedrohte.

Zu spät versuchte Taen sich zu sammeln. Ehe sie sich zurückziehen mußte, sandte sie ihre Zweifel aus und sah ihren schlimmsten Verdacht bestätigt. Maelgrim griff nun an, und er hatte weit mehr vor, als menschliche Soldaten zu verwunden. Arm und Werkzeug des Schattentempels, agierte er, um jede lebendige Quelle des Widerstands gegen die dämonischen Pläne auszulöschen. Jetzt hieß sein Ziel Anskiere von Elrinfaer und nach ihm Feuergebieter, Ivainson Jaric.

»Nein!« Taen wußte wohl, daß jeder Vorstoß vergebens sein mußte. Dennoch versuchte sie es.

Maelgrim revanchierte sich. Seine Macht bohrte sich wie eine Lanze in ihren Geist, schleuderte sie fort wie ein Ochse eine lästige Fliege verscheuchte. Taen stürzte in tiefe Finsternis. Bedrängt von den Dolchstößen, die das Verlangen ihres Bruders kennzeichneten, sie zu zerstören, schuf sie ein Netzwerk aus Bannen. Doch Maelgrim spielte nur mit ihr. Sein Gelächter hallte in ihren Ohren, und der Kontakt mit Morbrith zerbrach unter großen Qualen.

Auf den steinigen Boden geschleudert, zuckte Taen zurück. Eine Hand fing sie auf, Jarics Hand, eingehüllt in den roten Schimmer der Aura seines gezogenen Schwertes. Allein stand er auf dem Hügel inmitten von Unkraut und Felsen unter der windumtosten Weite des Nachthimmels.

Aufgeschreckt atmete die Traumweberin tief ein. »Wo ist Anskiere?«

»Dort unten.« Mit einem Kopfnicken deutete Jaric auf das Tal, in dem sich die Soldaten im verlöschenden Licht der Feuer um die hochgewachsene Gestalt des Sturmwächters drängten. »Er ist hinuntergestiegen, um die Offiziere zu informieren.«

Aus der Distanz wirkten die Soldaten winzig, wie eine Reihe Zinnsoldaten, doch ihre Waffen waren scharf genug zu töten, und das Blut auf ihren Waffenröcken war nicht bloß Farbe, die um ihrer Wirkung willen aufgetragen worden war. »Ruf den Sturmwächter zurück.« Schrill vor Furcht fügte Taen hinzu: »Er ist in Gefahr.«

Noch ehe sie zu Ende gesprochen hatte, schlug der Dunkle Träumer zu. Taen rief ihre Gabe, um ihn abzuwehren, doch Maelgrim machte ihr einen Strich durch die Rechnung. Sein Vorstoß konzentrierte sich nicht auf Anskiere. Statt dessen griff der Untertan des Schattentempels den ungeschützten Geist eines Mannes hinter dem Zauberer an.

Gierj-Energien überwältigten das Opfer innerhalb eines einzigen Augenblicks. Vollkommen dem feindlichen Zwang unterlegen, zog der Soldat seinen Dolch und stürzte voran, um den Sturmwächter von hinten zu erstechen.

Taen schrie auf. Panik hemmte ihre Gabe. Sie schloß die Augen und versuchte verzweifelt, genug Kontrolle aufzubauen, eine Warnung auszusenden, ehe Anskiere diesem Angriff zum Opfer fallen konnte. Doch ihr Versuch, eine Verbindung aufzubauen, öffnete einen Kanal wirrer, erschütternder Gefühle. Gepeinigt von einem Aufflackern grausamer Hitze vernahm sie den schrillen Aufschrei eines Mannes in Todesqual.

Gewiß hatte der Dolch des besessenen Mannes sein Ziel gefunden. Von Kummer und Zweifeln angesichts ihres Versagens niedergeschmettert, blickte die Traumweberin auf und sah den Sturmwächter, unversehrt, inmitten einer Traube verblüffter Soldaten.

Der Besessene, der versucht hatte, ihn zu ermorden, wand sich zu Anskieres Füßen in lodernden Flammen, niedergestreckt durch Ivainsons Magie. Ein Offizier eilte herbei, um die Qualen des vermeintlichen Verräters zu beenden. Als sein Schwert sich aus der Scheide löste, fühlte Taen das Echo eines Gelächters, das durch den Gesang der Gierj hallte. Noch ehe sie reagieren konnte, schlug der Dunkle Träumer erneut zu.

Der Offizier auf dem Schlachtfeld führte seinen Gnadenstoß zu Ende, und ohne den geringsten Bruch im Bewegungsablauf drehte er die schmutzige Klinge und stürzte vor, um den Zauberer neben sich zu ermorden.

Auf dem Hügel keuchte Jaric, als hätte der Schlag ihn getroffen. Wieder rief er sein Feuer. Geblendet von dem gleißenden Licht der Energien erkannte Taen nun die diabolischen Pläne ihres Bruders. Maelgrim würde weitermachen, würde einen Mann nach dem anderen zwingen, nach seiner Waffe zu greifen. Jeder auf dem Schlachtfeld konnte auf seinen Befehl zum Attentäter werden, und Taens Gabe reichte nicht aus, die Geister einer ganzen Armee abzuschirmen. Wenn der Sturmwächter gerettet werden sollte, so würde Jaric wahrscheinlich gezwungen sein, jeden lebenden Verbündeten aus Corlin zu massakrieren.

Plötzlich schien die Nacht unerträglich kalt zu sein. Die Arme um die Knie geschlungen, zitterte Taen furchtbar in dem feuchten Gras. Ihr Geist wand sich im Kampf gegen die trostlose Verzweiflung. Sie wagte nicht, an den Feuergebieter auch nur zu denken, dessen Abneigung gegen Gewalt sich niemals dem Töten fügen konnte, nicht einmal, um das Leben des Sturmwächters zu schützen.

Doch wieder erhob sich die Macht auf Jarics Ruf. Durch ein Mitgefühl, das die Liebe ihr auferlegte, litt Taen ebenso wie er, als die Todesschreie der Opfer Maelgrims ihren Mann bis aufs Mark erschütterten; sie teilte sein Schuldgefühl und die zerreißenden Qualen eines jeden erfolgreichen Gegenschlages.

»Das muß aufhören!« schrie Jaric schließlich.

Unter ihnen erkannte der Kielmark, in welcher Gefahr sich Anskiere befand. Ohne auf Komplikationen Rücksicht zu nehmen, ließ der Herrscher über Riffhafen seine Männer antreten und stürmte verwegen durch die Reihen auf das Zentrum der Auseinandersetzungen zu. Doch seine Loyalität forderte nur neue Tragödien heraus; die mörderische Intensität seines Zorns würde ein wunderbares Spielzeug für Maelgrims Gierjlinge abgeben.

Seiner Hilflosigkeit quälte ihn, und Jaric ballte die Fäuste. Von Abscheu vor sich selbst geschüttelt, überdies entsetzt angesichts der Gefahr, er könnte gezwungen sein, einen Freund zu töten, appellierte er verzweifelt an die Traumweberin: »Kannst du nicht einen Bann schaffen, den die Gierj-Besessenen nicht durchdringen können?«

Taen blickte auf. Der Feuergebieter wartete auf ihre Antwort. Seine Not war so groß wie an jenem Tag, als er zum ersten Mal die Eisklippen erklommen hatte, um dem Ruf Anskieres zu folgen. Gehetzt, voller Entsetzen und sich seiner selbst nicht mehr sicher, kämpfte er, um die von Dämonen Besessenen abzuwehren, während sie sich entmutigt zurückgezogen hatte. Diese passive Haltung war falsch und ließ sich mit der Macht des Verstandes nicht erklären; plötzlich betrachtete Jaric sie mit offener Besorgnis. »Was ist los, kleine Hexe?«

Seine Worte waren wie eine Offenbarung. Nun, da sie sich so plötzlich der Einmischung von außen bewußt wurde, erkannte Taen mit verwünschenswerter Deutlichkeit, daß ihre eigenen Emotionen zu einem Spielzeug in Maelgrims großem Plan geworden waren. Durch ihre Schwäche im Turm war sie in die Falle getappt und offensichtlich seiner Macht erlegen.

Kapitel 13

DER RISS

Noch ehe Taen Gelegenheit hatte, tief in ihrem Innern das Ausmaß der Magie Maelgrims auszuloten, rief Anskiere die Macht seines Stabes.

Magie zerschmetterte die Finsternis im Tal, als die Auren der Wetterbanne zu leuchten begannen. Ein purpurner Schimmer offenbarte die Präsenz eines weiteren Mannes, der unter Maelgrims Einfluß zu seinem Schwert griff. Anskiere brachte den Angreifer durch eine Böe aus dem Gleichgewicht. Schwer fiel der Mann auf seinen Rücken, und obwohl er kaum atmen konnte, versuchte er noch immer, sein Schwert zu ergreifen.

Jaric konnte sich nicht länger um Taen kümmern. Fest entschlossen, weiteres Morden zu verhindern, rief er auf der Hügelkuppe seine Erdenmeisterschaft herbei. Auf seine Bitte flochten sich Grashalme zu einem Tau, das sich um Arme und Beine des Angreifers schlang. Diese Maßnahme war nur ein Notbehelf, eine unzulängliche Ablenkung, die kaum mehr als eine Minute würde überbrücken können.

Taen, die noch immer darum kämpfte, selbst wieder aktiv werden zu können, fühlte das Echo des Vergnügens Maelgrims. Sein Gelächter verhöhnte ihre Mühen und legte einen Schleier der Verwirrung über ihre Gabe. Nach wie vor hilflos spürte sie, wie der Dunkle Träumer Jarics Bann begegnete, indem er seine eigene Kontrolle über den Geist seines Opfers aufgab.

Der Offizier unter der dämonischen Kontrolle kam augenblicklich wieder zu Bewußtsein. Ohne eine Erinnerung an seinen Anschlag auf Anskiere, stellte er fest, daß er durch Erdmagie gefesselt war. Ganz in der Nähe lagen die Leichen seiner toten Kameraden im Gras. Über ihnen stand Anskiere von Elrinfaer. Seine Augen glitzerten wie Eissplitter, und sein Stab glühte durch eine Macht wie von einer Sturmfront.

Entsetzt schrie der Offizier: »Kors Feuer! Wir sind betrogen worden wie das Volk von Tierl Enneth.«

Nur die Männer, die direkt neben ihm gestanden hatten, wußten von seinem Mordversuch. Durch das Gedränge abgeschirmt, fühlten die anderen lediglich, daß die Situation plötzlich irgendwie aus den Fugen zu geraten schien; so oder so von einer Zauberei, die sich menschlichem Verständnis entzog, traumatisiert, erteilten ihre Offiziere lautstark Befehle.

Das Heer griff zu den Waffen. Licht aus der Magie des Sturmwächters spiegelte sich in einem stählernen Dickicht der Schwerter, Hellebarden und Äxte, alle angriffsbereit erhoben; Bogenschützen bespannten ihre Bögen, und die Lanzenreiter sprangen auf ihre Pferde.

Anskiere hob seinen Stab in die Höhe. Das Haar wurde ihm aus dem Gesicht geweht, als er die zunehmenden Energien in einem Wirbelwind bündelte, geschaffen, ihn vor jenen Feinden zu schützen, die menschlich waren.

Doch diese Menschen waren irregeleitet, nicht besessen. Der Sturmwächter, der sich zur Zerstörung bereithielt, konnte nicht wissen, daß seine Angreifer nicht unter dem Einfluß des Dunklen Träumers handelten. Taen erstarrte. Solange sie noch kämpfte, um die magische Fessel Maelgrims zu lösen, mußten weniger subtile Mittel genutzt werden, um den Ansturm der Soldaten aufzuhalten.

»Mach ihnen angst«, rief sie Jaric zu. »Sie sind bei Verstand, und sie werden fliehen.« Diese Taktik konnte funktionieren; und gewiß würde eine Panik unter den Männern Maelgrim und seinen Gierj weitere Manipulationen erschweren.

Doch die Magie antwortete nicht sofort. Auf der Kuppe stand der Feuergebieter starr wie ein Felsen, das Gesicht dem Sternenhimmel zugewandt. Seine Miene schien fremd und irgendwie abwesend, als er langsam sein Schwert erhob.

Licht flammte in der Finsternis auf. Von der überwältigenden Energieentladung wie betäubt, erhaschte die Traumweberin einen Blick auf goldgestreifte Federn. Über ihr breitete der Lichtfalke, der sie einst zur Insel der Vaere gerufen hatte, seine Schwingen aus, die sich über den ganzen Himmel zu spannen schienen. Der Vogel kreischte. Unter seinem Kamm drehte sich der Kopf. Augen von glühendem Gelb betrachteten das Heer, das im Tal zum Töten angetreten war. Jaric sprach ein Wort. Luft wisperte durch die gespreizten Flugfedern; dann, mit ehrfurchtgebietender, schauriger Grazie, ging die fleischgewordene Manifestation seiner Macht zum Angriff über und stieß mit einem knisternden Flammenschweif im Sturzflug auf die Angreifer Anskieres herab.

Maelgrim, der Dunkle Träumer, fühlte den Zufluß an Energie. Die Bedrohung durch Jarics Macht lenkte seine Aufmerksamkeit ab; und in diesem Augenblick befreite sich Taen aus seinem Bann. Die niederschmetternde Verzweiflung fiel von ihr ab, als die Auswirkungen von Ivainsons Magie das Tal erreichten.

Der Flug des Lichtfalken durchdrang die Nacht

wie eine rotglühende Klinge. Durch den Abwind seiner Schwingen versengt, blickten die Männer auf, und ihre aufgeschreckten Rufe verschmolzen zu einem Chor des Entsetzens. Keine Waffe würde ihnen gegen die Projektion des Zorns eines Feuergebieters beistehen können. Die meisten Männer brachen aus den Linien aus und flüchteten. Andere, wie wahnsinnig im Angesicht des Verderbens, senkten ihre Waffen und stürmten rachedurstig auf den Zauberer zu, der sich noch immer verwundbar in ihrer Mitte zeigte.

Der Sturmwächter hielt sich zurück. Wirbelwinde kreischten als Antwort auf Taens Bitte um Zeit, damit sie ihren Traumsinn einsetzen konnte. Dieses Mal vermochte Maelgrims Einmischung sie nicht zu lähmen. Sie formte die Furcht zu einer Waffe und säte Panik in feindselige Geister, bis auch der letzte Mann sich dem Strom flüchtender Soldaten angeschlossen hatte.

Allein im strahlenden Licht seines Stabes, dämpfte Anskiere die Magie seiner Winde. Eingehüllt in Rauch und Aschewolken, senkte er das Haupt, bekümmert wegen der Toten, die in groteskem Haufen zu seinen Füßen lagen.

Auf dem Hügel regierte Stille. Jaric schob seine Klinge zurück in die Scheide. Sein Gesicht war vollkommen ausdruckslos, als er sagte: »Wir gehen besser hinunter.«

Selbst in der Finsternis fühlte Taen die Emotionen, die er unterdrückte. Verzweifelt wünschte sie, ihn zu berühren, doch auch ihr Mitgefühl konnte nun nicht helfen. Die Überlebenden aus Corlins Heer mochten heil in die Sicherheit der Stadtmauern zu ihrem Herzog flüchten; doch das Ausmaß von Maelgrims Sieg wurde dadurch nicht geschmälert. Gerüchte über die Zauberei, die diese

Armee geschlagen hatte, würden ganz Keithland erreichen. Die Menschen würden glauben, daß die Bösartigkeit Ivains, des früheren Feuergebieters, in seinem Erben wiedergeboren worden war. Von nun an mußte Jaric mit verschlossenen Türen rechnen. Niemand würde ihn noch willkommen heißen.

Auch Taen erschauerte angesichts dieser sicheren Ablehnung. Sie wandte ihr Gesicht ab, als die Opfer, die diesem sanftmütigen Mann aufgezwungen worden waren, eine Wunde öffneten, die kaum noch zu ertragen war. Doch Kummer und Verbitterung waren Gefühle, denen sie nicht nachgeben durften. Die Krise war noch nicht überstanden. Gerade jetzt trieb Maelgrim seine Gierj zu einem weiteren Angriff an, und vermutlich würden seine Opfer dieses Mal unschuldige Menschen sein, Frauen, Kinder und Alte, die innerhalb der Mauern Corlins Schutz gesucht hatten.

»Wir werden den Dunklen Träumer aufhalten«, sagte Jaric, und in seiner Stimme spiegelte sich Taens Furcht. »Selbst wenn wir die Festung von Morbrith bis auf die Grundmauern niederreißen müssen, dein Bruder wird nie wieder mit der Macht der Gierj spielen.« Die Hände um das Heft seines Schwertes geklammert, schritt er zu Anskiere hinab.

Taen schwie erbittert und folgte ihm. Die Zerstörung der Mauern von Morbrith würde ihnen nicht helfen. Maelgrim und seine Dämonen waren zu mächtig geworden, um sie mit Waffengewalt anzugreifen. Nur Zauberei konnte sich ihnen entgegenstellen, und in diesem Punkt waren den Vaereschülern die Hände gebunden. Die Gaben einer Traumweberin allein reichten nicht, und da Pferde die schnellste Transportmöglichkeit bildeten, konnten Sturmwächter und Feuergebieter die Festung nicht früh genug erreichen, eine weitere Katastrophe zu verhindern.

Taen war mit ihrer Einschätzung nicht allein. Ivainson blieb am Rand einer Weide stehen und legte die Hände auf den Bretterzaun. »Was ist mit der Reservegarnison aus Corlin? Nach allem, was geschehen ist, wären wir Narren, würden wir ein Heer gen Morbrith führen.«

Die Traumweberin versuchte sich zu beherrschen, aber sie versagte. Ihre Stimme bebte. »Ich habe den Kielmark gewarnt. Die Kompanien unter seinem Kommando sind bereits unterwegs zurück zu ihrem Herzog. Aber der König der Piraten hat darauf bestanden, herzukommen.« Auf Jarics Stirnrunzeln fügte sie achselzuckend hinzu: »Es fällt mir sicher leichter, den Geist dieses Mannes vor dem Einfluß von Maelgrims Gierjlingen zu schützen, als ihn aufzuhalten.«

Jaric zog sie in seine Arme. »Kleine Hexe«, murmelte er in ihrem Haar. »Es tut mir leid.«

Seine Kleider rochen nach Rauch und Schweiß. An ihn geschmiegt, fühlte Taen das leichte Zittern, das durch seinen Körper lief. Unfähig, sein Leid oder wenigstens einen winzigen Teil des ihren zu lindern, versuchte sie es mit Humor. »Mir ist es lieber, hier zu sein, als in Riffhafen auf das Ende des Krieges zu warten. Oder glaubst du, daß Corley auch nur eine Klinge besitzt, die er nicht bereits auf das Format einer Nadel geschliffen hat?«

Jaric hob sie hoch und setzte sie auf den Zaun. »Das ist durchaus möglich. Der Kielmark hat genug Stahl in seiner Waffenkammer, um die Kontinentalstraße zu blockieren. Übrigens hat er Anskiere vor uns erreicht.«

Taen drehte sich um und sah eine breitschultrige Gestalt mit blutbefleckten Panzerhandschuhen, die auf den Sturmwächter zuging. Der Herrscher über Riffhafen hatte sich der Situation mit seiner gewohnt ungestümen Art angenommen; beide Fäuste um Zügel geschlossen, zerrte er vier scheuende Pferde mit roher Gewalt über das verbrannte, leichenübersäte Feld.

»Kor«, rief die Traumweberin. Endlich löste sich die Anspannung in einem Lachen. »Mußte er denn vorausahnen, daß wir keine Pferde haben? Setz mich noch mal in den Sattel, und ich schwöre bei den Feuern Kors, ich werde zu Tode stürzen.«

»Tu das und ich springe hinterher.« Der Feuergebieter sprang über den Zaun und streckte die Hände aus, um sie herunterzuheben. »Es gibt Dinge, die mir mehr bedeuten als Keithland. Also, gehst du jetzt freiwillig, oder muß ich dich der Pferde wegen mit mir zerren?«

Der Sturmwächter schritt über die versengte Erde des Schlachtfeldes. Von dem Kielmark abgesehen, war er allein, eine dunkle Gestalt vor dem noch dunkleren Hintergrund einer verbrannten, niedergetrampelten Landschaft. Seine Kleider waren mit Asche bedeckt, und seine Züge, in denen sich Erschöpfung und Kummer spiegelten, schienen wie aus Stein gemeißelt. »Die Gierj singen immer noch«, stellte er fest, als Jaric und die Traumweberin sich zu ihm gesellten. Seine Stimme klang vor Sorge hohl.

Zauberin und Feuergebieter waren nicht minder ermattet und schmutzig. Jaric hatte die gute Tunika ausgezogen. Nur in das versengte Leinen seines Hemdes und seiner Hose gekleidet, sah er aus, als würden die Leiden der Verdammten durch seinen Geist spuken. Taens Robe war zerknittert, nachdem sie so lange im taufeuchten Gras gesessen hatte. Ihre Stimmung schien sich ein wenig gebessert zu haben. Sie hielt Abstand zu den Pferden des Kielmark und antwortete Anskiere vor dem Hufgetrappel mit lauter Stimme: »Ich konnte die Gierj nicht aufhalten. Maelgrim ist zu mächtig geworden. Vielleicht, wenn wir nach Morbrith reiten ...«

Der Sturmwächter blieb plötzlich wie angewurzelt stehen. »Das dürfen wir nicht. Solange die Gierjlinge noch singen, ist das Risiko zu groß, daß wir versagen und damit ganz Corlin dem sicheren Untergang weihen. Taen, der Feuergebieter und ich müssen deine Meisterschaft stützen. Wenn wir unsere Macht durch deine Gabe senden können, kannst du noch einmal versuchen, die Verbindung deines Bruders zu den Gierj zu unterbrechen.«

Doch das Risiko eines solchen Unterfangens war zu erschreckend, um auch nur darüber nachzudenken. Wäre die Erde nicht überall mit den verkohlten Gebeinen der Toten übersät gewesen, Taen wäre auf die Knie gefallen und hätte den Sturmwächter angefleht, sie nicht in diese Pflicht zu rufen. Keine Not in ganz Keithland konnte so groß sein, ihr eine derartige Verantwortung aufzubürden. Sie kontrollierte lediglich einen einzigen Sathidkristall, wogegen Anskiere und Jaric gleich zwei davon beherrschten. Für die Traumweberin bedeutete die Verschmelzung ihrer drei Bewußtsein, daß sie gleich zweimal den exponentiell verstärkten Energien ausgeliefert wäre. Daß Taen ihrer viel kleineren Meisterschaft zutrauen sollte, die kombinierte Macht des Sturmwächters und des Feuergebieters zu kontrollieren, war einfach undenkbar, eine Überschreitung ihrer natürlichen Grenzen, die durch keine noch so verzweifelte Lage zu rechtfertigen war.

»Das wage ich nicht«, widersprach sie.

Jaric stützte sie von hinten, ohne sie jedoch in irgendeiner Form zu ermuntern. Auch Anskiere schwieg, und seine Augen waren unergründlich. Weder Sturmwächter noch Feuergebieter würden versuchen, sie zu überreden, sich einer so gefährlichen Aufgabe zu stellen. Auch würde es ihr keiner der Zauberer übelnehmen, wenn es ihr nicht gelänge, die notwendige Courage für ein solches Risiko aufzubringen.

Dem Kielmark waren derartige Skrupel fremd. »Mädchen, du mußt es tun.« Wie ein Anker stemmte er sich gegen die scheuenden Pferde. »Was könnte schon schlimmer sein als der Sieg des Schattentempels?«

»Wenn ich versage«, sagte Taen so leise, daß sich ihre Stimme auf dem verlassenen Land verlor. Nur ein sathidgebundener Zauberer wußte von den möglichen Folgen. Der kleinste Fehler würde einen Energierückstoß auslösen, einen Ausbruch unkontrollierter Gewalten, stark genug, eine Katastrophe hervorzurufen. Die Schrecken von Tierl Enneth und Elrinfaer würden sich angesichts der Zerstörung, die sie durch den geringsten Fehler auslösen konnte, geradezu lächerlich ausnehmen. Und die ersten unter den unzähligen Opfern wären jene vaeregeschulten Hüter Keithlands, die die einzige Überlebenshoffnung für die Menschheit darstellten.

Wie gern hätte sie sich vor dieser Entscheidung gedrückt. Hätte sie die Zeit zurückdrehen können, so hätte sie lieber ihr lahmes Bein behalten und ihre Macht niemals entwickelt, als Anskiere enttäuschen zu müssen. Nicht minder schwer wog die Pein, eine derart unbändige Macht zu nutzen, um jenen zu zerstören, der einst als ihr Bruder das Licht der Welt erblickt hatte.

Allein Jaric schien sich dessen bewußt; fest zog er sie in seine Arme. »Maelgrim muß nicht von deiner Hand sterben, kleine Hexe. Banne du nur seine Gierj-Herrschaft. Anskiere oder ich werden das Schwert führen.«

»Oder ich«, beeilte sich der Kielmark zu sagen. »Ich habe den Treueeid nicht vergessen, den ich vor der Traumweberin geleistet habe, die Riffhafen vor der Invasion bewahrt hat.«

Aber am Ende konnte ihr auch die Unterstützung ihrer Freunde und des Feuergebieters nicht helfen. Taen war gezwungen, eine Entscheidung zu fällen, als ihr Bruder seine Gierjlinge zu einem neuerlichen Angriff auf die Menschheit antrieb. Während sie noch überlegte, drang der Dämonengesang so gewaltsam an ihr Wahrnehmungsvermögen, daß sie kaum mehr einen klaren Gedanken fassen konnte. Reflexartig baute Taen Banne um ihren Traumsinn auf, doch dieses Mal war alle Vorsorge vergebens. Maelgrims Macht wuchs, schlängelte sich voran und zerrte an ihrem Geist, entschlossen, sich hereinzudrängen. Die Pferde bäumten sich wie wahnsinnig unter dem Griff des Kielmarks auf, und die Erde schien zu verstummen, als der Dunkle Träumer seine Macht zur Zerstörung vorbereitete.

Von einer Furcht gedrängt, die schlimmer als die Angst vor dem Versagen war, löste sich Taen aus Jarics Umarmung. Sie bedachte beide Zauberer und den Kielmark mit einem Blick, dem sich zu stellen bitter war. In der Hitze des Gefechts war es allzu leicht gewesen, zu vergessen, daß die Traumweberin tatsächlich weit jünger war, als ihr Körper glauben machte.

Doch als sie sprach, klang ihre Stimme ruhig und fest. »Bei der göttlichen Gnade Kors, ihr müßt schnell handeln.«

»Jaric!« rief Anskiere scharf.

Der Feuergebieter löste seinen Blick von der Traumweberin. Seine Sorge um Taen umfaßte auch einen Eigennutz, der sie in große Gefahr bringen konnte; zwar stand außer Frage, daß er seine Balance um der Not Keithlands willen bewahren würde, doch auch die kleinste Verzögerung konnte nun reichen, ihre Hoffnung, Maelgrim aufzuhalten, zunichte zu machen. Anskiere ging kein Risiko ein und rief sogleich die Macht seines Stabes herbei.

In einer knisternden Explosion von Licht entflammten die Banne zu neuer Aktivität. Um mit ihm zu verschmelzen, mußte Jaric dieser Macht durch Beschwörungen gleich starker, doch entgegengesetzter Energien begegnen. Mit ausdrucksloser Miene zog er sein Schwert. Weniger gewandt als Anskiere, wenngleich von Tag zu Tag geschickter im Umgang mit seiner Gabe, wob er Magie, bis die Auren von Stab und Schwert einander spiegelbildlich gegenüberstanden.

Das orangerote Licht der Feuermeisterschaft vereinte sich langsam mit dem blauweißen Schein der Sturmmagie. Vor Anspannung bebend wappnete sich Taen für eine Aufgabe, auf die die Schule der Vaere sie nicht vorbereitet hatte; als die Auren der beiden Zauberer zu einem Licht gleißender Brillanz verschmolzen waren, blieb ihr kaum eine Sekunde, ihren Willen zu stählen. Dann zogen Sturmwächter und Feuergebieter sie in die Vereinigung hinein.

Wie ein Hammerschlag donnerten die Energien durch Taens Geist. Vollends überwältigt wurden ihre Sinne der Realität entrissen, als ein Strom wie weißglühendes Magma durch ihren Traumsinn jagte. Die Kanäle ihrer Wahrnehmungsgabe erglühten unter dem enormen Druck. Ihre erhöhte Empfindsamkeit entzog sich ihrer Kontrolle, und sie fühlte sich, als würde ihr Geist kopfüber in einen Abgrund vor Anbeginn der Schöpfung katapultiert.

Farben strömten vor ihrem inneren Auge vorbei. Ihre Ohren dröhnten unter dem Einfluß unidentifizierbarer Geräusche. Taen kämpfte um ihre Orientierung, mühte sich, die Kräfte zu zügeln, die in ihrem Inneren wüteten. Doch selbst in den grundlegendsten Disziplinen ihrer Meisterschaft versagte sie. Als sie ihre Kraft rufen wollte, wurde ihre Wahrnehmung zu einem nadelfeinen Energiestrahl, der ihr ganzes Sein zu durchbohren drohte. Macht von der vernichtenden Energie der Gezeiten reagierte unerwartet auf ihre zarte Berührung.

Entmutigt taumelte Taen orientierungslos in der Flut. Voller Angst, die Beherrschung zurückzuerlangen, fürchtete sie doch, sich selbst durch die geringste Fehleinschätzung zu zerstören, und wußte gleichzeitig, daß sie nicht minder verloren wäre, würde sie sich weiter passiv verhalten.

»Stell dir vor, du könntest einen Stein auf der Spitze einer Nadel balancieren.« Die Stimme gehörte Jaric, und seine Ermutigung entstammte den Beobachtungen, die er gemacht hatte, als er selbst zum ersten Mal verschmolzene Energien hatte meistern müssen.

Der Rat des Feuerlords schien einfach. Taen bemühte sich, die Mächte zu umfassen, die so verheerend durch ihr Inneres tobten, stellte aber fest, daß sie zu stark waren. Ihr Bewußtsein konnte nicht das gewaltige Ausmaß der Wahrnehmung aufbringen, die eine derartige Energie erforderte. Von dem Umfang ihrer eigenen Unzulänglichkeit in die Knie gezwungen, quälte sie sich durch andere Kanäle, stets bemüht, sich jener Feinheiten zu bedienen, die Jaric ihr zu vermitteln versucht hatte.

Das Wissen, das sie benötigte, war in den

Geistern der Zauberer vorhanden, die ihren Zugriff auf die Macht teilten; aber der Schlüssel zu einer wahren Partnerschaft, der Pfad zu Jarics neuen Erkenntnissen, lag verborgen in einem Wirrwarr der Assoziationen. Taen wagte sich voran und verwickelte sich in Erinnerungen, deren Lebhaftigkeit all ihr Denken unter sich begrub.

Zuerst stieß sie auf Anskieres Vergangenheit. Durch ihn erlebte Taen einen früheren Energierückstoß, Ergebnis eines gestohlenen Bannes, der Zerstörung über Tierl Enneth gebracht hatte. Die Traumweberin fühlte das Donnern der Wogen, die sich erhoben hatten, Häuser mit sich zu reißen und Männer, Frauen und Kinder und sämtliches Vieh an der Küste zu vernichten. Sie hörte das Sprudeln und Zischen der Fluten, das Splittern hölzerner Planken. In Scharen flüchteten die Menschen, die Münder zu hilflosen Schreien weit aufgerissen.

Doch kein Sterblicher konnte der See entkommen. Die Schreie der Unglückseligen gingen in dem Krachen einstürzender Mauern unter, als eine ganze Stadt samt ihren Bewohnern ihrem nassen Tod entgegenblickte. Spritzwasser funkelte über den zusammenbrechenden Dächern und stürzte in weitem Bogen zurück in die Fluten, die von Treibgut bedeckt waren. Die schreckliche Flutwelle glitt zurück in den Ozean und zog in dunklen, wirbelnden Fluten durch die verlorene Schönheit einer Stadt; der nachfolgende Schmerz war unerträglich. Taen zuckte vor der Qual zurück, die nur zum Teil aus dem Geist des Sturmwächters stammte. Allzu leicht konnte das Unglück von Tierl Enneth auch Hallowild zum Verhängnis werden.

Ohne nachzudenken, tat sie ihren Protest kund: *›Nachdem Tierl Enneth zerstört ist, wie kannst du da diesen Dienst von mir verlangen?‹*

Anskiere begegnete ihrer Anklage mit Gleichmut. ›*Ich traf meine Wahl nicht ohne Besonnenheit. Und sollte sich eine vaergeschulte Traumweberin auf die gleiche Stufe mit einer von Dämonen besessenen Diebin stellen? Merya Tathagres wurde von der Gier des dämonischen Rates geleitet. Sie wußte nichts über die Macht, die sie gestohlen und mit der sie herumgespielt hatte. Aber sollte ich fehlen, Taen, sollte ich einer falschen Einschätzung unterliegen, dann wird es besser sein, wenn Keithland durch eine energetische Entladung zerstört wird, statt der Bösartigkeit Maelgrims zum Opfer zu fallen. Als ein Mann, der geboren wurde, um zu herrschen, sage ich, das Risiko ist gerechtfertigt.*‹ Hier unterbrach sich der Zauberer, der einst der Thronerbe von Elrinfaer gewesen war. All die Jahre der Sorgen schlugen sich auf das Netz nieder, das die drei Vaereschüler miteinander verband. ›*Nie habe ich behauptet, ich würde eine solche Entscheidung gern treffen.*‹

Demut fegte Taens Zorn fort. Macht zerrte an ihren Sinnen, trieb ihren Körper, sich schmerzlich nach der Zurückweisung zu sehnen, die sie nun nicht mehr würde rechtfertigen können. Jaric hatte das Risiko auf sich genommen, den Wahnsinn seines Vaters zu erben; Anskiere hatte zusehen müssen, wie Tierl Enneth zerstört wurde, und zuvor hatte er die Vernichtung seines eigenen blühenden Königreiches Elrinfaer geschaut. Keiner der beiden hatte sich der Zauberei oder der Verantwortung verweigert. Würde sie noch irgendwo in Keithland Frieden finden, sollte sie sich als weniger würdig erweisen? Voller Zweifel, stellte sich Taen vor, sie würde einen Stein auf der Spitze einer Nadel balancieren. Sie versenkte sich in die Verbindung der Energien und erwirkte irgendwie eine Reaktion.

Traumsinn antwortete, doch nicht so, wie sie es

gewohnt war. Taen erfuhr ihre angestammte Gabe in einem Ausmaß, einer Intensität, die sich ihrem Verständnis verschloß. Ihr Bewußtsein verschmolz gänzlich mit der Macht des Sturmwächters und des Feuergebieters, und der Bereich, in dem sie sich sicher fühlen durfte, wurde bedrohlich schmal. Würde sie zu hart zugreifen, so würde sie das Gleichgewicht der Verbindung stören; und wenn sie zu zaghaft vorginge, so würde Maelgrims Angriff ihre Abwehr hinfortfegen, noch ehe sie einen Bann entwickeln konnte, ihn zurückzuschlagen.

Die Traumweberin konzentrierte sich und erblickte eine Vision von Morbrith, die von blendender Klarheit geprägt war. Die Festung lag in silbernem Mondenschein, tintenschwarze Schatten lauerten über dem Gemäuer der Türme und der äußeren Befestigungsanlagen. Dort, wo ihr erster Vorstoß normalerweise nur auf ein schlichtes Bild treffen würde, färbten die zusätzlichen Gaben von Feuergebieter und Sturmwächter die Vision; Leere hallte durch Morbrith wie die Ruhe vor dem Sturm. Wind streifte über Felder, die von Unkraut überwuchert waren. Gräser, die sonst von dem Vieh kurzgehalten wurden, beugten ihre buschigen Samenstände über die Weiden. Traumsinn verschmolz mit dem Glimmen der Wahrnehmung eines Erdenmeisters, zeigte ihr die Erde, die von den nicht geernteten Feldfrüchten und ungestutzten Hecken ausgelaugt war. Selbst die Steine sprachen durch die Verbindung zu ihr, zeigten sich ihr mit dem lebendigen Glitzern des Glimmers und der eingefangenen Hitze der Sonnenstrahlen.

Taen war nicht geneigt, diesen Empfindungsreichtum näher zu erkunden. Die geborgte Macht umfaßte die Stadt Morbrith von den Flaggenmasten bis hin zu den Kerkern innerhalb eines einzigen Augenblicks; inmitten all der Naturwunder und der verschiedenen Einflüsse der Menschen, hob sich die beherrschende Präsenz von Maelgrim und seinen Gierj so kraß ab wie Moder auf einer jungen Blüte. Kaum aber hatte die Traumweberin den Feind entdeckt, da fühlte auch der Dunkle Träumer des Schattentempels ihre Anwesenheit.

Mit der Geschwindigkeit einer Schlange schlug er zu.

Taen hatte keine Gelegenheit, die Konsequenzen ihres Handelns zu bedenken; sie mußte sofort reagieren, als sich Energien erhoben, um sie zu zerschmettern. Der Bann, den sie schuf, flammte hell auf und trug die vereinte Macht dreier vaeregeschulter Zauberer in sich. Gestein schmolz, und die Luft brannte. So zornig wie überrascht heulte Maelgrim auf.

Er kam ungeschoren davon. Aufs äußerste irritiert und sich der Tatsache bewußt, daß Sturmwächter und Feuergebieter ihre Macht geeint hatten, um ihn zur Strecke zu bringen, rief er seine Gierj. Taen fühlte seinen Haß wie ein Sturmwind des Bösen, wie eine Mordlust, die ihre Abwehr zu überrennen drohte. Sie bekämpfte den Einfluß des Alptraums; würde sie sich ihm ergeben, so würden Maelgrim und seine Dämonen ihren Geist zerfetzen. Sie würden sich an ihr vergnügen und ihren Körper aufs entsetzlichste zerstückeln, bevor sie sterben würde. Die Traumweberin stemmte sich gegen die Woge unvorstellbaren Grauens. Doch Maelgrim war zu stark. Wenn sie nicht augenblicklich handelte, wären selbst die vereinten Kräfte von Sturmwächter und Feuergebieter nicht mehr imstande, das Böse abzuwehren, das aus ihrem Bruder geworden war. Von dem eigenen Entsetzen zu verzweifelter Gegenwehr getrieben, erforschte Taen die Macht der Verbindung. Ohne sich weiter um die Gefahren zu kümmern, wob sie Energien zu knisternden, flammenden Tauen, die sie schließlich zu einer undurchdringlichen Barriere formte, um den Feind einzusperren.

Die Mauern von Morbrith bildeten die äußeren Grenzen der Bastion. Zu Stein, Mörtel und dem Metall der Schlösser fügte sie ein Band, geformt aus Magie, hinzu. Als die Muster ihres Werkes licht über Toren und Türmen erblühten, fühlte sie, wie andere Energien sich mit den ihren verknüpften. Fein gesponnen wie Seide und doch stärker als Stahl, sandten Sturmwächter und Feuergebieter ihre eigene Magie durch die Verbindung. Anskieres lange Jahre der Erfahrung im Umgang mit Dämonen ermöglichten ihm eine rasche und wohlgeübte Arbeit. Bevor Maelgrim Gegenmaßnahmen ergreifen konnte, verankerte Anskiere das von Taen geschaffene Gefängnis mit einer Magie, gewirkt aus Luft und Wetter. Dann griff auch Jaric ein und fügte seine Banne hinzu, die die Struktur durch ihre Energie aus dem steinernen Herzen von Erde und Felsen festigten.

Maelgrim ahnte, in welche Notlage er geraten mußte. Gierj-Gesänge erschütterten die Luft, und seine Gegenwehr schlug Funken vor dem Schimmer der Banne. Doch die Barriere wehrte seinen Ausfallversuch mit pulsierendem, gleißendem Licht ab. Die Feste von Morbrith hielt stand. Der wutentbrannte Aufschrei des Dunklen Träumers hallte von den verlassenen Türmen wider und verklang. Doch ehe seine letzte Hoffnung auf Freiheit verspielt wäre, suchte Maelgrim Zuflucht bei einer List.

Gierj-Gesänge brachen Taens Schutzschild auf. In

einer Vision, scharf wie eine Klinge, sah sie ihren Bruder, von den Dämonen grausam ausgebeutet, bettelte er um die Nachsicht einer Schwester. Bat, ihre Hand möge nicht strafen, möge Erbarmen mit ihm haben. Würde sie ihm nur das geringste Maß der Vergebung erweisen, so gelobte Marlson Emien, seinen dämonischen Herren abzuschwören. Der Schattentempel sollte das Schicksal Morbrith' teilen, das Überleben der Menschheit gesichert sein.

»Nein!« Taens Ablehnung hallte über die Türme der Stadt, deren Bewohner hatten sterben müssen. Kummer ebenso gewohnt wie die Fischer, die ihre Vorfahren waren, verschloß sie Trauer und Sorgen in ihrem gestählten Herzen. Der Knabe Emien hatte seinen eigenen Weg gewählt; die Treuebrüche, die zu seiner Verwandlung im Schattentempel geführt hatten, sprachen ihm jegliches Recht auf Gnade ab. Aber wenn auch Taen, die Traumweberin, ihr Gleichgewicht aufrechterhielt, versagten doch die Mächte von Sturmwächter und Feuergebieter. Mit Entsetzen erkannte sie, daß Maelgrim in ihre Verbindung eingedrungen war.

Die Bilder, die er hereinbrachte, waren persönlicher Natur und schrecklich grausam. Anskiere von Elrinfaer sah seine königliche Schwester, die gestorben war, während die Mharg ihr Königreich verwüstet hatten. Jung und allein saß sie weinend auf einem Thron, die Krone, die sie nie gewollt hatte, hoffnungslos in ihren Händen. Unzählige Male hatte sie ihren Bruder verwünscht, weil er ihr dieses Erbe hinterlassen hatte, als er ausgezogen war, das Wissen der Vaere zu erwerben. Trotz all seiner magischen Fähigkeiten war der Sturmwächter nicht da, als die alptraumhaften Kreaturen vom Himmel herabstießen und die Bürger Elrinfaers auf den Straßen niedermetzelten.

Die Intensität des Kummers der Prinzessin war zu deutlich, als daß ihr irgend etwas anderes als die Wahrheit zugrunde liegen konnte. Taen erkannte, daß die Dämonen diesen Augenblick der Mhargerinnerung entnommen und für eine Gelegenheit wie diese zu einer Waffe geschmiedet hatten. Ihr Vorstoß löste Schuldgefühle aus, stark genug, Anskieres Gleichgewicht zu zerschmettern.

›*Befreit mich*‹, flehte Maelgrim. ›*Nehmt meine Macht, Eure geliebte Schwester zu rächen, die den Machenschaften des Schattentempels zum Opfer gefallen ist.*‹

Taen hielt sich nicht damit auf, herauszufinden, wie der Sturmwächter mit dieser Last aus Kummer und Schuld umgehen würde. Um Jaric besorgt, suchte sie ihn in der Verbindung und fand ihn in seiner eigenen Vision der Hölle. Das Bild war jünger und entstammte Maelgrims Geist, und es war von lähmender Grausamkeit. Für Jaric tanzten blutrote Flammen über Morbrith. Dort, in einem Außenhof, gefesselt mit einem Pferdegurt, krümmte sich der Schreiber, der sich für ihn eingesetzt hatte, als er ein Knabe gewesen war, in einem flammenden Inferno, und den Brennstoff für Ivegs Qualen lieferte ein Stapel aus Büchern und Schriftrollen. Das Lebenswerk eines Gelehrten diente nun dazu, ihn bei lebendigem Körper zu verbrennen.

Während Sturmwächter und Feuergebieter abgelenkt waren, waren die Banne über Morbrith in Gefahr. Die Traumweberin handelte aus einem Reflex, angetrieben von einem Zorn, der an Wahnsinn erinnerte. Über Maelgrims dunkle Träume legte sie ihre eigenen Bilder, Bilder des Leidens jeder einzelnen Seele, die zu retten sie gekämpft und verloren hatte während all der Monate im Hinterland von Morbrith. Kinder,

Eltern, Großeltern, ganz genau rief sie jeden Todesfall herbei; die Qualen der Opfer in ihren letzten Minuten vereinten sich zu einem Kummer von überwältigendem Ausmaß.

Als der Diener des dämonischen Rates, Maelgrim, ihrer Vision des Leidens mit Amüsement begegnete, schrien Sturmwächter und Feuergebieter gleichsam mit einer einzigen Stimme. Solchermaßen an ihre Aufgabe erinnert, rissen sie sich zusammen. Macht strömte wieder durch die Verbindung. Nun wurden die Trauer um den gefolterten Schreiber und das Schuldgefühl gegenüber der zurückgelassenen Schwester zu einer Klinge gehärteten Stahls, einer Waffe gegen den gemeinsamen Feind. In ihrem erbitterten Schaffen vereint, versiegelten die Vaereschüler von Keithland die Banne über Maelgrims Gefängnis. Als ihre gemeinsame Magie endgültig verschmolz, schmetterte ein Schrei zorniger Unterlegenheit über das Jaulen der Gierj hinweg. Der Laut war beängstigend roh, so schrecklich, daß kein Sterblicher ihn hören und verweilen konnte.

Die aus der Verbindung geschaffene Energie erstarb ruckartig. Taen ließ von ihrer Trance ab. Schmerzgepeinigt öffnete sie die müden Augen und konzentrierte ihre Aufmerksamkeit wieder auf das Schlachtfeld im Süden.

Asche knirschte unter ihren Knien. Strähnig rahmte ihr Haar ihre tränennassen Wangen ein, die unter dem Einfluß des Rauches brannten. Taen schüttelte den Kopf, strich das Haar zurück. Dann blickte sie mit blassem Gesicht zu Sturmwächter und Feuergebieter auf, die noch immer unter dem Einfluß ihres Gegenschlages zitternd neben ihr standen. Selbst nicht minder erschüttert, atmete Taen rasselnd ein. Sie sprach nicht aus, was sie alle so oder so wußten: Maelgrim mochte in Morbrith im Käfig hocken, doch seine Gierj sangen noch immer. So müde und schmerzerfüllt sie waren, blieb den Dreien doch keine andere Wahl, als sich sogleich gen Norden aufzumachen.

Tüchtig wie immer, hatte der Kielmark auch die Pferde mit einem unfehlbaren Auge ausgewählt. Hoch oben auf einer Stute aus der preisgekrönten Zucht von Dunmoreland, deren Blesse blutverschmiert war, gewährte Taen dennoch dem Piratenkönig nicht die angemessene Bewunderung für sein Können. Der Sattel, der für einen großgewachsenen Mann gefertigt war, rieb ihre Knie wund, das Tier unter ihm preschte wie ein Stier voran, und die Zügel rissen ihre Hände blutig. Sie fluchte, zerrte an dem Leder und war kaum imstande, mit dem Wallach Jarics Schritt zu halten.

Anskiere ritt auf einem hellbraunen Hengst voran, den der Kielmark einem Lebemann mit drohend erhobenem Schwert abgerungen hatte. Das Zaumzeug des Tieres funkelte unter einer großzügigen Schicht aus Silber und Perlen, doch dort, wo einst Glöckchen die Satteldecke geziert hatten, hingen nun nur noch Fransen; angewidert hatte der Sturmwächter den Zierat abgerissen. Der Kielmark bildete die Nachhut auf einem Rappen, der bei jedem Schritt schnaubte. Mit einer Aura argwöhnischer Wachsamkeit hockte er im Sattel, eine Hand stets auf dem Heft seines Schwertes.

Doch auf der Reise gen Morbrith schienen sowohl Stille als auch Wachsamkeit vergeudet. Kein Reisender begegnete ihnen auf der Straße. Die Häuser am Wegesrand waren verlassen, ebenso wie die Straßenkreuzung von Gaires Heumond, an der sie rasteten, um ihre Pferde verschnaufen zu lassen. Quellwasser tropfte über den Rand des steinernen Troges, doch nun war kein Vieh mehr da, das das überlaufende Wasser hätte trinken können. Die Verwahrlosung hatte Löcher in den strohgedeckten Dächern hinterlassen, und die Tür des Gasthauses, das sich finster gegen den Sternenhimmel abhob, stand halb offen.

Der Kielmark saß schnell wieder auf dem Rücken seines Pferdes. Erpicht darauf, das verlassene Dorf hinter sich zu lassen, folgten Anskiere und Jaric seinem Beispiel. Niemand schien sprechen zu wollen seit der Zerreißprobe, die die Banne über Morbrith ihnen auferlegt hatte. Taen schwang sich als letzte in den Sattel. Zwar abgelenkt durch die Notwendigkeit, die Standhaftigkeit ihrer Arbeit zu überprüfen, blieb sie doch einfühlsam gegenüber den Emotionen ihrer Begleiter. Jaric war durch Gaires Heumond geritten, als er auf einem gestohlenen Pferd aus Morbrith hatte fliehen müssen. Nun war der ungeschickte Stallmeister, der einst sein Pferd beschlagen hatte, tot, ebenso wie das junge Mädchen, das ihm aus Mitleid ihre Güte erwiesen hatte. Ermordet an der Schwelle weiblicher Reife durch die Besessenen des Schattentempels, hatte sie weder ein Grab gefunden, noch gab es Angehörige, die um sie trauern konnten. Nur der eine oder andere Reisende, der zufällig durch Gaires Heumond gekommen war, bevor der Ort Maelgrims Zerstörungswerk zum Opfer gefallen war, mochte sich vielleicht erinnern, daß das Mädchen überhaupt gelebt hatte.

Müde und traurig trieb Taen ihr Roß zum Galopp. Rasch fiel Gaires Heumond hinter ihnen zurück. Die Straße nach Morbrith zog sich gen Norden. Silbrig schimmerte sie unter dem Bodennebel; die Stute versuchte störrisch, die Führung zu übernehmen. Die Traumweberin spannte ihre wunden Finger und zuckte zusammen, als das Tier den Kopf schüttelte und einen Schritt zur Seite tänzelte, ehe es sich schließlich ihrem Willen beugte.

Jaric zog seinen Wallach zur Seite, um einem Zusammenstoß zu entgehen. »Weiß diese Stute nicht, daß sie längst müde sein müßte?«

Taen schüttelte den Kopf. »Sie riecht, daß ich die Tochter eines Fischers bin und das Reiten hasse.«

Doch als er sie betrachtete, die Brauen von einem Stirnrunzeln zu einer geraden Linie herabgezogen, den Rücken durchgedrückt und gerade in einer Weise, die auf unerklärliche Art mehr als nur Courage ausdrückte, sah Jaric etwas anderes. Ihre Kindheit in dem Fischerdorf von Imrill Kand lag hinter ihr; und nie zuvor in ihrem Leben hatte die vaeregeschulte Zauberin, die sie heute war, mehr aus ihr gesprochen.

Die Nacht verging unter dem Donnern des Hufschlags. Im Osten verblaßten die Sterne über den sich auftürmenden Bergen des Graslandes, doch auch die aufziehende Dämmerung konnte den Schatten der Gefahr nicht vertreiben. Jede Meile brachte die Reiter ihrer letzten Konfrontation mit Maelgrim, dem Dunklen Träumer, näher. Geradezu greifbar lag die Bedrohung in die Luft. Nicht imstande, den Verdacht abzuschütteln, daß Keithlands Beschützer einer Falle des Schattentempels entgegenstrebten, rief Taen ihre Gabe. Bereit für eine schmerzvolle Begegnung mit Maelgrims Bösartigkeit, sandte sie ihren Traumsinn nach Norden, um die Sicherheit des Gefängnisses zu überprüfen, in dem ihr Bruder nun schmachtete.

Stille begegnete ihrer Suche. Verwundert schlug Taen einen anderen Weg ein. Dieses Mal schloß sie sowohl den Boden als auch die Wachtürme von Morbrith mit ein, doch ihre Mühe förderte nichts zutage. Stille, so endlos wie die See, umgab die hochaufragenden Befestigungsanlagen; selbst die Tauben hatten ihre Schläge im Hof des Falkners verlassen. Von der Leblosigkeit jenes Ortes verunsichert, sog Taen besorgt Luft in ihre Lungen. Sie balancierte erneut ihre Wahrnehmung, und erst dann bemerkte sie das Fehlen der Gierj-Gesänge. Ihre Überraschung tat sich in einem Aufschrei kund.

Ihre Begleiter zügelten ihre Pferde. Zwischen ihnen eingepfercht, rief die Traumweberin ungläubig: »Ich habe Maelgrim verloren. Der Gierj-Gesang hat aufgehört, und ich kann keine Spur des Feindes mehr entdecken.«

Anskiere atmete stoßweise. »Sind die Banne intakt?«

Taen wollte gerade nicken, erstarrte aber dann, als ihr ein Detail bewußt wurde, das sie zunächst übersehen hatte. Ein kleines schwarzes Loch klaffte in den Bannen über dem Haupttor. Der Riß war zu klein, den Körper eines Mannes passieren zu lassen, aber er war gewiß groß genug für die aalförmigen Körperer der Gierjlinge.

Diese Neuigkeiten riefen verschiedene Reaktionen in der grauen Düsternis der Morgendämmerung hervor; sowohl Feuergebieter als auch Sturmwächter hatten mitgewirkt, die Banne zu schaffen; die Macht, die notwendig war, eine Bresche hineinzuschlagen, übertraf selbst ihre schlimmsten Befürchtungen. Jaric strich sein schwarzes Haar zurück, das dringend nach einem Schnitt verlangte; seine Augen starrten vor Erschöpfung unter den rußverschmierten Wimpern in die Ferne. Auf den Zügen des Kielmark zeigte sich hingegen ein Ausdruck räuberischer Berechnung.

Allein Anskiere richtete sich mit eisigem Blick auf. Die Hände auf den Nacken seines Pferdes gestützt, sagte er nur: »Dann mußt du die Gierj suchen. Wenn Maelgrim auf welchem Weg auch immer Morbrith verlassen konnte, bleibt uns keine andere Wahl als ihm zu folgen.«

»Aber der Riß ist zu klein«, widersprach Taen. »Der Dunkle Träumer konnte nicht entkommen, und er kann nicht einfach verschwunden sein. Er ist von meinem Blut. Gewiß wüßte ich es, hätte er seinem Leben ein Ende gesetzt.« Sie blinzelte gegen die Tränen an, die ihr in die Augen stiegen. Nur vage nahm sie Jarics Berührung an ihrem Arm wahr, doch auch diese Geste vermochte nicht, sie zu beruhigen.

In der Stille knarrte das Zaumzeug des Hengstes unter Anskieres Händen, bis Jaric das Wort ergriff. »Bei der Gnade Kors, seht ihr denn nicht, wie bestürzt sie ist?«

Doch sein Protest wurde ignoriert. »Taen«, sagte der Sturmwächter gestreng, »wenn Maelgrim, der Dunkle Träumer, Morbrith verlassen hat, dann müssen wir das wissen.«

Kapitel 14

MORBRITH

Rasselnd atmete Taen ein. Die Umgebung schien geisterhaft, ein Ort zwischen Traum und Wirklichkeit, wo ein Alptraum ohne Vorwarnung jegliche Ordnung umstoßen konnte. Sie löste sich von Jaric. Durch die Anforderungen ihrer Meisterschaft von seinem Mitgefühl abgeschnitten, konzentrierte sie sich, ihre Gabe auf die Suche nach Maelgrim zu schicken.

Die grauen Mauern von Morbrith ragten in dem sich langsam lichtenden Nebel auf, versiegelt unter einem Netzwerk schimmernder Banne. Jenseits dieser Grenze erhoben sich die verlassenen Häuser, lagen die Dächer Straßenzug um Straßenzug im kalten Morgenlicht. Die Traumweberin konzentrierte sich direkt auf den Palast. Ihre Suche führte sie durch leere Gänge und große, einsame Räume, deren Wände hinter modernden Gobelins verborgen lagen. Sie sah Schlafräume mit schimmelnden Laken, Küchen, in denen die Ratten bereits die hölzernen Griffe der Töpfe abgenagt hatten. Vorratskammern und Kornspeicher waren Insekten und Mäusen zum Opfer gefallen, während der Stahl in den Waffenkammern in militärischer Ordnung vor sich hin rostete.

Taen durchsuchte die Archive und trauerte mit Jaric, als sie die zersplitterte Tür entdeckte. Auf dem Parkettboden hatten Tintenfässer Flecken hinterlassen; Staub lag auf den Regalen, die ihrer Bücher beraubt worden waren. Unter der schweren

Last ihrer Sorgen suchte die Traumweberin weiter, passierte die blinden Fenster der Söldnerbaracken und ein Wachhäuschen, das von den schmutzigweißen Hinterlassenschaften vorüberziehender Vögel bedeckt war. In den Ställen dahinter rotteten die Kadaver der tierischen Opfer des Anwesens, von dem Pony der Nichte des Grafen über Schlachtrösser bis hin zu Lasttieren. Nur die Stufen, die zu dem Wachturm hinaufführten, waren nicht verlassen.

In einer windigen Nische zwischen dem Gestein der Feste und dem Himmel entdeckte Taen ihren Bruder.

Keine Gierjlinge waren in seiner Nähe. Seine Aura als Dunkler Träumer war zu einem glanzlosen Schimmer seiner früheren Macht verkümmert. Schockiert angesichts der Veränderung, berührte die Traumweberin seinen Geist. Maelgrim zuckte unter dem Kontakt zusammen. Armreifen klimperten, als er die Hände hob, wie um einen Schlag abzuwehren; und das wahnsinnige, verlorene Funkeln in seinen Augen legte Zeugnis über Gedanken ab, die wirr und richtungslos waren.

Taen zog sich zurück, ohne weiter nachzuforschen. Während sie ihr Bewußtsein sorgsam abschirmte, lauschte sie dem Wind, der über den verlassenen Befestigungsanlagen von Morbrith sein klagendes Lied sang. Doch nichts erhob sich, um sie anzugreifen. Offenbar verbarg sich keine List hinter Maelgrims Zustand.

Tageslicht zog hell über Weideland, auf dem nur mehr Unkraut gedieh; die Gehöfte außerhalb der Mauern waren menschenleer. Die Gierj-Dämonen, deren Macht die Zerstörungskraft des Dunklen Träumers gestützt hatte, waren nirgends aufzutreiben. Mißtrauisch gegenüber dem scheinbaren

Frieden, sandte die Traumweberin ihre Wahrnehmung hinaus über Felder, die von Gestrüpp überwuchert wurden, und Obstgärten, die im dichten Nebel versanken.

Ohne das zänkische Geschrei eines Eichelhähers hätte sie vielleicht die raschelnden Bewegungen in einem Tal östlich von Morbrith übersehen. Gierj huschten wie Spinnen durch das Unterholz, und ihre Augen blitzten wie Spiegel im Mondschein. Sie hasteten geräuschlos voran, und ihre gleichförmigen Bewegungen vermittelten den schaurigen Eindruck, als würde sie von den Händen eines irrsinnigen Puppenspielers gesteuert. Der Anblick verstärkte ihr Unbehagen noch. Der Bruder, den sie in Morbrith gefunden hatte, besaß kaum mehr Bewußtsein und keinerlei Macht, und das bedeutete, daß die Gierj nun einem neuen Herrn gehorchten, einem, dessen Ruf direkt aus dem Schattentempel erscholl.

Die Traumweberin löste ihre Trance. Schmerzgeplagt von ihren Knien, die sich im Sattel wundgerieben hatten, richtete sie sich unter den prüfenden Blicken von Sturmwächter und Kielmark auf. Jaric war abgestiegen und stand mit den Zügeln der Stute in Händen neben dem Roß. Er besänftigte das störrische Tier mit einer Geduld, die seine Ermattung Lügen strafte, während die Traumweberin ihre Erkenntnisse über Maelgrim und die offenkundige Fahnenflucht der Gierjlinge weitergab.

Erschöpft beendete sie ihren Bericht. Herbstwinde peitschten über die Sträucher am Wegesrand. Das Rascheln trockener Blätter erfüllte die Stille, während ihre Begleiter die Bedeutung eines Ereignisses zu ergründen suchten, das doch kein Mensch begreifen konnte.

»Halte die Banne aufrecht«, sagte Anskiere. Dann

gab er Anweisung, weiterzureiten. Jaric ließ Taens Zügel los und schob seinen Fuß durch seinen Steigbügel.

»Ihr wißt, daß das eine Falle sein könnte!« warnte die Traumweberin. Der Sturmwächter gab seinem Roß die Sporen; als der Hengst davongaloppierte, rief sie hinter ihm her: »Gierj oder nicht, Maelgrim ist durch die Sathidverbindung noch immer von den Dämonen besessen. Ich bezweifle, daß er verwundbar oder gar hilflos ist.«

»Spar dir die Worte, Frau!« Der Kielmark zog sein Schwert und hieb der Stute die flache Seite über das Hinterteil. Über das nachfolgende Hufgetrappel hinweg fügte er, während beide Pferde mit angelegten Ohren zu rennen ansetzten, hinzu: »Wir haben doch keine andere Wahl, als weiterzuziehen. Ob er nun ein Narr ist oder nicht, wir können den Sturmwächter nicht ohne unsere Unterstützung der Gefahr entgegenreiten lassen.«

Blaue grimmige Augen mahnten, daß – wie bei einem Wolf – die Loyalität des Kielmark stärker als jede Vernunft war. Und obgleich nur wenige Dinge sie je so geängstigt hatten, wie die Veränderung, die sie in ihrem Bruder erfühlt hatte, ließ auch Taen die Zügel locker und ritt in schnellem Galopp weiter.

Laub, braun und tot, wirbelte vor den Mauern der Festung herum. Der Innenhof jenseits der Außenmauer war verlassen. Auffallend fehl am Platz erschien der Geruch von Moos und sonnengewärmten Steinen in dieser Festung, die einst voller Leben gewesen war. Keine Wache rief die Reiter an, die mit dem Morgen Einzug in die Stadt hielten. Stille und das geisterhafte Glimmen der Banne umgaben eine Feste, in der eigentlich der Hufschlag von Schlachtrössern erklingen sollte, vermengt mit den Rufen der Patrouillen, die von ihren Kontrollritten an den Grenzen zurückkehrten. Nachdem sie ihre schweißgebadeten Pferde am Fluß freigelassen hatten, folgte Jaric Anskiere durch die Tore. Ein leises Knistern begleitete die Männer, als sie die magische Barriere passierten. Taen ging hinter ihnen, gefolgt von dem Piratenkönig, dessen Waffen und Rüstung bei jedem Schritt dissonant klirrten.

Ivainson trat aus dem Schatten eines Torbogens und blieb plötzlich stehen.

»Nicht hier«, flüsterte Taen, ehe sie den Zwang zu Wispern abschüttelte. »Wir werden Maelgrim weiter drinnen finden, im großen Saal des Grafen.«

Doch der Feuergebieter antwortete nicht. Sein erster Blick über die Festung, in der er geboren worden war, endete an den steinernen Pfählen, an denen einst die Pferde festgemacht worden waren. Verrostete Eisenketten baumelten an den Haken, grausiges Zeugnis eines Gefangenen, der erst vor kurzer Zeit hier angekettet worden war. Eine Brise zog durch die Straßen. Die Kette baumelte, geschwärzt von dem Feuer, über dem dunklen Ascheкreis im Wind. Inmitten des Schutts entdeckte Taen verkohlte Überreste von Pergament, die noch als Überbleibsel von Büchern erkennbar waren.

Der Name von Morbrith' Meisterarchivar lag unausgesprochen auf Jarics Lippen. Taen fühlte seinen Schmerz, den bohrenden Kummer. Wenngleich keine Gebeine geblieben waren, sah der Feuergebieter doch den Beweis, daß sein einstiger Lehrherr unter größten Qualen den Launen der Dämonen zum Opfer gefallen war. »Kor sei gnädig!«

Sein Tonfall veranlaßte Anskiere, auf den Stufen innezuhalten. Ein fragender Ausdruck lag in seinen Zügen. »Jaric?«

Ein Schimmern umgab die reglose Gestalt Ivainsons. Für einen Augenblick drohte sein wilder Zorn in Flammen auszubrechen. Taen wollte zu ihm laufen. Doch der Kielmark trat rasch vor und erreichte Jaric noch vor ihr.

»Ich werde die Verdammten aufschlitzen, die das getan haben.« Ein erschreckender Ausdruck zeigte sich in den Zügen des Kielmark. Bedrohlich still in seinem silbergefaßten Waffenrock, betrachtete er Ketten und verbranntes Pergament, als wollte er den Anblick für immer in sein Gedächtnis brennen. Dann, die Hand halb als Stütze, halb zum Stoß erhoben, schickte er Jaric hinter dem Sturmwächter her. Nun erst dachte Taen daran, wie sehr der König der Piraten Bücher schätzte; zu Riffhafen war sein Archivar der einzige gesunde Mann, der keine Waffen tragen mußte.

Bald darauf traten sie gemeinsam in die Finsternis im Inneren der Festung. Traumsinn legte sich wie ein Echo über die realen Eindrücke, und die Ruinen erinnerten an eine Eleganz, die nun geschändet und gänzlich vergangen war. Morbrith, das ausschließlich wegen seiner Lage zum Hinterland zählte, war durch die Generationen überdauernde Bewunderung seiner Grafen für die Künste gesegnet gewesen. Auf verschnörkelten Simsen über den Türrahmen hatten einst Porzellanfiguren gestanden. Livrierte Gefolgsleute und Damen in juwelengeschmückten Seidenkleidern hatten der Musik gelauscht und die Säle, die nun von den Hinterlassenschaften der Fledermäuse verunstaltet waren, mit ihrem Lachen erfüllt. Verdreckte Böden, fleckige Wandteppiche und das Rasseln der Waffen, das bei jedem Schritt des Kielmark erklang, ließen diese Vergangenheit wie einen schönen Traum erscheinen. Anskiere schritt voran, verfolgt von den Erinnerungen an andere Geister, die einst Elrinfaer bevölkert hatten. Über alle Maßen gequält von der Trauer um die Festung, die sein Heim gewesen war, klagte Jaric nicht um seinetwillen. Statt dessen galt sein schmerzliches Mitgefühl Taen; irgendwo in Morbrith wartete ein Feind auf sie, der einmal ihr Bruder gewesen war.

Ein verirrter Sonnenstrahl ließ das Haupt des Sturmwächters silbrig aufleuchten, als er der Traumweberin in einen Vorraum folgte. Vier Türen öffneten sich zu verschiedenen Zimmern und einem Korridor, der von Spinnweben durchzogen war. Traumsinn führte nach links. Wie betäubt wandte sich Taen in die vorgegebene Richtung und schritt durch ein bronzenes Portal wie ein Jäger auf der Spur seiner Beute. Der folgende Raum war voller geborstener Möbel und den rottenden Gebeinen einer Katze. Feuchtigkeit stieg vom Boden auf und jagte eisige Kälte durch ihre Sohlen. Sich der Nähe Jarics kaum bewußt, setzte sie zitternd ihren Weg fort.

»Vor uns liegt der Ratssaal des Grafen.« Echos verzerrten die Worte des Feuergebieters. »Eine Hintertür führt zu den Privatgemächern seiner Hoheit, und die Diener haben stets behauptet, es gäbe noch eine geheime Kammer.«

Taen nickte geistesabwesend. Der Druck in ihrem Geist wurde immer drängender, und plötzlich wußte sie es. Schlafraum und Zimmerflucht des Grafen waren verlassen. Auch in der Geheimkammer, so es tatsächlich eine gab, befand sich niemand. Maelgrim, der Dunkle Träumer, wartete hinter den geschlossenen Türen zum Ratssaal auf sie.

Taen blieb stehen und deutete auf die Tür. Unfähig, sich zu rühren oder zu sprechen, sah sie zu, wie Anskiere den einem Löwenkopf nachempfundenen Türknauf ergriff und an ihm zog. Geräuschlos schwang die schwere Tür in den gut geölten Angeln auf.

Durch den Windzug in Bewegung versetzt, rollte ein Bauer von einem herabgefallenen Schachbrett über den gebohnerten Parkettboden; er verschwand unter einem Durcheinander aus Teppichen und umgestürzten Tischen. Auf einem verschnörkelten Podest stand ein großer Käfig, dessen Bewohner nur mehr ein toter, modriger Klumpen Gefieder war. Taen blinzelte. Deutlich zitternd zuckte sie zusammen, als Jaric sie in seine Arme zog. Der große Raum war beinahe vollkommen verlassen. Nur auf dem Podest hing ein Mann, alle viere von sich gestreckt, auf dem Thron des Grafen. Taen erkannte ihn, noch bevor sie das schwarze Haar erblickte, und sie trat jener Abscheulichkeit entgegen, die einst Marlson Emien genannt worden war.

Der Kielmark zog sein Schwert. Er überquerte die Schwelle, die Schritte kaum hörbar und das Gesicht eine starre Maske kontrollierten Zorns. Für Corley, für den Toten Archivar von Morbrith und sechs Kompanien niedergemetzelter Männer, dürstete es ihn zu töten. Anskiere war an seiner Seite. Der Zauberer, der nur selten die Geduld verlor, hatte auch jetzt seine höfische Haltung nicht verloren; nur in seinem Stab erwachte ein kaltes Glimmen, und in seinem Blick lag eine Schärfe, die kein Sterblicher je übertreffen würde.

Doch der Dunkle Träumer saß sonderbar reglos auf seinem Stuhl. Trotz der Bedrohung durch blanken Stahl und Zauberei lag er da wie tot.

Taen löste sich aus Jarics Armen. Mit schmerzgeweiteten Augen trat sie auf die ausgestreckte Gestalt auf dem Podest zu.

»Sie darf ihn nicht berühren«, warnte Anskiere. Um zu verhindern, daß ihre Gefühle ihren gesunden Menschenverstand ausschalteten, ergriff der Kielmark ihre Schulter. Mit Taen in ihrer Mitte umrundeten die Beschützer Keithlands einen umgestürzten Tisch und schritten die Stufen des Podestes empor.

Wie ein Monument überragte der Thron den Tisch mit all seinen Siegeln und Dokumenten. Die zurückeroberte Regentschaft des Grafen war so kurz gewesen, daß er nicht einmal mit der Durchsicht seiner Bücher fertig geworden war. Nach wie vor scheinbar harmlos lag der Sieger auf dem Thron, den Kopf auf die mit smaragdgrünem Samt bezogene Armlehne gebettet. Dunkles Haar fiel über das verschnörkelte Stuhlbein, und die offenen Augen über den blutverschmierten Wangen blickten so leer wie ein wolkenloser Himmel. Scharlachrote Spuren zogen sich von seiner Nase und seinen Ohren über die Haut und sammelten sich an seiner Kehle in einer rostroten Lache. Der gefürchtete Dunkle Träumer des Schattentempels atmete durch die leicht geöffneten Lippen, als schliefe er; Bartstoppeln überschatteten sein Kinn. Hände, die einst eine jüngere Schwester zum Muschelsammeln an den Strand geführt hatten, lagen nun mit nach oben gerichteten Handflächen da, als wollte er um Gnade bitten. Schluchzend sog Taen Luft in ihre Lungen. Mehr denn je erinnerte der Mann an den Bruder, den sie zu Imrill Kand gekannt hatte, wenngleich vernarbt, wie sie es sich nicht hätte vorstellen können, und verloren in Kleidern, die zu groß für seinen unterernährten Körper waren.

»Als die Gierj ihn im Stich gelassen haben …« Taen stand am Rande eines Zusammenbruchs, zwang sich aber dennoch, weiterzureden. »Das hatte Auswirkungen auf sein Bewußtsein. Er ist wie ein leeres Gefäß ohne Geist.« Zögernd trat sie näher.

»*Nicht berühren!*« warnte Anskiere erneut eindringlich.

Die Traumweberin schien ihn nicht zu hören. Nahe genug, ihn zu berühren, hob sie eine Hand über die Schulter ihres Bruders. Doch eben als sie die Hand ausstreckte, riß der Kielmark sie zurück in Jarics unerbittliche Umklammerung. Taen schrie auf. Wände aus Stein ließen ihren Klageruf widerhallen, bis der Herrscher von Riffhafen sich an ihr vorbeischob. Die Muskeln in seinen Unterarmen spannten sich; zum Gnadenstreich bereit, erhob er das Schwert über der reglosen Gestalt auf dem Thron.

Taen zuckte zusammen und barg ihr Gesicht in Jarics Armen. Selbst nach den Massakern an den Bürgern von Morbrith und Corlin und den Morden an Freunden unter Corleys Kommando konnte sie es nicht ertragen, zu sehen, wie ihr Bruder getötet wurde.

Die Klinge blitzte auf und fuhr nieder. Anskiere warf seinen Stab zwischen Stahl und Opfer, und das Metall traf mit dissonantem Klirren auf die Messingspitze.

Der Kielmark starrte Anskiere an wie ein Leitwolf, der von einem närrischen Rudeltier am tödlichen Biß gehindert worden war. »Sind wir Weiber, die sich schon vor dem Gedanken an Blut ängstigen? Kors Gnade, Prinz! Das paßt nicht zu Euch.«

Anskiere schüttelte den Kopf. Mehr als nur Erbarmen untermauerte seine Antwort. »Nein. Ich habe keineswegs aus reinem Mitgefühl wider die

Vernunft gehandelt. Um Keithlands willen müssen wir herausfinden, was hier vorgefallen ist. Ich bezweifle stark, daß der Zusammenbruch des Dunklen Träumers in irgendeiner Form vom Rat des Schattentempels vorgesehen war.«

Der Kielmark ließ sein Schwert sinken, bis die Spitze auf dem Boden lehnte. »Aber wie sollen wir das fertigbringen? Taen ist derzeit nicht einmal fähig, den Geist einer Maus zu erkunden, und solltet Ihr mehr von ihr verlangen, so werde ich Euch aufhalten.«

Anskiere seufzte resigniert und müde. »Ich hatte vor, Kontakt zu dem Bau der Llondelei zu Morbrith aufzunehmen.« Das Licht in seinem Stab verblaßte langsam, als er hinzufügte: »Würdest du nun bitte endlich deine Waffe wegstecken? Gierj können ihre Macht in der Nähe von Stahl nicht ausüben. Allein du und Jaric, ihr tragt genug Waffen, eine ganze Garnison vor ihnen zu schützen.«

Der Raum im Nordturm des Schattentempels war mit Vorhängen verhängt. Wände und Fenster verbargen sich hinter wollenem Gewebe. Trotzdem fegte noch immer Zugluft durch den Raum, wenn der Wind über die Hügel strich. Ein Wirbel kalter Luft zerrte an der Flamme in der von rotem Glas geschützten Lampe. Die Flamme flackerte und erlosch bis auf einen matten Funken, als Scait, der Herrscher der Dämonen, in die Stille und Schattenhaftigkeit der Kammer trat.

»Der Morrigierj regt sich«, sagte eine Stimme aus der dunkelsten Ecke des Raumes. Sie sprach in einer Sprache, die den Menschen unbekannt war, und diese Sprache wurde auch von den Dämonen nur dann benutzt, wenn der Austausch von

Gedanken im Streit um die Vorherrschaft einer Herausforderung gleichkam.

Scait blieb stehen. »Meinst du?« Er kniff die glühenden Augen zusammen und wartete.

Die Stimme erklang erneut, begleitet vom Klagen des Windes jenseits der Vorhänge. »Ich weiß es. Maelgrims Gierj haben den Dunklen Träumer im Stich gelassen. Der Ruf ihres Wahren Herrn hat sie erreicht, als sie noch im Geiste mit ihm verbunden waren. Der Schaden, den sie hervorgerufen haben, ist irreparabel. Maelgrim liegt im Sterben, und sogar der Schattentempel ist nun in Gefahr.«

Der Wind legte sich. Eisige Luft umspielte Scaits Füße, und die Flamme erstrahlte wieder hell und verbreitete rötliches Licht in der Kammer. Auf einer Schilfmatte an der Wand lag ein türkisgefleckter Thienz auf seinem Krankenlager und schnappte keuchend nach Luft. Scait erkannte in ihm denjenigen, der die Bindung zu dem Sathid eingegangen war, der einst die Hexe Tathagres beherrscht hatte; als Marlson Emien die Matrix gestohlen hatte, hatte die Querverbindung das Leben des Jungen untrennbar mit dem des Thienz verknüpft. Der Alte, der den Kranken pflegte, kauerte auf Kissen in der Ecke des Raumes. Seine Haut war faltig und häßlich, und seine Kiemenlappen gelb vom hohen Alter. Metallreifen bedeckten all seine Glieder zum Zeichen seines hohen Standes unter den seinen. Als der Dämonenherrscher den Raum durchquerte, beobachtete ihn die Kreatur aus schwarzen Knopfaugen, in denen nicht die Spur der Demut zu erkennen war.

Scait entging die Mißbilligung nicht, die sich in dem Verhalten der Kreatur ausdrückte; seine kürzeren Nackenhaare stellten sich auf. »Zeig ihn mir.«

Der alte Thienz zauderte unwillig. Durch den

Umstand, daß Scait dem Dunklen Träumer einen Kreis von zwölf Gierjlingen bewilligt hatte, hatte der Dämonenherrscher auch den jungen Thienz in Gefahr gebracht, dessen Sathidbindung Maelgrim teilte. Der Zorn des Alten nahm noch zu, als ein weiterer Luftzug die Flamme in der Lampe störte und sich erneut Schatten über den Raum legten.

Scait strich sich die Nackenhaare glatt, um seine Geringschätzung gegenüber dem herausfordernden Verhalten seines Gesprächspartners zu verdeutlichen. »Sicher, eure Zahl hat abgenommen. Aber kein Leben ist vergeblich in die Erinnerung eingegangen. Feuergebieter, Sturmwächter und Traumweberin und auch der Thienzmörder namens Kielmark befinden sich derzeit in Maelgrims Gegenwart, richtig?«

Der alte Thienz nickte mit zusammengepreßten Lippen.

Scait gestikulierte. »Nun gut. Wir werden so lange die Kontrolle über Maelgrim haben, wie sein Leben dauert. Laß uns zusammenarbeiten und den Untergang unserer Feinde einleiten.«

Der alte Dämon überlegte und gab sich schließlich widerwillig geschlagen. Während die Flamme in der Lampe wieder aufleuchtete, schlurfte er zu seinem leidenden Kameraden. Dort kauerte er sich zu Boden, die Augen von wimpernlosen Lidern verdeckt. Bald seufzte der Kranke, ehe er sich matt auf seinem Lager zu regen begann. Scait trat unruhig von einem Fuß auf den anderen, aber der alte Thienz ließ sich nicht hetzen. Er legte seinen Armreif ab und streifte ihn über das Handgelenk des Kranken. Die Tatsache, daß der solchermaßen Geehrte zu schwach war, sich für diese Auszeichnung erkenntlich zu zeigen, gab dem Dämonenherrscher zu denken; offenbar wurde Maelgrim rasch schwächer, wenn gar der Thienz zu erschöpft war, seiner Eitelkeit zu frönen.

Endlich blickte der Alte auf. ›*Auf den Tod unserer Feinde*‹, sandte er, ehe er seine lächerlich kleine Hand auf die Lampe legte. Sein Bewußtsein verschmolz mit dem des Artgenossen, der untrennbar mir Maelgrim vereint war, und ein Bild erschien über der Flamme. Durch die weit entfernten Augen des Dunklen Träumers wurde Scait der Ratshalle des Grafen von Morbrith gewahr.

Dort verdunkelte Nacht die hohen Bogenfenster, und kein Stern schien am Himmel. Umgeben von dunklen Schatten, türmten sich umgestürzte Möbelstücke wie die Gebeine eines Drachen vor dem einsamen Licht einer Kerze, die geschützt hinter violetten Glasplatten brannte. Farbige Beleuchtung war bei Menschen nur selten zu finden; zumindest eine der Gestalten, die sich um den Dunklen Träumer herum versammelt hatten, war nicht menschlich. Im Schatten der Kapuze seines Umhangs glommen die Augen eines llondischen Empathen.

Der Kielmark stand neben ihm, beide Hände um das Heft seines gewaltigen Schwertes geklammert. Mißtrauisch, wie er selbst in bester Stimmung gegenüber Fremden war, trug die Anwesenheit eines zu Hilfe gerufenen Dämonen wenig zu seinem Seelenfrieden bei. Aufmerksam sah er zu, wie die Llondelfrau sich vorbeugte und ihre sechsfingrigen Hände auf die bewußtlose Gestalt von Maelgrim, dem Dunklen Träumer, legte.

Taens Bruder reagierte nicht auf die Berührung. Das Gewebe seines Hirns hatte massiven Schaden genommen, und eine innere Blutung schwächte die verbliebenen Körperfunktionen. Schon nach einem kurzen Augenblick hob die Dämonin die Hände und unterbrach den Kontakt, ehe sie ihre freudlosen Augen auf die Menschen richtete.

›*Er stirbt den Gierj-Tod, dieser Mensch und Sklave des Schattentempels.*‹ Ärger begleitete ihr Gedankenbild und eine Verbitterung von unfaßbarer Tiefe. Maelgrims Elend entstammte in direkter Linie der Manipulation eines Gierj-Kreises. Die Dämonen im Schattentempel wußten wohl um die Konsequenzen derartigen Machtmißbrauchs; sie lockten Menschen in Sathidbindungen, um die Mächte der Gierj zu nutzen, ohne einen der ihren zu opfern. Wenn schließlich ihre Opfer an Blutungen zugrunde gingen, so konnte rasch ein Ersatz für sie geschaffen werden, solange der Vorrat gestohlener Matrizen nicht erschöpft war.

Die Llondelfrau beendete ihre Untersuchung mit einer entschuldigenden, doch kummervollen Geste. Die Kristalle waren durch ihre Art nach Keithland gelangt; bösartige Kreaturen aus dem Schattentempel hatten das Erbe ihrer Nachkommen geplündert, allein zu dem Zweck, Verräter wie Emien und vor ihm Merya Tathagres zu schaffen.

Die Finger des Kielmark spannten sich um den Griff seiner Waffe. Taen barg ihr Gesicht in Händen, und Jaric hielt sie fest in seinem Arm.

Doch der Sturmwächter blickte mit einer Miene, trostlos wie ein kalter Wintertag, auf. Keine Milde lag nun noch in seiner Stimme. »Warum sollten die Gierjlinge des Dunklen Träumers davonlaufen, wenn die Pläne des Schattentempels offensichtlich noch nicht umgesetzt wurden?«

Die Llondeldämonin pfiff eine Bekräftigung. Ihr Gedankenbild zeigte ein glattes, rundes Objekt, das etwa in Schulterhöhe schwebte. Härter als Stein und umgeben von einem Netzwerk tödlicher Energien, erwarb das Ding langsam Empfindungsfähigkeit. In einem zukünftigen Bild flammten Energieströme unter seiner Oberfläche auf; Gierjlinge, die seine naturgegebenen Diener waren, verbündete sich und fielen in Keithland ein, um plündernd und mordend die Herrschaft an sich zu reißen. Unter der Führung ihres rechtmäßigen Herrschers kannte ihre Zerstörungskraft keine Grenzen. Selbst der Rat des Schattentempels fürchtete das Netz der Macht, das die Gierj mit ihrem Gesang zum Leben erwecken konnten. Die Llondelfrau endete mit einem ausgesprochenen Namen, Morrigierj, der nie zuvor unter den Menschen Erwähnung gefunden hatte.

Anskiere runzelte die Stirn. »Dann sind die Archive von Landfeste unzulänglich, und selbst die Vaere irren. Nie wurde unter den Verdammten Kors ein Morrigierj erwähnt.«

Die Llondelfrau pfiff eine Septime in Moll. ›*Gewiß sind die Berichte der Menschen eingeschränkt. Doch wo es Gierj gibt, wird sich auch irgendwann ein Morrigierj entwickeln, um sie zu führen. Doch die Kreatur benötigt viele Jahrhunderte, um zur Reife zu gelangen. Vielleicht haben eure Vorfahren das nicht gewußt.*‹

Stille begegnete ihrem Kommentar. Daß es eine Bedrohung geben sollte, die noch schlimmer war als die geballte Macht des dämonischen Rates, machte alle Hoffnung zunichte.

Allein Taen dachte noch einen Schritt weiter, und was ihr in den Sinn kam, ängstigte sie noch mehr. Blaß starrte sie in die glühenden Augen der Llondeldämonin. »Was, wenn Emien nicht der einzige gewesen ist?« In der Seele krank erinnerte sie sich der Toten von Morbrith, deren Bewußtsein rücksichtslos untersucht worden war, ehe die Dämonen ihnen das Leben entrissen hätten, so einfach, als würden sie eine Kerzenflamme ersticken. Taen zwang sich zu sprechen. »Nehmen wir an, Emien wurde geopfert, weil die Dämonen bereits hatten, was sie wollten. Kinder mit einer latenten Begabung könnten während des Überfalls auf Morbrith entführt worden sein. Ohne Eltern, die um sie klagen würden, würde doch niemand davon erfahren. Vielleicht werden die Waisen im Schattentempel gefangengehalten, um schließlich das Los meines Bruders zu teilen.«

Luft zischte, als der Kielmark sie mit seinem Schwert zerteilte. Grimmig warf er die Waffe von der rechten in die linke Hand und sagte: »Die Traumweberin hat recht. Und der Sturmwächter verdient meine Abbitte für die Worte, die ich zuvor geäußert habe.« Er deutete auf die Llondeldämonin, ehe er seine Klinge auf die wächserne Gestalt Maelgrims richtete. »Lebendig kann uns dieser Abschaum gewiß die Wahrheit verraten.«

Anskiere nickte zustimmend. Viel zu sehr in seine sorgenvollen Gedanken versunken, über die versöhnlichen Worte des Kielmark zu staunen, sprach er mit der Llondelfrau in deren Sprache.

Die Dämonin antwortete mit dem Bild eines Stromes, dessen Fluten den Berg hinaufflossen, aber für ihre Art mochte das Gleichnis eine andere Bedeutung als für die Menschen haben, denn statt eines Widerspruchs legte sie bereitwillig erneut ihre reisigdürren Finger an die Stirn Maelgrims …

Im düster-rötlichen Lichtschein im Inneren des Schattentempels gewann allmählich Unmut die Oberhand; die langen Nackenhaare Scaits richteten sich auf, und er wischte mit der Faust durch das Bild, das die schwindenden Sinne des Thienz Maelgrim entrissen hatten. Durch den neuerlichen Luftzug irritiert, flackerte die Kerze, und die Vision von dem Ratssaal des Grafen und der Versammlung von Menschen und Llondelei erlosch.

Der Dämonenherrscher stieß ein Zischen aus. »Ich habe genug gesehen, Kröte. Höre meine Befehle. Zerstöre den, der die Sathidbindung mit Maelgrim teilt, auf daß der Dunkle Träumer sogleich zugrunde geht. Besser, der Knabe stirbt rasch, als daß die Menschheit mehr über den Morrigierj und meine Pläne zur Zerstörung Keithlands erfährt.«

Der alte Thienz bewegte sich, und seine Metallreifen klimperten leise. Er blinzelte mit stechendem Blick und antwortete mit entwaffnender Unterwürfigkeit. »Wie Ihr befehlt, Lord Scait.«

Der Dämonenherrscher wirbelte auf dem Absatz herum. Schatten glitten durch den Raum, als er zwischen Krankenlager und Laterne einherschritt und schließlich hinausging. Dann schloß sich donnernd die Tür, und nur das leise Seufzen der Zugluft begleitete den keuchenden Atem des Kranken.

Der Alte streichelte sanft die Kiemenlappen seines fast toten Artgenossen, noch lange, nachdem die Schritte seines Herrn auf dem Korridor verklungen waren. Er konnte keine Weisheit in dem selbstherrlichen Befehl Scaits erkennen, nicht nachdem die Vaereschüler von Keithland längst den Kern von Scaits Absichten erahnten. Beide Sathidgebundenen würden so oder so bis zum Morgen der Erinnerung anheimfallen. Bis dahin, so beschloß der alte Thienz, wollte er seinen Zugriff auf den Geist Maelgrims, des Dunklen Träumers, aufrechterhalten.

Als der Morgen näherrückte, legte sich der Wind. Das Licht in der mit rotem Glas abgeschirmten Laterne brannte herunter, und in der Luft in der Kammer des Schattentempels lag ein erstickender Hauch heißen Öls, als der kranke Thienz seinen letzten Atemzug tat. Weit im Süden erbebte der zerstörte Körper Marlson Emiens ein letztes Mal, ehe er endgültig still lag. Taen barg ihr Gesicht in den Händen und weinte.

Im Schattentempel verlor sich ihr Bild für den alten Thienz gemeinsam mit der Essenz seines verstorbenen Artgenossen. Mit steifen Gliedern kroch der Dämon aus seiner Ecke. Unzählige Metallreifen klimperten, als er sich unbeholfen auf die Füße stemmte und dem Toten die Augen schloß. Dann, mit einem gereizten Krächzen, das in erster Linie seinen schmerzenden Gelenken galt, watschelte der Alte hinaus, um Scait zu suchen. Er hatte wichtige Neuigkeiten zu überbringen. Menschen und Llondelei hatten sich während der Nacht beraten. Gemeinsam hatten sie entschieden, daß Greuel wie Merya Tathagres und Maelgrim-Dunkler-Träumer eine Gefahr darstellten, die zu groß war, sie noch einmal zu riskieren. Noch während die Traumweberin neben der Leiche ihres Bruders trauerte, hatten Ivainson Jaric und Kielmark-Thienz-Mörder die Pferde gesattelt und sich nach Osten aufgemacht, in der Absicht, die Sathidkristalle des Schattentempels zu stehlen.

In Morbrith schien die Nacht endlos zu dauern. Noch immer lag tiefe Dunkelheit über den hohen Fenstern im Ratssaal des Grafen, als die Kerze hinter dem violetten Glas in einer abnehmenden Wachslache flackerte. Taen erhob sich von ihrer

Wache an der Seite ihres Bruders. Sie rieb sich die steifen und vom Sattel wunden Knie und strich ihre zerknitterten Kleider glatt. Was von Emien übriggebliebenen war, die Kreatur, die die Dämonen des Schattentempels Maelgrim genannt hatten, war nun fort. Der Kummer um seinen Verlust war keine neue Erfahrung. Schon seit sehr langer Zeit hatte Taen die Tatsache akzeptiert, daß sie ihren Bruder verloren hatte. Während der letzten Stunden seines Lebens hatte sie versucht, sich durch den Umstand zu trösten, daß sein Ende ohne eine Exekution durch den Kielmark eingetreten war. Alles, was nun noch blieb, war, seinen Körper zu beerdigen, und dabei würde der Sturmwächter ihr helfen. Jaric hatte bereits mit Hilfe seiner Erdenmeisterschaft ein Grab geschaffen, bevor er abgereist war.

Zumindest konnte der Rest der Beerdigung bis zum Morgen warten. So sehr erschöpft, daß sie glaubte, schlafen zu können, griff Taen nach der Lampe, die die llondische Heilerin zurückgelassen hatte. Sie bedeckte das Gesicht ihres Bruders mit einem Wandteppich, suchte sich dann einen Weg zwischen den umgestürzten Möbelstücken hindurch und ging durch die große Tür hinaus in den Korridor.

Dunkelheit umfing sie. Taen hob die Lampe, um besser sehen zu können. Die Flamme flackerte und erlosch, erstickt in flüssigem Wachs. Von der totalen Finsternis an einer Biegung überrascht, stolperte Taen fluchend über eine umgeschlagene Teppichkante.

Genau in diesem Augenblick begann etwas außerhalb der Festungsmauern mit ihren Schutzbannen herumzuspielen. Die Traumweberin fühlte, wie ein Kribbeln in der Finsternis über ihre Haut lief. Mit lautem Krach ließ sie die erloschene Lampe fallen und bemühte sich, trotz ihrer Müdigkeit und dem Durcheinander ihrer Gefühle ihre Gabe herbeizurufen.

Jaric und der Kielmark waren vor mehr als einer Stunde aufgebrochen; sollten sie nicht auf Schwierigkeiten gestoßen und zurückgekommen sein, dürfte sich keine Menschenseele in der Nähe aufhalten, um sich an ihren Bannen zu vergreifen. Eine andere Möglichkeit war jedoch um so beängstigender: Möglicherweise hatten die Dämonen des Schattentempels bereits einen neuerlichen Vorstoß gestartet. Daß die Störung ihrer Banne von einem aggressiven Vorgehen zeugte, stand jedenfalls außer Frage. Noch während Taen Anskiere eine Botschaft übermittelte, erfolgte ein weiterer Angriff gegen ihre Magie.

Sie konzentrierte sich sofort auf das Haupttor. Dort schimmerte der Nebel silbrig, doch das Leuchten war keine Reflexion des Mondscheins. Eine Gestalt in einer Robe stand vor dem Torbogen, und das Licht strömte aus ihren erhobenen Händen, an denen unzählige Ringe glitzerten. Taens Nerven beruhigten sich ein wenig. Dies war kein Besucher aus dem dämonischen Rat; jener Störenfried, der dort an ihrer Barriere herumpfuschte, war kein anderer als der Lordmagier von Mhored Kara. Was auch immer den Alten aus der Sicherheit seiner Türme hinausgetrieben hatte, es mußte bedeutsam sein. Taen verbarg ihre Erleichterung, als sie sich aus der Trance löste und sich dem weit weltlicheren Problem der erloschenen Kerze widmete.

Ihre Energie war mehr als nur erschöpft. Der Gedanke, ihren Traumsinn zu nutzen, um sich einen Weg durch die finsteren Gänge des Schlosses zu bahnen, bereitete ihr Kopfschmerzen. Damit blieb ihr nur die würdelose Möglichkeit, sich mit den Händen voranzutasten. Entschlossen strich Taen mit den Fingern über die Wand. Nach zwei Schritten stieß sie sich an einer Statue die Zehen. Zornig fluchend hüpfte sie auf einem Bein herum und rammte dabei mit dem Ellbogen eine Fackelhalterung. Ihr Schmerzensschrei blieb nicht unbemerkt.

Schatten zerrissen unter dem grellen Licht der Magie. Geblendet blinzelte Taen. Irgendwie gelang es ihr, den dreifachen Nimbus um den Stab des Sturmwächters auszumachen, ehe sie über die nächste umgeschlagene Teppichkante stolperte und unsanft auf die Knie fiel.

Anskiere packte ihren Arm und rettete sie so davor, der Länge nach zu Boden zu stürzen. »Ich wollte gerade nach dir sehen.« Sorge überschattete seinen Ton. »Stimmt etwas nicht?«

»Vielleicht.« Taen stützte sich auf den Zauberer, als sie sich wieder auf die Beine bemühte. Ein schiefes Lächeln umspielte ihre Lippen. Ausgerechnet sie mußte durch Mächte, die besser geeignet waren, die Stürme über der Corinsee zu bändigen, vor den Gefahren der Dunkelheit gerettet werden. »Wir haben Besuch.«

Ihr offensichtliches Amüsement gab Anskiere die Möglichkeit, sich ein wenig zu entspannen. Er dämpfte die Macht seines Stabes und stützte das messingbeschlagene Ende mit geübter Sorgfalt auf den Boden. »Ich nehme an, es ist niemand, von dem uns Gefahr droht.«

»Das wirst du besser wissen als jeder andere.« Taen wurde wieder ernst. »Vor dem Tor verlangt seine Eminenz, der Lordmagier von Mhored Kara, Einlaß. Warum mag er hierhergekommen sein?«

Anskieres Hände spannten sich um seinen Stab,

und seine Augen blickten eisig in unergründliche Ferne. Doch sollte er wegen der Gefangenschaft verärgert sein, die die Magier ihm zu Imrill Kand eingebracht hatten, so lag doch kein Groll in seiner Stimme. »Ich weiß es nicht. Aber wenn der Lordmagier gekommen ist, um mich am Ende seines Weges zu treffen, so wird der Grund nicht sehr erfreulich sein.«

»Nun«, sagte Taen, während ein unbezähmbares Lächeln ihre Lippen umspielte, »dann sollten wir zu ihm gehen. Die Banne werden ihn ohne unsere Hilfe nicht hindurchlassen, und seine Pfuscherei steigert sich langsam zu einem fröhlichen Höllenspektakel.«

Kapitel 15

WILDNIS

Taens Banne über der Festung von Morbrith knisterten und brachen unter einem Aufflammen blendenden Lichts. Anskiere beobachtete mißbilligend die orangefarbenen Funken, die um die Wachtürme schwirrten, langsam herabsanken und verloschen, sobald sie die Pflastersteine am Boden berührten.

»Eine so starke Barriere hätten wir so oder so nicht gebraucht«, sagte Taen wie zur verspäteten Rechtfertigung. »Sollten die Dämonen uns heute nacht noch Schwierigkeiten machen, dann werden sie mich im Schlaf überraschen.«

»Trotzdem ist es gut, daß dies dein Werk war, kleine Hexe.« Der Sturmwächter glättete seine zerknitterte Robe ein wenig und trat an die Außenmauer. »Derzeit hätte ich nicht die Nerven, einem Lordmagier entgegenzutreten, der fähig wäre, einen derartigen Bann zu lösen.«

Taen vollführte eine rüde Geste, ein Zeichen, mit dem die Frauen von Imrill Kand vernichtende Geringschätzung auszudrücken pflegten. »Gab es je einen Zweifel daran, daß dies mein Werk war?«

»Nicht wirklich.« Anskiere schüttelte amüsiert den Kopf; so, wie Taen es erhofft hatte, löste sich langsam seine innere Anspannung, und er brachte sein erstes Lächeln seit Tagen zustande.

Niemand sollte Zeuge sein, wenn er seine gewohnte Gelassenheit verlor. Jenseits des Torbogens wartete der Lordmagier von Mhored Kara mit starrer Miene, die Stirn in tiefe Falten gelegt. Sein Mund stand vor Erstaunen offen, während der unfertige Zauber, mit dem er Taens Banne hatte durchbrechen wollen, nutzlos über seinen Händen schwebte.

»Deine Possen scheinen unseren Besucher ein wenig geärgert zu haben«, stellte der Sturmwächter fest. Dann, durch den Besuch seines Gegenspielers selbst ein wenig außer Fassung, gab er sich einer seltenen Zurschaustellung seiner Macht hin und bündelte die Banne in seinem Stab zu einem Licht, das ihm den Weg zum Tor wies.

Blauviolette Helligkeit vertrieb die Finsternis. Jenseits des Tores wirbelte der Lordmagier um die eigene Achse, als hätte ihm jemand einen Schlag versetzt. Die Magie über seinen Händen erlosch. Im nächsten Augenblick schlug eine Energie mit einer grauenvollen Intensität gegen Taens Bewußtsein, und sie stolperte mit einem Aufschrei zurück.

Anskiere fing sie auf. Er führte sie so, daß sein Körper sie vor Schaden bewahrte und erhob seinen Stab ohne einen spürbaren Bruch im Fluß seiner Bewegungen. Wind folgte seinem Ruf. Wie ein lebendiges Wesen sauste er über das Pflaster und jagte wie ein Peitschenschlag durch die Robe des Lordmagiers. Der zerbrechliche alte Magier war zu schwach, sich aufrecht dieser Gewalt entgegenzustemmen. Doch er war ebensowenig bereit, seine Würde aufzugeben. Auf diese Weise erst einen Schritt, dann zwei, dann drei Schritte zurückgetrieben, endete er unbeholfen mit ausgebreiteten Armen an der Mauer des Wachturms.

Taen ergriff das Wort, kaum daß sie wieder bei Atem war. »Seine Eminenz wollte nur herausfinden, ob ich ihm eine Illusion geschickt habe.« Aber Anskieres Wind riß ihre Worte hinfort.

Zorn zeichnete sein Gesicht, als er unter dem Torbogen vortrat. Kaum war er weit genug von dem steinernen Hindernis fort, warfen die Nimbusse seines Stabes ihr Licht auf die hilflose Gestalt seines Opfers. Der Lordmagier blinzelte verdrossen.

Als kenne er keine Gnade, richtete der Sturmwächter das Wort an ihn. »Was ist das für ein unhöfliches Benehmen? Macht zu einem ungerechtfertigten Akt der Aggression zu mißbrauchen ist ein Akt der Mißachtung, die Vaereschüler herauszufordern gar eine noch schlimmere Torheit. Taen, die Traumweberin, hat heute ganz Hallowild davor bewahrt, das Schicksal von Morbrith zu teilen. Ihre Aufrichtigkeit einer Prüfung zu unterziehen, ist ein Übergriff, für den Ihr Euch verantworten werdet. Sprecht geschwind, denn meine Geduld ist am Ende.«

Der Lordmagier reckte sein Kinn vor. Seine Augen blieben verschleiert, doch angefüllt mit altem Groll, und die Tätowierungen auf seinen Wangen schienen grotesk. »Eure Traumweberin hat eine Illusion in unsere Türme entsandt. Ist das weniger unhöflich, bedenkt Ihr unseren Glauben?«

Anskiere antwortete nicht. Das Licht seines Stabes leuchtete gleichmäßig; nur der Wind ließ ein wenig nach.

Die purpurne Robe des Lordmagiers legte sich wieder um seine dürren Waden. Als würde die Anstrengung ihm Schmerzen bereiten, stieß er sich von dem Turm ab und brachte in quengeligem Ton hervor: »Ich bin gekommen, ein Bündnis vorzuschlagen.«

Der Sturmwächter gestattete dem Wind, sich gänzlich zu legen. Wortlos wartete er darauf, daß der Lordmagier fortführe, während unausgesprochen zwischen ihnen Spannung ebenso auflebte wie die Erinnerung an die Gefangennahme Anskieres durch die Schuld der Zauberer Kisburns zu Imrill Kand.

Taen schob sich hinter dem Sturmwächter hervor, um den Vorgängen besser folgen zu können. Zwar würdigte der Lordmagier sie eines kurzen Blickes, er entschuldigte sich aber nicht bei ihr für sein aggressives Vorgehen. Verärgert, daß Anskiere offenbar erwartete, er würde sich erklären, umklammerte er den Beutel mit Amuletten an seinem Gürtel mit seinen Fingern, die vor Ringen strotzten. »Es hat Zeichen gegeben.« Ärger lag in seiner Stimme. »Der Rat des Schattentempels führt Böses im Schilde, und er ist noch nicht fertig. Meine Seher haben umfassende Zerstörungen für Keithland prophezeit.«

Diese Prophezeiung mußte gräßlich gewesen sein, hatte sie doch diesen mürrischen alten Mann veranlaßt, seinen sicheren Bau zu verlassen. Ohne irgend etwas über ihn zu wissen, außer, daß er angesichts der schroffen Reaktion Anskieres zürnte, sah Taen zu, wie der Sturmwächter mit den ungeschmückten Händen über seinen Stab strich. Für eine Weile herrschte Stille, nur durchbrochen durch den keuchenden Atem des Besuchers und das Zirpen der Grillen im Unkraut vor dem Tor.

»Ohne Eure Einwilligung konnten sie nicht handeln«, stellte der Sturmwächter von Elrinfaer schließlich fest. Er sprach nicht von den Dämonen. Durch ihren Traumsinn erkannte Taen, daß er die Vergangenheit meinte, die ungeklärte Feindschaft, die die Zauberer Kisburns ausgelöst hatten, als sie versucht hatten, Anskiere zu zwingen, die Frostwargs zu befreien, damit sie der Eroberung und der Gier dienen sollten.

Auch der Lordmagier wußte das. Gekränkt biß er die Zähne zusammen und reckte den Kopf vor. »Meine Zauberer haben ihr Leben gelassen. Reicht ihr Tod nicht, einen Fehler wieder gutzumachen?«

Anskiere antwortete gefährlich ruhig. »Habt Ihr je gesehen, wie ein Frostwarg eine ganze Stadt auslöscht?«

Plötzlich wurde ihm bewußt, daß er unter Anklage stand und seine Entgegnung sich einem Urteil würde stellen müssen. Der Lordmagier begann, sich zu verteidigen. »Mein Nachfolger, Hearvin, war beauftragt, die Absichten Kisburns zu prüfen. Er war ein Meister der sieben Stadien der Wirklichkeit und gewiß kein Mann, der zu überstürztem Handeln neigte.«

Wieder schwieg Anskiere.

Der Lordmagier blinzelte im gleißenden Licht der Banne; und in diesem Augenblick der Einsicht erkannte Taen, was Anskiere die ganze Zeit über vermutet hatte; Neid hatte die Zauberer von Mhored Kara getrieben, König Kisburns Pläne zu unterstützen. Sie wußten wohl um die grausame Natur der Frostwargs. Insgeheim hatten sie gehofft, den Niedergang Anskieres herbeiführen zu können. Wie weit sie aber in ihrem Groll gegangen waren, erzürnte Taen. Als sie den Lordmagier gebeten hatte, dem Kielmark eine Nachricht zukommen zu lassen, wäre ihr nie in den Sinn gekommen, daß sie sich vertrauensvoll in eine Schlangengrube begeben hatte. Im nachhinein konnte sie sich glücklich schätzen, diese Sache unbeschadet überstanden zu haben.

Der Lordmagier sagte kein Wort.

Ohne ein einziges Mal den Blick abzuwenden, ließ Anskiere seine Hände über den Stab gleiten, bis sich seine Finger trafen. »Ihr habt wohl nie daran gedacht, daß Tathagres Kinder mißbrauchen würde, um mich zu zwingen, ihr zu Willen zu sein, nicht wahr? Nur eines hat meinen Schutz akzeptiert. Dieses Kind steht nun neben mir, stark verändert und nie mehr imstande, das sorglose Leben eines jungen Mädchens zu erfahren. Der Bruder, der sich zu sehr ängstigte, mir zu vertrauen, ist dem Schattentempel zum Opfer gefallen und hat Tod und Verderben über Morbrith gebracht. Wer wird sich dafür verantworten, Kethal? Euer letztes Ersuchen um ein Bündnis war weiter nichts als ein irregeleiteter Griff nach der Macht, und die Auswirkungen dessen kommen Keithland nun teuer zu stehen.«

Jenseits des magischen Lichtes, das von Anskieres Stab ausströmte, schimmerte der Nebel silbrig in der aufziehenden Dämmerung. Ein Vogel zwitscherte hoch oben auf einem Baum, und bald stimmte ein ganzer Schwarm seiner Artgenossen mit ein. Doch in der Festung herrschte weiterhin schaurige Stille und Finsternis, nur in dem Tau des frühen Morgens spiegelte sich ein wenig Licht. Der Lordmagier betrachtete den Sturmwächter mit einer Miene trübsinniger Abneigung. Schlaff lugten seine Hände unter den goldgesäumten Ärmeln seiner Robe hervor; nur dann und wann zuckten die Finger, als sehnte er sich danach, Magie zu wirken.

»Ihr hättet Euch nicht fügen müssen«, klagte Kethal schließlich.

Nun senkte Anskiere das Haupt. Ihr Traumsinn verriet Taen seine Gedanken: Ein Mann mochte sich viele Male im Laufe seines Lebens irren; doch wenn ein Zauberer einen Fehler beging, so kostete das unschuldige Menschen das Leben. Hätte er sich der Zauberer Kisburns erwehrt, so hätten die Bewohner von Imrill Kand aus Loyalität ihm gegenüber versucht, ihn zu schützen. Doch sie hätten nur verlieren können. Jeder Mann, der sich zu Anskiere bekannt hätte, wäre von den Männern des Königs niedergemetzelt worden. Nicht einmal ein rascher Tod hätte ihn von der Hand jener erwartet, die Freude daran empfunden hätten, einen jeden von ihnen grausam abzuschlachten.

Die Traumweberin verweigerte sich der Folgerung, daß Anskiere deshalb die Verantwortung für Emiens Treuebruch auferlegt werden konnte – und damit auch der Schrecken von Morbrith. Die vorangegangene Verschmelzung ihrer Geister hatte ihr das Gegenteil bewiesen. Unter seiner gestrengen Haltung verbarg sich ein Herz, das zur Grausamkeit nicht fähig war; seine Macht und seine Verantwortung als Sturmwächter standen in einem unbarmherzigen Widerspruch zu seinem Feingefühl. Die Toten seiner Vergangenheit verfolgten ihn ständig, und das lieferte dem Neid des Lordmagiers viele Möglichkeiten, neuerlichen Schmerz heraufzubeschwören.

Taen sah sich gezwungen einzugreifen. Mit ihrem Traumsinn schlug sie zu und traf den Lordmagier unvorbereitet. In einem einzigen raschen Vorstoß erkannte sie, was sich hinter seiner Oberfläche verbarg: Kethals Geist war ein Wirrwarr gescheiterter Wünsche und Bestrebungen. Über die Jahre hatte er Schicht für Schicht vermeintliche Großtaten über einen inneren Kern tiefsten Argwohns gehäuft. Er nannte niemanden seinen Freund. Auseinandersetzungen mit anderen Magiern beendete er niemals, ohne daß sich ein jeder, der es gewagt hatte, sich gegen ihn zu stellen, unterworfen hatte. Nur die Vaereschüler konnten ihn aufhalten, und darum hatten sie und alle Gesetze, denen sie dienten, seinen grenzenlosen

Haß erfahren, jedenfalls bis zu diesem Zeitpunkt, da die Beschwörungen des Meistersehers von Mhored Kara den kleingeistigen alten Mann in Todesangst versetzt hatten. Mitleidloser als je zuvor zerfetzte Taen Kethals Netzwerk aus Ausflüchten und Rechtfertigungen; und sie formte ihre Gabe zu einem Spiegel und zeigte dem Lordmagier von Mhored Kara ein ungeschöntes Bild seiner selbst.

Er erbebte, als ihr Vorstoß in sein Bewußtsein traf. Ringe blitzten auf, als er die Hände erhob, doch nicht um Magie zu wirken. Statt dessen schlug der alte Mann die Hände vor das Gesicht, um seine Scham zu verbergen.

Zum ersten Mal in seinem Leben verstand er, welche Verantwortung auf Anskiere von Elrinfaer ruhte.

Die Erkenntnis bewirkte eine Veränderung, und er war nicht fähig, sich noch länger hinter seiner gewohnten Maske aus Lügen zu verbergen; nun konnte er in seinem Groll keine Zuflucht mehr finden, konnte sich nicht länger einreden, die Vaereschüler übten eine anmaßende Macht aus, die allein ein Grund wäre, sie Demut zu lehren. Von nun an würde der Lordmagier bis zum Ende seiner Tage Reue empfinden über das Schicksal von Morbrith und die Tatsache, daß Keithland, und sei es auch nur vorübergehend, seines machtvollsten Beschützers beraubt gewesen war.

Taen ließ erst von ihm ab, als der greise Herr über Mhored Kara seinen steifen Rücken beugte. Als er auf dem schmutzigen Pflaster unter dem Tor auf die Knie fiel, sprach sie mit ungewohnter Schärfe zu ihm: »Wenn Ihr gekommen seid, unsere Hilfe zu erbitten, so sprecht.«

Der Lordmagier blickte auf. Tränen hatten silbrige Spuren auf seinem Antlitz hinterlassen. Im heller werdenden Tageslicht zeigte sich seine purpurne Robe von der Reise zerknittert und abgetragen. Da ihm nur mehr ein paar Fetzen zum Schmuck verblieben waren, wirkte er irgendwie verloren. »Ihr stellt schwere Bedingungen.«

»Gerechte, so denke ich.« Anskieres Stimme zitterte kaum wahrnehmbar; doch seine Hände umklammerten gewaltsam seinen Stab, als er seine Schutzbanne löste. Schnell wie ein Blitz schwand die Magie, und Erschöpfung schlug sich auf seinem Gesicht nieder, das halb im Schatten verborgen lag. »So erzählt mir von der Prophezeiung, Kethal.«

Unwillkürlich trat Taen vor und half dem alten Zauberer auf die Beine. Dann begann er in leisen, wohlerwogenen Worten eine Reihe grausiger Szenarien zu beschreiben, die die Zerstörung Morbrith' vergleichsweise unbedeutend erscheinen ließen.

»Morrigierj«, schloß Anskiere, als der Lordmagier seinen Bericht beendet hatte. Weder er noch Taen zweifelten an der Richtigkeit der Erkenntnisse des Sehers von Mhored Kara.

»Die Katastrophe ist näher, als unsere Verbündeten, die Llondelei, erwartet haben.« Grimmig preßte der Sturmwächter die Lippen zusammen. Dann nickte er Taen zu. »Geleite den alten Mann hinein, kleine Hexe. Wie es scheint, werden wir doch ein paar Dinge mit ihm besprechen müssen.«

Während Taen, Anskiere und der Lordmagier sich berieten, um die Bedingungen für ein Bündnis mit den Zauberern von Mhored Kara auszuhandeln, legte sich Nebel über die Niederungen im Osten von Morbrith. Jaric führte sein Pferd vorsichtig über den felsigen Untergrund, wohlwissend, daß ein Fehltritt in einer Lähmung enden und sie ungebührlich aufhalten konnte. Der Kielmark ritt voraus, das gewaltige Schwert schräg über den Rücken gegürtet. Der Rappe, der ihn trug, hielt den Kopf gesenkt, und seine Fesseln versanken im Bodennebel. Beide Pferde stolperten vor Erschöpfung; weder Tiere noch Reiter hatten gerastet, seit sie Corlin in der Nacht zuvor verlassen hatten. Doch konnte nun einmal die Notwendigkeit zu größter Eile nicht in Abrede gestellt werden. Der Schattentempel verfügte über die letzten Sathidkristalle der Llondelei; sollten aus Morbrith geraubte Kinder überlebt haben, um den Dunklen Träumer zu ersetzen, so drohte dem Wohlergehen der Menschheit und der Llondelei größte Gefahr.

Zunehmendes Tageslicht glitzerte in den Tautropfen auf den Grashalmen unter den Hufen der Pferde. Jaric widerstand mühsam dem Bedürfnis, schlafend auf dem Rücken des Pferdes zusammenzubrechen. Seine Knie schmerzten, und immer, wenn er seine Füße befreite, um den verkrampften Muskeln Linderung zu gönnen, schlugen die Steigbügel schmerzhaft an seine Waden. Zumindest hielt ihn dieser Verdruß wach, bis der Kielmark gegen Mittag zur Pause rief. Sie rasteten gerade lange genug, die Wasserflaschen nachzufüllen und ein wenig Zwieback und Wurst aus ihren Satteltaschen zu essen. Dann ritten Pirat und Feuergebieter weiter, bis die langen Schatten das Ende des Nachmittags verkündeten. Jaric befreite sein Pferd von der Last des Sattels. Nur die Tatsache, daß Taen sich den Gefahren dieser Reise nicht aussetzen mußte, verschaffte ihm ein wenig Erleichterung; in der Gesellschaft Anskieres würde sie an Bord der *Wolfsbraut* nach Riffhafen zurückkehren, denn die Meeresstraßen boten dem Piratennest die einzig geschützte Lage in ganz Keithland, sollte sich ein Morrigierj erheben und seine Günstlinge ausschicken, Landfeste zu überfallen.

Die Pferde waren vollkommen erschöpft; von Zügeln und Zaumzeug befreit, grasten sie friedlich. Der Kielmark streckte sich am Boden aus, das Schwert stets in Reichweite seiner Hand. Ganz in der Nähe schlief Jaric, den Kopf auf die feuchte Wolle seiner Satteldecke gebettet.

Die folgenden Tage vergingen in gleicher Weise. Land wechselte sich mit den unkrautüberwucherten Uferregionen ungezählter Furten ab. Obstgärten wichen der Wildnis, und das Gelände wurde unwirtlicher. Nach Ruhepausen in Dornensträuchern und Dickichten, einmal auch auf dem feuchten Boden einer Höhle, als ein Herbstregen mit zornigem Prasseln herniederhämmerte, war ihre Erscheinung von zunehmender Nachlässigkeit geprägt.

Der Rappe des Kielmark verlor ein Eisen. Zwei Tage lang kamen sie nur langsam voran, bis sie in einem abgelegenen Clanlager neue Pferde erwerben konnten. Die Herden von Dunmoreland wurden von den Bergstämmen gezüchtet; in seinem offiziellen Kopfschmuck mit den aufgesetzten Eselsohren beendete der Clanführer die Verhandlungen, ohne auf sein Messer zu spucken, was bedeutete, daß der Clan keine Rache üben würde, sollten sich die eingetauschten Tiere als untauglich erweisen. Seine weniger vertrauensvolle Frau aber sah den weiterziehenden Fremden mit einer Miene nach, die an ausgetrockneten Lehm unter einer unbarmherzigen Sonne erinnerte. Jaric jedenfalls war froh, daß sie rasch weiterreiten konnten.

In Wäldern, im Mondschein und in wolkenverhangener Düsternis durchquerten Feuergebieter und Kielmark die Nordgebiete von Hallowild. An einem windigen Morgen brachen sie aus einem dichten Gestrüpp hervor und fanden sich auf den Dünen einer weitläufigen sandigen Bucht wieder. Dort stiegen sie ab und schlugen Holz, um ein Signalfeuer zu entzünden, bis ihre Handflächen mit Blasen übersät waren.

Der Kielmark unterhielt einen Außenposten auf der Nordmeerinsel, um seine Korsarenflotte mit Proviant zu versorgen und eventuelle Schäden an den Schiffen zu reparieren. Von seinen Kapitänen abgesehen kannten nur wenige die Lage dieses Postens, was dem Seelenfrieden der Händler Keithlands nur zugute kam. Die Schaluppe, die auf ihre Rauchzeichen reagierte, war schlank und schnell und angefüllt mit Bewaffneten, die einen Kampf stets der Gunst einer Hure vorziehen würden.

Der Bootsmann am Ruder legte singend an, verstummte jedoch sogleich, als er sah, wer dort am Strand auf ihn wartete; sein Gesang endete in einem Fluch. Mit beeindruckendem Selbstbewußtsein riß er sich zusammen. Nachdem die Pferde befreit und sich selbst überlassen waren, gingen Kielmark und Feuergebieter an Bord. Trotz der starken Brandung waren lediglich ihre Stiefel feucht.

Jaric litt still unter der stürmischen Überfahrt. Nach den Wochen im Sattel, in denen ihre Kost aus verbrannten Fischen oder dem sehnigen Fleisch erlegter Otter bestanden hatte, erschienen die verräucherten Hütten der Nordmeergarnison wie der Gipfel des Luxus. An einem zerkratzten Küchentisch dinierte er bei Brot, Lamm und Wein, während die Männer um ihn herum angeregt diskutierten.

»Käpt'n Tamic liegt zu Covers Warren vor Anker.« Der kommandierende Offizier sprach mit dem schweren Akzent der südlichen Inseln, doch haftete der Art, wie er die Fragen seines Herrschers beantwortete, keinerlei südländische Langsamkeit an. »Die Werften haben schlampig gearbeitet, und er ist hingefahren, um sie aufzuscheuchen.«

Der Kielmark strich über seinen Schnurbart, der wie Draht über die harte Linie seiner Lippen wucherte. »Weiß Corley Bescheid?«

»Aye.« Der Offizier grinste. »Hat gesagt, er würde jeden Vorarbeiter persönlich aufspießen, wenn Tamic auf Schlendrian stoßen sollte. Inzwischen ist die Flotte wie befohlen ausgelaufen und sucht die Bucht nach Anzeichen für dämonische Umtriebe ab. Braucht Ihr ein Boot für die Überfahrt?«

Der Kielmark rammte die Klinge in die Tischplatte. »Morgen. Aber wir werden nicht Warren anlaufen.«

»Wohin geht es dann?« In Erwartung neuer Schwierigkeiten spielte der Offizier mit seinem Krug.

Doch der Kielmark gab ihr Ziel nicht preis, nicht einmal gegenüber einem Kapitän seines Vertrauens. Viel stand auf dem Spiel, sollte der Schattentempel von ihrem Vorhaben erfahren. Er setzte den Fragen durch einen banalen Themenwechsel ein Ende, ehe er bald darauf verkündete, ruhen zu wollen.

Gebadet, rasiert und zur Abwechslung von Insekten verschont, schlief Jaric tief und fest in einem Bett in der Offiziersbaracke. Doch die Erholung von der beschwerlichen Reise sollte nur kurz währen; schon in der Morgendämmerung weckte ihn ein Matrose. Noch nicht ganz wach schlüpfte der Feuergebieter in Hose, Stiefel und Hemd. Den Schwertgurt hastig über den Arm gelegt, eilte er hinab zum Hafen.

Der Kielmark wartete bereits ungeduldig, einen Fuß auf auf das Dollbord einer schmalen, grauen Segeljolle gestemmt. »Wenn Ihr Euch mit dem Segelsetzen beeilt, warten noch warmes Brot und Schinken auf Euch.«

Jaric verstaute sein Schwert in einer Seetruhe, die Augenbrauen tadelnd hochgezogen. »Das ist kein Anreiz. Ich kann mein Brot im Nu selbst erwärmen.«

»Ja, sicher, und es wird heiß sein wie ein Kohlefeuer«, stichelte der Kielmark, ehe er ganz an Bord sprang und die Haltetaue löste.

Jaric kletterte in den Bug und fing an, die Legel des Fockmastsegels zu ordnen, doch seine Arbeit diente mehr der Ablenkung von der Sehnsucht nach Taen denn der Notlage Keithlands. Bei Sonnenaufgang umrundete die Jolle bereits in weitem Bogen die Riffe der Nordmeerinsel und setzte Kurs auf die von Sandbänken umgebene Bucht des Verderbens. Jenseits der Bucht lag die Grenze von Keithland und hinter ihr der Schattentempel.

Wolken verdunkelten gegen Mittag den Himmel, zerklüftet, grau und regenschwer. Die See wogte düster unter dem Kiel und rauschte schäumend über die unterseeischen Felsen hinweg. Aus wechselnder Richtung hieb der Wind wie eine gewaltige Faust auf die Jolle ein und zerrte an Jarics Kleidern, als er sich aufmachte, die Segel zu reffen.

Der Kielmark übertönte mit lauter Stimme das Donnern der Segel. »Laßt es. Wir dürfen uns hier nicht aufhalten. Außerdem werden wir an der Küste sicherer sein, falls ein Sturm losbricht.«

Jaric lockerte die Leinen und setzte sich auf die Planken, die Füße gegen den Mast gestützt. Wie aus Stein gemeißelt hob sich das Gesicht des Kielmark vor dem bewölkten Himmel ab. Mächtige Muskeln wölbten sich unter seinen Ärmeln, als er das Ruder mißhandelte, um die Jolle auf Kurs zur Küste zu halten.

Das Kielschwert erbebte, und das Boot lief ruckartig auf dem Kiesboden auf Grund. Jaric löste die Leinen und sprang hinaus in das aufschäumende Wasser, das eiskalt in seine Stiefel strömte. Dann öffnete der Himmel seine Schleusen, und sintflutartiger Regen kam herab. Halb blind von den Wassermassen riß der Kielmark die Segel herunter. Gemeinsam zogen die beiden Männer ihr Boot an den Strand. Hinter ihnen verwandelte sich die See in einen dampfenden Kessel aufspritzenden Wassers, als der Sturm mit seiner ganzen Gewalt zuschlug.

Unter den Felsenklippen gab es nur spärlichen Schutz vor dem Zorn des Windes. Bereits bis auf die Haut durchnäßt und wenig daran interessiert zu warten, bis der Kielmark sein Schwert in geölte Tücher gewickelt hatte, wanderte Jaric über die Bucht. Regen prasselte zu Boden. Kieselsteine wurden von dem abfließenden Wasser davongespült, nur um gleich darauf von der Brandung wieder zurückgetragen zu werden. Der Feuergebieter blinzelte gegen den Wind an und erkannte die zerklüfteten Umrisse einer Klippe; wild und menschenleer, schien ihm dieser Ort doch vertraut. Als die Regenwand für einen Augenblick aufriß, erkannte er, warum das so war: Dies war der Ort, an dem Anskiere nach der Zerstörung Elrinfaers durch die Mharg seinen Fluch über Ivain ausgesprochen hatte.

Jaric lauschte, doch er hörte nur die Stimme des Sturmes. Der Wind wiederholte nicht länger die Worte, mit denen Anskiere den Verräter verwünscht hatte. Möglicherweise hatte die Erfüllung seiner Bedingungen den Bann aufgehoben; aber vielleicht entsprangen die Worte des Windes auch nur einem Märchen der Seeleute. In der Kälte zitternd trat Jaric unter die Kante eines Felsvorsprungs oberhalb der Flutmarke. Kletten bedeckten das Gestein, und dort, wo Spritzwasser auf sie herniederging, schimmerten sie so weiß wie alte Knochen. Gräser verbargen sich in den Ritzen, die nicht vom Wind reingehalten wurden. Doch an einer Stelle fehlten sie. Einst hatte ein Zauberer auf dieser Klippe gestanden und voller Bitterkeit eine Botschaft hinterlassen. Ivainson wischte sich die Regentropfen von den Augen und sah die Inschrift, die sein Vater in das Gestein geprägt hatte.

Rufst du mich, Zauberer, sollst du es bereuen. Sei gewiß, ich werde nichts von Wert für dich zurücklassen, auch dann nicht, wenn meine Nachkommenschaft mein Erbe antreten sollte.

Für einen Augenblick empfand Jaric lähmende Kälte. Der bösartige Wahn seines Vaters schien von diesem Felsen auszustrahlen, schien den Atem in seiner Lunge stocken zu lassen und das Leben aus seinem Körper zu saugen. Durch Haß und Groll verletzt, wich der Sohn unsicheren Schrittes zurück in den reinigenden Regen. Eine Weile blieb er zitternd stehen, und seine Augen brannten unter dem Druck aufsteigender Tränen. Dann endlich rührte er sich und hob die Hand. Allein im verregneten Halbdunkel rief er seine Erdenmeisterschaft und löschte die Lettern von der Oberfläche der Klippe.

Die Brandung donnerte unablässig gegen die Landspitze, und Regen peitschte auf den Sand. Doch irgendwie schien der Sturm nun weniger wild zu wüten, die Landschaft nicht gar so gottverlassen unter dem wahnsinnigen Toben der Elemente. Jaric schloß Frieden mit der Erinnerung an seinen Vater und ging zurück zur Bucht. Ihm blieb ein Ziel zum Trost: Sollten er und der Kielmark im Schattentempel erfolgreich sein, so mochte die Menschheit überleben und Mittel und Wege finden, sich der Bedrohung durch die Dämonen zu erwehren. Dann würde Keithland keine Zauberer mehr brauchen, und die Qualen des Zyklus des Feuers würden für immer in Vergessenheit geraten.

Die Überfahrt über die nördliche Corinsee war einfacher als jene über das Nordmeer. Der frische Wind und der blaue Himmel wurden nur selten durch Stürme gestört. Die Jolle war besser zu handhaben als die *Callinde,* was nur gut war, denn die Gewässer vor der Küste von Fellwaithe verbargen ein Labyrinth aus Untiefen und kleinen Inseln, das zu befahren nur wenige Seeleute wagten. Jaric lernte mehr über Karten und Strömungen, als ihm lieb war, während die Jolle sich ihren gefährlichen Weg durch die Gewässer vor der Bucht des Verderbens bahnte.

Zweimal wurden sie von Korsaren angerufen, die unter dem roten Wolfsbanner von Riffhafen fuhren. Der Kielmark hielt die Nordküste unter strenger Bewachung, um Handelsschiffe von dem Gedanken abzubringen, sie könnten sich den Tribut sparen, würden sie die Kontinentalstraße meiden. Die Kapitäne unter seiner Flagge handelten auf die Anweisung hin, jedes Schiff zu plündern und zu versenken, das diese Gewässer mit Fracht befuhr; oftmals erwiesen sich seine Vorsichtsmaßnahmen jedoch als überflüssig. Die von Riffen durchzogenen Wasserstraßen zwischen den Inseln boten nicht genug Raum für einen Kampf, und viele glücklose Handelsschiffe sanken einfach nach der Kollision mit unbarmherzigen Felsen. Während er auf der Bucht nach Brennholz gesucht hatte, hatte Jaric unter dem Strandgut Teile von Takelage und vom Wetter gebleichte Schiffsplanken gesehen.

Die letzte Herbstwärme schwand; am Himmel zogen Wolken auf. An einem regenschweren Nachmittag steuerte der Kielmark die Küste im äußersten Norden von Fellwaithe an. In seinen nassen Stiefeln frierend, fragte sich Jaric, während er die Segel verstaute, ob sie überleben und das kleine Boot noch einmal brauchen würden.

»Meine Kapitäne werden es am Strand entdecken«, sagte der Kielmark wie zur Antwort auf seine Gedanken. »Der eine oder andere wird es mitnehmen.« Er ging nicht näher auf die Tatsache ein, daß dies nur nötig wäre, sollten sie nicht zurückkehren; statt dessen starrte er blinzelnd zu den Wolken empor, richtete seinen Schwertgurt und kehrte der See den Rücken zu.

Das feine Haar mit Salzkristallen verkrustet, folgte ihm Jaric, über der Schulter einen Sack mit Proviant. Da die Ländereien nördlich von Keithland weder Wälder zur Deckung noch Nahrung für Pferde boten, mußten sie die letzten Meilen zum Schattentempel zu Fuß zurücklegen. Kielmark und Feuergebieter schoben sich durch die stacheligen Haine verkrüppelter Nadelgehölze und verfilzter Dornensträucher und tasteten sich über Abhänge aus lockeren Schieferplatten, die unter ihren Füßen zerfielen und den Hang hinabglitten. Bei Sonnenuntergang waren sie so weit gegangen, daß Dornensträucher und Pinienhaine nur noch hier und da als vereinzelte Dickichte anzutreffen waren. Auf der von scharfkantigem Felsgestein durchbrochenen, sandigen, unfruchtbaren Erde wuchsen nur mehr kniehohe Gräser und Farne. Nieselregen setzte ein. Grimmig seinem Ziel verpflichtet, schien sich der Kielmark durch die Nässe nicht stören zu lassen, obwohl die Feuchtigkeit sich auf sein Haar niederschlug und nasse Flecken auf seiner Hose hinterließ.

Jaric schritt unbehaglich an seiner Seite. Besorgt angesichts seiner bösen Vorahnungen und voller Sehnsucht nach Taen, fühlte er jeden einzelnen eisigen Tropfen, der von seinem Rucksack herab in seinen Ausschnitt rann. Das magische Schwert an seinem Gürtel schlug schmerzhaft wie jeder gewöhnliche Stahl gegen seine Hüfte, und an seinen Füßen in den schweren Stiefeln bildeten sich Blasen nach den vielen Wochen, die er barfuß an Bord der Jolle verbracht hatte. Trotzdem ging er weiter, ohne seiner Sorge Ausdruck zu verleihen. Langsam zog die Nacht herauf, und Nebel verhüllte den Rest dessen, was in dem wenigen Licht noch zu sehen war. Von einem Schritt zum anderen wichen farnbewachsene Hügel kahlem, von Flechten überzogenem Gestein. Von dieser wie von einer Klinge gezogenen Grenzlinie an heulte der Wind über Anhöhen, auf denen sich ihm nichts Lebendiges entgegenstellte.

»Wir haben die Grenze von Keithland erreicht.« Der Herrscher über Riffhafen unterbrach sich und lehnte sich an einen Sims aus schwarzem Felsgestein. »Die Seeleute sagen, diese ganze Welt sei kahl und unfruchtbar, mit Ausnahme von Keithland. Ich selbst habe in den Meeren abseits der bewohnten Küsten sonderbare Fische gesehen.«

Jaric legte sein Bündel ab und entnahm ihm einen trockenen Laib Brot, den er mit seinem Messer in zwei Teile hackte; eine Hälfte reichte er seinem Begleiter, der dem Wind zu lauschen schien. Es gab viele Erklärungen für die Existenz von Keithland. Die Priesterschaft Kors behauptete, die göttlichen Feuer hätten das Land fruchtbar gemacht, damit die Menschen ihre Felder bestellen konnten. Das Landvolk hingegen glaubte, Wälder, Weiden und wilde Tiere wären eine magische Gabe der Vaere. Welcher Philosophie sich ein Mensch auch anschließen mochte, niemand, der je das Ende des fruchtbaren Landes gesehen hatte, würde nicht erschüttert sein.

Nebel und Regen überzogen die Felsen wie ein Leichentuch. Das Brot in Jarics Hand saugte sich mit Nässe voll; angewidert schleuderte er den letzten Bissen von sich und warf sich sein Bündel mit einem leisen Fluch auf das Wetter wieder über die müden Schultern.

»Noch vor Mitternacht wird der Himmel aufklaren.« Der Kielmark richtete seine Schwertscheide und schüttelte den Kopf. »Dann werdet Ihr Euch schlechtes Wetter wünschen. Wir werden auf diesen Hügeln auffallen wie Flöhe auf den Laken einer Hure, und auf den Wachtürmen des Schattentempels hocken Kreaturen, die an beiden Seiten des Kopfes Augen haben.«

Jaric nahm den Kommentar, der angesichts der Dunkelheit wenig Sinn ergab, mit skeptischer Miene zur Kenntnis. »Wart Ihr schon einmal dort?«

Die Zähne des Kielmark leuchteten auf, als ein Grinsen über seine Züge huschte. »Nie. Aber der Bursche, der mir das erzählt hat, war nüchtern.«

»Ich wette mein Schwert gegen einen Schnürsenkel, daß er das nicht war.« Jaric schüttelte das Wasser aus seinem Haar. »Kein Seemann wagt sich in Eure Nähe, wenn er sich nicht vorher Mut angetrunken hat. Ihr habt den Ruf eines bissigen Hais mit mehreren Reihen scharfer Zähne.«

»Und das ist auch gut so, sollten wir gegen Scaits vieräugige Bestien zum Kampf antreten müssen.«

Der Kielmark stemmte sich auf die Beine. Nervös und ungeduldig fragte er: »Seid Ihr fertig?«

Sie zogen weiter, und die Luft wurde kälter. Der Wind drehte nach Nordwesten. Regen und Wolken wichen einem klaren Sternenhimmel. Windgepeitscht und kahl breitete sich der felsige Boden der Hügellandschaft in alle Richtungen vor ihnen aus, abgesehen von einem einzelnen scharlachroten Licht am Horizont. Der Anblick ließ Jaric die Haare zu Berge stehen; eine Festung erhob sich da, als wäre sie aus einer felsigen Hügelkuppe herausgemeißelt worden, ein Bollwerk verwinkelter Zinnen, eingerahmt in die Silhouetten von Türmen, die sich trostlos und schwarz vor dem blauen Himmel abhoben.

»Der Schattentempel.« Grimmig löste der Kielmark die Lasche über seiner Schwertscheide, um die Waffe stets für einen Kampf bereitzuhalten.

Ivainson fehlten die Worte. Nicht länger der Schreiber, der zu Morbrith in die Lehre gegangen war, auch nicht der Knabe, der Eisotter im Seitwald gefangen hatte, senkte er das Haupt. Seine Hände leuchteten in blauem Licht, als er seine Erdenmeisterschaft nutzte, den Boden unter ihren Füßen zu erkunden. Von den Bildern der Traumweberin und der Llondeldämonin wußte er, daß die Erde unter dem Schattentempel von einem Gewirr aus unzähligen Höhlen durchzogen wurde. Durch sie mochten sie mit seiner Magie und ein bißchen Glück unbeobachtet in den Schattentempel gelangen.

Weit im Süden hüllte der Nieselregen noch immer eine Feste unter dem roten Wolfsbanner ein. Ein Wachmann wanderte ruhelos auf und ab, nur einmal änderte er seine Richtung, um der zusammengesunkenen Gestalt in der silbergrauen Traumweberrobe auszuweichen. Den Kopf auf die Unterarme gebettet, hockte Taen vor dem steinernen Sims am Fenster des Wachturms von Riffhafen. Der Schlaf hatte sie übermannt, während sie Jarics Weg im Norden von Felwaithe verfolgt hatte, aber sie kam dennoch nicht zur Ruhe.

Sie träumte von einem Raum mit einem dunklen Marmorboden, in dem rotverglaste Laternen brannten. Dort verbeugte sich ein Thienz, geschmückt mit grünen Perlen und Armreifen, vor einem Thron aus ausgestopften menschlichen Gliedern. »Lord-Mächtigster, der Feuergebieter und sein Begleiter sind unter die Erde gekrochen. Meine Art kann sie nun nicht mehr beobachten, aber ihre Absichten sind offenkundig. Sie werden in den Kerkern des Schattentempels zu unser aller Schaden wieder auftauchen.«

Die Gestalt auf dem Thron regte sich und bedeutete der krötenartigen Kreatur zu ihren Füßen zu schweigen.

Gelbe Augen öffneten sich, bösartig und geschlitzt wie die einer Schlange; Reihen rasiermesserscharfer Zähne blitzten in der Düsternis auf, als der Dämonenherrscher zu einer Antwort ansetzte. »Kein Schaden für uns, aber für die Menschen. Denn der Schattentempel ist vorbereitet. Feuergebieter und Kielmark laufen in einen Hinterhalt. Wenn wir dem Körper Ivainsons einen weiteren Sathid injizieren, wie lange wird er dann die Kontrolle aufrechterhalten können? Schon sehr bald wird all seine Macht uns gehören.«

In Gedankenbildern fügte Scait hinzu, daß durch Jaric selbst der Morrigierj beherrscht werden könnte. Dann stieß er ein zischendes Gelächter aus, und sein brennender Blick schien sich direkt auf den

Wachturm Riffhafens zu richten, in dem Taen schreiend erwachte.

Der Soldat griff mit gepanzerten Händen nach ihren Schultern und versuchte sie zu beruhigen. Zitternd, doch nicht allein wegen der Kälte, schüttelte Taen ihn ab. »Ruf Anskiere. Sag ihm, wir müssen die Kinder im Stich lassen, die im Schattentempel gefangengehalten werden. Scait weiß von unseren Plänen, die Sathidkristalle zu stehlen.«

Die Wache zögerte, die vernarbten Züge in tiefe Falten gelegt.

»*Schnell!*« Taen vergeudete keine weiteren Worte, sondern konzentrierte ihre Gabe und sandte ihren Traumsinn gen Norden, um ihre Freunde zu warnen. Ihre Suche traf auf felsige Hügel, windgepeitscht und verlassen. Der Mann, den sie liebte, und der ungestüme Piratenkönig hatten die Höhlen bereits betreten. Da aber ihr Traumsinn massives Gestein nicht durchdringen konnte, war die Katastrophe nicht mehr abzuwenden. Feuergebieter und Kielmark liefen in die Falle der Dämonen, die sie bereits erwarteten.

Kapitel 16

JÄGER

Verblassende Magie schlug sich mit einem fahlen Leuchten auf den Felswänden nieder; dann schwand auch dieses letzte Licht in einem eisigen Luftwirbel. Ivainson Jaric trat durch einen Bogengang, der noch immer von der Gewalt seiner Erdenmeisterschaft erhitzt war. Der Gang, den er nun betrat, roch nach feuchtem Schlamm. Unterirdische Quellen verströmten ihr Wasser in Rinnen, die durch die anhaltende Erosion geglättet worden waren, und der Widerhall des Plätscherns erklang wie ein Flüstern in der Finsternis; sonst herrschte Stille. Kein lebendiges Wesen bewohnte diese Höhlen.

»Zwischen uns und den Kerkern des Schattentempels liegt immer noch eine Felswand.« Echos machten aus den Worten des Feuergebieters einen vielstimmigen Chor, als er fortfuhr: »Dies ist die letzte abgeschlossene Höhle, die wir passieren werden, wenn wir im untersten Stockwerk eindringen wollen.« Er hob die Hände, und eine Flamme flackerte auf seinen Fingern auf.

Das Licht hinterließ ein irrsinniges Funkeln in den Augen des Kielmark. Das schwarze, wirre, mit einem Leinenstreifen zurückgebundene Haar verlieh dem machtvollsten Herrscher Keithlands ein dumpfes, bäuerliches Aussehen. »Hauptsache, wir haben Platz. Ich kann meine Klinge nicht handhaben, solange ich mit dem Bauch über den Boden krieche.«

Metall kreischte im Schatten, als er sein Schwert aus der Scheide zog. »Wohlan denn.«

Jaric trat vor. Er erinnerte mehr an einen Schreiber außerhalb seiner gewohnten Umgebung als an den vaeregeschulten Zauberer, von dem das Überleben Keithlands abhing. Ihn verunsicherte das gefährliche Verhalten seines Begleiters, der auf dem unebenen Untergrund stolpern und ihn mit seinem riesigen Schwert in Stücke hauen mochte. Doch wie stets bewegte sich der Kielmark geschmeidig wie eine Katze. Von seiner Waffe abgesehen, hätte er ebensogut Teilnehmer an einer Feiertagsprozession in einem Tempel Kors sein können, so ungerührt schritt er neben Jaric einher.

Vor ihnen öffnete sich die Höhle finster wie ein Grab. Ivainson konzentrierte sich auf seine Meisterschaft, und die Flammen auf seinen Fingern leuchteten heller. Der Weg führte an steinernen Pfeilern vorbei und öffnete sich zu einem Trollwald aus Stalagmiten von der Farbe rottender Gebeine, die unter dem abtropfenden Wasser wie Schlacke glänzten. Im Boden öffnete sich ein schwarzer Rachen, durch den Wasserläufe sich ihren Weg in die geheimnisvolle Tiefe der Erde bahnten. Jaric sprang über den Abgrund hinweg. Seine Sohlen knirschten auf Sand, als er auf die Wand am anderen Ende der Höhle zuging und sie mit seiner Erdenmeisterschaft berührte. Die Fingerspitzen seiner beiden Hände flammten blau auf, als er über den Kalkstein strich. Sathidgebundene Energien vibrierten durch die Höhle. Ivainsons Züge spannten sich, und plötzlich verlöschte das Feuer über seinen Fingern.

»Ihr treibt Schindluder mit meinem Augenlicht«, nörgelte der Kielmark. Seine Schuhe kratzten über das Gestein, als er sich, durch die Finsternis nur geringfügig gestört, seinen letzten Schritt tastend suchte.

Jaric ignorierte seine Beschwerde. »Jenseits dieser Barriere liegt der Schattentempel.«

Plötzlich verunsichert, senkte er die Arme. Anskieres Mißtrauen, Taens Liebe; alles, was er in Keithland zu verändern oder zu schützen in seinem Leben bestrebt gewesen war, schien nun so fern wie das üppige Grün des Frühjahrs, wenn eine dicke Schneeschicht das Land unter sich begräbt.

Ein Luftstrom strich über seine Haut, als der Kielmark sein Schwert erhob. »Durch Warten können wir nichts gewinnen, Zauberer. Entweder Ihr nutzt Eure Magie jetzt, oder ich schiebe Euch zur Seite und spalte den Fels mit meinem Schwert.«

Die gnadenlose Arroganz seiner Worte traf Jaric wie ein Faustschlag, bis er sich der sechs Kompanien Riffhafens erinnerte, die gemeinsam mit Morbrith vernichtet worden waren. Unausweichlich mußte der Groll des Kielmark in blutiger Rache münden; ob seine Feinde nun Menschen oder Dämonen waren, machte dabei keinen Unterschied.

Jaric hob die Hände, die einst Abschriften in den Archiven des Grafen angefertigt hatten; jene Schriften waren nun nur noch Asche, und niemand war da, sie zu beklagen, außer dem Geist des Meisterarchivars, der in einem Innenhof von Morbrith zu Tode gequält worden war. Eher bekümmert als zornig sammelte Ivainson, der Feuergebieter, seine Macht. Er berührte die Wand, und dort, wo seine Finger auf den Fels trafen, flammte eine lebhafte rote Linie in dem Gestein auf.

Rauch reizte seine Nase. Jaric dirigierte seine Energien durch einen Schleier aus Tränen. Bald teilte sich die Linie, riß auf wie der Rand schwelenden Pergaments. Luft strömte durch die Öffnung.

Ivainson schirmte sein Gesicht mit dem Arm ab, und die Bänder seiner Ärmelstulpe peitschten über seine Wange. Der Kielmark schwitzte vor Ungeduld; erhitzte Luft strich über die Klinge seines Schwertes, als der Fels, der den Schattentempel von den Höhlen trennte, unter dem Einfluß der Magie zu Staub zerfiel.

Ein Korridor öffnete sich vor ihren Augen; die einzige Mauer bestand aus sechseckigen Ziegelsteinen, die von einem Sturz durchbrochen wurden, auf dem eine Fackelhalterung rostige Flecken hinterlassen hatte. Doch in dem Halter brannte kein Licht. Nicht einmal das Plätschern von Wassertropfen störte die Stille. Jarics Magie verpuffte zu Funken, die bald erloschen, und vollkommene Finsternis trat ein. Feuergebieter und Kielmark hielten den Atem an, doch kein Aufschrei war zu hören; keine Laterne entflammte, um die Anwesenheit der Eindringlinge preiszugeben, und keine Wache sprang vor, sich ihnen in den Weg zu stellen. Zwar mieden die meisten Dämonen die Umgebung der Felsen, dennoch war das Fehlen von Wachen in den Kerkern unter dem Schattentempel eine gewaltige Erleichterung. Möglicherweise stand das Glück selbst den beiden Menschen in diesem gefährlichen Augenblick, da sie sich Zugang verschafften, zur Seite.

Jaric verlagerte sein Gewicht, wurde jedoch sogleich von einem unerbittlichen Griff um seine Schulter fixiert.

Der Kielmark flüsterte kaum hörbar in sein Ohr: »Laßt mich vorangehen.«

Von diesem Vertrauensbeweis überrascht, fügte sich Jaric. Anders als Corley hatte der Kielmark noch nie einen bewaffneten Mann in seinem Rücken geduldet.

»Wendet Euch nach links.« Jaric sandte seine Erdenmacht eine kurze Strecke voraus. »Ihr werdet eine Reihe Zellen mit eisenbeschlagenen Türen passieren und an eine Treppe gelangen. Sollte es dort eine Wache geben, werden wir vermutlich auf dem ersten Treppenabsatz auf sie stoßen.« Besorgt, da er sich den Gefahren, die auf sie lauern mochten, noch immer nicht recht gewachsen fühlte, rief der Feuergebieter einen Funken herbei, um ihren Weg in die tiefsten Kerkergewölbe des Schattentempels zu beleuchten.

»Laßt das Licht, ich komme am besten durch Tasten voran.« Der Kielmark schob sich an ihm vorbei, und sein Schwert blitzte für einen Augenblick auf, ehe der Feuergebieter die Faust ballte, um seine Magie zu verbergen.

Seinem Gefährten auf den Fersen, durchschritt auch Jaric die Öffnung. Als seine Stiefelsohlen blind gegen die Ziegelsteine auf der anderen Seite des Ganges prallten, setzte die Berührung eine Explosion fremdartiger Energie in seinem Kopf frei. Offensichtlich lagen Banne über diesem Tunnel. Sofort spannten sich Jarics Finger um das Heft seines Schwertes, während er die andere Hand ausstreckte, um den Kielmark zu bremsen, doch der befand sich längst außerhalb seiner Reichweite. Ihn zu rufen, mochte die Dämonen herbeilocken, also blieb Ivainson, dem Feuergebieter, keine andere Wahl, als ebenfalls rasch den Korridor hinunterzugehen.

Das Atmen fiel Jaric schwer, die Luft war stickig. Nunmehr bar jeden Zweifels, dämonische Abwehrbanne aktiviert zu haben, öffnete er die Faust. Zu einem schwachroten Schimmer gedämpft, offenbarte der magische Funken einen nebelverhangenen Korridor, doch der Kielmark war nirgends zu sehen.

Schweißgebadet und unter Todesangst wagte Jaric einen weiteren Schritt. Magie raschelte um ihn herum. Der Nebel löste sich bei seinem nächsten Schritt, und gewöhnliche Finsternis trat an seine Stelle. Der schlichte Zauber in seiner Hand leuchtete auf wie ein Leitstern. In der plötzlichen Lichtfülle erblickte Jaric den Kielmark. Voller Leben und unbezwingbar stand er, das Schwert hoch erhoben, in Fechtstellung an der Treppe. Auf dem Treppenabsatz über ihm drängte sich mehrere Reihen eines klauenbewehrten, scheußlichen Dämonengesindels. Die Tatsache, daß sie keine Waffen trugen, war keinesfalls beruhigend. Wie die Llondelei besaßen auch sie die weit gefährlichere Gabe, den Geist zu manipulieren.

Reflexartig trat der Kielmark einen Schritt zurück. Mit dem Rücken zur Wand, so daß er nicht eingekreist und von hinten niedergestochen werden konnte, brüllte er: »Jaric! Überlaßt sie mir!«

Doch schon jetzt war jeder Rückzug sinnlos. Thienz waren telepathisch begabt; was einer sah, das wußten innerhalb eines Sekundenbruchteils alle Dämonen innerhalb der Festung. Der Kielmark mußte wissen, daß die Dämonen jederzeit Verstärkung erhalten konnten. Jaric sah allein in seiner Macht über die Erde einen Ausweg. Er trat vor und zog sein Schwert.

Banne flammten auf und überzogen den Gang mit orangefarbenem Licht. »Zieht Euch zurück!« rief der Feuergebieter seinem Gefährten zu. Schon im nächsten Augenblick würde er all seine Macht einsetzen können. Jaric verschmolz sein Bewußtsein mit dem Felsen und bereitete sich darauf vor, den Durchgang vor dem Feind zu versiegeln.

Doch der Kielmark schenkte seinen Worten keine Beachtung. Das Schwert kampfbereit erhoben, winkte er den Thienz auf den Stufen zu. »Kommt schon, Brut mißgebildeter Echsen, die ihr seid. Im Gedächtnis an Corleys Männer wird es Zeit, zur Schlachtbank zu gehen.«

Jaric fühlte, wie sich seine Nackenhaare aufrichteten. Dämonen würden den Geist angreifen, ehe sie sich der Gefahr durch den Stahl aussetzen würden, und vor ihrem telepathischen Zwang konnte niemand außer Taen, der Traumweberin, Schutz bieten. Drängend rief er dem Kielmark zu: »Euer Lordschaft, bitte, haltet Abstand.«

Doch auf diesem Ohr war der Herrscher von Riffhafen taub. Da er die Dämonen nicht dazu verleiten konnte, sich auf ihn zu stürzen, rannte er statt dessen die Stufen hinauf.

»Nein!« Jarics Warnung hallte durch den ganzen Korridor. Die Banne seines Schwertes flammten grellrot auf, bereit, jederzeit ihrer Verteidigung zu dienen, doch all sein vaeregeschultes Können half ihm nun nicht weiter. Er konnte nicht zuschlagen, solange sein Freund zwischen ihm und dem Feind verweilte. Da ihm keine andere Alternative blieb, verwünschte er die Streitsucht des Kielmark und preschte ebenfalls voran.

Die Thienz griffen an.

Im nächsten Augenblick füllte der Kielmark seine Lungen zu einem Kampfesruf. Doch die Thienz drangen in seinen Geist und dämpften die Macht seines Vorstoßes. Sein gewaltiges Schwert fiel herab, und die Klinge schlug Funken auf den Granitstufen der Treppe. Seine Hände verloren ihre Macht zuzugreifen, sein Körper die Kraft, sich zu bewegen. Wie in Zeitlupe sah Jaric, wie die Schritte des Kielmark stockten. Seine Knie gaben nach. Und dann stürzten sich die Thienz des Schattentempels zähnefletschend auf ihn.

Im Laufschritt streckte Jaric sein eigenes Schwert vor. Er sandte seine Macht aus, und Feuer flammte wie eine tödliche Energie auf und fraß sich sengend durch die Luft. Der erste Angreifer des Kielmark ging blitzartig in Flammen auf. Er zuckte zurück, stürzte die Stufen hinunter, während seine Artgenossen in Reaktion auf seine Qualen aufschrien. Jaric sprang über die Kreatur, die im Todeskampf um sich schlug. Andere Dämonen wirbelten zu ihm herum, als er sich ihnen näherte. Stechende Augen leuchteten im Licht der Banne auf. Froschartige Münder öffneten sich und legten bösartige, gekrümmte Fänge frei, auf denen Tropfen schwarzen Giftes glitzerten. Jaric fühlte den glühenden Haß der Thienz, der, noch gefährlicher als das Gift, in seine Gedanken sickerte. Schon konzentrieren sich die Dämonen auf seinen Geist. Innerhalb einer Sekunde würde er das Schicksal des Kielmark teilen, wenn seine Feinde sein Bewußtsein mit dem wahnsinnigen Zwang belegen würden, den Schutz seiner Banne aufzugeben.

Ihr Untergang war besiegelt. Bar jeder Hoffnung, sich ihnen wirksam entgegenstellen zu können, blinzelte Jaric in dem gleißenden Licht seiner Magie. Jenseits des Durcheinanders der Thienz bemühte er sich, den Kielmark zu lokalisieren, doch seine Suche förderte nicht einmal einen Fetzen seiner Kleider zutage. Durch die herumwirbelnden Schatten und die dichtgedrängten Leiber der Feinde konnte er keine Spur menschlichen Lebens entdecken.

Die Verzweiflung entzündete einen grenzenlosen Zorn in seinem Herzen. Jaric erhob sein Schwert. Er würde die Thienz zu weißer Asche verbrennen. Doch noch bevor er handeln konnte, erklang mitten in dem Gewühl ein gewaltiges Gebrüll. Die angreifenden Dämonen wurden hochgerissen, und gleich darauf spaltete eine glänzende rote Linie ihre Körper. Ein kiemenbewehrter Kopf rollte die Stufen hinab, sogleich gefolgt von dem Körper seines Eigentümers. Ein weiterer Körper stürzte herunter, beinahe vollends in zwei Hälften zerteilt, und noch einer, zwischen Schulter und Nacken gespalten. Jaric hörte einen herzhaften Seemannsfluch. Dann teilten sich die zappelnden Thienz unter den wilden Streichen der Klinge des Kielmark.

Auch Jaric mußte sich mit einem Satz vor dem niedersausenden Stahl in Sicherheit bringen. Doch kein Feind erschien, um sich auf ihn zu stürzen. Die Dämonen waren zu überrascht, um noch zu handeln. Vielleicht hatte die Magie des Feuergebieters eine Öffnung geschaffen; aber vielleicht war es ihnen auch nie gelungen, den Geist ihres Opfers gänzlich zu unterjochen. Taen, die Traumweberin, war im Geist des Kielmark auf ein Chaos unbezwingbaren Wahnsinns gestoßen, wann immer er sich seinem mörderischen Zorn hingegeben hatte. Für die Thienz jedenfalls erwies sich ihr Fehler als fatal. Das Schwert hieb nach links, nach rechts, wieder nach links und richtete ein Blutbad auf der Treppe an. Zur Vergeltung für die Männer, die mit der *Neumond,* dem Zweimaster Corleys, vernichtet worden waren, stand dem Kielmark der Sinn nach einem Gemetzel, und als die Dämonen endlich erkannten, daß sie über diese Jagdbeute keine Gewalt hatten, lag bereits die Hälfte von ihnen sterbend in ihrem Blut.

Der Rädelsführer kreischte voller Furcht. Gemeinsam mit seinen Kumpanen wirbelte er herum, wollte von der Treppe flüchten, doch Jaric verstellte ihm den Weg. Aus beiden Richtungen stürzten die Thienz Hals über Kopf in eine Wand lodernder

Flammen. Unter ohrenbetäubenden Schmerzensschreien verbrannten sie. Rauch füllte den Korridor, angefüllt mit dem widerlichen Gestank verkohlten Fleisches. Hustend krümmte sich der Feuergebieter über das weißglühende Metall seines Schwertes.

Schnell erstarb das Feuer. Jaric richtete sich blinzelnd auf. Seine Augen brannten, und durch den vom Rauch gedämpften Lichtschein seiner Banne sah er, wie sich sein Gefährte nach weiteren Feinden umblickte. Nichts außer dem Zucken Dutzender aufgeschlitzter Körper rührte sich in dem Gang; die Zähne des Kielmark blitzten unter einem zufriedenen Grinsen auf. Er erhob sein gewaltiges Schwert, legte die Klinge in seine Armbeuge und säuberte den Stahl an seinem Ärmel.

»Verdammte Kröten.« Er trat nach einem schwelenden Kadaver und machte sich auf, zu Jaric zurückzukehren.

Der unverkennbare Stolz in seiner Haltung wirkte unglaublich erleichternd. Der Feuergebieter widerstand dem Drängen seiner weichen Knie, sich zu setzen, und als sein Freund wieder an seiner Seite war, sagte er: »Ihr seid wahnsinnig.« Seine Hände zitterten, als er die Banne dämpfte und sein Schwert zurück in die Scheide rammte. »Wir können nichts gewinnen, wenn Ihr getötet werdet.«

Das Lächeln des Kielmark erstarb wie eine Kerzenflamme im Wind. »Die stinkenden Reptilien sind tot, richtig?«

Sprachlos wischte sich Jaric die Handflächen ab. Er war klug genug, nicht auf die Tatsache einzugehen, daß jeder Thienz in telepathischer Reichweite schon bald in die Kerker des Schattentempels herabsteigen würde, um sich rasend wie ein Schwarm zorniger Hornissen auf sie zu stürzen. Statt weitere Probleme herbeizureden, berührte er das Handgelenk des Kielmark und deutete auf eine der eisenbeschlagenen Türen zu beiden Seiten des Korridors.

Der Kielmark schnaubte verächtlich. »Wir sollen uns in einer Gefängniszelle verkriechen? Das ist keine gute Strategie, Zauberer. Wohin, denkt Ihr, sollen wir flüchten, wenn der Kerkermeister mit dem Schlüssel auftaucht?«

Jaric ließ sich nicht aufhalten, sondern legte seine Hände auf die eiserne Oberfläche des Schlosses. »Ich werde uns einen Tunnel durch den Felsen graben, wenn es sein muß, oder habt Ihr einen besseren Vorschlag?« Er runzelte die Stirn. Seine Finger leuchteten blau auf; dann ertönte ein Klicken, und die Mechanik im Inneren des Schlosses setzte sich in Bewegung.

Der Kielmark lehnte die Schulter an das eisenbeschlagene und durch verrostete Stahlbänder verstärkte Holz. »Nein. Es sei denn, Ihr könntet mir eine Flasche Schnaps herbeizaubern.«

»Schnaps?« Jaric schüttelte verwundert den Kopf; und der Kielmark stemmte sich gegen die Tür. Die Angeln ächzten. Unter einem Regen rostiger Eisenspäne schwang die Tür auf, wobei sie eine Vielzahl staubiger Spinnennetze zerstörte. Jaric nieste. Einen Augenblick starrte er in die Finsternis jenseits der Tür, ehe er angewidert über die Schwelle trat. »Ihr betrinkt Euch wohl jedesmal nach der Schlacht, richtig?«

Der Kielmark zog die Brauen hoch. Trocken entgegnete er: »Dieses Mal hätte ich das Zeug gern als Medizin verwendet.«

Jaric blieb stehen, obgleich seine Erdenmeisterschaft ihm die vor ihnen liegende Treppe offenbart hatte. Sie wand sich aufwärts, teilte sich und führte auf einen Säulengang, in dem Ketten über modernden Knochenhaufen von den Wänden baumelten.

Jarics Blut rann eisig durch seine Adern, doch nicht allein um der armen Teufel willen, die den unfaßbaren Folterungen im Schattentempel zum Opfer gefallen waren. Er benötigte einen Augenblick, die Bedeutung der Worte seines Begleiters in ihrem ganzen Umfang zu erfassen. Erst dann ergriff er erneut das Wort. »Ihr habt Euch hoffentlich nicht von einem Thienz beißen lassen, oder?«

»Nein. Ich bin lediglich zerkratzt und zerstochen wie ein Nadelkissen.« Der Kielmark zog die Tür ins Schloß und hielt inne. Eine Minute zog dahin, während beide lauschten. Die Geräusche hastiger Schritte hallten aus dem Korridor, den sie gerade erst verlassen hatten. Bereits jetzt hatten sich weitere Dämonen auf die Jagd nach ihnen begeben.

Kommentarlos wirbelte Jaric auf dem Absatz herum. Er schob sich an seinem Gefährten vorbei und legte seine Hände nacheinander auf das Holz, das Metall und den von Rostflecken gezeichneten Türsturz. Ein schwacher Lichtschimmer umgab seine Gestalt, als er seine Macht über die Erde herbeirief und den Zugang versiegelte.

»Sie könnten uns noch immer in den Rücken fallen«, stellte der Kielmark fest.

»Unwahrscheinlich.« Jaric strich sich die Spinnweben aus dem Haar. »Ich habe es überprüft. Die Treppe ist eine Sackgasse.«

Mit ausdrucksloser Miene schob der Kielmark sein gewaltiges Schwert in die Scheide. »Aha.« Er betastete eine Schnittwunde an seinem Kinn. »Dem Feuer entronnen und in der Suppe gelandet. Dann werden wir jetzt wohl schwimmen müssen.«

Erdenmeisterschaft konnte ihnen einen Rückzug ermöglichen, einen Weg zu irgendeinem anderen Bereich der Kerker bahnen, den Jaric für passend hielt. Doch ihnen blieb keine Zeit, die Möglichkeiten zu diskutieren. Im Korridor wurden Stimmen laut, und vermutlich beklagten sie die toten Thienz. Sekunden später drang Licht durch die Ritze unter der Tür herein, scharlachrotes Licht aus einer Laterne mit farbigen Glasscheiben. Offensichtlich hatten sich nicht nur Thienz auf die Jagd begeben. Sie trugen nur selten ein Licht bei sich. Dank ihres schlechten Sehvermögens verließen sie sich lieber auf ihren Geruchssinn.

Der Kielmark blieb instinktiv reglos stehen und hielt den Atem an. Jaric wartete schwitzend, bis das Licht langsam verblaßte. Doch auch dann hielt er seinen Geist bedeckt, während er im stillen betete, daß sein Gefährte klug genug war, selbiges zu tun. Die Dämonen des Schattentempels waren gegenüber menschlichen Fährtensuchern im Vorteil. Sie konnten einen Mann durch seine Gedanken lokalisieren.

Minuten vergingen. Kein weiterer Laut erklang hinter der Tür. Jaric berührte den Kielmark an der Schulter, und seine Finger trafen auf eine klebrige Blutlache. Er wußte nicht, ob das Blut von einem Feind oder aus einer offenen Wunde seines Freundes stammte. Ihre Lage zwang ihn, seine Sorge zurückzustellen, also griff der Feuergebieter so sanft er nur konnte zu und ging voran. Still auf jede Bewegung achtend, zogen sich die Flüchtlinge zur Treppe zurück. Erdensinn leitete Jarics Schritte; er führte den Kielmark wie einen Blinden. Stets darauf bedacht, den einfachsten Weg zu wählen, dirigierte er den Mann allein durch seine Berührung. Während der ganzen Zeit galt seine Wachsamkeit dem Korridor jenseits der versiegelten Tür, auf dem eine kaum wahrnehmbare Vibration des Gesteins von den Schritten einer verbliebenen Wache kündete. Ein einziges Geräusch, ein winziger Schnitzer in der Finsternis, und die Verfolger würden sie finden.

Für den Kielmark, der nicht über die Wahrnehmungsgabe eines Zauberers verfügte, schienen sich die Stufen endlos zu ziehen. Die Treppe beschrieb bei jedem Absatz Kehrtwendungen und schlängelte sich in scheinbar sinnlosen Windungen empor; die Abstände zwischen den Absätzen schienen keiner Logik zu gehorchen. Oben angelangt, fiel es Jaric nicht leicht, seinem Gefährten klarzumachen, daß es nicht weiterging.

Zumindest konnten sie nun ein Licht entzünden, ohne ihre Entdeckung befürchten zu müssen. Jaric beschwor ein Feuer herbei und sandte es durch den Raum, um ihre Umgebung zu erkunden. Sie standen auf einer Galerie. Pfeiler von der Form mißgestalteter Tiere stützten eine Decke, die aus dem Felsen gemeißelt worden war. Die Wände bestanden aus unbehauenen Steinen und bildeten einen sonderbaren Kontrast zu dem Boden, der mit Fliesen aus poliertem Achatgestein ausgelegt war.

»Sieht aus wie ein Hurenhaus in Telshire«, bemerkte der Kielmark. Doch die verrosteten Handfesseln erstickten den Humor in seinen Worten. An Ketten, stark genug, ein Schiff zu schleppen, baumelten sie von Eisenringen herab, die unverrückbar in die Pfeiler eingelassen waren. Unter ihnen lagen klägliche Haufen menschlicher Überreste, von denen die meisten Anzeichen der Mißhandlung aufwiesen. »Seltsamer Ort, Gefangene unterzubringen, wenn man mich fragt.«

Keine Ratte hatte sich an den toten Opfern der Dämonen gütlich getan, noch hatten Käfer in den halbverrotteten Fetzen ihrer Kleider genistet. Aus einem Grund, den der Feuergebieter nicht benennen konnte, jagte ihm das Fehlen natürlicher Schmarotzer Schauer über den Rücken. Er beendete seine Erkundung erst, als er sich noch einmal vergewissert hatte, daß es auf dieser Galerie keinen zweiten Ausgang, ja, nicht einmal ein Guckloch in der Wand gab.

Jaric beschloß, seine düsteren Ahnungen nicht auszusprechen. Statt dessen wandte er sich zu seinem Begleiter um und untersuchte mit sicherem Blick die Wunden, die der Kampf gegen die Thienz hinterlassen hatte. Das Leinenhemd des Kielmark bestand nur mehr aus Fetzen, die mit dunklen eingetrockneten Blutflecken übersät waren. Unter dem Stoff zeigten sich lange, aber oberflächliche offene Wunden, auf denen sich gerade der erste Schorf zu bilden begann. Armschienen hatten seine Unterarme geschützt; seine Stiefel und Hosen wiesen Risse auf, doch das Fleisch unter ihnen war unversehrt.

»Keine Bißwunden«, stellte Jaric fest, erleichtert, daß kein größerer Schaden entstanden war. »Ihr habt Glück gehabt.« Einst hatte er die Auswirkungen des Thienzgiftes erleiden müssen. Die Erfahrung war so entsetzlich, daß er sich wünschte, er könnte sie vergessen.

Der Kielmark zuckte ein wenig steif die Schultern und wechselte das Thema. »Glück wird uns kaum weiterhelfen. Was habt Ihr nun vor?«

Jaric blickte an sich herab und stellte fest, daß er sich irgendwann während ihres Aufstiegs die Knöchel blutig geschlagen hatte. Der Kratzer war unbedeutend; aber er schmerzte mit einer Heftigkeit, die in keinem Verhältnis zu der tatsächlichen Wunde stand, gerade, als seine Konzentration für die Planung ihres weiteren Vorgehens gebraucht wurde. Der Feuergebieter zwang sich, tief durchzuatmen. »Laßt mich erst Schutzbanne anbringen.«

Er besaß nicht Taens Fähigkeit, den Geist direkt

vor einem Angriff abzuschirmen. Doch als Erdenmeister konnte er Illusionen schaffen und ihre lebendige Präsenz hinter der gewichtigen Essenz des Gesteins verbergen oder hinter der stillen Finsternis lebloser Erde. Sorgsam wirkte Jaric seine Banne, auf daß die Dämonen, die auf der Jagd nach ihnen waren, nichts als Leere fühlen und ohne nähere Überprüfung weiterziehen würden.

Nachdem die Schutzmaßnahmen erfolgt waren, kümmerten sich Jaric und der Kielmark um jene Unglücklichen, die unter der Grausamkeit der Dämonen ihr Leben gelassen hatten. In wortloser Übereinkunft verbrannten sie die Gebeine und alles, was noch an kläglichen Überresten geblieben war, die einzelnen Opfer voneinander zu unterscheiden, doch nicht etwa, weil es auf der Galerie an Wärme oder Licht fehlte, sondern um den Toten ein kleines bißchen Würde zurückzugeben. Der Rauch brannte in ihren Augen und reizte sie zum Husten, doch keiner der beiden Männer beklagte sich. Sie benetzten ihre Münder mit dem Wasser aus ihrem Proviant, tranken jedoch sparsam. Danach beschlossen sowohl Zauberer als auch Kielmark zu ruhen, ehe sie sich wieder ihrer Aufgabe widmen wollten, zumal gerade zu diesem Zeitpunkt der Jagdeifer der Dämonen seinen Höhepunkt erreicht haben dürfte. Später, wenn die Wachen des Schattentempels müde und die Jäger gezwungen sein würden, ihre Suche auf ein größeres Areal auszudehnen, mochten sie bessere Aussichten haben, sich ungesehen weiter hineinschleichen zu können.

Es folgte ein Zeitraum, in dem Jaric zu schlafen versuchte, doch beständig von schrecklichen Alpträumen gequält wurde. Nicht weit von ihm saß der Kielmark mit dem Rücken an einen Kragstein gelehnt und erhitzte sorgfältig seinen Dolch in dem magischen Feuer, das der Zauberer hatte brennen lassen, um ihnen Licht zu spenden. Um einer Infektion vorzubeugen, preßte der Kielmark den heißen Dolch jeweils nur auf eine Wunde, ehe er ihn erneut erhitzte, und während dieses Prozesses schlich sich ein Ausdruck in seine Züge, der selbst Corley eingeschüchtert hätte. Obwohl seine Hand zitterte, als er fertig war, hatte er während der ganzen Wundbehandlung keinen Ton von sich gegeben, abgesehen von einer wüsten Tirade über Zauberer, die Meisterschaft erlangen durften, ohne imstande zu sein, Schnaps herbeizuhexen. »Besser für die Nerven, und der eine oder andere Schluck hat eine mordsmäßige Wirkung bei der Linderung von Schmerzen.«

Jaric antwortete nicht. Nachdem er zuvor unter Androhung von Waffengewalt abgewehrt worden war, als er angeboten hatte, die Wunden durch seine Feuermagie zu reinigen, gab er nun, die Augen fest geschlossen, vor zu schlummern. Der Kielmark desinfizierte seine Klinge im Feuer und spuckte auf den Stahl, bis er weit genug abgekühlt war, ihn zurück in die Scheide zu schieben. Durch seine Verletzungen am Liegen gehindert, schlief der Herrscher über Riffhafen an Ort und Stelle ein; sein Kopf fiel zurück an den Stein, und die Hand lag locker über dem Heft seines Schwertes.

Als Jaric das nächste Mal seinen Erdensinn aussandte, war die Sonne über den Hügeln aufgegangen. Kalter Wind, angefüllt mit herbstlichem Frost, heulte über die Türme des Schattentempels, gänzlich anders die Luft auf der Galerie, die so still wie die in einer versiegelten Gruft war. Der Feuergebieter ignorierte den Hunger, der in seinen Eingeweiden rumorte. Schwerer fiel es ihm, seine weit stärkere Sehnsucht nach einer gewissen Traumweberin im Zaum zu halten, deren Weg sie viele Meilen nach Süden geführt hatte. Die Liebe zu Taen konnte nun nur weiteren Schmerz über ihn bringen, solange die Dämonen jeden Winkel der Kerker nach den Menschen durchsuchten, die in ihre Festung eingebrochen waren. Dann und wann förderte der Erdensinn ein Muster ihrer Suche zutage, hier das Schlurfen schwimmhautbewehrter Füße, als Thienz auf der Hatz um eine Biegung watschelten, dort das Donnern eines schweren Gitters auf massivem Felsgestein.

Die Dämonen arbeiteten mit einer Gründlichkeit, die so fremdartig wie beängstigend war. Jaric konnte nicht wissen, wie leicht sein Bewußtsein durch die Steine, die er erforschte, entdeckt werden konnte, also setzte er seine Magie nur mit größter Vorsicht ein. Er untersuchte Höhlen und Treppenfluchten, die leer zu sein schienen, mit großer Sorgfalt, und der Kielmark hielt seine Erkenntnisse mit Asche auf einem Leinenhemd aus ihrer Packtasche fest.

Ihr provisorischer Lageplan der Kerkergewölbe war erst halb fertig, als Jaric fand, wonach er suchte: eine Zelle mit lebendigen Gefangenen, die an die Felswände gekettet waren. Zwar war er nicht wie Taen fähig, ein fremdes Bewußtsein zu erkennen, doch auch seine Meisterschaft erlaubte ihm, jede Einzelheit bis ins kleinste Detail zu erkunden. Stahl, der als Fessel diente, absorbierte Körperwärme, und der Steinboden vibrierte unter dem fremdartigen kristallinen Einfluß von Sathidkristallen, die sich im Prozeß der Bindung befanden.

»Ich habe sie gefunden«, erklärte Jaric. Als er die

Augen öffnete, jagte ihm die Miene des Kielmark kalte Schauer über den Körper. Der Mann war nur eine Haaresbreite von einem Zornesausbruch entfernt. Sacht tippte der Feuergebieter auf die Karte. »Hier. Die Kinder, die der Rat des Schattentempels geraubt hat, sind in einer Zelle in der Nähe dieses Luftschachtes eingesperrt worden.« Er unterbrach sich, ehe er vorsichtig hinzufügte: »Es scheinen sechs zu sein, aber ich fürchte, wir kommen zu spät, um sie noch zu retten.«

»Dann können wir ihrem Elend zumindest ein Ende setzen.« So zielstrebig wie ungeduldig zog der Kielmark seine Karte zu Rate. »Und wir können dafür sorgen, daß es keine weiteren Opfer geben wird, aber zuerst müssen wir einmal dorthin gelangen. Wißt Ihr, wo die Dämonen die Sathidkristalle aufbewahren?«

Jaric zwang sich zu sprechen. Die Handfesseln, die er durch seine Magie ertastet hatte, waren für Gelenke geformt, die herzerweichend schmal waren. »Im Stockwerk unter der Zelle, in der die Kinder gefangengehalten werden, gibt es eine doppelt gesicherte Tür, hinter der anscheinend allerlei Präparate aufbewahrt werden. Ich habe Holzregale gefühlt und verschiedene Dinge in verkorkten Gläsern; größtenteils Drogen und Mineralien. Aber zwischen all dem habe ich einen Korb gefunden, der aus einem Material geflochten wurde, das nie auf Keithlands Boden gewachsen ist, und in dem Korb befinden sich versiegelte Behälter. Dort würde ich die Sathidkristalle suchen.«

Der Kielmark nickte. Als er seine kohlengezeichnete Karte faltete, sah er aus seinen blauen Augen zu Jaric auf. »Könnt Ihr uns dorthin bringen?«

»Das werde ich müssen.« Der Feuergebieter wischte sich die Asche von den Fingern und erhob sich hastig. Sie drohten, in Schwierigkeiten zu geraten. Der dumpfe Schmerz an seinem Hinterkopf war keine Auswirkung seiner Erschöpfung. Die Dämonen des Schattentempels hatten die versiegelte Zellentür entdeckt, und als sie anfingen, den Raum auf Eindringlinge zu untersuchen, verursachte ihr Vorstoß gegen seine Banne ihm einen Schmerz, der mit jeder Minute stärker wurde.

»Wir haben Besuch.« Jaric winkte dem Kielmark, aufzustehen. Dann durchquerte er die Galerie und legte die Hände an die Wand am anderen Ende. »Legt Eure Hände auf meine Schultern«, forderte er den Kielmark auf. »Was auch immer geschieht, Ihr dürft sie nicht wieder fortnehmen. Wenn der Kontakt unterbrochen wird, dann werdet Ihr in massivem Felsgestein lebendig begraben sein.«

Ohne erkennbares Zögern kam der Kielmark seiner Aufforderung nach. »Ihr solltet Kor für die Tatsache danken, daß ich keine Angst vor Tunneln kenne.« Er redete so, um seine Unsicherheit zu verbergen. Als er die Hände auf die Schultern des Feuergebieters legte, drangen seine Finger tief in dessen Körper, und sein Atem ging flach und stoßweise.

Ob das Unbehagen des Piratenkönigs der Beengtheit entsprang, die nun durch Erdenmagie auf ihn wartete, oder aus der Tatsache, daß er, solange seine beiden Hände beschäftigt waren, sein Schwert nicht ziehen konnte, wagte Jaric nicht zu fragen. Von dem Gefühl drohender Gefahr getrieben, rief er seine Gabe sofort herbei.

Die Luft um ihn herum schien zu schimmern. Licht traf wie die Reflexion eines Blitzes in einem Spiegel auf die steinerne Wand. Der Kielmark blinzelte geblendet und fühlte, wie Jaric sich unter seinen Hände bewegte.

Er trat vor, instinktiv auf eine Kollision vorbereitet, die nicht erfolgen sollte. Obgleich seine Sinne beharrlich meldeten, er würde in massives Felsgestein eindringen, hemmte kein Widerstand seine Schritte. Piratenkönig und Feuergebieter drangen ungehindert durch eine Lücke, geschaffen aus Zauberei. Eine Luftblase begleitete sie, angefüllt mit trockener Hitze wie Sturmwinde über der Wüste.

Verstohlen blickte sich der Kielmark um. Hinter ihm war die Galerie nicht mehr zu sehen. An ihre Stelle war eine Felsoberfläche getreten, in der nicht der kleinste Riß zu sehen war. Quarzadern und glitzernder Glimmer strömten hinter ihm aufeinander zu, als würde der Zauberer, der ihn führte, mit jedem Schritt aufgeweichte Materie in einer träge dahingleitenden Luftblase durchdringen. Die Mühe, die notwendig war, ein solches Wunder zu wirken, war ihm unbegreiflich.

Von neuem an den Schweiß erinnert, der das Gewebe unter seinen Fingern durchfeuchtete, bedachte der Kielmark den Zauberer, der dies geschaffen hatte, mit einem nervösen Blick. »Ihr wißt hoffentlich, wohin Ihr geht?«

Jaric antwortete nicht. Vollends in seine Kunst vertieft, bewegte er einen Fuß nach dem anderen. Licht flackerte über seinen erhobenen Händen, und auf seinen Befehl teilte sich der Fels, sauber, geräuschlos und substanzlos wie ein zarter Vorhang im Wind.

So mühelos dies alles vonstatten zu gehen schien, verlangte die Wanderung durch die Tiefen des Schattentempels doch ihren Preis. Der Kielmark bemerkte ein Beben in dem Fleisch unter seinen Händen. Bis zu diesem Zeitpunkt von mechanischer Gleichmäßigkeit geprägt, wurden Jarics Schritte nun unsicher und langsam; zäh wie Sirup gab der Fels vor ihm nach. Und dennoch gab der Feuergebieter nicht auf. Kalter Schweiß benetzte seine Haut, und die Macht, die von ihm ausströmte, verlor ihren gleichmäßigen Fluß, flackerte wie eine Kerze im Wind unter einer sengenden Explosion unsteter Funken.

Schließlich blieb Jaric stehen. Der Stein vor ihm kräuselte sich und erstarrte. Hart und undurchdringlich, versperrte er den beiden Männern in ihrer versiegelten Luftblase den Weg. Jaric rieb sich mit den Händen das Gesicht und nuschelte hinter seinen Fingern. »Ihr könnt loslassen.«

Der Kielmark ließ seine Hände sinken. In der Beengtheit innerhalb des Gesteins schwitzend, griff er nach seinem Schwert und bereitete sich auf das Eingeständnis neuerlicher Probleme vor. Der Kielmark bezweifelte, daß die Erschöpfung des Zauberers allein die Folge seiner Magie war.

Plötzlich wirbelte Jaric zu ihm herum. »Wir sind umzingelt.« In dem Licht der kleinen Flamme, die er hatte brennen lassen, zeichnete sich die Erschöpfung in blutunterlaufenen Ringen unter seinen Augen ab. Sein Haar klebte schweißnaß an seinen Schläfen, und seine Augen leuchteten wie im Fieber. »Ich bin überall, wo ich versucht habe, herauszukommen, auf lauernde Dämonen gestoßen. Vielleicht können sie den Fluß meiner Magie spüren. Aber wie sie es auch immer angestellt haben, uns wird bald die Luft ausgehen.«

»Überanstrengt Euch, und wir sitzen in der Falle.« Der Kielmark betastete seine Klinge. »Ich stelle mich lieber zum Kampf, als mich versteinern zu lassen.«

Jaric schloß die Augen. Mit deutlich sichtbarer Mühe riß er sich zusammen, ohne noch zu erwähnen, daß die Handhabung seiner Gabe als Erdenmeister sich an diesem Ort sonderbar schwierig gestaltete. Ob dieser Widerstand ebenfalls ein Werk der Dämonen war, hätte allein Anskiere mit seiner jahrelangen Erfahrung vielleicht zu sagen gewußt. Erfüllt von der Angst vor einem nicht wiedergutzumachenden Fehler sammelte er seine Kraft. »Wenn Ihr Euch von den Thienz in Stücke reißen laßt, werden wir weder den Kindern helfen, noch die Sathid der Llondelei zurückholen können.«

»Wir werden ebensowenig erreichen, wenn wir unter den Felsen ersticken.« Von den ersten Anzeichen aufkommender Benommenheit beunruhigt, deutete der Herrscher über Riffhafen mit einem Kopfnicken auf die Felswände, die sie umgaben. »Bringt uns hier raus. Schnell. Wenn wir hier noch länger diskutieren, können wir nur verlieren.«

In dem schaurigen Schimmer magischen Feuers zeigte der Kielmark einen Kampfesgeist, unberührt von Bedauern oder Besorgnis. Sein Haar hing schweißnaß herunter. Das zerfetzte Hemd hatte er abgelegt; lange, verschorfte Kratzwunden von dem Kampf des letzten Tages zerfurchten seine Schultern. Trotzdem erinnerte er an einen Wolf auf einer frischen Fährte; Rache für seine niedergemetzelten Kompanien war der Dorn, der ihn zu endlosem Tatendrang anstachelte. In seinen eisblauen Augen glitzerte ein Zorn, der nur durch den Tod seiner Feinde befriedigt werden konnte.

Jaric betrachtete seine Hände, die inzwischen vor Erschöpfung und Nervenanspannung zitterten. Nie ein Kämpfer und ein Zauberer nur gegen seinen Willen, empfand er seine eigenen Motive als weit komplexer. Taen und der Zyklus des Feuers hatten ihn Ausdauer gelehrt, und Tamlin hatte ihm einen Diensteid abverlangt, den er nicht einfach ignorieren konnte. Er war noch nicht bereit, einen Weg einzuschlagen, der nur mit ihrem Tod enden konnte. Sosehr die Ermattung an seinen Nerven zerrte und so unzulänglich seine Macht als Feuergebieter angesichts ihrer Mission erschien, sandte er doch seine Wahrnehmung aus, noch einmal nach einem Ausweg zu suchen.

Die Zelle, in der die Kinder gefangengehalten wurden, wurde inzwischen bewacht; das Wispern der Luftströmung über dem Steinboden verriet Jaric die Schritte der Wachen vor der Tür. Der Lagerraum unter der Zelle war als Falle vorbereitet worden. Die hölzernen Regalbretter summten wie Klangkörper unter dem Einfluß der magischen Banne. In jedem Gang, jedem Winkel, den sein Erdensinn auslotete, traf Ivainson, der Feuergebieter, auf Erschütterungen der Erde, hervorgerufen durch die ruhelosen Schritte ungezählter umherschleichender Feinde.

Verzweifelt sandte er seine Wahrnehmung weiter hinab in die natürlichen Höhlen, die den Fels unterhalb des Schattentempels durchzogen. Die meisten waren zu weit entfernt, sich ihnen zu nähern; doch weit unten, am Ende eines schmalen Tunnels, stieß er auf absolute Stille. Dort lag eine Grotte, eingehüllt in eine Ruhe, so umfassend, daß er selbst die Regungen des Staubes fühlen konnte. Keine Spur dämonischer Präsenz lauerte dort, um sie in die Falle zu locken. Entschlossen sammelte Jaric seine Gabe und bat den Kielmark, noch einmal die Hände auf seine Schultern zu legen. Dann stählte der Erbe Ivains, des einstigen Feuergebieters, seinen Willen und grub sich abwärts durch das Erdreich, in der Hoffnung, daß sie beide dort eine Zuflucht finden würden, in der sie sich von den Strapazen erholen konnten.

Kapitel 17

HINTERHALT

Das Gestein löste sich in einem Funkenregen auf. Viel zu erschöpft, um mehr Geschick bei der Schaffung des Zugangs einzusetzen, stolperte Jaric in den schmalen Gang, der hinunter in die Grotte führte. Kaum einen halben Schritt hinter ihm trat der Kielmark aus der Wand. Benommen konnten beide zunächst weiter nichts tun, als keuchend nach Luft zu schnappen.

Kein Dämon erschien, um sie anzugreifen. Der Gang war finster, staubig und allem Anschein nach gänzlich verlassen. Doch als er sein Gleichgewicht langsam zurückerlangte, fühlte Jaric, wie sich die Haare auf seinen Armen aufrichteten. Er konnte sich des Gefühls nicht erwehren, daß ihre Anwesenheit trotz allem nicht unbemerkt geblieben war.

Auch der Instinkt des Kielmark lebte auf. »Möge Kor mich für meine Dummheit verdammen, wenn wir nicht beobachtet werden.« Leise zog er sein gewaltiges Schwert aus der Scheide und setzte die Spitze auf den Boden.

Jaric bemühte sich, seinen keuchenden Atem unter Kontrolle zu bekommen. Mit seiner Erdenmagie untersuchte er die Finsternis, konnte jedoch nichts entdecken. Doch die Leere, die zuvor Sicherheit versprochen hatte, zerrte nun fühlbar an seinen Nerven. Ein Gefühl, das mit jedem Augenblick stärker wurde, drängte ihn, nicht länger zu verweilen. »Wir können hier nicht bleiben.«

Der Kielmark verlagerte sein Gewicht. Leise

knirschte der Stahl seiner Klinge auf dem Granitboden. »Habt Ihr die Absicht, den Schwanz einzuziehen und Euch in die Höhlen zu verkriechen? Sollte das der Fall sein, so solltet Ihr gute Gründe dafür haben. Der Gedanke an eine Kehrtwendung schnürt mir die Kehle zu, und kein Dämonenpack kann der Grund dafür sein, Feigheit zu rechtfertigen.«

Mit nachlässig tadelnder Miene zog Jaric die Brauen hoch. »Jeder krötengesichtige Dämon zwischen uns und diesen Gefangenen hofft, daß Ihr genau so denkt. Befriedigt es Euch wirklich so sehr, die eigene Haut zu Markte zu tragen?«

Ein Kichern hallte spröde durch den Gang. »Zauberer, solange die Dämonen glauben, sich ungestraft an Riffhafens Soldaten vergreifen zu können, werde ich Echsenschädel spalten, und wenn es mein eigenes Leben kostet. Bei dem Schwert, das meine Mutter geschmiedet, schwöre ich, ich werde Euch die Eier abschlagen, ehe ich auf dem Bauch durch den Fels krieche, um dem Feind aus dem Weg zu gehen.«

»Eure *Mutter* hat dieses Schwert angefertigt?« Jaric grinste ungläubig. »Das tut mir in den Ohren weh.«

»Soll das heißen, Ihr schimpft mich einen Lügner?« Doch weiter kam der Kielmark nicht. Aus der Öffnung, die von Jarics Magie geblieben war, erklang ein verstohlenes Scharren.

Der Kielmark stieß sich von der Wand ab. Seine Klinge sauste durch die Luft, als er herumwirbelte, um sich den Angreifern entgegenzustellen. »Zur Hölle damit, Zauberer, Ihr hext besser ein Licht für mich herbei, unter dem ich kämpfen kann.«

Feuer flammte in der Finsternis auf. Jaric hob die Hand, und goldenes Licht erhellte den Gang.

Schatten tanzten in grotesker Formation über die durch Erosion geglätteten Wände. Gegenüber all den natürlichen Konturen schimmerte die Vertiefung, die Jaric mit seiner Erdenmagie geschaffen hatte, so glatt und ebenmäßig wie die Innenseite einer Eierschale.

»Der Hohlraum ist immer noch versiegelt«, sagte der Feuergebieter.

»Aber wie lange noch?« Der Kielmark dehnte seine Arme und Schultern und verlagerte sein Gewicht auf die Fußballen.

Das Scharren wurde lauter. Wie Sandkörner vor einer Lawine, stürzte ein Teil der magisch geglätteten Steinoberfläche in sich zusammen. Ein Riß bildete sich in dem Felsen.

»Zurück«, schrie der Kielmark. Mit dem Unterarm stieß er Jaric zur Seite und erhob mit einer wild kreisenden Bewegung sein Schwert. »Kors Feuer mögen wissen, wie sie das gemacht haben, aber seine Verdammten sind uns gefolgt.«

»Durch den *Stein*?« Eine solche Leistung hätte nicht möglich sein dürfen. Angeschlagen von dem Stoß, der ihn in Sicherheit gebracht hatte, rief Jaric seine Erdenherrschaft herbei. Doch gerade als er die Natur der Öffnung im Fels untersuchen wollte, rieselte mehr Sand aus dem Riß hervor, gefolgt von einem Regen Kieselsteine. Eine Klaue erschien in dem Spalt, und jenseits der Öffnung erklang das vielstimmige Geheul blutrünstiger Kreaturen.

Mit dem Rücken zur Wand machte sich der Kielmark bereit, und seine Augen funkelten voller barbarischem Eifer.

Jaric fühlte, wie sich seine Nackenhaare aufrichteten. Er bereitete sich darauf vor, den Felsen zu verschließen, oder, sollte das nicht funktionieren, Feuer durch die Öffnung zu jagen und den Feind so aufzuhalten. Doch dieses Mal hatte er es nicht mit gewöhnlichen Wachen zu tun. Der Riß weitete sich. Ein Dämon, schmal und stachelig wie eine Echse, schob seinen Kopf durch den Spalt. Erst, als eine Macht, weit gefährlicher als der geistige Zwang der Thienz, auf Jarics Bewußtsein prallte, erkannte er das wahre Ausmaß der Gefahr. Diese Kreatur hatte seine Gaben auf eine unbekannte Weise ausgelotet; während er einen Fluchtweg aus der Galerie geschaffen hatte, hatten die Dämonen des Schattentempels unbemerkt seine Gedanken angezapft und sich irgendwie seiner Energie bedient, trotz der Abschirmung durch das massive Felsgestein. Gestohlene Energien hatten ihnen erlaubt, seinen Erdensinn nachzuempfinden und ihn zu verfolgen.

Noch war der Zugriff der Dämonen auf Energien der Vaere oberflächlich, doch wenn sie lernten, sich der rudimentären Kraft der Felsverschiebung richtig zu bedienen, so mochten sie imstande sein, sowohl die Frostwargs als auch die Mharg zu befreien. Die Bedrohung für Keithland wog nun doppelt schwer.

»Wir sind in Schwierigkeiten«, flüsterte Jaric.

Der Kielmark stimmte ihm mit einem kurzen Kopfnicken zu. Dann verzog der Anführer der Dämonen das Gesicht zu einem gehässigen, triumphalen Grinsen. Die letzte Barriere zerfiel zu Staub. Als die Kreatur hindurchgesprungen war, drängte sogleich eine ganze Bande mordlustiger Gefolgsleute durch die Öffnung.

Jaric wagte nicht, seine Magie einzusetzen. Obgleich er seine ganze Feuermeisterschaft zurückgehalten hatte, war es den Dämonen doch gelungen, seine Gaben für ihre eigenen Zwecke zu mißbrauchen. Solange er nicht wußte wie und entsprechende Vorsichtsmaßnahmen ergreifen konnte, bestand durchaus die Gefahr, daß die Dämonen des Schattentempels die Macht seines Geistes anzapfen und seine eigenen Energien gegen ihn verwenden würden, so wie sie die Erdenkräfte mißbraucht hatten, die ihm den Weg durch den Fels ermöglicht hatten.

Der Kielmark erkannte die gefährliche Lage. Wütend wie eine in die Enge getriebene Bestie, brüllte er dem Feuergebieter hinter sich zu: »Zurück! Versiegelt den Gang, wenn Ihr geht!« Sein Schwert zitterte nicht ein einziges Mal. Licht spiegelte sich auf der Klinge, die bereit war, die Angreifer aufzuschlitzen, welche nun in den Korridor strömten.

Dem Augenblick haftete ein alptraumhaftes Entsetzen an, doch ein Rückzug war unmöglich. Jaric versenkte sich, beinahe wahnsinnig vor Furcht, in sein inneres Selbst und erkannte, daß der erste Versuch der Dämonen, sich seiner Erdenmeisterschaft zu bedienen, recht plump gewesen war. Allein seine Unaufmerksamkeit hatte ihren Erfolg ermöglicht.

Nunmehr vorgewarnt errichtete er einen Bann gegen die Angreifer und riß seine magische Klinge aus der Scheide. Der dreifache Glorienschein der Magie eines Feuergebieters erfüllte den Korridor mit gleißendhellem Licht, doch zu spät, noch zu entkommen. Selbst wenn er bereit gewesen wäre, den Kielmark allein der Gefahr zu überlassen, lauerten im Eingang zu der Grotte hinter ihm Reihe um Reihe glühender Augen, und Jaric erkannte die spinnenartigen Körper der Gierj, die sich vor der Finsternis abhoben und langsam auf ihn zukamen.

Ihr Pfeifen hallte schmerzhaft durch den engen Raum. Im Vertrauen darauf, daß Stahl ihren Angriff zum Scheitern bringen mußte, ignorierte Jaric sie, um sich den Dämonen zuzuwenden, die seinen Gefährten bedrohten.

Der Kielmark riß einen Dolch aus seinem Stiefel. »Rettet Euch, Zauberer! Flieht!« Die Schultern vorgeschoben, stellte er sich Dämonen der verschiedensten Art, die aus dem Spalt auf ihn zustürzten.

Ein Erdenmeister konnte Macht herbeirufen, konnte sein eigenes Wesen untrennbar mit der Matrix des Gesteins verbinden; das mochte reichen, den Feind endgültig zu besiegen, doch nur ein anderer Zauberer, der zu einer geistigen Bindung imstande war, konnte derartige Maßnahmen überleben. Der Kielmark aber wäre dem Untergang geweiht. Zürnend rief Jaric sein Feuer.

Der Kielmark fühlte die Hitze neben sich, als er zuschlug. Sein Schwert bohrte sich tief in feindliches Fleisch. Der Anführer der Dämonen stürzte vor seine Stiefel, beinahe in zwei Teile zerlegt. Blut spritzte auf die Hose des Kielmark und hinterließ grausige Flecken an der Wand. Als er den zappelnden Körper zu seinen Füßen mitten in das Gedränge lebendiger Gegenspieler trat, jagte ein Feuerball kreischend an seinem Ellbogen vorbei. In diesem Moment, da Dämonenfleisch brannte, sah er sich um und erkannte, daß Jaric seine Anweisungen mißachtet hatte. Und er sah die Gierj, deren Pfeifen sich langsam zu der Tonlage steigerte, in der ihre Macht am größten war. Offenbar war die Nähe von Stahl nicht länger ausreichend, um sie abzuschrecken; selbst wenn Jaric die Lücke versiegeln könnte, würde der Angriff von hinten weitergehen.

Zorn entstellte die Züge des Kielmark. »Möge Kor deine Loyalität verfluchen, Junge! Sieh zu, daß du hier rauskommst! Taen hat mein Wort, daß ich dich schützen werde, und ich habe ihr einen Treueeid geschworen.«

In dem Gang sprangen die Dämonen über die verkohlten Überreste ihrer Kameraden. Der Herrscher von Riffhafen wirbelte auf dem Absatz herum, ihrem Angriff zu begegnen. Stachelbewehrte Echsengestalten fielen und krümmten sich unter Todesqualen. Die Thienz unter ihnen brachen zusammen und scharrten schreiend mit ihren von Schwimmhäuten durchzogenen Klauen über den Boden. Einige versuchten aus dem Hintergrund, sich des Geistes des Kielmark zu bemächtigen, um ihn am Töten zu hindern. Doch ihr Versuch ging in einem Wirrwarr aus Furcht und Zorn und wahnsinniger Entschlossenheit unter. Eher würden sie einen Wirbelsturm mit einem Stück Schnur aufhalten können, als den reinen Wahnsinn mit einem Zwang belegen.

Der Kielmark sah zur Seite und stellte erneut fest, daß Jaric nicht geflohen war. Sein erboster Fluch verlor sich in dem Knurren der Feinde. Ebenso unvorhersehbar wie unumkehrbar gab er den Schutz der Wand in seinem Rücken auf, sprang auf die Körper der Getöteten wie ein Berserker, der um seinen eigenen Tod bettelte, und stürzte sich, mit seinen Klingen um sich schlagend, auf die Angreiferhorde in dem aufgebrochenen Felsengang.

Jaric schrie: »Nein! Kors Gnade, nein!« Dann verschlug ihm die Verzweiflung die Sprache. Feuer herbeizurufen, hieß, seinen Freund gemeinsam mit den Feinden zu versengen. Hilflos sah Ivainson zu, wie das Schwert sich einmal erhob, dann ein zweites Mal. Stahl leuchtete rot vor Blut. Dann verschwand der schwarze Haarschopf mit dem schlichten Leinenband, hinuntergezerrt von Klauen und gierigen Fängen.

Jaric fluchte. Auch der Kummer konnte ihn nicht hindern zu begreifen: Der Kielmark hatte sich keineswegs in einem Akt sinnloser Prahlerei geopfert. Er hatte seinen Untergang wohlüberlegt herbeigeführt, um den Feuergebieter von der Verantwortung für sein Leben zu befreien. In dem schaurigen Geräusch von Fleisch, das zerfetzt wurde und dem entsetzlichen Pfeifen der Gierj schienen seine Worte noch immer durch die Höhlen unter dem Schattentempel zu hallen: »*Taen hat mein Wort, daß ich dich schützen werde, und ich habe ihr einen Treueeid geschworen.*«

Halb wahnsinnig vor Kummer, konnte Jaric nicht fassen, daß die beeindruckende Lebenskraft dieses Mannes für immer verloschen sein sollte; daß die vernarbten und abgehärteten Kapitäne nie wieder unter dem forschenden Blick jener blauen Augen schwitzen würden, deren scharfer Wahrnehmung kein Verdienst und keine Nachlässigkeit entgangen war. Der Feuergebieter rief seine Macht, doch nicht etwa, um unter der Erde Zuflucht zu suchen. Statt dessen entfesselte er in einer einzigen Entladung die geballte Macht der Banne seines Schwertes.

Röhrend lebte die Magie auf, unbezwingbar wie ein Vulkanausbruch. Die Horden der Verdammten Kors hatten keine Zeit zu reagieren. Feuer, blendendhell, flammte auf, und das Gestein verwandelte sich augenblicklich in glühende Lava. Die Öffnung in der Wand zerfiel mit einem orkanartigen Donnern. Eingeschlossen inmitten des Infernos glühten die Dämonen im Feuer auf. Knochen, Fleisch und Sehnen, verschmolzen sie innerhalb einer einzigen Sekunde mit dem Leichnam ihres Opfers. Durch einen Schleier aus Tränen sah Jaric für einen kurzen Augenblick die weiß schimmernden Umrisse eines Schwertes. Dann stürzte die Decke über dem Durchgang ein. Die Finger um das geschwärzte, verdrehte Metall, das von seinem eigenen Schwert geblieben war, geklammert, beschwor er seine Meisterschaft, die Erde zu bewegen.

Doch die Energie antwortete nicht. Macht schlug aus dem Nichts zu und erstickte seine Gabe wie flackernde Kerzenflammen. Jaric wirbelte herum, suchte nach neuen Zielen, und fand sich von Gierj umzingelt wieder. Mit größtem Entsetzen erkannte er, daß Stahl nicht länger reichte, ihre Macht zu unterdrücken. In der Grotte weiter hinten barg die Stille, die er mit Leere verwechselt hatte, die größte Gefahr des Schattentempels; unwissentlich war er über die geschützte Höhle des Morrigierj gestolpert. Nun gab es keine Fluchtmöglichkeit mehr, ehe der Gesang der Gierjlinge seinen Höhepunkt erreichen und sein Bewußtsein zerreißen würde. Sein sterblicher Geist zerfiel unter dem unfaßbaren Ausmaß des Schmerzes, und Jaric stolperte hinab in die Dunkelheit.

Langsam errang Ivainson Jaric sein Bewußtsein zurück und wurde der Schmerzen und der gutturalen Laute einer Sprache gewahr. Noch viel zu betäubt, einzelne Worte zu verstehen, rührte er sich. Das grelle Klirren von Ketten riß ihn schließlich aus der Benommenheit. Die Erinnerung kehrte zurück, die Erinnerung an einen unterirdischen Gang, in dem der Kielmark sich in den Tod gestürzt hatte. Jaric zuckte zusammen. Von dem Verlust des Freundes gequält, öffnete er, eingehüllt in blutroten Lichtschein, die Augen.

Die Stimme sprach noch immer, und ihr Klang hallte von den steinernen Wänden wider. »Seht nur, er bewegt sich. Habe ich nicht gleich gesagt, daß der Morrigierj und seine Günstlinge ihm nichts getan haben?«

Jaric blinzelte, unfähig, den Sprecher von den Schatten zu unterscheiden. Die Fesseln an seinen Handgelenken waren geschmiedet worden, doch nicht aus Metall, sondern aus einer glasähnlichen Substanz, die unter dem Einfluß magischer Banne schimmerte. Das Licht machte es seinen Augen unmöglich, irgend etwas zu erkennen.

Ein Zischen wie von einem heißen Teekessel erklang auf der anderen Seite des Raumes. »Närrische Kröte! Allein dieser Klumpen ruinierten Schwertstahls hat sein Leben bewahrt. Hätte der Abwehrreflex des Morrigierj ihn getötet, wären all unsere Pläne zunichte gewesen.«

Schaudernd erkannte Jaric, daß ihm die Sprache fremd war. Nur durch die Berührung der Dämonen in seinem Geist war er imstande, sie zu verstehen. Die Nähe zu ihnen schien eine Verbindung zu erzwingen, die der zu Taens Traumsinn ähnelte, und Ivainson war nicht stark genug, sich gegen sie zu wehren. Sein Körper schmerzte unter unzähligen Hautabschürfungen. Die Verdammten Kors hatten ihn hergeschleift, vermutlich an den scharfkantigen Fesseln, denn seine Handgelenke brannten erbarmungslos. Schlimmer aber war, daß seine Feuerenergie nicht reagierte; irgendwie hatten die Dämonen seine Macht der Magie gehemmt. Der wütende Versuch, jenen Bann zu bezwingen, der ihn gefangenhielt, setzte einen Schmerz frei, der ihm den Atem raubte.

»Euer Menschling wird unruhig«, stellte der erste Dämon fest. »Besser, Ihr unterjocht ihn, solange er orientierungslos und erschöpft ist, sonst wird er möglicherweise wie sein Gefährte handeln und sein eigenes Leben opfern, um seine Ehre zu bewahren.«

Der zweite Dämon lachte. Klauen scharrten leise

über Stein, und ein stachelbewehrter Fuß bohrte sich in den Körper des Feuergebieters. »Du sprichst, als wäre er eine Bedrohung! Aber was soll er schon tun, solange seine Glieder gefesselt sind und seine Macht unter Bannen gesichert ist? Trotzdem dürft ihr ihn aufrichten und die Thienz herbeirufen, die eine Querverbindung mit den Sathidkristallen des Feuergebieters herstellen werden.«

Jaric sammelte gerade genug Luft für einen heiseren Aufschrei. Voller Entschlossenheit zwang er seine Muskeln zu arbeiten, und irgendwie gelang es ihm, sich auf einen Ellbogen zu stützen, ehe ihm schwindelig wurde. Während er seine Sinne mühsam wacherhielt, hörte er das rasselnde Klirren von Metall. Zugluft strich über seinen Körper, und gleich darauf erklang das Geräusch vieler Schritte auf dem Steinboden. Kleine, kräftige Hände packten seine Tunika und zerrten ihn vor einem Tisch mit einer Marmorplatte hoch.

Von der blendenden Wirkung der Fesseln befreit, sah sich Jaric in dem Raum um, der angefüllt war mit den zusammengekauerten Körpern der Thienz und anderer Dämonen, deren Gestalt er nicht einordnen konnte. Über ihm baumelte eine Laterne an einer langen Kette; an der Grenze zwischen Licht und Schatten entdeckte er das Reptil Scait, prachtvoll geschmückt mit metallgefaßten Juwelen und einem Umhang aus purpurfarbenen Federn. Seine Größe versetzte Jaric in Erstaunen, denn der Herrscher des Schattentempels reichte einem erwachsenen Mann kaum bis zur Schulter. Dennoch bewegte er sich mit der kraftvollen Gewandtheit einer Echse. Hungrige Augen blickten sich nach dem Gefangenen um, während die Klauenhände wieder und wieder über das Heft eines kurzen, scharfen Dolches strichen, wie die Finger eines Liebenden über den Körper einer Frau.

»Wie ungemein passend, so nahe an der Höhle, in der der Morrigierj reift, Feuer herbeizurufen«, sagte Scait in der Sprache Keithlands. Zufriedenheit lag in seinem Ton. Das vielversprechendste Talent unter den menschlichen Kindern war an diesem Morgen gestorben, war zu zart und zu jung gewesen, die Qualen einer Sathidbindung zu überstehen. Doch in Jaric hatte der dämonische Rat ein besseres Opfer gefunden. Der Dämonenherrscher bleckte die Zähne und erklärte: »Das hat deinen Untergang beschleunigt und dir keine Chance gelassen. Aber im Grunde war dein Schicksal schon längst besiegelt, noch bevor du den Schattentempel betreten hast. Wie Marlson Emien und vor ihm Merya Tathagres wurdest du auserwählt, uns zu dienen.«

Jaric suchte nach Worten, doch die Niederlage raubte ihm die Kraft zum Widerspruch. Sein Geist förderte keine Entgegnung zutage, nur ein Bild von Taen, wie sie über dem zerstörten Körper ihres Bruders weinte. Benommen und krank vor Schwäche, hielt er sich an dem Tisch fest. Die Marmorplatte schmerzte unter seinen Fingern, und er fühlte die Erschütterung kaum, als ein Rudel Thienz ihn zwang, sich aufzurichten.

Dämonische Worte strömten durch seine Ohren. In dem Durcheinander aus Satzteilen, fragmentarischen Gedankenbildern und Visionen sah Jaric, wie ein Thienz Scait einen dunklen Kristall überreichte. Er erkannte jene Matrix, welche die Basis seiner sathidgebundenen Macht bildete, und plötzlich wußte er, was die Dämonen beabsichtigten. Das Grauen schuf sich in einem Entsetzensschrei Luft. »Ihr wollt mir einen dämonisch beherrschten Sathid aufbürden und meine Macht über Feuer und

Erde unterwerfen?« Der Zorn vertrieb den Schleier über seinen Sinnen; er richtete sich in seiner versengten Tunika auf und starrte finsteren Blickes in die schuppige Visage des Dämonenherrschers.

Scait lächelte. Magentafarben reflektierten die Federn das rote Licht der Laterne. Thienz raschelten in den Ecken, warteten ungeduldig auf den Augenblick, da einer der ihren die Unterwerfung des Feuergebieters herbeiführen würde.

Wütend protestierte Jaric: »Ihr könnt das Ergebnis einer solchen Tat niemals beherrschen. Tamlin von den Vaere hat bereits versucht, Menschen auf eine dreifache Sathidbindung vorzubereiten, doch er hat jedesmal nur ein Monster geschaffen.«

Scait knirschte mit den spitzen Zähnen und warf die dämonisch verseuchte Matrix von einer Hand in die andere. »Monster? Wenn Set-Nav, den ihr bei dem mythischen Namen Tamlin nennt, so eine Kreatur bezeichnet, die der Zerstörung dient, so ist das genau das, was der Rat will. Unsere Vorgehensweise ist vollkommen sicher. Der menschliche Geist ist einer Mehrfachbindung nicht gewachsen, weil er isoliert ist. Aber der Thienz, dessen Kristall eine Querverbindung zu dem deinen eingehen wird, kann ohne Schwierigkeiten die Herrschaft an sich reißen, denn seine Psyche wird von Tausenden seiner sathidfreien Verwandten vor dem Wahnsinn bewahrt werden.«

Jaric umklammerte die Tischplatte mit aller Kraft. Blondes Haar fiel über seine Stirn und verschleierte das zornige Funkeln in seinen Augen. Er hörte die Worte Scaits, und Kälte durchströmte seinen Körper, denn sein Schicksal in der Hand der Dämonen verdoppelte nun die Gefahr für die Kinder, die noch immer in Gefangenschaft lebten.

Sollten die Geheimnisse seiner Meisterschaft den letzten Schlüssel für ihr Überleben als dämonische Handlanger bereithalten, war auch die Zerstörung Keithlands nicht mehr aufzuhalten. Die Augen unter dem Kummer über sein eigenes Versagen geschlossen, hoffte der Feuergebieter, die Thienz, die sich an ihn drängten, würden sein Zittern für ein Zeichen der Schwäche halten. In dem nutzlosen Bemühen, Zeit zu schinden, stürzte sich Jaric auf ein anderes Thema. »Set-Nav? Wollt Ihr behaupten, die Vaere verbergen eine Maschine?«

Scait legte den Kristall vorsichtig auf der Marmorplatte ab, ehe er die klauenbewehrten Finger über dem Heft seines Dolches verschränkte. »Das wirst du uns schon bald beweisen, und deine Erkenntnisse werden dem Schattentempel dienen.«

Während er stumm die Bedeutung dieser Neuigkeiten überdachte, wünschte sich Jaric, er hätte sich den Anweisungen des Kielmark gefügt und wäre geflüchtet, als er noch die Möglichkeit dazu gehabt hatte. Nun war jeder Fluchtversuch aussichtslos. Der einzige Zugang zu dem Raum bestand aus einer verstärkten, schweren Tür, die von einem schwerfälligen Mechanismus aus Gegengewichten und Ketten gesichert wurde.

Der Dämonenherrscher erhob sich. Federn, als er den Haken, an dem die Laterne hing, näher an die Wand schwenkte. Schatten flohen und offenbarten Regalbretter, angefüllt mit Elixieren und Tiegeln mit getrockneten Kräutern. Darunter befand sich eine Reihe Flakons, gefüllt mit einer klaren Flüssigkeit und eingepfercht in einen Korb aus geflochtenen Ranken. Jaric erkannte das komplizierte Muster llondischer Handwerksarbeit; und die Ironie schmerzte wie ein Dorn in seinem Fleisch. Eben jene Sathid, die zu stehlen er den

Schattentempel betreten hatte, sollten nun seinen Untergang und den endgültigen Sieg über Keithland herbeiführen. Wütend atmete Jaric ein und stützte sich mit seinem ganzen Gewicht auf die Thienz an seiner Seite, bis die Dämonen zu zetern begannen.

»Herr-Mächtigster, er wird ohnmächtig.«

Scait stieß einen verärgerten Zischlaut aus. »Bewußtlos oder nicht, haltet ihn aufrecht.« Der Dämonenherrscher griff nach dem ersten Flakon und ließ den Haken los. Die Laterne beschrieb trunkene Kreise unter der Decke; in dem Wechselspiel aus Licht und Schatten setzte er seinen Dolch an und brach das Siegel. Für einen Augenblick wanderte der Blick der funkelnden gelben Augen zu Jaric. Dann ergriff Scait den versklavten Kristall auf dem Tisch und ließ ihn mit leisem Klicken in die Flasche fallen. Die Flüssigkeit begann zu schäumen, und ein Thienz im Hintergrund der Meute schrie laut auf.

Jaric schwankte. Geschwächt und verzweifelt sah er zu, wie sich die Flüssigkeit in dem Flakon beruhigte und die Farbe von Bernstein annahm. Diese Veränderung rief ein llondisches Gedankenbild wach, das er an jenem Abend geteilt hatte, an dem er und der Kielmark sich von Morbrith aus auf die Reise zum Schattentempel begeben hatten: ›*Du wirst die reine Matrix von der unterscheiden können, die von Dämonen versklavt wurde, denn die Bindung verleiht der Lösung die Farbe von Wein.*‹ Die Matrix in dem Flakon war nun untrennbar mit dem thienzbeherrschten Kristall verbunden. Ein einziger Tropfen in seinem Blutkreislauf würde die Querverbindung einleiten und ihn in einer Weise versklaven, die weit zerstörerischer als die Knechtschaft Emiens sein würde.

Scait tauchte seinen Dolch bis zum Heft in den Flakon und wandte sich gereizt an seine Untergebenen. »Haltet ihn fest. Ihr alle werdet es bereuen, wenn ihr versagt.«

Die Thienz wirkten zierlich und beinahe lächerlich unbeholfen; doch ihre Kraft überwog die eines Menschen. Sie packten Jarics Fesseln und fixierten seine Arme auf der Marmorplatte. Offen lagen die verwundbaren Linien von Muskeln und Sehnen im scharlachroten Licht der Lampe. Die Klinge verharrte tropfend über ihnen, benetzt mit der todbringenden Sathidlösung, die bereits von Dämonen beherrscht wurde.

Scait holte aus, um zuzustoßen.

»Nein!« Jaric wand sich; eiserne Fesseln blitzten auf, als er sich zur Seite warf. Um eine Haaresbreite verfehlte der Dolch seinen Arm und schlug kreischend auf den Marmor. Scait fluchte, als der Feuergebieter mit voller Wucht gegen den Tisch prallte. Der Flakon stürzte. Bernsteinfarbene Flüssigkeit ergoß sich über den Boden. Hölzerne Stützen rumpelten, als die gewichtige Platte zu rutschen begann und den Dämonenherrscher mit der Körpermitte gegen die harten Kanten der Regalbretter in seinem Rücken preßte. Zinnbecher und Steinzeug erbebten, als Scait voller Zorn zurückschnellte. Jaric wich dem Schlag der dornigen Dämonenfaust aus und stürzte sich auf das Elixier, das unberührt in dem Regal ruhte, um dem Mißbrauch der llondischen Kristalle ein Ende zu bereiten.

Thienz beeilten sich, ihn aufzuhalten. Krötenfinger rissen an seinem Hemd und raubten ihm den nötigen Schwung. Jaric wich mit weit ausgestrecktem Arm zur Seite aus. Geschwächt und von den Dämonen beeinträchtigt, verrechnete er sich; statt die Flakons aus dem Regal zu fegen, damit sie auslaufen und möglicherweise gar den Thienz vergiften mochten, krachte der Feuergebieter Hals über Kopf mitten hinein in die Sammlung der Kristalle. Glas splitterte. Scharfe Kanten hinterließen tiefe Einschnitte in seinen Händen und Unterarmen. Flüssigkeit, angefüllt mit der tödlichen Macht ungebundener Sathid, sickerte in die Wunden.

Jaric schrie. Tamlins Fürsorge hatte ihm den Schmerz des ersten Kontakts während des Zyklus seiner Bindung auf der Insel der Vaere erspart. Im Schattentempel, allein auf sich gestellt, erlitt er die qualvolle Pein gereizter Nerven, als unzählige Sathid durch seinen Körper strömten. Seine Sinne vernebelten sich, Gerüche, Geräusche und auch das Licht wirbelten durcheinander und erlagen dem unerträglichen Schmerz. Jaric hörte bruchstückhaft die hysterischen Schreie der Thienz; dann Scaits eisiger Zorn, sein Ruf: »Nicht berühren! Er wird sich mit euch verbinden, ihr verdammten Narren! Die Banne seiner Feuermeisterschaft werden unter der Mehrfachbindung nachgeben, und die wilden Sathid können euch alle unterjochen.«

Ketten rasselten, gefolgt von dem Donnern einer Tür. Jaric stürzte auf den kalten Steinboden. Seine Züge glänzten schweißnaß in dem Schimmern der magischen Fesseln, während vierzig unbezähmte Sathid sich rasendschnell einen Weg zu seinem Bewußtsein bahnten, und er lebhaft zu träumen begann.

Doch während das Erringen vaeregestützter Meisterschaft einen geordneten Verlauf zu nehmen pflegte, indem logische Bildsequenzen belegten, wie der Sathid sich der Erfahrungen aus Kindheit, Jugend und Reife bediente, war der Vorgang diesmal vollkommen chaotisch. Jede Wesenheit hatte ihren eigenen Willen, und jede suchte die anderen zu beherrschen; Jaric fühlte, wie sein Geist zerrissen wurde, als die Wahrnehmung der Sathid sein Gedächtnis plünderte, stets darauf erpicht, ein paralleles Bewußtsein zu dem Wesen herzustellen, in dessen Körper sie eingedrungen waren. Szenen bauten sich auf, nur um gleich wieder zu zerfallen, zerschmettert von einer verwirrenden, irrationalen Bilderfolge. Jaric sah Schneefall im Seitwald, Birken und Immergrün, umhüllt von einem Mantel aus reinstem Weiß; in einer Senke zwischen zwei Baumfallen schüttelte Telemark Eis von seiner Mütze und ging in die Knie, um eine Fuchsfalle aufzubauen. Kaum hatte sich die Szene stabilisiert, da verschwand der Winter schon wieder. Feuer und Wind rasten ohne Vorwarnung über die Bäume, und der Funkenflug zeichnete lichte Linien in die Finsternis. Der Waidmann schwang seine Axt; Schweiß, Sand und Tränen lagen auf den von Kummer geprägten Zügen, doch hier endete die Erinnerung. Mitten im Schlag unterbrach Telemark die Bewegung und zerstörte die Präzision des Hiebes. Seine Klinge bohrte sich donnernd in die Erde, und das Feuer wich dem Duft lebendigen Grüns.

»Jaric?« Nunmehr frei von Tränen und Schmutz, hatte Telemark eine besorgte Miene aufgesetzt. »Jaric, ist alles in Ordnung?«

Diese Frage entstammte nicht der Vergangenheit. Die Worte hallten nach, als hätte der Waidmann sie in eben jenem Zimmer an ihn gerichtet, in dem sein einstiger Schützling nun von Qualen heimgesucht wurde. Noch als Ivainson eine Antwort zu formulieren suchte, drangen die Sathid weiter in seinen Geist. Telemarks Gegenwart wurde ihm grausam entrissen. Sturmwinde kreischten und peitschten über gischtgeschäumte Wogen. Das wüste Donnern der Brecher erfüllte Jarics Ohren. Das Steuerruder der *Callinde* zerrte an seinen schwieligen Händen, während Anskieres Bann sein Herz zermürbte und Wahnsinn über seinen Geist zu bringen drohte; salziges Spritzwasser überzog seine Schultern, salzige Tränen benetzten sein Gesicht. Dann löste sich auch dieses Bild auf, überlagert von der magischen Stille über den Eisklippen.

Der Sturmwächter von Elrinfaer rief in der Dunkelheit, und ein erschreckend gebieterischer Ton lag in seiner Stimme. »Ivainson Jaric! Was ist geschehen?«

Doch die Stimme verlor sich, als ein gewaltiges bluttriefendes Schwert in den Tiefen des Schattentempels auftauchte. Hilflos sah der Feuergebieter zu, wie die Klinge herabfuhr, um sich niemals wieder zu erheben. Riffhafens Kielmark flüsterte, anstelle von Zorn von reiner Sorge durchdrungen: »*Taen hat mein Wort, daß ich dich schützen werde, und ich habe ihr einen Treueeid geschworen.*«

Kummer überfiel Jaric. Er weinte, und das Bild verlor sich, schuf Raum für einen rauchgeschwängerten Sternenhimmel, den ihm einst ein llondischer Traum enthüllt hatte; doch dieses Mal bedeckten feurige Lettern das samtige Dunkel, das das Sternenforschungsschiff *Corinne Dane* einst befahren hatte. Worte, die vormals sonderbar und bedeutungslos erschienen waren, waren nun von unheimlicher Klarheit geprägt: »*Nun, da die Veriset-Nav-Einheit bei dem Unglück zerstört wurde, kann kein Schiff je den Weg zurück in das Reich Sternenhoffnung finden … werden unsere Kinder und Kindeskinder dann jemals erfahren, daß ihre Ahnen die Sterne beherrscht haben?*«

Jaric fragte sich, wer eine solche Botschaft, verborgen im Einband eines Buches, hinterlassen haben mochte, auf daß ein Schreiber sie viele Generationen später finden würde; und als gehorchte sie seinem Wunsch, verblaßte die Schrift, vertrieben von dem Gesicht eines Mannes mit müden Augen und kurzem grauen Haar. Er trug blaue, silbern gesäumte Kleider wie die Priester Kordanes, doch waren sie aus einem Stoff gefertigt, der in Keithland unbekannt war. Als Ivainson sich noch über diese Anomalie wunderte, verschwand das Bild. Unzählige Sathid versuchten, einander gegenseitig zu vertreiben, und für einen Augenblick errang keines der Wesen die Oberhand.

Keuchend schnappte Jaric nach Luft. Kurz wurde er der Wirklichkeit seiner brennenden, schweißbedeckten Augen und der schmerzlich verkrampften Muskeln gewahr, ehe er erneut von Träumen überwältigt wurde. Farben wirbelten durch seinen Geist, überlagert von einem Licht, das zerfaserte und sich bald in einem Punkt sammelte. Dann wieder fand er sich hilflos unter dem bösartigen Blick Scaits, dem Dämonenherrscher, wieder. Ein gefangener Feuergebieter wiederholte einen Satz, den er nur Minuten, bevor er den Zusammenhängen des Lebens entrissen worden war, geäußert hatte: »*Set-Nav? Wollt Ihr behaupten, die Vaere verbergen eine Maschine?*«

Mit dem Bauch auf den kalten Steinplatten, die Wange an die harten Kanten seiner Handschellen gepreßt, stand Jaric am Rande einer bedeutenden Entdeckung. Doch der wahnsinnige Tumult der Sathid ließ ihm keine Zeit, nachzudenken oder Schlüsse zu ziehen. Überwältigt von der Flut der Erinnerungen, schritt er barfuß auf Sand. Sonnenschein erwärmte seine Körper wie eine liebende

Gefährtin, und würziger Zederngeruch erfüllte die Luft. Voller Ehrfurcht erkannte er jenen Ort, dessen unheimliche Vollkommenheit ihn stets beeindruckt hatte.

Glöckchen klingelten in fröhlichem Kontrast zu einer tadelnd erhobenen Stimme. »Ivainson Jaric! Erbe des Feuergebieters! Halt ein und stelle dich mir!«

Unter Schock, so als wäre er kopfüber in Eiswasser gesprungen, wirbelte Jaric herum und erblickte Tamlin von den Vaere. Diese Begegnung entsprang nicht der Erinnerung; die Proteste der Sathid schwanden. Nunmehr von einer Stille umgeben, die sich dem menschlichen Begriffsvermögen entzog, verlor Jaric auch seine letzte Hoffnung auf Rettung.

Ein Blick des Vaere bohrte sich in ihn, als könnten die übersinnlichen Augen töten. »Junger Meister, du hast die Grenzen der Sterblichen überschritten. Das ist nicht gut. Weder meine Unterstützung noch irgendwelche Mittel der *Corinne Dane* können dich nun noch retten.«

Von einem Schauder, den zu unterdrücken er außerstande war, geschüttelt, betrachtete Jaric seinen Lehrer über die Grenzen des Traumes hinweg. »Ich hatte keine Wahl.«

Scheinbar verärgert stampfte der Vaere mit dem Fuß auf. Tiefe Sorge zeichnete sein Antlitz, als er sich abwandte. »Dann mußt du verstehen, Erbe des Feuergebieters. Auch ich habe keine Wahl. Erinnere dich daran, wenn du mit den Konsequenzen konfrontiert sein wirst.«

Das quengelige, ledergekleidete Wesen flackerte, und die Wahrnehmung eines Erdenmeisters folgte seinen Spuren zu einer Herkunft, deren Gestalt sich über all seinen Glauben hinwegsetzte. Vergraben unter Erde und Sand sah Jaric eine eckige Maschine aus Metall. Die Oberfläche war voller Kratzer, als hätte sie einen schrecklichen Unfall überstanden; Energien strömten in endlosem Fluß durch das Innere, offenbart durch ein Muster blinkender Lichter. »*Ich bin der Herr über Raum und Zeit*«, flüsterte Tamlins Stimme aus der Vergangenheit. Llondische Hinweise verbanden sich mit anderen Worten, ausgesprochen von Dämonen, um eine schaurige Wahrheit zu offenbaren. Jaric erkannte in der Maschine die wahre Identität Tamlins: Veriset-Nav, das verlorene Navigationssystem der *Corinne Dane*. Zutiefst erschüttert, erkannte er, daß er das Geheimnis der Vaere enthüllt hatte; aber selbiges galt auch für die Dämonen. Das Erbe der Menschheit schwebte in größerer Gefahr als je zuvor.

Lichter tanzten, als Jaric sich gegen seine Fesseln stemmte. Von dem Träger magischer Banne zerschunden, bluteten seine Handgelenke. Er fluchte. Das Bild der Maschine verwandelte sich zu dem weißen Rechteck eines Pergaments, auf dem er selbst sich als Schreiber übte. Tintenflecke zierten seine Finger. Die Zugluft, die durch das klapprige Nordfenster hereinströmte, jagte ihm kalte Schauer über den Rücken, während der Meisterarchivar von Morbrith seine Arbeit mit scharfem Auge überwachte.

»Ihr wißt, daß die Schmiede mich für zu dumm hielten, ihre Rechnungsbücher zu führen«, sagte ein jüngerer und schüchterner Knabe. »Warum habt Ihr mich aufgenommen?«

Meister Iveg lugte über seine Brillengläser hinweg, die arthritischen Hände locker über die Knie gelegt. »Das weiß ich auch nicht, Jaric.« Er grinste, und in seinen Zügen lag eine liebevolle Zärtlichkeit. »Dein Hinterteil ist so mager. Ich fürchte, du wirst mir im Winter nicht einmal die Bank anwärmen können. Jetzt kümmere dich um diese T's. Sie sind so schief wie die Zeltstangen in einem Clanlager.«

Die wohlwollende Kritik hatte Jaric an jenem Tag, als er sein Studium in den Archiven aufgenommen hatte, ein Lächeln entlockt. Nun aber, während die Fesseln des Schattentempels seinen Körper banden und sein Geist von wilden Sathid zum Delirium gepeitscht wurde, schrie er laut auf. Archiv und Schreibtisch verschwanden. Die Stimme des alten Schreibers wandelte sich zu einem Schmerzensschrei; alte Glieder rissen an Ketten, als die Dämonen ihn bei lebendigem Körper auf einem Scheiterhaufen aus wild lodernden Büchern verbrannten.

Jaric warf sich herum, würgte, die Unterarme fest an die Ohren gepreßt. Ein Widerspruch bahnte sich seinen Weg durch die Pein. Von Tränen blind hustete er und erinnerte sich: er war nicht dabeigewesen, als Iveg gestorben war. Die Szene, deren Zeuge er gerade geworden war, entstammte nicht seiner Vergangenheit, sondern einer veränderten Wahrnehmung der Sathidbindung selbst. Ivainson untersuchte diesen Umstand und erkannte, daß seine Wahrnehmungsgabe ungeahnte Ausmaße angenommen hatte. Die Ereignisse der Vergangenheit, der Gegenwart und eine Unzahl zukünftiger Möglichkeiten waren ihm nun gleichzeitig zugänglich. Und aus der Erkenntnis erhob sich strahlendhell neue Hoffnung. Die Meisterschaft über Erde und Feuer mochte durch dämonische Banne gehemmt sein, doch für die Macht, die der Bindung an vierzig wilde Sathid entsprang, galt dies nicht. Vielleicht konnte er den Schattentempel niederringen, noch ehe der Zyklus der Sathid seinen Willen zerstören würde.

Jaric sammelte seine Kräfte. Mit einer qualvollen Anstrengung rollte er sich auf den Rücken. Schweiß tropfte wie Tränen von seine Schläfen und rann durch sein Haar, um sich dann in seinen Ohren zu sammeln. Benommenheit flutete seinen Geist. Er wimmerte vor Übelkeit und Fragmente eines Alptraums quälten ihn, als es Taens tränenüberströmtes Gesicht sah. Der Anblick ihres Kummers überwältigte seinen Verstand, gerade als die Tür zu dem Raum mit lautem Getöse aufgerissen wurde.

Schritte und Stimmen näherten sich mit beinahe ohrenbetäubendem Lärm nach dem Wirbel wirrer Traumbilder.

»... muß vernichtet werden«, zischte Scait monoton. Klauen scharrten schaurig über Metall. »Seine Macht ist uns nun nicht mehr von Nutzen. Selbst der Wächter weiß nicht, was geschehen wird, wenn wilde Sathid einen Geist besiegen sollten, der den Zyklus des Feuers gemeistert hat.«

Im Fieber sah Jaric im roten Licht der Laterne ein Schwert aufblitzen. Zorn erfaßte ihn. Sein Tod würde nicht mehr Widerstand herausfordern als der einer Mastsau auf der Schlachtbank; doch in dem Augenblick, als die Klinge herabsauste, teilten auch vierzig Sathid die Erkenntnis des drohenden Todes. Ihr wilder Streit hörte abrupt auf und verschmolz augenblicklich zu einer konzentrierten Macht. Jaric erlangte die Kraft zu handeln zurück, gerade als der Stahl eine Linie sengenden Schmerzes in seine Brust schlug.

Kapitel 18

DER SCHATTENTEMPEL

Wie Pilze gruppierten sich schwarze Zelte auf den Hängen zwischen der Stadt und der Festung von Riffhafen. Als die Abenddämmerung hereinbrach, flackerten Laternen auf, die von den verdrehten Ästen der Mandelbäume herabbaumelten, während sich unter ihnen dunkelgekleidete Zauberer in kleinen Gruppen berieten. Für Taen, die die Szenerie von der Festung aus überblickte, erinnerte die Versammlung an ein Clansommerfest, das in Ermangelung der üblichen Musik in unheimlicher Stille abgehalten wurde. Die Anwesenheit der Zauberer von Mhored Kara war ihr und Anskieres Werk gewesen; ungeachtet dessen, daß die andersartigen Fähigkeiten der Angehörigen der Enklave der Verteidigung Keithlands dienlich sein konnten, blickte sie auf das herab, was sie selbst vollbracht hatte, doch zufrieden waren sie nicht.

Die Anwesenheit der Zauberer war auf sonderbare Weise spürbar. Die Banne, die sie geschaffen hatten, um die Realität zu bezwingen, Banne, die die Basis ihres Glaubens bildeten, vertrugen sich nicht mit der Magie der Vaere. Die Nähe ihres Lagers beeinträchtigte ihren Traumsinn; trotzdem fühlte Taen, daß irgend etwas irgendwo nicht stimmte. Wider jegliche Logik dauerte das Gefühl an. Die Magie der Zauberer aus Mhored Kara war dafür nicht verantwortlich, sie verhinderte lediglich, daß sie mehr über dieses Etwas erfuhr, für das sie keinen Namen hatte.

Die Luft über der Kontinentalstraße war widernatürlich still. Über das Donnern der Fäustel der Schiffszimmerer hörte Taen die Schritte, die sich von der Tür her näherten. Sie blickte auf und sah Deison Corley auf sich zukommen, das Haar mit Pech verschmiert und die Brauen zu einer uncharakteristisch finsteren Miene herabgezogen.

»Weißt du«, sagte er, als er sie erreicht hatte, »dafür wird man mich den Haien zum Fraß vorwerfen.« Er deutete auf die Zelte, und Taen begriff, daß er an den Kielmark und seinen unstillbaren Haß gegenüber Zauberern und deren geheimnisvoller Magie dachte. Dieses Thema hatte schon zu wilden Spekulationen unter den Männern geführt; bedachte man die Wettquote, so würde Corley zumindest sein Kommando und vermutlich auch seinen Kopf verlieren.

Die Traumweberin gönnte ihm ein mitfühlendes Lächeln. »Du redest, als hättest du eine Wahl gehabt. Aber soweit ich mich erinnere, war das nicht der Fall, es sei denn, du hättest Anskiere veranlassen wollen, einen Sturm zu rufen und jedes Schiff im Hafen zu versenken.«

Corley lehnte sich neben ihr an die Zinnen. »Drohungen beeindrucken den König der Piraten nicht sonderlich.« Er unterbrach sich verärgert und rieb sich den Nacken, der unter dem ungewohnten Gewicht der Amtskette schmerzte. Drunten entzündeten Knaben in den grauen Roben der Altardiener noch immer Laternen, bis die Bäume glitzerten. Doch der Kapitän, dem das Kommando über Riffhafen übertragen worden war, konnte dem Anblick keine Schönheit abgewinnen. »Für den Kielmark bedeuten Zauberer Schwierigkeiten, die Art von Schwierigkeiten, die unausweichlich in einem Blutvergießen enden muß.«

Seine Bemerkung blieb unbeantwortet. Eine Ziegenherde meckerte im Schatten an der Mauer, und das Abendrot überzog das Gewässer im Hafen mit einen metallischen Schein. Die Geräusche und der Anblick wirkten seltsam. Taen starrte in die Ferne. Sie murmelte etwas über einen Treueeid, doch zu leise, als daß man sie verstehen konnte.

Corleys Nackenhaare richteten sich auf. »Was?«

»Er wird keines Mannes Blut vergießen. Niemals wieder.« Und als hätte sie jemand wachgerüttelt, zuckte Taen plötzlich zusammen. Ihr Gesicht verlor jegliche Farbe. »Kors Gnade, es ist der Schattentempel. Der Kielmark ...« Ihre Augen weiteten sich vor Entsetzen.

Corley packte sie an den Schultern. »Was ist mit dem Kielmark?« Unbeabsichtigt heftig gruben sich seine Finger in ihr Fleisch und zerknitterten ihre Leinenrobe.

Taen zitterte. »Er ist tot.« Ihre Worte klangen so unwirklich. Das Ereignis, von dem sie sprach, hätte die Grenzen der Wahrnehmung einer Traumweberin sprengen müssen. Das Ableben des Kielmark hatte sich in den Kerkern des Schattentempels ereignet, tief unter Felsen, die zu durchdringen kein vaeregeschulter Zauberer imstande war. Kälteschauer liefen über ihren Körper, doch sosehr sie sich quälte, Taen kannte keinen natürlichen Weg, wie sie das Echo dieser Tragödie hatte wahrnehmen können.

Und doch war die Vision, grell in ihrer Deutlichkeit, über sie gekommen. Taen blieb keine Zeit, sich zu sorgen, daß ein absolutes Gesetz der Vaere plötzlich keine Gültigkeit mehr zu besitzen schien, denn der unmittelbare Kummer Corleys überwältigte ihr Feingefühl und unterbrach den Kontakt.

Der Kapitän zog Taen an sich, um ihr Trost zu

spenden, doch dieser wohlmeinende Akt verkam zu einer bedeutungslosen Bewegung. Schwer wie ein Fluch lastete die Amtskette mit dem Rubin an seinem Hals. Er suchte nach Worten, sie zu fragen, was geschehen war, aber sein Geist weigerte sich, die Antwort zu akzeptieren. Ohne die stete Herausforderung durch den explosiven Charakter des Kielmark erschien ihm die Zukunft einsam und leer.

Am Fuß der Mauern schwangen die Laternen der Zauberer sanft im Wind. Corley schloß die Augen, als sich das Licht durch die Tränen in seinen Augen in Regenbögen aufspaltete. »Pech«, sagte er erstickt. »Jeder Seemann weiß das. Sprich über ein Unwetter, und es wird kommen. Ich hätte nie zustimmen dürfen, als der Bursche seine Rubine auf den Tisch gelegt hat.«

Die Stimme des Kapitäns klang beinahe distanziert, aber jenseits der Selbstbeherrschung lauschte Taen einem schrecklich gequälten Herzen. »Dein Herrscher hatte nie vor, nicht zurückzukehren.«

Wer den Kielmark aufhalten wollte, handelte stets auf eigene Gefahr, wenn er sich erst einmal etwas in den Kopf gesetzt hatte. Deison Corley wußte das und schwieg. Seine Hände verkrampften sich in Taens Robe. Die Lampen der Zauberer leuchteten zu hell. Um ihrem grellen Schein zu entgehen, richtete der Kapitän seinen Blick auf die Masten im Hafen. »Sag mir nur eines. Für seinen endgültigen Frieden und die Toten von Morbrith, hat dieser großartige, närrische Held ein paar Dämonen mitgenommen?«

Sprachlos antwortete Taen ihm durch ein Nicken.

Corleys Finger entspannten sich ein wenig, obwohl die Spannung in seinem Inneren nicht im mindesten nachließ. »Mein Herrscher hätte geflucht wie eine Hure, die um ihren Lohn betrogen wurde, aber nun, da er dem Rat auf den Schwanz getreten ist, müßte er mir doch zustimmen. Die Rache des Schattentempels wird schnell und grausam sein. Ich hatte recht, den Zauberern Zutritt zur Küste Riffhafens zu gewähren.«

Taen hatte nichts hinzuzufügen. Sie betrachtete das Lager der Zauberer, während sie furchtsam davor zurückschreckte, die Energie zu ergründen, die sie berührt hatte. Viel zu groß war die Wahrscheinlichkeit, daß sie diese Vision durch irgendeine gefährliche und unvorhersehbare Wendung dem Mann verdankte, der ihrem Herzen am nächsten stand. Der Sohn Ivains, des früheren Feuergebieters, war nun allein und in großer Gefahr.

Die Nacht senkte sich über den Hafen, und in der Luft hing eine Kälte, die von dem bevorstehenden Winter kündete. Deison Corley regte sich endlich und führte Taen fort von der Mauer. »Laß uns aus der Dunkelheit flüchten. Wir werden Anskiere informieren müssen.«

»Er weiß es schon.« Die Traumweberin suchte nach einer Möglichkeit, zu erklären, was nie hätte geschehen dürfen. Ihre Macht allein war nicht imstande, Stein zu durchdringen. Welche Energie auch immer ihr vom Tod des Kielmark berichtet hatte, sie verhieß nichts Gutes. Plötzlich erstarrte sie. Ohne Vorwarnung brach sie mit einem gequälter Aufschrei zusammen, die Hände fest an die Brust gepreßt.

Corley fing sie auf. »Taen?« Sie gab durch nichts zu erkennen, ob sie ihn gehört hatte. »Taen, antworte – ist es Jaric?«

Voller Gram schloß Taen die Augen. Obgleich ihre Lungen vor Schmerz wie erstarrt schienen, würgte sie eine gequälte Bestätigung hervor.

Corley barg sie an seiner Brust, ehe er plötzlich

aufsprang und losrannte. Eine dumpfe Vorahnung rumorte in seinen Eingeweiden. Er schickte einen Soldaten aus, den Sturmwächter in die Privatgemächer des Kielmark zu bringen. Dann, als wäre es ihm im letzten Augenblick eingefallen, brüllte er über die Mauer und verlangte nach der Anwesenheit des Lordmagiers von Mhored Kara. Und sollte dieser alte schrullige Greis seine brüchigen Knochen nicht eilends in Bewegung setzen, um an der Beratung teilzunehmen, so schwor der Nachfolger des Kielmark im stillen, daß er den alten Zauberer den Haien zum Fraß vorwerfen würde.

Jaric schrie, ein schriller Laut des Entsetzens und der Verzweiflung, der das Kratzen der Klinge auf seinen Knochen ebensowenig übertönen konnte wie das Kreischen des Stahls auf dem Steinboden, als die Klinge sich durch sein Fleisch gebohrt hatte und auf den unnachgiebigen Boden prallte. Ein Strom warmer Flüssigkeit drohte ihn zu ersticken. Ich sterbe, dachte er grollend; der Schmerz ließ ihm keine Zeit zur Furcht. Gelbe Augen flammten in der Dunkelheit auf, als Scait, der Herrscher der Dämonen, seine Muskeln anspannte, um sein Schwert zu befreien.

Jaric hustete qualvoll. Seine Hände verkrampften sich in den Fesseln. Jenseits aller Todesqualen erfuhr er einen Zorn, so umfassend, daß es schien, als würde sein Blickfeld von Licht erfüllt. Unbeeinträchtigt von den Bannen, die seine Feuerherrschaft unterjochten, setzten die Sathidwesen in ihm zum Vergeltungsschlag an. Ein Energiewirbel jagte über die Schwertklinge und explodierte. Scait wurde zurückgeschleudert, die klauenbewehrten Finger um die Waffe geklammert. Der Stahl löste sich und

Jaric krümmte sich, den Mund zum Schrei geöffnet. Doch sein gequälter Körper brachte keinen Ton hervor; seine Wahrnehmung zersplitterte in Tausende flammender Partikel. Scait brach neben ihm zusammen, niedergestreckt ohne die Möglichkeit, einen Todestraum zu spinnen.

Doch der Tod des Dämonenherrschers reichte nicht. Der Zorn der wilden Sathid wirbelte um die Qualen in Jarics Brust und plünderte sein Gedächtnis. In einem einzigen Augenblick umfaßte ihre Auffassungsgabe das Massaker, dem Elrinfaer, Tierl Enneth und Morbrith zum Opfer gefallen waren. In ihrer bildhaften Erkenntnisfähigkeit nahmen die kristallinen Wesenheiten den dämonischen Rat als Bedrohung wahr. Ihr lauter Überlebenskampf vermengte sich mit Jarics Schrei nach Rache, nicht zuletzt für den Raub der Kinder und das Böse, das Marlson Emien vernichtet hatte.

Noch während sich Ivainson Jaric im Todeskampf am Boden wälzte, fühlten hysterische Thienzrudel die Regungen der wilden Sathid in seinem Geist. Sie wichen von dem Leichnam ihres Herrschers zurück und flüchteten voller Entsetzen aus dem Zimmer. Wie verzweifelt sie die Tür auch zu blockieren versuchten, nichts konnte sie schützen. Der verlöschende Bewußtseinsfunke des Feuergebieters trieb vierzig Sathid zu einem Zorn, der an entfesselte Naturgewalten erinnert. Jaric ließ sich mit dem Strom treiben. Und noch während der Tod sein Denken lähmte, durchströmte ihn eine Energie, weit intensiver als alles, was er als Feuergebieter geschaffen hatte. Die Thienz, die über den Korridor huschten, wurden mit einem einzigen Lichtblitz ausgelöscht. Kein Aufschrei kündete von ihrem Tod, und die Sathid gaben sich noch immer nicht zufrieden.

Statt dessen glühten sie vor Haß. Für einen entsetzlichen Augenblick schaute Jaric den Haß, der seinen Vater verändert und zerstört hatte. Er erkannte das volle Ausmaß der Lust in seinem Drang zu zerstören. Die Fähigkeit, Macht auszuüben, löste eine ungestüme Freude aus. Seine Feinde würden ihn noch im Tode fürchten. Nur einen Atemzug von der Vergessenheit des Todes entfernt, umarmte Jaric die bösartige Euphorie der Vergeltung, und die Sathid in seinem Inneren gehorchten.

Benebelt von einem Rausch erweiterter Wahrnehmung fühlte Ivainson die Zitadelle des Schattentempels in ihrer Gesamtheit, ahnte das Labyrinth aus Gängen und verworrenen Treppenaufgängen; blitzschnell und grausam erregt, strömten die mörderischen Energien seines Zorns hinaus. Vom tiefsten Kerker bis hin zu den hochaufragenden Dächern der Festung erglühte jeder Winkel in unerträglichem Licht. Alles Leben wurde sofort vernichtet. Die Eier der Karas Gestaltwandler verbrannten in ihren Gelegen zu Asche, und Thienz starben unter lautem Wehklagen. Die große Halle des Rates wurde den Beratern Scaits zum Grab, Freunde und Feinde des toten Herrschers verglühten gleichermaßen zu Asche; von einem Augenblick zum nächsten reflektierte der Spiegelpfuhl nur mehr einen leeren Thron und eine rußgeschwärzte Gewölbedecke.

Tief unter den Lagerräumen in einer Grotte, zu der ein vom Feuer verschlackter Korridor führte, blieb ein geschützter Kreis der Stille unberührt. Von allen Dämonen des Schattentempels entkam nur der Morrigierj mit seinen Dienern dem sathidgeführten Zyklon der Zerstörung. Jaric selbst konnte nichts tun. Blutend, frierend und allein blieb ihm keine Kraft zu handeln. Unausweichlich glitt auch der letzte Strang seines Bewußtseins hinüber in tiefschwarze Nacht, als er kämpfte, versagte und ihm die Sinne schwanden. Reglos am Boden neben dem Leichnam, dessen Klauen noch immer das Heft eines blutigen Schwertes umklammert hielten, hörte der Feuergebieter Ivainson zu atmen auf.

Doch die Bindungen seines Geistes lösten sich nicht.

Fremdartige Energien strömten durch seinen Körper, erstickten den Blutfluß, um seinem überanstrengten Herzen Linderung zu verschaffen und vernähten seine Wunden mit einer Sicherheit und Schnelligkeit, mit der sich kein Heiler würde messen können. Sich ihrer selbst bewußt und überdies psionisch begabt, vermochte der vereinte Wille der Sathid die Mysterien der Natur innerhalb eines Augenblicks zu enträtseln. Während der Schaden, den das Schwert angerichtet hatte, das Leben aus dem Körper saugte, widmete sich das kollektive Bewußtsein der Wesen der Heilung von Knochen, Sehnen und Organen.

Ein Sathid oder zwei oder drei hätten den Tod nicht überlisten können; aber Jaric trug die Saat von vierzig dieser Wesen in sich. Ein jedes verursachte eine exponentielle Ausdehnung der Macht, die sich in ihrer Summe der Unendlichkeit annäherte. Der Klang der Ketten und Gegengewichte, die die Thienz benutzt hatten, seine Gruft zu versiegeln, war kaum verklungen, als sich seine Brust unter dem ersten rasselnden Atemzug hob. Luft zischte durch das zerfetzte Gewebe, und das Leben dauerte an, zart wie eine Kerzenflamme im Wind.

Stunden wurden zu Tagen; Jaric trieb an der Schwelle des Todes dahin. Dann und wann schimmerte seine Haut bläulich, immer dann, wenn die kristallinen Wesenheiten ihm die Energie zum Überleben spendeten. Später wütete Fieber in seinem Körper, und er wälzte sich im Delirium. Träume führten zu Alpträumen, während der Zyklus der Bindung unausweichlich fortdauerte.

Aus Tagen wurden Wochen. Jarics Zustand stabilisierte sich. Sathid kümmerten sich um die Bedürfnisse seines Körpers und stießen schließlich auf die Banne, die seine Meisterschaft über Feuer und Erde zügelten. Die Kristalle griffen an, lösten das Muster der Magie. Verzauberte Fesseln flackerten an erschlafften Handgelenken. Gedämpft wie Kohlen unter einer Ascheschicht, verblaßten die Energien des Zaubers; und vierzig wilde Sathid begegneten der ruhenden Präsenz ihrer eigenen Art. Das ihnen eigene Verlangen nach Herrschaft trieb sie, sich mit ihnen zu verschmelzen.

Als sich ihre Energien steigerten und mit den Kristallen der Vaere verknüpften, erfuhr Jaric einen Augenblick der Erleichterung. Er öffnete die Augen in einer Finsternis, so undurchdringlich wie Filz. Er schauderte, atmete, würgte, überwältigt von dem Gestank verwesenden Fleisches. Benommen befeuchtete er die Lippen mit der Zunge; dann zuckte er zusammen, als er sich an Scait und das Schwert erinnerte, das sein Leben hätte beenden sollen. Falten bildeten sich auf seiner Stirn. Er hob die vernarbten Handgelenke und erkannte an dem Fehlen des Lichtschimmers, daß die dämonischen Banne nicht mehr hielten. Obgleich die Feuermagie ihm wieder gehorchen mochte, wagte er nicht, ein Licht zu entzünden. In dieser Hinsicht war Tamlins Lehre eindeutig gewesen. Sathidgebundene Magie zu wirken, während die Bindung an weitere Kristalle stattfand, konnte nur in einer Katastrophe münden.

Jaric stemmte sich hoch. Sein eigener rasselnder

Atem und das Klirren der kraftlosen Fesseln hallten laut durch die Finsternis, als er die Hände über den Knien verschränkte. Sein Geist schien merkwürdig klar. Ohne Zweifel konnte die passive Haltung der Sathid nicht fortdauern. Jaric spannte die Muskeln seiner Unterarme und zerrte an den Fesseln. Ruckartig gaben die Ketten zwischen den beiden Armschellen nach. Dankbar, auch für diese kleine Freiheit, rieb sich Jaric die wunde Haut. Dann berührte eine Präsenz seinen Geist, beharrlich, vertraut und sanft genug, ihm das Herz zu brechen.

›*Jaric?*‹

Der Feuergebieter versteifte sich. Wachsam und mit seinem Elend allein, hielt er den Ruf für eine Illusion; der Raum, in dem er gefangengehalten worden war, war noch immer versiegelt, und keine Traumweberin konnte durch die Barriere massiven Gesteins dringen. Wohl aber mochten die Sathid zu derartigen Tricks greifen, um ihn zu quälen. Dann kehrte die Berührung wieder. Von seiner Sehnsucht übermannt, ergab er sich. Die Wirklichkeit der Präsenz Taens umfaßte ihn, warm und unmittelbar wie Sonnenlicht. Doch die Wiedervereinigung bot wenig Freude; wilde Sathid lauerten, geduldig und todbringend wie eine Schlangengrube voller Giftnattern. Mit einem Entsetzensschrei wurde die Traumweberin ihrer Anwesenheit gewahr. ›*Ivainson, Geliebter, was haben sie getan?*‹

Schutzmechanismen lösten sich. Jaric schaute das geliebte Gesicht, umrahmt von schwarzem Haar. Er wollte sprechen, doch die knotige Schicht vernarbten Gewebes, die von Scaits Schwertstreich geblieben war, blockierte seine Stimme, und er brachte kaum ein Krächzen zustande. »Kleine Hexe, wäre das Leben gerecht, so wäre ich gestorben, bevor du mich gefunden hast.«

›Sathid, Jaric. Haben die Dämonen dich mit Kristallen infiziert?‹

»Nicht ganz. Scait wollte meine Meisterschaft an eine Matrix knüpfen, die mit einem Thienz verbunden war. Ich bin dem Schicksal Emiens entgangen, aber nur, um mich dann selbst in einer Weise zu verseuchen, daß nicht einmal die Verdammten Kors wagten, sich noch einzumischen.« Ivainson schluckte unter Schmerzen und fuhr fort: »Scait ist tot. Der Rat ist mit ihm gestorben. Aber die Llondelei müssen informiert werden. Ihre gestohlenen Kristalle können nicht zurückgegeben werden.«

Eine Störung wirbelte durch die Verbindung. Taens Bild verblaßte, und das versiegelte Zimmer im Schattentempel schien plötzlich unerträglich leer. Jaric fühlte Echos. Zitternd, mit Tränen in den Augen, wartete er, während die Traumweberin in der Ferne mit jemandem sprach. Dann, schmerzlich vor Kummer, sandte sie ihm einen letzten kurzen Gruß. *›Jaric, ich liebe dich. Vergiß das niemals.‹*

Plötzlich war ihre Wärme fort. Niedergeschlagen durch den Verlust, kämpfte Jaric um seine Fassung, als eine kompromißlose, gebieterische Stimme durch die Traumbindung drang. *›Ivainson Jaric!‹* Wind heulte durch den Raum, frisch und kalt inmitten der Ausdünstungen des Verfalls; durch den Schmerz und die Verzweiflung preschte die Präsenz Anskieres von Elrinfaer.

Zermürbt durch sein Versagen, zuckte Jaric zurück und konnte dem Kontakt doch nicht ausweichen. Der Sturmwächter erschien, aufrecht und großgewachsen stand er vor dem Bogenfenster im Wachturm von Riffhafen, gegen das der Wind schlug. Eingehüllt in grauen Samt, hielt er seinen Stab in der Armbeuge; die Seebrise spielte mit seinem weißen Haar. Sein Blick wies nach unten, als er nachdenklich die zwei bernsteinfarbenen Kristalle in seiner Handfläche betrachtete. Eisige Kälte sickerte in Jarics Herz, als er die Kristalle erkannte, die die Basis seiner Herrschaft über Feuer und Erde bildeten.

Messingbeschlagenes Holz kratzte sacht über Stein, als der Sturmwächter sich umwandte. ›*Du bist dem Untergang geweiht.*‹ Er starrte in den Nebel über dem Horizont; Jaric hatte so viel Zeit in der Dunkelheit verbracht, daß der Anblick von Meer, Himmel und Sonnenschein ihm unwirklich erschien. Endlich ergriff der Sturmwächter erneut das Wort. ›*Tamlin von den Vaere hat dich gewarnt. Keine Hilfe und keine Hoffnung mehr. Bist du stark genug, deiner Art treu zu dienen, oder brauchst du Unterstützung?*‹

Der feierliche Ernst seiner Worte überschattete alles andere; für die Sicherheit Keithlands verlangte der Sturmwächter von Jaric, sich das Leben zu nehmen, ehe die wilden Sathid seine Meisterschaft an sich reißen und Verderben über die Menschheit bringen konnten. Seine Bitte war nicht leichtfertig. Die Kristalle in Anskieres Hand waren nicht länger kalt und neutral, sondern erwärmt von den Energien des Konflikts in seinem Inneren. Noch während der Sturmwächter auf seine Antwort wartete, fühlten die wilden Sathid die Bedrohung für ihre Zahl. In einem Aufflammen geteilter Wahrnehmung trieben sie ihre gebundenen Gegenstücke zur Rebellion.

Ivainson mußte nicht gedrängt werden, um die Bedeutung seiner mißlichen Lage zu begreifen. Er faltete die vernarbten Hände und spannte seinen Griff, bis seine Finger taub wurden. Er war schon einmal gestorben. Ein zweites Mal würde er nicht ertragen können, abgesehen davon, daß Scaits Tod jegliche Hoffnung auf eine so einfache Lösung zunichte machte. Gehemmt von seinen Narben und seiner Unsicherheit, versuchte Jaric verzweifelt zu ergründen, wie die Einmischung wilder Sathid eine tödliche Schwertwunde hatte heilen können. Er mochte den Mut aufbringen, mochte sich eine Klinge durch den Körper bohren und dennoch am Leben bleiben. Worte verweigerten sich ihm. Die Benommenheit, die die Sathid über ihn brachten, störte seine Konzentration, und sein mühseliger Versuch zu sprechen blieb unbemerkt.

Anskiere wandte sich vom Fenster ab, die Brauen bedrohlich zusammengezogen. ›*Feuergebieter! An jenem Tag unter den Eisklippen hast du mir gegenüber einen Eid abgelegt. Wagst du es, mein Vertrauen zu mißbrauchen?*‹

Die Anklage schmerzte wie eine Wunde. Jaric fühlte Pein, dann Zorn, daß seine Ehrbarkeit noch immer in Frage gestellt wurde. Er ignorierte den Verdacht, daß die wilden Sathid seine Emotionen zu ihren eigenen Zwecken mißbrauchen mochten, und begegnete dem Sturmwächter mit einem Blick, der dem seines Vaters ebenbürtig war. »Zweifelst du an meinen Worten?«

Anskiere antwortete nicht, sondern hob die Hand, so daß Jaric sie sehen konnte; die Kristalle, die er hielt, glühten nun rot auf. Von den Mühen der Bindung aufgepeitscht, war ihre Oberfläche heiß genug, der Verbrennungen hervorzurufen. Doch Schmerz war die kleinste Sorge des Sturmwächters. Jeden Augenblick konnte die Struktur der Matrix kollabieren und feindselige Energien freisetzen, denen kein Mensch gewachsen war. Bevor das geschah, mußte der Mann, der sie beherrscht hatte, um der Sicherheit der Menschen willen sterben.

Schweiß strömte über Jarics Schläfen. Sein Zorn verwandelte sich in tiefe Verzweiflung, denn Stahl besaß nicht länger die Macht, ihn zu töten. Wenn er dem Gnadenstoß zustimmte, selbst wenn er aus Magie geschaffen würde, konnte eine Katastrophe die Folge sein. Sein Henker konnte wilde Sathid zu der gleichen Reaktion provozieren, die Scait und jeden Dämon des Rates das Leben gekostet hatte. Ivainson zwang seine wunde Kehle, Worte zu bilden. »Eure Hoheit, mein Tod birgt Gefahr.«

›*Mehr als das hier?*‹ Anskiere öffnete die Faust. Rubinrotes Licht flutete den Raum; und mit einem überraschenden Funkeln brachen die Kristalle in Flammen aus.

Unfähig, die Glut seiner eigenen Meisterschaft zu bändigen, brüllte Jaric eine verzweifelte Bestätigung. Ihm blieb keine Möglichkeit, sich zu erklären. Wilde Sathid rasten wie ein Wirbelwind durch seine Gedanken, und durch die anwachsende Flammenwand sah er, wie Anskiere beide Kristalle seiner Meisterschaft auf dem Fenstersims ablegte. Unsichtbar hinter ihm schrie Taen eine nutzlose Bitte heraus, die Magie der Zauberer von Mhored Kara zu Rate zu ziehen. Doch der Sturmwächter bedachte sie nur mit einem gequälten Blick. Bekümmert schüttelte er den Kopf. Keine Magie in ganz Keithland konnte das Leben ihres Geliebten noch retten. Gnadenlos wie ein Herbststurm packte Anskiere von Elrinfaer den Stab mit seinen blasenbedeckten Händen. Schutzbanne erwachten unter einem blendenden Schimmern gleißender Helligkeit.

»Nein!« Ivainson hob die Hände, als könnte diese Geste über den Ozean hinweg den Stab hindern, sich zu senken; nach den Gesetzen der Vaere mußte die Zerstörung der Matrix eines Zauberers schnell und sauber töten. Die wilden Sathid wußten das.

Jaric schrie eine Warnung, doch nicht um seinetwillen, sondern aus Sorge um das Land und die Menschen in der Obhut des Sturmwächters. »Prinz, Ihr und alle, über die Ihr wacht, seid in Gefahr.«

Sein Protest war nur noch ein Flüstern, das ungehört verhallen mußte.

Isoliert unter dem strahlenden Schleier der Banne bereitete sich Anskiere vor, die Kristalle auf dem Sims zu vernichten. Der Not gehorchend vertrieb er jegliches Mitgefühl mit dem Knaben, den er aus der Festung von Morbrith zu sich gerufen hatte, der den Zyklus des Feuers überstanden und einen Sturmwächter aus den Eisklippen befreit hatte, nur um nun in der schaurigen Finsternis des Schattentempels zum Tode verurteilt zu werden. Kein Zauberer verfügte über die Macht, sein Schicksal zu verändern oder sich den Befehlen der Vaere zu widersetzen. Für das Überleben der Menschheit verdrängte der Sturmwächter sein Wissen um die persönliche Tragödie, deren Ausmaß grausam genug war, sogar ihn aufzuhalten. Später, wenn Keithlands Sicherheit gewährleistet war, würde der Geist Ivainson Jarics sich zu den Toten von Elrinfaer, Morbrith und Corlin gesellen, bis die Last der Schuld und Verantwortung eines Tages zu schwer sein würde, sie noch länger zu tragen.

Jaric schrie in sinnlosem Zorn.

Und der Stab schlug zu.

Ein Klang, als würde eine Harfensaite zerreißen erschütterte die Luft. Jaric erlitt einen Schlag, der sein innerstes Wesen erschütterte. Er fiel auf den Rücken, atemlos, gelähmt, blind und taub, während das Feuer der Kristalle in Riffhafen erlosch. Sogleich verlor er seine Herrschaft über die magischen Energien.

Doch wie ein Fluch ging sein Leben weiter.

»Nein«, flüsterte Jaric. Sein Körper erschien ihm wie eine Hülse, leergefegt von den Strömungen des Windes, während vierzig wilde Sathid ihre Energien zum Gegenschlag vereinigten.

Vergeblich versuchte er, sich ihnen zu widersetzen, den Sturm der Zerstörung zu bändigen, der zuvor schon die Dämonen vernichtet hatte. Seine Bemühungen wurden von einem Schmerz fortgewischt, der ihn erschauern ließ, und von einer Freude, die zu erfahren ihm Übelkeit bereitete. Eine unersättliche Gier nach Grausamkeit war nun auf ewig in das kollektive Gedächtnis der Sathid eingeprägt. Kein Akt der Vergeltung war nun noch imstande, die Mächte zu vernichten, die er durch die Mißachtung der Regeln geschaffen hatte. Von der Erkenntnis gepeinigt, schrie Jaric auf. Zu gut verstand er nun, was mit Marlson Emien geschehen war, zu spät flehte er um Vergebung. Ebensogut hätte er die See bitten können, die Flut umzukehren.

Anskiere fühlte das Aufwallen der Energien, die sich zum Schlag gegen ihn formierten. Von der Erinnerung an einen anderen Verrat überwältigt, schrie er: »Ivain! Bei Kors Gnade, nicht noch einmal!« Blaß vor Schreck richtete er seinen Stab auf das Fenster, als könnte er der See ein Wunder entreißen, um sich zu schützen.

Vor dem Angriff der Sathid gab es kein Entkommen. Energie erhob sich knisternd, bösartig wie ein Blitz im Sommer, und hämmerte auf die Schutzbanne des Sturmwächters ein.

Für einen Augenblick hielt er stand. Jaric fühlte die Reflexion der Anspannung, der Anskiere dank seiner langjährigen Erfahrungen und seiner Hartnäckigkeit, die Stirn zu bieten imstande war. Doch auch seine Standhaftigkeit konnte das

Unausweichliche nicht abwenden. Der Druck der wilden Sathid schlug Funken aus seinen Bannen. Der Sturmwächter rief Taen eine Warnung zu, ehe er seinen Stab in die Horizontale riß. Energien lebten summend auf. Seine Schutzbanne zerfielen und wurden sogleich ausgelöscht durch eine erschütternde Explosion. Die Mächte der Sathid stürzten den Anblick von Sturmwächter, Turm und Ozean in einen Wirbel lodernder, funkelnder Energien, den zu überleben kein Zauberer hoffen durfte.

Jaric heulte auf. Das unglaublich Ausmaß der Vergeltung der wilden Sathid legte ihm eine Bürde auf, die zu schrecklich war, um sie zu tragen. Als der Zorn der kristallinen Wesen den letzten Rest seines Verstandes zerschlug, glaubte er, Taen weinen zu hören, und diese Laute bohrten sich tief in seine Seele. Sollte der Zyklus der Zerstörungen ihr Leben kosten, würde ihre traumverstärkte Intuition ihr möglicherweise nicht mehr offenbaren können, daß ein Verrat an Keithland nie seine Absicht gewesen war, als die schützenden Energien der Sathid Anskiere niederschmetterten.

Die Entladung endete nicht mit dem Sturz des Sturmwächters. Die Sathid wurden immer wilder. Vollkommen unfähig, etwas zu unternehmen, warf sich Jaric hin und her, während Woge um Woge grimmiger Energien aus seinem Inneren aufstieg. Scham konnte den eigenwilligen Kristallwesen nicht zugeschrieben werden. Sie verschmolzen mit seinem Geist. Jarics Durst nach Rache hatte die Sathid zu morden gelehrt. Daß die Menschheit nun vielleicht das Schicksal der Dämonen des Schattentempels würde teilen müssen, bürdete ihm eine Schuld auf, für die es keine Vergebung geben konnte. Kein Bann, gewirkt von Tamlins Meistern, vermochte die Zerstörungskraft dieser Wut aufzuhalten; der Erbe Ivains, des alten Feuergebieters, konnte nichts tun, als das Böse zu erdulden, das seine Schwäche hervorgebracht hatte, bis der Sturm der energetischen Entladungen erschöpft war.

Endlich ließ der übergroße Zorn nach und alles kam wieder langsam zur Ruhe. Die Sathid zogen sich zurück, und ihre furchterregenden Energien konzentrierten sich ein weiteres Mal auf Reifung und Vorherrschaft.

Ivainson Jaric aber blieb in dem Gefängnis seiner Gedanken gefangen und in einem Schrecken, der zu entsetzlich war, ihm zu entkommen. Nicht länger ein Feuergebieter, zürnte er, durch sein Schicksal gebrochen und verdammt. Trübsal erhielt eine neue Bedeutung, und der Schmerz bohrte sich tief in sein Wesen; die nutzlosen Schellen Scaits noch immer um die Handgelenke, hieb er mit den Fäusten auf den Steinboden ein. Immer wieder sah er vor seinem geistigen Auge den Sturmwächter, dahingerafft von Energien, denen kein Zauberer standhalten konnte. Jegliche Hoffnung erstarb in ihm. Die Weisheit eines Waidmanns, das geschenkte Boot eines alten Fischers und das Wohlwollen eines Meisterarchivars, all das besaß nicht länger die Kraft, ihn aufzurütteln. Jaric bedeckte das Gesicht mit den blutenden Händen. Verzweifelt und am Rande des Wahnsinns weinte er, nunmehr imstande, den Vater zu verstehen, den er nie kennengelernt hatte.

Ivain, der Feuergebieter, hatte so leichtfertig wie er selbst Zerstörung gewirkt. Als ein Mann, großzügig und humorvoll, war er mit der Hoffnung zu den Vaere gegangen, Keithland frisch wie der junge Morgen dienen zu können, doch unter den Qualen des Zyklus des Feuers hatte er seine Integrität dem Überleben opfern müssen. Auch er hatte mitansehen müssen, wie alles zerstört wurde, was er wertschätzte. Schließlich, von Selbstverachtung, Pein und Einsamkeit vergiftet, war er durch seine eigene Hand gestorben.

Allein in seinem Gefängnis im Schattentempel, sog Jaric bebend Luft in seine Lungen. Wie die gequälte Seele, die ihn gezeugt hatte, hatte auch er in Keithland nichts mehr zu verlieren. Ganz in seiner Nähe umklammerte der Leichnam des Dämonenherrschers noch immer das Schwert. Jaric rollte sich auf die Seite, die Finger tastend ausgestreckt. Doch vierzig Sathid stellten sich seinem Streben in den Weg. Siegesgewiß schlugen sie gemeinsam zu, um ihn aufzuhalten.

Schmerz zerriß seinen Körper, schlimmer als alles, was er während des Zyklus des Feuers hatte erdulden müssen. Jaric krümmte sich, wimmerte, bis keine Luft mehr in seinen Lungen war. In seiner Not suchte er Zuflucht im inneren Kern seines Geistes. Doch selbst dorthin verfolgte ihn das Flackern und Funkeln fremdartiger Energie und versperrte ihm den Rückzug. Sathid erhoben sich. um seinen Geist zu brechen, schnell, gewaltsam und endgültig. Nicht die kleinste Spur seines Willens würde ihren letzten Vorstoß überleben. Nicht einmal der Tod könnte Jaric dann noch einen Ausweg bieten.

Er reagierte instinktiv. Zwar waren die Fundamente seiner Herrschaft über Erde und Feuer zerstört, aber die zermürbenden Stunden seiner Ausbildung hatten ihren Stempel hinterlassen. Die Erfahrung im Umgang mit Sathidenergien war längst mit seinen ursprünglichen Instinkten verschmolzen; und der Zorn verlieh Jaric die Kraft einer wilden Bestie in einem Käfig. Ivainson wand sich, schlug zu und trennte eines der Wesen gewaltsam von der Masse seiner Artgenossen. Sein Schachzug löste eine Lawine aus.

In der folgenden Reaktion teilte Jaric plötzlich jeden Funken des Wissens, das die Matrix errungen und gespeichert hatte. Sein Geist schwoll an, eignete sich strukturierte Informationen an. Innerhalb einer Minute wurde er der Funktionsweise seines physischen Körperes gewahr und begriff eine wundersame Macht zur Heilung; seine Wahrnehmung verdoppelte sich, und mit schwindelerregender Geschwindigkeit verdoppelte sie sich noch einmal. Jenseits von Muskeln, Knochen und Organen erkannte er Ketten kryptischer Materie, die das verschlüsselte Geheimnis des Lebens in sich bargen. Das Netzwerk der Energien, die Beherrschung und Gefühl umfaßten, offenbarte sich ihm, und er entdeckte beinahe grenzenlose Reserven in sich, die er noch niemals angetastet hatte.

Von dieser Erkenntnis überwältigt, stemmte sich Jaric auf die Knie. Die Sathid besaßen den Schlüssel zu den Rätseln von Feuer und Erde, den sie seinen Erinnerungen unversehrt entnommen hatten. Das Wesen, das nach Abschluß des Bindungsprozesses die Oberherrschaft errungen haben würde, konnte seine vaeregeschulte Gabe bis ins Detail wiedererschaffen, doch wäre sie nun von einer beinahe unendlichen Macht gestützt.

Für die Gefahren dieser neuen Möglichkeiten sensibilisiert wie nie zuvor, erkannte Ivainson in sich ein Potential, das weit grauenhafter als jede irrsinnige Marotte seines Vaters war. Anskieres Tod hatte ihn Reue gelehrt; das Wissen um das Böse, das seiner matrixgebundenen Macht zu eigen war, hielt ihn nun davon ab, sich einem Kampf hinzugeben, den kein Sterblicher gewinnen konnte. Für den Fall, wie unwahrscheinlich er auch war, daß einzelne

Menschen überleben würden, mußten die Gesetze der Vaere gewahrt bleiben. Gerade, als sich die Sathid anschickten, seinen Willen zu zerstören, versank Ivainson tief in seinem Inneren. Angetrieben durch sein neuerworbenes Wissen, stürzte er sich auf den Funken des Bewußtseins, der sein Leben war, und im Kampf gegen die Oberherrschaft wilder Kristalle begann er, das Gewebe seiner eigenen Existenz aufzulösen. Er suchte sich einen Weg, um die einzelnen Fäden seines Geistes so gründlich zu lösen, als wäre er nie geboren worden.

Sein Gegenschlag traf die Sathid unvorbereitet. Sein ursprünglicher Überlebensinstinkt hatte sie zu der Vermutung getrieben, daß er sein Selbst nicht schädigen oder gar aus seinem innersten Kern vernichten würde; und ihre Heilkünste waren nicht imstande, seinen Tod zu verhindern. Voller Verzweiflung versuchten sie, seinen Entschluß ins Wanken zu bringen. Gewalt erwies sich als kontraproduktiv; Jarics Zugriff konnte nur durch eben das Ende, das er erstrebte, gelöst werden. *Nicht-Sein* jedoch bedeutete eine größere Niederlage als die Unterwerfung. Die Sathid waren verunsichert. Um ihr eigenes Überleben nicht zu gefährden, blieb ihnen keine Alternative. Jaric hielt an seinem Entschluß fest, und als der Funke seines Selbst zu flackern begann, reagierten die Kristalle. Erzürnt angesichts der Niederlage gaben sie die Kontrolle ab, vollständig, endgültig und mit einer Gewalt, die Jaric ein blühendes Netz machtvoller Energien bescherte. Der Strom der Macht zerrte unerträglich an seinen Sinnen und unterbrach den Prozeß der Auflösung.

Er schrie. Auf diese Weise innerhalb eines einzigen Augenblicks in ein Chaos gesunken, mühte er sich, die neue Situation zu meistern; doch die

Gegenströmung der Energien drohte Körper und Seele in Stücke zu reißen. Jaric kämpfte um seinen Geist. Licht blendete seine Augen. Nerven wollten sich von Knochen und Muskeln lösen, gepeinigt von einer Macht, ein Sterblicher kaum ertragen konnte. All die Disziplin, die die Vaere ihn gelehrt hatten, vermochte nicht, sich einem derartigen Strom der Energien anzugleichen; Stück für Stück verlor er den Verstand.

Am Rande des Wahnsinns sah sich Jaric gezwungen, neue Wege zu beschreiten. Sein Sathiderbe sprengte alle früheren Grenzen. Seine erweiterte Wahrnehmung prüfte die verzweigten Bahnen möglicher Ereignisse und Zukunftsverläufe. Und unter millionenfachen Verzweigungen, die alle in einer Katastrophe münden mußten, erkannte Jaric den einzig sicheren Weg, der ihm offenstand. Als letzten Ausweg suchte er Zuflucht bei einer Magie, die jedes bekannte Gesetz der Schöpfung brach.

Sein durch die Sathid verändertes Bewußtsein ordnete die Muster der Materie neu; wie Metall, das geschmolzen und in der glühenden Hitze eines Schmiedefeuers neu gestaltet wurde, unterzog sich Jaric einer Verwandlung. Nicht länger ein kränklicher Schreiber aus Morbrith, auch nicht mehr der Feuergebieter, der im Schattentempel gefangengenommen worden war, verwob er die vielfältigen Energien von vierzig Sathid mit der lebendigen Essenz seines Körperes. Er selbst wurde zu einem Instrument, das sammelte, bewahrte und die beinahe unendlichen Energien einer neuen Meisterschaft abschirmte. Das Ergebnis dieses Vorgehens vermählte ihn auf ewig mit dem Vermächtnis unvorstellbarer Gewalten.

Siegreich, doch erschöpft, beendete er sein Werk. Ausgelaugt von Kummer und Sorge, gequält durch den Verlust von Taens Vertrauen, bettete Ivainson, der Feuergebieter, sein Haupt auf seinen Armen. Zu erschlagen, das Wunder seiner neuen Fähigkeiten zu ergründen, schloß er die geschwollenen Lider und schlief ein.

Kapitel 19

STERNENHOFFNUNG

Jaric erwachte unter goldenem Lichtschein. Er keuchte. Überzeugt, daß Thienz mit Laternen die Versiegelung des Raumes aufgebrochen hatten, um ihm etwas anzutun, sprang er entsetzt auf. Die Bewegung löste Schwindelgefühle aus. Auf unsicheren Beinen in eine Ecke des Raumes gedrängt, suchte der Feuergebieter blinzelnd nach dem Feind.

Der Tisch, an dem Scait ihn bedroht hatte, war gegen die Regale gestürzt; Kisten, Flakons und verstreute Kräuter lagen unordentlich unter einer dicken Staubschicht begraben. Finster baumelte die Laterne an ihrem Haken. Am Boden, inmitten funkelnder Scherben von zerbrochenen Flaschen, lag ausgestreckt das Skelett des Dämonenherrschers. Klauenbewehrte Knochenfinger umklammerten immer noch das rostige Heft des Schwertes. Die Tür hinter ihm war versiegelt. Spinnweben überzogen den Mechanismus aus Ketten und Gewichten.

Jaric schloß die Augen. Er zwang seine zitternden Muskeln, sich zu entspannen, ehe er den Lichtschein vorsichtig zu seiner Quelle verfolgte. Macht strömte in gleichmäßigem Fluß von seinem Körper aus. Das Muster seiner Aura ähnelte dem eines Zauberstabes, war jedoch heller, intensiver und zu kompliziert, als daß ein Sterblicher es verstehen könnte. Erschüttert, als wäre ihm der Boden unter den Füßen fortgezogen worden, wich Jaric an die kalten Mauersteine zurück; die ausströmende

Helligkeit bohrte sich durch einen Tränenschleier in seine Augen.

Er hatte sich verändert. Nur die Zeit würde erweisen, ob er seine Menschlichkeit für sein Überleben geopfert hatte. Nicht gewillt, die möglichen Auswirkungen zu ergründen oder sich gar das Schicksal auszumalen, dem Taen ausgeliefert war, konzentrierte sich Jaric auf das unmittelbar Notwendige.

Gemessen an der Staubmenge und dem Verwesungsstadium von Scaits Leichnam, hatte sich sein Kampf um die Beherrschung der wilden Sathid über einen beachtlichen Zeitraum hingezogen. Dennoch fühlte Ivainson weder Durst noch Hunger. Er betrachtete seine Hände und stellte fest, daß er unter den Fesseln bis auf die Knochen abgemagert war. Ein Gitterwerk aus Narben zeichnete die fahle Haut, unter der das Fleisch doch geschmeidig und gesund geblieben war. Hunger und Durst vermochten ihn nicht zu beeinträchtigen. Allen Umständen zum Trotz hatte er überlebt; er fragte sich, ob die Bevölkerung Keithlands ebensoviel Glück gehabt hatte.

Der Gedanke rief einen Strom der Hellsichtigkeit hervor; Jaric fühlte, wie sein Geist sich in einen Spiegel verwandelte, der Bilder in verwirrender Abfolge reflektierte. Brachliegend nach der Ernte, waren die Felder von Felwaithe mit den Stummeln geschnittener Kornähren bedeckt; Clanfrauen reinigten Kleider in dem Wasser der Caelfälle, und ledergekleidete Hirten trieben Fohlen auf die Weiden von Dunmoreland. Im Hafen von Landfeste wurden Wollballen von Schiffen geladen, deren Takelage sich vor dem winterlichen Himmel abhob. Umgeben von der Bewußtheit der verwirrenden Komplexität der Menschen, konnte

Ivainson keine Spur von Anskiere oder Taen entdecken. Dieser Mangel aber trieb ihn zur Wahrnehmung anderer: In Riffhafen schritt Corley auf den Zinnen auf und ab. Unstete Winde zerrten an seinem Mantel; um den Hals trug der Kapitän die Rubinkette, die einst dem Kielmark gehört hatte. Schmerz beendete die Bilderfolge.

Schweißüberströmt schnappte Ivainson Jaric in seinem staubigen Gefängnis im Schattentempel nach Luft. Anskieres Opfer war nicht vergebens: Allem Anschein nach war Keithland vor dem Zorn der wilden Sathid verschont geblieben.

Mit dieser Gnade hatte Ivainson nicht gerechnet. Er drehte sich zur Wand. Erleichterung drohte sein Gleichgewicht zu erschüttern, und Tränen strömten über seine Wangen. Obwohl seine eigene Magie die Bilder herbeigerufen hatte, zerrten Umfang und Intensität seiner neuen Wahrnehmungsgabe an seinen Nerven. Es verging einige Zeit, bis er sich wieder einigermaßen im Griff hatte. Noch länger dauerte es, bis er es wagte, das Wunder zu erforschen, das Land und Menschen vor der Zerstörung bewahrt hatte.

Zitternd und voller Mißtrauen gegenüber seinen eigenen Fähigkeiten formte er seine Gedanken zu prismenartigen Pfeilen magischer Energien und sandte seine Wahrnehmung zu dem Wachturm von Riffhafen, auf der Suche nach jenem alptraumhaften Augenblick der Vergangenheit, in dem Anskiere seinen Stab gegen die vereinte Rachsucht vierzig wilder Sathid gewandt hatte.

Die Szene breitete sich mit großer Deutlichkeit vor seinem inneren Auge aus. Erneut leuchtete Licht so hell, daß es sterbliche Augen in unerträglicher Weise blendete. Als würde sich eine Klinge durch sein Herz bohren, mußte Jaric mitansehen, wie der Zauberer von einer wütenden Flut der Vernichtung eingehüllt wurde. Die Schutzbanne des Sturmwächters wurden ausgelöscht; der grob gehauene Stein der Turmmauern glühte rot auf, ehe er unter einer Explosion der Energien zerschmolz. Jaric zwang sich, zuzuschauen, als die Macht der Sathid in ihrer Gier nach Zerstörung ausströmte. Seine Willenskraft drohte ihn im Stich zu lassen. Doch in dem Augenblick, in dem er beinahe zerbrochen wäre, begann der Strom, um sich selbst zu kreisen, gefangen in einem schattenhaften Kreis schützender Banne.

In ihrem unergründlichen Singsang vereint, schirmten die Zauberer von Mhored Kara den Turm durch eine Beschwörung ab, welche die Macht der Sathid unwirksam machte. Von außen schufen sie eine Realität unversehrter Ruhe, die mörderische Entladungen nicht durchdringen konnten. Die Philosophie der Zauberer stützte einen sicheren Rahmen, soviel konnte Jaric erkennen. Aber die Energien, die den Frieden mit ihrer Magie in Einklang brachten, waren ihm schmerzlich bekannt, waren sie doch unverkennbar von der Hand Taens, der Traumweberin, geprägt.

Keithland war gerettet, doch der Preis war kaum zu ertragen.

In der trostlosen Dunkelheit des Schattentempels schlug Jaric mit der Faust auf den Steinboden. Taen hatte das Ausmaß der Energien geahnt, die die Sathid freizusetzen fähig waren. Allein, verraten an einem Punkt, an dem die Liebe sie verletzbar gemacht hatte, hatte sie doch genug Mut aufgebracht zu handeln. Als Anskiere gefallen war, hatte sie den Schmerz in ihrem Herzen überwunden und Keithland gerettet.

Der Bedeutung ihres Opfers konnte sich Jaric

nicht verschließen, und er litt grausame Reue, während Woge um Woge der Energien auf die Banne der Zauberer einschlug. Einige der in Roben gehüllten Gestalten erbebten unter der Wucht, andere brachen einfach tot zusammen, doch der Gesang ihrer Brüder stockte nicht ein einziges Mal. Die Meister aus Mhored Kara hielten dem schlimmsten Sturm der Zerstörung stand, der je über Keithland hereingebrochen war. Nicht einmal schwankte ihr Rhythmus, nicht einmal ließ ihre Konzentration nach. Ihre Banne hielten. Als der Zorn der Entladung endlich nachließ, war von dem Turm von Riffhafen nur mehr ein verschlacktes, rauchendes Gerippe geblieben, umgeben von rußgeschwärzten Pflastersteinen.

Der Zauberer, der sich selbst die Verantwortung für dieses Geschehen aufbürdete, sah wie betäubt zu, als die Zauberer ihre Banne lösten. Abgehärmt wie Vogelscheuchen kümmerten sich die Überlebenden der Enklave um ihre Toten und Verwundeten. Jaric sah, wie sie die Verletzten pflegten, ehe sie ihre toten Gefährten wuschen und begruben.

In der Stadt stieg Rauch aus den Schornsteinen der Handwerker auf. Schiffe schaukelten an ihren Ankerketten an den Kais; und der Himmel erstrahlte in unberührtem Blau; Möwen zankten sich ungestört am Strand oberhalb der Flutmarke. Von Felwaithe bis zu den Freien Inseln lag Keithland unversehrt im hellen Sonnenschein, als hätte niemals irgend etwas den Fortbestand allen Lebens bedroht. Doch keiner der Zauberer von Mhored Kara betrat die verbrannten Steine, die die Grenzen ihrer Schutzbanne markierten. Keiner von ihnen begab sich auch nur in die Nähe des Turmes.

Und Jaric, trotz all seiner Macht, war dazu ebensowenig fähig. Schmerz zerstörte seine Entschlossenheit; die Erinnerung an Taens Lachen würde ihn bis zum Ende seiner Tage verfolgen. Kein Wunder, keine noch so erstaunliche Wahrnehmungsgabe konnte ihm den Mut verleihen, inmitten der Ruinen nach ihren sterblichen Überresten zu suchen oder sich der Anklage in ihren Augen zu stellen, sollte es ihr durch einen Wink des Schicksals gelungen sein zu überleben. Unter all dieser Seelenqual konnte das Vertrauen jener Frau, die zu beschützen Jaric geschworen hatte, doch nie wiederhergestellt werden. Das Schicksal seines Vaters war am Ende auch das seine geworden und erstickte nun jegliche Hoffnung, die er je zu hegen gewagt hatte.

Voll tiefster Schuldgefühle hob Jaric den Kopf von seinen Händen. Nichts wünschte er sich mehr als Vergessen. Doch da ihm das unmöglich war, begrub er seine Scham und ließ jegliche Erinnerung an den Wachturm zurück, damit er seine mörderischen Instinkte nutzen konnte, zu hüten, was zu beschützen Anskiere sein Leben geopfert hatte.

Die Bedrohung durch die Dämonen war noch nicht gebannt. Sich der Gefahr durch den Morrigierj erneut bewußt, zog der Sohn Ivains, des Feuergebieters, seine Aufmerksamkeit von der Festung von Riffhafen ab. Ausgezehrt vor Sorge kontrollierte er systematisch die Nordküste von Felwaithe, die dem Schattentempel am nächsten und damit für eine Invasion besonders geeignet war.

Auf den ersten Blick schien alles in Ordnung zu sein; Winde peitschten über Schilfgras und Wogen, und der Bug eines Kutters unter dem roten Wolfsbanner Riffhafens bohrte sich durch aufspritzende Gischt. Jaric verweilte, um das seemännische Können des Kapitäns zu würdigen, und Macht griff seine Kontrolle an. Eine unterschwellige Ahnung der Zerstörung ging durch sein inneres Auge, als sollte der Frieden zwischen der Bucht und den Inselketten nicht fortdauern. Jaric erschauderte. Von dem sicheren Gefühl einer Bedrohung berührt, zögerte er; und Hellsichtigkeit vernichtete seinen Widerstand. Visionen bevorstehender Vernichtung überwältigten ihn mit der Bösartigkeit sathidgebundener Wahrnehmung.

Der Wind veränderte sich. Ivainson hörte das Donnern der Brecher, die die Trümmer über die See trugen. Rauch legte sich auf seinen Geruchssinn. Baumstümpfe erhoben sich wie faulige Zähne an einer Küste, an der sich noch vor wenigen Augenblicken Pinien in der klaren Luft der Sonne entgegengereckt hatten. Sein Blickfeld wechselte. Das Seewasser verbrühte seine Hände, und versengte Fische trieben auf den Fluten; Dornenranken wucherten über die Gebeine von Mensch und Vieh. Im Süden war das Land mit dem Schutt ausradierter Dörfer überzogen. Städte lagen unter Trümmern, Handelsstraßen unter umgestürzten Wagen begraben, trockene Riemen lagen locker über den zusammengeschrumpften Kadavern der Ochsen. Tote Clanangehörige verrotteten zwischen den zerfetzten Überresten ihrer Zelte, und die Masten gesunkener Fischerflotten durchbrachen die Wasseroberfläche bei Murieton. Die stolzen Korsarenschiffe von Riffhafen waren zerschmettert worden, und eine nebelverhangene Nacht senkte sich still über die Trümmer eines umgestürzten Leuchtturms.

Bis ins Mark erschüttert, sandte Jaric seine Wahrnehmung nach Landfeste. Die Türme waren verfallen und eingestürzt. Wie die Zweige eines verlassenen Nestes lagen sie wild durcheinander am Boden. Wogen peitschten die verlassenen Strände, und die entwurzelten Apfelbäume von Telshire verrotteten in der staubigen Erde. Von Sorge getrieben, durchstöberte Jaric jeden Winkel von Keithland. Verwüstung zeigte sich seinem inneren Auge. Kein Mann, keine Frau und kein Kind würde die bevorstehenden Zerstörungen überleben. Entsetzt zog er sich zurück, verfolgt von der Prophezeiung einer schaurigen Zukunft. Knisternde Energien schlugen weißglühende Funken, als er den Kontakt löste.

Die staubverhangene Stille des Schattentempels erschien ihm plötzlich unerträglich erdrückend. Ivainson preßte die Wange an das kalte Gestein und erschauderte. Die Schatten in den leeren Augenhöhlen Scaits schienen ihn verhöhnen zu wollen. Wenn auch der Rat selbst ausgelöscht war, würde doch der Morrigierj die Vernichtung der Menschheit durchführen. Kein vaeregeschulter Zauberer war zu ihrem Schutz verblieben; und die Zauberer von Mhored Kara besaßen Mut, doch nur wenige Möglichkeiten zu schützen. Keithland sah seinem Untergang entgegen. Von ihrem Herrscher in die Raserei getrieben, mochten die Gierj ganz willkürlich Tod und Zerstörung wirken.

Und plötzlich bohrte sich ein bedrohlicher Unterton durch die Stille des Schattentempels. Jaric streckte seine vernarbten Hände aus und stieß sich von der Wand ab. Licht strömte golden von seiner Gestalt aus, als er die Macht seiner Meisterschaft gegen die Tür richtete. Kurz glühte das Eisen rot auf. Holz verdampfte, und Gewichte erzitterten an ihren Ketten. Dann fuhr ein schrilles Kreischen durch die Luft. Bretter und Ketten rissen entzwei, zerfielen zu Staubwolken. Viel zu besorgt, sich durch die Gewalt seines Wirkens verunsichern zu lassen, schritt Jaric hinaus in einen Gewölbegang, in dem ihm in jedem Winkel scheußliche Steinfiguren auflauerten.

Das Licht seiner Energien vertrieb die Schatten

auf seinem Weg. Obgleich die Festung der Dämonen einem undurchdringbaren Labyrinth glich, konnte er sich durch seine erweiterte Wahrnehmungsgabe zurechtfinden. Jaric schritt durch Gänge von ungleichmäßig gemustertem Achatgestein, passierte Biegungen unter eingemeißelten Runen. Dürr wie ein Geist und von Macht umgeben, suchte er jenen unheimlichen Kreis der Stille, der die Quelle aller Gefahren beherbergte.

Seine Schritte hallten durch das verlassene Gemäuer, ohne daß sich ihm jemand in den Weg stellte. Jenseits dreier sechseckiger Portale erklomm er eine Wendeltreppe, die hinauf in den innersten Kern des Schattentempels führte. Kein Dämon erschien, ihn herauszufordern. Jaric hörte nichts außer dem Heulen des Windes über den ungeschützten Türmen; doch keinerlei Leben, abgesehen von dem hungriger Mäuse, begegnete der Sensitivität seiner Meisterschaft.

Der große Saal des Schattentempels lag weit oberhalb der Fundamente. Ivainson, der Feuergebieter, durchschritt jene Tür, durch die die unbarmherzigen Klauen der Thienz einst Marlson Emien gezerrt hatten. Kein Teppich war geblieben, seine Schritte zu dämpfen. Inmitten der natürlichen Helligkeit seiner Magie überquerte er den Marmorboden. Der Kandelaber über seinem Kopf baumelte unbeleuchtet an einer staubigen Kette; Spitzbogenfenster gaben den Blick auf den bedeckten Himmel frei, und das Tageslicht schimmerte kalt auf dem Steinboden. Die silbrige Oberfläche des Spiegelpfuhles reflektierte die hoch aufragenden Linien der Pfeiler und das verlassene Podest. Eine Messerklinge ragte aus der Haut eines menschlichen Armes hervor, der eine Lehne der Polsterung des leeren Thrones bildete.

Von dem Anblick erschüttert, benötigte Jaric einen Augenblick Zeit, die schattenhaften Geister vergangener Ereignisse zu vertreiben und sich die Gegenwart zurück in sein Bewußtsein zu rufen. Der Dämonenherrscher Scait stellte nun keine Bedrohung für die Menschheit mehr dar. Nur Staub war von dem Rat geblieben, der während all der Jahrhunderte seit dem unglückseligen Absturz der *Corinne Dane* Rachepläne geschmiedet hatte.

Doch in all den emotionalen Echos, die die Verdammten Kors zurückgelassen hatten, erkannten Jarics geschulten Sinne die Resonanz einer Bewegung, die gnadenlose, fremdartige Macht, die noch immer in den Mauern des Schattentempels weilte. Sein Mund wurde trocken. Die Dämonen hatten in ihrem Streben nach Macht Menschen mißbraucht, doch der Morrigierj machte da keinen Unterschied. Für die Vergehen von Emien und Tathagres, die seine Gierj manipuliert hatten, mußte Keithland vernichtet werden.

Der Feuergebieter wirbelte herum. Seine hastigen Schritte hallten von den Felswänden wider, als er eilends auf den Gang zustürmte. Einst wäre er in seiner Not einfach durch den Stein gegangen, doch nun war er von seiner eigenen Macht so sehr überwältigt, daß er den Eindruck der Normalität zu seiner Beruhigung benötigte. Er rannte wie ein gewöhnlicher Mensch. Sein Atem reizte die vernarbten Lungen, als er durch die Rundbogentür stürzte, die aus dem Saal hinausführte.

Die Treppe hinter der Tür lag in tiefer Finsternis. Aber Jaric brauchte keine Fackeln. Das diffuse Licht, das von seinem Körper ausströmte, vertrieb die Schatten auf seinem Weg und überzog die mit Schnitzereien verzierten Stufen mit seinem Schein.

Ivainson mußte nicht weit hinuntersteigen. Der

schaurige Kreis der Stille nahm bereits ein Stockwerk tiefer seinen Anfang; zwischen den Pfosten des ersten Treppenabsatzes herrschte ein Gedränge glühender Augen. Gierjlinge versammelten sich in der Düsternis des Treppenschachtes und blockierten den Weg. Über ihnen trieb eine konturlose Sphäre durch die Luft, deren Oberfläche an poliertes Ebenholz erinnerte. Summend wie ein Bienenschwarm verharrte sie in der Luft.

Ruckartig blieb Jaric stehen. Schwitzend, zerlumpt und außer Atem, griff er instinktiv nach einem Schwert, das nicht mehr da war. Der Fehlgriff entlockte ihm einen Fluch. All die Prinzipien, die die Vaere ihn gelehrt hatten, all die Feinheiten, die er Anskieres Unterweisung dankte, konnten ihm nun nicht helfen. Keine Disziplin, die in seinen Erinnerungen schlummerte, vermochte ihn zu führen. Die Muster mehrfacher Meisterschaft waren zu vielschichtig, sie zu erfassen, und selbst die einfachsten Gedanken schossen immer wieder über das Ziel hinaus. Dennoch hatte er nichts anderes, um dem Morrigierj die Stirn zu bieten.

Jaric setzte die Füße auf die Stufe. Die Menschheit würde vernichtet werden, wenn er zauderte. In dem verzweifelten Streben nach Wiedergutmachung für die Leben, die seine Meisterschaft gefordert hatte, sammelte er seinen Mut und rief seine Magie. Der Sathidschimmer, der seine Gestalt umgab, teilte sich und formte sich vibrierend zu scharfkantigen Nimbussen reiner Macht.

Unermüdlich kreisend erkannte der Morrigierj seine Anwesenheit. Rubinrotes Licht pulsierte unter seiner Oberfläche. Die glasartige Schale rotierte weiter, doch die Glut drehte sich langsamer und verharrte bald, um die Natur des Wesens zu ergründen, das in seine Höhle eingedrungen war.

Ein Prickeln raste durch Jarics Geist. Von dem Eindruck beinahe grenzenloser Macht vor der drohenden Gefahr gewarnt, versuchte er, einen Bann zu errichten. Sathidgetragene Energie reagierte knisternd. Der Vorstoß fremdartiger Macht endete abrupt. Von diesem plötzlichen Rückzug überrascht, erschrak Jaric. Mit dem Absatz blieb er an einer Stufe hängen, stolperte und prallte mit der Schulter gegen die schmiedeeiserne Verzierung des Geländers. Von unten näherten sich die Gierjlinge wie eine Horde Marionetten, und ihre Klauen kratzten schaurig über den Steinboden.

Der Feuergebieter wich nicht zurück, sondern richtete sich auf und strich sich das wirre Haar aus der Stirn. »Dämon!« rief er heiser. »Ich fordere dich heraus. Wenn du Keithland vernichten willst, dann mußt du erst mit mir fertig werden.«

Eingehüllt in den goldenen Schimmer seiner Banne wartete Jaric auf das nervenzehrende Pfeifen, das einen Angriff der Gierj ankündigte. Doch kein Ton war zu hören. Der Morrigierj vereinte seine Untertanen und schlug zu, ohne durch die Vorbereitungen aufgehalten zu werden, derer sich Maelgrim und Tathagres hatten bedienen müssen.

Plötzlich lag eine gereizte Spannung in der Luft. Nur durch eine hellsichtige Vorahnung gewarnt, straffte sich Jaric. Dann zerriß weißglühende Hitze seine Schutzschilde. Hätte er nicht die geübte Widerstandskraft eines Feuergebieter gegen Verbrennungen besessen, wäre sein Fleisch augenblicklich zu Asche zerfallen. Statt dessen, geblendet von gleißendhellem Licht, stolperte er rückwärts in Wirbel abgefälschter Entladungen.

Stufen schlugen gegen seinen Kopf, dann gegen seine Schultern und seinen Rücken. Hastig griff er nach dem Geländer, um seinen Sturz aufzuhalten.

Energien sausten um ihn herum, verschlackten das Gestein und jagten Funken über das Geländer. Als hätte ihn ein Peitschenhieb direkt auf der Handfläche getroffen, schrie Jaric auf. Schutzsuchend kauerte er sich zusammen und wartete darauf, daß der Angriff enden würde. Doch von den Gierjlingen strömte weiter Macht zu dem Morrigierj, der sie mit der unveränderlichen Aufwallung der Gezeiten in Gewalt umwandelte; durch einen direkten Gegenschlag war sein Vorstoß nicht aufzuhalten. Der Angriff wütete ohne Unterlaß.

Zum Handeln gezwungen, schuf Jaric ein Schild aus den Materialien, die ihm zur Verfügung standen.

Die Erde antwortete ihm. Macht heulte auf und reagierte vehement. Steine explodierten; ein Regen herumwirbelnder, messerscharfer Splitter fuhr auf die vorderen Reihen der Gierj nieder. Wehklagen ertönte aus den Kehlen der tödlich Getroffenen. Verwundete und Gesunde kreischten gleichermaßen vor Zorn, während der Morrigierj, eines winzigen Teils seiner Aggression beraubt, in der Luft einen Zickzackkurs beschrieb.

Von einer wilden Korona strahlenden Lichts umgeben, schlug Jaric erneut zu. Seine Zauberei zerrte an Schlußsteinen und Stützpfeilern, ließ sie mit einer Energie, die jeden Laut erstickte, in Rauch aufgehen. Steine zerfielen; Risse zogen sich über die Gewölbedecken, und das Hauptgebäude des Schattentempels war dem Einsturz nahe. Sand rieselte die Stufen herab, gefolgt von einer knirschenden Lawine aus Steinen und Schutt.

Doch noch während die Steine herabdonnerten, erkannte Jaric, daß er verlieren würde. Seine sathidgebundene Hellsichtigkeit verriet ihm den weiteren Verlauf. Der Realität um einen Sekundenbruchteil voraus, sah Jaric, wie der Schutt langsamer fallen und in der Luft verharren würde, aufgehalten durch die Macht des Morrigierj.

Sogleich wurde das Bild seines inneren Auges Wirklichkeit. Gierjlinge krabbelten unter Tonnen schwebenden Gesteins hervor. Als sie sich, umherhuschend wie Ratten, in Sicherheit brachten, gewann Jaric Zeit für einen weiteren Vorstoß. Bereit, den Vorteil zu nutzen, stürzte er, unterstützt von den Schutzreflexen eines Feuergebieters, die Festung in ein Inferno.

Mit einem Aufblitzen unglaublicher Hitze schlug seine Magie zu. Steine barsten. Lava spritzte auf. Mauern erglühten rot und zerfielen sogleich. Scharlachrot war das Licht der Ströme geschmolzenen Gesteins, die um Jaric, der sich auf eine Treppe gerettet hatte, dahinflossen. Er schloß die Augen. Verzweifelt und von der Hitze beeinträchtigt, sandte er seine ganze Wahrnehmungsgabe in die Zukunft, und dort wühlte er sich durch einen Wirrwarr verschiedener Muster und Ergebnisse auf der Suche nach einer Realität, die Keithland ein sicheres Erwachen gewährte.

Sein Bewußtsein jagte mit einer Gewalt hinaus, die ihn schwindelig machte. In einem einzigen Augenblick sah er Äonen, sah Katastrophen zu Abertausenden. Die Trauer um unzählige Tote quälte ihn, er erblickte Städte, leergefegt von jeglichem Leben, ganze Planeten, überbevölkert und versklavt. Er beobachtete, wie gewaltige Metallschiffe Feuerpfeile abschossen, die in blendendem Licht vor einem Meer aus Finsternis und Sternen explodierten. Die Bilder umfaßten alles, vom Makrokosmos bis zum Mikrokosmos.

Häuser brannten und Wälder starben. Verkrüppelte Menschen kratzten die Saat aus den staubigen

Furchen der Felder. Männer in metallenen Rüstungen jagten andere Menschen mit Netzen und entzündeten Lagerfeuer, über denen sie das Fleisch ihrer gehäuteten, niedergemetzelten Opfer rösteten; in einer anderen Bildfolge krochen die Menschen auf allen vieren und aßen Wurzeln, die sie aus dem Boden gerissen hatten. Ihre Augen waren so sanft und stumpfsinnig wie die von Rindern, und ihre Kinder wuchsen ohne Frohsinn heran. Jaric erfuhr all das und eine Vielzahl anderer Zukunftsverläufe in einem einzigen Augenblick. Und gleich im Anschluß an die Visionen erkannte er, daß der Morrigierj ihn manipulierte. Seine Anwesenheit raubte ihm die Inspiration und löschte alle Möglichkeiten aus, die ungehindert zu Leben und Erfolg führen würden.

Wut erfaßte den Erben des Feuergebieters, ein Groll, weit schlimmer, als Ivain ihn je erfahren hatte. Magie verstärkte seine Emotionen, und die ganze verwinkelte Zitadelle des Schattentempels explodierte in einer konzentrierten Entladung seines Zorns. Felsen schmolzen, und der Aufschrei der mißhandelten Elemente zerriß die Luft wie ein wütender Blitz.

Und noch immer war die Schlacht nicht zu Ende. Der Kreis der Stille, der den Morrigierj schützte, war ungebrochen, während Gierjlinge in vollendeter und beängstigender Unversehrtheit über die Lava tanzten.

Der Gegenschlag erfolgte ohne Vorwarnung.

In der einen Sekunde rang Jaric unter dem Ansturm von Hitze und Chaos, den er selbst durch seine wilde Attacke ausgelöst hatte, um sein Gleichgewicht. In der nächsten veränderte sich das Winseln des Morrigierj in der Tonlage.

Die Realität verwandelte sich.

Verzweifelt suchte Jaric seine Orientierung wieder zu erlangen. Er fühlte nichts. Sein Sehvermögen schien von einer Lage dicken Filzes verhüllt. Sein Körper gehorchte ihm nicht, und abgesehen von dem goldenen Schein seiner Sathidbanne, blieb ihm nur ein winziger Funke bewußten Willens als Konzeption seiner selbst.

Energien flammten blau, violett und rubinrot auf. Nicht darauf gefaßt, das Ungreifbare zu bekämpfen, sandte Jaric seine Gabe auf die Suche nach dem Feind, der sich anpirschte, um zu töten. Finsternis verschlang seine Bemühungen. Er pfuschte, verlor sich, und seine Unsicherheit löste einen sofortigen Angriff aus.

Bösartigkeit erhob sich, grausam wie der Druck der Henkersschlinge am Hals erstickte sie sein Recht zu existieren.

»Nein.« Jaric stabilisierte seine Banne.

Der Morrigierj zwang ihn erbarmungslos, sich seiner würdig zu erweisen.

Jaric konterte instinktiv. Das Schild, das er wirkte, nährte sich aus der Beständigkeit seiner Liebe zu Taen. Zu spät erkannte er seinen Fehler; was zuvor seine größte innere Kraft gewesen war, spiegelte nun seinen schlimmsten Fehltritt wider. Und der Morrigierj kannte keine Gnade. Begleitet von einem schrecklichen Schwindelgefühl, löste er die Finsternis um Jaric auf. Als ein Mann fand er sich nackt und allein auf erhitztem Gestein wieder. Vor ihm erhob sich der zerstörte Wachturm von Riffhafen.

Der Atem stockte ihm, ehe er in einem Aufschrei größter Qual explodierte. »Nein!«

Doch sein Protest änderte gar nichts. Zwischen ihm und der versengten Treppe des Turmes lauerte eine Schwäche, der er nicht entgegentreten konnte; der erbärmliche Geist, der Marlson Emien, Merya

Tathagres und nicht zuletzt den Feuergebieter, der ihn gezeugt hatte, zerstört hatte. Hinter ihm versperrte der Morrigierj und seine Drohung, die Menschheit zu vernichten, den Rückzug. Jaric mußte voranschreiten und sich der Vernichtung dessen stellen, was er mehr als alles andere geliebt hatte, oder er würde die totale Zerstörung über Keithland bringen.

Der Konflikt zehrte an seinem Stolz, zerstörte seinen Geist und seine Würde. Nachdem er sich einmal der Feigheit ergeben hatte, empfand er den ersten Schritt als unerträgliche Härte. Jaric warf den Kopf zurück. Die Tränen aus seinen Augen benetzten das Haar über seinen Schläfen. Weder der Tod noch die drohenden körperlichen Qualen konnten schlimmer sein als jene Verdammnis, die hinter dem dunklen Eingang zu diesem Turm lauerte. Diese Prüfung glich einer zweischneidigen Klinge. Entweder würde er sich selbst für den Tod Taens schuldig befinden, oder, schlimmer, er würde der bohrenden Anklage in ihren Augen begegnen müssen und erkennen, daß all ihre Liebe sich in Abscheu gewandelt hatte. Und noch schlimmer, sie könnte leben, aber erbärmlich verstümmelt sein.

Lieber hätte er sich erneut einer Herausforderung durch die Sathid unterworfen.

Doch eine solche Möglichkeit war ihm nicht gegeben. Der Morrigierj hatte ihn erbarmungslos in der Gewalt. Mit einem Aufschrei unsäglicher Verzweiflung starrte Jaric den Turm an, in dem Anskiere und Taen bereits für seine Schwäche hatten büßen müssen. Der Rest der Menschheit durfte dieses Schicksal nicht teilen; denn etwas Schrecklicheres konnte es nicht mehr geben. Der Sohn Ivains, des einstigen Feuergebieters, gab auch seinen letzten Rest Stolz auf. Er bezwang seine

Nerven, bis sie etwas ähnliches wie Entschlossenheit stützten, und ging auf den ungeschützten Eingang des Turmes zu.

Der nächste Schritt erwies sich als ebenso schwer wie der erste. Schatten auf der Schwelle schienen ihn mit Kummer zu erdrücken. Steine, noch immer von dem Chaos erhitzt, das die Sathid ausgelöst hatten, verbrannten seine Fußsohlen, als er seine Füße auf die Stufen setzte. Beinahe war ihm der Schmerz willkommen als Ablenkung von der weit schlimmeren Wunde in seinem Herzen. Als Jaric die Stufen erklomm, erwachten seine Erinnerungen, Erinnerungen an Taens spöttisches Lachen, an das warme Gewicht ihres Körpers, als sie sich in seine Arme drängte. »Du machst dir genug Sorgen für drei, Jaric«, hatte sie in ihrer Koje an Bord der *Neumond* zu ihm gesagt. »Keithland wird nicht gleich zusammenbrechen, wenn du einmal lächelst.«

Doch nun blieb ihm keine Freude mehr. Wenn er zögerte, würden Existenz und Vermächtnis der Menschheit dem Vergessen anheimfallen.

Über ihm erhob sich drohend das Ende der Treppe, eingehüllt in Rauchschwaden, die sich langsam lichteten. Jenseits eines eingerissenen Türsturzes lag der Raum, in dem Anskiere von Elrinfaer seinen Stab erhoben hatte, dem Leben Ivainsons, des Feuergebieters, ein Ende zu setzen. Nun schien dieser Ort einen Chor mit dem Donnern der Brandung anzustimmen, als sich die versengten Balken setzten. Schwitzend tastete Jaric nach dem Türrahmen. Über die Grenzen allen Schmerzes hinaus zermürbt, hob er den Kopf und blickte hindurch.

Der Boden war nur mehr ein unebenmäßiger Haufen Schlacke. Auf einer Seite des Raumes fiel Licht durch einen Schleier feinen Staubes durch das geborstene Fenster auf jene Stelle, an der Anskiere seine Banne errichtet hatte. Ein schwelender Stoffetzen markierte den richtigen Punkt. Jaric erkannte die bäuchlings daliegende Gestalt des Zauberers, dann die Umrisse einer reglosen Hand. Die Finger waren schrecklich verbrannt. Von Übelkeit übermannt, entging Jaric beinahe die zweite Gestalt, die in den Schatten kniete.

Taen fühlte die Bewegung an der Tür. Sie hob den Kopf. Versengtes Haar fiel über ihre Schultern und umrahmte ein Gesicht, rußverschmiert und von den Spuren unzähliger Tränen gezeichnet. Sie war nicht verletzt. Doch als sie sich über Anskieres reglosen Körper beugte, spiegelte sich unsäglicher Schmerz in ihren blauen Augen.

Ivainson, der Feuergebieter, stieß rasselnd die Luft aus seinen Lungen. Inmitten von Dunst und Schutt zwang er sich während eines Augenblicks des Selbsthasses zur Ruhe.

Der peinigenden Furcht in seinem Herzen zum Trotz, blieb er, bis Taen, die Traumweberin, seiner Gegenwart gewahr wurde.

Sie zuckte nicht zurück. Auch verdammte sie ihn nicht durch Worte.

Statt dessen klärten sich ihre Züge unter einem Ausdruck ungläubiger neuer Hoffnung. »Jaric? Jaric! Kor sei gnädig, ist es wirklich möglich, daß du eine mehrfache Bindung überlebt hast?«

Unbeholfen erhob sie sich; sie freute sich über seine Rückkehr, obgleich er in seinem Herzen Mord und Bosheit entdeckt und beidem die Zügel überlassen hatte.

Scham fixierte ihn wie eine Kette an Ort und Stelle.

Die Traumweberin fühlte das innerhalb eines einzigen Atemzugs. Wie stets enthüllte ihre Wahrnehmung auch sein innerstes Selbst. Die Dunkelheit dort brachte sie ins Stocken, und für den Zeitraum eines Herzschlages legte sich ihre Stirn in Falten. Dann stampfte sie mit dem Fuß auf und machte sich mit einem wütenden Fluch Luft. »Jaric! Du bist ein Mensch, und Menschen machen Fehler. Diejenigen, die mehr im Schädel haben als ein Fisch, stehen danach wieder auf und haben etwas gelernt. Hast du etwas gelernt? Oder muß ich erst barfuß über die heißen Steine laufen und dir einen Tritt versetzen, nur damit du mir einen Kuß gibst?«

Jaric öffnete den Mund, doch kein Wort drang über seine Lippen. Es schien unmöglich, ganz und gar unglaublich, und doch, ihre Liebe war offenbar groß genug, sein Vergehen zu vergeben.

»Kors Gnade, Jaric«, schrie Taen. Ihre Ungeduld steigerte sich zu einem kleinen Wutanfall. »Nur du allein mußt dir vergeben.«

Endlich fand er die Kraft, die Arme zu heben. Nun rannte sie, lachend vor Erleichterung, wenngleich Kummer und hysterischer Schmerz ihr fast die Stimme verschlugen. Wärme, Heil und ein Ende des tiefen Leids waren nur mehr einen Schritt entfernt.

Doch der Morrigierj raubte ihnen diesen Augenblick. Er riß Jarics Präsenz mit betäubender Gewalt hinfort. Erneut in der Schwärze gefangen, brüllte er seinen Zorn hinaus. Nun, da sich ihm Gnade für seine Vergehen geboten hatte, die ihm eine andere Macht verwehren wollte, kochte er innerlich vor Wut.

Weißglühend flammte das Licht seiner Banne auf. Da ihm Taen vergeben hatte, fügte er seinem Schild die Opfer eines Schwertkämpfers, eines Waidmannes und eines alten, arthritischen Fischers hinzu, doch auch diese verstärkte Bastion konnte ihm nicht helfen. Gewandt stürzte sich der

Morrigierj auf eine andere Unzulänglichkeit, die er zu seinem Vorteil nutzen konnte.

Kälteschauer tiefster Hoffnungslosigkeit erschütterten sein Wesen. Jaric wurde einem gnadenlosen Urteil unterworfen. Als Mann sollte er die Verdammnis für die Barbarei tragen, die der Menschheit selbst zu eigen war.

Der Morrigierj klagte ihn an: Die Menschheit war unzivilisiert. Angetrieben von Gier, an Mord und Totschlag gewöhnt, war das Böse aus ihren Taten nicht fortzudenken. Jaric sah, wie Morbrith – gezeichnet und verurteilt – unter der Bösartigkeit Maelgrims, des Dunklen Träumers, vernichtet wurde. Die Bevölkerung von Tierl Enneth vergrößerte die Liste der Toten, zu denen auch die Kapitäne und Mannschaften der Kriegsflotte Kisburns zählten. All das summierte sich auf dem Konto der Menschheit. Händler, die von den Männern des Kielmark ausgeplündert worden waren, wurden ohne Unterschied zu den Opfern jener Verbrecher hinzugezählt, die an Höfen und in Ratsversammlungen überall in Keithland verurteilt worden waren.

Mit eisiger Überlegenheit wollte der Morrigierj an ihm Vergeltung üben.

Jaric widerlegte das Urteil.

Er widersprach dem Vergessen durch den Dritten Satz der Gesetze Kors. *Niemand darf sich anmaßen, die Weisheit zu besitzen, über andere zu urteilen. In Ermangelung von Ordnung muß das Gesetz ausschlaggebend sein. Doch ohne die Gnade Gottes kann kein Gesetz und kein Mensch und keine andere Maßnahme ein perfektes Urteil fällen. Allein Vergebung kann das Gleichgewicht aufrechterhalten.*

Ermattet und am Rande der totalen Vernichtung, wartete Ivainson. Wenn Bescheidenheit, Erbarmen und Mitgefühl die Pfeiler der Tugend waren, so durfte niemand außer Taen den Fall der Menschheit verhandeln. Doch die unfaßbare Erkenntnisfähigkeit des Morrigierj zerpflückte die Ideologie der Priesterschaft Kors, und sie war nicht zufrieden.

Die Städte Keithlands würden untergehen, würden aus dem Antlitz der Schöpfung getilgt mit all dem Leben, dessen Saat das Forschungsschiff *Corinne Dane* gelegt hatte.

Für einen Augenblick erlag Jaric ungläubigem Staunen. Dann nährte Zorn seine Skepsis. Das Urteil des Morrigierj klang falsch. Begnadet mit den Anfängen der Weisheit, dem Schimmer einer größeren Wahrheit, erkannte er, daß das Todesurteil gegen seine Art nicht auf einem gerechten Schuldspruch fußte, sondern von vornherein beschlossen war. Durch die bösartigen Auswirkungen seiner Fehler beschämt, hatte er sich einreden lassen, die Menschheit könnte durch Logik freigekauft werden. Die Realität aber offenbarte das Gegenteil, die Verkörperung allen Übels. Der Morrigierj war ein Wesen, das der Zerstörung verhaftet war, der Euphorie verfallen, seine überwältigende Macht gegen die Schwachen auszuspielen.

Jaric konterte mit der grobschlächtigen Philosophie des Kielmark. Führe deine Strategie durch Klugheit und Macht zum Sieg, und Keithland wird frei sein. Über die Grenzen seines Selbsterhaltungstriebes hinaus, setzte der Herr über vierzig Sathid seine geballte Macht gegen die substanzlose Finsternis ein, die ihn gefangenhielt.

Energie strömte aus. Eine Saat erblühte in grellerem Schein als die Sonne selbst und explodierte in der tiefsten Schwärze dieses Abgrundes reiner Dunkelheit. Jaric schrie auf. Von dem Rückstoß der Energien niedergeschmettert, entging ihm das blendende Spiel der Schutzbanne, als der Dämon, dem er sich entgegenstellte, ebenso verzweifelt wie vergeblich versuchte, sich gegen diesen Angriff zu behaupten. Als der Morrigierj und seine Untertanen der Vergessenheit anheimfielen, war auch sein Bewußtsein überfordert. Seine Wahrnehmung beschränkte sich auf graues Zwielicht, ehe sie unausweichlich in den Schatten glitt. Jaric erblickte Sterne wie Eiskristalle auf Samt; dann erstarb auch dieser Anblick, und ergab sich dem Nichts.

Ivainson Jaric erwachte als eisige Regentropfen wie Nadelstiche auf ihn fielen. Er befand sich in einer Dunkelheit, die an eine Mittwinternacht erinnerte. Keine Aura des Lichts erleichterte ihm den Weg zurück zu vollem Bewußtsein; kein Dach schützte ihn vor den Elementen. Steif, frierend und allein lauschte er dem Klagen des Windes über den Hügeln. Bald erkannte seine von den Sathidmächten unberührte Wahrnehmung den steinigen Bergrücken, auf dem sich einst der Schattentempel erhoben hatte. Nicht einmal Schutt kündete nun noch von der Festung, in der die Gierj um die Chance gekämpft hatten, die Menschheit auszurotten.

Jaric blinzelte gegen die Regentropfen an. Wirres Haar lag feucht in seinem Nacken. Bartstoppeln bedeckten seine Wangen, und seine Glieder waren vor Müdigkeit schwer wie wassergetränkte Balken. Obgleich er sich am liebsten überhaupt nicht gerührt hatte, zwang ihn die Kälte schließlich, aufzustehen. Als er sich zitternd erhoben hatte, empfand er die Vergangenheit als zu schmerzhaft, sich ihrer zu erinnern. Der Tod eines Freundes und eines Zauberers beraubten die Zukunft aller Freude. Da er überdies befürchtete, die Begegnung im Wachturm könnte ein Traum gewesen sein, den der Morrigierj gesandt hatte, um ihn auf die Probe zu stellen, vermied Ivainson jeden Gedanken an seine Traumweberin. Er war ihrem Geist begegnet und hatte Frieden geschlossen. Nun trieb ihn das Pflichtgefühl, sich aufzurichten und die schlüpfrige Böschung hinaufzusteigen, auf der einst der Schattentempel gestanden hatte.

Seine Füße fanden nur wenig Halt auf dem Abhang. Um sich nicht die Knochen zu brechen oder gar den Hang hinabzustürzen, zog er seine Stiefel aus und setzte seinen Weg barfuß fort, obwohl die harten, trockenen Flechten ihm die Haut von den Füßen schürften.

Er erreichte den Gipfel im winterlichen Licht eines neuen Morgens. Felsen waren zu glasartigen Schlackewirbeln verschmolzen; nicht die kleinste Felsspalte war geblieben, um der Fauna einen Halt zu bieten. Jaric kniete sich unter der vollen Wucht des Windes zu Boden. Nur eine zerlumpte Gestalt mit regennassem Haar und leblosen Augen, legte er die vernarbten Finger auf das Gestein. Dann, ohne zu wissen, wohin das führen mochte, sprach er ein Wort.

Ein goldener Lichtschein umhüllte seine Finger; seine Meisterschaft war nicht gänzlich verloschen. Er rief die Erde, und ihre Macht antwortete widerstrebend und träge. Das Himmelsrund wurde heller, während er arbeitete. Sturmwolken rasten gen Süden und offenbarten einen frostglänzenden Tag. Ohne auf die Länge seines Schattens zu achten, erhob sich Ivainson Jaric. In den Armen barg er einen Klumpen, der einst das Schwert des Kielmark gewesen war. Vielleicht war dieses Kunstwerk in einer fernen Vergangenheit tatsächlich von den Händen einer Mutter geschaffen worden, um einem launischen und altklugen Sohn als Waffe zu dienen; doch die Wahrheit war mit dem Mann von dieser Welt gegangen. Der Feuergebieter seufzte. Längst waren seine Tränen geweint. Er berührte das Metall mit seiner Magie, und Sonnenschein und Zauberei flammten silbern auf, als der ruinierte Stahl sich verformte und wieder die Gestalt der ursprünglichen Klinge annahm.

Jaric strich mit den Fingern über das Heft, ehe er Balance und Schärfe prüfte; die Klinge war scharf genug, auch den strengsten Ansprüchen zu genügen. Vorsichtig legte Ivainson seine Tunika ab. Sein Körper glitzerte unter den zurückkehrenden Spuren einer Aura, und er fühlte die Kälte nicht mehr. Er hüllte die Klinge in Wolle und schnürte das Bündel mit den Bändern aus seinem Hemd. Als er seine Arbeit beendet hatte, legte der Sohn Ivains, des Feuergebieters, auch seine restlichen Kleider ab, ehe er aus einem Regenwasserpfuhl trank und in dem klaren Wasser badete.

Tropfnaß, aber sauber, schüttelte er sein Haar aus. Dann sammelte er seine letzten Erinnerungen an einen Freund und ein Schwert, das für Deison Corley bestimmt war, ein. Gekleidet in einen Schleier strahlender Energien, wandte sich der einstige Schreiber aus Morbrith gen Süden in Richtung der von Menschen bewohnten Gebiete; und mit jedem Schritt hinterließ er einen Fußabdruck geschmolzenen Eises am Boden.

EPILOG

In den Bergen im Norden von Felwaithe blieb es lange warm. Auf Tage unter strahlendem Sonnenschein folgten kalte, sternenklare Nächte. Bauern fuhren eine gute Ernte ein und kehrten zufrieden an die heimischen Herdfeuer zurück. Für alle Zeiten sicher vor den räuberischen Schlichen der Dämonen: Die Neuigkeiten durchquerten das Land schneller als der Zauberer, der für sie verantwortlich zeichnete. Gekleidet in einen Schäferumhang aus geölter Wolle, legte er seinen Weg zu Fuß zurück. Gewiß hätte er schneller vorankommen können; der Schimmer ungenutzter Energien hüllte seine Gestalt in stetes Licht. Dennoch mochte er seit jenem Morgen, an dem er das Schwert wiedererschaffen hatte, das nun an einem Gurt über seiner Schulter baumelte, keine Magie herbeirufen. Er mied Dörfer und Straßen; doch Vögel und wilde Tiere wurden von dem strahlenden Schimmer seiner Präsenz angelockt. Llondelei begrüßten ihn freudig, denn ihre Seher hatten ihnen prophezeit, daß die Vaere ihnen neue Sathid überlassen würden. In der rauhesten Wildnis Keithlands warteten sogar die Bergvölker mit Gesang und Feuerlilienkränzen auf ihn.

Nun erst erfuhr er, daß Corley mit seiner Übersetzung der Prophezeiung einer Priesterin gewaltig untertrieben hatte. Zum ersten Mal seit Anskieres Untergang zeigte sich ein winziger Funke von Amüsement in seinen Augen.

Der Winter sandte Graupelschauer vom Himmel herab, als Ivainson Jaric Riffhafen erreichte. Nachdem ein schrulliger, humpelnder Fischer ihn an der Küste abgesetzt hatte, gedachte der Feuergebieter eines anderen Fischers, der gestorben war. Mit ernster Miene bezahlte er die Überfahrt, ehe er die Last des Schwertes des Kielmark den Händen Deison Corleys übergab. Erinnerungen, die er nicht ablegen konnte, blieben ihm hingegen erhalten.

Corley stampfte mit den kalten Füßen auf, von der strahlenden, doch wortkargen Gestalt an seiner Seite beinahe um die Fassung gebracht. »Laß uns nicht im Wind verharren. Komm herein«, lud er ein.

Jaric lehnte mit einem kaum merklichen Kopfschütteln ab. Dann sprach er die ersten und einzigen Worte seit seinem Abstieg vom Berg des Schattentempels. »Wo ist Taen?«

Corley blickte ihn aus müden Augen an. »Fort. Sie ist nach Süden gereist, zu den Vaere, als Anskiere ...«

Jaric unterbrach ihn, höflich, doch entschlossen. »Ich weiß.«

Jaric wirkte so überzeugend, daß der Kapitän nicht auf die Tatsache einging, daß die Zauberer von Mhored Kara nur teilweise imstande gewesen waren, die energetische Entladung zu dämpfen, als seine Macht als Feuergebieter zerstört worden war. Viele der ihren waren gestorben, und die Verletzungen des Sturmwächters waren so ernst, daß er nur auf der Insel der Vaere geheilt werden konnte. Corley verlagerte sein Gewicht, besorgt angesichts des ruhelosen Blickes, mit dem der Feuergebieter die See betrachtete. »Du findest die *Callinde* im Südhafen. Meine Schiffszimmerer haben dafür gesorgt, daß sie seetüchtig ist.«

Jaric nickte; doch seine Miene verriet, daß er in Gedanken an einem anderen Ort weilte. Zum Abschied ergriff er kurz die Hand des Kapitäns, ehe er davonging, um sein Boot zu suchen. Lange nach Einbruch der Nacht sahen die Wachen auf dem Leuchtturm von Riffhafen, wie das Funkeln seiner Präsenz am Horizont verschwand.

Ivainson segelte unter den Stürmen des Spätwinters und erreichte schließlich die Küste der Insel der Vaere. Schneeflocken schmolzen auf sonnengebleichtem Haar, als seine vernarbten Hände die Segel aufwickelten. Schließlich blickte er auf und entdeckte einen Beobachter mit übersinnlichen schwarzen Augen. Tamlin stand mit seiner Pfeife am Strand, umgeben von einer Wolke aus Rauchkringeln.

Jaric sog scharf die Luft in seine Lungen, behindert von dem Schmerz alter Wunden. Nur stockend kamen die Worte nach langen Wochen des Schweigens über seine Lippen. »Euer Geheimnis ist vor den Dämonen sicher. Nun können die Menschen auf Zauberei und den Zyklus des Feuers verzichten.«

Die Kreatur, deren Gestalt tatsächlich nur die Projektion einer hochentwickelten Maschine war, ließ sich von den knisternden Auren der Macht nicht beeindrucken. Tamlin zog die Pfeife zwischen den Zähnen hervor und stieß gänzlich ohne Ehrfurcht einen weiteren Rauchkringel aus. »Sohn des Feuergebieters, du bist unwissend. Mehr denn je zuvor wird die Macht deiner Meisterschaft jetzt gebraucht.«

Die Wahrnehmung Ivainsons war so fein, daß der Vaere keiner weiteren Worte zur Erklärung bedurfte. Die Mission der *Corinne Dane* war nun endlich erfüllt, ein wirksamer Schutz vor den psionischen Wesen fremder Planeten gefunden worden, in Gestalt des Erben des Feuergebieters. Jaric mußte bleiben und andere mit der Gabe zu einer mehrfachen Meisterschaft über die Sathid ausbilden. Nach Keithland warteten *Sternenhoffnung* und die anderen von den Gierj und ihren Morrigierj versklavten Welten auf ihre Befreiung.

Jaric senkte das Haupt. Er, der nichts außerhalb der Grenzen Keithlands je erstrebt hatte, würde widerstrebend den Weg zu den Sternen weisen müssen. Der Gedanke erfüllte ihn mit unaussprechlichem Kummer, bis plötzlich ein Schwall Sand gegen seine Waden schlug.

»Fischkopf! Geliebter, du hast ewig gebraucht, endlich herzukommen.«

Zwei Arme schoben sich durch den Schimmer, der seine Gestalt umgab, um sich mit aller Kraft um seine Brust zu schlingen.

»Taen«, murmelte Jaric; er wandte sich um und vergrub das Gesicht in ihrem schwarzen Haar. Nur die Traumweberin hörte, daß er weinte. Sie wartete, hielt ihn geduldig in ihren Armen, als sich andere Schritte näherten. Die Anwesenheit eines zweiten Zauberers berührte ihre Wahrnehmung. Sie lächelte, sagte jedoch nichts. Würde ihr Feuergebieter aufblicken, so würde er sehen, daß der Sturmwächter von Elrinfaer über den Strand herbeihumpelte, um ihn zu begrüßen.

HIER ENDET DER
ZYKLUS DES FEUERS

Liebe Leserinnen, liebe Leser!

Im folgenden finden Sie eine Leseprobe aus dem spannenden Abenteuerroman um

DIE RINGE DER MACHT

von Helmut W. Pesch und Horst von Allwörden
(Bastei Lübbe, Band 20 333),
über den die Presse urteilt:
›Ein ganz großer Wurf, eine High-Fantasy der feinsten Art, die keinen Vergleich mit anderen, ähnlich gelagerten Tolkien-Pastiches zu scheuen braucht, sondern im Gegenteil die meisten von diesen locker in die Tasche steckt.‹
(Hermann Urbanek, *Space View*)

Viel Spaß beim Lesen!

DIE RINGE DER MACHT

Elderland ist eine kleine, von Bergen und Meer umschlossene Provinz. Dort lebt das Ffolk, abgeschieden von der großen Welt – bis zu jenem Abend, als Gilfalas, ein Waldelb, in die Idylle platzt und Schutz sucht im Haus von Kimberon Veit, dem neuen Kustos des Ffolksmuseums. Wie Kimberon trägt auch Gilfalas einen geheimnisvollen Ring, dessen Bedeutung jedoch im Dunkel der Zeit verborgen liegt. Gilfalas bringt schlechte Nachricht: Die Schattenelben planen eine Invasion. Um den König in Telmirandor zu warnen, brechen Kim und Gilfalas sofort auf, zusammen mit den Freunden Fabian, Prinz von Telmirandor, und Buri, dem Sohn des Zwergenkönigs. Noch ahnen sie nicht, welche Abenteuer auf sie warten und daß sie auf dieser Reise auch das Geheimnis der Ringe der Macht entschlüsseln werden.

Helmut W. Pesch
Horst von Allwörden
DIE RINGE DER MACHT
Roman
BASTEI
LÜBBE

AUFBRUCH

Verdammt, schoß es ihm durch den Kopf, *die bleiche Haut, die wir mit unseren dunklen Brüdern gemein haben, wird mich noch verraten!*

Aus der Ferne hörte er die Rufe seiner Verfolger, die näher kamen. Die Hetzmeute ließ ihm keine Atempause. Doch er durfte nicht aufgeben. Erneut raffte er sich auf und lief im Schutz der Hecke in nördlicher Richtung. Regen hing in der Luft, doch noch drang das Licht der Sterne durch die Lücken in den Wolken, und Gilfalas konnte es nicht wagen, sich über das offene Gelände in den kleinen Wald zu schlagen, der ihm zumindest eine kurze Verschnaufpause bringen würde. Trotz aller Eile mußte er versuchen, so vorsichtig wie möglich vorzugehen.

Er verfluchte dieses Land, das wie ein einziger großer Garten war, welcher so wenige Verstecke und so viel offenes Gelände bot. Und gerade das mochte ihm den Tod – oder Schlimmeres – bringen, wenn ihm nicht bald etwas einfiel, um seine Jäger abzuschütteln.

Die Angst trieb ihn weiter, und jeder, der ihn gesehen hätte, wäre vor der Furcht, die sein ebenmäßiges, feingeschnittenes Antlitz zeichnete, ja, verzerrte, zurückgeschreckt. Bolgs und Dunkelelben hatten sich auf seine Fährte geheftet, um zu verhindern, daß er von dem erzählen konnte, was er gesehen hatte.

Fackeln näherten sich von Westen her. Es mußten mehrere Dutzend der dunklen Schergen sein, die, getrieben von ihren Anführern, an seinen Fersen klebten, ihn jagten wie einen tollwütigen Fuchs, den man zur Strecke bringen will.

Sein Lederwams, seine Hose und auch seine Stiefel waren von der langen Flucht gezeichnet. Das Schwert schlug beim Laufen gegen seinen Unterschenkel. Die Waffe war inzwischen schartig und stumpf, aber er durfte sich nicht davon trennen, hatte sie ihm doch schon mehrfach das Leben gerettet und würde dies vielleicht noch einige Male tun müssen, bis es ihm gelungen war, den Häschern zu entkommen. Oder bis ihn das Schicksal ereilte.

Doch daran durfte er gar nicht denken, nicht jetzt, nicht in diesem Moment. Er mußte von dem, was er gesehen hatte, berichten. Sonst mochte alles zu Ende sein: Freiheit, Leben und Licht. Dann würden seine dunklen Brüder alles vernichten, was sich ihnen in den Weg stellte ...

Einen Augenblick lang mußte er völlig von seinen Gedanken gefangen gewesen sein; denn spät, fast zu spät hörte er den Hufschlag. Er warf sich nach vorn und schlitterte über den nassen, steinigen Grund. Auf der anderen Seite der Hecke galoppierte der Reiter an ihm vorbei, ohne ihn zu bemerken. Zum Glück hatte das dichte Dornengestrüpp in den letzten Wochen genügend Blätter getrieben. Ohne ihren Schutz wäre er verloren gewesen.

Gilfalas, du bist ein Trottel, fluchte er in sich hinein. Das war verdammt knapp gewesen.

Mühsam rappelte er sich wieder hoch, sammelte noch einmal alle Kraft, die ihm verblieben war, und lief los.

Diesmal war er vorsichtiger, versuchte nur noch auf seine Umgebung zu achten, sich nicht mehr von den Gedanken an das Unfaßbare ablenken zu lassen. Die Hecke machte hier einen Bogen, aber er konnte sehen, daß sie weiter auf den Wald zu führte, so daß er nicht über offenes Gelände zu laufen brauchte. So schnell er konnte, rannte er über den unebenen Grund auf das kleine Waldstück zu, das sich dunkel vor ihm aus der mondlosen Nacht schälte.

Plötzlich Schritte vor ihm! Bolgs, es mußten Bolgs sein. Denn wäre es einer seiner dunklen Brüder gewesen, hätte dieser ihn unweigerlich entdeckt. Auch die Dunkelelben sahen in der Finsternis recht gut, so wie er selbst. Die Bolgs waren nur grobe Abbilder ihrer Herren und Schöpfer, Menschen ähnlicher als den Eloai, den Erweckten.

Hastig blickte Gilfalas sich um. Es gab nur einen Ausweg. Er schlug sich in die Hecke. Die Dornenzweige zerrten mit ihren spitzen Stacheln an seinen Kleidern, drangen wie Nadeln in das weiche Leder von Hose und Wams, rissen es wie Dutzende winziger Zähne in Fetzen. Der Elbe sog scharf die Luft ein, um nicht aufzuschreien. Es stach wie eine Folter von vielen kleinen Messern; Gilfalas spürte, wie Blut aus den kleinen Wunden trat und warm seinen Körper hinabrann.

Und er erkannte, daß der Schutz durch die Hecke trotz des Blattwerks unvollkommen war, da man ihn sehen konnte. Sein verfluchtes bleiches Antlitz und das helle Haar! Der Elbe versuchte tiefer in die Dornenhecke einzudringen, um sich zu verbergen; doch hier waren die Zweige so dicht verflochten, daß es kein Durchkommen mehr gab. Er wünschte sich seinen Kapuzenumhang zurück, aber der war gleich zu Beginn seiner Flucht verlorengegangen.

Wie lang war das her? Ewigkeiten. Immer wenn er geglaubt hatte, die Verfolger abgeschüttelt zu haben und ein wenig Ruhe zu finden, hatten sie ihn wieder eingeholt. Er hatte inzwischen jedes Zeitgefühl verloren; es war Nacht geworden und Tag und wieder Nacht – mehr als ein voller Sonnenlauf, daß sie ihn so hetzten.

Seine Hand griff in etwas Weiches; er fühlte, wie Wasser seine Finger umspielte.

Eine Pfütze! Schlamm!

Gilfalas griff tief in das vom Wasser aufgeweichte Erdreich, und in aller Eile, aber so vorsichtig und leise wie möglich rieb er sich den Schlamm ins Gesicht und ins Haar, versuchte, keine Stelle auszulassen; denn jeden Augenblick konnten die Bolgs an seinem Versteck vorbeikommen.

Wieder glaubte er Schritte zu hören; aber die Nacht war voller Geräusche, und die Jagd hatte sein feines Gehör verwirrt. Er konnte nur hoffen, daß er bei seiner Maskerade nichts vergessen hatte und nun gänzlich mit der Dunkelheit in der Hecke verschmolz.

Die Schritte der vierschrötigen Kriegssklaven der Dunkelelben klangen unmittelbar neben ihm auf. Nur das scharfe Ohr eines Elben hatte sie rechtzeitig wahrnehmen können, denn die weiche Erde schluckte selbst den Tritt der schweren, genagelten Stiefel. Die Bolgs waren nicht schnell zu Fuß; das hatte er bald erkannt. Im ausgeruhten Zustand und auf trockenem Boden hätte er ihnen mühelos entkommen können. Doch in diesem regendurchnäßten Gelände, wo jeder Schritt an den Stiefeln saugte, gereichten ihre sture, unbeirrbare Hartleibigkeit und ihre schier unerschöpfliche Zahl ihnen zum Vorteil. Und er war so müde ...

Nun erschien Gilfalas der Reiter, der ihm fast zum Verhängnis geworden wäre, als Geschenk des Schicksals; denn wäre er ebenso überraschend auf die Bolgs gestoßen wie auf diesen Reiter, hätte es sein Ende bedeutet. Nie und nimmer hätte er die verfluchten Kreaturen schnell genug töten können, um zu verhindern, daß sie Verstärkung herbeiriefen.

Sich zur Geduld zwingend, hockte der Elbe in der Dornenhecke, ertrug mit zusammengebissenen Zähnen das Stechen und Kratzen der Dornen an Kleidung und Haut und widerstand dem Bedürfnis, möglichst schnell seinen Weg fortzusetzen; denn die Hecke war nicht nur lebensrettendes Versteck, sondern auch sein größter Feind, wenn man ihn darin fand. Er würde nicht rasch genug an sein Schwert kommen, um sich zu verteidigen, und tot sein, noch bevor er ein Gebet sprechen konnte. Die Feinde würden ihn abstechen wie ein Tier in der Falle.

Also harrte er aus, bis er sicher war, daß die Verfolger weit genug weg waren. Dann kroch er – langsam, viel langsamer als zuvor und jedesmal zusammenzuckend, wenn ein peitschender Dornzweig ihn traf – aus der Hecke und setzte humpelnd seinen Weg in Richtung auf das Waldstück fort. Im Laufen sah er sich um und lauschte. Deutlich konnte er im Westen den Schein von Fackeln und Hufgetrappel ausmachen. Der Feind durchkämmte das Land und versuchte, ihn in die Enge zu treiben.

Ungehindert näherte Gilfalas sich Schritt für Schritt dem Waldstück. Für den Augenblick schien er die Verfolger abgeschüttelt zu haben. Wie sehr wünschte er sich in diesem Augenblick sein Pferd herbei; aber der Schimmel war gleich zu Beginn seiner Flucht von mehreren Pfeilen getroffen zusammengebrochen. Gilfalas hatte dem treuen Wallach nur noch einen Dienst erweisen können: Seine Klinge hatte dem Leiden des Tieres ein schnelles Ende bereitet. Seither war er zu Fuß unterwegs.

Nur noch wenige hundert Schritt, dann würden die Bäume des Gehölzes ihm Deckung geben, die er nützen konnte, um eine größere Distanz zwischen sich und die Verfolger zu legen.

Zum erstenmal seit Beginn der Jagd kam in ihm so etwas wie Hoffnung auf. Die Meute war auf der falschen Fährte, suchte ihn weiter westlich.

Jetzt in den Wald! Er wollte auflachen, wollte jubeln, als er die Grenze überschritten und dieses verfluchte offene Land hinter sich gelassen hatte. Für einen Augenblick hielt er inne.

Ein vertrauter Geruch stieg ihm in die Nase. Nicht weit entfernt mußte es einen Fluß geben: eine Möglichkeit, seine

Spur endgültig zu verwischen und seinen Jägern zu entkommen.

Gilfalas rannte los – und erstarrte! Vor ihm standen, kaum mehr als drei Armlängen entfernt, zwei Bolg-Krieger, die ihn ebenso verblüfft anstarrten wie er sie. Aber die Geschöpfe der Dunkelelben waren Kampfmaschinen und viel zu dumm, um wirklich lange überrascht zu sein. Beinahe instinktiv fuhren ihre Hände zu den Schwertern.

Gilfalas' Hochstimmung war von einem Augenblick zum anderen verflogen. Es war der Mut der Verzweiflung, der ihn zum Handeln trieb.

Noch bevor die Bolgs ihre Klingen gezogen hatten, warf sich der junge Elbe nach vorn und rammte mit den Schultern einen der beiden zu Boden. Der andere hatte sein Schwert gezogen, aber ein Tritt in den Bauch warf ihn zurück.

Während er rückwärts taumelte und mit rudernden Armen nach Halt suchte, stolperte er über eine Baumwurzel und schlug der Länge nach hin.

Gilfalas spürte die Müdigkeit, die ihn wie ein dunkler Nebel von allen Seiten umfing und in seine Glieder kroch. Er wußte, er durfte es auf keinen Kampf mehr ankommen lassen. Allein der Lärm würde die Meute auf seine Spur führen, und dies konnte nur tödlich für ihn enden.

Der Fluß! Das war seine Chance. Er stürzte davon, ohne die Bolgs weiter zu beachten. Seine gute Nachtsicht half ihm nun, Hindernissen wie tiefhängenden Ästen auszuweichen, und verhinderte, daß er stolperte oder in ein Loch trat. Jede Rücksicht auf ein lautloses Vorwärtskommen war vergessen. Gilfalas rannte um sein Leben.

Hinter sich hörte er die beiden Bolgs, die wie Olifanten durch das Unterholz brachen. Beide hatten die Verfolgung aufgenommen.

Gilfalas sandte ein Stoßgebet zum Herrn, daß nicht noch mehr Feinde im Dunkel des Waldes lauerten. Ein weiteres Mal würde er nicht so glimpflich davonkommen.

Mit jedem Schritt spürte der Elbe, wie ihm die Beine schwerer wurden, wie ihm die Atemluft in den Lungen stach. Jede Bewegung wurde zur Mühsal, und er merkte, daß er an Geschwindigkeit verlor. Gleichzeitig wurde das Geräusch der durch das Unterholz brechenden Verfolger lauter.

Wo war der Fluß? Für einen Augenblick überkam ihn die Angst, daß er gar nicht darauf zulief, aber die Richtung stimmte; deutlich konnte er das Wasser riechen, das Rauschen der Ströumg vernehmen. Ja, er konnte es schaffen! Vielleicht ...

Diese Einsicht verlieh ihm noch einmal die Kraft, seine Schritte zu beschleunigen. Er flog förmlich durch das Unterholz. Schon konnte er Weiden und Pappeln erkennen, die gerne nahe am Fluß wuchsen. Das Strauchwerk wurde dünner, der Boden sandiger.

Ein letztes Mal holte er alles aus sich heraus. Und trotzdem kamen seine Verfolger näher.

Schilf tauchte vor Gilfalas auf. Endlich! Der Fluß!

Der Elbe durchbrach den Schilfgürtel, nahm einen letzten tiefen Atemzug und warf sich vorwärts! Er spürte noch, wie etwas seine Schulter streifte, eine feurige Spur hinterlassend. Dann schlugen die eisigen Fluten über ihm zusammen. Er schwamm unter Wasser, spürte, wie sich Arme und Beine zu verkrampfen drohten.

Todesfurcht griff mit klammen Fingern nach seinem Herzen: die Angst, von Krämpfen geschüttelt, jämmerlich in einem kleinen Fluß zu ertrinken. Doch er hatte Glück, die Muskeln schmerzten zwar, aber sie blieben geschmeidig.

Gilfalas tauchte erst auf, als er glaubte, seine Lungen müßten platzen. Er durchstieß die Oberfläche und sog gierig die Luft ein. Dann warf er einen Blick zurück zum Ufer. Deutlich konnte er die Bolgs am Rande des Schilfs erkennen, dunkle, massive Schattengestalten im hüfthohen Wasser. Ihre Oberkörper pendelten suchend hin und her, nach rechts und links und wieder zurück, und wenn ihre schweifenden Blicke in seine Richtung irrten, dann glaubte er ein Blinken von Haß in ihren stumpfen Augen zu lesen. Aber vielleicht bildete er sich das auch nur ein.

Die letzten Sterne waren nun erloschen; der Himmel lag wie eine riesige nachtschwarze Decke über dem Land. Der Fluß hatte, angeschwollen durch die Regenfälle der letzten Tage, Gezweig und Baumstrünke mit sich gerissen und auch das eine oder andere Kleingetier, und Gilfalas bemühte sich, eins zu werden mit dem Treibgut. Über dem Rauschen des Flusses und dem Pochen des Blutes in seinen Ohren konnte er nicht hören, ob die Bolgs sich unterhielten – sofern sie überhaupt dazu imstande waren. Schließlich wandten sich beide um und stapften durch das flache Wasser zum Ufer hinauf, um ihre Kameraden zu holen.

Gilfalas schwamm noch einige Züge, um in die Mitte des Flusses zu gelangen, wo ihn die Strömung davontragen konnte. Er versuchte sich die Karte Elderlands in Erinnerung zu rufen. Nach fast zwei Tagen auf der Flucht vor den Dunkelelben und deren Soldaten konnte er beim besten Willen nicht mehr sagen, wo er war. Nur eines wußte er: Der Fluß mußte der Elder sein. Aber befand er sich südlich oder nördlich von dem Punkt, wo dieser sich mit dem zweiten Hauptfluß des Landes, dem Ander, vereinigte? Er wußte es nicht. Doch wenn er an Land gehen würde, dann nur am Ostufer. Dort würde er sich dann entscheiden müssen, in welche Richtung es weitergehen sollte.

Das Schwert an seinem Gürtel zog ihn nach unten, und Gilfalas spürte, wie seine Kräfte erlahmten. Lange würde er es in dem kalten Wasser nicht mehr aushalten können. So entschloß er sich, die relative Sicherheit des Wassers gegen das ungeschützte, aber trockene Ufer einzutauschen.

Als er wieder festen Boden unter den Füßen fand, hatte ihn die Strömung ein gutes Stück flußabwärts getragen. Mit Mühe schleppte sich Gilfalas das sandige Ufer hinauf und ließ sich der Länge nach zu Boden fallen. Er hätte endlos lange so liegen bleiben können. Doch er durfte nicht einschlafen. Er hatte eine Aufgabe zu erfüllen.

Erschöpft wie er war, kroch Gilfalas mit letzter Kraft vom Strand weg, wo ihn die scharfen Augen seiner dunklen Brüder bald ausgemacht haben würden, auf ein Gebüsch zu, das Deckung versprach. Dort blieb er liegen und holte schnaufend Luft. Die Müdigkeit übermannte ihn, und er merkte, daß der Schlaf bald sein Recht fordern würde.

Kurz nur blickte er auf – und sah vor sich einen Schatten. Eine Gestalt! Er hatte sie nicht kommen hören.

Viel zu langsam griff Gilfalas zu seinem Schwert; aber er wußte, es würde ihm ohnehin nichts nützen. Seine Finger erschlafften.

Es war vorbei; er hatte versagt. Tränen schossen ihm in die Augen.

Umsonst, alles umsonst. Entweder würde er gleich tot am Strand liegen oder in die Gefangenschaft verschleppt werden. Während die Schatten der Verzweiflung sich herniedersenkten, wartete er auf den Todesstoß oder den harten Griff der Bolgs.

»*Thai na Eloï metanneth*«, drang eine Stimme an sein Ohr, und gleichzeitig spürte er eine sanfte Berührung an der rechten Schulter.

»Was …?« Gilfalas kniff die Augen zusammen, und nun erkannte er, daß die Gestalt viel zu klein war für einen Bolg oder einen Dunkelelben. Dies mußte, trotz der elbischen Begrüßung, jemand vom Ffolk sein, den Bewohnern dieses Landes.

»Seid gegrüßt, Erweckter«, sagte der Ffolksmann in der gemeinsamen Sprache. »Ich bin Magister Adrion Lerch, Kustos des Ffolksmuseums von Aldswick und Mitglied des Rates von Elderland. Ich habe Euch erwartet, und Ihr habt von mir nichts zu befürchten.«

»Wie … kommt Ihr hierher?« fragte Gilfalas verwirrt. Er hatte den Tod erwartet, und nun ward ihm Hilfe zuteil. Bisher hatte er das Ffolk gemieden; denn er konnte sich ausmalen, was Bolgs mit jenen machen würden, die einem wie ihm Beistand leisteten.

»Ich habe Euch erwartet«, wiederholte der Ffolksmann.

»Ihr dürft mir nicht helfen! Geht, Euer Leben ist in Gefahr! Geht!« stammelte Gilfalas, der den Sinn der Worte noch gar nicht erfaßt hatte. »Die Bolgs werden Euch …«

»Kommt, ich bringe Euch zu Freunden!« Geduldig, aber bestimmt unterbrach Magister Adrion den Redefluß des Erschöpften. Mühsam raffte sich Gilfalas auf und folgte wie im Traum seinem Retter, der zielstrebig zu einem Feldweg ging, wo ein kleiner Planwagen wartete, der von einem Pony gezogen wurde.

»Steigt ein«, wies der Magister ihn an, und Gilfalas ließ sich auf die Ladefläche fallen, zu schwach, weiter gegen das Hilfsangebot zu protestieren.

Kaum lag Gilfalas auf den harten Brettern, fielen ihm die Augen zu, und er merkte nicht einmal mehr, wie die ersten Regentropfen zu fallen begannen …